COLLECTION FOLIO

Raphaël Confiant

Adèle et la pacotilleuse

Mercure de France

Raphaël Confiant est né à la Martinique. Auteur de nombreux romans en créole, il a été révélé en France par *Le nègre et l'amiral* (Grasset, 1988) et a obtenu le prix Novembre pour *Eau de café* (Grasset, 1991). Il est également co-auteur d'*Éloge de la créolité* avec Patrick Chamoiseau et Jean Bernabé (Gallimard, 1989). Son roman *Le meurtre du Samedi-Gloria* (Mercure de France, 1997) a obtenu le prix RFO.

À Carine

LA VIE DÉCHIRÉE

« Lequel d'entre nous, en s'examinant, pourrait affirmer qu'il n'a pas sacrifié les convenances et risqué son honneur devant la passion ? »

Lettre d'Adèle (mère) Hugo
à Victor Hugo
(24 octobre 1863)

1

Il n'est pas vrai qu'il suffit de porter à l'oreille une conque de lambi au rose nacré pour entendre les rumeurs de l'Archipel. On n'y perçoit que musiques indéchiffrables et douleurs inapaisées. Celles-ci jaillissent du Tout-Monde, de l'Afrique-Guinée à jamais perdue, de l'Europe, implacable vigie qui n'a de cesse de ricaner avec tant et tellement de hautaineté. D'autres terres aussi dont j'ai peine à prononcer les noms et à imaginer l'étendue. Il n'est pas vrai non plus que l'immense houle, née des cyclones de septembre, furibonde depuis l'île de la Barbade jusqu'à Jacmel, en Haïti, ou bien encore Santiago de Cuba où ma mère, ô incertain de la rumeur, aurait fini ses jours en sainte femme. À ce qu'il paraît, un petit autel honore sa mémoire parmi les divinités féminines du vaudou, à la droite d'Erzulie, je présume, celle dont la belleté est un défi à l'arc-en-ciel. Pourtant, elle s'appelait en toute simplicité Carmen Conchita Alvarez, n'ayant jamais voulu, en dépit de quatre mariages — contractés à la vivement-dépêché, il est vrai —, brocanter de papiers d'identité. Je me souviens d'elle si fière qui s'en allait proclamant sur les ports et les places publiques : « Je suis tout entière dans mon nom ! Je suis mon nom. Avilissez mon corps, enfermez-moi dans vos geôles fétides, accusez-moi de tous les péchés véniels et mortels de la terre, mais ne touchez pas à ce qui me vient des Royaumes de Castille et d'Aragon. » C'est que ma mère, quand son négoce de pacotille donnait des signes d'essoufflement, vendait son devant au plus offrant (ce qui ne veut pas dire au premier venu, non !), la bouche pleine de morgue, les poings sempiternellement fichés sur les hanches, tout en supportant sans broncher les avanies de bourgeois en goguette qui, une fois satisfaits, lui éructaient au beau mitan de la figure : « Hors de ma vue, Négresse noire comme hier soir ! Où a-t-on jamais vu des créatures aussi démoniaques que toi dans la blanche Espagne ? »

Il est vrai, par contre, que mon nom à moi est Céline Alvarez Bàà et que, moi aussi, je l'habite tout entier. Chacun des mots qui le compose est une histoire. Celle de mes aïeux d'abord — honneur et respect sur leur tête ! — tous, quels qu'ils soient. Celle de l'Archipel ensuite où toutes les nations de la terre se sont ruées. La mienne enfin, mon histoire faite de drivailles, d'errances, d'espoirs irraisonnés, de déceptions sans-manman. Je n'ai eu cesse de te conter tout cela, pauvre chère

Adèle, n'ayant jamais désespéré qu'un jour la raison se déciderait à regagner ton esprit, y chassant du même coup les miasmes de cette funeste passion qui le dévorait. Je ne t'ai pas crue une miette de seconde lorsque, t'ayant recueillie, errante dans une ruelle du port de Bridgetown, en l'île de Barbade, tu m'as déclaré avoir pour père le plus grand poète de ce pays aux contours pour moi irréels qu'est la France. Haillonneuse, maigre jusqu'à l'os, tremblotante des lèvres et des mains, un feu inconnu brillait dans le grain de tes yeux qui m'a, irrésistiblement, attirée vers toi, spectre égaré en plein jour. La foule s'esclaffait, te voltigeait des chapelets de moqueries dans cet anglais rauque de la Barbade qu'on affirme hérité des premiers colons écossais. Indifférente à ses criailleries, tu tournevirais et tournevirais, bras à l'horizontale dans ce qui te restait de vêture — une robe de mariée cent fois rapiécetée mais, incroyable plus qu'incroyable, immaculée ainsi qu'un incongru manteau d'hiver — et tout cela baillait l'impression que tu étais sur le point de prendre ton envol, flap ! Il était midi, heure préférée du Diable sous le soleil raide des îles, et le spectacle que tu offrais était fascinant. « Je ne suis pas la pauvresse que vous croyez, *ladies and gentlemen*, ressassais-tu, le coin des lèvres dégoulinant d'une bave mauvaise. Je ne suis non plus ni une pécheresse condamnée à l'exil perpétuel ni une de ces orphelines brusquement happées par le dénantissement, ce qui rassure quant à leur humanité vos faces de Nègres hilares, vous qui n'aimez rien tant, n'est-ce pas, que de voir la race supérieure chuter de son piédestal. Je ne suis rien de tout cela. Je suis Adèle Hugo, la fille du plus éminent versificateur de l'univers, celui dont on chuchote les poèmes dans les plus humbles chaumières comme dans les cours royales. Celui dont tous les marins du monde égrènent en leur for intérieur l'*Oceano Nox* chaque fois qu'ils prennent la mer. »

Deux Nègres se gourmaient pour ta personne. Deux Nègres chargés d'enrageaison. Deux chiens qui éructaient. Un colosse quinquagénaire armé d'un bec d'espadon-mère, l'air redoutable, le crâne à moitié chauve et un jeune gandin plutôt mince et beau garçon qui fiéraudait, muni pourtant d'un misérable canif qui avait tout l'air d'un jouet. Ils tournoyaient sur un ring invisible, cherchant à s'approprier ta personne, la tirant sans ménagement vers eux, la perdant, puis la rattrapant, tout en faisant mine de se frapper avec leurs armes respectives. Dans l'envoyer-monter de leurs invectives, ils révélaient au public, par bribes, dans quelles circonstances chacun d'eux avait trouvé « cette jeune Blanche » et se l'était arrogée. Selon le premier, elle s'était assommeillée dans son canot de pêche où il l'avait découverte un beau matin, transie par la rosée, tandis que le second racontait une histoire de bal populaire au cours duquel vous auriez dansé toute la nuit bras-dans-bras. N'ayant cure de leurs bravacheries, indifférente aux menaces qu'ils proféraient et aux armes qu'ils brandissaient, tu leur répétais sans arrêt :

« Les mots de mon père font trembler la Muraille de Chine, déborder le fleuve Congo, vaciller le Chimborazo, tressaillir la mer d'Irlande et c'est pourquoi je me trouve ici parmi vous. J'ai voyagé jusqu'à la Barbade sur les ailes de ses muses ! »

Il a suffi de ces quelques mots comiquement assenés pour que je me décide à t'adopter. Il y avait beau temps que je rêvais d'avoir un enfant à moi. Chaque homme rencontré m'était un espoir fou. Dans chaque île, j'en possédais un qui se morfondait de m'attendre des semaines, voire des mois durant. Il y eut le bel Anthony MacAllister, Nègre de Trinidad à la taille de pied-coco qui promenait sa tristesse dans les caboulots de Port of Spain, guettant quelque nouvelle par-ci par-là. La preuve que j'étais encore en vie. « Car comment Céline Alvarez Bàà peut-elle passer inaperçue ? » tonnait-il lorsqu'il était fin saoul au tafia-gin-absinthe. « Sa membrature est si puissante qu'elle vous barre la lumière dès qu'elle se tient en face de vous. Ses hanches sont si larges et fermes, son giron si tentateur qu'on meurt d'envie de s'y plonger séance tenante. Et je n'évoque même pas ses bras d'ébène pur, ses seins si haut dressés qu'ils intimident l'homme le plus guerrier et quant à l'étalage de ses dents on jurerait des éclats de lune ! » Habitué à ce batelage d'amoureux au désespoir, la faune des bas quartiers haussait les épaules quand elle ne se gaussait pas de lui. Parfois, mon Anthony se faisait rosser par quelque matelot vénézuélien au sang chaud sans que cela infligeât un coup d'arrêt à sa litanie. Il insistait au contraire : « Baillez-moi des nouvelles de ma Négresse, *goddam* ! Je sais que vous la connaissez. Elle charroie dans ses paniers l'inouï des richesses du monde. » Tout cela m'était rapporté à chacune de mes escales dans son pays et avait, bien entendu, le pouvoir de m'attendrir.

Il y eut Michel Audibert, un mulâtre de la Martinique, toujours vêtu en dimanche, qui se déplaçait avec une canne à pommeau argenté tout en brodant un français Grand Siècle. Il distribuait avec libéralité sa carte, ornée de lauriers, qui portait la sobre inscription suivante : *M. Audibert, homme de lettres, 37, rue du Petit-Versailles (1er étage), ville de Saint-Pierre, Antilles françaises.* Dès qu'il venait m'accueillir au port, je le reconnaissais à son panama curieusement enrubanné de mauve parmi la badaudaille qui se pressait sur les quais. Il me taquinait avec gentillesse sur ma prononciation du *r*, tantôt trop hispanique à son gré, tantôt trop feutrée, trop britannique. « De retour déjà ! » me lançait-il en me faisant un baisemain et en grasseyant le début du deuxième mot comme pour insinuer, une fois de plus, que toute Céline que je me prénommais ma lointaine ascendance française du côté paternel était pure vantardise. Il m'écrivait, de loin en loin, des poèmes sibyllins que je portais sur moi en guise de viatiques.

Il y eut aussi Diego, natif de San Juan, roi de Porto Rico et de ses casinos avec sa fine moustache qu'il taillait avec soin au réveil avant même d'avaler son sacro-saint café cueilli dans les montagnes de son île. Il insistait pour que je lui tire les cartes, me croyant, malgré mes véhémentes dénégations, liseuse d'avenir. Moi qui ne suis, résistais-je, que pacotilleuse, modeste marchande de miroirs ciselés, de fers à défriser les cheveux, de tissus en calicot ou en popeline, de poudres réputées guérir en six-quatre-deux diarrhées, maux de tête et chagrins d'amour, de coutelas et de canifs-Sheffield, de farine de manioc et de cigares gros comme l'avant-bras. Je déballais alors mes paniers caraïbes à même le trottoir et brandissais triomphalement, tour à tour, d'autres trésors : culottes noires qui protègent contre les assauts des incubes pour peu qu'on les porte à l'envers, bibles reliées de cuir, *Petit Albert* et *Grand Albert,* pots de vaseline, colliers de vraies et fausses perles ou almanachs aux couleurs criardes. Incrédule, Diego, qui se vantait d'être l'arrière-arrière-arrière-petit-neveu de Christophe Colomb, me regardait faire et, attendant que les passants aient fini de me dévaliser, caressait d'un geste rêveur ma bourse lestée de pesos et se mettait à me chanter un boléro. Puis, retrouvant soudain sa sérieusité, il m'entraînait au mausolée du Grand Amiral de la

Mer océane où il tenait à se recueillir au moins une fois par semaine.

Et que je n'oublie point Ti Jacques, natif-natal d'Haïti, étudiant en philosophie le jour qui portait aux nues un certain Schopenhauer, gardien, à la nuit close, de la vaste demeure patricienne d'un juge de paix, sur les hauteurs de Kenscoff, là où il règne une telle freidure qu'on est obligé de se draper d'une couverture en laine. Il s'acharnait à m'enseigner l'histoire, à ses yeux glorieuse, de son pays, deuxième de toute l'Amérique à s'être libéré du joug européen, juste après les États-Unis, et première république noire du monde moderne. « Le 1er janvier 1804, soliloquait-il, quand le généralissime Jean-Jacques Dessalines décréta l'indépendance de notre patrie en la ville de Gonaïves, le petit Napoléon connut sa première grande défaite. Ha-ha-ha ! Cinquante mille soldats en déroute. Son beau-frère, le général Leclerc, époux de Pauline Bonaparte, contraint de s'enfuir comme une mangouste sur ce qui lui restait de flotte. L'esclavage définitivement aboli ! » Voyant que je buvais ses paroles, il tempérait aussitôt mon admiration en ajoutant à voix basse, non sans avoir jeté un regard circulaire et inquiet autour de nous : « Pourtant, rien n'a vraiment changé pour les Nègres de petite extraction comme moi. Rien. Seule la figure de nos maîtres est devenue différente, hélas. Heureusement qu'il nous reste la force vaudoue ! » Puis, reprenant une voix normale : « Tu n'aurais pas dix gourdes à me prêter, chérie-cocotte-l'amour ? Ou bien dix shillings, si tu préfères. Seulement dix, s'il te plaît... »

Et puis, il y eut tant d'autres ! Ceux qui continuent à me hanter : John-Thomas, chercheur d'or dans les entrailles de l'Amazonie ; le marquis de Châteaureynaud qui voulut, fol d'entre les fols, restaurer la plantation de ses aïeux au cœur de l'Artibonite. Ceux dont j'ai parfois enterré les noms sous les cendres de mes souvenirs. Aujourd'hui que je suis vieille et cassée, à la veille de mon retour définitif aux Antilles — sans doute mon dernier grand voyage —, j'avoue ne retenir de mes inumérables ébats que la fougue de ton père, Victor Hugo, pourtant déjà accablé par les ans et chenu, qui m'obligeait à l'appeler le Centaure lorsqu'il me labourait les chairs sur la table de la cuisine sans même se dévêtir. Je frémis au seul souvenir de la rage sourde qui émanait de ses coups de reins, aux grognements de satisfaction qu'il laissait échapper au moment de l'extase charnelle. Tant de sauvagerie et de bonté à la fois chez un seul et même homme me stupéfiait et j'ai gardé en tête, l'intact des versets qu'il m'avait enseignés afin d'agrémenter nos fortuites étreintes :

Je me fais bien petite, en mon coin, près de vous ;
Vous êtes mon lion, je suis votre colombe ;
J'entends de vos papiers le bruit paisible et doux ;
Je ramasse parfois votre plume qui tombe ;

Simplement, si Hugo soutenait bien la comparaison avec le roi de la forêt, moi, Céline Alvarez Bàà, j'étais loin d'être ce volatile pétri d'innocence qu'il voyait en moi. J'étais tout au contraire l'oiseau-mensfenil. Celui qui parade si-tellement haut qu'on le croirait fils du soleil, mais, attention, foutre !, en un battement d'yeux, il peut fondre sur sa proie, à la verticale de quelque savane isolée, et l'emporter entre ses griffes. La chiquetailler et la dévorer même en plein vol. Seulement, le poète a-t-il jamais su qui j'étais vraiment ? Dans ses rares moments de tendresse, il me murmurait aussi des paroles sirop-miel, telles que « ma Mauresque au regard d'ambre », que j'avais la faiblesse de prendre pour une marque d'amour.

À son arrivée à Charleston, le détective Henry de Montaigue s'inquiéta, comme à chacune de ses étapes, de l'état de ses bagages, non qu'il voyageât lourd mais bien parce que ses deux sacs en cuir, fermés par des cadenas, intriguaient marins, portefaix, douaniers et bien sûr gens de police. Dans le premier, il transportait ce qu'il répugnait à qualifier de garde-robe, par dignité masculine, quoiqu'il contînt chemises en soie, pantalons de flanelle, lavallières à l'anglaise, caleçons de pur coton et socquettes blanches filées par sa mère pour le confort de son fils unique, l'ultime héritier de la famille, l'honneur des De Montaigue, comme le serinait un grand-oncle que la mort avait oublié. En fait, ceux-ci n'avaient plus, depuis beau temps, de nobliau que le patronyme et un restant de respect de la part des villageois de Fortenelle dont certains continuaient, la belle saison venue, à apporter à ce qu'ils nommaient encore le « manoir » — bâtisse certes vaste mais plutôt décrépie — les premiers fruits de leurs jardins. Henry avait donc été élevé dans une atmosphère de lente mais inexorable décadence familiale, non qu'il eût jamais à souffrir de la moindre privation, mais parce qu'il lui arrivait de surprendre sa mère, tard dans la nuit, en train de faire et de refaire les comptes de leurs propriétés, le front soucieux, inconsolable de la perte précoce de son mari. Il n'en restait pourtant plus grand-chose : une quinzaine d'hectares plantés en vignes qu'il avait fallu placer en métayage, un étang poissonneux que fréquentaient, contre une modeste contribution financière, des pêcheurs du dimanche et des commerçants fraîchement enrichis. Plus une demeure à étages, en plein centre de Fortenelle, dont les deux premiers étaient loués, le troisième servant de dépôt à tout ce que la famille de Montaigue avait accumulé pendant près de deux siècles et demi. C'est en jouant dans un galetas, un jour que sa mère y rangeait des gravures pieuses achetées au cours d'une foire, une trentaine d'années auparavant, ce fameux jour au cours duquel elle avait rencontré celui qui deviendrait son homme, que le petit Henry avait découvert sa vocation. Un premier objet insolite attira son attention : une grosse loupe un peu ébréchée qui traînait au fond d'un carton de livres de colportage. Fasciné, l'enfant parcourut le grenier, l'appareil rivé à son œil droit, s'étonnant de découvrir tant de choses invisibles à l'œil nu, y compris de minuscules poils au menton de sa mère, ce qui lui donnait l'air d'une sorcière. Fouinant de boîte en valise et de penderie en armoire en bois de chêne, Henry mit la main sur un objet encore plus étrange. Une sorte de montre de gousset attachée à une chaînette en argent dont l'éclat avait terni. Sa mère s'en empara, l'air très fâché, et refusa de lui en révéler le nom. Ni à quoi cela pouvait bien servir. Les années passèrent jusqu'au jour où Henry retrouva ce qu'il savait être maintenant un pendule, au fond du tiroir d'une table de nuit. Lecteur avide des feuilletons policiers que publiait chaque lundi le journal de la région, Henry se jura de devenir un jour le meilleur détective de « France, de Navarre et de ses possessions ultramarines, y compris la Cochinchine, les îles Tahiti, la Mitidja et les Antilles ». Cette bravacherie enfantine fit d'abord sourire sa mère. Elle acceptait de bonne grâce qu'il tapissât les murs de sa chambre, puis, très vite, du vestibule et de la salle d'eau, de cartes de géographie colorées et de visages d'indigènes découpés dans des journaux. Elle s'imaginait qu'il deviendrait un grand marin. Ah! Certes pas un Marco Polo ou un Christophe Colomb puisque le temps glorieux des découvreurs était bel et bien révolu, mais un honnête et courageux capitaine qui affronterait la colère des mers du Sud ou le calme effrayant des Sargasses. Elle prit donc l'habitude de lui acheter romans d'aventures et récits de voyages qu'elle lisait au préalable, désireuse d'écarter tout ce qui pût contrevenir à ses convictions religieuses, en bonne chrétienne qu'elle était. Henry fut un élève distrait mais qui donnait satisfaction à ses maîtres, se permettant même, en classe de Rhétorique, de décrocher un prix d'excellence en géographie. D'aucuns, oncles et amis, le voyaient déjà magistrat, médecin ou apothicaire. Il serait à nouveau la fierté des Montaigue et son éclat — à Paris évidemment! — rejaillirait sur tout le village de Fortenelle que la construction d'une route nationale avait définitivement écarté de la marche du monde. « De la marche du progrès », tonnait le maire qui savait quelle force ce dernier mot possédait, dans l'esprit de la plupart des gens, en particulier ceux qui avaient eu l'insigne chance de voyager à bord d'une locomotive. Henry de Montaigue serait celui qui réveillerait son village natal de sa mortelle torpeur, pas moins! Hélas, le jeune homme, une fois monté dans la capitale, devait décevoir et sa mère et ses concitoyens. Il ne s'inscrivit point à l'École de la Marine marchande comme l'avait souhaité la première, ni ne se préoccupa de ramener à Fortenelle ces merveilles qu'étaient les lampes à pétrole, la photographie ou encore les couteaux à cran d'arrêt. Le bougre s'était mis à l'école de la rue, au quartier des Halles, où il fit ses classes aux côtés d'un détective chevronné, Le Chartier, spécialiste en crocheteurs, maîtres ès larcins, aigrefins, mauvais larrons et autres gueux qui hantaient les lieux. Celui-ci tenait un cabinet dans une impasse sordide occupée en permanence par des ivrognes qu'il fallait enjamber ou auxquels il fallait bailler cinq sous pour qu'ils vous fassent la faveur de s'écarter. Une modeste plaque indiquait :

Honoré Le Chartier
Diplômé de l'École des Hautes Études criminelles d'Oxford
Détective assermenté près le Tribunal de Paris
Reçoit sur rendez-vous uniquement

Henry de Montaigue, un peu accablé par la chaleur de ce jour d'été — pourtant, on l'avait prévenu que la Caroline du Sud était l'exact contraire du Canada où il venait de passer six mois —, cherchait ses valises du regard dans l'amoncellement de balles de coton et de tabac, de caisses de morue séchée, de barriques de salaisons et de bagages qu'une nuée de porteurs avait déballés sur les quais du port de Charleston. Il ne voyait, pour l'heure, qu'un seul de ses sacs en cuir, sans savoir duquel il s'agissait, de celui qui contenait ses vêtements ou de l'autre, celui dans lequel il avait rassemblé, veillant à les entourer avec soin de papier journal, ce qu'il désignait sous le vocable, pour le moins alambiqué, d'attirail d'investigation légale : d'abord ceux qui avaient déterminé sa vocation précoce, sa chère vieille loupe dont le verre avait acquis, au fil du temps, une étrange patine, et son pendule, instrument infaillible, parfaitement insensible aux variations climatiques ainsi qu'aux humeurs, parfois exécrables, de son maître. Puis, un astrolabe, une équerre, une carte récente du continent américain éditée à Londres par la National Geographic Society (la plus fiable donc du moment), un dictionnaire d'anglais et un autre d'espagnol, un exemplaire annoté par ses soins de *La Légende des siècles* et enfin un pistolet. Oui, un pistolet, arme dont il n'avait jamais eu à se servir en Europe mais qui, ici, dans ces terres sauvages, lui semblait indispensable à sa sécurité, sinon à sa survie. Car le détective Henry de Montaigue n'avait pas enjambé l'Atlantique de gaieté de cœur mais par défi. À la mort de son patron, il avait tout naturellement recueilli sa clientèle, laquelle ne cessait de s'élargir, pour des raisons qu'il ne s'expliquait pas vraiment, le nombre de maris estimant être encornaillés par leurs tendres moitiés ou de grands-pères soupçonnant leurs héritiers d'avoir modifié à leur insu leur testament ne faiblissant jamais. Or, c'est au moment exact où il envisageait de quitter sa vie de célibataire, et donc de courir la gueuse, qu'un événement pour le moins extraordinaire, dont il sera question plus avant, modifia le cours jusque-là routinier de son existence.

Son deuxième sac fut le tout dernier bagage à sortir des cales du navire et surmontait désormais, telle une crête de coq un peu dérisoire, l'amoncellement de marchandises de toutes sortes et de malles en bois ouvragé que guettaient, eux aussi, le visage anxieux, des passagers que l'éprouvant voyage, depuis les eaux froides de la Nouvelle-Écosse, avait comme anesthésiés. Finis, les rires bruyants des femmes, les cavalcades d'enfants chamailleurs dans les coursives ou les éclats de voix de ces gentlemen à la perruque soignée qui disputaient des parties de cartes dans le salon-fumoir du pont avant. Comme pour se rassurer — sans doute parce que cette Caroline du Sud ne lui inspirait rien de bon à cause de tous ces grands Nègres au buste nu qui déchargeaient, en poussant des « ahan ! » gutturaux, chaque nouveau bateau qui accostait, à cause de ces nuées de moustiques qui n'avaient cesse de harceler son visage empourpré et dégoulinant de sueur, à cause, surtout, de l'accent de ces Américains, si empâté qu'il avait toutes les peines du monde à déchiffrer la moindre de leurs phrases, lui qui, pourtant, sur les conseils de son vénéré maître, s'était fait un devoir d'apprendre la langue de la perfide Albion

— Henry de Montaigue tapota pour la énième fois la poche intérieure de sa veste. Ouf! Elle se trouvait bien là, recouverte par un mouchoir de soie, cette photographie qu'il avait tant de fois regardée, retournée en tous sens, scrutée à la loupe, sans qu'il parvînt, hormis la splendide chevelure noire de la créature qu'elle représentait, à l'incruster dans sa mémoire. C'était là chose rare! Il lui suffisait d'apercevoir un individu une seule fois, d'entendre le timbre d'une voix, pour qu'il sache les reconnaître à coup sûr des années plus tard.

« Pour entretenir son cerveau, rien de mieux que d'apprendre des poèmes! » lui avait conseillé son maître, Le Chartier, qui affectionnait les émois amoureux de Ronsard et qui, à la demande ou pour épater ses clients, n'hésitait pas à en déclamer.

Prenant place dans la file de passagers que rudoyaient des douaniers à l'uniforme vaguement prussien, il sortit la photographie avec précaution, affectant un air distrait, et la contempla à nouveau : cette jeune fille était d'une beauté banale. Avant que le père de celle-ci ne la lui eût confiée, quelques mois plus tôt, Henry de Montaigue était persuadé, comme tout un chacun, qu'un beau visage ne s'oubliait pas. Par la fenêtre du fiacre qui le ramenait chaque soir à son domicile de la rue de la Commanderie, dans le quartier du Temple, il prenait un infini plaisir à repérer, parmi les bougresses qui se hâtaient avant la tombée de la nuit, repasseuses, marchandes de fruits, servantes d'auberge ou simplement ribaudes aux atours rutilants, celles qu'Aphrodite n'eût pas dédaigné d'accepter à sa cour. Et quand l'une d'elles le frappait vraiment, il ne manquait pas de la reconnaître les jours suivants, n'hésitant pas à faire arrêter son fiacre pour la suivre, notant son adresse, ses habitudes, s'imprégnant de son parfum ou de sa voix, pour finir par l'aborder, un mois ou deux plus tard. Contre paroles flatteuses ou espèces sonnantes et trébuchantes, peu d'entre ces donzelles résistaient aux avances du détective. Quoique ces aventures fussent généralement brèves, les traits de celles dont il avait partagé la couche demeuraient à jamais gravés dans son esprit. Or, voici que le visage de cette Adèle, pourtant portraiturée avec art, se dérobait, le contraignant, de mauvais gré, à l'examiner sans cesse.

Quand le tour de Montaigue arriva, le douanier examina avec intérêt son passeport avant de battre le rappel de ses collègues qui s'exclamèrent d'une même voix : « *You're welcome, young gentleman !* » (Bienvenue, jeune homme !) en lui faisant une accolade à tour de rôle. Et sans lui poser la moindre question, il fut conduit à un bureau tenu par des militaires affairés. Le détective ne comprit ce qui lui arrivait qu'au moment où un sergent au regard sévère, qui l'avait fait asseoir, lui demanda s'il savait monter à cheval et dans quelle arme il préférait servir. On l'avait pris pour un volontaire français ! De ceux qui venaient combattre les Yankees dans les rangs des confédérés sudistes par nostalgie de l'esclavage. Les Américains, en effet, s'entre-déchiraient depuis bientôt trois ans. Henry de Montaigue se souvint alors qu'on en parlait beaucoup à la taverne O'Brady, à Halifax, où le fameux lieutenant Pinson était d'avis de les laisser s'entre-détruire afin que l'Angleterre puisse reconquérir ce territoire qu'elle avait découvert, qu'elle avait civilisé et qui s'était, mesquinement, soustrait à sa bénéfique emprise. Montaigue eut beau expliquer qu'il n'avait aucune intention de s'enrôler dans les troupes de la Caroline du Sud, supplier qu'on le laissât continuer sa route, il fut envoyé sans délai dans un régiment qui s'apprêtait à partir au combat...

Adèle accepte de poser son derrière sur une chaise. Enfin. Elle a cessé de trembler mais ses yeux continuent à papillonner dans le vide. Pendant l'affrontement entre les deux Nègres, elle n'en a pas profité pour s'escamper, se laissant même happer à tour de rôle par leurs bras couturés de coups de rasoir. Le plus âgé, simiesque à souhait, ne cessait de hurler :

« *Gi-me, my gal, you fucking black bastard !* » (Laisse-moi ma bonne femme ! Espèce de foutu bâtard de négro !)

Et d'avancer, arme au poing (un bec d'espadon-mère), trouant l'air surchauffé de midi, damant le sol avec une rage qui effrayait la foule, laquelle reculait au même rythme que son adversaire. Ce dernier, un freluquet vêtu à la dernière mode londonienne, n'avait pour se défendre qu'un dérisoire canif-Sheffield. Pourtant, il s'entêtait à morguer le colosse, à danser autour de lui, à esquiver ses attaques et, prenant les gens à témoin, il bravachait :

« *That white gal is mine! I've fucked her and fucked her and fucked her and she does love it... Hey, dont'y you love it, baby?* » (Cette fille blanche m'appartient! Je l'ai baisée-baisée-baisée et elle aime ça... N'est-ce pas que t'aimes ça, ma chérie?)

Ballottée d'un bougre à l'autre telle une poupée de chiffon, c'était miracle qu'Adèle ne reçût pas un coup fatal. Seule sa manche gauche fut déchirée par la pointe du bec d'espadon qui lui érafla aussi la peau. Quelques gouttes de sang maculèrent sa robe de mariée, ce qui provoqua un « Oooh! » d'effroi dans le public. Céline Alvarez Bàà se décida, à cet instant précis, à intervenir. Elle n'avait pas fini de haler la jeune fille hors du cercle des combattants que le colosse enfonçait son arme dans le bas-ventre du jeune Nègre, puis la retira tout aussi brutalement, ce qui eut pour effet d'éviscérer ce dernier net. Les dents du bec d'espadon ramenèrent au-dehors ses boyaux, son foie, sa rate ainsi qu'une sorte de bouillie informe à l'odeur nauséabonde. Céline prit la jeune fille par le bras et l'entraîna en six-quatre-deux à travers les ruelles qui reliaient les quais à la vieille ville. Curieusement, une partie de la badaudaille s'en prit à Adèle :

« *Fucking english whore! You've killed an innocent man!* » (Espèce de putain anglaise ! T'as tué un gars innocent !)

La blancheur stupéfiante d'Adèle, rehaussée par la demi-obscurité de la case, laisse Céline Alvarez Bàà sans voix. Adèle fait mine d'accepter une timbale d'eau fraîche mais ne fait qu'y tremper ses lèvres. Celles-ci sont fissurées par endroits, boursouflées en d'autres. Chose qui n'atténue en rien sa fragile belleté. Adèle se lève brusquement, se rue vers la porte, revient sur ses pas, triture son chapeau orné de plumes d'autruche. La Négresse s'approche d'elle et lui mignonne les poignets, puis l'avant-bras, ensuite le cou, enfin les joues. Avec une lenteur infinie, avec une tendresse presque maternelle pour quelqu'un qui n'a jamais enfanté. Adèle se laisse faire. Son corps se fait soudain flasque. Elle s'affaisse sur le dossier de la vieille berceuse en rotin qui se met à craquer de toutes parts.

« *Who are you? Who are you, madam?* » (Qui êtes-vous ? Qui êtes-vous, madame ?) répète-t-elle.

Céline ne parvient pas à articuler le moindre mot. Elle s'emploie à essuyer le front ruisselant de sueur de la jeune fille. Il n'y a pas un brin de vent pour adoucir le début de l'après-midi. Dehors, même les chiens sans maître ont cessé de se disputer les ordures. Adèle pose la tête sur la poitrine de sa protectrice, interminablement. Les deux êtres restent ainsi soudés jusqu'au soir, sans parler ni bouger. Seul le souffle puissant de Céline Alvarez Bàà, le monter-descendre de ses seins, insuffle un peu de vie à cet étrange assemblage. « Et toi, petite, qui es-tu ? finit par s'agacer la pacotilleuse, un peu furieuse de s'être laissé ainsi attendrir. Tu m'as fait perdre un temps précieux et voici que mes pratiques vont me considérer comme une femme pas sérieuse ! J'avais promis un pot de vaseline de Curaçao à miss Wilkinson qui a les cheveux rebelles et du tabac à chiquer de la Jamaïque au révérend Andrew. Avec ce bougre-là, pas question de plaisanter ! Même au Bondieu il n'accorde la moindre faiblesse. Serais-tu une Blanche de la Martinique ? Ou alors de la Guadeloupe ? De la Louisiane peut-être ? Allez, n'aie crainte, tu peux t'ouvrir à moi ! Tu parles convenablement l'anglais, jusqu'à tromper ton monde, chère enfant, mais moi, j'ai deviné la pointe d'accent français que tu t'appliques à cacher. »

Adèle garde un front buté. Elle frotte sa robe de mariée élimée comme pour la débarrasser des assauts de trente-douze mille créatures invisibles auxquelles elle jette des regards féroces. Céline Alvarez Bàà se signe prestement. Cette petite serait-elle envoûtée ? Serait-elle la victime d'un de ces charmes maléfiques que les vieux Nègres aux mains sales lancent contre les créatures innocentes ?

Lorsque la jeune Blanche s'endort enfin, sur le siège même où la pacotilleuse a passé tant d'années à méditer, le plat de sa main gauche s'ouvre doucement sur ses genoux. Céline s'agenouille alors. Écarte le pouce encore à moitié replié et tente d'en lire les lignes. Sursaute. Celle qui indique la durée de la vie est longue, exagérément longue. Par contre, toutes les autres n'expriment qu'insatisfaction et tourments.

Dans la poche de sa robe, Céline découvre une liasse de feuilles, quelque peu jaunies, couvertes d'une écriture torturée qui porte le titre de « Journal d'exil ».

« Est-ce donc cela le Nouveau Monde dont rêvent tant de jeunes âmes enfiévrées en Europe ? Cette Europe si lasse et vieille d'avoir porté seule, depuis tant de siècles, le fardeau de l'humaine grandeur. Canada, États-Unis et maintenant Barbade. Bientôt sept longues années d'absence. Chaque fois, un pas de plus dans l'obscure frénésie d'hommes et de femmes qui font fi de tout héritage, acharnés à vouloir tout recommencer comme si l'effroi de vos forêts, l'inouï de vos plaines où le soleil se couche précipitamment, l'éclat féroce de vos plages blanches et désertes où semblent battre en sourdine des tambours guerriers, comme si tout cela vous donnait le droit d'ignorer poésie, peinture, sculpture, tout ce qui enchante notre si bref passage sur terre. Ma logeuse, à Halifax, s'étonne de me voir écrire tout le jour. Entrée une fois à l'improviste dans ma chambre, elle a voulu, usant d'un ton plein de compassion, m'apprendre à tricoter!

« Ma sœur, ma sœur adorée Léopoldine, emportée à un âge tendre par la soudaine furie de la Seine, eût aimé connaître ces terres si singulières, aventureuse qu'elle était. Son souvenir me hante à toute heure du jour et de la nuit car si elle avait trouvé l'amour — et quelle vénération lui portait Charles! — elle n'a guère eu le temps d'en profiter. Qui en est responsable? Dieu? La destinée? Les forces obscures qui entravent notre existence, semant devant nos pas mille et une embûches? Ou, au contraire, sa propre intrépidité. Je ne saurais le dire. En tout cas, mon père a eu, au moins une fois dans sa vie, ce bonheur désolant de marier sa fille, comme il l'a si joliment écrit. Quant à moi, si je suis bien vivante (et tout un chacun s'est toujours accordé, en dépit de ma maigreur, à me trouver une excellente santé physique), je suis loin, très loin, de mon but. Albert semble se jouer de moi. Tantôt il paraît très proche, presque à portée de mes mains, tantôt il se fait lointain, évanescent, quand il ne m'accable pas de sa mésestime. Qu'ai-je donc fait pour mériter semblable inconstance? Moi à qui des hordes de prétendants, plus fortunés les uns que les autres, ont demandé la main et dans leurs plaidoyers il y avait tant d'adoration que j'en frémissais de colère. Pour qui se prenaient-ils, ces faquins qui croyaient pouvoir cueillir l'éclat de ma jeunesse ? Mon mariage ne se fera qu'avec une seule et unique personne. La seule à me mériter : le lieutenant Albert Pinson du 16ᵉ de ligne.

« Mon père s'est d'emblée montré circonspect, sinon réticent, envers cette attraction irrésistible qui n'avait de cesse de me pousser vers celui qu'il qualifiait de "fantasque officier saxon". J'ai dû quitter l'Europe à son insu, presque comme une voleuse, et je suis sûre que sa petite Dédé lui a brisé le cœur, lui qui souffre mille morts de ne pas se trouver à Paris parmi ses pairs, lui qui se morfond à Guernesey, îlot pas plus grand que la Conciergerie, cette sinistre prison où mes frères Charles et François-Victor furent, un temps, jetés. Mon père qui vit au ralenti au sein d'une population qui lui porte un grand respect sans rien connaître de ses œuvres. Qui, malgré l'affection dont nous l'entourions, vit dans la plus haute des solitudes. Solitude du poète, solitude du réprouvé surtout. Je sais qu'il n'en veut pas seulement à Napoléon le Petit mais au peuple français qui n'a pas encore daigné reconnaître son génie. Car, déterminé, dès la plus tendre enfance, à devenir Chateaubriand ou rien, il a largement dépassé son modèle. Tout lui réussit : poésie, théâtre, pamphlet, roman. L'Europe entière nous envie un tel esprit et, pourtant, les Français l'oublient peu à peu. Flattent des plumitifs et des besogneux du vers. Des gens de lettres qui n'ont pas plus d'envergure que des garçons de ferme.

« Ah, que d'amour il nous portait, à Léopoldine et à moi, sa petite Dédé ! Et ce poème à nous dédié, ce poème qui porte ce titre d'une sublime simplicité, "Mes deux filles", que je me récite quand le désarroi menace de m'assaillir. Qui m'est une prière plus vivifiante que toutes ces litanies chrétiennes dont Annette, notre vieille servante, me voyant privée de catéchisme, avait bassiné mon enfance. Et surtout l'ultime vers de ce poème, pur joyau qui n'a de cesse qu'il me ravisse tout en m'étonnant :

Un vol de papillons arrêté dans l'extase

« Ah, si Hugo pouvait voir l'Amérique ! Comme la force sauvage qui l'habite eût trouvé à s'employer ! Je ne désespère pas qu'un jour il traverse l'océan. Je le pressens à travers ses lettres chaque jour plus passionnées (auxquelles je me garde pourtant de répondre). Notre vieux continent est désormais trop étroit pour lui. »

Si donc, mesdames-messieurs de la compagnie, j'habite l'entièreté de mon nom, c'est par la fin qu'il convient de l'envisager si l'on veut comprendre qui je suis et le pourquoi du comment. Bàà ! Oui, Bàà avant d'être Céline et Alvarez. Nom que les douaniers ont toujours peiné à inscrire sur leurs fiches, qu'ils déforment en « Baha » ou « Bara » selon les îles et leurs parlures bien que je ne sois plus, depuis etcetera de temps, une inconnue pour personne. L'ai-je d'ailleurs jamais été ? Ma mère, Carmen Conchita Alvarez, native de Santo Domingo, la plus vieille cité des Amériques, était déjà fille de pacotilleuse et me lâchait, avec un sourire nerveux, lorsque nous devions affronter quelque avanie : « Inutile de nous affoler, *negrita mía,* partir-revenir est notre destin et rien ni personne ne nous arrêtera ! » Nous embarquions à bord de voiliers ou de goélettes qui semblaient ne pas avoir de destination définie à l'avance. Ils vous promettaient les fastes de Caracas et six ou huit jours plus tard, vous vous retrouviez sur les quais sordides de Roseau, en l'île de la Dominique où survivent les ultimes descendants des Indiens caraïbes. Ou, au contraire, bien plus au nord, dans la rutilante Havane où l'esclavage n'avait pas encore été aboli. On y voyait des Nègres en livrée, suant toute l'eau de leur corps, qui s'escrimaient à suivre au pas de course les calèches de leurs maîtres, ces derniers très fiers de leurs rouflaquettes poivre et sel, un fouet toujours haut levé à la main, considérant le monde à-quoi-dire des immortels. Ma mère et ses commères pacotilleuses avaient beau protester, exiger le remboursement de leur passage, rien n'y faisait. Les capitaines de ces navires surchargés de bœufs, de barriques de rhum et de salaisons, de caisses de morue séchée, de balles de tabac, se contentaient de hausser les épaules, l'esprit ailleurs. Que valaient ces quatre-cinq femmes et leurs paniers remplis de colifichets que l'on parquait durant le voyage dans un coin du pont avant, là où l'on reçoit en pleine figure la rudesse des vagues ?

C'est pourtant par la grâce de tels hasards que ma mère, l'Andalouse noire, s'accointa avec l'Africain Bàà. Cet événement eut lieu le 12 janvier 1812 si j'en crois son calendrier car les pacotilleuses étaient bien les seules et uniques personnes de tout l'Archipel à se soucier de l'exact du temps. Une pacotilleuse sans calendrier n'en mérite pas le titre, me ressassait ma mère. Et de fait, elle inscrivait sur le sien les lieux et les dates où elle devait s'approvisionner et ceux où elle devait effectuer ses livraisons bien qu'elle se trouvât, plus souvent que rarement, dans l'impossibilité de les respecter. Il y allait de son honneur ! À ses clients — qu'elle préférait appeler « ses pratiques » — qui l'accablaient de reproches, il lui suffisait d'exhiber les encoches qu'elle y avait faites pour leur prouver que son retard n'était pas dû à de la négligence. Toutes ses consœurs ne s'en tiraient pas aussi bien. J'ai ainsi gardé en mémoire la fin tragique d'une câpresse de la Guadeloupe, Ariane, qui promettait depuis des mois à un commerçant en toilerie et quincaille de son pays un lot de coutelas de Saint-Domingue, les plus maniables qu'on pût trouver à cette époque. Leur lame fine et brillante ne glissait point sur la tige de la canne à sucre au moment de la sectionner et leur poids était très supportable pour les poignets trop frêles. Coûtant plus cher que ceux d'Angleterre ou de France, les planteurs guadeloupéens rechignaient à en importer et nombre de coupeurs de canne s'en procuraient eux-mêmes sur leur maigre solde. Le commerçant, avec lequel Ariane était emmanchée, se trouvait être le seul de toute l'île à en vendre et ne se privait pas de forcer sur le prix. Jusqu'au jour où le bateau nous déposa en Haïti et non en la ville de Basse-Terre où la câpresse était très attendue. À ce que me raconta ma mère, le commerçant hanta le port, des semaines durant, guettant notre arrivée. En vain. Sa colère finit par être connue de tous les marins qui pérégrinaient à travers l'Archipel, ses menaces aussi. Ariane n'en eut cure. Elle était sûre de son bon droit. Elle pressait son calendrier sur sa poitrine tel un protègement et déclarait à ceux qui tentaient de la dissuader d'accoster un jour dans la capitale de la Guadeloupe :

« Ma livraison était prévue pour la deuxième quinzaine de mars, ce n'est pas de ma faute si nous sommes déjà au début du mois de mai. Voyez vous-mêmes, c'est inscrit là ! »

Ma mère était fort inquiète pour sa commère. Je

la surprenais la nuit à marmonner des prières à la Vierge Marie, égrenant avec frénésie un petit chapelet en argent qu'elle tenait ordinairement caché dans les replis de sa grand'robe. Carmen Conchita Alvarez était une bondieuseuse et croyait que tout ce qui lui arrivait était le résultat de la volonté divine. Elle s'adressait à Marie en espagnol, à Dieu le père en anglais ou en hollandais et à Jésus en français sans que jamais elle ne m'expliquât les raisons d'un tel choix. Certaines nuits sans lune où l'équipage s'était assoupi plus tôt que de coutume et où notre navire semblait dériver sur un immense nuage noir, je la surprenais à invoquer Papa Legba en créole d'Haïti. À l'approche de Basse-Terre, un vol d'oiseaux-mensfenils lui parut un sinistre présage. Elle prit Ariane par le bras et la supplia de ne pas mettre pied à terre. « Ma sœur, j'ai plus d'expérience que toi et je sens les choses. Il n'y a rien de bon pour toi dans les jours qui viennent. Reste à bord, nous descendrons ensemble à Castries. Là, je connais quelqu'un qui t'achètera tes coutelas à un prix raisonnable. Ariane, écoute mes paroles ! Ce n'est pas la peine de jouer à la tête-raide devant le destin. » La câpresse fit la sourde oreille. Mieux : elle se para de ses plus beaux atours, se farda, se pomponna les joues avec de la poudre couleur d'abricot-pays à la mode à cette époque-là, se chaussa de talons extravagants, de ceux que portent les jours de fête les mamzelles de petite vertu de Carthagène des Indes. Lorsque notre navire fut amarré à quai, elle alluma un imposant cigare et, entrevisageant l'équipage d'un air dédaigneux, s'écria : deux bouteilles de rhum à celui qui me débarquera mes paniers !

Puis, elle se mit à tirer sur son cigare en lâchant d'énormes volutes de fumée bleutée, première passagère à se présenter à l'échelle de coupée. Ariane n'y avait pas posé le pied qu'une détonation figea le monde d'un seul coup. Les mensfenils qui tournoyaient au-dessus de notre navire s'égaillèrent. Marins et passagers s'arrêtèrent dans une stupeur. Personne n'ouvrit la bouche pendant un siècle de temps. À hauteur de la poitrine d'Ariane, un filet de sang se mua en un flot bouillonnant qui envahit son beau corsage brodé et sa jupe d'organdi. Incrédule, elle demeura un instant immobile, la main droite agrippée au bastingage, la gauche tenant encore à mi-corps son cigare avant de s'effondrer comme une masse dans l'eau sale du port. La suite ne m'est pas connue avec exactitude. J'avais à peine huit ans quand ce drame se produisit. Ma mère m'enveloppa prestement entre ses jupes et regagna le pont avant d'où elle ne voulut point s'éloigner tant que notre navire fit escale à la Guadeloupe. Je la voyais pleurer pour la première fois, elle que j'avais toujours connue serrant les dents et bandant les muscles — qu'elle avait presque aussi saillants que ceux d'un homme — lorsqu'elle était victime de quelque macaquerie de la vie. Ainsi qualifiait-elle toutes les mauvaises passes qu'elle avait eu à subir en trente-sept années d'aller-venir. C'est ainsi qu'à ses yeux ni la Vierge Marie ni aucune autre créature divine n'était responsable du viol que lui avait fait subir deux jours durant un équipage entier qui s'était mis à s'enivrer parce que son capitaine, atteint de la fièvre jaune, était constamment alité et lui baillait des ordres contradictoires. Telle était ma mère qui disait sa bisaïeule native d'Andalousie, descendante de ces Maures qui avaient choisi de se convertir à la religion chrétienne pour n'avoir pas à retraverser le détroit de Gibraltar. Notre ancêtre, Luisa de Navarette, était princesse à la cour du roi Boabdil, commandeur des croyants, vantardisait-elle. Tous ces noms somptueux — Espagne, Andalousie, Gibraltar, Boabdil — hantaient mes songes lorsque, à la nuit venue, ma mère s'asseyait à même le sol et m'attirait entre ses cuisses pour me papilloter les cheveux. Mais tout ceci n'explique pas pourquoi je porte ce nom venu de Haute-Guinée qu'est Bàà et pourquoi, voulant parler de celui qui me l'a offert, ma parole a déviré de chemin, faisant la part belle à ma mère et à sa confrérie de marchandes caquetantes. J'y reviendrai forcément...

La Nouvelle-Écosse ne mérite son nom qu'au regard de son seul climat (encore qu'on eût dû la nommer l'Extrême-Écosse). Halifax est emprisonnée dans un impressionnant manteau de neige et de glace. Des vents violents en balayent les rues trop larges où les rares passants ressemblent à des oiseaux migrateurs en perdition. Adèle Hugo trouve à se loger dans une auberge au confort plus que fruste où les propriétaires la traitent sans ménagement, croyant avoir affaire à une native du Québec, ou pire à leurs yeux, d'Acadie, l'ancienne dénomination du pays. *Bloody frenchies !* est leur juron favori, bien qu'ils ne portent pas non plus les Américains dans leur cœur. Adèle parvient à faire tenir un billet au lieutenant Pinson dont la garnison a pourtant des airs de camp retranché. Malgré le froid polaire, des gardes britanniques, vêtus de rouge, un bonnet d'astrakan sur la tête, montent la garde à chacune de ses trois entrées, tenant les curieux à bonne distance. Ce mot, transporté contre force shillings, par le boulanger qui approvisionne le district, se veut laconique :

« Mon Albert, mon ange, ton Adèle t'a enfin rejoint. L'océan ne nous sépare plus. Je suis là à t'attendre, prête à fixer la date de notre union. Celle qui ne vit que pour toi. »

Les jours s'enfuient sans lui apporter de réponse. Elle a beau guetter, au petit matin, la charrette du boulanger, ce dernier ne lève même pas les yeux jusqu'à sa fenêtre. Il décharge ses sacs de pain avec force injuriées qui font pouffer de rire les servantes. Au début, Adèle s'adonne à une promenade dans le parc qui fait face à la caserne, à la fois pour tenter d'apercevoir Pinson et pour tromper l'ennui. Son piano lui manque, ce beau piano que son père avait fait installer dans le salon de Hauteville House et sur lequel elle jouait du Brahms avec un talent que célébraient tous leurs invités. Et ce n'est pas à dire qu'ils étaient rares! La maison Hugo était sans cesse agitée par les visites de proscrits et de réprouvés, fuyant Napoléon le Petit ou quelque tyran d'Europe centrale, de poètes en herbe émerveillés à l'idée d'approcher le grand homme, d'officiers de marine en escale et de bons bourgeois de Guernesey, plutôt intimidés.

Adèle tapote le montant de son lit, griffe avec nervosité le rebord de sa fenêtre, murmure des oraisons de son cru en fermant les yeux. La nuit, elle se couvre la tête de son oreiller pour ne pas entendre le vacarme des ritournelles écossaises ou irlandaises qu'entonnent, dans la salle principale de l'auberge, des cohortes d'ivrognes, ouvriers des manufactures, soldats et marins mêlés. Adèle attend et son attente n'a pas de fin. Elle sait qu'Albert lui répondra, qu'il doit être en train d'envisager les détails de leur vie commune, de chercher un cottage, sans doute à l'écart de la ville, aux abords de cette sombre et belle forêt que la jeune femme n'a fait qu'apercevoir à son arrivée. Aucun doute ne la ronge tant elle est sûre de la réciprocité de leurs sentiments.

Chaque semaine, elle se rend au bureau de la société des changes afin d'y percevoir la pension que continue à lui verser son père. L'employée l'accueille toujours avec un sourire avenant mais scrute longuement le passeport de cette miss Neuville, Laure de son prénom. « *There're so many Yankee spies around here !* » (Il y a tant d'espions yankees dans les parages !) s'excuse-t-elle. Pour tromper l'ennui, Adèle tente de se procurer du papier à dessin et des crayons. On lui rit au nez. Dessin et peinture sont inconnus dans cette partie de l'Amérique ! Elle ne parvient à dénicher qu'un papier grossier à la vilaine couleur marron qui sert à emmailloter les bouteilles de sirop d'érable et quelques plumes d'écolier qui menacent de se casser pour peu qu'on appuie trop sur leur pointe. C'est qu'Adèle faisait aussi l'admiration des visiteurs qui se pressaient autour de Victor Hugo pour le talent avec lequel elle croquait bouquets de fleurs, paysages marins et, plus rarement, visages de femmes pensives tout droit sorties de son imagination. « Ma petite Dédé a hérité des pouvoirs des Neuf Grâces ! » s'exclamait Hugo, admiratif, à un auditoire sous le charme. Pourtant, Adèle se sait fort modeste dessinatrice par rapport à son père.

Adèle attend. À Halifax. Et son attente n'a pas de fin.

[À ma voyageuse

Bel oiseau couleur de l'avant-monde
qui porte l'écho de nos douleurs inapaisées
La mer est ton miroir, le ciel ton langage
S'il faut t'attendre, j'interrogerai les cernes d'or

et les promesses du devant-jour et les décombres du soir
quand soudain, tout autour de moi me rappelle
les fardeaux d'une vie
les fleurs du corossolier qui se fanent
à notre insu, ô douleur qui sourd de la pierre, féroce !
Bel oiseau chamarré de songes, ta gloire m'émeut
Elle si impalpable, si roturière que nul ne songe à la chanter
Hormis ma plume en ses élans primesautiers.

MICHEL AUDIBERT]

L'événement sans précédent qui avait poussé le détective Henry de Montaigue à quitter son cabinet pourtant florissant des Halles pour s'aventurer aux Amériques — « Elle se trouve quelque part là-bas, avait maugréé le vieux monsieur tout en s'efforçant de sourire. Entre le Grand Nord canadien et la Patagonie, vous voyez ? » — s'était produit au jardin des Tuileries, un lieu qui n'était point dans ses habitudes mais où il avait été contraint de faire le guet pour les besoins d'une enquête. Un certain M. Robillard, commerçant en vins et liqueurs fortes, aux manières frustes d'Auvergnat, nourrissait de vifs soupçons à l'endroit de sa jeune épouse, une prénommée Germaine, avec laquelle il avait convolé l'année d'avant, en troisièmes noces, pour la raison que la demoiselle était soudainement devenue rêveuse. Non seulement il lui arrivait de se tromper dans les commandes — elle était le bras droit de son établissement — mais elle prétextait des visites à une tante âgée et percluse pour s'absenter des heures durant dans un quartier éloigné dont elle s'était toujours refusé à préciser le nom. Germaine était, en effet, quelqu'un d'une susceptibilité à fleur de peau et exigeait de son mari une confiance absolue arguant du fait, chose parfaitement vraie, qu'elle s'était liée à lui bien avant qu'il ne fît fortune. Le commerçant avait dû se résoudre à faire appel à un détective, trop occupé qu'il était pour pouvoir la filer, « sans compter qu'elle est plus maligne qu'une musaraigne », avait-il ajouté au moment de remettre à Montaigue ses premiers émoluments. Il n'avait pas tort : le détective avait mis plusieurs semaines avant de découvrir le lieu de ses rendez-vous galants. C'est que la donzelle ne s'y rendait jamais directement, s'arrêtant ici et là à la devanture des magasins, visitant des amies de chez qui elle sortait par des portes dérobées quand elle n'y demeurait pas des heures entières. Mais en final de compte, le flair aidant, le détective l'avait surprise au jardin des Tuileries avec un gandin sur le retour qui lui baisait les mains jointes contre son cœur, l'abreuvant sans doute de paroles enflammées. L'apparente froideur de la jeune femme avait dissuadé Montaigue d'en avertir tout de suite le mari cocu. Il voulait en avoir le cœur net. Dès qu'elle se trouvait aux côtés de son amant, la Germaine n'était plus la jeune femme enjouée, un peu trop bavarde à son goût, qu'il avait appris à connaître. Elle se tenait assise toute droite sur un banc du jardin, rigide même, le visage impassible, et ne répondait presque jamais à celui qui, à vue d'œil, se mourait d'amour pour elle. Il y avait là un vrai mystère que le détective s'était fait fort de décrypter, dût-il y passer des mois et le commerçant en vins s'impatienter, menaçant de se passer de ses services.

Henry de Montaigue avait donc pris l'habitude d'aller attendre le couple directement aux Tuileries, même s'il avait appris de son maître, Le Chartier, qu'il fallait se défier des habitudes de ceux que l'on prenait en filature. En effet, se sachant, le plus souvent, en faute, ces personnes cherchaient à donner le change par pur réflexe de survie, quand ce n'était pas de manière délibérée. L'épouse volage de l'Auvergnat était une experte en la matière mais quelque chose disait au détective que le digne vieux monsieur avec lequel elle avait ses rendez-vous galants n'était pas du genre à se livrer à ce genre de facéties. D'ailleurs, s'il avait craint qu'on ne découvrît leur liaison, il eût évité de la rencontrer au beau milieu d'un parc très fréquenté l'après-midi. Or — et c'était là ce qui intriguait le plus Henry de Montaigue — il ne faisait absolument pas preuve de discrétion. Bien au contraire, une fois qu'il eut chastement baisé le front de la jeune femme et caressé sa longue chevelure, il s'adressait démonstrativement à elle, se déplaçait autour du banc où elle se tenait figée, le visage subjugué, prenait le ciel à témoin, s'arrêtant brusquement dans des poses de tragédien. Le même manège six ou sept fois recommencé, pendant un bon mois, finit par lasser Montaigue, d'autant que le commerçant montrait des signes de vive impatience face aux maigres résultats qu'il lui présentait. En fait, appliquant une règle d'or de sa profession, le détective ne lui avait pas révélé l'existence du vieux beau. Tant qu'il n'aurait pas percé l'identité de ce dernier, il se devait de le présumer père, oncle ou parrain. Voire banal ami. Pourquoi pas ? Le problème, c'est que le détective n'avait aucun moyen de s'approcher du couple, sauf à utiliser un procédé grossier auquel, au terme d'un mois et demi de vaine observation, il dut se résoudre. Il acheta un bracelet à vil prix, fort ressemblant à du vrai or, et crânement s'avança vers Germaine en lui lançant d'un ton traînant et aviné :

« M'âme, elle a p't-être perdu ça, hein ?... Faut faire attention à ses bijoux par ici ! Et puis, c'est pas bien pour c'lui qui t'l'a offert. »

Les deux roucouleurs ne l'avaient pas entendu arriver à cause des feuilles mortes qui tapissaient le sol. À la grande stupéfaction de Montaigue, il découvrit que le vieil homme, loin de déverser un flot de paroles enfiévrées sur sa jeune conquête, lui récitait des vers. Oui, fichtre ! Des vers. Il reconnut sur-le-champ du Victor Hugo. Aucun doute là-dessus. Le Chartier, son maître, avait pour habitude de déclamer de vastes pans de sa poésie pour entretenir sa mémoire, invitant son jeune élève à l'imiter. Les mots que le barbon adressait à l'épouse de l'Auvergnat d'une voix de stentor, que couvraient par instants les criailleries d'enfants qui jouaient à la poursuite dans les allées, étaient les suivants :

La tempête qui fuit d'un orage est suivie.
L'âme a peu de beaux jours ; mais, dans son ciel obscur
L'amour, soleil divin, peut dorer d'un feu pur
Le nuage errant de la vie.

Hélas ! ton beau nuage aux hommes est pareil.
Bientôt tu le verras, grondant sur notre tête,
Aux champs de la lumière amasser la tempête,
Et leur tendre en éclairs les rayons du soleil !

Et Germaine de le regarder, yeux écarquillés, comme si elle avait affaire à un spectre. Et Germaine de se tenir immobile, coite, l'air parfaitement imbécile. Et l'homme de continuer, sans sourciller, sa déclamation, s'adressant davantage aux oiseaux mutins et aux arbres qu'à celle dont, à l'évidence, il s'efforçait de gagner les faveurs. Puis fatigué, il se laissa tomber lourdement à côté d'elle, cela au moment où Montaigue présenta à la jeune femme le bracelet. Les deux amoureux n'y virent que du feu. Elle examina brièvement le bijou avant de déclarer qu'il ne lui appartenait pas. Volage mais honnête ! se dit le détective. Hugo — car celui-ci eut confirmation qu'il s'agissait du grand homme et faillit tomber à la renverse — le remercia de sa sollicitude et lui tendit une pièce de cent sous, d'un geste distrait. Montaigue était partagé entre l'excitation et la perplexité. Traversant les Tuileries à grandes enjambées, il gagna une taverne toute proche où il avala deux pintes de bière brune d'affilée. Hugo ! Victor Hugo, l'immense poète, le héros national qui était revenu d'exil avec tous les honneurs et que d'aucuns voyaient un jour prochain prendre les rênes de la France. Comment annoncer une telle nouvelle au commerçant auvergnat ? Quelle serait sa réaction ? Le croirait-il même ? Pourtant, il faudrait bien qu'il acceptât de quitter son magasin un instant pour voir de ses yeux ce que le détective venait de découvrir. Une foultitude de questions se bousculaient dans la tête de ce dernier, questions qu'il avait bien du mal à ranger dans l'ordre logique que lui avait enseigné son maître, Le Chartier. Réciter des vers et se pâmer devant une créature, certes aguichante mais parfaitement inculte, en plein jardin des Tuileries, quand on était un ancien pair de France, n'était-ce pas un défi à la raison ?

Montaigue prit la décision de différer son rapport. L'Auvergnat attendrait, foutrebleu ! Sa Germaine lui avait baillé tellement de cornes qu'une de plus ou de moins ne changerait rien à l'affaire. Il continua donc, les jours suivants, à observer la petite comédie de Germaine et d'Hugo, lequel se répéta à l'identique trois mois durant. Le vieux beau ne semblait guère faire de progrès tangibles dans son entreprise : hormis quelques chastes baisers volés au moment où les tourtereaux se séparaient, il n'y avait dans cette relation rien qui contrevînt à la morale publique. Mais un après-midi, Hugo se retrouva seul sur le banc. Le lendemain et le surlendemain, point de mamzelle Germaine. Au quatrième jour, le détective se décida à porter l'estocade. Il s'assit aux côtés du poète, faisant semblant de lire un journal.

« Encore vous ! s'exclama Hugo d'une voix cassée, nullement étonné de le revoir.

— Vous... vous êtes monsieur Hugo, n'est-ce pas ?...

— Le vieil Hugo en personne, mon bon ami ! Hugo le délaissé, Hugo le désemparé, Hugo le tourmenté ! Sans doute aurez-vous quelque peine à me croire, jeune homme, mais le chagrin amoureux est plus vif à mon âge qu'au vôtre. Bien plus vif!... À quoi cela tient-il ? Hum... Au temps qui s'enfuit plus rapidement quand on s'apprête à rejoindre les rangs des septuagénaires, je suppose. Au corps qui ne répond plus. Paupières et jambes lourdes, cœur qui s'essouffle pour peu qu'on veuille presser le pas... »

Les jours suivants, les deux hommes se lièrent d'amitié. Ou presque. Car si le poète parlait beaucoup de sa personne, il ne posa aucune question personnelle à Montaigue, persuadé que le détective n'était qu'un de ces marauds qui hantaient les parcs à la recherche d'un bon coup. À chacune de leurs rencontres, Hugo lui tendait royalement cent sous. Il avait fait la connaissance de Germaine de manière tout à fait fortuite. Par le truchement d'une sienne servante qu'il avait aussi beaucoup aimée. Il avait cherché à engager l'épouse de l'Auvergnat mais elle avait décliné son offre, pourtant généreuse, n'acceptant que des rendez-vous au vu et au su de tout le monde dans ce parc où, n'eût été le chapeau qu'Hugo enfonçait jusqu'aux oreilles et ce lourd manteau dont il relevait le col, le premier quidam venu aurait pu l'identifier. Pour Germaine, il avait accepté de prendre ce risque parce qu'elle était « appétissante », mot qu'il prononçait en appuyant sur chacun des « p » avant d'ajouter, d'une voix lourde de regrets, « à souhait ». Montaigue le trouvait pitoyable et grandiose tout à la fois. Incorrigible même puisqu'en l'an 1845, Hugo avait été surpris en flagrant délit d'adultère avec une certaine Léonie Briard, scandale qui avait fait les choux gras de la presse de l'époque. Il avait présentement l'air d'un enfant qu'on avait privé sans raison de son jouet favori, mais dès qu'il quittait le sujet de son aventure inaboutie pour parler de poésie ou du destin de la France, il devenait impressionnant.

« J'ai connu vingt ans d'exil, comme vous le savez, fit-il un jour. C'est à la fois très long et très court. Mais il y a plus dur que la séparation d'avec la terre qui vous a vu naître, c'est... c'est la perte de la chair de sa chair...

— Léopoldine était...

— Je sais, je sais ! Les journaux en ont beaucoup parlé. Nul ne peut rien contre la destinée, mon bon ami. Au début, j'en ai voulu à ce mascaret, cette stupide vague qui déferle à l'intérieur des terres, défiant les lois de la physique, mais j'ai vite admis que ma colère n'était pas fondée. Léopoldine aurait tout aussi bien pu faire une chute de cheval ou périr d'une mauvaise grippe. Ce n'est pas l'arme qu'emploie la mort qu'il faudrait blâmer mais la mort elle-même... En fait, je n'évoquais pas Léopoldine, mais sa sœur, petite sœur, Adèle. Elle porte le même nom que ma défunte femme, c'est vous dire si nous la chérissions !... Eh bien, elle s'est enfuie aux Amériques, depuis bon nombre d'années, à la poursuite d'une chimère. D'un amour, là encore, non partagé. Celui qu'elle voue à un officier britannique que, pour ma part, je n'ai rencontré que deux ou trois fois quand nous vivions à Guernesey... »

Henry de Montaigue ne pouvait laisser filer une telle occasion : se mettre au service de Victor Hugo était un grand honneur. Un honneur incommensurable. Toutefois, le détective fut bien obligé de lui avouer qu'il suivait Germaine pour le compte de son Auvergnat de mari, ce qui, contre toute attente, déclencha un rire tonitruant chez Hugo et le guérit d'un seul coup de son accès de chagrin.

« Savez-vous, madame Bàà, non, vous ne savez pas, vous ne pouvez pas savoir que le tout premier livre de mon vénéré père se déroule aux Antilles. Bien peu de gens le savent d'ailleurs en France même, tant *Bug-Jargal* — tel en est le titre — a été relégué aux oubliettes à cause de l'éclat des *Misérables* ou de *Notre-Dame de Paris*. Pourtant, mon père a toujours chéri cette œuvre rédigée à l'âge de seize ans, à une époque où, gamin insoucieux mais déjà taraudé par le besoin d'écrire, il fréquentait un café où ses petits camarades et lui avaient l'audace d'organiser des banquets littéraires. Bug-Jargal ! Rien qu'en ce mot, disait-il, ce nom plutôt d'esclave révolté, résonne toute la véhémence de l'archipel des Antilles. Sa folie. Sa rage. Sa douceur aussi. À Jersey, lors de notre premier exil, alors que mon père doutait de son destin, je l'ai plusieurs fois surpris en train de le prononcer, debout sur notre terrasse, face à la mer, comme si par la seule grâce de ces syllabes barbares, il avait le pouvoir de se transporter dans l'île de Saint-Domingue ravagée jadis par une terrible révolution. Il nous décrivait les Noirs comme des créatures étranges, à peine sortis de l'animalité, sanguinaires pour tout dire, mais dotés d'un sens de la ruse si développé qu'il pouvait dérouter nos esprits européens trop engoncés dans la froide Raison magnifiée par Descartes.

Mon père manifestait un souverain mépris pour ce philosophe — Céline, sais-tu ce qu'est un philosophe ? C'est un homme qui passe l'entièreté de sa vie au coin d'une cheminée à réfléchir au sens de la vie et à bâtir des échafaudages de pensées inaccessibles au commun des mortels — car, affirmait-il, les sensations de l'âme sont mille fois supérieures aux arguties de l'esprit. Nous vivons à côté de l'au-delà sans nous en rendre compte. Des forces invisibles nous entourent — que nous pouvons approcher en faisant tourner des tables —, guident nos actions, nous tourmentent ou bien, tout au contraire, nous poussent à l'exaltation, sans que nous comprenions bien de quoi il retourne. Les Nègres, à entendre mon père, étaient la seule race à ne leur avoir pas tourné le dos et c'est ce qui expliquait que sans mousquets ni canons, sans cartes militaires ni boussoles, ils étaient parvenus à vaincre la fine fleur des grognards du Rhin. À force de l'écouter, j'avais fini par m'imaginer qu'ils étaient tantôt des géants hirsutes, tantôt des nains contrefaits tels qu'Habibrah, sorcier nègre de la cour de Bug-Jargal, ancêtre de Quasimodo, en un mot des créatures aux yeux démesurés et à la dentition carnassière, qui s'exprimaient par borborygmes, à tout le moins dans des idiomes si grotesques qu'ils étaient dépourvus d'alphabets et de grammaires. Grande fut alors ma surprise lorsque posant le pied sur la terre d'Amérique pour la première fois, à Halifax, dans cette ville du Canada où la neige semble emprisonner le ciel et la terre depuis la Création, je vis un Nègre ! Il était solitaire sur les quais, emmitouflé dans un manteau en pelisse, et faisait les cent pas d'un air martial, observant avec attention les manœuvres d'accostage de notre navire. Sa peau, plus grisâtre que noire, me surprit et ma frayeur tomba quand, descendue à terre, je le vis se précipiter sur un homme âgé pour lui faire une accolade. L'Anglais semblait fort aise de voir celui qui devait être son laquais et lui laissa bien volontiers ses valises. Ils devisèrent un bref instant avant d'embarquer à bord d'une diligence. J'ouvris toutes grandes les oreilles : le frère de Bug-Jargal parlait un anglais parfait qui eût fait rougir les habitants de Jersey et leur rude patois. Je me rendis compte plus tard qu'il y en avait beaucoup au sein de l'armée de Sa Majesté britannique et que tous n'occupaient pas des fonctions subalternes, loin de là. Occupée à retrouver le lieutenant Pinson, je finis par me désintéresser d'eux mais parfois, il m'arrivait de resonger à mon père. Victor Hugo éprouvait à leur endroit des sentiments mitigés, voire contradictoires. Son romantisme le poussait à les peindre en vaillants guerriers restés proches des forces de la nature. Son sentiment de la supériorité de l'Europe sur le reste du monde le conduisait, tout au contraire, à ne voir en eux que des êtres primitifs.

« "Bug-Jargal, soliloquait-il, j'ignore vraiment s'il s'agit là d'un vocable africain tant il résonne de manière gothique mais il s'est imposé à moi. Dans 'Bug', il y a, je suppose, la rapidité de la sagaie, le sifflement de la flèche empoisonnée et dans 'Jargal', on entend le cri primal de la bête humaine émergeant des limbes..."

« Quand Hugo voulait effrayer mon frère Charles dont le tempérament turbulent l'agaçait, il le menaçait de l'expédier au Dahomey par le premier brick qui ferait escale à Jersey. Au seul nom de Dahomey, nous frissonnions et chacun se faisait tout petit ou rentrait dans sa chacunière, car, assurait mon père, ce vocable africain signifie "maison sur le ventre" et se réfère à l'histoire d'un ancien roi nègre qui avait refusé d'autoriser à un chef de ses voisins la construction de sa demeure sur son territoire. Et le roi avait tonné : vous ne bâtirez rien dans ce royaume que sur mon ventre ! Le chef fit alors la guerre au roi qu'il tua et, sur le tombeau de ce dernier, éleva un palais. Cet endroit est devenu depuis le royaume du Dahomey. "C'est là-bas que je t'expédierai, Charles, si tu continues à nous embêter !" Mon frère obtempérait mais aussitôt qu'Hugo avait le dos tourné, il nous faisait des grimaces horribles en marmonnant : "C'est moi Bug-Jargal ! Ou-ou-ouh ! Gare à vous, je m'en vais vous dévorer tout crus !"

« Me suis-tu, Céline Alvarez ? À la vérité, mon père était dans l'erreur complète. Au Canada, les Nègres se nommaient Georges, Marck ou Vincent comme tout le monde tandis qu'ici, à la Barbade, j'ai remarqué qu'ils affectionnent les prénoms bibliques comme Abraham ou Ismaël. Aucun qui arbore un nom de la trempe de Bug-Jargal ! Et toi, Négresse, tu es devenue presque une mère pour moi. Tu es la première personne à m'écouter sans me juger. Tu ne me traites point de folle à lier lorsque je te parle de l'amour que j'éprouve pour Albert Pinson. Tu me comprends, toi qui n'as jamais mangé dans une assiette en porcelaine ni dansé le menuet. Toi, Céline Alvarez Bàà ! Et comme Bug-Jargal adressant à D'Auverney, le colon blanc, cette requête sublime : "Puis-je t'appeler frère ?", je te réclame désormais pour mère. Oui... »

Céline Alvarez Bàà a quarante-deux ans sur sa tête lorsqu'elle rencontre Adèle Hugo divaguant sur les quais du plus grand port de l'île de la Barbade. C'est une puissante bougresse mâtinée de tous les sangs de l'Archipel, ce qui se devine au plissé de ses yeux et à ses pommettes saillantes, à sa chevelure bouclée et à ses yeux de tabac clair. Elle est née en haute mer, au large de l'île d'Antigue, selon les dires de sa mère. À quelques encablures de celle de Tobago, petite dépendance de Trinidad, bien plus au sud donc, lui murmurait son père, un bougre avare de paroles et fort cousu et secret sur le chapitre de sa vie, quand, au devant-jour, il la présentait, telle une offrande, aux premiers rayons du soleil. « C'est une chance, petite, car comme ça tu n'es fille d'aucune terre en particulier, d'aucune de ces îles que se disputent depuis des siècles Espagnols, Anglais, Français et Hollandais. Et même Danois, Suédois et, depuis peu, Américains, hon ! Ces îles où Nègres et Indiens croupissent dans une déveine éternelle. Céline, tu es fille de la mer des Caraïbes, voilà ! Elle t'appartient et tu n'auras de cesse que tu ne l'arpentes de Cuba à Trinidad sans que quiconque fasse entrave à tes pas. De Caracas à Belize, sur la terre ferme, aussi. »

La jeune femme, pour de vrai, ne se sentit jamais tout à fait à l'aise lorsqu'elle devait s'arrêter en quelque endroit plus de deux semaines. « Je n'ai pas le pied terrien », lançait-elle, agacée, à ses pratiques qui se gaussaient de sa démarche chaloupée. Dans la rue, on pouvait croire qu'elle était légèrement ivre ou qu'elle se dandinait au son d'une musique qu'elle était seule à entendre. Il était coutumier, en effet, que certaines Négresses parlent toutes seules à haute voix et entendent ou distinguent des choses cachées au commun des mortels. C'était là le don d'Afrique. La revanche d'une culture piétinée, d'un peuple mis aux fers pendant etcetera de générations. Et pour de vrai, n'arborait-elle pas fièrement ce patronyme rugueux de Bàà ?

Quand la pacotilleuse aperçoit cette créature

tournoyante vêtue d'une robe d'épousailles élimée, les yeux rouge sang et la peau couverte de plaques de crasse, elle en demeure le bec coué. On est encore loin du Carnaval ! À cette époque, les jeunes Blanches de la *gentry* barbadienne pouvaient s'encanailler sans que cela leur valût le moindre opprobre. Or, juin est en train de se draper de l'écarlate des flamboyants et les nuages ont été chassés du ciel pour un bon paquet de temps. L'hivernage devrait attendre encore quelques semaines. Qui est donc cette créature au visage d'ange, à la peau si translucide qu'on distingue le violacé de ses veines ? À son accent, la pacotilleuse, experte en la matière plus que toute autre personne, reconnaît immédiatement un timbre français étrangement enrobé de vibrations américaines. La jeune fille est éplorée. Ses mots s'entrechoquent, évoquant un amour impossible, de multiples trahisons, scandant le nom d'un homme : le lieutenant Albert Pinson. La négraille, hilare, ne fait point mine de lui porter secours. Bien au contraire, elle l'accable de sarcasmes, croyant avoir affaire à une folle évadée de l'hôpital, réservé aux Blancs, de Saint Joseph Parish.

« *My father, Victor Hugo, the greatest poet of the whole universe, has forgotten me !* » (Mon père, Victor Hugo, le plus grand poète de l'univers, m'a oubliée !) déclare-t-elle d'une voix soudain rassérénée à Céline Alvarez Bàà qui, après avoir joué des coudes, a réussi à s'approcher d'elle. Les deux femmes s'observent un long moment, comme frappées par ce qui les distingue. Comme stupéfaites d'être si différentes et si proches tout à la fois. Céline Alvarez si noire de peau, de cette noirceur magnifique, celle moirée de l'obsidienne qui baille à cette couleur une sensualité telle que les plus riches d'entre les Blancs, possesseurs de plantations de plusieurs centaines d'acres, ne pouvaient y résister. Il y a aussi cette lourde chevelure également noire qui lui tombe sur les épaules, en quoi l'on devine l'Espagne du Sud, chevelure qui accompagne chacun de ses mouvements lesquels, du même coup, en deviennent presque hiératiques. Elle fixe la jeune Blanche dans le coco des yeux et lui dit : « *Come with me, darling !* » (Viens avec moi, chérie !) Lui saisit le poignet, le serre très fort jusqu'à lui faire mal sans que pourtant elle ne se rétracte et, craignant de ne s'être pas fait comprendre, lui lance : « *Amiga mía, ¿qué te pasa? ¡Dígame, por favor! Te ofrece la hospitalidad de mi casa.* » (Que t'arrive-t-il, mon amie ? Dis-le-moi, s'il te plaît ! Je t'offre l'hospitalité de ma maison.)

Les deux femmes s'entrevisagent, ensouchées dans leur stupéfaction, avant de se sourire. Le châtain des boucles de la plus jeune, son regard intensément bleu, sa taille fine, ses fesses discrètes surmontées de hanches plutôt larges, tout cela est une énigme pour la plus âgée. À cet instant, elle comprend qu'elle a affaire à une Européenne. Ici, en effet, pas un Blanc n'a été épargné par le sang des peuples conquis ou mis en esclavage, même en très faible quantité, et ce seul fait les rend très familiers, très ordinaires pour tout dire. Adèle n'est pas native d'ici-là. Céline Alvarez Bàà en est maintenant sûre. Elles se touchent enfin. Leurs deux corps s'entremêlent tandis que la foule se désintéresse de leurs simagrées pour se ruer sur un quai où viennent d'accoster des barques remplies à ras bord de poissons gigotants. Elles sentent leur cœur chamader. Les veines des tempes d'Adèle trépident, Adèle qui halète tout contre la poitrine de la pacotilleuse. On aurait juré mère et fille.

Céline s'emploie, des semaines durant, à la grimer en dame de compagnie, en l'une de ces créatures auxquelles, parce que dotées de grâce naturelle et de vivacité d'esprit, les Blancs condescendent à bailler une teinture d'éducation. Elles se vêtent à la noble, portent bas et souliers vernis, perruques et ombrelles. Leurs journées se déroulent loin des travaux serviles, à apprendre le piano et à prononcer, les lèvres pincées, des poèmes dont elles ne comprennent pas un traître mot. Il ne fut, en fait, guère difficile de faire passer Adèle pour une quarteronne, le hâle qui lui couvrait le visage après plusieurs années d'errance dans les ruelles du port de Bridgetown aidant grandement à cette supercherie. Céline a dû s'y résoudre après que plusieurs lettres de sa part à Son Excellence le Gouverneur de la Barbade furent restées sans réponse. Apparemment, ce dignitaire n'avait que faire des tribulations d'une créature, sans doute folle à lier, qui se prétendait en plus fille de Victor Hugo, un homme qui avait causé bien des soucis à la diplomatie britannique du temps où il harcelait, dans des pamphlets dévastateurs, le nouveau Napoléon qui avait pris les rênes de la France. Hugo vivait d'ailleurs sous la protection du gouvernement britannique, à Jersey ou à Guernesey — d'ici, on ne savait pas où exactement — et n'avait aucunement signalé une quelconque disparition au sein de sa famille.

2

Y a-t-il, dans tous les dictionnaires du monde, un mot plus chatoyant qu'« exil » ? La charge de grandeur mêlée de nostalgie qu'il charroie, l'aérienne prestance de ses si brèves syllabes ne peuvent être égalées. Pourtant, il ne recouvre pas exactement le même sens dans la bouche d'Adèle Hugo (pas plus que dans son Journal) et dans la mienne. C'est que l'exil est notre condition, à nous les Amérindiens-Nègres-Blancs-Mulâtres-Chabins-Indiens-Chinois-Syriens de l'Archipel. L'exil nous a créés. Aussi la plupart d'entre nous tournent-ils avec ostentation le dos à la mer, laquelle ne présage jamais rien de bon. Nos pêcheurs ne s'aventurent jamais très loin des côtes et rentrent toujours avant la nuit close. Nos gens se blottissent dans la petitesse de leurs monceaux de terre, persuadés, ô dérisoire !, d'être protégés par leurs mornes abrupts et leurs ravines obscures où gîtent serpents-fer-de-lance et araignées géantes. D'ailleurs, ils ne prononcent jamais, contrairement à nous, le mot « île » : c'est toujours « pays » qu'ils disent dans toutes les langues qu'ils se sont appropriées. *País de Cuba. Country of Barbados.* Pays-Martinique. *Het land van Curaçao.* Il n'y a guère que les gabariers, bougres sans papa ni manman, et nous autres, les pacotilleuses, pour affronter jour après jour la trompeuse étale de la mer des Antilles. Nous formons donc une race à part. Mon père, l'Africain Bàà, originaire de Trinidad, haïssait ce qu'il n'avait de cesse de qualifier de mangeuse d'âmes. « L'Atlantique est le plus grand cimetière du monde, déclarait-il à qui voulait l'entendre. Si on était encore dans les premiers temps, à l'époque où le Nègre n'avait pas encore été tout-à-faitement souillé par les turpitudes de l'Europe, eh ben j'aurais tué mon corps sur-le-champ. Oui, j'aurais avalé ma langue à l'envers, flap ! Ou bien je me serais pendu à la branche la plus solide d'un pied de lépini. Et là, mon âme aurait retraversé les flots en un battement d'yeux pour rejoindre ma Guinée natale. »

Carmen Conchita, ma mère, esquissait un brin de sourire. Parfois, elle lui intimait l'ordre de cesser de baliverner. Ses histoires de vieux Nègre n'intéressaient plus personne ! Jamais couple ne fut plus dépareillé. Je ne m'en suis rendu compte que longtemps, très longtemps, après la mort de mon père. S'ils faisaient grand mystère des circonstances de leur première rencontre, j'ai pu, à mesure-à mesure, accoler des petits pans de récits, des paroles happées à la venvole, des soupirs ou des regrets vite réfrénés, et m'en faire une idée assez plausible. En fait, c'est le hasard qui s'ingénia à réunir leurs pas. Mon père usait son corps sur une vaste plantation de canne à sucre, dans l'intérieur de l'île de Trinidad, à une bonne trentaine de miles de la capitale où, avant cet instant fameux, il n'était jamais descendu. Du temps de l'esclavage, il coupait la canne et continua à le faire après l'abolition. « Nous n'avions plus de chaînes aux pieds et on ne nous fouettait plus, soliloquait-il, mais notre vie n'avait pas embelli pour autant. Chaque jour se répétait à l'identique. De beau matin, il fallait se rassembler dans la cour de la maison de celui que tout un chacun, par habitude, continuait à appeler le maître, et attendre les ordres d'un commandeur plus scélérat que la scélératesse elle-même. »

Bàà, mon futur géniteur, voltigea son crachat au visage de la mer la première fois qu'il lui fut donné de la contempler, sur les quais bruyants de Port of Spain. Il y avait accompagné son Maître parce que, ce matin-là, le cocher de ce dernier ne s'était pas levé de sa paillasse. Une congestion l'y avait définitivement cloué. Bàà changea donc de métier du jour au lendemain. Sa nouvelle tâche était moins rude. Habillé de propre, il ne lui incombait que de bouchonner les chevaux du planteur et de faire reluire les cuivres de son tilbury. La route, pourtant défoncée, entre Palm Plantation et la côte, lui était une manière de paradis en comparaison du mitan des champs de canne à sucre où la négraille bourriquait, sous l'accablant soleil du carême. Bàà ne cessa jamais de cracher au visage de la mer pendant les quinze années d'exercice de sa nouvelle profession. Jamais. C'est ce geste insolite qui, selon toute vraisemblance, intrigua, puis séduisit celle qui allait devenir ma mère. Le jour de leur toute première rencontre, elle demeura un bon paquet de temps à observer ce Nègre musculeux, aux traits empreints de maussaderie, qui, seul au bout du quai, se livrait à son étrange manège. Elle crut d'abord qu'il s'agissait d'un quimboiseur, un de ces mécréants qui pactisent avec les forces du Mal et qui dialoguent avec les éléments. Elle en avait connu tout un lot au cours de ses voyages. Des hougans d'Haïti qui, par temps d'orage, savent déchaîner la foudre sur la case de celui qu'ils ont choisi pour être l'objet de leur vindicte. Des *obeamen* de la Jamaïque qui font rugir leurs tambours au plus fort de la nuit jusqu'à rendre fous les honnêtes gens. Des mentors de la Martinique, êtres graves aux yeux parcourus d'éclairs, qui vous clouent sur place d'un geste satanique et s'en vont en rigolant au fond de leur gorge. Et aussi des docteurs-feuilles, des séanciers, des magiciens et des dormeuses. Des prêtres hindous aussi qui entrent soudain en transe et dansent sans se blesser sur la lame effilée des coutelas sacrificiels. Mais elle n'en avait jamais vu un seul qui insultât la mer. Car, en s'approchant de lui, à pas comptés, timide mais déjà conquise, elle surprit ses imprécations. « *Go to hell, son of a bitch ! You bastard ! Get out of my life !* » (Va en enfer, fille de pute ! Ordure ! Hors de ma vue !)

Bàà ne l'avait pas vue arriver. Il disposait d'une bonne heure, son maître étant monté à bord d'une goélette pour y discuter affaires. Inlassablement, il accabla les flots d'avanies. Et, n'ayant plus de salive, y déversa le contenu de sa vessie à diverses reprises, secouant son braquemart d'un geste méprisant. Un fou rire s'empara de Carmen Conchita, ce qui fit sursauter l'Africain. La colère, qui lui était aussitôt montée à la tête, s'évanouit dans l'instant où leurs quatre yeux se rencontrèrent. Comme l'affirme le proverbe créole : cela suffit pour que le mensonge batte en retraite. Bàà et Conchita tombèrent d'amour l'un pour l'autre sans même avoir échangé une demi-parole. Sans s'être effleurés ni touchés. Sans savoir qui l'un et l'autre pouvaient bien être. Ma mère, quand elle y songeait, se mettait à soupirer :

« Cela ne se produit qu'une seule fois dans la vie et c'est terrifiant ! En tout cas, moi, je ne l'ai connu qu'une fois, oui. »

Mon père ne comprit d'abord pas ce sentiment qui se développait en lui. Malgré lui. Au plus secret de sa personne. Au lieu de tancer l'intruse ou de lui flanquer une bonne paire de calottes, il se surprit à murmurer :

« Je vous ai fait peur, hein ?... Peur, c'est ça ? »

Là-haut, à Palm Plantation, il n'y avait point d'amour. Ce bagage-là y était de tout temps interdit qui aux Nègres, qui aux Blancs. Les premiers assouvissaient leurs désirs au détour des bois, contre un arbre ou à même le sol humide, avec la première Négresse venue et celle-ci se laissait faire, l'air stupide, muette, résignée. De toute éternité résignée. Les seconds épousaient leurs cousines pour des questions d'héritage et ne les touchaient que le temps de mettre au monde un rejeton mâle qui deviendrait l'héritier, le seul et exclusif héritier de tous leurs biens, ce petit homme fût-il le cinquième ou le sixième de la portée, le droit d'aînesse ne s'appliquant pas à l'espèce féminine. Et, à la faveur de la nuit, une fois devenus des maîtres, se glissaient dans les cases immondes des femmes de couleur pour y trouver le plaisir dont ils étaient privés dans leurs alcôves à moustiquaire. Quand la frêle race venue des Indes débarqua dans le pays après l'abolition, afin de remplacer les Nègres dans les champs de canne à sucre, leurs femmes devinrent la proie des Créoles de toutes complexions. « *Love* » était ainsi un mot sans consistance que l'on retrouvait dans ces chansons venues d'Angleterre que l'on entonnait, d'une voix machinale, les jours de fête sans bien mesurer de quoi il retournait exactement. Un mot d'Européen. Plein de joliesse certes mais fade. Personne, Noir ou Blanc, natif des îles, ne se serait jamais aventuré à prononcer l'expression « *my love* » sous peine de se couvrir de ridicule. Et c'est précisément contre quoi réagit Bàà au moment où ses yeux plongèrent dans ceux de Carmen Conchita Alvarez. Il eut le sentiment d'être grotesque, impotent, incapable de retrouver sa prestance de mâle-Nègre et bénit le ciel qu'il n'y eût personne sur les quais.

« C'est... c'est à cause d'elle... », balbutia-t-il en désignant la mer du doigt.

Voyant que Carmen ne saisissait pas où il voulait en venir, il lui expliqua, s'empêtrant dans sa plaidoirie, que les Nègres avaient vécu un calvaire de plusieurs siècles à cause de cette étendue d'eau bleu-gris qui, en son sein, recelait bien plus d'âmes en peine que le paradis et l'enfer réunis. « Car je suis chrétien », la rassura-t-il. Sur son torse nu brillait, pour-de-vrai, une chaînette en or au bout de laquelle oscillait une minuscule croix faite du même métal. Chrétien, oui ! La jeune femme résista, elle aussi, à l'attraction qu'exerçait sur sa personne celui qui lui demanda de l'appeler Bàà. « Je n'ai pas d'autre nom, madame. Bàà ! Il me vient de l'Afrique-Guinée, oui. » Elle maudit le bougre en son for intérieur. C'est que Carmen éprouvait une manière d'adoration pour la mer et ne supportait pas d'être privée de sa vue. Elle crut ainsi perdre la raison quand elle fut emprisonnée pendant deux mois dans l'île de Saba, propriété du seul peuple de l'Archipel dont elle ne connaissait pas la langue, les Danois. Dix fois, cent fois, les navires sur lesquels elle voyageait étaient passés au large de ce gros rocher sinistre qui, de loin, semblait dépourvu de végétation. Chaque fois, les hommes de bord s'étaient montrés fébriles. Pas question de s'attarder dans les parages, maugréaient-ils, quand les alizés menaçaient de tomber. Ces foutus Danois sont pires que leurs cousins français, anglais, espagnols et hollandais. Nul ne savait pourquoi ils s'accrochaient à cette terre désolée, peuplée d'iguanes, où seuls poussaient des cactus et où l'on ne trouvait ni source, ni rivière, ni or, ni argent, ni bois précieux, ni rien. Saba résonnait sinistrement dans leur bouche. Un jour, ma mère voulut en avoir le cœur net. Profitant d'une avarie à bord d'un caboteur jamaïcain, elle sollicita du capitaine l'autorisation d'emprunter une barque. Celui-ci voulut l'en dissuader, mais Carmen Conchita avait son petit caractère. Elle tempêta si fort qu'il fut bien obligé d'accéder à sa requête. Dès qu'elle mit pied à terre, dans l'unique crique de Saba, creusée à mains d'homme dans la roche, elle fut cernée par une meute de géants blonds qui, après l'avoir ligotée, lui firent escalader les trois cents marches qui reliaient le bord de mer à un étrange plateau battu par les vents et l'enfermèrent dans une geôle d'où l'on ne voyait pas la mer. Ses geôliers semblaient ne pas la comprendre. Elle eut beau passer de l'anglais à l'espagnol, du créole au hollandais. Se risquer au papiamento. S'exprimer par gestes. Se lamenter. Pleurer toutes les larmes de son corps. Rien n'y fit. Ils demeuraient tantôt impassibles, tantôt ils l'insultaient :

« *Hold mund din satans neger !* » (Tais-toi, Négresse du Diable !)

Carmen crut sa dernière heure venue. À n'en pas douter, ces Danois finiraient par l'égorger ou lui mettre la tête sur le billot. Et c'est à cet instant précis qu'elle eut l'immense surprise de découvrir que ce qu'elle appréhendait le plus, c'était moins la perspective de mourir que celle de ne pas revoir la mer une dernière fois. Elle n'eut la vie sauve qu'à la faveur d'une révolte d'esclaves qui mit Saba à feu et à sang et se jura de ne plus jamais y remettre les pieds.

« Je me suis déjà mariée un bon paquet de fois, *mister* Bàà, cela ne te fait pas peur ? » lança-t-elle, avec sa gouaille habituelle, à mon futur géniteur qui, une heure durant, s'était acharné à uriner contre la surface clapotante du bassin principal du port.

« Et je ne me suis jamais démariée, foutre !, pour la bonne raison qu'aucun de mes anciens maris ne sait que j'ai convolé en justes noces ailleurs. J'ai ainsi un homme à Cuba, un autre à Antigue et un troisième à Macaraïbo. Comme ça, tout le monde est content, ha-ha-ha ! Cela te dirait de devenir le quatrième ? Mais attention, mon bon monsieur, je ne puis jurer que tu seras le dernier. Ah ça, non ! Non, non et non ! Mon vrai conjoint est et restera toujours le voyage, et il n'est pas question pour moi de m'installer dans une case pour cuisiner-laver-repasser pour un fainéant avec deux graines entre les jambes. Cette vie-là n'est pas faite pour moi. Je suis pacotilleuse et j'ai des pratiques qui comptent sur moi dans toutes les îles et sur la terre ferme. » L'Africain Bàà, qui était avare de paroles, ne fit aucune objection, terrassé qu'il était par l'irrésistible amour qui avait germé en lui, et se laissa conduire comme un bébé jusqu'aux services municipaux où personne ne vérifia leurs papiers. Contre cinquante livres, payées moitié-moitié pour chacun d'eux, ils reçurent le précieux document attestant que désormais ils avaient lié leur vie, pour le meilleur et pour le pire, jusqu'au finissement de celle-ci. Ma mère n'en continua pas moins à driver d'île en île, même quand elle tomba enceinte de moi. Pour nous autres, oui, l'exil est notre vraie patrie.

Ma petite Adèle le voit au contraire comme une épreuve. Comme un déchirement. Elle tient un journal en secret, du moins fais-je semblant de ne pas m'apercevoir qu'à l'instant même où elle me croit plongée dans ma sieste, elle s'assied au bord de la table et griffonne, fébrilement, des pages et des pages d'un minuscule cahier rapporté de son séjour canadien. Séjour de cinq ou six années, semblait-il. Quand vient son tour de s'assoupir, je m'y plonge sans vergogne. Elle ne cesse d'y évoquer la Belgique où son père dut se réfugier au plus vite pour échapper aux foudres d'un tyran dénommé Louis Napoléon, descendant de celui qui mit Saint-Domingue sens dessus dessous. Elle parle aussi de Jersey et de Guernesey — îles dont j'ai quelque peine à concevoir les contours tant pour moi l'Europe est synonyme de continent — où sa famille trouva un semblant de havre de paix. Un bien médiocre semblant. Pour elle, hors de Paris et de ses lumières, la vie est dénuée de sens. Elle continue avec l'Amérique où elle a suivi, et poursuivi, son fringant officier anglais, avec davantage de chaleur mais sous chacun de ses mots se cache une dose d'amertume qui paraît raviver ses blessures. Finir aujourd'hui en l'île sauvage de la Barbade, au beau mitan de cet archipel de boucaniers, flibustiers et trafiquants de bois d'ébène, de Nègres et de mulâtres agressifs, d'Indiens faméliques, lui est insupportable, et c'est la raison pour laquelle elle s'est installée dans les docks de Bridgetown, telle une vagabonde, vivant de restes grappillés ici et là, se lavant à l'eau de pluie les rares fois où celle-ci tombait et ne cessant de scruter l'horizon dans le fol espoir que son amoureux s'en reviendrait la chercher. Son attente était difficile à mesurer. En fait, le désinvolte Saxon avait quitté le pays peu après la débarquée d'Adèle, se refusant à dévoiler à qui que ce soit sa nouvelle destination. Les soldats, qui avaient servi sous ses ordres à la garnison de Falstaff Mount et que j'avais réussi à aguicher, évoquèrent tantôt un séjour aux Indes, tantôt en Birmanie. En tout cas, dans une contrée située de l'autre côté du monde tant il est vrai que le soleil ne se couche jamais sur l'Empire britannique. Adèle ne peut y croire. Son Albert adoré n'aurait pu placer entre elle et lui trois océans et deux continents sans raison.

« Sans doute veut-il mettre nos sentiments à l'épreuve... », se prend-elle à murmurer en guettant du coin de l'œil mon approbation, moi sa bienfaitrice.

« Oublie-le, tonnerre du sort ! dois-je m'insurger. Cet homme-là ne te mérite pas. Tu épuises ta vie à te morfondre pour lui... »

Mais la jeune Blanche ne veut rien entendre. Elle franchira fleuves, montagnes et mers, s'il le faut, elle affrontera bêtes sauvages, peuplades anthropophages et divinités maléfiques, elle ne reculera devant rien pour le rejoindre. Jamais elle n'abandonnera sa quête. Que l'univers entier le sache !

Chaque île, mystérieusement, affectionne un produit, une marchandise, une plante, un outil, des philtres et des onguents particuliers, des tissus dédaignés ailleurs. Pourtant, beaucoup de tout cela ne provient pas de l'Archipel. Toute la planète semble y déverser ses rêves. De la Chine arrivent des miroirs et des peignes en écaille de tortue dont Cuba s'est fait une spécialité. C'est pourquoi les laiderons, colporte une légende tenace, y sont plus prestancieuses que les plus belles femmes du restant des îles. De l'Inde provient le safran, la cardamome, le santal, la poudre à colombo et toutes les senteurs et saveurs qui, à Trinidad, font de chaque jour un enchantement. C'est l'île où les fils du Gange sont les plus nombreux. Mounsamy, le beau Tamoul qui arbore un point rouge entre les sourcils, loue une case à Céline Alvarez lorsque celle-ci fait escale dans ce pays. Elle le sait entiché d'elle, même s'il garde la bouche cousue et feint l'indifférence lorsqu'elle lui remet son loyer. Il a des regards haineux pour son rival non déclaré, ce gentleman d'Anthony MacAllister, lequel a fait quelques études et s'est trouvé un job de fonctionnaire dans l'administration coloniale de sa Gracieuse Majesté. Du Levant, c'est-à-dire Syrie-Palestine-Liban confondus, commencent à affluer des soieries si-tellement féeriques que les coquettes de Saint-Pierre de la Martinique osent à peine les palper. Abdelwahab El-Fandour fut l'un des premiers commerçants d'Orient à installer son commerce — un bien grand mot pour ce bout de couloir le long duquel il étalait son bric-à-brac — dans ce que les arrogants citoyens de cette île qualifient de « Petit Paris des Antilles », comparable seulement, quoiqu'en mieux, à La Havane. Il réserve toujours à Céline Alvarez ses arrivages les plus récents dont on raffole à Saint-Vincent et à Grenade. L'Europe, quant à elle, déverse dans tout l'Archipel ses encyclopédies à tranches dorées, ses montres de gousset, ses binocles, ses plumes et ses encriers, ses scies et ses marteaux, ses compas et ses règles, industrieuse à souhait.

C'est tout ce bataclan que charroie, l'année durant, Céline et sa confrérie de pacotilleuses, sans jamais se lasser, avides de découvrir et de vendre de nouveaux produits, hurlant d'une joie débornée lorsque l'une d'entre elles bute sur l'inimitable. Tel ce sablier en cristal dans lequel s'écoulait du sable jaune mordoré extrait du désert de Gobi que Céline n'avait pu arracher, malgré moult palabres, baisers et caresses, à un vieux bourlingueur chinois venu finir ses jours dans l'île de la Jamaïque. Dix fois, vingt fois, elle l'avait approché alors qu'il cuvait son rhum, tout en jouant au mah-jong, dans une taverne de Kingston. Chaque fois, le bougre avait grommelé :

« Le temps fait son œuvre, ma Négresse. Laisse-le agir ! Regarde le peu qu'il me reste à jouir de la vie. Je te promets que le moment venu ce sablier sera à toi... »

Le magnifique objet trônait, insolite, sur la table bancale de l'unique pièce de la masure où l'aventurier avait trouvé refuge. Effectivement, sa partie inférieure contenait considérablement plus de sable que sa partie supérieure. Mais comment mesurer le temps échu ? Céline Alvarez Bàà souffrait mille tourments dès qu'elle se savait sur le point de quitter la Jamaïque. Elle n'ignorait pas qu'une fois que

Basile-la-Mort viendrait cogner à la porte du vieil homme, sa case serait pillée. Par bonheur, au terme de cinq années d'attente fébrile, la chance sourit à la jeune femme : une grippe arrache-barbe s'abattit sur le pays un jour que son bateau venait d'y accoster. Les remèdes créoles s'avérèrent inefficaces chez tous ceux qui, comme le Chinois, avaient atteint un âge canonique. Céline, venue l'assister en ses derniers instants, récupéra le sablier et le protégea avec un assemblage de papier et de toile de jute. Elle ne s'en sépara plus pendant deux ans, période durant laquelle elle bénéficia d'une chance inouïe. Mais à Marie-Galante, un planteur qui recherchait un cadeau extraordinaire pour sa toute jeune épouse — vingt-neuf ans le séparaient de celle qui n'était autre que sa filleule — en fit l'acquisition pour une poignée de louis d'or. L'affaire conclue, la pacotilleuse s'en voulut tout le restant de sa vie d'avoir cédé à la cupidité.

Ainsi donc, à côté des marchandises importées des quatre coins de l'univers, chaque île possédait aussi les siennes qu'elle fabriquait mieux que ses sœurs pour des raisons jamais élucidées. Allez savoir pourquoi la noix de muscade avait meilleur goût à Grenade qu'à Sainte-Lucie ? Pourquoi le rhum de la Martinique, qui se proclame l'Empereur des rhums, enchante le palais alors que celui de Porto Rico n'est qu'une eau-de-vie brutale qui vous coupe la respiration à la première gorgée ? Pourquoi le café de la côte Sous-le-Vent de la

Guadeloupe ou le tabac de Cuba emportaient-ils toutes les faveurs ? Aucune pacotilleuse ne se posait ce genre de questions. L'Archipel était ainsi fait et il n'y avait pas de raison de penser qu'il en serait un jour autrement. Leurs pratiques, elles aussi, se comportaient en clientèle respectueuse, ne doutant jamais de l'origine des produits présentés car, comme le ressassait Céline Alvarez Bàà, après sa grand-mère et sa mère Carmen Conchita Alvarez, l'honnêteté est le premier commandement du métier de pacotilleuse. Il existait certes quelques déshonnêtes, mais elles n'étaient que de vulgaires revendeuses, vite démasquées et aussitôt mises au ban de la confrérie.

3

Il ne faudrait pas s'imaginer que l'Archipel n'est qu'une simple tresse d'îles qui s'épaissit à mesure que l'on approche du golfe du Mexique, dessinant ainsi la route des ouragans, nom donné à la colère de l'ancien dieu caraïbe, Hurakan, aujourd'hui déchu. Il embrasse aussi tout un vaste empan de terre ferme qui va de Cayenne, remonte jusqu'au lac de Macaraïbo, en passant par Georgetown, avant d'atteindre Carthagène des Indes. De là, les routes s'arrêtent net et d'ailleurs, la mer est infestée de brigands, chercheurs d'émeraudes, réprouvés et bagnards en fuite. Pour atteindre le Panamá tout proche, nous autres, pacotilleuses, préférons donc emprunter la voie du haut, fût-elle plus longue de plusieurs milliers de kilomètres : celle qui commence par la Floride, prend ses aises à La Nouvelle-Orléans, puis descend à grand ballant vers la presqu'île du Yucatán. De là, c'est un jeu d'enfant que d'atteindre le canal que construisit Ferdinand de Lesseps et où beaucoup de Nègres des îles ont épuisé leur vie. Nos périples dépendent de l'humeur des vents, de l'état des bateaux que nous empruntons, des arrivages de marchandises d'Europe, des États-Unis et, plus rarement, du Levant et de l'Extrême-Asie. Des guerres et des révolutions aussi. Des épidémies ou des grands embrasements religieux. Ainsi l'île de Cayenne est-elle le point de départ de l'Archipel et la ville de Colón, au Panamá, son point d'arrivée. Un cercle incurvé qui, en certains endroits, approche la perfection. Un long cil torturé sur la paupière opaque de la mer des Antilles. J'avoue porter une suprême affection à ces deux extrémités de nos aller-venir parce qu'elles se ressemblent à s'y méprendre et qu'elles laissent la porte grande ouverte à l'aventure. Là-bas, en Guyane, règne la fièvre de l'or que l'on vient de découvrir au plus obscur de la forêt amazonienne et, de partout, à travers l'Archipel, déboule une nuée d'enragés, munis de pelles et de pioches, déterminés à bouleverser rivières, fleuves, forêts ou savanes pour extraire ce qui fera de leurs vieux jours une revanche sur leur jeune temps. À ma grande honte, il me faut reconnaître que je me suis, un temps, laissé tenter. Larguant paniers et amarres, faussant compagnie à mes commères sans crier gare, j'ai suivi les pas d'un bougre de Saint-Vincent, qui me sucra tant les oreilles, que je perdis le sens de la mesure. Il m'affirma qu'un de ses oncles était revenu au pays avec une pépite grosse comme le poing et que désormais tout le monde s'agenouillait devant lui comme s'il s'était agi d'un prince noir. John-Thomas — tel était le nom de mon amant — m'assura aussi qu'il avait rencontré nombre de gens qui étaient passés subitement de l'état de guenilleux à celui de nantis après seulement huit mois de travail dans quelque placer guyanais. À la vérité, je me laissai entraîner autant pour le magnétisme qui émanait de sa personne que pour la perspective de m'enrichir, moi entre les mains de qui l'argent coulait à flots et s'enfuyait tout aussi rapidement, comme si rien n'avait le pouvoir de l'arrêter. Comme si j'étais destinée à avancer dans la vie avec une main devant une main derrière.

Nous n'eûmes pas le temps de nous attarder à Cayenne. Au lendemain de notre arrivée, mon homme se précipita au bord du canal Laussat, filet d'eau fangeux qui traversait la ville de part en part et autour duquel des nuées d'hommes de toutes origines, portant pelles, pioches, marteaux, scies égoïnes et truelles, étaient agglutinés, l'air mal réveillé mais avec une sorte de feu qui couvait au fond de leurs yeux. Mes oreilles reconnurent tous les créoles de l'Archipel : l'abrupt haïtien, mangeurs de voyelles ; le chantonnant guadeloupéen ; le martiniquais aux élans nasillards ; le saint-lucien surtout avec ses intonations saxonnes. Mais ça parlait aussi l'anglais des îles, l'espagnol et le portugais du Brésil. Cette cacophonie, loin de m'être désagréable, me réconforta. Nous n'étions point seuls dans cette aventure comme je l'avais craint ! John-Thomas n'était donc ni un rêveur ni un illuminé. Ni un bavardeur comme l'avait qualifié Ginette, ma consœur pacotilleuse, qui avait désapprouvé ma soudaine conversion au métier d'orpailleur.

Des natifs de la Guyane, au créole doucereux, proposaient de nous conduire en charrette tout à l'est du pays, jusqu'à une ville dénommée Saint-Laurent d'où nous pourrions gagner les placers. Ils passaient de groupe en groupe pour vanter la vélocité et le confort de leur véhicule, se gardant bien d'annoncer le prix du voyage. John-Thomas, contrairement à la plupart des futurs chercheurs d'or, ne se perdit point en discutaillerie. La veille au soir, il avait embauché trois ouvriers, deux Saint-Luciens et un Javanais, originaire de la Guyane hollandaise, qui assuraient avoir de l'expérience mais dont la taciturnité m'inquiéta. Ils parurent surpris de me voir embarquer à leurs côtés et ne m'adressèrent pas la parole durant les trois jours que nous mîmes pour arriver à destination. Au sortir de la ville, dans l'air brumeux du petit matin, je découvris peu à peu un tout autre pays. La forêt amazonienne, austère, seulement traversée de cris d'oiseaux aux sons étranges, régnait sans partage, comme indifférente à cette longue et rectiligne cicatrice rougeâtre que dessinait la route. Elle obstruait l'horizon, ne desserrant son étreinte qu'à l'approche des fleuves que nous enjambâmes en bac à Sinnamary, puis à Mana.

Nous faisions aussi des haltes pour nous reposer quelques heures ou pour avaler sans apprêts un mélange fade de farine de manioc et de viande boucanée. John-Thomas, qui était adventiste, se retirait pour invoquer Dieu. Il ouvrait une bible recouverte de cuir noir, qu'il serrait dans la poche intérieure de son paletot, et en lisait à mi-voix des passages, chose qui ne manquait pas de déclencher des regards amusés chez nos ouvriers. Puis, il s'approchait du feu que ces derniers avaient allumé et nous lançait d'un ton docte :

« Dieu Tout-Puissant veille sur nous, mes amis ! »

Pour de vrai, aucune embûche sérieuse ne vint accorer notre périple. De temps à autre, il nous fallait descendre de la charrette pour la pousser, la route étant boueuse ou parfois encombrée de souches. Je demandais parfois qu'on s'arrête à quelque crique pour me laver, chose qui n'était pas la préoccupation première de mes compagnons, mais la couleur rouge-marron de l'eau me dissuadait vite de trop y prendre mes aises. Curieusement, nous ne rencontrâmes aucune de ces bêtes sauvages — anacondas, araignées venimeuses, vampires — contre lesquelles on m'avait mise en garde. La ville de Saint-Laurent me parut majestueuse avec ses grands bâtiments en bois à étages et ses larges rues, bordées de manguiers, où se promenaient des dames créoles fort élégantes. John-Thomas était aux anges. Il loua deux cases au bord du fleuve Maroni et déclara :

« Mes amis, dans peu de temps, nous gagnerons les monts Tumuc Humac. Là-bas, l'or glisse, l'or ruisselle sur ses flancs, l'or chante ! »

Nos trois ouvriers parurent intéressés mais ne montrèrent aucun enthousiasme particulier. Ils avaient l'air d'être à leur affaire : les deux Saint-Luciens s'employèrent à acheter des vivres pour un bon mois. Du riz, du savon, du sel, des allumettes. Le Javanais s'occupa des médicaments quoique, contre la fièvre, me souffla-t-il en hollandais, cette chiennerie de fièvre qui couvait aux abords des marais, il n'y avait guère que les remèdes créoles qui pouvaient vous bailler un petit brin de soulagement. Ce temps durant, John-Thomas me fit l'amour avec application, comme si c'était la dernière fois qu'il en aurait l'opportunité. En pudibond qu'il était, il ne voulait pas que je le voie nu et ferma l'unique fenêtre de notre case. Nous berçâmes dans une sorte de nuage de sueur et de tendresse mêlées, jusqu'au soir, quand l'un des Saint-Luciens vint cogner à notre porte.

« *Bos, moun-la wivé !* » (Patron, la personne est là !)

Je ne me levai pas de la couche. La chaleur de l'amour avait effacé comme par enchantement l'épuisement du voyage. Je me sentais ragaillardie, prête à affronter tous les dangers, heureuse pour tout dire comme je ne l'avais jamais été de ma vie.

L'expression Tumuc Humac résonnait dans ma tête tel un gage de félicité perpétuelle. Comment avais-je pu passer toutes ces années qui avaient précédé ma rencontre avec John-Thomas à courir les îles avec mes paniers chargés de pacotille, sans autre espoir que de rester en vie ? Je resongeai à Ariane frappée d'une balle en plein cœur par ce négociant irascible de la Guadeloupe, sur le quai de Basse-Terre. À Maria qui avait été dix fois violée à bord et qui, à force, en avait perdu la parole et continuait le métier à la manière d'un automate. Je resongeai à toutes celles que le destin avait cruellement frappées sans que quiconque ne s'en émeuve. Notre confrérie était bien celle des « zéros devant un chiffre », comme s'en gaussait le poète Saint-Gilles. Des Juives errantes, des gitanes de la mer, voilà ce que nous étions ! Pas une seule qui pût se vanter de s'être enrichie ou tout bonnement retirée, au soir de sa vie, avec un honnête pactole.

Je remerciai John-Thomas mille fois en mon for intérieur. Tumuc Humac ! Tumuc Humac ! La porte d'entrée du paradis terrestre. La promesse d'un avenir radieux en tout cas. Des voix étranges me halèrent de mon rêve éveillé. Une langue saccadée, jamais entendue, mais pleine d'une surprenante noblesse. Je me couvris d'un pagne et sortis sur le pas de la case, vaguement inquiète. John-Thomas parlementait avec deux géants noirs, vêtus d'un pagne rouge, non loin d'une pirogue qu'ils avaient tirée sur la berge du fleuve. Dans l'obscurité, que trouait avec difficulté un flambeau porté par l'un de nos ouvriers, je distinguai l'impressionnante musculature de ceux en qui je reconnus les fameux Nègres des bois, ces Saramakas qui vivaient au mitan de la forêt à la manière africaine et dont tout le monde, à Cayenne, assurait qu'ils étaient les intercesseurs obligés entre les chercheurs d'or et les criques obscures où ce dernier se cachait. Ils étaient les maîtres de la forêt ! Les zélateurs des divinités tutélaires du fleuve ! La race pure, intouchée, non souillée comme c'était notre cas à nous, Nègres créoles, par les turpitudes de l'esclavage et la vie sur les habitations plantées en canne à sucre. La palabre entre mon amoureux et les Saramakas dura une bonne heure, à cause de la difficulté à communiquer, pensais-je, ou parce que ceux-là s'entêtaient à nous imposer un prix trop élevé pour leurs services. Je restai à distance prudente, ne voulant pas me mélanger à ces affaires d'hommes. Les femmes étaient fort peu nombreuses à accompagner les orpailleurs, m'avait-on prévenu. La plupart officiaient en tant que cuisinières ou femmes de mauvaise vie sur les plus gros placers. Final de compte, l'affaire fut conclue et John-Thomas, me découvrant à l'entrée de notre case, s'approcha de moi et me serra dans ses bras.

« Demain, *my darling*, demain, c'est le grand départ... »

Il fut l'un des tout premiers à s'aligner devant

l'imposante bâtisse de la Société des mines aurifères de la Guyane. Là, des centaines d'hommes venus de tout l'Archipel quémandaient un permis de prospection, sans garantie aucune d'en obtenir un. La bible de John-Thomas lui porta chance.

Ils vont la déchirer, oui ! La chiquetailler, la déquartier, la démantibuler, l'empaler. Ils se ruent sur son corps frêle, ils arrachent sa robe de mariée. Leurs bouches dégueulent de bave mélangée à du vieux rhum de contrebande, leurs lèvres sont ravagées par les striures de la syphilis, leurs doigts ont la tremblade, leur peau, hérissée de poils entremêlés, sent la salaison. Bientôt tout le bateau se met à tanguer. Dangereusement. Les récifs, qui annoncent l'île de Grenade, surgissent brusquement à la remontée d'une vague. Adèle ne s'oppose pas à la meute. Elle les regarde faire, sans bouger, inerte, indifférente à leurs caresses immondes. Deux marins s'affairent sur ses seins qu'ils lèchent, mordillent, avalent goulûment, tout en se battant entre eux de leur main libre. D'autres fourragent sous les jupes de la jeune femme, luttent avec les cordelettes de sa gaine, en jurant dans etcetera de langues. Il y a là des Nègres de la Jamaïque, deux-trois mulâtres hispaniques, des Blancs, sans doute européens à leur dégaine mal assurée, une poignée d'Indiens du Brésil embarqués sans doute à

Cayenne et qui ignorent où le bateau les conduit. Cet équipage hétéroclite est commandé par un Milord anglais, vêtu avec un soin qui détonne parmi ces créatures dépenaillées et mal lavées, qui exige qu'on lui baille du « Sir » à tout bout de champ. Sa goélette et ses vingt-cinq tonneaux de jauge transportent à vue d'œil trois fois plus de passagers et de marchandises qu'il eût été raisonnable de le faire. Le *Glory of Abraham* fait la route depuis Belém jusqu'à La Nouvelle-Orléans, cela un mois durant, chargeant ici des peaux, du tabac ou de l'or, là des caisses de morue séchée, des barriques de rhum, des ustensiles de cuisine, des coutelas, des fourches et des pelles. Déchargeant tout cela d'une île à l'autre pour recharger du sucre de canne, des balles de coton et de noix de muscade ou encore du café. Sir Archibald Highcliff notait tout cela sur son livre de bord avec une plume d'oie, debout sur le gaillard arrière, imperturbable, impérial même, qu'il fît un soleil méchant ou qu'il plût à ciel déchiré. Il affectait un mépris souverain pour l'espèce humaine, ne traitait pas ses marins blancs avec plus d'indulgence que leurs congénères de couleur, chose qui baillait à son commandement une autorité que nul ne contestait à travers l'Archipel où d'aucuns étaient prompts, à la moindre erreur de leur chef, à tenter de lui ravir ses épaulettes. Sir Archibald pouvait dormir sur ses deux oreilles : non seulement il avait l'entière confiance de la *South-America British Line* mais les pirates ou prétendus tels (en fait, d'infâmes descendants des ruffians au grand cœur du XVIIe siècle) n'osaient s'attaquer à son navire. C'est d'ailleurs pourquoi Céline Alvarez Bàà affectionnait beaucoup cet homme qui pourtant ne lui avait jamais adressé ni un regard ni une parole. À son attitude, on devinait qu'il ne faisait aucune différence entre les marchandises et les animaux qui s'entassaient sur le pont avant et les quelques pacotilleuses qui occupaient celui de l'arrière avec leurs énormes paniers trop remplis, harnachés de ficelles et de cordes. Ces dames lançaient toujours :

« On est transparentes, n'est-ce pas ? M. Archibald nous observe mais il ne nous voit pas. Ha-ha-ha !

— Et pourquoi nous fait-il payer alors ? » s'énervait chaque fois Ginette.

La cherté des voyages commençait à insupporter aussi Céline. On était passé de trente-deux shillings à l'époque de sa mère à trois cents. Pourtant, les affaires ne roulaient pas mieux, loin de là ! Le temps de gloire des pacotilleuses était sur le point de s'achever, était-elle persuadée, pour toutes sortes de raisons, notamment le fait que des liaisons commerciales plus régulières et plus fréquentes s'étaient établies entre les îles et leurs lointaines métropoles européennes. Fort-de-France traitait avec Bordeaux et Le Havre, Castries et Kingston avec Southampton, Aruba et Bonaire avec Amsterdam, La Havane et Santo Domingo avec Bilbao, Saint-Thomas avec Copenhague et ainsi de suite. Les quais de l'Archipel ne désemplissaient pas et en certains endroits, on y travaillait même de nuit. À côté de cet imposant négoce, le trafic des pacotilleuses avait l'air d'un « bal de fourmis ». L'expression était de Maria un jour que l'amertume de n'avoir presque rien vendu en l'île de Saint-Vincent l'avait rendue lyrique.

Le capitaine demeure impassible face à la folie furieuse de son équipage. Sans doute est-ce dû au fait que, bien qu'Adèle soit blanche, elle ne représente rien à ses yeux dès lors qu'elle fréquente de misérables vendeuses de colifichets. Il scrute l'horizon complètement vide à la longue-vue, sourd aux éructations des marins qui se battent pour palper un peu de chair, qu'ils supposent virginale, et aux petits cris d'effroi de la protégée de Céline. Cette dernière se doit d'intervenir. Elle se jette dans la mêlée en hurlant, en espagnol, anglais et créole, à cette meute puant la sueur et le rhum qu'ils n'ont pas le droit de souiller la fille du plus grand poète de l'univers. Elle cogne à droite et à gauche, tire des coups de pied, crache au visage de ceux qui se retournent. Adèle est bientôt presque nue. Ses petits seins sont tuméfiés à force d'être caressés, palpés, malaxés, triturés. Son ventre est mû par de brusques tremblades qui donnent à voir la perfection de son sexe, petite fente rose encadrée d'un triangle du plus beau noir. Céline crie en vain : « *Leave her alone, you bastards ! Esta niña no merece tal sufrimiento, me entienden? Man key koupé grenn zot ba zot, wi!* » (Laissez-la tranquille, bande de salauds ! Cette enfant ne mérite pas une telle souffrance, vous m'entendez ? Je vais vous couper les génitoires !)

Soudain, les marins se détournent du corps flasque d'Adèle. Dès qu'elle cesse de résister, ils perdent tout intérêt en sa personne, eux qui ne connaissent que la fornication violente. Ils s'en prennent à Céline Alvarez qu'ils renversent à son tour sur le dos mais cette fois-ci, l'Andalouse noire ne se laissera pas faire, tonnerre du sort ! Elle sort une fiole d'acide de la poche ventrale de sa robe et asperge le visage des premiers à avoir posé leurs pattes sur elle. Hurlant de douleur, ils battent en retraite, bousculant du même coup leurs compagnons. Un silence étrange s'empare du pont avant du *Glory of Abraham.* Tandis que les brûlés se ruent sur des seaux d'eau pour y plonger leur tête, les autres l'entrevisagent d'un air stupéfait et menaçant tout à la fois. C'est qu'il était habituel pour les pacotilleuses d'assouvir les bas instincts de ceux qui les convoyaient à bon port tout au long de l'année. Comme une espèce de tribut à payer et à repayer pour gagner le droit d'occuper un minuscule coin de navire, à peine abrité du vent et du soleil, entre fûts de rhum, barriques de salaisons, balles de coton ou sacs de noix de muscade. L'honneur de la pacotilleuse n'est pas entre ses cuisses, ressassait sa mère à une Céline encore en apprentissage, mais dans la qualité des produits qu'elle fournit à ses clients réguliers. Trichez une seule fois sur la marchandise et vous serez déconsidérée à vie !

« *Nou ké fouté'w an lanmè !* » (On va te balancer par-dessus bord !) lui lance en créole un Nègre-rouge qui tient un morceau de cordage à la main.

« *¡ Puta de negra ! El infierno te espera* » (Salope de Négresse ! L'enfer t'attend), éructe en espagnol un Cubain ou un Portoricain au cou et aux doigts bardés de bijoux en or.

Adèle s'est redressée. Elle observe la scène, l'air lointain. Se rend-elle seulement compte que sa nouvelle mère, Céline Alvarez Bàà, est en danger de mort ? Elle rassemble les manches de sa robe de mariée, qu'elle ne veut jamais quitter, et tente comiquement de les recoller au bustier lui aussi mis à mal. Une forte odeur de sperme, mêlée aux vapeurs de gin et de rhum, embrasse le pont avant : quelques marins ont déchargé sur Adèle au moment même où ils lui empoignaient les seins. Comme si rien ne s'était passé, Céline entreprend de laver sa protégée avec de l'eau de mer. Elle la dénude entièrement et lui savonne le corps avec une lenteur étudiée, presque provocatrice, sachant les marins aux aguets, prêts à se jeter sur elles une nouvelle fois. Cela a pourtant le don de calmer leurs ardeurs et bientôt chacun d'eux regagne son poste, non sans avoir agoni la Négresse d'injuriées. Sir Archibald daigne enfin s'approcher de ce recoin du pont avant où les autres pacotilleuses, pétries d'une sainte terreur, se sont réfugiées. Aucune d'elles n'a fait mine de venir en aide à Céline, car depuis quelque temps, elles lui reprochent de rechercher les ennuis. Qu'a-t-elle à s'enticher de cette Blanche hagarde — qui l'appelle « maman » en plus ! —, visiblement dénuée de raison ? Est-ce là le moyen de faire son intéressante, de démontrer qu'elle a un cœur plus généreux que quiconque ? Ou alors tire-t-elle fierté du seul fait que la jeune fille lui obéit au doigt et à l'œil ?

« *Last time you travel on my boat !* » (C'est la dernière fois que vous voyagez à mon bord !) lâche le capitaine en jetant un regard lourd de méprisation à Adèle Hugo dont il ignore, bien entendu, la véritable identité.

Céline Alvarez Bàà n'a aucune réaction. Elle ôte à son tour ses vêtements, toujours de manière aussi lente, et frotte chaque millimètre de sa peau comme si elle voulait se débarrasser de quelque souillure. Puis, elle se met à chantonner, en français, une sorte de litanie dont personne ne comprend le sens, un long poème, à elle adressé par son amoureux, Michel Audibert, qui commence ainsi :

L'au-loin de nos corps
ciel silencieux d'avril...

L'une des pacotilleuses s'exclame :

« Notre Céline est devenue folle, elle aussi, mes chéries ! À force de fréquenter les chiens, on attrape des puces, oui !

— Ah ! Sa mère, Conchita Alvarez, je l'ai bien connue. Déjà, elle n'avait pas toute sa tête. Elle affirmait que ses ancêtres venaient d'un lointain pays, l'Andanésie... l'Andalousie ou quelque chose comme ça », fait une autre, ce qui provoque un caquètement de rires chez les autres femmes.

La Négresse andalouse n'a cure de leurs railleries. Elle avait quitté la Barbade pour la Grenade parce qu'elle savait que, dans cette île à muscade, il lui serait plus facile de trouver un bateau pour la Martinique. Aucune de ses démarches auprès des hautes autorités de la première île n'ayant abouti, elle s'était trouvée face à une redoutable alternative : ou bien tourner le dos à Adèle, la relâcher dans les ruelles sordides du port de Bridgetown, à l'endroit exact où elle l'avait recueillie quatre mois plus tôt, quand deux Nègres enragés se battaient pour sa possession, ou bien la ramener en pays français.

LE PETIT PARIS DES ANTILLES

« La seconde fille de Hugo est la plus grande beauté que j'aurai vue de ma vie. »

Honoré de Balzac
(Lettre à Mme Hanska, 1843)

4

Adèle reste indifférente aux rumeurs de l'En-Ville qui montent depuis le quartier du Mouillage et se propagent jusqu'aux premiers contreforts du Morne Tricolore. Elle se tient contre Céline l'entier du jour. Pourtant, de la fenêtre du second étage de cette grande maison en pierre de taille où les a accueillies Alexandre Verdet, riche négociant qui se flatte de connaître par cœur toute l'œuvre poétique d'Hugo, on distingue l'étonnante foule de pousseurs de charrettes chargées de fruits, de messieurs distingués en redingote qui se saluent bien bas d'un trottoir à l'autre, de dames au teint pâle, se protégeant du soleil à l'aide d'ombrelles féeriques, de marmaille en dérade qui hurle ou se lance des injuriées. Et il y a surtout cette eau qui dévale dans les dalots, cette eau qui chante, qui éclabousse, cette eau dont le murmure est si puissant qu'il parvient certains jours à couvrir les causements des passants. Ce qui explique qu'à Saint-Pierre, on parle à plus haute voix que partout ailleurs. Le ravissement que tout cela procure à l'accompagnatrice d'Adèle, Céline Alvarez Bàà, se renouvelle à l'identique à chaque escale de la pacotilleuse dans le Petit Paris des Antilles. Mais cette fois, elle le découvre sous un tout autre angle, n'étant pas seulement venue y vendre ses miroirs de poche dont raffolent les femmes-matador, ces ravageuses, mulâtresses, chabines ou câpresses, qui font profession de vouer leur corps à quelque riche négociant de la place, cela la vie durant. Ces créatures-là semblent, en effet, avoir la vie devant elles. Dès le début de l'après-midi, on les voit, parées de robes en cotonnade claire, la chevelure drapée dans des madras rutilants, qui s'accoudent à leur balcon pour rêver. Certaines fument avec affectation. D'autres devisent d'une maison à l'autre, lâchant des rires sonores, parfois égrillards pour peu qu'elles se sachent observées par quelque flâneur. À la vérité, ces femmes-matador avaient toujours représenté un mystère pour Céline. Elle ne parvenait pas à comprendre comment celles-ci pouvaient demeurer ainsi rivées à la chambre que leur louaient leurs riches protecteurs, ne faisant rien d'autre de leur journée que de s'attifer ou de se goinfrer de confiseries créoles tout en maniant leurs éventails à-quoi-dire des sultanes. Avant qu'elle n'ait pris la décision de conduire Adèle Hugo à Saint-Pierre, elle ne s'était jamais vraiment intéressée à leur existence dorée. Pacotilleuses et femmes-matador ne sont pas du même monde. Les premières n'ont de cesse qu'elles ne se gourment avec la vie. Chaque instant leur est une épreuve. Charroyer quatre-cinq paniers caraïbes pleins à craquer, voyager de bateau en bateau par n'importe quel temps, affronter l'insolence des douaniers, la rouerie des fournisseurs, louer une case à la semaine ou au mois, discutailler avec des pratiques souvent irascibles, satisfaire un concubin jaloux et tant d'autres activités ne leur laissaient pas le temps de fréquenter les concerts du « Petit Balcon » ou du « Grand Balcon », lequel recevait une clientèle plus huppée. « Car, explique Céline Alvarez Bàà à une Adèle muette et figée, notre vie à nous, les pacotilleuses, est un incessant aller-venir. Nous sommes pires que des fourmis-manioc. Nous n'avons pas fait une halte en quelque endroit qu'il nous faut déjà songer à repartir. Nous n'avons pas de temps pour la rigoladerie. La franche vérité, ma petite Adèle, c'est que nous ne sommes heureuses, vraiment heureuses, qu'en pleine mer. Bon, il est juste pourtant de reconnaître que les femmes-matador sont d'excellentes pratiques, même si elles nous toisent à l'instant où nous ouvrons nos paniers et feignent de trousser le nez sur nos marchandises qu'elles tripotent, soupèsent, reniflent, grattent du bout des ongles avant de se décider. Elles ont l'argent facile. Il leur vient de leurs amants de la haute société qui, avant de regagner leurs pénates, après une journée de travail bien remplie, ne manquent jamais de les visiter. Loulouse, une chabine aux jambes longues comme le Mississippi, me fait confiance depuis au moins dix ans. C'est ma meilleure pratique. Tu m'écoutes, Adèle ? Elle me reçoit en robe du Second Empire, un bandeau en lamé autour du front, maniant avec élégance un fume-cigarette. Elle m'accable de "ma cocotte", "ma doudou-chérie", "ma Négresse à moi" sans jamais engager de vraie conversation. Loulouse semble perpétuellement ailleurs. Comme si elle se mouvait à côté de la vraie vie, hors d'atteinte de ses mauvaisetés, l'air éthéré, irréelle presque. Une lueur dorée baigne sa chambre, qui fleure bon la feuille de corossolier et qu'un lit à colonnes démesurément large occupe, ne laissant que peu d'espace à une commode en acajou surchargée d'images pieuses, de lampes éternelles, de chapelets, de poudres à joue, de boîtes de rimmel et de rouge à lèvres. Je l'imagine, assise devant son miroir toute la sainte journée en train de se préparer pour la venue de son homme. Négociant en rhum du quartier du Fort qui frise la soixantaine et que l'on dit partisan du rétablissement de l'esclavage. Membre en tout cas du "Cercle de l'Hermine" qui n'accepte que les Blancs de pure race. Au contraire de ses pairs, il débarque chez Loulouse à n'importe quel moment, la soupçonnant, ajoutent les langues vipérines, d'équivoquer derrière son dos avec un jeune bel Nègre, maître d'école de son état et donc laïc forcené. »

Saint-Pierre fascine Céline Alvarez Bàà ! Michel

Audibert, son concubin d'ici-là, la lui avait fait découvrir il y a des années de cela, ruelle après ruelle, marché après marché. Il l'a même une fois entraînée au théâtre où elle a aperçu Louis Napoléon et ses officiers qui se préparaient à conquérir le Mexique. Elle éprouve pourtant une sourde appréhension chaque fois qu'elle lève la tête : la montagne Pelée, posée sur son socle puissant, observe la ville derrière sa mantille de nuages clairs. La pacotilleuse ne partage point l'insouciance des Pierrotins qui, de beau matin, la saluent, d'un retentissant « Respect sur ta tête, grand-père ! ». Elle n'a jamais pu oublier l'éruption de 1858, événement que tout le monde ici feint de n'avoir jamais vécu. La goélette, sur laquelle elle se trouvait avec ses commères Samantha et Lucilla, fut soudainement happée par un immense trou qui s'était creusé au mitan de la mer. Celle-ci était pourtant d'un calme étonnant, même lorsque le bateau eut franchi le canal de la Dominique d'ordinaire si agité. On distinguait la verdure irisée des mornes à l'en-haut des pitons du Carbet, des échappées de fumée dans la campagne émanant, sans doute, de fours à charbon de bois. Des dauphins jouaient à contourner sans cesse leur bateau et les jeunes femmes s'amusaient à leur voltiger des restes de repas. Lucilla chantonnait, appuyée mollement sur le bastingage, les yeux en attente de l'arc de cercle parfait que formait la rade de la capitale de la Martinique, déjà émoustillée à l'idée des caresses savantes que lui procurerait son nouvel amant, un certain M. Danglemont, mulâtre d'âge mûr portant beau, notaire de son état, qui rageait de ne pouvoir bailler une conduite à Pierre-Marie, son unique fils. Ils s'étaient rencontrés à la rue Monte-au-Ciel un mardi gras, alors que l'homme sortait d'une des nombreuses maisons de tolérance de l'endroit, bien protégé par un masque vénitien et des vêtements bouffants qui lui couvraient chaque centimètre de peau. Il titubait, manquant de s'effondrer dans le canal traversé par une eau babillarde qui fendait cette rue en deux parties égales. De sa bouche jaillissaient des insultes en langage créole : « Grosse salope ! cochonne ! Amandine, tu n'es qu'une grosse cochonne, voilà ! » Le contraste entre cette voix distinguée et ces propos dignes d'un gabarrier du quartier La Galère, là où la négraille survit dans la pouillerie la plus totale, fit pouffer de rire Lucilla. Un rire irrépressible, secoué par des hoquets qu'elle avait le plus grand mal à réfréner. Elle s'était écartée d'un vidé de diablesses rouges pour pouvoir pisser, ce qu'elle était en train de faire debout, jambes écartées, grandiosement impudique comme devait lui dire plus tard le sieur Danglemont. Dans les bordels avoisinants, une musique d'enfer couvrait les voix embuées de rhum et de gin des ribaudes et de leurs clients. Cela sautait-dansait-matait à qui mieux mieux comme si chacun vivait le dernier jour de son existence. Et par les rues, des bandes de Nègres gros-sirop effrayants à souhait, des marianne-la-peau-figue, des diables cornus au costume orné de centaines de minuscules miroirs qui faisaient chavirer la lumière éclatante de l'après-midi, s'en baillaient à cœur joie, engrossant l'En-Ville d'une sorte de bourdonnement qui se propageait jusqu'au quartier du Fort, sur les hauteurs, là où vivait l'aristocratie blanche créole. Une soudaine et incomprenable impulsion attira l'un vers l'autre la pacotilleuse et le notaire. L'appel immémorial de la chair, le chant des sueurs mêlées, l'appétit des langues qui se cherchent et se fouillent, des mains avides de se tripoter. M. Danglemont s'agenouilla brusquement à l'en-bas de la jeune femme et, ôtant son masque, reçut la pluie bénéfique de son bas-ventre. Le pissat jaune doré et puissant lui pénétra les yeux, se faufila dans ses narines et sa bouche gourmande se mit à laper celle que secouait à présent ce rire titanesque qui allait sceller leur union. Le bougre fut dessaoulé net ! Se redressant, il souleva Lucilla à hauteur de ses reins et s'empala en elle avec une violence qui faillit les renverser tous les deux. Il s'était à nouveau dissimulé le visage et Lucilla embrassait à présent un bout de toile en soie, ce qui lui bailla un bain d'infinie douceur. Leurs langues s'excitaient à travers cet écran sans que ni l'un ni l'autre ne fissent l'effort de l'écarter. Dès le lendemain, la pacotilleuse devait propager la nouvelle selon laquelle jamais, de toute sa vie, elle n'avait fait l'expérience d'une telle bande. Une bande de mulet, ma chère Céline ! Cela dura un temps qu'elle fut incapable de mesurer. Un temps interminable en tout cas. Avant que le doge vénitien ne la repousse tout aussi brutalement et ne s'en aille rejoindre un défilé de gens déguisés en monsieur-l'abbé et en ma-sœur qui passait dans les parages. Étourdie, abasourdie même, Lucilla demeura plantée à mi-pente de la rue Monte-au-Ciel qui portait bien son nom, n'entendant même pas les railleries et les quolibets à elle adressés par la faune d'une maison de tolérance dont on avait ouvert toutes grandes les fenêtres, chose exceptionnelle, même à l'époque du carnaval, parce que plusieurs clients, qui avaient abusé du tafia, ne cessaient de vomir comme si leur rate avait éclaté.

Le lendemain, jour de l'enterrement du roi Vaval, le mercredi des Cendres donc, Lucilla promena sa mélancolie de vidé en vidé. Elle savait qu'il était vain de tenter de retrouver parmi ces hordes de bambocheurs, vêtus exclusivement de noir et de blanc, l'homme qui lui avait labouré le corps la veille sans même lui en demander la permission-s'il-vous-plaît. Cet homme dont elle se sentait non pas éprise mais attachée par l'esprit et la chair mêmes. Comme s'il lui avait jeté un charme. Certains ne dissimulent-ils pas de la poudre-emmener-venir sous leurs ongles que, d'un imperceptible claquement de doigts, ils lancent jusqu'aux narines de celles sur lesquelles ils ont jeté leur dévolu ? Pourtant, à la voix de celui qui l'avait sauvagement coquée, Lucilla avait deviné qu'il s'agissait d'un monsieur de bien. Peut-être quelque béké égrillard, déjà âgé mais qui s'était chargé l'estomac d'une décoction de bois-bandé. Plus vraisemblablement un mulâtre qui parlait un français empreint de gammes et de dièses et qui tout le restant de l'année ne sortait qu'en veste sombre et col à jabot. Ce genre de personne n'utilisait pas de poudres ou de charmes de vieux Nègres. Au soir du mercredi des Cendres, Lucilla s'effondra contre la fontaine de la Batterie d'Esnotz où les derniers carnavaliers se plongeaient la tête pour tenter de retrouver leur équilibre et surtout le chemin de leur maison. Elle se surprit à pleurer, elle que Céline et ses consœurs pacotilleuses accusaient d'avoir le cœur sec. Elle si pingre. Si dévouée à une seule et unique cause : gagner de l'argent, un paquet d'argent, oui, avant d'enjamber la mer pour gagner la prochaine île. « Il m'a frappée ici ! répétait-elle, désignant son giron, et c'est comme si j'avais vécu un raz-de-marée à l'intérieur de mon corps. Un sacré modèle de chouboulement, oui ! Aucune d'entre vous ne sait ce que c'est, j'en suis sûre. Sinon vous ne resteriez pas là à bavarder tranquillement à côté de vos paniers comme si vous n'attendiez rien d'autre de la vie. »

Les festivités carnavalesques achevées, Saint-Pierre retrouva comme par enchantement ses airs de grande dame affairée. Tous les magasins de la

Grand'Rue avaient ouvert, plus tardivement que d'ordinaire, certes, mais la badaudaille était à nouveau au rendez-vous. Comme si rien ne s'était passé pendant quatre jours. Comme si la bacchanale qui avait mis la ville sens dessus dessous n'avait été qu'un rêve. Chacune des pacotilleuses avait recommencé à faire la tournée de ses pratiques. Laurence, la Guadeloupéenne, à la rue des Bons-Enfants. Céline à celle du Petit-Versailles. Ginette, solide bougresse aux cheveux ras et crépus, originaire de Sainte-Lucie, préférait, elle, attirer le chaland et s'installait aux abords de la place Bertin. Seule Lucilla demeura inactive. Elles la retrouvèrent au serein du crépuscule, assise sur les quais, ses paniers remplis comme au jour de leur arrivée. Immobile, muette. Elle ne voulut même pas boire du mabi au goulot comme ses commères le faisaient à la fin de leur tournée quotidienne et n'écouta que d'une oreille distraite leurs raconteries.

« Tu es en chimères ou quoi ? lui répétait Ginette, abasourdie.

— Elle songe à son beau phraseur de Caracas sans doute, raillait, pour sa part, Laurence.

— Mais non ! Peut-être qu'elle est dans ses époques. Lucilla, réponds, s'il te plaît, y a quèque chose qui te fait mal, chérie ? »

L'octavonne danoise affichait un air de maussaderie mêlée d'hébétude. Un air qu'elles ne lui avaient jamais vu. Céline décida de l'emmener dans la case qu'elle louait à l'année au pied du Morne Tricolore. Les autres se chargèrent de ses paniers qui n'avaient même pas été détachés. Lucilla n'avait rien vendu de tout le carnaval! C'était tout bonnement incroyable, ce qui redoubla leur inquiétude. Elles la déshabillèrent et lui firent une toilette rapide. Elle n'avait pas non plus changé de vêtements, elle, en bonne morave de l'île de Sainte-Croix, si propre de sa personne! Et en plus, madame refusait d'articuler le moindre mot. Ginette, bouleversée, proposa de faire appel à l'abbé Firmin de la paroisse du Mouillage, le seul auprès duquel elle acceptait de se confesser car, à l'entendre, tous les autres n'étaient qu'une sacrée bande de vicieux qui voulaient toujours connaître le détail de ses aventures et chipotaient pour lui bailler l'absolution. « Lucilla est envoûtée, ça se voit, foutre! » grommelait la Sainte-Lucienne en roulant de gros yeux effrayés. Pour de bon, l'octavonne demeurait assise, droite comme un poteau, sur l'unique chaise de la case, le corps agité par une légère tremblade. Laurence s'opposa à l'intervention de l'abbé Firmin. Elle avait une bien meilleure solution : transporter leur consœur à la nuit tombée chez une dormeuse de sa connaissance qui habitait au quartier La Galère. Les affaires diaboliques se traitent directement avec le Diable, décida-t-elle, pas avec le Bondieu! Comme il leur restait une bonne journée devant elles, elles prirent la décision d'écouler les marchandises de Lucilla.

Chacune d'elles s'empara d'un de ses paniers et s'en alla voir ses pratiques habituelles, sans toutefois se faire trop d'illusions, car il n'était pas dans leurs mœurs de solliciter leur clientèle deux fois d'affilée. Il fallait, en effet, aiguiser son désir, la faire attendre, espérer leur venue, le mois d'après, voire trois ou quatre mois plus tard. Les retrouvailles étaient toujours extraordinaires. On les accueillait à bras ouverts et leur achetait tout en six-quatre-deux.

Céline jugea plus opportun de ne pas importuner ses pratiques mais de frapper aux portes des maisons cossues du Centre, prête à subir rebuffades et affronts de la part des servantes de ces mulâtres qui avaient fait fortune en tant qu'apothicaires, géomètres, avocats, médecins ou professeurs et qui regardaient sa confrérie comme la lie de la terre. S'armant de tout son courage, elle se mit à remonter la Grand'Rue, celle qui coupait Saint-Pierre en deux, et héla, depuis le trottoir :

« Peignes en ivoire de Chine, mesdames-messieurs ! lotions contre les moustiques ! chemises de nuit en mousseline ! Allez, c'est pas cher ! blagues à tabac en argent pour les gentlemen ! »

On lui claqua portes et fenêtres au nez. On l'insulta. La traita de Négresse noire comme un péché mortel. Une matrone lui dévida même le contenu de son pot de chambre sur la tête depuis le galetas de sa maison. Intrigué par son manège, un sergent de ville, à la mine peu engageante, l'obligea à déballer son panier et menaça de saisir sa marchandise si elle continuait son tapage, n'acceptant de la laisser filer que contre trois-quatre billets. Le découragement la gagnait. Pourquoi faisait-elle tout cela ? Pourquoi acceptait-elle de se faire humilier pour le compte de Lucilla qui, non seulement était d'une pingrerie à nulle autre pareille, mais se considérait comme supérieure à toutes ses consœurs à cause de son teint de cannelle ? Se serait-elle trouvée dans la position qui était la sienne présentement, il est sûr et certain qu'elle n'aurait pas bougé le petit doigt et qu'elle se serait contentée de ricaner en lâchant : « Mme Céline Alvarez Bàà joue la comédie. Ne perdons pas notre temps avec elle ! Demain, elle retrouvera ses esprits. » Pourtant, Céline continua à arpenter la Grand'Rue, stoïque, suant à grandes eaux, sous le regard mi-hostile, mi-ironique des passants. L'enseigne d'un notaire l'arrêta. Une belle enseigne dorée de forme ovale apposée sur l'entrée d'une grande bâtisse en pierre de taille peinte en jaune clair. *Maître Constantin Danglemont, diplômé de la faculté de droit de Bordeaux, notaire*, disait-elle sobrement.

Carnets d'Henry de Montaigue

Adèle est à la Martinique. Folie n'est point sottise, j'en suis convaincu à présent. Au Canada, elle avait réussi à m'amblouser par le truchement d'une gourgandine qui se prétendait son amie intime. Cette dernière n'était que fille d'auberge et, comme toutes les créatures de son espèce, avait plus d'un tour dans son sac. Sinon comment aurait-elle réussi, des mois durant, à me retenir dans ce pays glacial et venteux deux semaines après qu'Adèle l'eut quitté ? Je n'en reviens toujours pas. Je me consolais à l'idée que l'Amérique n'était pas Paris. Qu'ici l'Européen fraîchement débarqué perdait vite le sens de l'orientation et surtout celui des réalités. Pourtant, la piste était facile à tenir : il suffisait de coller aux basques de son beau soldat anglais. Enfin, beau ! Tous les goûts sont dans la nature, dit-on. À mon humble avis, ce grand Saxon au visage couvert de taches de rousseur et aux dents proéminentes n'avait d'allure qu'en uniforme. En tenue de ville, dans la taverne qu'il aimait à fréquenter, là où à maintes reprises je pus l'approcher de très près, il n'était plus qu'un braillard parmi tant d'autres, éminent avaleur de pintes de bière brune devant l'Éternel.

Jamais je ne l'ai entendu parler d'une sienne dulcinée avec ses camarades de beuverie, qu'ils fussent soldats comme lui ou gens du cru. L'homme avait l'amitié facile. Il suffisait qu'il aperçût quelqu'un seul à une table pour qu'il l'invitât à rejoindre sa bande. Je ne trouve pas de mot plus exact pour décrire cet assemblage d'Irlandais débraillés qui s'exprimaient souvent en gaélique, de trappeurs canadiens au regard perçant (ce qui dénotait quelque ascendance indienne), d'employés de l'administration britannique et de catins harnachées de robes et de jupons extravagants qui virevoltaient, à la demande, sur les genoux de chacun. Tout ce beau monde s'esbaudissait le vendredi et le samedi soir à la taverne O'Brady. Cette dernière comportait des chambres à l'étage où s'éclipsaient de temps à autre des couples rapidement formés et tout aussi rapidement défaits. Saouls comme ils l'étaient, la plupart d'entre eux n'avaient sans doute même pas le temps de déboutonner ces dames que leur membre viril rendait l'âme, quand il ne demeurait pas désespérément en berne. J'avais appris à mes dépens, à Paris, qu'il fallait toujours conserver la tête froide en de semblables circonstances.

D'emblée, il m'apparut que le lieutenant Pinson se méfiait de ma personne. La première fois qu'il prit conscience du fait que je fréquentais régulièrement la taverne, il me gratifia d'un clin d'œil complice en tapotant sa bouteille de Guinness, mais pour mon malheur le tavernier me lança, au même moment, un salut tonitruant, me désignant au passage sous le nom de « Frenchman ». Cela eut pour effet de refroidir sur-le-champ l'officier anglais. Son regard se perdit dans le vague. Comme s'il venait de se plonger dans une profonde méditation alors même que ses camarades commençaient à arriver et à se congratuler de manière démonstrative comme à leur habitude. Aucun d'eux ne s'intéressa au client solitaire que j'étais. Je me mis à épier le groupe qui s'installait toujours à la même table, celle qui était la plus proche du comptoir et où on était le plus promptement servi par la fille du tavernier. Une fort accorte bougresse d'une vingtaine d'années qui, régulière-

ment, me lançait d'un ton ironique « Are you sad, gentleman ? » *(Vous êtes triste, monsieur ?). Je me contentais de lui sourire. Elle serait peut-être celle qui me permettrait d'approcher Pinson qui faisait le geste de la gamahucher dès qu'elle se penchait pour le servir, chose qui n'avait nullement l'air de la déranger puisqu'elle se suspendait à son cou qu'elle léchait avec une obscénité accomplie. Le tavernier, pour sa part, éclatait de rire. Nous étions bien dans le Nouveau Monde. Celui dans lequel chacun était prêt à brader ce qu'il avait de plus cher pourvu qu'il en escomptât quelque bénéfice. Apparemment, la gouaille de la serveuse était, après l'alcool et les catins, l'un des plus sûrs atouts de cet établissement.*

Un après-midi du début de semaine, moment où j'étais quasi assuré de n'y trouver que quelques vieux chercheurs d'or remontés du Mississippi les mains vides (tout le monde vantait ici cette mystérieuse contrée du Sud où, à les en croire, il suffisait de pelleter le moindre flanc de colline pour découvrir un filon), je me décidai d'entreprendre Lorie. Curieux prénom ! Il me faisait penser à « loriot » *bien que la serveuse du O'Brady n'eût rien de frêle ni de timide. Elle avait des bras et des cuisses fermes, très blanches mais appétissantes, et son visage, légèrement masculin, n'était pas dénué d'attrait. Pour cela, il lui suffisait de sourire, ce qui, fort heureusement, lui était une seconde nature. D'ailleurs, à l'inverse des catins, je ne l'ai jamais vue se fâcher ni protester contre les privautés que se permettaient les clients. Je lui offris un whisky, puis deux, sans qu'elle se décidât à s'asseoir à ma table.*

« I don't like sad men! » *(J'aime pas les hommes tristes!) s'écria-t-elle en me portant mon troisième whisky.*

Je retrouvai aussitôt mon aisance d'arpenteur des pavés parisiens, du moins autant que me le permettaient mes connaissances en argot anglais. Lorie s'esclaffait devant certaines expressions qui n'avaient sans doute pas cours au Canada, me les faisant répéter à haute voix pour que son père, occupé au comptoir, pût partager son hilarité. À lui aussi, je finis par devenir sympathique puisqu'il cessa de me saluer d'un bref mouvement du chef quand je pénétrais dans son établissement pour m'accueillir avec un vigoureux :

« Welcome to the O'Brady, young man! Have a seat! Your first drink is on me. » *(Bienvenue au O'Brady, jeune homme! Asseyez-vous! Votre première boisson est pour moi!)*

Il me fallut une poignée de semaines pour apprivoiser complètement sa fille. Elle m'avoua que tout un chacun s'interrogeait sur ma personne, vu que je n'avais pas l'air d'un de ces aventuriers qu'attiraient les mirages de l'or, or qui, à l'entendre, n'avait jamais existé dans les parages autrement que dans les menteries d'Indiens haineux envers les Blancs. Ces sauvages les incitaient à les suivre loin des villes pour les assassiner, non sans les avoir détroussés. Le printemps venu, on retrouvait ainsi des corps presque intacts, flottant sur les fleuves, le visage défiguré à coups de pioche. Lorie rendait bien leur haine aux Indiens auxquels elle interdisait l'accès de la taverne O'Brady. Seuls les métis trouvaient parfois grâce à ses yeux à condition tout de même qu'ils ne fussent pas regardants à la dépense. Elle ne portait pas non plus les Français du Canada dans son cœur, mais les distinguait des Français d'Europe qui, à ses yeux, représentaient le comble de l'élégance et de la distinction. J'eus donc l'honneur de partager la couche de Lorie. Ce n'était pas un mince privilège, me firent savoir les habitués de la taverne dont certains cherchaient à gagner ses faveurs depuis des lustres. Lorie se laissait volontiers tripoter par eux sans doute parce qu'elle considérait que cela faisait partie de ses obligations, mais ne leur permettait pas de s'aventurer jusqu'à son intimité.

« Le lieutenant Pinson ? me fit-elle un jour. Bel homme ! Dommage qu'il soit sur le point de se marier... »

Je ne poussai pas mon avantage plus avant. Il me fallait réfléchir. Le père d'Adèle en avait-il eu vent ? La jeune fille elle-même le savait-elle ? D'où peut-être sa fuite éperdue au Canada dans l'espoir d'empêcher cette union. De reconquérir celui qui lui avait chamboulé le cœur à Guernesey. Je ne parvenais pas à me faire une opinion sur le sujet. Et surtout Adèle était introuvable ! Il est vrai que j'avais mis plus d'énergie à pister l'objet de sa passion qu'elle-même. La caserne dénommée Bedford était facile à trouver et, lors de la relève de la garde, il arrivait que le lieutenant Pinson commandât une petite troupe qui avançait au pas de l'oie. Quant à la taverne O'Brady, elle n'était qu'à deux rues de là. Je m'étais donc laissé aller à la facilité, ce qui n'était pas dans mes habitudes. Qu'on apprît sur la place de Paris que j'étais *en train de gaspiller les deniers du grand Hugo en Amérique et c'en serait fait de ma réputation de fin limier ! Je hantais les bas quartiers de Halifax, fouillais tous les hôtels borgnes et les bouges où les parties de poker s'achevaient parfois à coups de pistolet. Rien n'y fit. Point d'Adèle Hugo. En fait, c'est le hasard — grand allié des gens du métier — qui me permit de la repérer. Elle s'était tout bêtement installée dans une maison d'hôtes, dépourvue d'enseigne, qui faisait face à la caserne de son amoureux. Un jour de relève de la garde, j'aperçus un visage caché par une capeline beige qui se penchait à l'une des fenêtres pour mieux observer les soldats. Cette lourde tignasse noire, ces joues d'ivoire, ce regard fixe, ces doigts fins qui me semblaient trembloter, tout cela appartenait à une seule personne : celle dont je n'avais eu cesse de contempler le portrait miniature que m'avait confié le poète.*

On me fit barrage à la maison d'hôtes. Tout était complet et il n'était pas d'usage de révéler au premier venu les noms des clients. C'était un établissement respectable et ceux qui le fréquentaient exigeaient la plus grande discrétion. J'usai de toutes les ruses possibles afin d'amadouer la patronne, Mrs Saunders : fleurs, confiseries, compliments, proposition d'aide pour repeindre son établissement. Au bout de trois ou quatre assauts d'amabilité, elle finit par céder et m'autorisa à consulter le cahier bleu dans lequel elle inscrivait les noms de ses clients. Son rustre de mari pouvant surgir d'un moment à l'autre, il me fallait me dépêcher. George H. McMillan, Richard Glover, Sue D. Preston, Laure Neuville, Edward Fieldcox, etc. Les noms défilèrent sous mes doigts sans jamais trouver celui d'une certaine Adèle Hugo. Soudain, une grosse voix masculine, dans mon dos, me recommanda de ne plus remettre les pieds en cet endroit, m'arrachant le cahier des mains. Mr Saunders était une brute et je me le tins pour dit. Il me suffirait de faire le guet depuis le trottoir d'en face, derrière un journal largement déplié. Adèle sortirait bien à un moment ou un autre de la journée ! Elle ne pouvait pas se tenir cloîtrée dans cette austère bâtisse aux volets toujours fermés. Pourtant, j'eus beau grelotter de froid des jours durant dans les parages, point d'Adèle ! Et comme si elle avait deviné ma présence, elle ne se penchait plus à sa fenêtre pour observer la relève de la garde mais se contentait d'écarter les rideaux. De guerre lasse, je dus me rabattre sur le O'Brady où le futur marié enterrait chaque fin de semaine sa vie de garçon, montant parfois à l'étage avec deux ou trois catins éméchées. Lorie me lâcha, au détour d'une conversation, que sa promise se nommait Élisabeth et qu'elle appartenait à l'aristocratie anglaise par son père, sa mère étant fille de colons. Ils vivaient dans un quartier excentré, Harding Gardens, celui-là même où le gouverneur de la province avait sa résidence.

« Je ne l'ai aperçue qu'une fois, me fit Lorie. C'était à l'occasion d'un défilé militaire sur Lancashire Alley. Elle était à la tribune avec son père. Beau brin de fille ! »

Pour ce qui était d'Adèle, la serveuse du O'Brady haussa les épaules. Tant de pauvresses débarquées d'Europe à la recherche d'un avenir meilleur débarquaient au Canada, finissant immanquablement dans les boxons qui jouxtaient le fleuve. Des Allemandes à la voix rauque, des Italiennes noiraudes et querelleuses, des Irlandaises mal dégrossies et une poignée de Françaises dont la réputation en matière d'ébats charnels n'était plus à faire. « Des Adèle, il doit y en avoir des dizaines à Bloomington Street ! » ricana Lorie. Elle voulut savoir si la mienne était ma sœur, une amante qui m'avait dédaigné ou alors quelqu'une qui me devait de l'argent. « On fuit beaucoup en Amérique pour ne pas payer ses dettes, tu sais ! » Je mentis. Lorie se contenta de mon mensonge. Elle ne s'attardait jamais très longtemps sur le même sujet et chaque fois qu'il m'arrivait de reparler d'Adèle, m'efforçant d'adopter le ton le plus neutre possible, elle glissait sur autre chose. L'air de rien. Les jours passaient et je n'avais pas grand-chose à mettre sous la dent d'Hugo. Hormis ma première lettre enthousiaste dans laquelle je lui annonçais fièrement que j'avais retrouvé sa chère fille, je ne lui adressais plus que les mêmes banalités. Il finirait par se lasser et je n'aurais plus qu'à rentrer queue basse sur le Vieux Continent. Je me résolus alors à entreprendre le lieutenant Pinson. Il ne fut pas facile à extirper de son groupe de bambocheurs effrénés. Je prétextai l'intention de m'enrôler dans l'armée de sa Gracieuse Majesté, chose qui attira son attention.

« Nous avons le plus grand mal à recruter sur place, me déclara-t-il. Tous nos soldats ou presque viennent d'Angleterre, ce qui n'est pas une bonne chose. Les Canadiens refusent de servir le drapeau. Ils n'ont qu'une obsession : l'or et les fourrures ! Davantage les fourrures que l'or d'ailleurs car avec ce climat, cette neige qui dure neuf mois sur douze, il est difficile d'ouvrir une mine.

C'est pourquoi votre pays n'a pas hésité à troquer ses possessions canadiennes contre la minuscule île de Saint-Domingue. Ha-ha-ha ! Il paraît que le sucre de canne vaut toutes les épices du monde... L'exagération est votre fort, vous autres, Français !... »

Je n'osai lui avouer que la première fois que j'avais goûté au sucre d'érable, j'avais eu la désagréable impression de retrouver les horribles breuvages que préparait ma grand-mère en guise de purges, là-bas, au village de Forteneile. Deux fois par an, il lui fallait débarrasser ses petits-enfants des prétendus vers qui grouillaient dans leur ventre ! Je félicitai Pinson de ses futures épousailles. Il sursauta. Perdit pour la première fois de sa superbe. Il voulut à tout prix savoir qui m'avait informé de la chose, mais je réussis à ne pas trahir Lorie. Le lieutenant, de ce jour, me sembla fort inquiet et ne s'employa plus à me vanter les charmes de la vie dans les garnisons britanniques. C'est à peine s'il répondait à mes salutations et ne s'écarta plus de sa table, toujours assaillie par une meute de galope-chopine. Je commençais vraiment à désespérer lorsqu'un matin, quelqu'un frappa à la porte de ma chambre. Un papier y fut promptement glissé. Quand j'ouvris, le couloir était vide et seuls des pas empressés dans l'escalier m'assurèrent que je n'avais point rêvé. Le papier disait, en lettres malhabiles :

« Your Adèle has left for South-Carolina. » *(Votre Adèle est partie en Caroline du Sud.)*

Adèle n'avait cessé de déparler. Jour et nuit, ses lèvres baveuses étaient animées d'un mouvement frénétique qui la rendait hideuse par moments et qui avait le don d'effrayer Céline Alvarez Bàà, femme qui pourtant en avait vu bien d'autres au cours de son aventureuse existence. En effet, très vite, le bruit s'était propagé à travers la Barbade entière qu'elle hébergeait une jeune fille blanche qui ne possédait pas toute sa raison. D'aucuns en vinrent à soupçonner la pacotilleuse de l'avoir mise sous sa coupe à l'aide de philtres maléfiques, dans le but de la livrer aux assauts des marins en rut qui, dès qu'ils avaient forcé sur le rhum, cognaient à la première porte venue en quête de chair fraîche. Au vrai, on ne s'en offusquait guère au sein de la négraille, un peu de semence blanche étant toujours la bienvenue dans une île où la couleur noire était signe de déchéance absolue. Tout au long des baraques qui jouxtaient le port de Bridgetown, on pouvait voir de fières matrones portant d'un bras un bébé au teint café au lait et de l'autre un sac ou un panier dans lesquels elles serraient leurs maigres emplettes. La case que louait Céline ne payait pas de mine : elle arborait une véranda à moitié effondrée ainsi qu'un toit en tôle ondulée que maints cyclones avaient arraché. Toutefois, son intérieur était d'une propreté étonnante. Ses meubles étaient lustrés, ses vêtements bien rangés contre les cloisons grâce à des clous et la petite table qui trônait au mitan de la pièce principale était décorée d'une bouteille qui faisait office de vase à fleurs. Céline y mettait des bougainvillées, des anthuriums, des roses de Cayenne, et parfois, quand son humeur était sombre, des chrysanthèmes. Elle avait d'abord divisé la seconde pièce, plus exiguë, en deux parties égales à l'aide d'une tenture en madras rouge, de façon que sa protégée eût son chez-soi, mais très vite, cette dernière avait déserté sa couche pour venir se lover dans ses bras. Les deux femmes dormaient ainsi, enlacées, la Négresse ne fermant guère l'œil de la nuit, attentive au vacarme des marins en bordée qui hantaient les ruelles des alentours, la Blanche enfoncée dans un profond sommeil qui lui baillait l'air d'un nouveau-né. Céline sentait la petite poitrine d'Adèle battre doucement contre la sienne, ses tétons la caresser et elle en éprouvait un trouble qui la laissait songeuse. Au devant-jour, bien que la jeune fille ne semblât point encore avoir émergé des limbes, quoique ses joues fussent d'une blancheur presque cadavérique, de ses lèvres à peine entrouvertes jaillissaient brusquement toujours ces mêmes paroles qui arrachaient quelques larmes vite essuyées à la Négresse :

Dans le frais clair-obscur du soir charmant qui tombe,
l'une pareille au cygne et l'autre à la colombe,
belles, et toutes deux joyeuses, ô douceur !
Voyez la grande sœur et la petite sœur
Sont assises au seuil du jardin...

Adèle, dans ses moments de lucidité, exigeait qu'elle mît ses connaissances au service de la seule cause qui lui importait : retrouver où le régiment du lieutenant Pinson avait ses quartiers. Bien que l'île de la Barbade fût de dimension réduite et totalement dépourvue de montagnes, l'état pitoyable de ses routes transformait chacune de ses paroisses en des sortes d'enclaves et on pouvait y passer une vie entière sans jamais se connaître, l'univers de la plupart des Nègres étant limité à la plantation et à ses champs de canne à sucre à perte de vue. Une chose était sûre en tout cas : le régiment de l'amoureux d'Adèle ne se trouvait pas dans la capitale ni dans ses environs immédiats. Céline les avait arpentés sans relâche en pure perte. Le temps passait et l'état de la jeune fille s'aggravait dangereusement. Quand la pacotilleuse la laissait seule pour s'en aller vendre ses marchandises, elle se mettait à hurler des heures entières, ce qui rameutait le quartier et ne tarderait pas à leur valoir la visite de la police. Céline la retrouvait couchée par terre, à même le plancher rugueux, repliée sur elle-même, sa robe trempée d'urine et parfois d'excréments, secouée par des hoquets ou des sanglots. Dès que la jeune fille l'apercevait, elle braillait :

« *Have you found my darling? Have you found him?* » (Avez-vous trouvé mon amoureux ? L'avez-vous trouvé ?)

Le mutisme de Céline déchaînait l'ire d'Adèle

qui se jetait brusquement sur elle et se mettait à l'égraphigner et à la rouer de coups de poing et de pied. La pacotilleuse acceptait tout cela avec stoïcisme. Hormis sa mère, elle n'avait vraiment aimé personne, son père étant parti trop vite, son visage s'étant mué en une ombre qui certes la hantait mais sur laquelle elle était incapable de mettre des traits précis. Elle savait seulement que c'était un beau Nègre. Ce qui fait que chaque fois qu'il lui arrivait d'en croiser un qui eût un certain âge, au cours de ses pérégrinations insulaires, elle s'arrêtait, comme interloquée, se demandant s'il ne s'agissait pas de lui, car elle n'avait jamais pu s'habituer à l'idée de sa mort. Elle préférait l'imaginer en amant volage qui, sur un coup de tête, s'en était allé un beau jour, un baluchon sur l'épaule, en direction de ce pays qu'il affectionnait sans jamais l'avoir vu : le Mexique. Carmen Conchita Alvarez l'avait ainsi révélé à Céline :

« Ton père avait un rêve qui ne le lâchait pas, oui. Un rêve étrange que moi, je ne partageais point. Il voulait remonter tout à l'en-haut de l'Archipel pour vivre parmi les Aztèques, loin, très loin du monde des Blancs. J'avais beau lui seriner qu'il s'agissait depuis fort longtemps d'une race dégénérée, il ne voulait rien entendre... En fait, cette lubie lui est venue du jour où j'ai fait le malheur de lui ramener une statuette en obsidienne que j'avais achetée dans la presqu'île du Yucatán... »

Céline enviait Adèle en secret d'avoir un père, quoique cette dernière lui eût déclaré qu'Hugo lui avait toujours préféré sa sœur aînée, Léopoldine, tragiquement décédée. La pacotilleuse s'était juré de lui ramener sa fille, dût-elle secouer la terre entière. Dût-elle sacrifier sa propre personne, sacrifier même sa vocation de charroyeuse de marchandises de l'univers entier. Mais comment retrouver le lieutenant de Sa Gracieuse Majesté compte tenu du fait que l'île de Barbade, épicentre de la colonisation britannique dans les Antilles, ne comptait pas moins de sept garnisons ? Garnisons bien gardées, retranchées dans des forts aux hautes murailles de pierre datant des premiers temps de la colonisation. Il n'était pas question que Céline fît le tour de l'île ni qu'elle se servît de sa profession en guise d'alibi. Les casernes étaient fermées aux pacotilleuses. Tout ce dont celles-ci avaient besoin provenait directement d'Angleterre, hormis les fruits et l'eau douce. Samantha, une de ses consœurs, originaire de l'île d'Antigue, et elle-même en avaient fait la triste expérience une quinzaine d'années plus tôt lorsque, fraîchement installées dans le métier et toutes guillerettes, elles s'étaient mises à frapper aux portes des demeures cossues des riches Blancs. Au tout début, la valetaille de ces messieurs trouva son bonheur dans leur déballage de peignes en ivoire, de vaseline, de miroirs argentés, de hausse-seins roses et de jarretelles affriolantes en provenance directe du Vieux

Carré de La Nouvelle-Orléans. Mais un maître irascible décréta que ces allées-venues contrevenaient à la décence publique et contrariaient la bonne marche des travaux ménagers, distrayant par trop couturières, repasseuses, cuisinières et autres nounous qui n'en demandaient pas mieux. Un édit fut pris interdisant le colportage dans les quartiers des Blancs sous peine d'emprisonnement ou d'expulsion pour les pacotilleuses de nationalité étrangère. Samantha et Céline décidèrent alors de se rabattre sur les trois principaux forts de la région de Bridgetown, opération pour le moins hasardeuse, puisque les femmes y étaient rares. S'habillant en dimanche, elles se présentèrent un beau matin à l'entrée de Fort Williamson où une sentinelle les accueillit avec une surprenante débonnaireté. L'homme les aida même à descendre les lourds paniers qu'elles portaient en équilibre parfait sur la tête, bras ballants. La grande cour intérieure du bâtiment était curieusement silencieuse. Pas le moindre claquement de botte, aucun cliquetis de fusil que l'on remonte. Décontenancées, les deux femmes s'assirent sur leurs paniers, la main sous le menton, attendant que les soldats veuillent bien se manifester. À la vérité, Céline était plutôt embarrassée ; qu'avait-elle à offrir à la gent masculine ? À des soudards en plus. Des pots de vaseline pour dompter les cheveux et les faire briller. Du cirage noir. Rien d'autre. Tout le reste n'était que babioles, bijoux, robes à fanfreluches, bref tout juste ces pretintailles dont raffolaient les femmes. À l'instant où elle s'apprêtait à faire remarquer à sa consœur l'incongruité de leur position, les portes des chambres s'ouvrirent violemment et des grappes de jeunes gens déchaînés, vêtus de caleçons de toile écrue, à moitié ivres pour certains, fondirent sur les malheureuses qu'ils dévêtirent en un battement d'yeux. Céline invoqua en son for intérieur Erzulie-Fréda, la déesse vaudoue, à laquelle elle demanda protection, puis se signa trois fois en récitant le « Notre Père » en espagnol et en latin. Samantha dut s'évanouir, car elle déclarera, plus tard, ne se souvenir de rien. Quoi qu'il en soit, les soldats anglais, qui avaient été consignés depuis une bonne semaine à cause d'incidents provoqués par eux dans les tavernes de la vieille ville, à Bridgetown, forcèrent les deux femmes à tour de rôle. Là, au beau mitan de la grande cour intérieure de la caserne, en plein soleil de onze heures de matin. Céline Alvarez Bàà ne ressentit aucune douleur. Ni aucun plaisir d'ailleurs. Elle s'était évadée de son enveloppe physique comme seules savent le faire les pacotilleuses grâce à une méthode infaillible que lui avait enseignée sa mère, Carmen Conchita Alvarez. Femme voyageuse, disait cette dernière, doit s'attendre aux avanies du destin. À la rage subite de la mer, aux orages, à la colère des dieux, à la brutalité des marins, aux maladies insolites telles que le scorbut ou la fièvre jaune, à la cupidité des fournisseurs, à la mauvaise foi des clients, aux excommunications diverses. Femme voyageuse doit pouvoir élever son âme par-delà les flots, au-dessus des chemins de terre rouge, très haut dans les airs, presque à hauteur des premiers nuages de beau temps à la blancheur éclatante.

Céline Alvarez Bàà savait donc qu'il était parfaitement inutile de rechercher l'officier saxon pour lequel la jeune Blanche brûlait d'un amour déborné. La pacotilleuse fit toutefois mine de s'y employer afin de la calmer tout en guettant le prochain bateau en partance pour l'île de Grenade.

5

M. Verdet, honorable négociant de la ville de Saint-Pierre et membre du Cercle de l'Hermine qui n'admettait dans ses rangs que les Blancs de pure race, avait eu quelque mal à accepter qu'une Négresse se fût décrétée chaperonne de la fille du grand Hugo. Au début, il avait nourri de sérieux doutes sur l'identité d'Adèle qu'il avait pourtant bien voulu héberger quelques semaines après son arrivée à la Martinique. Cependant, il avait refusé que cette Céline Alvarez Bàà dormît dans la même chambre et, pire, dans le même lit qu'Adèle, non seulement par respect pour sa propre fille, décédée deux ans auparavant d'un flux de poitrine et qu'il n'avait cessé de vénérer — les servantes continuaient d'ailleurs à dire « la chambre de Mamzelle » — mais parce qu'il ne voulait pas que ses draps soient souillés par l'odeur fétide de cette race qui, depuis l'abolition de l'esclavage, croyait pouvoir en imposer à ses anciens maîtres. Il se consolait à la lecture de l'*Essai sur l'inégalité des races humaines* du comte de Gobineau, bouillant de colère chaque lundi matin face à l'éditorial, tantôt sarcastique, tantôt menaçant, du journal *Les Colonies* que rédigeait depuis des lustres un prétentieux avocat mulâtre dénommé Marius Hurard lequel se posait en défenseur des « opprimés ». Ce bellâtre s'était d'ailleurs gaussé, en termes orduriers, de ce qui, aux yeux du négociant, se voulait un geste de charité chrétienne :

Qui a dit que le mot inénarrable est trop barbare pour pouvoir figurer dans le dictionnaire de notre belle langue française ? Nous venons, en effet, d'apprendre qu'un vendeur de morue séchée et de salaisons, zélateur effréné de l'Ancien Régime, s'est entiché d'une catin débarquée l'autre matin d'une île anglaise au seul motif que celle-ci serait la fille de notre grand poète national injustement exilé par un pouvoir inique. Cette demoiselle se fait accompagner par une marchande de pacotilles bien connue de la place pour son talent de bonimenteuse et ses frasques vénériennes (elle serait, dit-on, la fameuse « Régina Coco » de la biguine bien connue) laquelle a pourtant trouvé, elle aussi, refuge chez le distingué commerçant. Pour quelqu'un qui se réclame de la morale et des valeurs de l'aristocratie, il y a là, à n'en point douter, une incongruité qui ne peut s'expliquer, à notre modeste avis, que par le fol désir de raviver certain organe endormi à la fois par l'âge et par l'abstinence forcée.

M. Verdet avait songé, un bref instant, à convoquer le plumitif en duel mais s'était aussitôt ravisé en songeant à sa réputation de fin bretteur. Il redoutait à présent qu'on en fît une chanson au prochain carnaval et pire, que certains de ses compères blancs, jaloux de sa prospérité, ne l'entonnent, bien à l'abri derrière leurs masques et leurs déguisements. Il avala donc l'affront, trouvant du réconfort dans l'idée qu'un jour viendrait où la mère patrie reconnaissante le remercierait pour sa générosité et qui sait ?, peut-être Victor Hugo écrirait-il une ode en son honneur. Que vaudraient tous les éditoriaux d'un obscur journal martiniquais devant un seul vers de l'auteur des *Châtiments* ? Mais pour l'heure la charge était lourde : au lendemain de la première nuit passée chez lui, il avait retrouvé Adèle dans les bras de sa protectrice. Elle était descendue au rez-de-chaussée se réfugier dans le débarras qu'il avait fait aménager à la va-vite pour Céline Alvarez Bàà, juste à côté de la pièce où logeaient ses trois servantes. Il en avait ouvert la porte sans frapper et, stupéfait, les avait découvertes, enlacées, dans le plus simple appareil. Adèle se tenait lovée entre les larges cuisses couleur d'ébène de la pacotilleuse, la tête posée sur ses seins, son petit arrière-train légèrement relevé, comme offerte. Céline dormait la bouche ouverte, une main dans les cheveux de la jeune Blanche, le visage serein. Affolé, il les avait réveillées et leur avait intimé l'ordre, à toutes les deux, de regagner le deuxième étage, hors des regards des servantes qui déjà s'affairaient aux cuisines. De ce jour,

Céline Alvarez Bàà ne quitta plus la chambre de Mamzelle.

Le temps passant, une bien curieuse métamorphose se produisit chez M. Verdet. À son corps défendant, il avait dû accepter de discuter avec Céline et, peu à peu, il en était venu à lui reconnaître des qualités qu'il n'aurait jamais soupçonnées chez une femme de couleur. Jusque-là, Négresses, mulâtresses et consorts n'avaient représenté pour lui que des bêtes de somme ou des objets de plaisir. Servantes qu'il houspillait de beau matin juste après avoir bu son café tandis que sa femme et sa fille dormaient encore, marchandes et porteuses qui s'étaient endettées auprès de lui (car il exerçait aussi les fonctions d'usurier) et qui, la date du remboursement venue, lui offraient la chaleur moite de leur entrecuisse. Sitôt l'acte charnel consommé, M. Verdet en concevait un profond dégoût : il se lavait à grandes eaux, se parfumait à l'essence de vétiver, fumait un bon cigare-Macouba pour se « décrasser la bouche » comme il disait, tout en pestant en son for intérieur contre cette engeance diabolique. Mais aucune mauvaise conscience ne le rongeait depuis qu'il avait lu les lignes suivantes sous la plume de Thibault de Chanvalon, Blanc créole, qui publia, en 1763, un ouvrage resté célèbre depuis :

« Les Américaines réunissent, à une extrême indolence, la vivacité et l'impatience... Tout entières à ce qu'elles possèdent, elles sont rarement infidèles à leurs maris. Elles en sont garanties par le goût dépravé des hommes pour les Négresses. »

Au début, il avait cru que la pacotilleuse n'était intéressée que par la perspective d'obtenir une solide récompense de la part du père de la jeune fille, mais, au fil des jours, le dévouement et le désintéressement de Céline avaient fini par tout bonnement annihiler ses préventions. Elle lui avait raconté par le menu leurs péripéties barbadiennes et grenadiennes, leur sinistre voyage jusqu'à Saint-Pierre, les difficultés qu'elles avaient affrontées à leur arrivée dans la ville deux mois plus tôt, les multiples démarches, toutes infructueuses, que Céline avait entreprises auprès des autorités. À mesure que la Négresse parlait, à mesure son visage s'humanisait aux yeux de M. Verdet qui réalisa pour la première fois de sa vie qu'il n'avait jamais vraiment pris le temps d'examiner un faciès négroïde. À son grand étonnement, il le découvrait beau ! Oui, beau. Certes pas à la manière grecque, mais avec un côté massif, irréductible qui le fascina. Parfois, dans la touffeur des après-midi de carême, alors qu'assise sur un petit banc, au fond du jardin ombragé par des corossoliers en fleur, elle s'employait à tailler les ongles de ses orteils avant de les peindre en rouge carmin, il la rejoignait, vaguement intimidé, feignant de fumer la pipe ou de lire un journal. Feignant surtout de ne s'être pas rendu compte de sa présence. Et lui de savoir qu'elle lèverait aussitôt les yeux sur lui et lui dirait, de sa voix gouailleuse mais point du tout vulgaire :

« Mon bon monsieur, cela vous fera sans doute sourire, mais j'affectionne la poésie. On dit dans toute la ville que vous êtes le meilleur connaisseur de l'œuvre du père d'Adèle, que vous pouvez même la réciter de tête, si c'est bien vrai... ha-ha-ha !... si c'est bien vrai, pourquoi ne pas me douciner les oreilles un petit moment, hein ? »

M. Verdet se rapprochait. Lentement. Très lentement. Alors l'odeur puissante de la Négresse l'envahissait, pénétrait par tous ses pores, chavirait ses sens, lui asséchait la langue. C'était comme s'il n'avait plus soixante-quatre ans mais trente. Elle le tenait sous son emprise sans qu'elle employât aucun détour, sans qu'elle déployât la moindre de ces ruses dont étaient si friandes les Blanches. Céline Alvarez Bàà ne minaudait point. Elle n'en avait nul besoin et, pour cette seule et unique raison, le négociant voyait s'effondrer toutes ses préventions, accumulées une vie durant, ressassées au Cercle de l'Hermine chaque semaine, exposées dans les articles qu'il donnait de temps à autre au quotidien *Les Antilles*.

« Allons, une petite gentillesse, s'il vous plaît ! » insistait Céline.

Alors le vendeur de salaisons et de morue séchée pour lequel la poésie était une sorte de jardin secret, chose qu'il n'avait jamais avouée à ses pairs qui se fussent gaussés de lui — mais il avait été trahi par ses servantes qui le surprenaient, certains soirs où il se croyait seul chez lui, à déclamer des vers — rendait les armes. D'une voix hésitante, il s'élançait :

Oui, vous tous, comprenez que les mots sont des choses.
Ils roulent pêle-mêle au gouffre obscur des proses,
Ou font gronder le vers, orageuse forêt.
Du sphinx Esprit Humain le mot sait le secret.
Le mot veut, ne veut pas, accourt, fée ou bacchante...

Céline était au ravissement.

« Comment expliquez-vous, lui avait-elle lancé un jour, qu'Hugo se soit si peu soucié de sa dernière fille ? Bon, je sais qu'il pleure Léopoldine, mais enfin, ce n'est pas une raison ! Je lui ai écrit deux lettres depuis Barbade, trois depuis mon arrivée à Saint-Pierre, et pourtant monsieur n'a jamais daigné me donner signe de vie. »

M. Verdet ne savait quoi répondre. À la vérité, il n'était pas intimement persuadé que l'œuvre d'un poète reflétât la nature profonde de ce dernier. Il soupçonnait même que derrière le Grand Hugo, le préféré des muses, le tribun, le harangueur de foules, l'opposant irréductible à Napoléon le Petit, comme il disait, se cachait une tout autre personne. Mais laquelle ?

« Ma mère, ma nouvelle mère, Céline Alvarez Bàà, remue ciel et terre, depuis notre arrivée à Saint-Pierre, pour tenter d'intéresser à mon sort tout ce que la ville compte en personnages de haut rang et autres sommités. Dès le petit jour, je l'observe, fébrile, qui se lave à grandes eaux, puisant dans une jarre qui reçoit la pluie grâce aux gouttières de notre case, tout en alimentant un feu, entre trois roches, au-dessus duquel a commencé à bouillir son café. Je n'ai jamais pu m'habituer à ce breuvage âcre qui vous laisse longtemps après la gorge sèche. Céline m'oblige à en avaler un grand bol coupé d'eau, ce qui le rend encore plus écœurant. “Bois, ma p'tite doudou ! Bois-moi ça, c'est pour réveiller tes nerfs, oui !” murmure-t-elle en me soutenant l'arrière de la tête. Puis, elle enfile une robe créole aux couleurs chatoyantes, natte ses cheveux de métisse, se pare de larges anneaux en or et de bagues, se parfume plus que de raison à mon gré, se contemple plusieurs fois dans le miroir de la commode avant de déclarer : “Bon, Mme Bàà est prête pour eux aujourd'hui ! Ils vont voir ce qu'ils vont voir, car je ne suis pas une bougresse de petite engeance, foutre !” Elle s'éclipse toute la matinée, parfois durant la journée entière. Ses démarches, pour son malheur, restent vaines. Cela se voit aux plis qui lui barrent le front. À ses gestes nerveux quand elle prépare le repas. À ces instants-là, j'ai envie de lui parler avec tendresse, de la réconforter, mais quelque chose en moi, au plus profond de moi, s'y oppose. Mes propos désordonnés, mon attitude agressive ne reflètent aucunement le dedans de moi-même. C'est comme si j'étais devenue deux personnes en une : la vraie Adèle que nul ne voit, qui possède tout son équilibre mental et qui a une juste appréciation du monde qui l'entoure ; l'Adèle que l'on croit dérangée, aliénée, folle pour parler crûment. Il n'y a que Céline Alvarez Bàà à avoir deviné ce qui se cache derrière le masque qui, à mon corps défendant, s'affiche sur mon visage. Sinon comment expliquer qu'elle se soit acharnée à obtenir du maire de Saint-Pierre un entretien avec le gouverneur de la Martinique en personne, le jour où ce dernier viendrait en visite dans la ville ? "Son Excellence ne nous prévient jamais très longtemps à l'avance", nous déclara le mulâtre qui présidait aux destinées de la plus belle cité de l'Archipel, cité que je commençais, à mon grand étonnement, à apprécier. Son charme puissant agissait sur moi tel un poison : il me poussait peu à peu, insidieusement devrais-je plutôt dire, à oublier mon Albert. Or jusque-là, mon beau lieutenant n'avait cessé d'occuper l'entièreté de mes pensées, aussi m'en voulais-je de cette trahison. "La Birmanie, c'est à l'autre bout du monde ! Très loin des Amériques en tout cas !" croyait me réconforter ma chaperonne, chose qui ne faisait que redoubler ma douleur.

« Nous espérâmes le gouverneur de la Martinique deux mois, trois mois. Un beau matin, un garçon de courses toqua à la porte de M. Verdet, riche négociant blanc chez qui nous avions fini par élire domicile. On nous fixait rendez-vous sur le coup de onze heures trente à la Maison de la Bourse ! Quoiqu'elle eût préféré le calme des bureaux de la mairie, Céline se prépara en toute hâte alors qu'il était à peine six heures du matin et que les merles n'avaient pas fini de chanter dans les basses branches du manguier qui trônait au milieu du jardin. Soudain, de la rue, des voix éraillées entonnèrent des chansons paillardes, récitant des vers à tue-tête. Cela vomissait aussi, sanglotait, rotait, éclatait de rire, interpellant le voisinage encore endormi. "La Bohème rentre d'une nouvelle nuit de bamboche, je parie", maugréa ma nouvelle mère. J'avais immédiatement adoré ce petit groupe de poètes au sein duquel Michel Audibert nous avait introduites bien qu'il affectât, par coquetterie sans doute, de ne point en faire partie. Ils avaient sincèrement essayé de me venir en aide, mais je sentais bien que pour la plupart, ils demeuraient sceptiques quant à la véracité de mon lien de parenté avec ce Victor Hugo qu'ils vénéraient à l'égal d'un poète de l'Antiquité. À quoi bon contredire la seule pacotilleuse qui portât quelque crédit à l'art poétique et qui parmi ses babioles, bijoux et toile des Indes, colportait aussi des recueils signés par des noms illustres tant en Europe qu'aux Amériques ? "Le jour où je publierai la suite de l'*Énéide*, le grand œuvre de ma vie !, tu l'emmèneras avec toi aux quatre coins de l'Archipel, hein, ma belle Céline ?" braillait Saint-Gilles, dit Gigiles, un jeune homme de bonne famille qui se voulait parnassien. Les autres, Vaudran, symboliste jusqu'au bout des ongles, selon sa propre expression, et surtout Manuel Rosal, le seul à s'avouer romantique à une époque où, même de ce côté-ci de l'Atlantique, ce qualificatif commençait à faire vieux jeu, comblaient ma protectrice d'une affection qui arrachait des rictus de jalousie au sieur Audibert, l'amant officiel de celle-ci. À L'Escale du Septentrion où tout ce beau monde se rassemblait, à la nuit tombée, les poètes, une fois qu'ils avaient ingurgité trois-quatre verres de rhum, s'avachissaient sur les épaules de Céline Alvarez Bàà, posaient la tête sur son sein ou ses genoux, sans qu'elle y vît le moindre mal. Elle les écoutait, ravie, déclamer leurs derniers vers et applaudissait comme une enfant à ce qui, à mon humble avis, n'aurait mérité qu'un intérêt poli. Toutefois, je dois admettre que la Bohème, tout en me *suspicionnant*, expression de Céline, parfois d'être une fieffée usurpatrice, me portait le plus grand respect. Jamais ils ne se seraient permis la moindre privauté avec moi. Aussitôt que nous étions installés dans la taverne, Manuel Rosal se plantait devant moi, très solennel et me gratifiait de ce passage des *Contemplations* :

Est-on maître d'aimer ? pourquoi deux êtres s'aiment,
demande à l'eau qui court, demande à l'air qui fuit,
au moucheron qui vole à la flamme la nuit,
au rayon d'or qui vient baiser la grappe mûre !
Demande à ce qui chante, appelle, attend, murmure !
Demande aux nids profonds qu'avril met en émoi !
Le cœur éperdu crie : Est-ce que je sais, moi ?

« Mais, très vite, la Bohème sombrait dans une sorte de morosité, aggravée par le gin et le tafia, se plaignant que le talent dont chacun faisait preuve fût scandaleusement ignoré de par le vaste monde alors même qu'ils publiaient dans des revues de haute tenue littéraire telles que *L'Athénée* de La Nouvelle-Orléans. "Est-ce que votre vénéré père sait... oui, mamzelle... sait qu'ici, aux Antilles, existent des po... poètes... la fine fleur du nouveau lyrisme français ?" hoquetait Vaudran, les yeux rouges et la pomme d'Adam tremblotante. "Fiche donc la paix à la jeune dame ! intervenait Saint-Gilles, ne jurerait-on pas Hélène de Troie ? — Hél... Hélène... Hélène qui... Chère Adèle, je suis sûr et certain que, suite à la missive que je lui ai adressée dernièrement, votre père viendra vous rejoindre à la Martinique", faisait Vaudran qui retrouvait ses esprits par éclipses, à moins qu'il ne jouât la comédie à la perfection. Quant à Michel Audibert, qui ne participait pas à ces beuveries, il en profitait pour s'escamper, saluant discrètement sa bien-aimée d'un baiser du doigt. Certains soirs, s'agrégeait à notre compagnie un jeune homme à l'élégance ténébreuse qui répondait au nom ô combien byronien de Pierre-Marie Danglemont. Il ne taquinait pas la muse ni ne prenait fréquemment la parole, mais se montrait fort attentif, chose au fond naturelle pour un philosophe. Il enseignait, en effet, Aristote et Descartes — comme plaisantait Vaudran — au séminaire Saint-Louis de Gonzague, fief de l'aristocratie blanche créole, quoiqu'il fût mulâtre, ce qui lui valait les moqueries grinçantes de la Bohème. Pierre-Marie fut le seul homme qui eût pu faire vaciller ma passion pour le lieutenant Albert Pinson pour peu qu'il se fût intéressé à ma personne et cessât de me considérer comme une bête curieuse. Ce qui ne se produisit, hélas, jamais.

« Or donc, ce fameux jour au cours duquel un coursier nous avait prévenus que Son Excellence M. le Gouverneur de la Martinique acceptait de nous accorder audience, la Bohème, qui rentrait d'une nuit d'orgie à La Belle Dormeuse, établissement où catins et chanteuses de bas étage faisaient florès, nous alerta depuis la rue. À haute et intelligible voix.

« "N'y allez pas, mesdames ! Tout est prêt pour faire interner Adèle à la Maison coloniale de Santé." »

[À toi, fille d'Erzulie-Fréda

L'âme d'une étoile
descend dans l'assiette de terre glaise
Celle que tu tiens contre tes seins
Ô fébrile !
Descend-descend-descend
Elle baigne ta figure
d'une heureuseté à-quoi-dire intranquille
Mais désormais tu connais l'ordre de tes pas
Tu le connais !
Il s'agira maintenant de l'aider
À regagner vitement-pressé, oui
L'en-haut du Ciel où règnent
le Grand-Maître et ses servantes nubiles.

MICHEL AUDIBERT]

6

Où Chrisopompe de Pompinasse avait-il réellement acquis toute cette savantise dont il faisait montre pour peu qu'on n'hésitât pas à déposer, sur la minuscule table où il officiait, billets flambant neufs ou louis d'or ? Et d'abord, ce nom pompeux était-il une façade visant à cacher quelque horrible forfait commis du temps de sa jeunesse, un surnom à lui imposé pour se gausser de sa vêture par trop soignée ou, encore, fallait-il accorder foi à ce que le bougre lui-même laissait entendre, à savoir qu'il serait le descendant direct du personnage homonyme que l'on rencontrait dans maints contes créoles ? En tout cas, Chrisopompe était un mystère d'homme. Son échoppe, aux proportions plus que modestes, tout au bas de la rue des Bons-Enfants, n'en impressionnait pas moins tous ceux qui, un jour ou l'autre, y pénétraient, car hormis les vagabonds du quartier La Galère, Nègres en dérade, oubliés du Bondieu lui-même, échappés pour la plupart des plantations de l'intérieur qu'ils décrivaient comme des bagnes, tout un chacun, au moins une fois dans sa vie, ne serait-ce qu'une misérable petite fois, aurait recours au service du meilleur écrivain public de Saint-Pierre. Certes, pour les missives sans importance, on pouvait faire appel à ses confrères, lesquels étaient moins regardants à la fois sur la nature de celles-ci et, hélas, sur l'orthographe, quoiqu'ils fussent tous munis d'énormes dictionnaires qu'ils compulsaient, front plissé, devant leurs clients admiratifs. Pour les lettres d'amour sérieux (pas les fretinfretailleries, non !), les adresses à Son Excellence M. le Gouverneur de la Martinique (pas pour se plaindre d'un proche parent pour des questions de partage de biens, non !), les suppliques à son Monseigneur l'Évêque (pas pour régulariser vingt ans de concubinage, non !) ou les « cartels » dans lesquels on se défiait en duel, aucune hésitation possible : Chrisopompe de Pompinasse était imbattable. Il était d'ailleurs respecté des Grands Blancs qui, parfois, le consultaient en catimini. Les mulâtres, alors même qu'ils n'avaient pas besoin qu'on leur tînt la plume, le saluaient, deux doigts sur le bord de leur chapeau. Les Négresses (les Nègres, ça n'écrit pas de lettre, tonnerre de Brest ! Un coup de tête en plein front, ça suffisait pour régler leurs différends) accouraient de tous les quartiers de Saint-Pierre et des campagnes environnantes, assiégeant son échoppe dès l'angélus et se faisaient pour la plupart rabrouer par un Chrisopompe qui ne cessait de se passer un peigne, d'un geste royal, dans sa chevelure bouclée de câpre d'un air hautain. « Votre fille est enceinte-gros-boudin ? Eh bien, elle n'a eu que ce qu'elle méritait, la gourgandine ! Ce n'est pas une lettre qui risque d'amadouer celui qui l'a mise dans cet état. Allez, dégagez du pas de ma porte, s'il vous plaît ? Et vous, c'est pour quoi, je vous prie ?... Un héritage ? Voyez-vous ça, un hé-ri-tage ! Depuis quand, ça hérite, les Nègres, hein ? Vous êtes arrivés d'Afrique sans un sou vaillant, il a fallu vous fouetter des siècles durant pour vous obliger à couper la canne à sucre et ce ne sont pas les simagrées de M. Schœlcher qui ont arrangé votre situation : depuis que vous êtes libres, que faites-vous d'autre à part fainéanter ? Pour pouvoir hériter, ma bonne dame, encore faudrait-il que votre race acceptât de travailler dur pour se constituer des biens qu'elle pourrait transmettre à ses enfants. Or, les Nègres, ça se contente de vivre comme des merles sur leur branche ! Revenez la semaine prochaine. Peut-être que j'aurai changé d'avis. Qui sait ?... Au suivant ! Madame Louise, encore vous ! Mais ce n'est pas possible, vous avez la caboche plus dure qu'une roche de rivière ou quoi ? Pour la pension d'invalidité de votre mari, il n'y a rien à faire. Je vous l'ai dit cent fois. La réponse du ministre de la Marine a été claire : tous les Martiniquais qui se sont engagés pour faire la guerre du Mexique furent des volontaires. Des vo-lon-tai-res ! Je n'articule pas suffisamment peut-être. Cela signifie que personne ne les a contraints à endosser l'uniforme ni à embarquer à bord des vaisseaux de guerre. Donc que votre mari soit revenu avec un œil crevé et les deux bras coupés, c'est son affaire ! Et puis n'a-t-il pas eu son heure de gloire lorsqu'on lui a remis la médaille de la bravoure au combat ? Ah la-la-la-la, quelle vie ! Vais-je pouvoir supporter vos jérémiades à longueur de semaine ?... À qui le tour ? mamzelle Gervaise, bonjour, très chère ! Asseyez-vous donc ! Que puis-je faire qui vous satisferait ? Vos désirs sont des ordres, vous le savez. J'ai très bien connu votre père. Je pensais encore à lui l'autre jour en passant à la rue de l'Enfer. Nous y avons été voisins en 1867, si mes souvenirs sont exacts. Enfin, 67 ou 68. Vers ces années-là... Ah, encore ce M. Pierre-Marie qui vous fait des misères ! Déjà cinq de vos lettres auxquelles il n'a pas daigné répondre ? Vous savez, chère petite mamzelle, l'amour est capricieux, surtout dans notre bonne ville de Saint-Pierre où tant de tentations se dressent sur le passage des hommes les plus attachés à la vertu. Je parle en connaissance de cause. Pas un pas dans la rue sans que notre œil ne soit aguiché, sans que nos sens ne soient énervés. C'est pourquoi je marche souvent le regard baissé. Regardez votre personne, Gervaise ! N'aurait-on pas juré quelque réincarnation d'Aphrodite ? Une Aphrodite au teint de sapotille en plus. Comment rester indifférent devant tant de grâce ? Rassurez-vous, loin de moi la tentation de couvrir Pierre-Marie Danglemont, mais avouez que... comment dirais-je... avouez qu'il faut un tempérament de fer pour résister à toutes les sollicitations qui entourent, ici, un homme normalement constitué ! Bon-bon, rédigeons-la, cette lettre ! Après tout, le découragement n'est jamais la meilleure des solutions dans ce genre d'affaires. »

Il y avait au moins une race que Chrisopompe de Pompinasse n'accablait pas de ses sarcasmes : les Indiens-Coulis. C'était tout bonnement inexplicable ! D'abord, ceux-ci ne parlaient pas français et baragouinaient à peine le créole. Ensuite, ils s'agglutinaient, sales, hideux, couverts de pian, dévorés par la tuberculose, aux abords du Dépôt, non loin de la place Bertin, dans l'attente, aussi stérile que celle d'un papayer-mâle, d'un bateau qui les rapatrierait en Orient, comme le prévoyait leur contrat d'immigrant. Tout le monde leur crachait à la figure, y compris les Nègres du quartier La Galère qui vivaient pourtant dans l'immonde, à l'embouchure de la Roxelane. À la nuit close, les Coulis effrayaient les gens de bien de la bonne qualité de frayeur, oui ! On les entendait psalmodier dans leur langue aux accents rauques des prières à l'adresse des divinités grimaçantes, pourvues, pour certaines, de plusieurs bras, qu'ils tentaient de cacher à la vindicte de l'Église catholique. Cette dernière, en effet, se livrait de temps à autre à des expéditions punitives à la grande joie de la populace nègre qui se mettait à bambouler autour des feux où les abbés jetaient livres soi-disant sacrés, fétiches, statuettes et autres poudres maléfiques. Chrisopompe de Pompinasse, qui se tenait ordinairement à l'écart de l'agitation publique, prit sa plus belle plume afin de dénoncer dans *Les Colonies*, l'organe du parti mulâtre, ce qu'il qualifia d'hystérie cléricarde tout en couvrant de louanges « la civilisation millénaire de l'Inde, mère de toutes les nations ». De prime abord, d'aucuns n'y virent qu'une poussée d'irritation chez quelqu'un qui était réputé agnostique et soupçonné de faire partie d'une des trois loges maçonniques que comptait Saint-Pierre. On mesura l'étendue de la colère du célèbre écrivain public lorsque, la semaine d'après, il revint à la charge, abandonnant cette fois le ton docte de son premier papier pour une ironie dévastatrice qui ne contribua pas peu au fait que, cette année-là, le thème du carnaval fut la gent ecclésiastique et ses supposées turpitudes. On s'arracha le libelle qui disait ce qui suit :

À messieurs les soutaniers, briseurs de statues et brûleurs de livres antiques,

Je sais bien que votre instruction est des plus sommaires et que, pour la plupart, vous n'êtes entrés dans les ordres que pour échapper à la faim qui tenaille vos sombres campagnes du Poitou ou de Vendée. Vous êtes plus familiers des pourceaux dont vous avez, semble-t-il, adopté à la lettre les règles d'hygiène, et de leurs bauges que des salles d'études des grandes bibliothèques, mais enfin, cela ne vous baille point le droit de jeter votre gourme contre une religion qui a précédé celle que vous servez de plusieurs millénaires. Une religion dont les textes sacrés sont autrement plus beaux, plus généreux que votre seule et unique Bible à laquelle vous vous raccrochez comme des tiques à la peau d'un chat galeux. Et quand j'emploie ce dernier adjectif, je vise expressément le curaillon de la paroisse du Mouillage qui, à en croire les furoncles qui lui démangent les mollets et l'haleine fétide qu'il dégage en confession (m'a assuré ma vieille servante Antoinise, pourtant un modèle de piété), voue un culte à la Déesse Malpropreté. Qui ne se souvient que cet agité du cervelet provoqua un haut-le-cœur salvateur chez notre bon M. Dumanoir, géomètre de renom, le jour où il vint lui porter l'extrême-onction ? Cela valut certes, à l'agonisant, quatre mois de sursis mais, aux dires de sa famille, ce furent les moments les plus douloureux de sa longue maladie tant l'odeur émanant de l'enchasublé insupporta chacun de ses instants.

En tout cas, considérez-moi désormais tous tant que vous êtes, évêques, curés, moines, ma-sœurs, bedeaux et autres enfants de chœur, comme le défenseur de la race indienne ! Chaque fois que vous tenterez de déverser votre immonde bile sur elle et sur sa religion, vous me trouverez sur votre chemin et surtout gardez vos leçons de morale pour vous ! Quand on dort avec un négrillon entre ses jambes velues comme le fait le soutanier de la paroisse du Fort et que, dans le même temps, on se glorifie de bailler l'hostie le dimanche aux pucelles de l'aristocratie leucoderme, on mérite davantage le bûcher que les livres et objets de culte de ces pauvres hères d'Indiens qui ne demandent qu'une chose : regagner leur pays natal pour pouvoir y vivre en paix. Et que les ma-sœurs de l'Immaculée Conception ferment leur caquetoire nauséabonde! Jésus doit gigoter sur sa croix, le pauvre homme, chaque fois qu'il en voit une passer la main sous les jupes de ces petites Négresses que leurs parents ont bien tort de leur confier pour le catéchisme.

Vade retro, *bandes d'hypocrites!*

Chrisopompe de Pompinasse
Écrivain public.

Cette attaque fit grand bruit non seulement dans la ville de Saint-Pierre, mais à travers toute la colonie à un moment où les Blancs tentaient de s'opposer par tous les moyens à l'avancée des idées républicaines et à la création de l'école laïque. Chrisopompe reçut une convocation de M. le Gouverneur à laquelle il ne daigna pas se rendre. « Où est votre lettre de cachet? » lança-t-il aux gendarmes venus l'arrêter, lesquels ne comprenant goutte à cette expression s'en repartirent la queue basse, persuadés d'avoir oublié quelque chose d'important dans la procédure que leurs supérieurs leur avaient demandé de mettre en œuvre. En chaire, l'écrivain public fut une énième fois excommunié dans les cinq paroisses de Saint-Pierre et n'en eut cure. Le journal *Les Antilles* lança une campagne diffamatoire contre sa personne, l'accusant de dissimuler sa véritable identité (il aurait été en fait un réfugié mexicain !) et d'escroquer ses clients, leurs courriers n'aboutissant jamais faute d'être rédigés dans une langue claire et compréhensible. Chrisopompe haussa les épaules et déclara à qui voulait l'entendre qu'il n'avait pas de leçons de rhétorique à recevoir de descendants de manants, de repris de justice et de filles de joie de Nantes, La Rochelle ou Brest qui avaient fait fortune grâce à l'esclavage des Nègres, puis le commerce des salaisons et de morue séchée. Comme nostre homme n'avait pas de parents connus et menait une existence de célibataire endurci et que, pour vivre, il n'attendait sur aucune administration ni sur les libéralités de quelque négociant ou planteur, ses adversaires ne purent rien contre lui. Chaque beau matin, la devanture de son échoppe était aussi achalandée que celle d'une marchande de légumes ou une poissonnière et, n'eût été son côté bourru, il eût vite ramassé un sacré paquet d'argent. C'est à lui et à lui seul qu'avaient recours Céline Alvarez Bàà et ses consœurs pacotilleuses quand elles voulaient rassurer leurs enfants ou leurs amants des autres îles. Une fois sur deux, Chrisopompe ne leur faisait pas payer les longues missives soigneusement calligraphiées qu'il leur confectionnait, car s'enflammait-il :

« Grâce à vous, mesdames, moi qui n'ai jamais

quitté Saint-Pierre un seul jour de ma vie, eh ben, je voyage! Oui, je vais de Trinidad à Saint-Domingue. De Bénézuèle à Cuba. Et puis surtout, j'apprends les langues de ces pays lointains. Anglais, espagnol, hollandais, papiamento, tout cela n'a plus de secrets pour moi. C'est à moi de vous remercier au contraire! »

Chrisopompe rédigea l'ultime lettre que Céline fit tenir à sa mère qui se mourait du côté d'Haïti. À l'approche des quatre-vingt-six ans, cette dernière s'était retirée du métier, satisfaite de l'avoir transmis à sa fille, et s'était installée à Jacmel en tant que devineuse. On venait la consulter depuis la capitale, Port-au-Prince, et même du pays voisin, pourtant ennemi, la Dominicanie. Céline s'était longtemps demandé d'où Carmen Conchita Alvarez avait bien pu acquérir tant d'accointances avec les dieux du Vaudou, elle qui, du vivant de son mari, l'Africain Bàà, affichait un suprême dédain pour tout ce qui de près ou de loin entretenait rapport avec la terre de Guinée. Elle qui n'avait cessé de vanter son ascendance andalouse! C'est pourquoi lorsque Émérante, une pacotilleuse haïtienne, récemment arrivée à Saint-Pierre, lui annonça que sa mère était au plus mal, Céline ne sut en quelle langue lui adresser son ultime chanter d'amour. D'ordinaire, les deux femmes correspondaient tantôt en anglais, tantôt en espagnol mais là, présentement, la fille sentait que les mots qu'elle devait lui adresser nécessitaient un idiome bien différent. Il fallait, en effet, que chaque mot sonnât juste, qu'il atteignît Carmen Conchita dans chaque fibre de son corps de façon qu'elle pût les emporter avec elle dans l'au-delà. Il fallait une langue qui pût parler à l'Invisible, voilà ! Chrisopompe de Pompinasse voulut rédiger la lettre en latin, arguant du fait qu'en Haïti sa mère trouverait facilement quelque lettré pour la lui déchiffrer, mais Céline refusa. Elle se morfondit ainsi des jours et des jours sans trouver la solution à son problème jusqu'à ce qu'en rêve elle eût une illumination. Elle l'entendit parler, cette langue, avec son phrasé d'outre-tombe, ses intonations sépulcrales et paradoxalement exaltées. Cette langue résonna dans son rêve, oui ! Au matin, elle déboula chez l'écrivain public et lui lança :

« Compère, écris ! Fais vite, s'il te plaît, il y a un bateau qui remonte dans le Nord dans deux jours. Il passe par la Guadeloupe, Antigue, Porto Rico à ce que m'a dit son capitaine. À la fin de la semaine prochaine, il sera en Haïti. Écris, Chrisopompe ! »

L'écrivain public choisit une encre de couleur violette. Celle qu'il réservait aux missives annonçant des nouvelles graves : maladies, divorces, cyclones et bien sûr décès. Chassant ses clients du matin, il ferma son échoppe et se cloîtra dans un demi-faire-noir avec Céline Alvarez Bàà, chose inhabituelle dans la mesure où il officiait d'habitude debout, face à un pupitre, corrigeant à haute voix, pendant qu'il les traçait, les phrases qu'on lui murmurait, parfaitement indifférent à ce qu'on sût qu'Unetelle soupçonnait son mari de lui bailler des cornes ou qu'Untel réclamait un report de dettes à quelque créditeur. Il chaussa ses binocles et trempa sa plume dans l'encrier d'un geste presque timide.

« Quand tu es prête, Céline... », marmonna-t-il.

La pacotilleuse déglutit avant de s'approcher de très près de l'homme, ce qui le mit quelque peu mal à l'aise. Ses yeux lançaient des myriades de petits éclairs, comme un ciel par temps de soudain orage.

« Manman-doudou... », commença-t-elle d'une voix hésitante, puis s'enhardissant : « *Ou çé plis belle femme assous la terre. Soleil li-même réconnaitt' ça pisque li toujou baissé z'yeux-li quand ou paraîtt' devant li. Jordi-là, moment rivé pou ou enjambé la vie et moin triss' d'avoir moin loin de ou, trop loin de ou. Moin vlé ou sav' qui moin va continué en même chimen-an qui ou ak grand-manman toujou fait pace que destinée-nous çé travèssé d'leau lanmè, çé couri-monté-descendenn' en chaque île lé Antilles...* »

L'écrivain public demeura interdit. Plume levée, bouche entrouverte, il entrevisageait la pacotilleuse comme s'il la voyait pour la première fois. Puis, il se mit à l'ouvrage, stupéfait d'écrire cette langue qu'il pratiquait depuis la haute enfance avec délices et parfois complaisance (lui reprochaient certains) mais qu'il était inconcevable de coucher sur du papier à l'instar du français, de l'anglais ou de l'espagnol. Pendant qu'il tentait de suivre le flot de paroles de la jeune femme, une phrase lui cognait l'esprit : « Mais c'est du créole ! Mais elle me dicte du créole, eh ben Bondieu ! » Il se rappela alors un livre qu'un vieux béké, qui l'avait fait mander pour rédiger son testament, lui avait montré avec tout un luxe de précautions. Comme s'il s'agissait d'un grimoire de la plus haute valeur. Le planteur l'avait autorisé à l'examiner quelques instants avant de s'en emparer en lui lançant :

« De nos jours, cela ferait scandale ! Oubliez-le, je vous prie ! »

Chrisopompe de Pompinasse en avait retenu le nom de l'auteur, un certain François Marbot, ainsi que le titre *Fables de La Fontaine travesties en créole par un vieux commandeur*, mais la date s'était effacée sur la couverture tant l'ouvrage avait dû être manié. Au jugé, il estimait qu'il avait été publié aux alentours de 1850, peut-être un peu avant, peut-être un peu après mais pas davantage. Cet ouvrage était rédigé entièrement en créole ! Était-ce cela qui, aux yeux du vieux béké, constituait un scandale ? Sur le moment, il ne s'était pas vraiment posé la question et n'avait même pas recherché l'ouvrage à la bibliothèque de Saint-Pierre. Mais, face à cette Céline Alvarez Bàà qui sans crier gare l'avait mis en position d'utiliser cet idiome à l'écrit, il repensa à Marbot et à ses fables, se promettant d'en avoir le cœur net dès le lendemain. Chrisopompe, bien qu'hypnotisé par une Céline dont le regard continuait à diffuser son lot de minuscules flammes, aligna pas moins de cinq pages de sa belle écriture appliquée mais, contraint de s'y reprendre à deux fois pour certains mots ou de les raturer, ne fut pas satisfait de son travail. Il tergiversa avant de lui remettre la lettre une fois celle-ci achevée et finit par demander un jour de réflexion à la pacotilleuse qui, furieuse, menaça de s'adresser à l'un de ses concurrents.

« Ta vieille mère est mourante, Céline ?... fit-il d'une voix étonnamment douce. Eh bien, à mon humble avis, elle mérite mieux que cela. Reviens me voir en fin d'après-midi ! »

La pacotilleuse, dévorée d'inquiétude, ne rentra pas chez elle. Sur une placette du quartier, elle se trouva un banc à l'ombre d'un tamarinier en fleur et médita jusqu'à l'heure dite. Elle repassa dans sa tête les principaux événements de sa vie : la rencontre fortuite de l'Africain Bàà et de sa mère en l'île de Trinidad ; son aventure amazonienne à la recherche d'une pépite d'or miraculeuse qu'elle et son homme, John-Thomas, ne trouvèrent point ; sa rencontre en cette ville de Saint-Pierre avec le poète Michel Audibert dont les missives étaient toujours rédigées en vers sibyllins ; le viol que Samantha et elle subirent dans ce fort de Barbade où elles s'étaient stupidement aventurées, n'ayant rien dans leurs paniers qui pût intéresser un soudard ; les carnavals de Porto Rico au bras de l'arrière-arrière-arrière-petit-neveu de Christophe Colomb et tant d'autres péripéties. Céline Alvarez

Bàà soupesa chacune de ces dernières et conclut que la vie ne valait pas la peine d'être vécue. À deux heures de l'après-midi, elle pénétra dans l'échoppe de Chrisopompe de Pompinasse, lequel lui tendit immédiatement la lettre entièrement refaite. Céline déchiffra à mi-voix :

« Manman-doudou, sé pli bel fanm asou latè. Soley li-menm rikonnet sa pis li toujou bésé zié-li kan ou paret douvan li... »

L'écrivain public attendait son verdict. Pour la première fois de sa vie, il doutait de lui-même devant un client. Non que la réaction de Céline, au cas où elle serait négative, portât à conséquence, les pacotilleuses étant des oiseaux de passage qui pesaient peu sur la rumeur publique, mais parce qu'il s'était lancé un défi à lui-même et qu'il tenait à le gagner. Par fierté tout simplement. La réaction de la Négresse andalouse le stupéfia. Lorsqu'elle eut, péniblement, déchiffré la lettre, elle la relut, plus vite cette fois, puis une troisième et une quatrième fois, avant de baiser les doigts de Chrisopompe.

« Ma mère, au seuil de la mort, saura, grâce à toi, entendre ma douleur, fit-elle. J'en suis sûre... »

C'est à cet épisode pour le moins singulier — et qui devait leur demeurer inexplicable — auquel tous deux, la pacotilleuse et l'écrivain public, songèrent le jour où celle-ci, accompagnée d'une jeune Blanche hagarde, vint le solliciter pour écrire une lettre au plus grand poète de l'univers...

LES DIX COMMANDEMENTS DE LA PACOTILLEUSE

PREMIER COMMANDEMENT : *tu ne tricheras point sur l'origine de ta marchandise. Rhum de la Jamaïque n'est pas rhum de la Martinique. Cigare de Cuba n'est pas pétun de Saint-Domingue.*

DEUXIÈME COMMANDEMENT : *tu ne t'éterniseras point dans le même lieu. Ni la fièvre de La Nouvelle-Orléans, ni la mollesse de Carthagène des Indes, ni la prestance de Saint-Pierre ou encore l'enchanteresse Havane ne doivent te faire oublier que le voyage est ton destin.*

TROISIÈME COMMANDEMENT : *tu n'amarreras tes sentiments à aucune créature masculine en particulier, car le chagrin d'amour t'est interdit.*

QUATRIÈME COMMANDEMENT : *tu procureras à tes amants et à tes enfants, de quelque terre qu'ils soient, la même quantité d'affection.*

SIXIÈME COMMANDEMENT : *tu adoreras les esprits Shemine et Maboya, Jésus-Christ et la Vierge Marie,*

Papa-Legba et Erzulie-Fréda, Mariémen et Nagourmira, Allah l'Unique.

SEPTIÈME COMMANDEMENT : *tu vénéreras toutes les langues, même les plus difficiles à prononcer — même le danois ! — car chacune d'elles est le domicile d'une divinité.*

HUITIÈME COMMANDEMENT : *tu ne thésauriseras point. Achète, vends, rachète, revends sans pièce repos. Le plaisir est dans le changer-de-mains.*

NEUVIÈME COMMANDEMENT : *tu accueilleras chaque emmerdation, chaque chiennerie de l'existence, avec un sourire égal.*

DIXIÈME COMMANDEMENT : *tu suivras à la lettre les neuf premiers commandements. Sinon la maudition s'abattra sur ta tête.*

L'allure quasi médiévale de l'église du quartier du Fort surprend Adèle. À peine ses hauts vitraux sont-ils assombris par les moisissures tropicales ou par la subtile reptation du jasmin-pays dont les fleurs, minuscules, dégagent des senteurs ineffables. D'ici, on surplombe la ville écrasée de chaleur qu'est Saint-Pierre, cette espèce d'étuve où, à tout instant, il faut se rafraîchir le visage à l'eau d'une fontaine ou marcher, mouchoir en main, afin de s'essuyer le front. Pourtant, ses citoyens acceptent cette contrainte de belle humeur. C'est que la ville vit de la trépidation des porteuses, descendues de leurs campagnes pour la journée, charroyant sur leurs têtes de lourds paniers débordant d'abricots-pays, d'oranges amères, de prunes de Cythère, de pommes d'eau, de corossols, de mangues-Julie, tous ces fruits insolites qui enchantaient la fille d'Hugo quand l'une d'entre elles cognait à la porte de M. Verdet en lançant un jovial :

« La maison, ça va ? Ça va tout douce ? J'ai de bonnes choses aujourd'hui, oui !... »

La ville s'ébroue aussi au rythme des chevaux, tirant carrioles ou tilburys, qui lâchent sans façon des ploques d'excréments, à même le pavé des rues, dont l'odeur n'est point désagréable. Pas plus en tout cas que celle de la sueur humaine qui flotte partout : celle du travail incessant, acharné même, de grappes de tonneliers, cordonniers, portefaix, maçons, forgerons, serruriers, gabarriers, aigrefins, coursailleurs de jupon professionnels, joueurs de dés ou de cartes, ramasseurs de tinettes, brocanteurs de toutes qualités d'objets. Cela parle, cela hurle, s'esclaffe, s'énerve, rigole, sifflote ou chantonne. À l'inverse, le Fort est un havre de silence. Seuls s'égaillent, dans les frondaisons d'arbres centenaires, des oiseaux-mouches aux ailes vert moiré tiqueté d'écarlate. Les demeures des Grands Blancs semblent vides, hormis le mélodieux d'un piano ici et là. Celle du chef de la Caste, Dupin de Maucourt, est reconnaissable à sa barrière en fer ouvragé et à l'allée de cocotiers, parfaitement rectiligne, qui conduit à un perron prétentieux orné d'une volée de marches en demi-cercle, sans doute en marbre. Céline Alvarez Bàà, qui s'est grimée pour l'occasion en nounou créole — madras à une pointe aux teintes ternes, sévèrement amarré sur l'en-haut du crâne, ample robe noire surmontée d'un corsage brodé blanc — est passablement inquiète. Il sera bientôt midi et aucun signe ne laisse à penser qu'une réception est prévue à cet endroit.

« Tu es sûre du jour, doudou-chérie ? demande-t-elle plusieurs fois à Adèle à voix basse.

— Mardi, c'est ce que disait le carton d'invitation. Mardi à midi trente, oui, c'est bien cela !

— Hon ! J'espère qu'il ne s'agit pas d'une mauvaise plaisanterie... »

Les deux femmes, la Noire intimidée au possible, la Blanche équanime, s'approchent de la barrière. La veille, la pacotilleuse avait entraîné sa protégée à répéter son rôle : elle ne devait surtout pas donner à ces messieurs l'impression qu'elle n'était qu'une pauvresse à la recherche désespérée d'une main secourable mais, tout au contraire, garder le front haut. Il n'y a rien que les Blancs créoles respectent autant que la fierté, lui avait répété Céline. « Fixe-les dans le mitan des yeux ! N'hésite pas à leur couper la parole et à bailler ton point de vue ! S'ils en viennent à porter des critiques sur ton père, ce qu'ils ne manqueront pas de faire, défends-le cou-coupé ! Et si quelque vieux beau s'avise de te faire des yeux doux, ma chérie, foudroie-le d'un claquement de langue agacé ! » Adèle devait aussi rudoyer Céline de temps à autre pour couper court aux ragots selon lesquels cette dernière la tenait sous son emprise grâce à des maléfices de vieille Négresse. M. Verdet avait assisté à la répétition d'un air amusé. Il n'était pas un négociant suffisamment fortuné pour être invité à la table de M. de Maucourt. Le monde des Blancs avait aussi sa hiérarchie. Tout juste s'était-il fendu de quelques conseils quant à la manière dont Céline devait se tenir à table, les hobereaux martiniquais étant très à cheval sur l'étiquette.

« Elle sert de paravent à leur inculture... », avait-il lâché, furieux chaque fois qu'il songeait aux moqueries que suscitait chez eux sa passion hugolienne. « Et vous, madame Bàà, vous parlerez anglais ! Rien qu'anglais ! Ça les impressionnera. »

Prenant sur elle, la pacotilleuse fit carillonner la clochette accrochée à la barrière. De longues minutes s'écoulèrent avant qu'un homme noir entre deux âges, buste nu, qui poussait une brouette, fasse son apparition. Il transportait des plants d'arbustes décoratifs qui avaient déjà de l'allure, ce qui ravit Adèle. Sans leur poser la moindre question, il leur sourit et fit le geste de le suivre. L'allée, ombragée par les palmes des cocotiers, était tout bonnement féerique. Deux chiens pansus, munis de colliers, s'approchèrent, mais se contentèrent de flairer les deux femmes sans aboyer. À dix pas du perron, le jardinier s'arrêta, les salua de la tête avant de tourner les talons.

« *Yo rivé! Mi yo!* » (Elles sont arrivées! Les voilà!) glousa une voix de femme depuis un bâtiment situé un peu à l'écart qui devait être celui des cuisines.

Aussitôt, une nuée de Négresses jacassières encerclèrent Adèle, négligeant Céline. Elles se mirent à complimenter la jeune femme sur la clairété de son teint, sur ses beaux cheveux lisses, sur la droiture de son nez, sur ses seins qui, à les entendre, n'avaient pas leurs pareils. Certaines caressaient même les bras d'Adèle qui rougit. Une popotte! « C'est une jolie p'tite popotte, oui! » s'exclama la plus âgée des cuisinières, employant le mot créole qui désigne la poupée, mot qui avait fait sourire Adèle la première fois qu'elle l'avait entendu.

« Suffit! »

L'ordre claqua tel un fouet. La voix était légèrement enrouée mais pleine d'autorité. Les cuisinières regagnèrent leur bâtiment aussi vite qu'un vol de merles effrayés par une détonation. M. Honoré Dupin de Maucourt était là! Sur le perron. Raide. Et sa seule présence était si imposante que Céline Alvarez sentit le fil de son cœur se distendre. Sans lui accorder la moindre attention, le hobereau descendit la volée de marches d'un pas hésitant et fit un baisemain à Adèle qu'il invita à gagner le salon.

« Vous êtes fort attendue, mademoiselle », fit-il d'un ton exagérément cordial.

Têtue, Céline ne se laissa pas faire. Elle leur emboîta le pas et pénétra, elle aussi, dans une vaste pièce où une dizaine d'hommes, assez élégamment vêtus, discutaient autour de bouteilles de rhum et de cognac. Aucune table n'avait été dressée pour un quelconque déjeuner. Sur une sorte de tréteau, avaient été disposées, sans façon, des assiettes contenant des pâtés, des marinades à la morue séchée, des tranches d'avocats et d'autres hors-d'œuvre créoles. De temps à autre, l'un des invités se levait et allait se servir, à main nue, certains n'hésitant pas à se lécher un doigt, aucune serviette n'ayant été prévue. Adèle jeta un regard ahuri à la pacotilleuse. Les belles leçons de maintien dispensées la veille par M. Verdet témoignaient de l'idée flatteuse (et fausse) qu'il se faisait des plus riches Blancs de la colonie !

« Messieurs ! Messieurs, un peu de calme, je vous prie, s'écria le patriarche de la Caste. J'ai l'insigne honneur de présenter à notre honorable assemblée la fille de ce grand poète dont la gloire universelle rejaillit sur notre mère patrie, la France. J'ai nommé Mlle Adèle Hugo ! Messieurs, applaudissements ! »

L'injonction fut mollement suivie. D'aucuns la

jaugeaient, la soupesaient comme s'il s'agissait d'une vulgaire marchandise, s'arrêtant, sans gêne aucune, à sa poitrine et à ses hanches, bien qu'Adèle eût pu être la fille, voire la petite-fille, des plus âgés. À l'évidence, la plupart d'entre eux ne semblaient pas convaincus de la prestigieuse filiation dont elle se réclamait. Un rouquin court sur pattes, qui empestait l'alcool, s'avança, lui fit la révérence et demanda entre deux hoquets :

« Alors, dites-nous... la... vé... vérité, ma bonne dame ! Demi-mondaine ou gri... grisette ?

— Je vote demi-mondaine ! firent plusieurs voix de concert.

— Je vote grisette ! » rétorqua le reste du groupe en s'esclaffant.

Le doigt levé, à la manière d'enfants faussement appliqués, ils scandèrent les mêmes phrases de plus en plus fort en faisant tinter leur verre à punch à l'aide de leur petite cuiller. Le patriarche rétablit l'ordre d'un raclement de gorge, mais il n'avait, pour une fois, point l'air irrité. Il fallait bien que le trop sérieux Cercle de l'Hermine s'esbaudît ! Porter sur ses épaules le destin de la colonie n'était pas chose aisée tous les jours d'autant que mulâtres et Nègres, de plus en plus arrogants depuis le mitan du siècle, s'employaient à en saper les fondements. À la ruiner pour dire la franche vérité ! En fait, le chef de la caste blanche semblait embarrassé. Il n'avait convié cette jeune Blanche à déjeuner qu'à cause des pressantes sollicitations de la Mère supérieure qui tenait les rênes de la Maison coloniale de Santé, la seule personne devant laquelle il se sentait un tant soit peu à égalité parce qu'elle l'entendait en confession. La Mère supérieure désirait faire la lumière sur la véritable identité d'Adèle avant de l'accepter, sur requête de l'autorité municipale, dans son établissement, surtout que ce dernier n'avait jamais accueilli ce genre de pensionnaire. La forte femme régnait, en effet, sur un monde d'hommes noirs et blancs et de Négresses tombées dans la déchéance à cause du rhum, de la syphilis, du mal de poitrine, de dettes de jeu ou, plus rarement, de folie douce.

« Si elle est vraiment ce qu'elle prétend être, avait-elle déclaré à Dupin de Maucourt, eh bien, je suis d'avis qu'après lui avoir prodigué quelques soins, nous la renvoyions en France auprès de son cher père. M. Hugo, en dépit de ses égarements, est tout de même un homme croyant que je sache... »

Très digne, Adèle affrontait la rustrerie de ses hôtes avec une détermination qui surprit Céline Alvarez Bàà. Elle ne semblait faire aucun cas ni de leurs patronymes à rallonge ni de l'étendue de leurs biens qu'ils ne cessaient de vanter, entre deux punchs avalés cul sec, comme si chacun s'évertuait à réaffirmer sa position au sein du petit groupe où pourtant ils se côtoyaient depuis etcetera d'années. La jeune femme alla même se servir une assiettée de marinades et de boulettes de manioc à la morue qu'elle se mit à déguster d'un air placide. Le Cercle de l'Hermine cessa tout net de plaisanter. Voyant un superbe piano à queue au fond de la pièce, Adèle s'en approcha, en caressa les touches, l'air ailleurs, avant de s'y installer et de se mettre à jouer du Vivaldi avec une virtuosité qui obligea chacun à fermer sa caquetoire. Comme tenus en respect par cette supériorité tout européenne qu'affichait la jeune femme face à leur grossièreté de descendants de colons. Dupin de Maucourt semblait emberluqué à présent. Se tournant vers Céline, il l'apostropha, manière pour lui de se tirer d'affaire :

« Toi, la Négresse, tu connais mamzelle Hugo depuis quand, hein ?

— Cette Négresse comme vous dites est mon sauveur, s'interposa Adèle qui s'était raidie. Ma mère adoptive. Si je me trouve parmi vous aujourd'hui, c'est grâce à elle ! »

Au ton employé par la jeune femme, Céline comprit qu'elle était sur le point de basculer à nouveau. Elle commençait à bien connaître cette alternance de moments de lucidité et de violentes échappées dans le délire qui rythmait le quotidien de sa protégée. Redoutant un esclandre, elle joua à la nounou en l'enlaçant par la taille et en lui murmurant des mots d'apaisement. Mais il était trop tard. Adèle se dégagea de son étreinte et fit face aux convives de Dupin de Maucourt dans un geste de défi qui leur en imposa. Le rouquin, qui s'était gaussé de sa personne, n'en menait pas large, Adèle le dépassant d'une bonne tête, il est vrai.

« Je suis la fille de M. Victor Hugo, le grand Hugo ! commença-t-elle. Ne vous en déplaise ! Mais aussi l'épouse du lieutenant Albert Pinson, officier de Sa Majesté la reine d'Angleterre. »

Et de brandir son annulaire gauche auquel brillait une bague en chrysocale qu'elle avait dénichée dans l'un des paniers de sa protectrice. Une vulgaire bague surmontée d'un faux diamant que la pacotilleuse avait achetée à Panamá pour la modique somme de trente pesos et qu'elle comptait bien revendre au triple de son prix à quelque soubrette en mal de coquetterie. Soudain, Adèle se jeta sur le rouquin dont elle se mit à égraphigner les joues jusqu'au sang. Une rage démentielle la soulevait et il ne fallut pas moins de trois hommes pour la maîtriser. Elle trépignait, hurlait, se débattait, la bave aux lèvres, insultait les membres du Cercle de l'Hermine. Prise au dépourvu, Céline les regarda emporter la jeune femme dans une pièce attenante d'où s'élevèrent des voix qui n'avaient pas l'accent créole. Elle voulut s'en approcher, mais Dupin de Maucourt lui barra le passage.

« Elle est en de bonnes mains désormais, fit-il. Vous pouvez disposer ! Les docteurs Rufz et De Luppe s'occuperont de mamzelle Hugo. Une chambre lui a déjà été réservée à la Maison coloniale de Santé... Merci pour tout ! Et transmettez mon meilleur salut à M. Verdet, je vous prie. »

Une expression, une seule — expression terrible — entendue pour la première fois, résonnait dans la caboche de Céline Alvarez Bàà tandis qu'elle regagnait la ville basse d'un pas désordonné. Une expression qu'avait prononcée par deux fois l'un des docteurs à l'accent européen : camisole de force...

7

Le 12 mai 1871 (Saint-Pierre de la Martinique)

Cher monsieur Victor Hugo, plus grand poète devant l'Éternel, admiré jusqu'aux antipodes, défenseur des humbles et des opprimés,

J'imagine quelle sera votre surprise en recevant la présente missive et mon nom ne vous dira certainement rien, car je n'ai jusqu'à présent accompli en ce bas monde que des choses dénuées d'importance. Je m'appelle Céline Alvarez Bàà et suis née à mi-chemin entre l'île de Trinidad et celle de Saint-Domingue, en pleine mer, et c'est pourquoi mon destin est d'arpenter sans trêve les îles de l'archipel des Antilles. Dans mes paniers, je charroie tout un lot de merveilles qui, à n'en point douter, vous raviraient : écriteaux en ivoire et papier de Chine, soieries du Levant, épices de l'Inde, cigares de Cuba, rhum de la Martinique, perroquets de Cayenne et j'en passe. Ah, j'oubliais ! Depuis peu, j'y ai adjoint deux de vos livres, Les Contemplations *et* Han d'Islande, *tant en fran-*

çais que dans leur traduction anglaise, et je puis vous assurer qu'ils connaissent un succès certain auprès de tous les apprentis poètes et romanciers de l'Archipel. J'ai même appris par cœur certains de vos poèmes et quand je suis en proie à la tristesse, je me les récite en mon for intérieur, ce qui, merci, monsieur Hugo !, m'est un baume à nul autre pareil.

Si je prends la plume pour vous écrire aujourd'hui, ce n'est toutefois pas pour vous parler de ma modeste personne. Il s'agit de votre fille chérie, Adèle, que j'ai recueillie il y a quelques mois sur les quais de Bridgetown, en l'île britannique de la Barbade. Notre jouvencelle est au bord de la déraison à cause, vous ne l'ignorez pas, d'un amour non réciproque qui n'a de cesse de la ronger. Elle ne se souvient plus de rien, hormis que vous êtes son père et qu'un certain lieutenant Albert Pinson a promis de l'épouser. Je suis contrainte de la faire manger à la cuiller comme un bébé et elle est devenue plus maigre qu'un bâton de balai. La nuit, elle ne trouve pas le sommeil et déparle-déparle-déparle d'une voix d'outre-tombe qui parfois m'effraie. À la Barbade, le monde des Blancs l'a rejetée. J'y ai remué ciel et terre. Alerté le gouverneur, les autorités religieuses, le consul de France. Cherché à lui trouver une place à bord d'un navire en partance pour Southampton. Rien n'y a fait. Personne ne voulait d'une jeune Blanche folle et baveuse qui n'avait pas un sou vaillant en poche. Je l'ai donc ramenée grâce à mes propres deniers à Saint-Pierre de la Martinique d'où je vous écris. Ici, un meilleur accueil lui a été réservé et M. Verdet, un honorable négociant, a eu la bonté de nous accueillir dans sa maison. Hélas, des doutes subsistent encore quant à la véritable identité d'Adèle. Certains jours, je me demande si je ne suis pas la seule à croire qu'elle est la fille du grand Victor Hugo. À notre arrivée, les riches Blancs l'ont invitée à leurs soirées mais, devant son mutisme, ils ont fini par se désintéresser de son sort. M. le Maire a prétendu avoir adressé un courrier à son sujet à M. le Gouverneur de la Martinique, lequel a déclaré en avoir informé le ministère des Colonies, à Paris, mais depuis sept semaines je n'ai plus aucune nouvelle de lui. « Après tout, ce M. Hugo est un ancien relégué, m'a-t-il lancé la dernière fois que j'ai frappé à son bureau. Un relégué, a-t-il insisté, ma chère dame, autant dire un réprouvé, un ennemi de la France, quoi ! »

Il n'y a donc plus aucun espoir que les autorités de la Martinique daignent s'occuper de ramener votre fille en France. Nos îles sont, il est vrai, peuplées de toutes espèces de manants qui débarquent sans crier gare de tous les ports atlantiques d'En-France et parmi eux il y a bien sûr des ribaudes, des tuberculeuses, des marâtres et des folles. Les finances de la colonie ne pourraient supporter ni de les prendre en charge ni de les renvoyer chez elles. J'ai bien peur qu'ici on ne considère Adèle à l'égal de cette lie de l'humanité. Mais, monsieur Hugo, soyez rassuré ! Adèle est sous ma pleine et entière protection. Chaque matin, je la lave, je la peigne, je l'habille, je la fais déjeuner avant de l'emmener en promenade dans le plus beau parc de notre ville, le Jardin des Plantes. Je la tiens soigneusement à l'écart de la gueusaille et si son esprit n'a pas encore retrouvé son équilibre, elle éclate à présent de santé. Elle est prête à faire le long voyage jusqu'à vous qui seul lui permettra de se sauver du désarroi qui l'habite. Hélas, je suis bien dénantie et ne dispose que du tiers du prix du billet et suis bien en peine de lui renouveler sa garde-robe ! Si vous aviez la bonté de m'allouer la somme de huit mille francs, je fais le serment d'accompagner votre fille jusqu'à vous. Elle est, en effet, dans l'incapacité de voyager seule.

Dans l'attente d'une réponse, que j'ose espérer positive à la présente missive, je vous prie d'accepter, cher monsieur Hugo, l'expression de ma très haute considération.

Céline Alvarez Bàà
Votre dévouée

PREMIER PÉRIPLE D'EN-FRANCE

« Dans de lointaines régions, des mains secourables se sont donc tendues vers l'ange dans sa chute. »

Victor Hugo *(1870)*

8

La Maison coloniale de Santé de Saint-Pierre était l'orgueil de la colonie, non que son architecture en pierres volcaniques taillées fût si remarquable dans une ville où ce matériau était abondamment utilisé tant par les Grands Blancs — maîtres du sucre et du rhum depuis un bon paquet de générations — que par les mulâtres qui avaient prêté serment devant Hippocrate ou Thémis, mais bien parce que avaient commencé à s'y développer, depuis l'abolition de l'esclavage, au mitan du siècle, de nouvelles manières de soigner les troubles de l'esprit. Le premier gouverneur à l'avoir inaugurée, homme dont le nom, pourtant à particule, n'avait été retenu ni par la grande ni par la petite histoire (fait remarquable quand on sait que la mémoire des Nègres avait le don d'engranger les détails les plus infimes de la vie locale et, de fait, elle se souvint que le bougre, en uniforme et médailles rutilantes, arborait ce qu'elle désigna sous le vocable pittoresque de « poils de mangouste », autrement dit des rouflaquettes dans le langage de la lointaine métropole), prononça ces paroles pleines d'enthousiasme devant un parterre de médecins blancs en blouse immaculée, d'infirmiers nègres formés à la hâte, de ma-sœurs à cornettes davantage habituées à soigner à coups de chapelet qu'avec les préparations de ces messieurs les apothicaires et enfin, de malades, toutes races confondues, engoncés dans des espèces de robes-sac en toile de jute qui leur baillaient l'air de pénitents en route pour Compostelle, dont les gesticulations, braillements et autres débordements avaient toutes les peines du monde à être contenus par un cordon de sergents de ville :

« Chers compatriotes, nous voici réunis en ce jour pour saluer l'ouverture d'un établissement qui n'a son pareil dans aucune de nos colonies françaises d'Amérique et même, que dis-je, d'Afrique et d'Indochine. En vieille terre française depuis trois siècles, c'est tout naturellement que la Martinique, fleuron de notre empire, a été choisie pour expérimenter ce que la science française a de plus avancé en matière de psychiatrie. Que ce mot nouveau et à l'allure quelque peu barbare ne vous effraie point ! J'avoue ne le connaître moi-même que depuis peu, mais je peux témoigner, pour en avoir discuté avec d'éminents praticiens, lors de mon dernier voyage en France, qu'il s'agit d'une manière de soigner les fous tout à fait révolutionnaire. Je ne m'étendrai pas plus avant, n'étant pas très versé dans cette matière, mais j'ai l'honneur, monsieur le maire, messieurs les édiles, monseigneur l'évêque, mesdames et messieurs du commerce et de l'Usine, de baptiser, très républicainement certes, cette Maison coloniale de Santé dont une aile entière sera réservée aux malades de l'esprit. »

Des applaudissements mesurés saluèrent cette noble — quoique trop courte au vu des usages d'ici-là — péroraison, chacun se méfiant de cette innovation que personne n'avait demandée. Certes, le nombre de dérangés mentaux avait inexplicablement augmenté depuis l'abolition de l'esclavage et il y avait nécessité de faire construire un asile en remplacement des deux cellules immondes de la prison de Saint-Pierre où l'on parquait généralement ce genre de citoyens, mais de là à lui consacrer une partie non négligeable de cette énorme bâtisse à étages, il y avait de quoi laisser perplexes le premier édile, un mulâtre, et ses adjoints, tous Blancs créoles, méfiants comme toujours envers les initiatives venues de l'autre bord de l'Atlantique. Il y avait surtout de quoi inquiéter l'aristocratie des planteurs et des négociants qui, année après année, à cause de cet Alsacien de Schœlcher, avaient vu leur pouvoir rétrécir tandis que les mulâtres et les Nègres, les premiers plus arrogants que jamais, les seconds turbulents et imprévisibles, refusaient désormais de s'agenouiller devant la blancheur. « La couleur ne nous baille plus de respect ! » maugréait-on dans les salons du quartier du Fort où la plupart des membres de l'ancienne race supérieure avaient fini par se retrancher. Mais l'inquiétude la plus vive était celle que s'efforçaient de dissimuler les deux docteurs, fraîchement débarqués de France, lesquels n'avaient aucune expérience des mœurs coloniales et écarquillaient les yeux devant le spectacle à eux offert. Comme de voir ce vieux planteur, tout de toile kaki vêtu, qui faisait causette avec un fou du plus beau noir, tels de vieux amis se rencontrant après une très longue séparation, cela dans cet idiome créole si irritant aux oreilles des nouveaux venus. On en comprenait, en effet, presque tous les mots, quoiqu'ils fussent pour la plupart tronqués, mais il était impossible de deviner le sens des phrases ! Ou encore l'omniprésence des proches parents des malades qui n'hésitaient pas à discutailler avec les infirmiers de couleur, leur adressant visiblement des reproches, ou encore à tirer par la manche l'unique docteur natif de l'île affecté à l'établissement pour lui couvrir les joues de baisers sonores, exercice pour le moins grotesque (il semblait disparaître entre les bras de ces matrones mamelues et pansues) s'il en était.

Aussi la première décision que prirent les docteurs Rufz et De Luppe fut de séparer malades blancs et malades de couleur, chose aisée puisque ces derniers étaient considérablement plus nombreux que les premiers. Chose fort appréciée aussi des ma-sœurs qui semblaient avoir trouvé un parfait équilibre entre leur foi chrétienne et le mépris de leur prochain à l'épiderme coloré. La Supérieure, Mère Marie-Antoinette, Bourguignonne bourrue et quelque peu hommasse, régnait sur une kyrielle d'amantes de Jésus-Christ qui trottinaient, fort affairées, dans les couloirs d'un hôpital beaucoup trop vaste pour qu'une surveillance sérieuse des malades pût s'y exercer. D'emblée, c'est-à-dire au lendemain de la fameuse inauguration, elle convoqua les deux médecins, pourtant responsables, dûment installés par l'autorité gubernatoriale, de la bonne marche du secteur psychiatrique de la Maison coloniale de Santé, pour leur assener les propos définitifs suivants :

« Je vis à la Martinique depuis vingt-quatre ans, messieurs, je connais ce pays sur le bout des ongles. J'ai vécu l'époque de l'esclavage et celui de l'abolition. Je lis comme à livre ouvert dans les gens de ce pays, qu'ils soient nègres ou blancs créoles. Sachez que c'est un abus de langage de dire qu'un Nègre a perdu la raison, car il eût fallu d'abord qu'il en soit pourvu, ce qui, vous vous en rendrez vite compte, n'est point le cas ! Le Nègre est un être immature, versatile, illogique, à moitié civilisé, quoique certains d'entre eux qui ont eu la chance de vivre dans notre beau pays de France en soient revenus avec des diplômes ronflants. Ah oui, il y a des avocats, des professeurs et même une poignée de docteurs de couleur ! Tout cela n'est que pure singerie. Derrière leurs vêtements soignés et leur jactance à nulle autre pareille se cache une mentalité indéracinablement primitive. Notez bien que, chez eux, l'état de folie est toujours lié à des pratiques de sorcellerie. Le quimbois, appelle-t-on cela ici ! Enfin, ce n'est pas à vous que j'apprendrai cela. Vous avez lu Gobineau et Vacher de Lapouge, je suppose... Quant aux Blancs, les causes de leur déraison sont tout autres. Vous trouverez ici des gens qui ont perdu brutalement père et mère à cause d'une maladie ou alors dont le commerce s'est trouvé ruiné du jour au lendemain. Hélas, le cours du sucre est chaotique en Europe ! Bon, bien entendu, il y a ceux qui ont abusé du rhum. Méfiez-vous, messieurs, de cette boisson à l'air si inoffensif ! Elle paraît aussi pure et transparente que de l'eau de source mais elle vous dérange le cerveau en un rien de temps. Voilà ! »

Les deux médecins n'eurent pas le temps de souffler mot. Mère Marie-Antoinette, dont la cellule était encombrée de livres (dont tous n'étaient pas saints puisque Rufz eut le temps d'y reconnaître *Les Fleurs du mal*), les congédia sans autre forme de procès. Les jours et les mois suivants ils eurent la surprise de constater qu'elle se manifestait peu en personne. Elle s'était arrogé une partie du bâtiment central d'où partaient ses directives, relayées par les ma-sœurs, en particulier sœur Aurore qui semblait être son bras droit. Parfois, au crépuscule, un tilbury venait la chercher et elle disparaissait jusqu'au lendemain midi, moment où religieuses et malades s'agglutinaient au portail principal pour lui faire fête.

« Tiens, voici la reine Marie-Antoinette! prit l'habitude de plaisanter De Luppe.

— Il paraît qu'elle fréquente le Cercle de l'Hermine. J'ai du mal à imaginer une femme, la seule je suppose, au milieu de tous ces buveurs de gin et fumeurs de cigares. Sacré tempérament, notre Mère supérieure!

— L'autre matin, à la rue du Petit-Versailles, un de ces énergumènes m'a arrêté dans la rue, un De Merville ou Dupin de Latour, je crois, et m'a tenu tout un discours sur l'origine noble des Blancs créoles. Il m'a même mis un certificat sous le nez! Ha-ha-ha!... "Vous, les Blancs manants, m'a-t-il lancé, occupez-vous correctement de mon frère, sinon vous aurez affaire à moi."

— Son frère? »

De Luppe sourit. Il commençait à s'habituer à la Martinique et à l'apprécier. Le jour où il avait reçu sa nomination pour Saint-Pierre, il s'était imaginé devoir vivre dans la jungle, entouré de tribus grimaçantes et d'animaux sauvages et avait été agréablement surpris de découvrir une ville de plusieurs dizaines de milliers d'âmes aux rues propres et aux maisons parfaitement tenues.

« Oui... il s'agit de celui auxquels les Nègres ont attribué le sobriquet de Tête-Mulet. Tu sais, ce grand échalas à la barbe poivre et sel qui rit tout seul près du bassin en essayant d'attraper des libellules ou des grenouilles. J'ai réussi à soutirer son nom à sœur Aurore. C'est un Dupin de Latour, voilà, ça me revient ! »

Les malades d'origine blanche créole n'étaient, en effet, pas internés sous leur vraie identité. Soit on leur en donnait une d'emprunt, soit ils figuraient sous un matricule dans les registres de l'établissement. Leurs familles ne les visitaient qu'en catimini, lorsque, par exemple, à la période du carnaval, il se vidait. En effet, dès le milieu du mois de janvier la fièvre qui s'emparait de tous les quartiers de Saint-Pierre s'insinuait de manière inexorable à la Maison coloniale de Santé. Les chants et les exclamations des cohortes de Nègres déguisés en diable, en arlequins, en marquis du Premier Empire ou en pirates montaient des rues environnantes, insufflant aux malades une soudaine allégresse. C'est d'ailleurs à cette époque que, sur ordre du patriarche de la caste blanche et du premier édile de Saint-Pierre, Adèle Hugo y fut conduite dans le plus grand secret. Ces éminents notables avaient convaincu M. Verdet des bienfaits d'une toute nouvelle manière de soigner les maladies mentales récemment mise en œuvre par les deux médecins métropolitains. Le négociant, qui était devenu presque l'ami de Céline Alvarez Bàà ou qui, en tout cas, lui portait une considération dont il n'avait jamais fait preuve envers aucune femme, fût-elle blanche, s'employa à vaincre les réticences de la pacotilleuse. Ce ne fut pas une tâche facile, car cette dernière avait l'intime conviction que le mal dont souffrait Adèle avait partie liée à quelque maudition qui poursuivait la famille Hugo depuis plusieurs générations. La subite folie d'Eugène, le frère de Victor Hugo. La mort par noyade de la sœur aînée de la jeune fille, cette Léopoldine dont Adèle n'avait cessé de ressasser les vertus. Tout ce lot de malheurs n'en était-il pas déjà une preuve évidente ? En fait, Céline Alvarez cherchait le mentor, le grand déchiffreur de l'Invisible, qui serait capable de rompre cet enchaînement destructeur. Adèle eût-elle été une Créole que la question aurait été réglée en un battement d'yeux, mais s'agissant d'une Européenne, la plupart de ceux qui se targuaient de connaître les lois du monde surnaturel préféraient renoncer. Céline Alvarez avait ainsi conduit, ô imprudence, la jeune Blanche, peu avant son internement, chez un dénommé Siméon qui officiait dans la commune d'Ajoupa-Bouillon, dans un quartier isolé au fin fond des bois où coulait une rivière rageuse. Saut-Babin — c'était là le nom de l'endroit — était un enchevêtrement de lianes, de goyaviers sauvages, de pieds de bambous et de halliers parcouru par une trace qu'on avait peine à distinguer. Céline fit le malheur d'y conduire sa protégée un jour d'hivernage. Elles furent rapidement couvertes de boue jusqu'à mi-cuisse. Une incessante pluie-fifine trempa leurs cheveux. Siméon les attendait accroupi, buste nu, à la devanture d'une case proprette dont les ouvertures étaient hermétiquement closes. Il tirait avec délices une pipe en terre, chassant de temps à autre des nuées de maringouins qui voletaient autour de son visage. Son corps robuste contrastait avec les cheveux couleur de laine qui lui couvraient l'arrière du crâne, ce qui lui baillait un âge indéfinissable. Il aurait tout aussi bien pu avoir quarante ans que le double. D'un geste de la main, il intima l'ordre aux deux femmes de s'arrêter à dix pas de lui et ralluma un feu de brindilles duquel s'éleva une odeur douceâtre de vétiver. Puis, il ferma les yeux et marmonna des paroles dans une langue inconnue de Céline Alvarez. La pluie s'arrêta, flap ! On n'entendait plus que le rugissement de la rivière dans la cascade d'où s'élevait de la vapeur d'eau qui nimbait les pieds de bambous d'une rosée scintillante. Une sorte de paix, miraculeuse, s'installa, ce qui eut pour effet de rasséréner Adèle. Elle avait cessé de trembloter dans sa robe en madras mouillée et esquissait même un léger sourire.

« Ce que cette mamzelle cherche, elle ne le trouvera pas. Elle ne le trouvera jamais ! » fit brutalement Siméon.

Interloquée, Céline ôta une bourse de son corsage et la lui tendit. Le quimboiseur ne bougea pas d'une maille. Il s'était redressé de tout son long à présent et l'on distinguait sur son torse d'affreuses scarifications dont certaines étaient boursouflées.

« *Zot pa ka konpwann fwansé kon sa yé a !* (Vous ne comprenez donc pas le français !) fit-il d'une voix énervée.

— Cette jeune fille ne cherche rien... Je veux simplement un remède... commença Céline.

— Ah ! Un remède ! Voyez-vous ça, un remède ! Mais il n'y a aucun remède au mal d'amour, madame. Surtout quand il vous a déjà rongé l'esprit comme c'est son cas. C'est qui ? La fille d'un béké ?

— Non... C'est une Blanche-France... »

Un regain d'intérêt alluma les yeux de Siméon, ce qui le rendait encore plus effrayant. L'unique dent supérieure qui lui restait se mettait à locher chaque fois qu'il prononçait un mot et il la remettait à sa place d'un geste vif de la langue qui eût semblé hilarant en d'autres circonstances. Il invita les deux femmes à approcher. Cette fois-ci, c'était au tour de Céline de frissonner. Adèle demeurait impavide, les yeux rivés sur le quimboiseur. Ce dernier sauta sur elle et se mit à la griffer, à la frapper, tentant même de lui mordre les bras. On aurait juré un chien enragé.

« Mauvaise nation ! Mauvaise nation ! » éructait le quimboiseur en repoussant Céline du pied.

Adèle n'opposait aucune résistance à son agresseur. Bientôt sa peau fut en sang. Visage lacéré, bras écorchés. Céline, en désespoir de cause, se saisit d'une branche morte qu'elle fracassa sur la tête du vieux Nègre sorcier. Il mit plusieurs bonnes minutes avant de s'effondrer. Hissant le corps devenu flasque de sa protégée sur ses épaules, la pacotilleuse quitta les lieux aussi vite qu'elle put. Ne retrouvant pas le sentier par lequel elles y étaient arrivées, elle s'enfonça, droit devant elle, à travers bois, insensible aux souches qui la faisaient trébucher et aux lianes qui enserraient par moments leur étrange attelage. Au bout d'une heure d'errance et alors même que Céline désespérait de pouvoir retrouver son chemin, elle aperçut, par-delà une touffe de halliers, une longue rayure grise qui serpentait à l'en-haut d'un morne escarpé. La route coloniale ! Sauvées, elles étaient sauvées !

[À ma muse pérégrine

L'au-loin
Ciel silencieux d'avril, désirs à peine avoués
L'au-loin dans sa bleuité,
dans sa danse funèbre
Qui écoute l'oiseau au falle jaune,
son envol affolé autour des corolles ?
ô bougainvillées, paupières de nos songes
Nous attendons au bord du monde
celle qui ne viendra plus

MICHEL AUDIBERT]

Henry de Montaigue n'avait eu de cesse, dans les tavernes et les bouges de la ville basse, dans les dédales du quartier La Galère, à l'embouchure de la Roxelane, là où s'entassaient, dans des cahutes en bois rongé par l'humidité et les poux, des lavandières aux bras d'ébène luisant et au verbe haut, des aigrefins et des vagabonds plus ou moins en délicatesse avec l'ordre public, des Indiens en rupture de plantation, des mulâtres jadis de bonne famille mais qui pour avoir trop forcé sur le tafia avaient dégringolé de l'échelle sociale et de vieux marins européens qui y avaient définitivement jeté l'ancre, d'entendre parler de l'allée Pécoul. Chacun y allait de son appréciation louangeuse, voire hyperbolique. Il s'agissait tantôt d'une interminable ligne droite qui bordait les champs de canne à sucre de l'Habitation Depaz où régnaient depuis six générations des Poitevins ou des Vendéens — on ne savait plus — au cœur aussi sec qu'une savane au mitan du carême, tantôt d'une tracée de rêve, au long des cases des coupeurs de canne, où, au soleil déclinant, on venait marivauder avec des jeunesses délurées qui, parfois, acceptaient de vous suivre dans les halliers. Mais à minuit, attention, foutre ! lançaient les plus avertis, à cette heure-là, un cheval-trois-pattes y galope sans discontinuer jusqu'au devant-jour et l'on peut entendre le pla-ca-tac de ses sabots jusqu'aux premières maisons de l'En-Ville, juste après le Jardin botanique. Alors, la négraille se terre, se fait muette et sourde. La race indienne invoque Madouraïviren dans sa langue, le tamoul, et c'est une longue plainte qui monte dans le ciel troué d'éclairs qu'on jurerait descendus de la Montagne. Car cette dernière veille, impassible et féroce tout à la fois.

« Nous qui vivons à son pied, avait dit un Nègre au visage parcheminé à un Montaigue ahuri, nous connaissons chacun de ses mouvements. Nous savons ce qu'ils annoncent. »

Le détective n'avait aucune raison de penser qu'Adèle et sa protectrice, cette Bàà qu'il n'avait jamais vue mais dont il devinait le profil simiesque, pouvaient avoir trouvé refuge à l'allée Pécoul. Il les avait pistées à travers le quartier du Mouillage, dans la fournaise des ruelles du Centre, dans les hauteurs ombragées du Fort, fouillant chaque recoin, chaque maison à première vue abandonnée, harcelant le monde de questions à propos des deux femmes — « Une jeune Blanche et une Négresse qui joue à être sa maman, vous ne les auriez pas aperçues ? » —, soudoyant les agents de police, payant à boire au premier quidam qui faisait mine de le mettre sur une piste intéressante, tout cela en pure perte. Adèle Hugo et Céline Alvarez Bàà, depuis leur arrivée à la Martinique, étaient introuvables. Si Montaigue admettait qu'il ait pu avoir quelques difficultés en terre canadienne, puis en terre barbadienne, après tout terres étrangères, régies par les lois anglo-saxonnes, il pestait contre lui-même depuis qu'il se trouvait à Saint-Pierre, car désormais il n'avait plus la moindre excuse. La perspective de rentrer bredouille en France lui était insupportable, ayant tout misé sur la mission que lui avait confiée Victor Hugo, un après-midi de printemps, au jardin des Tuileries. Il avait d'abord dû fermer son cabinet, laissant en plan nombre de fidèles clients, à commencer par le mari de Germaine, ce bon M. Robillard si fier de son commerce, car il n'était pas douteux que celle-ci avait déjà dû se remettre à courir la prétentaine. Montaigue avait simplement apposé un panneau, pour le moins ambigu, sur la porte cochère de l'immeuble : « Fermé pour cause de décès. » Cela pouvait dire soit qu'il avait perdu un proche parent, soit que lui-même était mort. Ce pari fou, le détective s'y était risqué parce qu'il savourait à l'avance l'extraordinaire renommée qui serait la sienne s'il parvenait à ramener des Amériques la fille du grand poète national. Il visualisait déjà les titres des journaux de la capitale, les réceptions auxquelles il ne manquerait pas d'être invité, l'afflux de clients huppés surtout, lui qui jusque-là n'avait travaillé que pour du menu fretin. Académiciens, vicomtes, grands manufacturiers, sénateurs, médecins réputés, si bien assis dans la société qu'ils fussent, ne manquaient point, comme tout le monde, de se retrouver victimes de tromperies, d'escroqueries à l'héritage ou de cabales politiques ou autres. Il en aurait, du pain sur la planche !

Pour l'heure, tout cela relevait, hélas, de la douce rêverie. Adèle et son mentor en jupons continuaient à lui échapper. Montaigue n'était, toutefois, pas homme à se laisser gagner par le découragement. Bien au contraire. De son imagination débordante jaillissait toujours, au moment où il se trouvait coincé, quelque subterfuge qui le tirait d'affaire. Subterfuge que, selon l'enseignement de son maître, Le Chartier, il devait se garder de chasser de son esprit, car à se fier à la froide raison et à elle seule, un détective allait droit à l'échec. En fait, une bonne enquête devait allier trois éléments : le flair, l'esprit de logique et la chance. Nostre homme devait toutefois admettre que cette dernière lui avait bien fait défaut depuis qu'il avait posé le pied dans la froide Halifax, deux ans plus tôt. C'est d'ailleurs ce qui le poussa à la réveiller. Car la chance ne vous tombe pas dessus à l'aveugle, il faut de temps en temps — précepte de Le Chartier — lui donner un petit coup de pouce. Et la seule manière d'y parvenir, dans cette ville sans cesse affairée qu'était Saint-Pierre, était de déambuler et surtout de noctambuler. Le détective entreprit donc de hanter les étals des marchés, les quais, les parvis d'églises, les tavernes, les abords du théâtre, les concerts du « Grand Balcon », les allées ombragées du Jardin des Plantes et bien entendu les boxons. Il observait les visages, épiait les conversations, fraternisait avec les boit-sans-soif et autres bambocheurs toujours prompts à taquiner l'Européen de passage, supportait sans broncher les remarques aigres des lessiveuses qui, de grand matin, étendaient leur linge blanc sur les berges de la rivière Roxelane. Le soir venu, en sueur et fourbu, il se livrait aux mains expertes des catins de la rue des Bons-Enfants tout en aiguillant habilement la conversation sur l'objet de sa quête. Ce manège dura un bon mois jusqu'au jour où une animation inhabituelle attira son attention devant l'échoppe de Chrisopompe de Pompinasse, un écrivain public dont il entendait vanter les mérites un peu partout. Deux Négresses obèses, quoique encore relativement jeunes, s'y disputaient, poings sur les hanches et madras défaits, prêtes à s'étriper à la grande joie des passants.

« *Ektò sé pa ta'w ! Sakré fimel vakabòn ki ou yé !* (Hector ne t'appartient pas ! Espèce de femelle-vagabonde que tu es !) hurlait la plus gironde.

— *Dépi ki tan ou ni an bagay ki ta'w ? Grandè ou yé a, ou poko sav si sel bagay nou ni ki ta nou, sé an plas nan senmitié, ébé Bondié !* » (Depuis quand t'as quèque chose qui t'appartient ? À ton âge, tu sais pas que la seule chose qui nous appartient, c'est une place au cimetière, sacré nom de Dieu !) riposta l'autre, gagnant du même coup les faveurs du public.

En un rien de temps, une foule de désœuvrés s'était rassemblée devant la petite échoppe et y allait de ses commentaires, certains enviant le nommé Hector d'avoir deux femmes qui se disputaient sa personne alors qu'eux-mêmes étaient à sec. L'écrivain public contemplait ce tohu-bohu avec un souverain dédain. Quand il aperçut Montaigue, que son teint désespérément pâle distinguait de ceux qui l'entouraient, il lui fit un petit salut à l'aide de l'index et du majeur qu'il porta à son front, croyant sans doute avoir affaire à quelque soldat en permission. En un éclair, le détective y vit un signe. Un signe que lui adressait la chance et qu'il se devait de saisir sur-le-champ. L'avant-veille, il avait été reçu par le maire de Saint-Pierre, cela pour la troisième fois, et la bouffissure de ce mulâtre au verbe ampoulé l'avait à nouveau agacé. « Hélas, mon cher monsieur, lui avait-il assené, comme à chacune des entrevues précédentes, notre belle cité ne cache personne qui porte le nom de la fille cadette de M. Victor Hugo et croyez bien que je m'en désole ! Je suis au fait de tout ce qui se trame dans les plus humbles foyers de La Galère comme dans les villas somptueuses du quartier du Fort, si cette jeune femme se trouvait dans nos murs, sachez que j'en aurais été le tout premier informé ! La présence d'Adèle Hugo eût été un immense honneur pour nous. »

« Ça y est ! J'ai trouvé ! » ne put s'empêcher de marmonner Montaigue en s'approchant de l'écrivain public, non sans mal car les deux femmes avaient commencé à s'étriper sans que quiconque s'avisât de les séparer.

Chrisopompe de Pompinasse eut l'air interloqué de le voir pénétrer dans son échoppe, non pas que les Blancs-France n'eussent jamais recours à ses services — bien au contraire, car la plupart d'entre ceux qui émigraient aux colonies savaient à peine lire et pas du tout écrire — mais parce que la hiérarchie militaire disposait de son propre service du courrier. Tout y était rédigé, contrôlé et parfois censuré par les bons soins d'un maréchal des logis plein de bonhomie auquel il arrivait, quand il était en permission, de venir faire un brin de causer avec le plus célèbre écrivain public de Saint-Pierre. Les deux hommes s'estimaient quoique leurs opinions politiques divergeassent du tout au tout.

« Je suppose qu'il vous arrive d'avoir des demandes... comment dirais-je... insolites, cher monsieur ? » fit Montaigue en s'asseyant d'autorité dans la salle d'attente de l'échoppe.

Pompinasse sourit. Il ferma la porte d'entrée parce qu'au-dehors l'altercation avait viré à l'algarade et que chacune des deux femmes qui se disputaient les faveurs du dénommé Hector avait trouvé des partisans lesquels s'injuriaient à qui mieux mieux.

« Ma demande est plus qu'insolite, reprit le détective. Il se pourrait même qu'elle encoure les foudres de la loi...

— Oh, vous savez, la loi, dans ce pays, c'est souvent juste un mot !

— Voici ce qui m'amène ! Jetez-moi dehors si vous estimez que je n'ai pas toutes mes facultés. Ha-ha-ha ! »

Et de demander à l'écrivain public de rédiger une lettre qu'il signerait Victor Hugo, lettre annonçant au premier édile de Saint-Pierre qu'Adèle Hugo était bien sa fille cadette. Montaigue avait appris que la fameuse Céline Alvarez Bàà et sa protégée avaient rencontré celui-ci et qu'elles avaient sollicité son appui pour rentrer en France, ce que le bougre avait démenti devant lui avec véhémence. Allez savoir pourquoi ! Qui Saint-Aubin voulait-il protéger ? À moins qu'il ne voulût pas s'ouvrir d'une affaire de cette importance avec le premier venu. Il avait, en effet, tourné et retourné la carte de détective de Montaigue, à la fois perplexe et agacé, avant de la mettre dans sa poche et de lui lancer, d'un ton peu convaincant :

« Si jamais j'entends parler de ces dames, je prendrai votre attache... Vous logez à l'auberge du Nouveau Monde, je présume ? »

Chrisopompe de Pompinasse ignorait ce que ce Blanc-France mal rasé comptait faire avec cette fausse lettre, mais il était ravi de jouer un bon tour à celui qu'il considérait comme un suppôt de la caste blanche et de l'ordre colonial. Ce Saint-Aubin n'était qu'une potiche de couleur entre les mains des seigneurs du sucre et du rhum. Un traître à sa classe, un Judas auquel ceux-ci n'avaient attribué qu'une seule et unique prérogative : celle de porter l'écharpe tricolore lors des cérémonies officielles. Nul doute qu'il brandirait la lettre de l'éminent poète pour tenter de se bailler de l'importance. Car, bien qu'il eût rédigé quelques semaines plus tôt celle dans laquelle Céline Alvarez Bàà annonçait à Hugo qu'elle était prête à lui ramener sa fille, Chrisopompe voyait en Adèle, comme tout un chacun à Saint-Pierre, tantôt une pitoyable dérangée mentale, tantôt une usurpatrice. Il était persuadé que tôt ou tard sa supercherie serait éventée, chose qui ne manquerait pas de mettre le maire de Saint-Pierre dans l'embarras au cas où ce dernier se vanterait de détenir la preuve que la jeune Blanche disait vrai. Or, Saint-Aubin était bien trop vaniteux pour garder une lettre signée d'Hugo par-devers lui !

« Au fait, pourquoi avez-vous recours à mes services ? fit-il, un brin soupçonneux, à Montaigue.

— Parce que j'ai une écriture déplorable ! rétorqua le détective sans se démonter. Si je trace bien les pleins, j'éprouve quelques problèmes avec les déliés, voyez-vous. »

Chrisopompe se satisfit de ce mensonge. Après tout, c'était son affaire, à ce Blanc-France ! De toute façon, il contreferait son écriture. Bien malin serait celui qui pourrait remonter jusqu'à lui ! Sans compter qu'à Saint-Pierre exerçaient pas moins de sept écrivains publics. Lesquels, en outre, usaient de graphies différentes selon le client : appliquée quand il s'agissait d'une demande à l'administration, tout en courbures pour les déclarations d'amour, désinvolte en cas de rappel de dette ou d'admonestation. Il se mit à son écritoire et, jaugeant à nouveau Montaigue, trempa sa plume dans l'encrier. L'affaire fut bouclée en un petit quart d'heure. Le détective trouva la somme qui lui était demandée plutôt exagérée, mais le remercia avec chaleur. Au-dehors, la dispute avait cessé. Les deux sauvagesses devisaient à présent comme si de rien n'était ! Décidément, il ne comprendrait rien au tempérament créole. Dans ce pays, la civilisation française n'était au fond qu'un vernis et curieusement, il s'y sentait moins à l'aise qu'en Nouvelle-Écosse ou à Barbade, tout britanniques que fussent ces territoires.

Rentré à son hôtel, le détective chercha parmi les documents qu'Hugo lui avait fournis, une lettre qu'Adèle avait postée, depuis Guernesey, à sa mère, à l'époque où celle-ci faisait de fréquents séjours à Paris, bravant le décret d'exil pris par Louis Napoléon. Il en découpa le timbre qu'il colla sur une enveloppe vierge. En lettres capitales, il écrivit le nom du premier édile de Saint-Pierre et l'adresse de sa mairie, puis, il attendit la fin du jour, qui sous ces latitudes, se produisait entre cinq et six heures, et sortit. Montaigue était tout guilleret. Revigoré même. Une fois que ce fat de Saint-Aubin l'aurait reçu, Céline Alvarez Bàà et Adèle seraient bien obligées de se montrer au grand jour. De sortir de leur trou. Et à ce moment-là, ce serait à lui de jouer ! À lui d'ôter la jeune fille des griffes de cette sorcière noire et de la ramener triomphalement à son père ! L'enveloppe déposée dans la boîte aux lettres de l'austère bâtiment municipal, le détective se rendit d'un pas alerte au boxon de la rue des Bons-Enfants pour goûter aux charmes d'une certaine Amandine dont la peau était si douce qu'on aurait juré de la soie.

« Visage béat de mon père... la barque qui vacille, Charles et Léopoldine qui rient aux anges... La Seine devient folle et sombre, les herbes qui la bordent sont de longs cheveux soyeux qui les attirent, les happent, puis les repoussent... Mon père me demande de rejouer une sonate de Bach sur le perron de Hauteville House où se rassemblent ses invités. Les notes s'envolent dans l'air marin qui me dessèche la peau... La vague remonte, grand serpent aux anneaux couleur de pierre prêt à déchirer le visage du ciel, à engloutir le timide soleil de la fin de l'été. Pourtant Léopoldine est guillerette, elle enserre son mari, la tête posée sur son cou... Pattes noires qui m'étreignent, ça hurle, ça bave, ça jouit, mon corps est souillé à même le quai, à quoi bon résister ? De grosses lettres également noires s'impriment sur mes yeux BRIDGETOWN DOCKS... Visage de mon père soucieux. Le nain-tout-puissant nous contraint à l'exil, usurpant le nom de Napoléon. Ma mère regrette la vie pétillante d'antan, les lumières de

Paris. Elle a cessé de s'habiller à la mode, de porter ses parures et même de danser parce que nos réceptions, pourtant fréquentes, lui semblent dérisoirement provinciales. Pis que provinciales, grince-t-elle, sauvages. Jersey est une île sauvage ! Moi, par contre, je reprends des forces en contemplant l'océan qui rugit au pied des falaises, je cours le matin sur la grève d'Azette aux côtés de mon père, je revis... Qui est cette Négresse qui s'est imposée dans ma vie ? Pourquoi ne me laisse-t-elle pas à mon errance ? Pourquoi ? Non, elle n'est pas ma mère ! Elle ne sera jamais ma mère ! Son commerce de pacotille m'indiffère, il me semble même oiseux. Ses cajoleries me révulsent. Pourtant, il suffit qu'elle pose sa main sur mon front pour que mes douleurs s'apaisent. "Je te le retrouverai, ton Albert", me promet-elle d'une voix suave... La barque est projetée en l'air, Léopoldine continue à gazouiller, Charles s'affole soudain, il joue des rames. En vain. Léopoldine est belle dans la fraîcheur de ses dix-neuf printemps, petite libellule innocente que guette la mort... »

Mon père, l'Africain Bàà, ressassait une histoire que ma mère Carmen Conchita Alvarez refusait d'entendre : au-premier-commencement, les négriers les voulaient nus. Ils voulaient contempler l'alignement du bois d'ébène sur les quais de Bénin ou de Ghana, ces cohortes de Nègres hagards, enchaînés par les pieds, qui transpiraient une sueur mauvaise, qui ruisselaient de peur, qui parfois se gourmaient sans raison. Ils les palpaient : sous les bras, au creux des cuisses, dans le trou des fesses, au fond de la bouche. Pas un orifice qui ne fût visité, ausculté. Certains s'acharnaient même dans les toisons crépues des Nègres venus de l'intérieur, ceux qui vivaient en bon voisinage avec les bêtes sauvages et en adoptaient sans doute les mœurs. Pour les Négresses, le premier endroit à se trouver livré aux mains râpeuses des Blancs était le trou de leur coucoune. À vrai dire, ils y cherchaient moins quelque objet dissimulé qu'une source de plaisir qui remontait depuis leurs doigts jusqu'à leur nuque, laquelle en devenait subitement raide, exorbitait leurs yeux déjà rouges sous l'effet du vin de palme, dressait leurs poils et certains, ne pouvant réfréner leurs élans, renversaient la femme sur le dos pour la chevaucher à bride avalée. Là, sur les quais, là même, sur les quais branlants, qui ne faisaient déjà plus partie de la terre d'Afrique. De cette étreinte ne s'élevait aucun cri de douleur. Les Négresses savent se faire muettes au cœur de la détresse. Elles savent garder les yeux grands ouverts, fixant un point, visible d'elles seules, dans le lointain et c'est pourquoi au sortir de telles avanies, elles n'avaient point l'air souillé.

Des nuits durant, dans l'obscurité fétide des baraquements, là où des langues jamais entendues s'entrechoquaient, où des peaux se hérissaient au contact d'autres peaux (parce que leur grain n'était pas le même, parce que les scarifications rituelles différaient ou parce qu'une odeur fauve en émanait), les esclaves invoquaient leurs dieux. Certaines nuits, ces derniers se trouvaient rassemblés en si grand nombre que les cloisons se mettaient à tanguer, le toit se gonflait comme sous l'effet d'un souffle puissant. La terre battue, où étaient allongés les Nègres, enchaînés les uns aux autres, se faisait soudain froide. Terriblement froide. Des voix de femmes étaient traversées de sanglots. Une litanie de prières, d'invocations, de supplications, d'oraisons en bambara, kikongo, wolof, mandingue, peul ou arabe. Une litanie qui stridait au mitan de la nuit noire. Quand les gardes portugais, saouls ou abrutis par le chanvre, étaient affalés à la porte des baraquements, statues blanchâtres et grotesques qui faisaient mine de brandir leurs mousquets. Quand les capitaines des bateaux négriers baillaient de grandes fêtes orgiaques à bord, invitant le gouverneur et sa cour, à quelques bonnes encablures de la côte.

Tout ce charivari énervait les dieux. Qui se faisaient maussades. Ou indifférents. Parfois méchants. Oui, les dieux se battaient entre eux, s'insultaient avec une virulence inouïe, se lamentaient, pénétraient leurs fidèles qu'ils secouaient de transes soudaines. Les dieux n'aimaient pas se retrouver si loin de leur territoire. Ils préféraient l'apaisante touffeur des forêts, la chaleur sèche et bienfaisante des savanes, les sources babillardes enveloppées de fougères arborescentes, les rochers si énormes qu'on les croyait tombés du ciel en des temps immémoriaux. Tout cela leur était très familier et c'est pourquoi leur bonté n'avait point de limites. Or, ici, face à cette mer aux eaux glauques, sur cette frange de terre sablonneuse jonchée de débris qu'arpentaient sans relâche des hommes à la peau blanche (le matin), rouge (au midi du jour) et jaunâtre (au crépuscule), créatures démoniaques dont le regard bleu vous clouait sur place la toute première fois que vous le croisiez, les dieux étaient tout bonnement désorientés. Tous les dieux sauf un seul : Agoué-Taroyo. La mer, les fleuves, les rivières ainsi que toutes les créatures marines étaient sous sa juridiction, cela nous le savons. Je me surprends à rire doucement, répétant : nous le savons ! Mais Agoué-Taroyo, en ces temps-là, des siècles et des siècles en arrière, là-bas en Afrique, Agoué bouillait de colère contre les Nègres et les maudissait. Il ne bougea pas lorsque les hommes blancs hissèrent les voiles démesurées de leurs navires et se mirent à fendre la mer droit devant. Droit devant : là où se trouvait le Néant. Les anciens avaient toujours dit que le monde s'arrêtait à la ligne d'horizon. Par-delà, vivaient les divinités maléfiques dans une espèce de vaste trou sans fond qui n'était autre que le Royaume des Ombres. « Les hommes blancs emportèrent nos ancêtres aux Enfers, oui ! » ricanait ma mère, parce qu'un jour, nous avions manqué de respect au dieu Agoué-Taroyo. Celle-ci tenait ce récit de notre ancêtre, Luisa de Navarette...

Or donc, Agoué-Taroyo règne sur les mers.

Il est notre protecteur à nous autres, pacotilleuses, qui n'avons droit qu'aux caboteurs inconfortables peuplés de marins amateurs de rhum ou aux goélettes, certes plus rapides mais aussi moins résistantes aux tempêtes. J'ai gardé souvenir d'une traversée entre l'île de Barbuda et Porto Rico, au tout début d'un mois de septembre particulièrement venteux. D'ordinaire, l'enrageaison des cyclones ne s'exprimait que vers le mitan ou la fin du mois en question, mais cette année-là, d'anciennes forces telluriques semblaient s'être réveillées de leur sommeil séculaire. Dès le mois d'août, on les devinait agitant le ventre de la mer. Celle-ci arborait une teinte grisée peu commune, semblable à celle d'un vieil iguane, et nous avions tous l'impression qu'elle se morfondait. Car la mer est, pour nous, marins et pacotilleuses, une créature vivante, un être doué tantôt de raison, tantôt de déraison, une mère nourricière et parfois marâtre. Nous lui confions nos peines et nos espoirs, nous la saluons lorsqu'au matin, elle commence à frétiller sous les chatteries du soleil, nous la prenons à témoin dans nos disputes, nous l'implorons quand le temps vire à l'orage. La nuit, quand nous nous trouvons à terre, dans ces cases que nous louons ici et là, elle nous berce entre ses bras. Jamais elle ne s'évade de nous et cela se voit à notre démarche, se gaussent les terriens. Ma mère m'avait appris à la connaître et à deviner ses sautes d'humeur. Elle m'avait enseigné aussi des prières vaudoues qu'il fallait chaque beau matin lui adresser afin de lui prouver que nous l'aimions de toutes nos forces.

Ce tristement fameux jour de septembre, j'avais donc rendez-vous avec mon fournisseur de San Juan, dans l'île espagnole de Porto Rico. Le señor Ramirez me faisait confiance depuis des lustres. Il était de ceux, très rares, qui pouvaient attendre une pacotilleuse des jours durant, lui réservant sa part de marchandises malgré les sollicitations dont il était l'objet, cela parce qu'il savait la mer « imprévisible et traîtresse », comme il aimait à dire. Chez lui, dans le vaste entrepôt qu'il possédait sur l'*Avenida de Aragon*, je m'approvisionnais en miroirs cerclés d'argent, en peignes d'ivoire, en parfums d'Arabie et en vaseline pour dompter les cheveux crépus. Tout cela provenait principalement d'Espagne, ce qui m'enchantait, car je mourais d'envie de fouler un jour le sol de la patrie de mes ancêtres que je chérissais le plus. Certes, j'étais aussi fière de mon ascendance française mais elle était beaucoup plus lointaine et la France me paraissait un pays froid. Inaccessible en tout cas. Je portais très haut également mon patronyme africain de Bàà d'autant que je savais que là-bas, en

Guinée, je devais avoir des cousins qui sans doute ignoraient jusqu'à mon existence. L'Afrique, je la portais en moi, dans ma chair, et je n'avais nul besoin de la voir pour de vrai. En fait, je ne l'avais jamais quittée. Le señor Ramirez, qui connaissait mon affection pour la Castille — il avait été le fournisseur de ma mère —, m'accueillait toujours à bras ouverts, me réservant le meilleur de sa marchandise, chose qui avait le don d'agacer mes consœurs.

« Ce bougre d'homme, c'est quoi à toi, hein ? me lançaient certaines. Ton père ? Le dernier amant de celle qui t'a mise au monde ? Ou alors ton amant à toi ? »

Je ne ripostais pas à leurs taquineries. En fait, le señor Ramirez appréciait surtout le fait que je réglais mes dettes rubis sur l'ongle et à la date prévue. Il n'en allait pas de même de toutes les pacotilleuses, loin de là. Certaines, telle Ginette, la Saint-Lucienne, s'étaient même fait une spécialité de vivre à crédit sur le dos de leur fournisseur. Avançant mille prétextes — la pingrerie de leur clientèle, des dépenses de santé imprévues ou le vol d'une partie de leurs marchandises —, elles leur soutiraient de nouveaux délais de paiement, délais qu'elles se gardaient bien de respecter à la lettre. Ainsi quand Ginette payait en novembre, d'un geste royal, en réalité, madame honorait là ses dettes du mois de mars. Les fournisseurs avaient beau protester, menacer de cesser toutes transactions avec ces fiéraudes, ils en venaient rarement à de semblables extrémités. Quoique les pacotilleuses ne constituassent qu'une part somme toute modeste de leur négoce, ils n'auraient pu s'en passer sous peine de devoir diminuer leurs commandes en Europe et en Amérique du Nord, perdant du même coup le rabais conséquent que leur consentaient les manufacturiers de ces pays. Pacotilleuses et fournisseurs étaient donc liés comme les doigts d'une seule main, sauf que, grinçait Ginette, nous étions le petit doigt et l'annulaire tandis qu'eux se trouvaient être l'index et le majeur.

Le señor Ramirez m'avait fait tenir une missive m'indiquant qu'il me fallait gagner San Juan avant le 10 du mois de septembre. Nous étions dans l'année 1854 ou 55. Je préfère ne pas m'en souvenir avec exactitude. Le bateau à bord duquel je naviguais avait fait escale à Barbuda à cause d'une avarie dont j'ignorais l'origine et était resté une bonne semaine au bassin de radoub de cette île minuscule et sèche où l'on parlait un anglais tronqué. Les Négresses de cet endroit n'avaient guère les moyens de s'offrir autre chose que des babioles et tous les beaux tissus que j'avais apportés m'étaient restés sur les bras. Pourtant, Samantha et Lucilla m'avaient mise en garde : ne va pas là-bas, Céline ! Il n'y a que deux villages de cases en bois sinistres, recouvertes de tôle ondulée que traverse une seule et unique rue où les gens déambulent sans raison. Et puis leurs maîtres anglais sont de vrais scélérats qui n'hésitent pas à frapper leurs domestiques avec leur badine à la moindre récrimination comme si l'esclavage n'avait pas été aboli depuis trente ans. Mais, j'avais ma tête à moi et je m'étais toujours juré que je visiterais la totalité des îles de l'Archipel, y compris les plus insignifiantes, cela davantage par goût de l'inconnu que par esprit de lucre. Barbuda, toutefois, dépassait tout ce que j'avais imaginé. Les Nègres y étaient bel et bien des créatures hébétées, voire stupides, qui semblaient n'avoir d'autre activité que de servir des Anglais arrogants au visage cuit par le soleil. J'avais donc hâte de quitter les lieux et quand le capitaine de *La Estrella del Oriente* décida de lever l'ancre, je ne me préoccupai pas outre mesure de l'état de la mer. Grave erreur ! Dès la deuxième heure de navigation, le bateau se mit à tanguer en tous sens et je notai de l'affolement dans les yeux des marins qui s'employaient à changer les voiles et à déplacer les cordages. Des vagues, hautes comme des montagnes, s'élevaient au-dessus de nous avant de se fracasser sur l'unique pont du bateau. Bientôt, il fit nuit noire en plein jour. Des oiseaux fuyaient vers le sud, ballottés eux aussi par de brutales ruées de vent. Notre vigie descendit précipitamment de son mât et rejoignit, en titubant, le petit deck d'où le capitaine, un Vénézuélien moustachu, assez vaniteux de sa personne, et ses seconds tenaient conciliabule. Un réel désemparement se lisait sur leur visage. Ils ne s'étaient même pas aperçus que, seule pacotilleuse à bord, je n'avais pas bougé de ce recoin de pont avant qu'on nous réservait habituellement. J'étais transie de froid et de peur. Trempée jusqu'aux os aussi. Je ne voulais pas quitter les lieux en abandonnant les trois paniers dans lesquels je transportais du café de la côte Sous-le-Vent de la Guadeloupe, de la toile des Indes, un paquet de bibles en anglais et en espagnol, de jolis miroirs ovales sertis de fausse nacre fabriqués à Curaçao, des pots de vaseline et surtout des reproductions de *L'Angélus* de Millet qui connaissaient depuis peu un énorme succès tant en terre catholique que protestante. On prétendait que ce tableau protégeait les maisons contre la déveine et le mauvais sort, celui que jetaient les Nègres jaloux de la réussite de leurs voisins. J'en avais apposé un dans chacune des cases que je louais à travers l'Archipel, chose qui, à Saint-Pierre, dans celle que j'occupais au pied du Morne Tricolore, avait grandement amusé mon amant, Michel Audibert, non pas seulement parce qu'il était agnostique mais parce qu'il jugeait Millet un piètre manieur de pinceaux, selon sa propre expression.

« Descendez les voiles ! »

L'ordre du capitaine me fit sursauter. Quatre marins s'affairèrent aussitôt à la tâche sans y parvenir, repoussés qu'ils étaient par l'enrageaison des vents qui se manifestait dans le même temps par un ronflement d'outre-tombe. Une sorte d'expiration chaotique remontant des tréfonds de la mer. Un râle inhumain qui me glaça le sang. Je me souvins alors de ce vieux Caraïbe de la Dominique qui hantait parfois les quais de Roseau à la nuit tombée, vêtu d'un pagne élimé, le corps bardé de roucou, le front ceint d'un bandeau en cachibou tressé. De jour, l'homme était invisible. Nul ne savait où il pouvait bien se cacher. Mais à l'heure où les chauves-souris commençaient leur ballet erratique au-dessus de la minuscule cité, quand les femmes venaient jeter le contenu de leurs pots de chambre à la lame battante, déjà enveloppées dans leurs gaules de nuit, il surgissait, hiératique, et arpentait les quais sans but, indifférent aux quolibets des négrillons qui lui hurlaient, les mains en cornet :

« *Waïtoukoubouli ! Hey you, red skin bastard, go back to your reservation !* » (Waïtoukoubouli ! Hé, toi, espèce de bâtard de Peau-Rouge, retourne dans ta réserve !)

Le Caraïbe ne bronchait pas. Il parcourait le bord de mer de long en large, des heures durant, la tête haute, le regard fixe, tenant d'une main un arc à la corde distendue et de l'autre un carquois. Je ne lui avais jusque-là jeté qu'un regard distrait. Certes, je n'ignorais pas qu'une tribu composée des derniers descendants de ceux qui avaient, pour leur malheur, croisé le chemin de Christophe Colomb un certain jour de 1493 — au cours du deuxième voyage donc de l'ancêtre de Diego, mon amant de Porto Rico — survivait quelque part dans le Nord escarpé à l'extrême de l'île, toujours belliqueuse et incivilisable aux dires de l'administration britannique. Blancs et Nègres les disaient même cannibales, car on ne retrouvait jamais que les crânes de ceux qu'ils avaient réussi à capturer. Mais, mon expérience des Guyanes hollandaise et française m'avait habituée depuis longtemps à ces créatures taciturnes, au couvre-chef emplumé, qui se teignaient le corps au roucou, chose qui leur baillait une étrange couleur rouge brique. C'est pourquoi grand fut mon étonnement lorsque le vieux Caraïbe m'aborda, profitant du fait que je prenais le frais à l'ombre du bâtiment des douanes de Roseau, tandis que mes commères pacotilleuses faisaient une sieste bien méritée chez leurs concubins. Malgré le poids des ans, l'homme avait gardé un superbe maintien et des yeux vifs, chose qui jurait avec la timidité qui l'habitait. Il se planta dans mon dos, sans rien dire, faisant mine d'observer la mer. Ce manège dura une bonne demi-heure. Amusée et surtout curieuse de savoir ce qu'il voulait, je lui lançai sans me retourner :

« *Si sé palé ou lé palé ba mwen, fok ou vini dwet douvan mwen, ou sav !* » (Si jamais tu veux me parler, faut venir en face de moi !)

Le Caraïbe avança de quelques pas, sans faire craquer le bois, pourtant à moitié pourri, du quai. Il se mit à ma hauteur, exactement à ma hauteur, et me regarda droit dans les yeux sans tourner son visage dans ma direction. Je sursautai. Mais il me revint aussitôt que cette race avait pour habitude de comprimer le front de ses nouveau-nés afin que, devenus grands, ils puissent observer tout ce qui se passait autour d'eux sans faire le moindre mouvement. C'était là une particularité qui faisait d'eux des chasseurs hors pair. De redoutables guerriers aussi qui avaient réussi à tenir tête pendant plus d'un siècle à Colomb alors même que ce dernier avait soumis, puis exterminé leurs cousins des Grandes Antilles en à peine quinze ans. Diego avait d'ailleurs sa théorie là-dessus : les Portoricains comme lui, de même que les Cubains ou les Dominicains, étaient des gens chaleureux et aimants parce que dans leurs veines coulait un peu de sang taïno, tandis que nous autres du Sud de l'Archipel, Guadeloupéens, Antiguais, Martiniquais, Grenadiens ou Trinidadiens faisions montre d'un esprit fantasque, querelleur et parfois méchant parce que nous avions hérité de celui des farouches Caraïbes. Pourtant le vieil homme n'avait absolument rien de menaçant. Au contraire. Il accepta même de se placer face à moi, retrouvant du même coup un regard normal.

« *Man enmen wè'w ri...* » (J'aime te voir rire...), me fit-il d'une voix douce.

« *Koté sa ou ja wè mwen ri a ?* » (Où donc m'as-tu déjà vue rire ?)

Je ne voulais pas croire qu'il tentait de me faire la cour. Non pas que je ne fusse jamais l'objet de sollicitations d'hommes de son âge, mais parce que les Caraïbes, du moins dans les Guyanes, étaient réputés pour n'apprécier que leurs congénères et rejetaient ceux ou celles d'entre eux qui se hasardaient à entretenir ne serait-ce que des liens d'amicalité avec les étrangers. Même quand il m'était arrivé de leur acheter des hamacs finement tressés, à Cayenne, ils ne desserraient pas les dents. Ils vous indiquaient la somme avec leurs doigts, comptaient et recomptaient l'argent, et la négociation achevée, soit ils se refermaient comme des feuilles d'herbe-Marie-honte, soit ils s'éclipsaient.

« *Ri ba mwen, souplé !* » (Riez pour moi, s'il vous plaît !) refit le vieil homme.

Au moment où un sourire involontaire se dessina sur mes lèvres, il se précipita sur moi, ouvrit toutes grandes mes mâchoires jusqu'à me faire mal et s'exclama :

« *Sé bien sa man té ka kwè a ! Ou sé moun-nou, ou ni dan-nou !* » (C'est bien ce que je pensais ! Vous êtes des nôtres, vous avez nos dents !)

Je le repoussai violemment, prête à l'insulter, quand je me rappelai cette vilaine molaire qui, du côté gauche de l'intérieur de ma bouche, poussait à cheval sur une autre. En guise de moquerie, cette caractéristique, peu agréable à l'œil, était qualifiée, en créole, de « dent-chien ». Heureusement pour moi, elle était située plutôt en arrière et on ne la distinguait vraiment que lorsque j'éclatais de rire, ce que j'évitais de faire devant mes amants. MacAllister s'était même une fois étonné que je me mette la main sur les lèvres quand je m'esbaudissais des bons tours qu'il jouait à ceux d'entre ses supérieurs qui n'avaient que condescendance pour la race nègre. Michel Audibert, quant à lui, aimait à dire que je riotais, y voyant sans doute une marque de duplicité.

« *Gadé, ou ké konpwann !* » (Regardez et vous comprendrez !) insista le vieux Caraïbe en ouvrant toute grande la bouche.

Des deux côtés de sa denture, on distinguait, en effet, des dents-chien, beaucoup plus proéminentes que les miennes et jaunies par le tabac. L'homme me prit alors par le bras et m'entraîna à sa suite, indifférent aux quolibets qui fusaient déjà à l'encontre de notre étrange couple. Des gamins, qui jouaient au cricket sur la plage, me lancèrent, égrillards :

« *Hé ! Tansion i pa péyé'w, sé moun-tala pa konnet lajan, non !* » (Hé ! Attention à ce qu'il ne te paie pas, ces gens-là ne savent même pas ce qu'est l'argent !)

Je tentai de résister à l'empoigne du Caraïbe. En vain. Il disposait d'une force insoupçonnable pour un homme qui devait approcher les quatre-vingts ans. J'avais même du mal à suivre le rythme de ses pas, lesquels semblaient effleurer le sol. Dès que nous fûmes hors de Roseau, il choisit un arbre feuillu à l'en-bas duquel nous nous assîmes et, ôtant son carquois de l'épaule, le vida de ses flèches qu'il rangea à ses pieds avec précaution. Puis, il le tapota jusqu'à faire en sortir un minuscule paquet en feuilles de bananier sèches attachées à l'aide d'herbe-kabouya. Je le regardais faire comme hypnotisée. Il ouvrit ma main gauche et y déposa une pincée de poudre couleur ocre en secouant délicatement le sachet. Il en fit de même pour lui et me lança :

« *Annou ba'y alé !* » (Voyageons !)

Le monde chavira, blip, autour de moi. Blip ! La terre et le ciel se joignirent en une vertigineuse échappée de lumière qui filait vers une sorte d'horizon lequel n'avait de cesse de s'éloigner. De grandes hachures bleutées semblaient pourtant m'indiquer une voie, un passage certes étroit et inquiétant mais d'où émanait le parfum puissant de milliers de fleurs d'ylang-ylang. Je volais, légère euphorique, sans bouger un seul de mes membres. Le visage du Caraïbe avait soudain rajeuni d'un bon siècle, mais cette métamorphose ne m'effraya point. Bien au contraire, je me rapprochai de lui, le saisis par sa longue chevelure qui lui descendait jusqu'aux chevilles et me laissai charroyer avec un plaisir que je n'avais jamais éprouvé de toute ma vie. Bientôt, nous atteignîmes un village, perché à flanc de morne, où des femmes et des enfants, tous caraïbes, nous firent bon accueil. Ils chantaient des mélopées envoûtantes en frappant sur des tambourins. Un mot, un seul, jaillissait de leurs lèvres :

« *Shémin ! Ô Shémin !* » (Chémine ! Ô Chémine !)

Je compris qu'ils invoquaient là leur dieu ou, à tout le moins, quelque divinité bienfaitrice tant il y avait de l'allégresse dans cette invocation. Ils nous accueillirent avec des demi-calebasses remplies de ouicou, cet alcool de manioc qui a le don d'apaiser sur-le-champ tourments et souffrances. Je m'inquiétais de ne voir aucun homme lorsque, d'une grande hutte, un concert de voix s'éleva qui, tantôt suppliaient tantôt grognaient, voix qui s'entrechoquaient si fort qu'elles en faisaient trembler les parois en lattes de bois-ti-baume. Mon sang se glaça dans mes veines et mon cœur se mit à chamader tel un cheval fou. Comme pris de terreur, les femmes et les enfants se prosternèrent sur le sol, tête entre les jambes, tout en miaulant. Seul le vieux Caraïbe demeura impavide. Il me saisit à nouveau le poignet et me hala jusqu'à la hutte qui continuait à tanguer de plus belle. Des bruits de lutte, des hurlements de colère et de détresse, des prières, des chants d'amour s'y mélangeaient dans un vacarme effrayant.

« *Maboya ka lenndé nou kou ! Sé an zespri ki séléra pasé séléra fet* » (Maboya nous roue de coups ! C'est un esprit d'une scélératesse sans nom), me fit le vieux Caraïbe, le visage soudain fermé.

En nous approchant de la hutte, ce trafalgar s'arrêta net. Puis un chuintement se produisit et l'esprit s'enfuit par une petite ouverture qui se trouvait au ras du sol, traçant une sorte de spirale argentée autour de nous. Le Caraïbe me sourit. Il me dévisagea avec un mélange d'étonnement et de reconnaissance. Un à un, les hommes sortirent au grand jour, l'air à la fois épuisés et terrorisés, se massant les membres sur lesquels on ne distinguait pourtant aucun hématome. Ils s'approchèrent de moi, frottèrent leur nez contre le mien et me remercièrent. Du moins est-ce ce que je compris puisque tous répétaient la même phrase :

« *Inale boattica bacouyouni !* » (Promets-moi que tu reviendras !)

Le vieux Caraïbe, qui était leur capitaine, me conduisit sous un ajoupa en feuilles de cachibou où trois femmes entreprirent de me recouvrir le front et les joues de dessins compliqués. Elles se servaient de teintures rouges et noires diversement nuancées, utilisant en même temps le petit doigt et l'index, cela avec une habileté stupéfiante. Comme elles s'esclaffaient, je remarquai qu'elles arboraient aussi cette fameuse dent-chien dont Chrisopompe de Pompinasse m'expliquerait plus tard qu'elle était la marque des populations mongoloïdes. Lui ayant raconté mon aventure, un jour que j'étais venue le solliciter pour qu'il écrive une lettre à mon amant Diego, le fantasque Portoricain, il se mit dès lors à me gouailler, me baillant le surnom de « Mongole noire », chose qui agaçait fort Michel Audibert, lequel me soupçonnait — à tort — de ne pas entretenir que des relations de bon zigue avec l'écrivain public. Négresse d'Afrique-Guinée par mon père dont les maîtres furent français, andalouse et mauresque par ma mère, voici qu'à présent je me découvrais une ascendance caraïbe !

La cérémonie du tatouage terminée, l'une des femmes me dévêtit, tandis que les guerriers détournaient les yeux, et me para d'un pagne en fibres tressées. Bientôt nous gagnâmes tous une des nombreuses cascades qui faisaient du territoire caraïbe, à ce que j'en voyais, une sorte de petit Éden. Je dominais de deux têtes ces êtres à la stature modeste mais doués d'une robustesse qui en imposait. Leur capitaine m'enjoignit d'entrer la première dans le bassin où se fracassait l'eau de la cascade dans un tourbillon d'écume et de lumière. Je me sentais à nouveau légère. Remplie d'une euphorie que je n'avais jamais ressentie auparavant. Je voulus chanter mais aucun son ne sortait de ma bouche. Arrivée au mitan du bassin, je vis une femme, plutôt belle, allongée au fond de celui-ci, qui me souriait en me faisant signe d'approcher. Elle me ressemblait tellement que je crus un instant à un simple effet de miroir. Il n'en était rien, car en approchant de plus près, je me rendis compte, non sans effroi, que ses orbites étaient vides. Ou plutôt qu'elles comportaient deux boules diaphanes qui ne cessaient de s'agiter. De la berge, les Caraïbes m'encourageaient dans leur langue si mélodieuse. La créature m'enserra entre ses bras et je perdis conscience.

À mon réveil, le Caraïbe, qui continuait à fumer

son herbe à rêver, m'observa avec reconnaissance. Le soir tomba avec sa brutalité coutumière sur Roseau et ses quais misérables où je craignis que mon bateau eût levé l'ancre. L'ombre du manguier se fit soudain frette. J'étais furieuse contre moi-même. Ma tête était lourde et me faisait souffrir au niveau des tempes. Pourquoi avais-je grimpé ce morne à l'instigation de ce vieillard ridiculement accoutré dont les habitants de cette ville n'étaient même pas sûrs qu'il fît partie de l'humanité ? Une bête humaine. Un Sauvage ! Voilà ce qu'ils en disaient. Le Caraïbe me tint pourtant ce discours qui me laissa coite :

« Mon peuple vous remercie d'être venue jusqu'à nous. Nous vous attendions depuis longtemps, mais jusque-là aucun d'entre nous n'avait su reconnaître avec certitude celle qui portait sur son visage les traits de notre reine noire. »

Et de me confirmer ce qui dans la bouche de ma génitrice, Carmen Conchita Alvarez, avait eu l'air d'une légende : l'histoire de notre ancêtre, Luisa de Navarette, Négresse capturée sur les côtes de Guinée trois siècles plus tôt, conduite en Andalousie, comme des milliers de ses sœurs, pour servir dans la valetaille d'un grand don, puis vendue à un cousin de ce dernier, alors établi aux Amériques, à San Juan de Porto Rico, un nommé Alejandro Alvarez de Mendoza, propriétaire d'une immense hacienda qui fournissait toute l'île en bétail. En ces temps obscurs de la conquête, Espagnols et

Caraïbes se livraient une guerre féroce pour le contrôle des petites îles du sud de l'Archipel. Les premiers tentaient, en vain, d'y prendre pied tandis que les seconds, en guise de représailles, lançaient des raids de plusieurs dizaines de canots chargés de guerriers contre San Juan, y brûlant et pillant certains quartiers et surtout y capturant des Blancs et des Nègres. Notre ancêtre, Luisa, fut ainsi enlevée par des Caraïbes de la Dominique et transportée dans cette île où le roi succomba à son charme et en fit son épouse. Elle lui bailla etcetera d'enfants et régna d'une main de fer bien longtemps après la mort de celui-ci. Connaissant les ruses des Espagnols et leurs faiblesses, elle réussit à faire de cette île une place inexpugnable. Jusqu'au jour où une nouvelle attaque, commanditée par le sinistre Ponce de Léon, gouverneur de Porto Rico, parvint à la forcer. Luisa fut mise aux fers, ses proches exterminés, sauf l'une de ses filles, à cause de sa beauté, une certaine Kalina que don Alejandro Alvarez de Mendoza, une fois son bien récupéré (notre ancêtre donc et sa fille) rebaptisa du nom chrétien de Carla. Bien qu'il fût très âgé, il engrossa cette dernière, donnant naissance à notre lignée, Nègres mâtinés d'Espagnol et de Caraïbe.

« Te voilà revenue parmi nous, me fit le vieil homme. Cela veut dire que notre peuple se remettra debout. Que tu en sois remerciée ! »

Et de me glisser au poignet un bracelet en fibres tressées, rouge et noir, qu'il me demanda de ne jamais enlever jusqu'à mon dernier souffle de vie. L'homme se redressa brusquement et, sans tarder, entreprit de continuer l'ascension du morne où il disparut dans la végétation de bambous et de fougères arborescentes. La nuit tomba tout à fait. La ville brillait de l'éclat tremblotant de milliers de loupiotes mais, étrangement, aucune rumeur n'y montait. Je me dépêchai de gagner le port où mon bateau avait fini de charger ses marchandises. L'équipage préparait l'appareillage avec une fébrilité qui me surprit. Dès qu'il m'aperçut, le quartier-maître me rudoya :

« Où étais-tu passée, Céline ? Tu n'as pas entendu la nouvelle ou quoi ?

— Quelle nouvelle ?

— Mais ouvre les yeux, Négresse ! Tu ne vois pas comment la mer est calme ! En plus, y a plus un souffle d'air et les chiens sont nerveux depuis ce matin. C'est un temps de cyclone, ça ! Il nous faut filer d'ici au plus vite. Allez, monte ! »

Le bateau eut toutes les peines du monde à s'extraire de la rade. Il fallut même que les marins emploient des rames, chose à laquelle ils étaient peu habitués étant donné la taille de l'embarcation. J'avais l'impression que nous faisions du surplace. Puis, une violente rafale se leva des confins du ciel, un vent d'est sans mesure, qui nous envoya valdinguer au large comme si nous n'étions qu'une balle de coton. Là, les flots étaient par contre déchaînés. Vagues gigantesques et creux sans fond se succédaient à un rythme diabolique. Le quartier-maître fit descendre la voilure et ordonna à tout le monde de gagner la cale. Le cyclone était bel et bien là ! Hurakan, l'ancien dieu caraïbe, laissait éclater sa colère. Deux pacotilleuses, originaires d'Aruba, de qui je n'étais pas proche, mais que je savais très dures en affaires, s'étaient agenouillées dans le peu d'espace libre laissé par les barriques de viande salée et les dames-jeannes de rhum, et priaient la Sainte Vierge en papiamento, chapelet en main. D'autres passagers, prostrés, s'étaient agglutinés les uns aux autres et fixaient l'unique lampe que venait d'allumer un marin. Je pensai à mes paniers que j'avais dû abandonner sur le pont avant. S'ils n'avaient pas glissé par-dessus bord, il y avait gros à parier que les cigares, la toile en kaki, les bibles et les reproductions de Millet qu'ils contenaient devaient être à présent trempés. Or, l'eau salée est plus ravageuse que l'eau douce. C'était donc là une perte sèche ! Des fournisseurs à rembourser alors que je n'aurais effectué aucune recette ! Des clients déçus qui m'accableraient de reproches des mois durant ! Bizarrement, je n'avais pas peur. Tout juste avais-je l'estomac bouleversé à cause des embardées que faisait le navire sous les coups de boutoir des vents. Oui, j'étais calme plus que calme fait, comme on dit dans notre parlure, et lorsque la mer fracassa notre navire sur la côte de Barbuda, je fus la seule et unique rescapée. Tout le temps qu'avait duré le cyclone, j'avais imploré les dieux caraïbes en caressant le bracelet en fibres rouges et noires que m'avait offert le vieux chef.

La colère d'Agoué-Taroyo, le dieu échappé d'Afrique, ne put m'atteindre.

C'est à cet épisode de ma vie que je pensai au moment où je dus affronter pour la deuxième fois une mer en pleine débornation, ce jour où j'avais rendez-vous avec le señor Ramirez, mon fournisseur de San Juan de Porto Rico, et c'est pourquoi je fus hors d'atteinte de la peur.

« Enfin, me voilà mariée ! Épouse du lieutenant Albert Pinson, brillant officier du 16e de ligne, homme promu aux plus hautes carrières dans l'armée de Sa Majesté britannique. Toute autre jeune femme que moi eût rêvé d'épousailles plus éclatantes, plus solennelles, mais il me fallait faire contre mauvaise fortune bon cœur : je n'avais obtenu ni le consentement de mon père ni l'approbation de ma mère. Encore que je reste persuadée que si j'avais eu la possibilité d'en discuter face à face avec cette dernière, elle n'y aurait pas fait obstacle... Quels sont ces hommes noirs qui, à la nuit tombée, se glissent sans mot dire dans le canot qui me sert de demeure depuis que je me trouve à la Barbade et me pétrissent la chair de leurs mains calleuses ? Pourquoi Albert ne vient-il pas me chercher ?... Mon frère Charles, qui s'est entiché de cet art tout nouveau qu'est la photographie, ne cesse de m'embêter : à tout moment, il veut me tirer le portrait. Tantôt il me convainc de m'installer telle une sirène sur les rochers qui bordent la grève d'Azette, tantôt il me veut galopant, cheveux dénoués, dans la lande de l'intérieur de l'île. Jersey est d'une effroyable tristesse. "Souris un peu, Dédé ! Allons, un petit sourire, je t'en prie !" me lance-t-il avant de se plonger sous le voile noir de son appareil à photographie. Charles est un grand enfant !... Nous n'avons eu droit qu'à douze couverts. Nombre, à mes yeux, symbolique. Albert n'a invité aucun de ses supérieurs. D'abord, un pasteur anglican a béni notre union dans un temple des faubourgs d'Halifax, par un matin de froid glacial, puis nous avons gagné l'auberge O'Brady où nous attendait un frugal repas. J'étais quand même aux anges Nos convives étaient pour leur part fort joyeux et diserts. Ils vantaient à tour de rôle ma resplendissance, chacun voulant m'embrasser sur les deux joues, certains, qui débordaient d'enthousiasme, s'y reprenant à deux fois... Léopoldine s'agrippe au rebord de la barque, elle voit la vague remonter, se dresser, véritable monstre marin, elle voit son cher promis agiter les rames en tous sens, elle veut hurler mais la stupeur l'en empêche, Léopoldine sent que soudain la terre et l'eau prennent la place du ciel, elle suffoque lorsque tout son sang semble refluer vers ses tempes, Léopoldine, mon aînée, ma sœur adorée, princesse encore dans la fleur de l'âge... »

9

Le maire de Saint-Pierre tournait et retournait la lettre que venait de lui faire tenir le consulat d'Angleterre. C'était tout simplement un événement ! L'enveloppe, frappée aux armoiries de l'île de Guernesey, contenait une feuille de papier fin pliée en quatre sur laquelle on pouvait lire, juste après la date de 1871 :

« Je vous confirme que Mlle Adèle Hugo est bien ma fille. Elle voyage aux Amériques depuis huit ans et est peut-être sujette à quelques troubles émotionnels causés par un profond dépit amoureux. Je vous serais grandement reconnaissant de veiller sur elle dans l'attente que je la fasse revenir auprès de moi. Acceptez par avance l'expression de toute ma gratitude.

« Victor Hugo, pair de France. »

En fait, le sexagénaire, qui tenait les rênes de la plus belle cité de l'Archipel, était surtout excité par le fait que le poète, l'éminentissime poète, auquel Louis Napoléon venait d'accorder l'amnistie, s'était directement adressé à sa modeste personne. Oui, à lui Gustave Saint-Aubin, et non à Son Excellence le Gouverneur de la Martinique ni à M. Dupin de Maucourt, le président du Cercle de l'Hermine. Il était envahi par une bouffée de fierté qui avait le don de mettre un baume sur les blessures quotidiennes que lui infligeaient à la fois la presse mulâtre qui le considérait comme un traître et une marionnette aux mains de la caste blanche créole et les membres de son conseil municipal, presque tous issus de celle-ci, lesquels le tenaient en suspicion, quand ils ne le morguaient pas, cela sans le moindre égard pour l'écharpe tricolore qu'il tenait à arborer tout au long des délibérations municipales. En réalité, Saint-Aubin y prenait peu la parole. Il s'était efforcé de se construire une image de sage, de Salomon créole, pour masquer le fait qu'il était le plus souvent tenu à l'écart des débats importants pour le devenir de sa ville et donc de la colonie. Il lui était demandé d'entériner des décisions qu'il n'avait pas contribué à prendre et que, souventes fois, il désapprouvait. Tenté de donner sa démission, il en avait été aussitôt dissuadé par l'un de ses conseillers municipaux, de ceux qui avaient le pouvoir de ruiner, d'un claquement de doigts, son commerce de toilerie et de quincaille. Un imposant magasin, ça, oui ! Sis à la rue Toraille, endroit très passant et surtout bien surveillé par la maréchaussée. Saint-Aubin ne l'avait pas reçu en héritage : il s'était bâti sa petite fortune jour après jour, à coups d'emprunts auprès de riches Blancs, de commandes judicieuses en Europe et aux États-Unis, de travail acharné et surtout de réclame. Il avait été, en effet, un innovateur en la matière ! Le premier commerçant de Saint-Pierre à s'attacher les services d'un crieur. L'idée lui en était venue un jour qu'il essayait en vain de faire déguerpir Tête-Coton, un vagabond notoire, de la devanture de son établissement. Le bougre était aussi un soûlard respectable à cause de la rapidité avec laquelle il vous sifflait une bouteille de tafia, tout en gardant bon pied bon œil. Planté donc devant Le Bon Marché, il bagueulait :

« Écoutez, mesdames et messieurs ! Ou plutôt, comme on dit dans notre bonne langue françoise : oyez ! oyez !... Arrêtez-vous pour je... hic !... jeter un œil aux plus... plus effilées faucilles, aux mar... marteaux les plus robustes, aux éche... échelles les plus solides qui... hic !... qui puissent se trouver de par le monde ! Allez, entrez ! Et pour les... les dames, i y a de... de la po... popeline, du calicot, de la dent... dentelle... »

Ne parvenant pas à interrompre cette litanie, Saint-Aubin eut un coup de génie : il proposa à Tête-Coton de vanter sa marchandise — mais à jeun — contre cinquante sous par jour, ce que le vagabond accepta sans discuter, trop heureux d'avoir désormais de quoi s'acheter sa ration quotidienne de rhum. Assez vite, Tête-Coton fit la fortune du commerçant. Ce dernier acheta la maison qui jouxtait Le Bon Marché qu'il agrandit, doublant du même coup sa surface de vente. Cette prospérité ne laissa pas indifférents les négociants blancs qui étaient, pour la plupart, en cheville avec les manufacturiers français. Sans que Saint-Aubin comprît d'où venait l'attaque, il se vit réclamer le paiement à quinzaine de plusieurs lots de marchandises alors qu'on lui avait toujours accordé trois mois. Il dut alors emprunter, emprunter et encore emprunter, resserrant du même coup le lasso qu'on lui avait placé autour de la gorge. Si bien que le jour où le chef de la caste, Honoré Dupin de Maucourt, le convoqua pour lui indiquer qu'il serait le candidat des monarchistes (non avoués) aux prochaines élections municipales, nostre homme ne put qu'acquiescer. Il sauva du même coup son négoce, des conditions de crédit plus favorables lui ayant été soudainement accordées dès la semaine suivante. Mais il avait bien conscience d'être un maire de façade, une créature fantomatique qui déambulait dans les couloirs de son administration sans pouvoir donner d'ordre à qui que ce soit, le plus modeste des plantons sachant pertinemment quel rôle il jouait ou plutôt pourquoi il avait été placé dans cette position. L'édile mulâtre cuvait donc une humiliation de plusieurs années lorsque la missive de Victor Hugo lui parvint. Il y vit d'emblée une manière de revanche sur son sort, une façon de regagner du crédit non seulement aux yeux du monde mais surtout aux siens, lui qui évitait de se regarder dans la glace le matin, même pour coiffer sa mèche rebelle. Pas question d'en informer le conseil municipal ! Cette fois-ci, il ne se laisserait pas faire. Tant qu'il s'agissait de voter des fonds pour faire repaver des rues ou repeindre quelque bâtiment public, décider du montant de telle ou telle taxe, ou encore promulguer de nouvelles règles de police, il voulait bien qu'on lui dictât sa conduite. Après tout, il s'agissait du quotidien de la ville de Saint-Pierre et celle-ci était presque entièrement entre les mains des Blancs créoles. Mais dans le cas présent, celui d'Adèle Hugo, ces derniers n'avaient pas leur mot à dire, tonnerre du sort ! D'ailleurs, ils l'avaient reçue dans leurs salons, ils l'avaient jaugée, puis jugée et n'eût été ce bon M. Verdet, grand amateur de poésie, elle eût continué à croupir dans la case de sa protectrice noire, au pied du Morne Tricolore. À leurs yeux, la jeune fille n'était qu'une affabulatrice. Fort bien ! Qu'ils ne s'avisent pas maintenant, la lettre d'Hugo faisant foi, de se raviser justement ! Il traiterait de cette question tout seul, sans prendre l'avis de ces messieurs, et ce serait même, s'il faisait preuve d'habileté, le grand œuvre de son règne municipal.

Saint-Aubin, comme tout honnête homme marié et père de marmailles légitimes et illégitimes de cette bonne ville de Saint-Pierre, avait une préférée parmi toutes celles qui, de bon ou mauvais gré, lui offraient l'hospitalité de leurs cuisses.

Celle-ci, prénommée Amandine, officiait dans un lupanar discret de la rue des Bons-Enfants, réservé à la classe mulâtre, quoique de temps à autre un béké ou quelque Nègre riche, de nationalité étrangère, s'y aventurât. Une réelle passion le liait à cette jeune écervelée qui gaspillait en fanfreluches et en bijoux l'entièreté de ses gains, indifférente au sort de ses trois enfants que l'Assistance publique avait dû recueillir avant qu'ils ne finissent au quartier immonde de La Galère, parmi ces hordes de chenapans, sans papa ni manman, qui vivaient de rapines et de fouilles d'ordures. Les plus fidèles partisans du premier édile s'étaient émus de cette singulière liaison, car il lui eût été beaucoup plus facile d'entretenir une femme-matador. Ce genre de créature, en effet, vouait son existence à son seul protecteur qui lui louait une chambre et lui allouait une pension mensuelle, relativement confortable. Tout ce qu'elle avait à faire de ses journées, c'était d'attendre sagement la venue de son homme, entre l'heure où fermaient les magasins et celle du dîner, et lui prodiguer paroles apaisantes ou caresses savantes. Quand huit heures trente sonnaient à l'horloge de la cathédrale, le monsieur regagnait, d'un pas tranquille, ses pénates où l'attendait une épouse tout aussi dévouée qui demandait aussitôt à la maisonnée de passer à table. Il était donc rarissime que les femmes-matador provoquassent des scandales, ce qui n'était pas le cas des putaines, attachées aux maisons de tolérance, avec lesquelles la vie avait été d'une scélératesse sans nom et qui, ayant perdu toute estime d'elles-mêmes, se saoulaient, jouaient aux cartes, s'étripaient entre elles pour une parole de travers quand elles ne sortaient pas un canif de leur corsage pour faire entendre raison à un client trop vicieux. Saint-Aubin jouait donc avec le feu quand il s'obstinait, en dépit des mises en garde répétées de ses rares partisans, à visiter Amandine presque chaque soir, sauf quand une réunion du conseil municipal était prévue. Goguenard, le bougre leur lançait :

« Ne vous en faites pas ! C'est mon côté vieux Nègre. Je suis devenu quelqu'un de la bonne société, j'ai de l'argent en banque, certes, mais je n'oublie pas d'où je suis sorti. De la plèbe ! Ha-ha-ha ! »

Le soir donc du jour où il avait reçu la lettre de Victor Hugo, euphorique, il se rendit au boxon d'Amandine bien avant son heure habituelle. La tenancière marqua son étonnement, mais le fit asseoir dans le petit salon jaune que les filles n'avaient pas encore investi et lui proposa sa boisson favorite, mélange curieux d'absinthe et de grenadine qui avait le don de réveiller sa gaillardise, selon une expression tout aussi curieuse qu'avait inventée M. le maire. Un homme s'y trouvait déjà. Un Européen visiblement, qui était avachi dans un fauteuil, un panama lui couvrant le visage. La blancheur de ses bras, fraîchement tannés par le soleil et le sel marin, arracha un sourire à Saint-Aubin. Ce dernier adorait converser avec les voyageurs de passage parce que immanquablement, ils en venaient tous à louer la propreté de sa ville, la grande civilité de ses citoyens ou la prestance de ses demeures en pierre de taille, qualités que le premier édile assurait être dues au travail acharné qu'il menait depuis bientôt une décennie. À son côté visionnaire surtout puisqu'il finissait toujours par leur expliquer que Saint-Pierre deviendrait sous peu le Petit Paris des Amériques, ce qu'elle était déjà pour l'archipel des Antilles. Saint-Aubin aimait lire l'admiration qui emplissait leur regard, il se trémoussait de joie en recevant leurs félicitations. C'était là une revanche contre l'humiliation permanente que lui infligeaient ses conseillers municipaux dont la plupart étaient des membres éminents du Cercle de l'Hermine. Mais l'homme au panama ne bougeait point. Même quand à l'étage, les filles, qui se préparaient, se mirent à se chamailler en brocantant des cochoncetés, il ne parut pas les entendre. Interloqué et un peu agacé, Saint-Aubin se mit à remuer furieusement son verre de punch dans lequel il avait par mégarde versé trop de sirop de canne. Puis, il fit tinter son verre à l'aide de la cuiller, toujours sans obtenir la moindre réaction de celui qui lui faisait face.

« C'est qui ? demanda-t-il à la tenancière. Pourquoi fait-il le mort ?

— Ah ! Un Parisien à ce qu'il dit. Il est venu

traiter une affaire mais quoi, je sais pas. Il n'est pas très bavard. En tout cas, ça m'a l'air d'être du sérieux parce qu'il ne cesse de poser des questions à tout le monde...

— Des questions ? Quel genre de questions ?

— Je ne sais pas moi... Tenez, il a l'air de bien s'entendre avec votre Amandine. Peut-être qu'elle pourra vous en dire plus. »

À cette seule idée, Saint-Aubin se raidit. Bien qu'il sût que les putaines étaient, comme on disait en bon créole, des femmes-de-tout-le-monde, il n'était jamais parvenu à accepter le fait que d'autres mains que les siennes palpassent les jambes galbées d'Amandine, que d'autres lèvres se promenassent sur ses seins en forme de sapotille. Elle était à lui et à personne d'autre ! Il entretenait cette illusion pour la bonne raison que les clients habituels du boxon connaissaient son heure et évitaient de réclamer la jeune fille lorsqu'il était présent. Il payait d'ailleurs assez cher pour avoir le droit de l'accaparer deux heures d'affilée !

« S'il vous plaît ! Monsieur, s'il vous plaît ! fit-il en tapant sur le rebord de son fauteuil. Il est quand même un peu tôt pour se livrer aux bras de Morphée, vous ne croyez pas ? »

Saint-Aubin était grand amateur de formules toutes faites qu'il piochait, au fil de ses lectures, et notait sur un petit carnet. Chaque fois qu'il avait à prononcer un discours, il en sortait trois ou quatre qui déchaînaient les applaudissements du bon peuple et lui valaient quelques lignes hypocritement élogieuses dans le quotidien *Les Antilles*, organe de la caste blanche, manière pour cette dernière de lui rappeler, au cas où il se serait avisé de l'oublier, qu'il était son homme-lige. En tout cas, cette expression réveilla l'Européen qui, amusé, lui rétorqua :

« Oh, vous savez, je préfère mille fois les bras d'Amandine à ceux de cette déesse grecque au nom... comment dire... funèbre.

— Vous êtes chez nous pour affaires à ce qu'on me dit..., fit Saint-Aubin qui essayait de masquer sa vive irritation.

— Affaires ! Affaires ! En voilà un bien grand mot. Disons plutôt que je suis à la recherche de quelqu'un qui m'est cher. Mais au fait, à qui ai-je l'honneur ?

— Après vous, je vous en prie ! »

L'Européen s'étira longuement, mais à l'instant où il s'apprêtait à répondre, deux filles descendirent l'escalier en bois dans un joyeux vacarme. Elles se tenaient par la taille et échangeaient de petits baisers rapides sur la bouche. Saint-Aubin reconnut aussitôt Yvonnette et Rachel, deux sacrées luronnes qui avaient la réputation d'amener leurs clients à la jouissance en six-quatre-deux tellement elles jouaient avec virtuosité de leur croupière. Dès qu'elles aperçurent l'Européen, elles se précipitèrent sur lui et entreprirent de déboutonner son col, la première lui caressant la poitrine, l'autre lui léchant langoureusement le creux de l'oreille. L'homme se laissa faire, éberlué mais ravi. Puis Rachel cessa son manège, saluant le maire avec une déférence exagérée, lui lança :

« Ce monsieur est détective ! Mais aussi amoureux de notre chère Amandine.

— C'est qu'il n'a pas encore essayé avec nous ! Montons, très cher, et vous verrez que la réputation de cette demoiselle est surfaite. Ha-ha-ha ! » fit Yvonnette.

Entre-temps, les autres filles rejoignirent le salon jaune. Des clients arrivaient peu à peu qui, sans mot dire, sans tractation aucune, s'emmanchaient avec celles avec lesquelles ils avaient leurs habitudes. Bientôt on ne s'entendit plus. Ça discutait, braillait, rigolait, buvait beaucoup. S'étonnant de ne pas voir Amandine, le maire gagna le minuscule bar où la tenancière préparait des mixtures censées affoler les sens de ces messieurs. À la mine renfrognée de la vieille mulâtresse, il comprit que la jeune femme avait ses périodes. D'ordinaire, il filait sans demander son reste, mais ce soir-là, il avait besoin de partager avec quelqu'un l'extraordinaire sentiment de fierté qui s'était emparé de lui dès l'instant où il avait reçu la missive de Victor Hugo. Amandine savait faire montre d'admiration à son endroit et il lui en était reconnaissant.

« Vous pouvez aller la voir mais ne restez pas trop longtemps, fit la tenancière. Vous savez bien qu'en ces moments-là, elle est insupportable. »

Yvonnette et Rachel avaient agrippé l'Européen, l'une par le col, l'autre par la ceinture du pantalon, pour le forcer à monter l'escalier, le couvrant toujours de baisers vicieux. Saint-Aubin les entendit lui bailler du « Henry chéri-doudou » et du « monsieur de Montaigue » tandis que l'homme se débattait mollement. Quand ils atteignirent le palier, les coquinasses avaient déjà dépantalonné et déjaboté le confrère de Sherlock Holmes, lequel gigotait dans l'amas de vêtements qui s'empêtrait entre ses grosses bottes de cuir. L'homme semblait aux anges. Il lançait des clins d'œil égrillards au maire de Saint-Pierre qui suivait leur étrange trio à distance prudente.

« Holà, monsieur le grand vizir, fit l'Européen à qui le rhum était brutalement monté à la tête. Soyez pas trop long avec Amandine, j'ai réservé mon tour juste après vous ! Superbe pouliche, n'est-ce pas ? »

Une fois que les trois bambocheurs furent entrés dans la chambre d'Yvonnette, Saint-Aubin s'approcha de celle de la mamzelle qu'il appelait en privé « sa canne créole » et colla une oreille sur la porte. Quand elle avait ses périodes, Amandine faisait la façonnière. Elle demeurait prostrée dans une berceuse, face à son miroir, une tisane à la citronnelle et deux-trois cigares cubains, que lui fournissait chaque mois sa pacotilleuse attitrée, à portée de main. Normalement, elle refusait d'ouvrir à qui que ce soit, même au premier édile, prétextant qu'elle était laide comme un péché mortel. Que sa chambre empestait le tabac, chose qu'elle savait indisposer ce dernier. Ou encore qu'elle ne s'était pas lavée depuis le beau matin. Satisfait d'avoir entendu le son de sa voix, Saint-Aubin lui souhaitait un prompt rétablissement et quittait le boxon par la porte dérobée qui donnait sur la rue de Versailles. Mais ce soir-là, le maire s'entêta. La supplia de lui ouvrir, lui annonçant qu'il avait une surprise pour elle. Une qualité de modèle de surprise, ajouta-t-il en français mâtiné de créole pour tenter de la faire fléchir. La targette grinça et une Amandine un peu bouffie, poitrine nue, une serviette de toilette autour des reins, entrebâilla la porte.

« Une surprise ? fit-elle d'une voix cassée quoique autoritaire. J'espère que tu n'es pas venu m'annoncer que tu as quitté ta madame pour moi. Je suis une Négresse libre, moi ! J'ai pas le temps de m'occuper d'un homme, foutre !

— Laisse-moi te causer de quelque chose, s'il te plaît. Juste un petit moment...

— C'est bon, entre ! Mais si tu m'as raconté des couillonnades, gare à toi, Binbin ! »

Le premier édile avait horreur de ce sobriquet, mais il était prêt à tout accepter pour pouvoir exhiber devant sa canne créole la lettre du plus grand poète de l'univers à lui adressée. Oui, à lui, Saint-Aubin, et pas à Honoré Dupin de Maucourt, le chef de la caste blanche ou à Son Excellence le Gouverneur de la Martinique. Ni même à Mgr l'Archevêque qui pourtant se targuait d'être un fin lettré. Ni non plus à ce bon M. Verdet qui était réputé connaître son œuvre par cœur et avait, un temps, hébergé Adèle. Saint-Aubin s'assit sur le lit de la putaine, arborant un air mystérieux. Les draps sentaient bon la naphtaline, ce qui atténuait la puanteur ambiante. La fumée dégagée par les deux cigares sur lesquels Amandine avait tiré flottait encore dans l'air confiné de la chambre. L'homme toussota. Il était gai. Gaieté insolite qui renforça la maussaderie de la jeune femme.

« Avant de me dire de quoi il retourne, faisons vite, Binbin ! Tu sais bien qu'il me faut me reposer », décida-t-elle en s'emparant d'une petite cravache en corde-mahault suspendue derrière la porte de sa salle de bains.

Et sans autre forme de procès, elle se débarrassa de sa serviette, révélant une culotte maculée de sang et des cuisses aux veines gonflées. Saint-Aubin eut un geste de recul, mais la femme le retournait déjà sur le lit, lui baissait son pantalon jusqu'aux genoux, le forçant à plonger la tête dans les oreillers pour que nul n'entendît ses cris, et se mit à lui fouetter les fesses avec application. À chaque coup, Saint-Aubin barytonisait, demandant à ce qu'elle aille plus vite et plus fort, la suppliant même quand le bras de celle-ci menaçait de faiblir. Cette délicieuse torture ne durait en général qu'une petite dizaine de minutes, le temps de le mettre en appétit, comme il disait. Après, il chevauchait Amandine au grand galop comme s'il avait peur que sa bandaison ne le trahisse. Cette seconde opération se comptait en une poignée de secondes. En commerçant avisé qu'il était, Saint-Aubin ne manquait pas, en son for intérieur, de s'avouer que c'était cher payé : mille francs la séance. Pas moins. Mais il en avait besoin et quand il regagnait son domicile, deux heures plus tard — temps qu'il passait à raconter à une Amandine distraite les dessous des affaires qui agitaient sa bonne ville —, il était comme revigoré. Il se montrait très tendre avec son épouse et ses deux rejetons. La complimentait sur le dîner dans la préparation duquel madame ne prenait pourtant aucune part, ayant deux petites bonnes à sa disposition. S'enquérait du travail scolaire de ses garnements qui lui annonçaient toujours de bonnes notes juste pour lui faire plaisir.

« Bon, t'auras la suite quand ce foutu sang cessera de couler ! fit Amandine. J'avais bien demandé qu'on ne me dérange pas ce soir. Tant pis pour toi, Binbin ! »

Le premier édile de Saint-Pierre n'en eut cure. Il savait que, dans un jour ou deux, elle serait à nouveau entièrement disponible et, de toute façon, il avait une surprise pour elle. Cette dernière aussi. À son grand dam.

« Je t'annonce que je quitte le métier... commença-t-elle.

— Comment ça ?

— Eh ben... j'ai... j'ai rencontré un homme qui veut m'épouser...

— Ha-ha-ha ! C'est une plaisanterie, très chère. T'épouser ? Mais tu répètes toute la sainte journée que tu n'es pas faite pour mener une vie de femme au foyer !

— Cette fois-ci, c'est différent, Binbin...

— Différent, ça veut dire quoi ?

— Celui qui veut me passer la bague au doigt est... un Blanc. Pas un Blanc créole évidemment ! N'ouvre pas les yeux si grands ! Un Européen et d'ailleurs tu le connais. »

Et la putaine d'annoncer à Saint-Aubin que le détective Henry de Montaigue lui avait promis de la conduire à l'autel nuptial et de l'emmener en France tout à la fois. Elle prononçait le mot « France » en s'efforçant de marquer le « r », ce qui, en d'autres circonstances, eût fait sourire son amoureux. Comme lui, comme tous les Créoles, de quelque complexion qu'ils fussent, ce pays — qu'ils nommaient simplement « là-bas » — représentait le comble de la civilisation.

« Eh bien, moi aussi, j'ai des nouvelles de Paris », fit Saint-Aubin, persuadé qu'Amandine voulait le faire marcher. « Figure-toi, ma belle, que le plus talentueux poète de tous les temps, le grand Victor Hugo, m'a écrit en personne. C'est toi maintenant qui en fais une tête ! Ha-ha-ha !... Tiens, regarde !... Ah, pardon ! Je sais que tu n'aimes pas lire. Écoute donc ! »

Se rengorgeant, le pantalon toujours descendu aux genoux, le premier édile de Saint-Pierre déclama les quelques lignes à lui adressées — à lui seul, s'il vous plaît ! — sur le ton d'un sociétaire de la Comédie-Française. Puis, il les relut deux fois encore, plus lentement, savourant son plaisir. Amandine, qui jusque-là était restée de marbre, se fit soudain chattemitesse. Elle se pressa contre lui, lui prodigua moult félicitations. Puis, elle courut à sa salle de bains, se lava et revint en déclarant :

« Ce soir, je vais faire une exception ! Il faut fêter cet événement, mon Binbin chéri. Viens là ! »

Pour la première fois en neuf années d'assidue fréquentation, ils firent vraiment l'amour. À tel point que le maire s'oublia et ne fut réveillé que par les douze coups de minuit. Amandine se tenait à la fenêtre, rêveuse, un cigare à la bouche. Elle lui sourit et lui fit :

« Rentre vite chez toi ! Ta femme risque de se mettre en colère, oui... Et puis j'ai besoin d'un petit pauser-reins ! »

Au lendemain de cette soirée agitée, Saint-Aubin ne retrouva point la lettre de Victor Hugo qu'il avait pourtant pris soin de plier en quatre et de ranger dans la poche intérieure de sa redingote. Il eut beau convoquer sa valetaille et exiger qu'elle fouillât sa maison de fond en comble, il eut beau refaire dix fois le trajet entre cette dernière et le boxon de la rue des Bons-Enfants, rien à faire, la précieuse missive avait disparu. Bel et bien disparu ! Et lorsque, le soir, il se présenta dans la vénérable et discrète bâtisse où il avait ses habitudes, la tenancière, l'air penaud, lui annonça que sa très chère Amandine, son Amandine adorée, s'en était allée, définitivement allée, à Fort-de-France sans doute, avec ce grand dadais de détective privé lequel avait, en outre, omis de régler la totalité de ses consommations...

« La chienne grise de mon père, Chougna, et son lévrier, Sénat, ont un tempérament joueur. À toute heure du jour, ils déboulent dans notre salon et exigent des caresses, ce qui met en rage ma mère et fait rire aux larmes mon père. "Tes chiens, Victor !" s'écrie-t-elle en les repoussant du pied. Si mon père est en train de dessiner, il fait mine d'être concentré sur son chevalet tout en rigolant dans sa barbe. S'il joue avec Charles, François-Victor et moi aux cartes, au billard ou au nain jaune — il affectionne tout particulièrement ce dernier jeu — il nous lance : "c'est à mon tour !" même si ce n'est pas le cas. Ma mère n'a jamais compris l'affection de son homme pour les chevaux et les chiens. Elle se veut parisienne jusqu'au bout des ongles et, dans ses moments de colère, de plus en plus fréquents à mesure que notre exil se prolonge à Guernesey, elle l'accable du nom de paysan... Mon bonheur n'a pas duré. Aussitôt après notre mariage, voici qu'Albert est muté aux Barbades ! Il me déconseille vivement de le suivre. D'abord parce qu'il n'a pas informé ses supérieurs de notre union, ensuite parce que passer du froid polaire de la Nouvelle-Écosse à la chaleur suffocante des Antilles risquerait d'être dommageable à ma santé. "Tu m'attendras ici, ma chérie", me murmure-t-il, lorsqu'au matin, enlacés dans notre lit, nous finissons d'accomplir l'acte d'amour. "Désormais, tu es Mme Adèle Pinson, tu es l'épouse d'un officier de l'armée impériale britannique et chacun te portera le respect dû à ton rang. Dans moins de six mois, on m'en a donné la garantie, mon régiment regagnera l'Europe et nous nous rejoindrons là-bas." Je crois Albert mais j'ai peur, très peur que le destin ne vienne contrarier nos plans... La table tourne, elle se soulève, emportant nos mains posées pourtant bien à plat sur elle, elle se met à trembler, à rugir tel un fauve en cage, elle ricane. Mon père lui demande de convoquer Bouddha et Mahomet. François-Victor veut interroger le sage indien sur les fondements de sa sagesse. Il croit le christianisme fini. Trop de sang a été versé, trop de crimes ont été commis en son nom. La table retombe soudain avec fracas. Jules Allix, amoureux transi de ma personne, qui participe pour la première fois à nos séances, semble tétanisé. Alors qu'il est assis à mes côtés, je sens une odeur de sueur fauve monter de sa poitrine. Ce jeune homme, malgré sa belle allure et le fait qu'il ne déplaise point à mes parents, n'arrive pas à la cheville de mon Albert Pinson. Il égaye mes mornes journées de Jersey et j'accepte volontiers de lui faire la conversation, mais sans lui donner trop d'espoir. La table se remet à tourner, à une vitesse vertigineuse cette fois-ci, manquant de nous faire verser de nos chaises. Nous tentons désespérément de contrôler ses mouvements. La frayeur nous gagne tous. Il est bien deux heures du matin et ma mère dort depuis longtemps. Charles propose, dans un souffle, que nous arrêtions la séance. Trop tard ! Jules Allix se dresse comme mû par un ressort et se met à hurler. Puis, il court dans la pièce en tous sens, renverse chaises et piles de livres, déchire les rideaux, crache au visage de Charles et de mon père qui tentent de le retenir. Sa voix est si puissante que nos plus proches voisins se réveillent. De sa fenêtre, Mr Bolton, un honorable commerçant, bonnet sur la tête et chandelier à la main, nous demande de faire silence en nous traitant de *crazy frenchies*.

« Jules Allix a sombré dans la folie en pleine séance de spiritisme. À Marine Terrace. Dans notre propre maison. Jules Allix, ce fier jeune homme qui rêvait de me conquérir... »

Michel Audibert ne décolérait pas. Depuis que Céline s'en était revenue à Saint-Pierre avec cette bougresse à l'esprit chimérique qui prétendait, à tort ou à raison, être la fille de Victor Hugo, son amante le négligeait. Elle avait résilié le bail locatif de sa case du Morne Tricolore, mais ce n'était point pour venir loger chez le poète comme il essayait de l'en convaincre depuis des lustres. « Je ne veux pas dépendre d'un homme, fût-il un grand-grec tel que toi ! » telle était l'antienne de la pacotilleuse qui, toutefois, acceptait de passer la nuit dans son lit quand ils avaient tous deux trop bu, en compagnie de la Bohème, à L'Escale du Septentrion, petit événement qui, à vrai dire, se produisait plus rarement que souvent. Madame avait, en effet, pris ses quartiers chez un négociant dénommé Verdet, chantre de la suprématie blanche et rédacteur épisodique du journal *Les Antilles*. Il n'y avait d'ailleurs pas que Michel Audibert pour s'inquiéter du comportement insolite de Céline : ses consœurs, à commencer par Ginette, Négresse bourrue et généreuse, qui parlait avec un fort accent de son île, Sainte-Lucie, et qui n'hésitait pas à tancer Céline quand elle la voyait sur le point de commettre ce qui, dans sa parlure imagée, avait pour nom « couillonnaderie », s'en étaient émues au point d'être venues en délégation auprès du poète pour l'informer d'une catastrophe imminente. Si Céline persistait à négliger son commerce, elle finirait tôt ou tard par agacer ses fournisseurs à travers l'Archipel et détruirait les liens qu'elle avait patiemment tissés depuis une bonne vingtaine d'années avec sa clientèle. « Car on ne s'improvise pas, Dieu m'en est témoin !, pacotilleuse, s'insurgeait Ginette. Si à Saint-Vincent, à Antigue et à la Jamaïque, notre chère Céline est peu achalandée, partout ailleurs, surtout à Trinidad, à Porto Rico, à La Havane et à Carthagène des Indes, mamzelle est imbattable. Elle est aussi très appréciée à Grenade et à Saint-Thomas. Et je ne parle même pas de la Martinique ! »

Le poète ne sut que répondre aux pacotilleuses qui, de guerre lasse, reprirent la mer, furieuses d'avoir été abandonnées par leur reine, celle qui bataillait avec les capitaines de bateau quand ils fixaient trop haut le prix des passages, celle qui d'un coup de reins tentateur ou d'une œillade assassine savait circonvenir les plus rustres d'entre les douaniers, celle qui, lorsque l'absence subite de vent éternisait leur périple, savait les enchanter avec des histoires extraordinaires : la rencontre foudroyante de sa mère Conchita et de son père, Bàà, sur les quais de Port of Spain un jour que ce dernier injuriait les flots ; l'assassinat, demeuré impuni, d'Ariane pour une sombre histoire de coutelas de Saint-Domingue fournis avec un trop grand retard ; le passage de main en main d'un mystérieux sablier rempli de sable du désert de Gobi, propriété d'un vieux Chinois de la Jamaïque auquel il avait porté chance toute sa vie, que Céline avait possédé un temps avant, pour son malheur, de s'en défaire auprès d'un riche planteur de Marie-Galante ; la lettre d'adieu à sa mère agonisante du côté de Jacmel, en Haïti, que l'écrivain public Chrisopompe de Pompinasse avait rédigée dans un créole sublime ; son aventure au cœur de la forêt amazonienne avec un certain John-Thomas (aventure dont elles doutaient de la véracité). Leur reine, rien à dire, était une conteuse émérite quoiqu'elle s'en défendît. Jamais ses consœurs ne se lassaient de ses récits. Qu'elle les eût déjà répétés cinq ou six fois ne changeait rien à l'affaire ! On écoutait toujours Céline avec un ravissement sans limite.

« Tout ça, c'est de ta faute, monsieur Michel ! éructa Ginette, c'est toi avec les poèmes idiots que tu ne cessais de lui envoyer, qui lui as mis ces idées farfelues dans le crâne. Hon !... Nous autres, on n'a jamais vendu comme livres que la Bible, *Le Grand* et *Le Petit Albert*, *Le Dragon rouge,* c'est tout ! Ça suffit à notre clientèle ! Qui d'autre, si ce n'est toi, qui l'a poussée à colporter ceux de ce bougre... quel est son nom déjà ?... Hu... Hugo. Victor Hugo ! Tu es fier de toi, j'imagine !... »

Michel Audibert accusa le coup d'autant qu'il n'éprouvait aucune espèce d'admiration pour le proscrit de Guernesey. Loin de là ! Manuel Rosal, le romantique de la Bohème, avait même failli le convoquer en duel parce qu'il avait pris comme une insulte personnelle le fait que Michel ait accusé l'auteur des *Contemplations* de n'être qu'un « commerçant d'adjectifs et de vers ampoulés ». Ce soir-là, ils s'étaient tous réunis dans un caboulot des bords de la Roxelane, réputé pour sa soupe de pied, aliment qui avait le don de revigorer les noctambules et autres noceurs invétérés qui foisonnaient depuis que le cours du sucre de canne était remonté en Europe. Une soudaine et inespérée prospérité s'était abattue sur la ville de Saint-Pierre, prospérité dont même la plèbe grappillait quelques miettes puisque les riches en profitaient pour tailler leurs jardins ou faire repeindre leurs demeures. En septembre 1870, ceux qui avaient dansé dans les rues en chantant à tue-tête « Vive la Prusse ! » se redécouvraient, à peine une année plus tard, d'ardents patriotes. Les socialistes avaient même oublié que l'insurrection du Sud, qui avait failli conduire la Martinique sur le même chemin que Saint-Domingue, à savoir celui d'une rupture définitive d'avec la France, avait été matée dans le sang. Les révoltés avaient été, leurs chefs en tout cas, jugés par un tribunal militaire et fusillés au Polygone de tir du jardin Desclieux, à Fort-de-France. Seul Michel Audibert avait célébré leur geste dans un poème suffisamment obscur pour qu'il n'eût point à subir les foudres de la censure. Il en voulait à Hugo, soi-disant grand défenseur de la veuve et de l'orphelin, de n'avoir pas écrit un mot en défense de ce soulèvement populaire qui avait fait grand bruit dans la capitale française, faisant la couverture des principaux journaux dix jours de suite.

« Rien d'étonnant à cela », avait-il ajouté par pure provocation envers Manuel Rosal qui avait déjà bu plus que de raison et que Saint-Gilles, le continuateur de *L'Énéide*, suivait à la trace pour la plus grande joie de l'aubergiste trop heureux d'accueillir des hôtes aussi prestigieux et surtout dispendieux.

« Que veux-tu insinuer par là ? Qu'Hugo n'aime pas les Nègres peut-être ? Dis-le franchement ! rétorqua Rosal.

— Oh ! Ton grand monsieur a une lourde hérédité, je te signale. Oublierais-tu que son cher père, le général Hugo, avait commis un texte, en 1818 ou 1819, si je ne m'abuse, dont je peux te citer le titre ronflant de tête. Voilà : *Mémoire sur les moyens de suppléer à la traite des Nègres par des individus libres, d'une manière qui garantisse pour l'avenir la sûreté des colons et la dépendance des colonies.* Éloquent, n'est-ce pas ?

— Je ne vois pas ce qu'il y a de mal dans ce texte que je n'ai certes pas lu, intervint Saint-Gilles, mais dont le titre annonce l'abolition de l'esclavage, me semble-t-il... »

Michel Audibert jeta un regard plein de méprisante commisération au latiniste. Il observa Adèle Hugo qui, prostrée comme à son habitude et vautrée dans les jupes de Céline Alvarez, lui sembla avoir réagi. Elle avait souri d'une façon qu'on ne pouvait interpréter avant de chuchoter à l'oreille de sa protégée qui s'empressa de la réconforter en lui caressant les cheveux. Le poète se demanda si les déclarations habituelles, hautement affichées, de son amante selon lesquelles elle ne voulait pas d'enfant et n'en avait jamais voulu ne relevaient pas de la bravacherie. Toutes ses consœurs en avaient, progéniture dispersée à travers l'Archipel, qu'elles comblaient de cadeaux à chacune de leur visite, sauf justement Céline. Nul n'avait réussi à savoir si elle faisait un usage régulier de ces décoctions à base d'ananas vert qui avaient le pouvoir de dégrapper les fœtus dans le ventre des femmes, les laissant comme mortes pendant etcetera de jours ou si elle était bréhaigne. Tout bêtement bréhaigne. Céline laissait planer un doute savant à ce sujet lequel, jusqu'à l'arrivée inopinée d'Adèle, n'avait, il est vrai, guère passionné Michel Audibert.

« Que non ! reprit-il. Le général Hugo est venu après la bataille. Son mémoire ne visait qu'à combler le vide créé par la suppression de la traite des Nègres, voilà tout ! Comment peux-tu, mon cher Saint-Gilles, confondre abolition de la traite et abolition de l'esclavage ? En fait, le père de Victor Hugo ne voulait qu'adjoindre des esclaves blancs, pris aux Enfants trouvés, aux milliers d'esclaves noirs qui s'échinaient dans les champs de canne au seul profit des békés. Mettre des orphelins aux fers, belle preuve de philanthropie, n'est-ce pas ? »

Céline, qui était un peu à froid avec lui, quoiqu'elle regrettât parfois la tendresse dont il avait toujours fait preuve à son endroit, se redressa. Elle était vêtue d'une robe bleue en lamé du plus bel effet qui contrastait avec le rouge vif du madras qui lui enserrait le front. Ce bref mouvement imposa le silence aux débatteurs. Son corps avait une telle présence qu'il suffisait qu'il s'anime pour qu'autour d'elle tout semblât se figer presque au garde-à-vous. C'est grâce à cette aura qu'elle avait pu tenir successivement tête au maire de Saint-Pierre, à M. Verdet, au président du Cercle de l'Hermine et à la Mère supérieure qui dirigeait la Maison coloniale de Santé. Céline Alvarez Bàà était l'exemple même de ce que l'on appelait en créole une mâle-femme ou une femme-à-deux-graines.

« Et quand bien même ! fit-elle d'une voix anormalement douce. Comment quelqu'un comme toi, Michel, peut-il souscrire à un adage aussi bête que tel père, tel fils ? Que le général Hugo ait été un scélérat, je veux bien, mais que Victor ait hérité de ses défauts, permets-moi d'en douter ! »

Depuis que sa bien-aimée fréquentait la maison Verdet son langage s'était châtié. Il n'y avait là rien d'étonnant : les pacotilleuses étaient des caméléons. S'adapter à chaque langue nouvelle, à chaque pays différent, aux mœurs et aux croyances les plus insolites, goûter aux mets les plus divers ou les plus étranges, faisait partie intégrante de leur existence quotidienne. Il y allait même de leur survie. Céline ne proclamait-elle pas, riant aux éclats : « À Trinidad, je suis anglaise, à la Martinique, française, à Cuba, espagnole, à Saint-Thomas, danoise, à Curaçao, hollandaise et, mesdames et messieurs, au Paradis, je serai paradisienne. Ha-ha-ha ! » Pour l'heure, elle s'était muée en parfaite aristocrate coloniale, du moins en ce qui avait trait aux manières de s'exprimer. Michel Audibert la contempla et se dit en son for intérieur qu'hélas, il n'arriverait sans doute jamais à faire d'elle une « audibertienne » en dépit des efforts qu'il déployait depuis maintenant une décennie. Et voilà maintenant qu'elle lui échappait encore plus !

« Hugo fils ! Vous voulez vraiment que je vous le décrive par le menu ? fit-il, la gorge légèrement nouée. Fort bien ! Allons-y !...Votre vénéré Victor est un flagorneur-né, un flatteur invétéré des puissants contre lesquels il ne se révolte que lorsqu'il tombe en disgrâce, un égoïste et surtout un commerçant des lettres. Vous oubliez toutes ces odes dans lesquelles il porte aux nues rois et nobles ! Ode à la mort de Mlle de Sombreuil, ode aux funérailles du roi Louis XVIII, ode au sacre de Charles X, ode pour le baptême du duc de Bordeaux. Vous oubliez aussi la pension de mille francs que Louis XVIII lui avait octroyée sur sa cassette particulière ! Mais je lui aurais volontiers pardonné tout ce fatras s'il avait possédé ne serait-ce qu'une once de talent et...

— Halte là ! brailla Rosal, fin saoul à présent. Si Hugo n'a point de talent, tes poèmes sans queue ni tête ne valent même pas des gribouillis d'écolier. »

Michel Audibert ignora l'estocade. Il savait que son ami non seulement n'avait plus toute sa tête, mais était aveuglé par sa passion pour le père d'Adèle. Et puis qui serait assez fou pour tenter de discuter avec un romantique ? Ce qui le préoccupait depuis quelque temps, c'était la perspective de voir Céline s'éloigner de sa vie à jamais à cause de cette idée fixe qui lui avait germé dans l'esprit à la faveur d'il ne savait quel furieux élan de générosité : ramener Adèle Hugo à son père. Il regrettait qu'au début, il n'ait pas pris très au sérieux les multiples démarches de la pacotilleuse auprès des autorités, celles-ci allant jusqu'à solliciter l'intervention du gouverneur de la Martinique en personne par le truchement d'une lettre pompeuse rédigée par le sieur Chrisopompe de Pompinasse en qui Audibert avait toujours vu un charlatan. Un traficoteur de mots et de phrases ronflantes, lui aussi, qui profitait de l'ignorance crasse de la négraille. Un sombre pressentiment l'habitait désormais. Troublait son équanimité coutumière. Il avait la certitude que Céline ne reviendrait pas aux Antilles une fois qu'elle aurait goûté aux fastes de la vieille Europe. Surtout si l'opportunité se présentait à elle de faire le voyage jusqu'en Andalousie, terre de ses aïeux du côté maternel, à laquelle elle portait une vénération sans égale. Audibert se rassurait parfois en se raccrochant à l'espoir qu'Hugo ferait mauvais accueil à sa bien-aimée ou que la froidure de l'hiver tempérerait son enthousiasme. Il savait pertinemment qu'il n'existait aucun moyen de convaincre Céline d'abandonner son projet. Les pacotilleuses, frottées aux aventures les plus périlleuses, aguerries par leurs périples insulaires et continentaux, n'étaient pas des poupées de porcelaine. La peur d'affronter l'inconnu leur était étrangère. Ce soir-là donc, à L'Escale du Septentrion, Michel Audibert se décida à porter le coup de grâce. Il n'avait jamais vraiment cru qu'Adèle était ce qu'elle affirmait être. Demandant le silence, qu'il obtint difficilement, il s'approcha d'elle en lui faisant une révérence burlesque. La Bohème observa son manège, interloquée, se demandant où le bougre voulait en venir. Céline posa une main protectrice sur la jeune Blanche.

« Mamzelle Hugo, fit Audibert d'une voix doucereuse, vous connaissez bien l'œuvre de votre père, je suppose...

— Elle n'est pas en état de te répondre ! » s'écria Céline.

Adèle se dégagea de l'étreinte de cette dernière, fixa le poète droit dans les yeux et, détachant chaque syllabe, déclara :

« À Jersey, après le repas du soir, il nous arrivait, mes frères et moi, de lire ses poèmes à haute voix.

Je me mettais au piano aussi pour accompagner Charles qui possède une très belle voix de basse. Pourquoi donc cette question ? »

Audibert qui, tout comme ses camarades, n'avait jamais vu Adèle dans ses moments de claireté d'esprit, faillit battre en retraite. La pensée que l'usurpatrice était en train de dévoiler son jeu l'en retint.

« Fort bien ! L'ode à la jeune fille d'O-Taïti vous est familière, je présume ?...C'est l'un de ses rares textes à posséder un accent de sincérité. »

Oh ! dis-moi, tu veux fuir ? et la voile inconstante
Va bientôt de ces bords t'enlever à mes yeux ?

C'était la voix de Manuel Rosal qui s'était mis debout et déclamait dans une sorte d'exaltation, déclenchant une salve d'applaudissements amusés chez les autres clients de L'Escale du Septentrion. À la grande stupéfaction de tous, Adèle lui coupa la parole et continua à réciter la supplique à la fille d'O-Taïti :

Cette nuit j'entendais, trompant ma douce attente
Chanter les matelots qui repliaient leur tente.
Je pleurais à leurs cris joyeux.

Michel Audibert comprit qu'il venait de perdre la partie. Pour sauver la face, il se joignit à Rosal et à la jeune femme et, levant son verre de rhum, enchaîna à son tour :

Pourquoi quitter notre île ? En ton île étrangère,
les cieux sont-ils plus beaux ? a-t-on moins de douleurs ?

Le navire qui nous conduisait au pays d'Adèle Hugo était d'un luxe inouï. Grâce à la générosité de M. Verdet, nous avions pu éviter l'entassement des cabines de troisième classe, situées presque au niveau des cales. Nous nous trouvions en seconde, parmi des mulâtres de bonne famille qui accompagnaient leurs rejetons, futurs étudiants brillants qui s'en reviendraient un beau jour à la Martinique bardés de diplômes et qui, à n'en pas douter, prendraient la succession de leurs parents. Ils nous dévisageaient d'un air mi-interloqué, mi-ironique, s'étant rendu compte d'emblée qu'il ne s'agissait pas d'une jeune fille békée voyageant avec sa servante noire. L'attitude étrange d'Adèle leur était aussi un motif d'interrogation, mais ils nous tenaient à l'écart et s'arrangeaient pour nous laisser toutes deux seules à notre table, à l'heure des repas. En effet, au lieu d'aller se promener sur les coursives comme je l'y incitais, ma protégée préférait arpenter inlassablement les couloirs sombres du navire, pieds nus, mais vêtue d'une nouvelle robe de mariée qu'elle m'avait obligée à lui faire coudre, ne saluant personne, ne s'écartant pas pour laisser passer les gens âgés et, parfois, chantonnant une chanson en anglais, une ritournelle apprise lors de son long séjour à Halifax. Par bonheur (ou pour notre malheur), la nouvelle se répandit très vite que la fille du grand poète Victor Hugo se trouvait à bord. Un Blanc créole, du nom de Lahoussaye de Vigier, qui se vantait de posséder etcetera d'hectares plantés en canne à sucre dans la région du Vauclin, au sud de la Martinique, m'arrêta dans l'escalier qui conduisait au pont supérieur, serrant mon poignet libre dans sa grosse main velue et me lança :

« Alors comme ça, tu accompagnes la fille de ce bandit d'Hugo, hein ? Un révolutionnaire ! Un bougre qui refuse d'accepter que les Napoléon continuent à diriger la France ! »

Comme je ne disais mot, il en conclut que je n'étais qu'une domestique stupide et passa son chemin. J'avais pour habitude de fermer à clef la porte de la cabine que je partageais avec Adèle, craignant qu'en mon absence, elle s'aventurât jusqu'aux troisièmes classes où voyageaient des individus à la mine patibulaire. On racontait qu'il s'y passait de drôles de choses : jeux clandestins, échauffourées entre soûlards, viols même. Le capitaine avait été contraint de placer trois passagers particulièrement perturbateurs dans la geôle du navire. Mais mes craintes se révélèrent vite infondées. Dès le neuvième jour de voyage, ma protégée semblait avoir recouvré toutes ses facultés mentales et je la découvris, assise devant la petite table qui faisait face à l'unique hublot dont disposait notre cabine, en train de rédiger paisiblement son « Journal d'exil », sans doute les ultimes pages, non point vêtue en épousée mais d'une tenue coquette, jaune et bleu, achetée la veille de notre départ de Saint-Pierre chez le Syrien El-Fandour, tenue qui lui allait à ravir. Était-ce dû à l'air du grand large ? À la perspective de revoir son pays natal ? D'embrasser à nouveau son père ? Peut-être à tout cela à la fois. Elle ne m'avait pas entendue entrer, concentrée qu'elle était sur sa tâche, et je ne fis rien pour la déranger. Je voyais son dos légèrement courbé, parsemé de longs cheveux d'un noir éclatant, qu'agitait, pour la première fois, une respiration régulière. Ses gestes étaient aussi ceux d'une élève appliquée comme si Adèle était enfin parvenue à dompter cette brusquerie qui, en général, faisait sursauter ou mettait mal à l'aise ceux qui la rencontraient pour la première fois. Je réfléchissais au destin et à ses facéties : pourquoi m'avait-il poussée à larguer ma carrière de marchande voyageuse, d'arpenteuse incessante des îles, pour me consacrer tout entière à cette jeune Blanche qui, certes, aurait pu être ma fille, cette fille que j'avais toujours rêvé de mettre au monde, mais qui hormis la nuit, où elle se lovait tout contre moi, semblait perdue à jamais dans ses chimères ? Pourquoi nos pas s'étaient-ils croisés sur les docks de la Barbade et m'étais-je aussitôt prise d'affection pour sa personne ? Je m'allongeai sans bruit sur notre couchette et m'assoupis. Lorsque j'ouvris les yeux, il faisait déjà nuit et Adèle avait ramené notre repas du restaurant. Elle s'était installée à mes côtés, le visage souriant, apaisé même, et me caressait les chevilles avec une douceur extrême. Une sensation de plaisir jamais éprouvée jusque-là, même sous les doigts du plus expert de mes amants, ce MacAllister de Trinidad qui ne jurait que par la reine Victoria, m'envahit peu à peu. Retroussant mes jupes avec un luxe de précautions, Adèle me palpa les cuisses dans un mouvement circulaire si tendre, si chargé d'amour, que je manquai de défaillir. De crainte qu'elle ne me réveillât, elle s'arrêtait de temps à autre et approchait son visage très près du mien, détaillant chacun de mes traits avec une curiosité qui me surprit. Peut-être me voyait-elle vraiment pour la première fois, elle qui ne jetait qu'un regard vide sur le monde. Son souffle fit tressaillir mes lèvres mais une force impérieuse m'interdisait d'ouvrir les yeux. Je voulais demeurer là, étendue sur la couchette, abandonnée à ses caresses et au roulis du navire. Livrée tout entière au seul désir de cette jeune femme que je ne connaissais pas vraiment puisqu'elle ne parlait jamais d'elle que par bribes, préférant évoquer son beau lieutenant Pinson auquel elle trouvait toutes les qualités. Qui était cette Adèle qui prétendait porter le nom célèbre d'Hugo ? Une folle à lier ? Une pauvresse qui vivait dans l'univers des contes de son enfance ?

Ou au contraire une usurpatrice, un imposteur de génie qui avait monté, comme l'avait cru un temps Manuel Rosal, une histoire abracadabrante dans l'unique but de regagner l'Europe sans débourser un liard. Il était, en effet, fréquent qu'arrivés aux Amériques, des soldats ou des fonctionnaires royaux abandonnassent leur conjointe au profit de créatures insulaires, en général des mulâtresses de petite vertu, et que les répudiées finissent, faute de ressources, dans quelque bordel de La Havane ou de Valparaiso, aguichées par les promesses fallacieuses de rabatteurs. Certaines d'entre elles, plus courageuses, tentaient de regagner l'Europe par leurs propres moyens. Le doute parfois m'habitait, je dois l'avouer.

« Maman ! Il est l'heure de dîner... », finit-elle par dire à haute voix en me secouant par l'épaule.

Je feignis d'émerger d'un profond sommeil et de m'étonner de la voir à mes côtés. Je savais bien qu'à tout instant, elle pouvait retomber dans un état d'abattement ou faire une crise de démence, ses périodes de lucidité ne durant jamais très longtemps. Je lui pris les mains qui étaient incroyablement chaudes et les gardai entre les miennes pour continuer à ressentir cette étonnante doucine que ses attouchements m'avaient procurée. Mon trouble tardait à se dissiper et j'en éprouvais une manière de gêne.

« Tu n'as pas faim ? me demanda-t-elle d'une voix timide.

— Et toi, tu as déjà mangé ?

— Je n'en ai pas envie. Tiens ! Je t'ai apporté des pâtes et de la viande. Cela sent très bon, n'est-ce pas ? »

Et de me tendre le plat en métal, piquant un morceau qu'elle fit mine d'avaler goulûment. Cette gaminerie me détendit. La métamorphose d'Adèle était totale. Chose qui raviva quelque peu mes interrogations et dut m'assombrir, car la jeune femme me fit, inquiète :

« Tu as des soucis, maman ? »

Je fis un geste de dénégation et m'attaquai au repas qui, pour de vrai, était d'une succulence rare. Cela ne ressemblait pas du tout aux mets bouillis à la hâte qu'on servait habituellement aux passagers de seconde classe. Devançant mon interrogation, Adèle me déclara, riant aux éclats, qu'elle était parvenue à se faufiler parmi ceux de la première et que les serveurs n'y avaient vu que du feu.

« Je ne suis donc pas si misérable que ça...

— Tu ne l'as jamais été, ma fille ! Tu es magnifique.

— Dis-moi, une fois que nous serons à Paris, tu resteras à mes côtés, n'est-ce pas ? Mon père possède une maison suffisamment vaste, je suis sûre qu'il sera ravi de t'héberger.

— Tu crois ? Une vieille Négresse comme moi ? »

Adèle se raidit. Comme si elle venait seulement de prendre conscience de mon âge et que la couleur de ma peau était bien différente de la sienne. Mais elle se ressaisit vite et me fit d'un ton enjoué :

« Vieille ? À quarante-trois ans, on ne l'est pas encore !...

— Quarante-sept ! corrigeai-je.

— Certes, mais tu as conservé un corps ferme auquel, je crois, notre bon M. Verdet n'était pas insensible. Ha-ha-ha !... »

J'étais stupéfaite. Si le riche négociant qui nous avait gracieusement hébergées à Saint-Pierre, par vénération pour le poète Hugo, n'avait pu dissimuler très longtemps l'émoi que je lui inspirais, il avait toujours su éviter de le montrer en présence d'une tierce personne, y compris Adèle, bien qu'il fût persuadé que dans son état elle n'aurait rien remarqué. En public, il était froid et distant avec moi. Dès que nous nous retrouvions seuls dans son jardin, l'après-midi, son attitude changeait du tout au tout. Il n'était plus le Blanc créole hautain, voire dédaigneux, dont chaque parole claquait comme un ordre, mais un petit garçon énamouré qui n'osait se dévoiler, ce qui m'amusait au plus haut point. Qu'Adèle eût deviné l'ambiguïté de sa relation à ma personne me prouvait qu'au mitan de son désarroi, elle n'en continuait pas moins à poser un regard aiguisé sur le monde.

« J'ai... j'ai une question... fis-je soudain.

— Ah ! Je connais ta question et toi, tu en connais la réponse.

— Comment ça ?

— Oui, j'ai bien épousé le lieutenant Pinson à Halifax, si c'est ce que tu veux savoir !

— Je ne parlais pas de cela...

— Madame Céline Alvarez Bàà, sachez aussi, une bonne fois pour toutes, que je suis bien la fille cadette de Victor Hugo ! Ha-ha-ha !... D'ailleurs, vous en aurez la preuve très bientôt. »

Je finis mon repas en silence, mi-désarçonnée, mi-rassurée. Le navire se mit à tanguer très fort et dans les coursives, nous entendîmes les marins se précipiter sur le pont supérieur. Des cris d'enfants apeurés brisèrent net notre huis clos. Quelqu'un cogna plusieurs fois à notre porte en criant :

« Mauvais temps en perspective ! Mauvais temps ! Attachez-vous à vos couchettes ! »

Cette nuit de tempête fut interminable mais incommensurablement légère. Nous nous étendîmes nues, complètement nues, en dépit du froid qui semblait transpercer les parois de notre cabine et nous nous caressâmes jusqu'au devant-jour. Très lentement. Très doucement. Bercées par les flots déchaînés et par notre propre ivresse...

10

Carnets de Henry de Montaigue

Le Chartier, mon cher et vénéré maître, avait raison : il ne faut jamais prendre parole de femmes pour argent comptant. À Halifax, la serveuse du O'Brady m'a entraîné sur une fausse piste, sans doute à la demande de ce roublard de lieutenant Pinson. Il ne voulait surtout pas que j'apprenne sa mutation à l'île de la Barbade. À Saint-Pierre de la Martinique, je me suis laissé emporter dans un tourbillon de volupté par une catin qui ne rêvait que d'une chose et une seule : épouser un Européen. La chair aux senteurs d'épices d'Amandine avait de quoi, il est vrai, faire tourner la tête au plus raisonnable des hommes. La première fois que j'ai échoué dans le boxon qui l'employait, je ne l'ai pas tout de suite remarquée dans cette nuée de créatures mielleuses qui envahissait le salon jaune dès la tombée du jour, toujours trop précoce à mon gré sous les Tropiques. J'ai d'abord succombé aux jambes interminables d'une certaine Irène qui prétendait avoir été chanteuse d'opéra à Mexico dans son jeune temps. Dès qu'elle s'installa à califourchon sur mes jambes, faisant craquer le fauteuil que m'avait royalement attribué la tenancière, j'en oubliai aussitôt les quelques rides qui lui décoraient l'entour des lèvres. Elle se mit à se frotter contre moi en me dévisageant sans vergogne, le regard empreint d'une lubricité sauvage, et voyant que je ne lui résistais pas, elle se pencha sur moi pour me mordiller le cou. Ses amies riaient aux éclats, battaient des mains, la félicitaient comme si elle réalisait là une manière d'exploit. Je ne compris que plus tard la raison d'un tel enthousiasme : j'étais le seul Blanc-France, comme elles disaient, parmi les clients qui, peu à peu, avaient pris leurs quartiers dans l'endroit. Tous les autres étaient des mulâtres, hormis deux ou trois Blancs créoles désargentés. La haine entre les deux races, qui pourtant se côtoyaient journellement, m'avait interloqué. Ce n'est pas que j'éprouvais une affection particulière pour les gens de couleur, mais ceux de la Martinique me paraissaient si policés, si bien moulés dans la culture française, que j'en oubliais leur origine. D'ailleurs, personne n'évoquait l'Afrique ! Et la fille aux grandes jambes s'était vexée lorsque, après nos ébats, je lui avais fait part de mon admiration pour le grain de sa peau. « Je ne suis pas une Négresse ! avait-elle aboyé, changeant du tout au tout et se levant du lit dans l'instant. Je suis une mulâtresse, monsieur ! Mon grand-père paternel était aussi blanc que vous. » Je m'étais tenu coi, la regardant avec ravissement se baigner dans la grande bassine en fer-blanc qui occupait tout un angle de la pièce. Des feuilles, au parfum entêtant, y flottaient au-dessus d'une eau que le soleil, qui traversait la fenêtre durant le jour, avait réchauffée. Ce spectacle était simplement magique. J'aurais été un peintre que j'aurais trouvé là mon bonheur.

« Je suis en quête d'une jeune femme blanche qui se fait accompagner par une dame noire des îles anglaises..., fis-je pour tenter de détendre l'atmosphère.

— Connais pas !

— Elle s'appelle Adèle... Adèle Hugo. Cela ne vous dit rien ? »

Elle haussa les épaules, finit de s'habiller, se recoiffa vivement dans le miroir de sa commode avant de me planter là. Le deuxième jour, je me fis lutiner par une créature plus accommodante. Julina avait une petite voix ridiculement enfantine et me demandait sans cesse de lui sucer le pouce lorsque nous faisions l'amour. Son sexe avait un goût de sel marin. Avant de venir travailler, elle prenait toujours un bain de mer, non pas sur la plage, en forme de croissant de lune, de Saint-Pierre mais dans celle de la commune voisine, Le Carbet, où l'on était plus tranquille. Son frère la ramenait à cheval ou bien elle se faisait déposer par la première calèche venue. À l'entendre, elle vivait là une grande aventure quotidienne. En fait, elle n'exagérait qu'à peine. La majorité des catins vivaient cloîtrées dans le boxon, sous la surveillance implacable de la tenancière, femme revêche qui y tenait une sorte de bar où elle s'employait à délester les clients de leurs ultimes deniers. « Un coup de rhum avant la chose, trois coups de gin après, glapissait-elle, y a rien de mieux pour vous garder en santé, les hommes ! »

« Tu cherches une Adèle ? Pourquoi ? C'est ta fiancée, hein ? me fit Julina, sur un ton de reproche.

— Non-non, je suis juste l'ami de son père...

— Elle est belle, si je comprends bien ? C'est une belle Blanche avec de beaux cheveux plats et un nez bien droit ?

— En tout cas, elle n'a pas les yeux bleus », fis-je en guise de plaisanterie.

Julina crevait d'une incompréhensible jalousie. Tant que nous nous trouvions ensemble, tous les deux, lovés au fond de son alcôve, j'étais son homme, son homme à elle, et je n'avais pas le droit de prononcer le nom d'une autre femme. J'apprenais, à mes dépens, à connaître les mœurs créoles. Sur un ton aigre, elle me lança :

« Hon ! Ça m'étonnerait que tu la retrouves, mon bougre. Tu sais combien d'habitants y a à Saint-Pierre ?

— Vingt mille ? Trente mille ?

— Puisque tu le sais !... »

Ma chance — du moins ce qu'au départ, je crus être ma chance — fut ma troisième rencontre : Amandine. Elle était si volubile, si bien renseignée sur tout ce qui se passait et dans la ville et à travers la Martinique, que je ne doutais pas un seul instant qu'elle me permettrait de trouver l'endroit où se cachaient Adèle et sa protectrice noire. Je dus pour cela lui promettre le mariage. Pas moins.

Au bout de douze jours de voyage en haute mer, Céline Alvarez Bàà devina que le bateau commençait à pénétrer dans les eaux froides de l'Atlantique Nord. Elle le sentit d'abord au subtil changement de couleur de l'écume qui, de nacre, se mua en un blanc grisé vaguement menaçant, puis à l'air frisquet du matin qui l'obligeait à se couvrir d'un gros châle quand elle montait prendre l'air sur le pont supérieur. La plupart des passagers européens avaient d'ailleurs déjà changé d'accoutrement : tous portaient désormais des chemises ou des robes à manches longues, sous de lourds manteaux qui leur baillaient l'apparence d'oiseaux de mauvais augure. Leur mine s'était, elle aussi, assombrie. Aucun d'eux ne semblait ressentir l'espèce de sourde excitation qui taraudait la pacotilleuse à l'approche du continent européen. Elle se demandait si Michel Audibert avait raison lorsqu'il affirmait que l'Andalousie dont elle rêvait n'avait rien qui pût être comparé à ce qu'elle découvrirait à son arrivée à Bordeaux. À l'entendre, cette terre, patrie des ancêtres maternels de Céline, était déjà un peu l'Afrique. Terre de soleil écrasant et de sécheresse, disait-il songeur. Tandis que celle où sa protégée, Adèle, avait vu le jour était tout en ciel bas et gris, en pluie et, au plus mauvais moment de l'année, en neige. Sans doute le poète enlaidissait-il les choses par amertume. Toujours est-il que Céline avait soif d'inconnu et se rendait finalement compte qu'en quinze années d'arpentage de l'Archipel et de la terre ferme qui lui faisait face, elle n'avait fait que tourner en rond.

Tourner-virer au fond de la même calebasse. Certes, La Havane, tout au nord, hautaine et affairée, différait de Cayenne, l'endormie, tout au sud, et les hautes montagnes de l'île de la Dominique faisaient un profond contraste avec la platitude de la côte orientale de Panamá, mais à bien regarder, il s'agissait du même univers. Bien que les langues changeassent comme par exprès d'un lieu à l'autre, qu'ici les Nègres, là les Blancs ou les mulâtres, là-bas les Hindous fussent plus nombreux, que l'on n'y vénérât point les mêmes dieux partout, que les législations, surtout les douanières, mettaient un point d'honneur à ne jamais s'accorder, les pacotilleuses y évoluaient à la roue-libre-mes-amis.

« Nous sommes à-quoi-dire les seigneuresses de la mer des Antilles », plaisantait parfois sa mère, Carmen Conchita Alvarez.

En fait, le premier choc que reçut Céline fut celui des visages. Tous ces visages uniformément blancs qu'elle distingua sur les quais de l'ancien port négrier à l'instant où le bateau s'y amarra. Désemparée, elle chercha dans la foule un teint brun, jaune ou noir. Adèle se tenait à ses côtés, appuyée contre le bastingage, sans mot dire, mais avec un sourire plein de tendresse sur ses lèvres humides que la Négresse devait essuyer à intervalles réguliers. Il ne fut pas nécessaire de l'aider à faire ses valises, au demeurant peu nombreuses, tant la jeune fille avait l'air de vouloir quitter au plus vite la cabine étroite et sombre où, vingt-trois jours durant, elle s'était tenue cloîtrée. Les formalités de débarquement se déroulèrent avec une rapidité inconnue dans les îles. Point de douanier arrogant ou sourcilleux. Point de liste interminable de formulaires à remplir. Juste un rapide contrôle des passeports et l'étonnement du contrôleur au moment de tamponner celui de Céline. Plusieurs fois, il lut son nom à mi-voix, la dévisagea, tourna et retourna le beau passeport français flambant neuf qu'elle lui tendit, mais ne fit aucune remarque (passeport obtenu par le truchement de maître Constantin Danglemont, notaire de renom à la porte duquel Céline avait frappé, par pur hasard, au lendemain d'un certain carnaval au cours duquel l'homme avait ravagé les sens de Lucilla, la quarteronne de Sainte-Croix). Le douanier hocha la tête en souriant. Sans doute parce que Adèle s'était présentée la première et qu'il était persuadé que Céline était sa servante. Il est vrai que la fille d'Hugo avait fière allure. Ses longs cheveux noirs tombaient avec grâce sur ses épaules et son port de tête pouvait la faire passer pour quelque dame de la haute société. La pacotilleuse était stupéfiée par la métamorphose de sa protégée. Elle se comportait à présent comme quelqu'un qui s'en revenait d'un long voyage à travers les Amériques et qui, ayant vu du pays, pouvait se permettre de jeter un regard impérial sur sa terre natale. À la sortie du port, un homme entre deux âges se présenta à elles, vêtu d'un costume noir et d'un chapeau en feutre.

« Mademoiselle Hugo, veuillez prendre connaissance de cette missive, je vous prie..., fit-il, obséquieux à souhait.

— Nous vous suivons », rétorqua Adèle sans ouvrir l'enveloppe.

Son père leur avait fait réserver un hôtel non loin de la gare. De leur fenêtre, on distinguait le long sillon métallique du chemin de fer, surmonté d'un cafouillis de fils électriques où se posaient des oiseaux tristes, inconnus de la pacotilleuse. Céline ne parvenait pas à s'arracher à ce spectacle qui semblait indifférer Adèle. Elle s'était assise face à la commode de leur chambre et se contemplait dans le miroir, les deux mains posées sous le menton. La lettre d'Hugo était posée devant elle, froissée dans un geste d'humeur qui avait échappé à sa protectrice.

« Il se refuse toujours à me comprendre... », souffla-t-elle tandis que des larmes coulaient sur son visage, pourtant ragaillardi par le froid pénétrant qui envahissait les lieux.

La petite cheminée, dans laquelle crachotait un feu qui menaçait de s'éteindre, avait peine à les réchauffer, si bien qu'elles durent conserver leurs manteaux. Voulant se désaltérer, la Négresse andalouse remplit un verre d'eau au robinet qui lui arracha presque l'estomac tellement elle était froide. Pire qu'un coup de rhum bu cul sec ! Un train entrait en gare avec un bruit de ferraille, faisant trembler la fenêtre où elle avait le nez collé depuis leur installation. Elle observa ce miracle avec tant d'étonnement qu'Adèle ne put s'empêcher de rire.

« Tu auras tout le temps de faire connaissance avec cette machine, chère maman. Nous avons encore trois bons jours de voyage devant nous jusqu'à Paris... Tiens, lis ce que m'écrit mon cher père !

— Non-non...

— Allez, lis cette lettre, s'il te plaît ! Pas de cachotteries entre nous quand même... »

Céline Alvarez Bàà découvrait enfin l'écriture du grand Hugo. L'écriture émanant de ses dix doigts, pas ces lettres d'imprimerie froides, impersonnelles, que contenaient ses livres. Dans ses paniers caraïbes, depuis sa rencontre avec Adèle, elle avait pris l'habitude d'adjoindre à la Bible, au *Dragon rouge*, au *Petit* et au *Grand Albert*, certaines de ses œuvres tant en français que traduites en anglais et en espagnol. *Les Orientales* connurent un grand succès, tout comme *Han d'Islande* et *Les Misérables*. Michel Audibert, qui se refusait à publier ses œuvres, prétendait que l'imprimerie avait tué toute intimité entre l'auteur et le lecteur. Il distribuait ses textes manuscrits et rejetait toutes les propositions des journaux de Saint-Pierre dans lesquels, chaque matin, ses confrères en poésie livraient leurs émois parnassiens ou symbolistes, plus rarement romantiques. L'écriture d'Hugo lui baillait raison ! Elle était incroyablement douce, presque féminine, et contrastait avec la puissance torrentielle de son verbe. Notant qu'un doute l'habitait, Adèle se pencha sur l'épaule de la Négresse et murmura :

« Ceci est bien de la main de mon père... Petite, il m'arrivait de m'asseoir sur ses genoux pendant qu'il était à sa table de travail.

— Il a de la bonté en lui, une grande bonté...

— L'excès de bonté conduit à la tyrannie, chère maman. Napoléon Bonaparte aimait aussi le peuple français, il l'aimait d'un amour démesuré, mais il a conduit notre pays à la déroute... »

Céline défroissa consciencieusement la lettre pour ne pas risquer d'en perdre un seul mot. Son long séjour à la Martinique avait contribué à la familiariser avec la langue française qu'elle maîtrisait moins bien que celle de son père, l'anglais, laquelle lui était tout aussi maternelle que celle de sa mère, l'espagnol. Elle avait toujours vécu entre ces deux idiomes sans que cela provoquât en elle le moindre déchirement et pour les besoins de son commerce, elle se débrouillait aussi en hollandais, en papiamento et en créole (ne baragouinant toutefois que deux-trois phrases dans la langue des Danois). En fait, le français leur était, à elles, les pacotilleuses, la langue la plus étrangère car, partout où il était parlé, existait un créole que leurs clients utilisaient plus volontiers avec elles. Mais son père, à elle, Céline, descendait d'un esclave qui avait accompagné ses maîtres à Trinidad au moment de la Révolution française, comme des dizaines d'autres familles blanches créoles de la Guadeloupe, de la Martinique et de Sainte-Lucie. Fuyant la guillotine, ils avaient fait souche à Maraval, à Morne Coco, à Paramine et pour certains, beaucoup plus au nord, à Blanchisseuse, où le français et le créole étaient restés longtemps les seules langues en usage. Puis, peu à peu, la frontière entre les deux idiomes avait fini par s'estomper, le second prenant le pas sur le premier. Son père, qui avait tenu, par fidélité à ses origines, à lui bailler cet insolite prénom qu'était Céline, conservait pieusement une grammaire française et un almanach coloré qu'il lui déchiffrait le soir, une fois qu'il eut abandonné son métier de cocher à Palm Plantation et se fut installé dans la capitale en tant que ferronnier. Elle ne comprenait pas un traître mot de ce qui sortait de ses lèvres hésitantes, mais la douce musique du français s'installa aux tréfonds de son esprit, prête à prendre son envol à la moindre occasion. Le séjour chez M. Verdet en fut, bien sûr, le déclencheur.

La lettre d'Hugo à sa fille était à la fois surprenante et sublime :

« Ma petite Dédé,

« Je n'ai jamais douté un seul instant que tu nous reviendrais, même si parfois, il m'arrivait de désespérer de te revoir. Je craignais que les portes du trépas ne s'ouvrent sous mes pieds dans ce moignon d'île qu'est Guernesey, ce que tous ceux qui se sont ligués contre ma personne n'ont cessé de souhaiter. C'est que de loin, je leur faisais encore de l'ombre ! S'ils savaient combien le cœur du vieil Hugo n'était traversé que par deux seules passions : celle de sa fille partie aux Amériques sans l'avoir même embrassé et celle de la patrie, de notre France qui a su conquérir l'Europe entière pour lui apporter les Lumières. Je tremblais pour l'une que j'imaginais, à tort sans doute, environnée de flibustiers et de brigands ; j'enrageais de voir l'autre jetée bas de son piédestal par ceux-là mêmes qui s'étaient arrogé le droit de gouverner sa destinée.

« Qui n'aime pas ses enfants d'amour vrai ne peut aimer son pays et inversement. Tu me reviens au moment où enfin le peuple français redresse enfin la tête et se rebelle contre ceux qui se sont employés à l'humilier. Quel plus grand bonheur puis-je espérer du maigre moment qui me reste à vivre ? Cette double épreuve que Dieu m'a infligée a changé ma façon de concevoir le monde. De l'exil, j'ai tiré des ressources si considérables que la littérature n'a plus suffi à me satisfaire, même si je continue à la considérer comme le plus accompli de tous les arts. Je me suis mis au dessin où tout le monde dit que j'excelle. Depuis ton départ précipité au-delà des mers, j'ai mesuré à quel point l'absence d'un être cher, dont on est sans nouvelles, peut être pire que le trépas. Au moins savais-je que ma chère Léopoldine reposait parmi les anges tandis que toi, je te voyais au cœur de mille tourments, dont celui de l'amour n'était pas, j'en suis sûr, le plus insurmontable. La meilleure preuve en est que te revoilà parmi nous !

« Je suis heureux que tu aies pu te défaire de cet attrait funeste pour cet officier saxon dont j'ai fini par oublier le nom. Une nouvelle existence va commencer pour toi, aux côtés de ton père, de ta famille (privée, hélas, de l'affection de ta chère mère), de tous ceux qui se sont morfondus pour toi pendant tant d'années. Tes frères, Charles et François-Victor, ont hâte de te revoir.

« Sois sans crainte aucune : je t'ai pardonné. Mardi, à onze heures du matin, je serai là à t'attendre sur le quai de la gare.

« Ton père qui t'aime. »

Le voyage jusqu'à la capitale fut horrible. Chaque fois que les deux femmes s'installaient dans un compartiment, il y avait toujours quelqu'un pour trousser le nez, ricaner ou protester à la vue de la Négresse qu'était Céline. Certains se levaient même et tentaient d'obtenir une autre place auprès des contrôleurs, chose qu'ils n'obtenaient pas toujours. De guerre lasse, ils préféraient voyager debout dans le couloir plutôt que de se trouver assis à leurs côtés plusieurs heures durant. La pacotilleuse était suffoquée par la honte. Adèle, perdue dans ses pensées, ne se rendit pas compte de ce manège. Céline observait son beau visage ovale dont le chagrin n'avait pas réussi à ternir tout à fait l'éclat. La passion unique, dévorante qui l'habitait demeurait pour elle un pur mystère. Comment pouvait-on se livrer corps et âme à quelqu'un qui, en plus, vous dédaignait ? Et puis, était-il bien certain qu'elle avait épousé le lieutenant Pinson ? Le certificat qu'elle brandissait à la moindre occasion pouvait être aussi faux que les passeports avec lesquels Adèle s'était déplacée, neuf ans durant, à travers les Amériques. Sans doute ce genre de passion était-il lié au caractère propre des sédentaires. Ceux qui vivaient l'entier de leur vie au même endroit, s'exprimant dans la même langue, adorant un seul et même dieu, goûtant aux mêmes plats. L'inconstance de l'officier britannique avait bien poussé Adèle à enjamber l'Atlantique, geste certes aventureux pour une jeune femme non accompagnée, mais au plus profond d'elle-même, elle ne rêvait que de posséder un gentil mari et une jolie maison. Les pacotilleuses, à l'inverse, muaient, telles des femelles-serpents, à chacun de leurs déplacements, se fondant dans les foules étrangères avec une facilité qui déconcertait le commun des mortels. Elles menaient ainsi plusieurs vies de front, insensibles (en apparence du moins) aux griffures du destin.

Céline essayait de se faire une idée du lieutenant Pinson au travers des descriptions que la jeune Blanche lui en avait faites sans trop y parvenir. En réalité, ce qu'Adèle disait de lui était peu précis : elle n'avait que le mot « superbe » à la bouche dès qu'elle évoquait sa personne. Superbe regard bleu, superbe front, superbe poitrine, superbe stature. Céline resongeait alors à feu son père, l'Africain Bàà, natif de l'île de Trinidad, que tout un chacun s'accordait à trouver beau. Il est vrai qu'elle l'avait trop peu connu pour qu'une souffrance égale à celle d'Adèle pût l'habiter. La nuit, dans ses rêves, il lui apparaissait parfois et lui baillait des conseils qu'elle suivait toujours à la lettre, mais au réveil, elle était incapable de se souvenir de ses traits. Seule sa voix la hantait tout au long du jour, la chargeant de toute la force et le courage nécessaires pour affronter le neuf d'une journée.

Hugo les attendait en compagnie d'une femme, un peu moins âgée que lui, qui portait un chapeau à rubans qu'elle devait retenir à cause du vent. Céline le reconnut immédiatement à sa barbe broussailleuse et au fiévreux de son regard. Il était toutefois de plus petite taille qu'elle ne l'avait imaginé, ce qui expliquait sans doute pourquoi il s'appliquait à se tenir le buste très droit. S'aidant d'une canne, il claudiqua jusqu'à elles, le long des quais, abandonnant son accompagnatrice, et face à une Adèle figée, il ouvrit les bras en s'écriant :

« Ma fille ! Ma chère Dédé, enfin ! »

Puis, entrevisageant la pacotilleuse d'un air curieux, il lui lança :

« Que vous soyez remerciée de tous vos efforts, madame ! La lenteur du courrier a fait que j'ai reçu presque en même temps les lettres que vous m'avez envoyées des Barbades et celles de la Martinique. Mais, grâce à Dieu et à vous, tout est bien qui finit bien ! »

Adèle se laissa étreindre sans réagir. Elle avait à nouveau sombré dans l'espèce de léthargie, entrecoupée de brusques frissons, qui la rendait si étrange aux yeux de ceux qui n'étaient pas habitués à sa personne. Bien qu'il fît des efforts pour dissimuler son trouble, Céline devina que le poète était en proie à un profond émotionnement. Il ne devait pas reconnaître la jeune fille si brillante et enjouée qui éclairait ses mornes journées à Jersey et Guernesey. Ses épaules s'affaissèrent plus sous le poids de la douleur que sous celui de la valise d'Adèle dont il s'était emparé. Arrivé à hauteur de la dame qui l'avait accompagné, il se tourna vers Céline et lui fit :

« Mme Drouet... Juliette Drouet, ma meilleure amie. Juliette, je te présente Mme Céline Alvarez qui a eu la bonté de me ramener ma fille des Antilles. »

La femme fit un bref salut de la tête en évitant le regard de la Négresse. Elle avait l'air d'assez mauvaise humeur. À l'élégance de ses vêtements et à ses gants de soie, Céline comprit qu'il ne s'agissait pas d'une de ces petites bonnes dont raffolait Hugo comme s'en moquait parfois Adèle dans ses rares moments de lucidité. Il devait s'agir de celle que la jeune femme ne désignait jamais autrement que comme l'Autre. Cette créature qui, maîtresse attitrée de son père, avait eu le culot de le suivre en exil et qui avait vécu dans une maison située à quelques mètres de Marine Terrace, en l'île de Jersey. Lorsque le couple Hugo fut contraint, par les autorités britanniques, de déménager à Guernesey, elle en fit de même puisque sa demeure se trouvait à portée de voix de Hauteville House ! « Et, avait précisé Adèle, chaque fois que nous nous rendions, ma mère et moi, en Angleterre ou sur le continent, l'Autre n'hésitait pas une seconde à pénétrer chez nous et à y prendre ses aises. » Mais jamais Adèle ne s'était fait l'écho d'un quelconque conflit ouvert entre l'officielle et la maîtresse.

« Prenons un fiacre ! » fit le poète.

En fait, la distance entre la gare et le domicile d'Hugo était ridiculement courte aux yeux de la marcheuse qu'était Céline. Ils arrivèrent à destination en à peine dix minutes. Juliette Drouet continua sa route à bord du même véhicule sans répondre au salut de son amant. Des domestiques les attendaient sur le trottoir, sautillant de manière drolatique, sans doute pour chasser la sensation de freidure. L'une d'elles eut un sursaut de recul à la vue de Céline mais l'aida à porter ses bagages au premier étage. Là, dans un salon encombré d'ouvrages où trônaient trois lourds fauteuils de cuir se trouvaient affalés un jeune homme ayant une forte ressemblance avec Adèle ainsi qu'un homme d'âge mûr. Tous deux étaient plongés dans la lecture d'un journal et sursautèrent lorsque la porte s'ouvrit. Le premier, François-Victor, frère d'Adèle, se précipita sur elle et lui caressa longuement les cheveux comme s'il s'était agi d'une gamine. Il avait l'air plus interloqué que peiné devant l'absence de réaction de celle qu'il n'avait pas vue depuis près d'une décennie. L'autre prit Céline à part et lui demanda :

« Toi parler français ?

— Oui, monsieur...

— Moi docteur Humbert. Depuis quand toi t'occuper d'Adèle ?

— Un an et demi, monsieur...

— Il lui arrive crier la nuit ? Elle s'alimenter normalement ? »

Forte du conseil que lui avait baillé M. Verdet ce fameux jour où le Cercle de l'Hermine avait invité Adèle à déjeuner, Céline continua à lui répondre en anglais, ce qui le surprit fort. Désormais, c'était lui qui se trouvait dans l'embarras ! Le front soucieux, il fit signe à Victor Hugo de les rejoindre et lui demanda de traduire. Le poète parlait un bon anglais, patiné par vingt ans d'exil. Céline expliqua par le menu le comportement déroutant de sa fille laquelle passait de l'état de prostration à celui de vive excitation, parsemé de suppliques et de jurons, le tout entrecoupé de très brefs instants de raison. Elle évoqua son journal intime que le docteur voulut consulter séance tenante, ce qui eut le don d'agacer Hugo.

« Elle a aussi passé deux mois à la Maison coloniale de Santé de Saint-Pierre où elle a été soignée, sans grand succès, par des médecins européens... », ajouta Céline en français, désarçonnant du même coup le disciple d'Hippocrate.

Hugo la remercia et demanda à l'une des domestiques de la conduire à sa chambre. Le frère d'Adèle avait fait s'asseoir la jeune femme en face de lui et ne cessait de répéter à voix basse :

« Tu ne me reconnais pas... ? Allons, Dédé, fais un petit effort, je t'en prie ! »

Voyant Céline quitter les lieux, la jeune femme se précipita sur elle, s'agrippant à sa robe, les yeux exorbités et poussant des sortes de hurlements à vous fendre l'âme. La pacotilleuse savait qu'il lui suffisait de la serrer contre elle pour que la crise s'estompe, mais le docteur Humbert eut le temps de la saisir par le bras et se mit à lui palper le pouls. Adèle se dégagea sauvagement et chercha à lui mordre la main. Céline eut toutes les peines du monde à la faire lâcher prise. La paume du docteur Humbert portait de profondes marques de dents. Tétanisé, il n'avait pas poussé le moindre cri. François-Victor le conduisit vers la cuisine où une domestique attendait de servir une collation.

« Fort bien ! fit Hugo d'une voix lasse. Vous dormirez dans la chambre d'Adèle, madame Bàà... »

SÉANCE DE SPIRITISME DU 22 AVRIL 1872 (NUIT) DIX HEURES ET DEMIE

Présents : Victor Hugo, Céline Alvarez Bàà, Adèle Hugo

Victor Hugo. — À qui voulez-vous parler ? Si c'est à moi ou à la Négresse, trois langues nous conviennent, le français, l'anglais et l'espagnol. Si c'est à ma fille, les deux premières suffiront.

— *Cela m'est égal.*

Céline Alvarez Bàà. — I don't recognize your voice. Speak louder, please !

— *Taisez-vous ! Pas d'anglais ici !*

Victor Hugo. — Êtes-vous en colère ?

— *Très en colère !*

Victor Hugo. — Acceptez nos excuses ! Êtes-vous un esprit satisfait de son sort ?

— *[Pas de réponse.]*

Céline Alvarez Bàà. — Dans l'au-delà, la palabra « felicidad », le mot « bonheur » a-t-il un sens ?

— *[Vive agitation sous la table.]*

Adèle Hugo. — Mon homme, Albert Pinson, est-il heureux en ce moment ?

— *L'heureuseté ne peut se concevoir sans la souffrance.*

Adèle Hugo. — Mon Dieu, j'espère qu'il ne lui est rien arrivé. Dites-le-moi, je vous en supplie !

— *Rien n'arrive et tout arrive. Cela dépend du lieu où l'on se place.*

Victor Hugo. — Votre lieu se trouve où ?

— *Dans l'absolu ou dans l'infini, comme vous voudrez. Ici et ailleurs. Partout.*

Céline Alvarez Bàà. — ¿ Sabe Usted donde se halla mi madre ? Carmen Conchita Alvarez ?

— *En el infierno ! Con los diablos del vodù.*

Céline Alvarez Bàà. — ¿ Puedo hablar con ella ?

— *Non ! La porte de l'enfer est toujours fermée. Ha-ha-ha !*

Victor Hugo. — Est-ce que Léopoldine nous entend ? Est-ce qu'elle nous voit ?

— *Entendre et voir n'ont pas de sens là où je me trouve.*

Adèle Hugo. — Mon Albert...

— *Taisez-vous donc ! Voulez-vous que je m'en aille ?*

— Victor Hugo. — Les grands esprits Bouddha, Jésus, Mahomet — sont-ils à vos côtés ?

— *Pas ce soir. Ils méditent dans l'infini.*

Victor Hugo. — Les grands poètes alors ? François Villon ? Chateaubriand ?

— *Brouez, bénards ! Eschecquez à la saulve :*
Car escornés vous estes, à la roue.

Victor Hugo. — Villon ? Êtes-vous là ? Sachez que j'apprécie beaucoup vos ballades en bref langage !

— *Ha-ha-ha !...*

DÉVIRÉE DANS L'ARCHIPEL

Alé-a sé ta'w, viré-a sé ta mwen.
« L'aller t'appartient, le retour est mien. »

(proverbe créole)

11

Céline Alvarez Bàà guette les bruits de la nuit parisienne, assise dans la pénombre du galetas au plafond trop bas dans lequel on l'a priée de se tenir afin de ne pas incommoder la vue des visiteurs tardifs. Au début, elle s'allongeait aux côtés d'Adèle, dans la chambre de cette dernière, et la regardait dormir, l'éventant de temps à autre lorsque quelque sueur perlait à son front ou lui tenant la main quand le corps de la jeune femme était agité de secouades inexplicables. Alors la Négresse lui chantonnait ces vieilles mélopées du temps où l'esclavage régentait les champs de canne à sucre, mots creusés par la douleur, intonations charroyant un choc-en-bloc d'espérances, d'enrageaisons, de tristesse, de lassitude aussi, et soudain la face d'Adèle semblait s'éclairer. Une sorte de paix s'installait, enveloppant le corps des deux femmes enlacées. Hugo frappait à la porte, entrait sans attendre de réponse et contemplait la scène, le regard lourd d'inquiétude.

« N'ayez crainte, monsieur ! murmurait Céline Alvarez. Elle est apaisée, oui... »

La stature massive du poète, sa barbe en broussaille, ses yeux qu'on aurait juré toujours prêts à fulminer, sa voix presque caverneuse, tout en Hugo l'impressionnait bien que leur cohabitation datât maintenant de quatre bons mois. Il s'approchait du lit, le visage fermé, observait sa fille un long moment, jetait des regards perplexes à la pacotilleuse avant de tourner les talons. Parfois, au moment de refermer la porte de la chambre, il se retournait et fixait Céline dans le mitan des yeux sans mot dire. Tard dans la nuit, il recevait du monde : des apprentis poètes, des politiciens, des créanciers, des actrices de théâtre en quête d'un rôle, des dames de petite vertu. Certains voulaient à tout prix saluer Adèle et sans être dupe de leurs sentiments, le poète les conduisait à son chevet. La vue de Céline les indisposant ou les terrifiant, ils ne s'attardaient guère. Le bruit commença à se répandre qu'Hugo avait fait appel à une sorcière africaine pour guérir la folie de sa fille. Les visites se multiplièrent par pure curiosité morbide. Hugo fut contraint de demander à Céline Alvarez de déménager. Tout au fond de la chambre d'Adèle un escalier en colimaçon menait à un galetas où s'entassaient des livres, de vieux meubles, des vêtements devenus trop petits et des coffres où le poète conservait ses archives. La Négresse sut s'y faire une place plus ou moins confortable. L'endroit était mal chauffé, ce qui l'obligeait à dormir sous un lot de couvertures.

Par une lucarne, il lui arrive de guetter les apparitions de la lune qui ici, en Europe, est bien pâlichonne à son goût. Quand, à minuit passé, chacun sait que plus aucun importun ne s'annoncera, Hugo grimpe les trois premières marches de l'escalier et demande :

« Madame Bàà, ma petite va bien ?

— Elle a eu une courte agitation avant de prendre sommeil, mais elle s'est calmée, monsieur...

— Merci en tout cas !

— Monsieur Hugo !...

— Qu'y a-t-il donc ?

— Le climat de Paris ne convient pas à notre chère Adèle. Il lui faut du soleil... Laissez-moi la ramener avec moi aux Antilles, s'il vous plaît ! À Saint-Pierre, je vous assure, elle commençait à se porter comme un charme...

— Je... je verrai cela, madame Bàà... »

Céline Alvarez Bàà écoute le crissement des fiacres sur les pavés mouillés. Les miaulements affolés des chats de gouttière. Elle est attentive à la nuit européenne où tout semble mourir d'un seul coup. Malgré les lampadaires, ce qu'elle aperçoit de la rue la fait frissonner : une sorte de grand vide prêt à happer toute créature humaine qui oserait s'y aventurer. Une antichambre du néant. La rue, accablée d'obscurité et de silence, la fascine. Elle ne peut en détacher ses yeux. Seuls les râles intermittents d'Adèle parviennent à l'arracher à sa stupeur. Elle descend alors l'escalier en bois avec précaution, s'arrêtant chaque fois qu'elle a le sentiment d'avoir fait craquer une marche, se laissant guider par les lueurs du chandelier qui, jusqu'à l'aube, veilleront sur le sommeil de la jeune femme. Céline s'agenouille au bord de son lit et se met à prier. En espagnol d'abord, puis en anglais. Elle n'a jamais pu le faire en français quoiqu'elle ait appris cette langue avec un expert en la matière, son amant Michel Audibert, lequel pouvait citer à loisir Ronsard, Du Bellay ou Lamartine.

La maison Hugo est plongée dans le sommeil. Juliette, la maîtresse du poète, a gagné immédiatement sa chambre dès qu'elle est rentrée de ce que le premier appelle sa « vadrouille quotidienne », sans que Céline puisse deviner si derrière cette expression se cache de la désinvolture ou, tout au contraire, une colère rentrée. Elle sait Hugo jaloux. Elle le devine soupçonneux. Mais l'homme est bien trop occupé par ses aventures ancillaires, par la politique dans laquelle il se voit, malgré sa déconvenue à son retour d'exil, jouer un rôle prédestiné, par l'égarement de sa chère Dédé et surtout par la continuation de son œuvre pour avoir le temps de surveiller les aller-venir de celle qu'il nomme parfois, par erreur, Adèle. Ce prénom que partagent sa chère fille et la mère de cette dernière. Preuve, s'il en est, qu'il n'a pas totalement oublié son épouse légitime, décédée quelques années plus tôt. Juliette ne s'en formalise point. Sous des dehors posés, voire patelins, elle paraît, à Céline, être une femme d'une détermination extrême, une femme au cœur sec, qui a appris à jongler entre ses intérêts matériels — Hugo, tout près de ses deniers qu'il soit, est devenu un millionnaire et ne s'en cache pas — et les élans de sa chair que la maturité devait exacerber. Elle n'avait toutefois montré aucune hostilité particulière envers celle qui lui avait ramené la fille de son homme au bercail. Il est vrai que Juliette est à mille lieues d'imaginer que l'insatiable appétit charnel d'Hugo pût le pousser à forniquer avec une vulgaire Négresse. Juliette présente, la maison s'affroidure. À l'inverse, la petite Dédé, qui est quelqu'un de sensible et de fragile, sait l'égayer. Lorsqu'il lui arrive de retrouver ses esprits, elle s'emploie à se rendre sympathique et ferme les yeux sur les frasques de son père. Serviable dans l'âme, elle relit les articles que son frère Charles s'apprête à publier, lui proposant d'une voix douce des corrections et lui recommandant la modération. *L'Événement* a, en effet, fait l'objet de saisie en diverses occasions.

Pour tromper l'ennui, Céline fait le tour de la maison. Au mince rayon de lumière qui se faufile sous la lourde porte du cabinet de travail d'Hugo, elle devine le poète en action. Longtemps, elle avait cru qu'il demeurait rivé à sa table, le front penché sur les feuilles de papier bleu ciel qu'il affectionnait, la plume levée, en attente de l'inspiration, mais quelle ne fut sa surprise, un soir qu'elle avait osé jeter un œil par la lucarne du palier qui mène au galetas, de le voir arpenter la pièce en long et en large ! Hugo était fort agité, faisait de grands gestes comme s'il prenait à témoin des créatures invisibles, se rasseyait pour se lever quelques instants après, prononçait entre ses dents, afin de ne pas réveiller son monde, des paroles difficilement compréhensibles, puis d'un pas décidé, se dirigeait vers son écritoire — il rédigeait, en fait, debout ! — et traçait des lignes et des lignes sans marquer une seule seconde d'hésitation. Céline en avait été tout bonnement stupéfaite. Comme il était différent de son cher Michel Audibert, le poète pierrotin, qui, une fois leurs ébats achevés, se drapait d'une robe de chambre et, le visage fermé, s'asseyait à sa table devant laquelle il méditait des heures durant avant de jeter un seul mot sur le papier ! Différent aussi de Manuel Rosal, pourtant romantique déclaré, qui disait nourrir sa muse grâce à une fréquentation assidue des boxons et qui écrivait n'importe où. Sur le premier bout de papier venu. Sur un coin de table dans un caboulot pourtant affreusement bruyant, entouré de marins, de gabarriers ou de catins. Sur les châles de ses amantes de passage, persuadé qu'ainsi, elles ne l'oublieraient jamais. Quant à Saint-Gilles, ce bon Gigiles, il ne se déplaçait qu'avec une armée de dictionnaires, de versions latines et françaises de

L'Énéide, œuvre qu'il avait l'ambition de continuer, tout cela fourré dans un baluchon crasseux dont il ne se séparait jamais.

Chaque nuit, Céline descend, pas à pas, au rez-de-chaussée, attentive à ne pas faire craquer les marches de l'escalier. Précaution inutile car les servantes dorment d'un sommeil de plomb, épuisées par une journée entière de nettoyage, récurage, astiquage, lustrage et par la confection des repas. C'est qu'Hugo est un maniaque de la propreté. Avec lui, un meuble ne brille jamais assez. Un parquet n'est jamais convenablement frotté. Un véritable tyran domestique ! Un homme qui peut exiger que l'on repasse quatre fois sa chemise au motif qu'elle comporterait des plis, bien évidemment imaginaires. Monsieur ne sort jamais qu'attifé et poudré comme s'il avait encore, à son âge, l'obligation de plaire. Cela faisait sourire Adèle. Soudain, ce soir-là, une ombre se glisse aux cuisines, une ombre sanglotante. Sans voir son visage, à cause de l'obscurité, Céline sait qu'il s'agit de cette jeunette de l'Aveyron — seize ans à peine — qu'Hugo a embauchée quelques mois plus tôt alors que les trois servantes qu'il a déjà à son service, quand bien même il les fait trimer, suffisent amplement à la bonne marche du ménage. Elle parle un patois rocailleux que la pacotilleuse a du mal à saisir, mais elle est bien la seule à lui montrer une certaine déférence. Pour les autres, elle n'est que l'incarnation féminine du Diable.

« Hermione, tu es souffrante ? » murmure Céline en avançant prudemment dans le noir.

La servante a dû se dissimuler derrière un buffet. Ou sous cette vaste table en bois de chêne dont Hugo est si fier, table que lui, l'amateur de brocante, a achetée à prix d'or et dont il jure devant ses amis qu'elle date de l'époque médiévale. « D'illustres et preux chevaliers y ont posé leur chope d'ambroisie ! » aime-t-il à clamer avec un sérieux qui frise le farcesque. Il avait expliqué à Céline qu'au Moyen Âge, le pays des ancêtres maternels de cette dernière, l'Andalousie, était un lieu de haute civilisation et depuis lors, celle-ci n'avait cessé d'en rêver. Chaque fois qu'il lui arrivait d'aller aux cuisines, elle ne manquait pas de poser une main furtive sur cette table, une sorte de caresse dans laquelle la timidité le disputait à la fierté, comme si elle tentait d'établir un contact, par-delà les siècles, avec ces hommes qui s'en étaient allés conquérir l'Afrique et y avaient ramené des Négresses pour leur servir à la fois de concubines et de domestiques. Elle songeait au tout premier, le señor Alvarez, gentilhomme de Cadix, et à la toute première, Luisa de Navarette, native de la Casamance. Dans la bouche de sa mère, Carmen Conchita Alvarez, au cours des longues nuits de cabotage entre Carthagène des Indes et Curaçao ou entre Kingston et Jacmel, ces deux ancêtres prenaient la forme de géants tutélaires qui n'avaient cessé de veiller sur leur destinée à elles, pauvres marchandes de rêve.

« Hermione, je sais que tu es là ! Allons, n'aie pas peur ! Je ne vais pas te dévorer toute crue, ma chérie. Ha-ha-ha ! »

La voix de Céline prend un accent sépulcral. À son corps défendant. Sans doute à cause du silence qui semble figer la maison Hugo, ordinairement agitée tout le jour et jusqu'à des heures tardives de la nuit par les aller-venir d'admirateurs du poète ou d'intrigants. La jeune Aveyronnaise bondit jusqu'à la porte qu'elle décrochète en un virement de main. Céline, qui pourtant redoute le froid, lui emboîte le pas. Les deux femmes se prennent spontanément par la main et se mettent à marcher sans mot dire. La ville semble comme dévastée. Partout des ruelles éventrées, de vieilles maisons à balconnet, ravissantes au possible, en voie d'être démolies. Des amas de pierres et de pavés qui couvriraient bientôt ces avenues à perte de vue qu'a tracées un homme tout-puissant auquel Hugo voue une détestation sans pareille, le baron Haussmann. « Après vingt ans d'exil, je ne reconnais plus ma ville, peste le poète devant chacun de ceux qui lui rendent visite. Napoléon le Petit est un misérable ! Pire : un scélérat. Il a tué l'âme de Paris, son cœur datant du XIIIe siècle, ses échoppes animées, ses marchés à même le trottoir, ses portefaix, ses diseuses de bonne aventure, ses aigrefins aussi. Il en a fait une cité teutonne, voilà ! »

Céline et la jeune servante avancent à l'aveuglette. Comme enveloppées par l'ombre de ces immeubles impressionnants, de huit ou dix étages, dont la construction n'est pas achevée. Deux étrangères dans la ville. Deux âmes errantes. Chacune engoncée dans ses pensées. De temps à autre, des créatures haillonneuses, à la voix avinée, surgissent de nulle part. Des vagabonds qui se mettent à brailler, l'air menaçant, et qui, à la vue de la Négresse, s'escampent sans demander leur reste. Les deux femmes pouffent alors de rire et se serrent plus fort les mains. Bientôt le ciel s'éclaircit et elles aperçoivent le clocher de Notre-Dame. Le cœur de Céline Alvarez Bàà se met à chamader. Elle se souvient de la promesse que lui avait faite jadis, au beau mitan de la forêt guyanaise, son seul et unique amour, John-Thomas :

« Je suis adventiste mais pour toi, je suis prêt à t'épouser dans la plus belle cathédrale du monde ! »

Tout cela est bien loin. Comme si leur quête effrénée de la pépite d'or, qui devait les transformer en seigneurs de l'île de Saint-Vincent, s'était déroulée dans une autre vie. Seule persistait, quoique ténue, l'odeur fauve du corps baigné de sueur de son amant après l'acte charnel. Comme le temps avait le don d'effacer les visages ! De son père, l'Africain Bàà, Céline n'avait conservé que la dégaine, ces gestes amples, démonstratifs, dont il était coutumier chaque fois qu'il se laissait emporter par son ire à l'encontre de l'océan, coupable à ses yeux de dissimuler les cadavres jetés par-dessus bord à l'époque de la traite négrière. D'Ariane, foudroyée par la balle — oui, une seule ! — d'un irascible commerçant guadeloupéen, sur l'échelle de coupée du navire qui venait d'accoster au port de Basse-Terre, elle n'avait gardé en mémoire que les joues recouvertes de poudre orangée. De sa mère, à elle, Carmen Conchita : une paire d'yeux noirs et brillants, ennuagée d'une infinie mélancolie.

« Là ! Regarde, madame ! » fait brusquement Hermione.

Au pied de Notre-Dame, la nuit est illuminée par mille loupiotes. Des grappes de gens mangent, boivent, rient, se chamaillent ou se lutinent, hommes, femmes et enfants mêlés, la plupart en guenilles. Il y a là des lépreux, des unijambistes, des aveugles qui agitent leur sébile en tous sens, des catins ravagées par la vérole, des orphelins ou de simples boit-sans-soif qui braillent des chansons paillardes. Une bouffée de joie envahit Céline. Le sentiment de retrouver une chaleur humaine qui, depuis son arrivée à Paris, lui a fait défaut. Le charivari du marché aux épices de Carthagène des Indes, les hurlades des docks de Bridgetown, le ouélélé du quartier La Galère, à Saint-Pierre de la Martinique, ou du Malecon à La Havane. Elle retient la jeune Aveyronnaise qui, effrayée, tente de rebrousser chemin. Bientôt, elles s'enfoncent au cœur de ce fouillis d'ombres et de voix, s'émerveillant de l'habileté d'un jongleur, partageant un quignon de pain ou une goulée de vin avec le premier venu. Elles s'oublient à la Cour des Miracles. Se séparent même sans vraiment l'avoir voulu. À cause de l'obscurité, nul ne prête attention à la couleur de Céline, ce qui lui fait aussi un bien énorme, jaugée, scrutée qu'elle est chaque fois qu'elle met le nez dehors, moquée ou insultée parfois, voire attaquée comme ce matin où elle avait emmené Adèle faire un brin de promenade dans un parc public. Deux garnements, d'à peine dix ans, l'avaient pourchassée à coups de pierre en hurlant : « Hou-ou ! Va-t'en, le Diable ! »

Minuit sonne longuement à l'horloge de Notre-Dame. Suivi d'un étonnant silence. Céline cherche la jeune servante et est prise de panique à l'idée que cette dernière ait pu se perdre ou que quelque malheur ait pu lui arriver. La pacotilleuse se met alors à jouer des coudes, écarquillant les yeux pour tenter d'apercevoir le fichu de l'Aveyronnaise. Elle bouscule un groupe de femmes qui jacassent en espagnol. L'une d'entre elles l'accable d'injures et reste gueule grande ouverte quand Céline lui rétorque dans le même idiome :

« *¿ Qué te pasa ? ¡ Soy buscando mi hija !* (Qu'est-ce qui t'arrive ? Je suis en train de chercher ma fille !)

— *¡ Excusame, querida mía !... Oh ! Una negra ! Qué maravilla !* » (Excuse-moi, ma chérie !... Oh ! Une Négresse ! Quelle merveille !)

Et la gitane de lui prendre la main gauche, d'en approcher une bougie en continuant à s'exclamer, attirant ses compagnes qui à leur tour caressent la paume de Céline en disant :

« *¡ Qué blancura, madre de Dios !* » (Quelle blancheur, sainte mère de Dieu !)

La première en étudie attentivement les lignes, plisse le front, sourit, se ravise et la réexamine en faisant glisser son index sur chacune d'elles. Puis, elle s'écarte en lâchant :

« *¡ Muy complicado, mujer ! Tienes un destino de mariposa* » (Très compliquée, mon amie ! Tu as un destin de papillon...)

Céline continue son chemin, se frayant avec difficulté un passage, de plus en plus émotionnée. La jeune Aveyronnaise a probablement quitté les lieux et est en train d'errer seule dans les rues de Paris ! Sa quête demeure vaine. Elle décide alors d'attendre et s'assied sur les marches de la cathédrale tandis que l'aube commence à rosir les confins du ciel. Avant qu'il ne fasse tout à fait jour, l'étrange faune de la Cour des Miracles se disperse, son allégresse se muant du même coup en une sourde taciturnité. C'est alors que la pacotilleuse découvre les eaux brunâtres de la Seine et en ressent une sorte de déception. Elle l'avait imaginée cousine du Maroni, là-bas, à l'ouest de la Guyane, ou de l'Ozama qui traverse la ville de Saint-Domingue avec une majesté tranquille. Au lieu de cela, elle voit une ridicule coulée d'eau, presque immobile, sans cris d'oiseaux ni fleurs aquatiques, encombrée de barques et de péniches. Tel est donc le fleuve dont rêvaient Saint-Gilles et Manuel Rosal, pauvres poètes abusés par le pouvoir mystérieux de la littérature !

« C'est toi Céline Alvarez ? Allez, viens, suis-nous ! »

La voix est sèche, sans être vraiment brutale. Le sergent de ville l'aide à se relever, car une vague de fatigue vient de submerger la pacotilleuse qui a grand-peine à garder les yeux ouverts. Titubant, elle suit l'homme et deux de ses compagnons d'armes qui l'escortent jusqu'à la maison de Victor Hugo. Au grand jour, elle se rend compte à quel point la jeune servante et elle ont marché. Le poète l'attend sur le seuil, le visage sévère.

« Je ne vous gronde pas, fait-il, mais évitez à l'avenir de suivre cette pauvre petite imbécile ! »

La jeune Aveyronnaise est affalée contre la table de la cuisine où les autres servantes la laissent dormir jusqu'à midi ce jour-là. Quant à Céline, elle doit accourir dans la chambre d'Adèle qui n'a cessé de la réclamer, et s'employer à calmer la crise qui secoue celle-ci. Une crise plus terrifiante que toutes celles dont elle a été témoin jusqu'à présent.

JOURNAL D'UN POÈTE AUX PORTES DU GRAND ÂGE

6 avril

Ce fut ma première Négresse.

9 avril

J'ai encore dans la bouche le vin noir de ses seins. Au contraire de Juliette, elle n'a pas dégagé d'odeur âcre lorsque nos corps se sont pénétrés. En fait, c'est moi qui me suis fondu dans sa sueur animale, comme si mon corps plongeait dans les abysses. Je me suis senti naître une seconde fois. Sensation étrange et délicieuse tout à la fois. À recommencer chaque fois que ce sera possible. Pourvu que nous n'ayons pas réveillé ma petite Dédé !

Déjeuner avec Sainte-Beuve aujourd'hui. Je l'aime de moins en moins. Sans véritable raison. Je n'ai, il est vrai, jamais considéré les hommes de petite taille, hormis Napoléon bien sûr.

27 avril

J'ai fait embaucher une nouvelle servante. L'ancienne refusait que je la baise à la hussarde sur la table de la cuisine. Au début, elle s'était laissé faire, étonnée que je lui susurre dans l'oreille des cochoncetés tout droit sorties des Halles. Pour un poète, il n'existe pas de mot vulgaire ou inconvenant : chaque mot prend son sens dans le vers où il est inséré et seulement là. C'est pourquoi je hais les dictionnaires. La nouvelle servante, G., est très compréhensive. Elle ne se révulse pas en voyant des taches d'urine sur mon pantalon de nuit. Elle ne se plaint pas que ma barbe lui picote le cou ou le front. Mieux : elle s'assoit sur un escabeau pour prendre mon braquemart entre ses lèvres qu'elle aspire telle une goule. Je me sens à chaque fois tout revigoré.

5 mai

La santé d'Adèle m'inquiète au plus haut point. Son attachement morbide à cette Négresse des îles aussi. Cette dernière, hélas, n'a pas l'élégance et l'instruction de la Jeanne Duval de M. Baudelaire — Tiens ! Elle possède les mêmes initiales que ma Juliette Drouet —, mais au moins parle-t-elle plusieurs langues et je prends un infini plaisir à deviser avec elle dans celle du grand Cervantès. J'ai l'impression de retrouver un peu de ma prime enfance, là-bas, en Castille.

Il ne se passe pas un seul jour sans que la pensée de Léopoldine ne m'assombrisse. Pourquoi le destin s'acharne-t-il sur mes filles ? On me croit grognon, d'humeur volatile ou arrogant, mais c'est parce qu'au détour d'une conversation, il arrive que l'image de la première s'impose brutalement à moi et que j'en perde le simple goût d'exister. Son absence, le poids terrible de son absence, me donne des envies de destruction. Puisqu'elle n'est plus, le monde ne devrait plus continuer de marcher, ni la terre de tourner.

Je mesure à présent le grand tort que j'ai eu d'avoir sous-estimé le penchant de Dédé pour cet officier saxon. Je croyais sincèrement que seul l'attrait de l'uniforme la poussait vers ce rouquin au visage inexpressif. Attachement fugace d'adolescente, pensais-je. Premières chamades d'un jeune cœur qui bientôt battrait plus vite et plus fort pour d'autres hommes bien plus avenants que cet Albert Pinson. Son nom m'avait fait rire : je persistais à le prononcer à la française, chose qui agaçait au plus haut point ma Dédé. « Tu roucoules pour ton pinson », la gouaillais-je.

Maintenant, tous les docteurs consultés déclarent que Dédé a définitivement perdu la raison et qu'il conviendrait de l'interner sans plus tarder. Je m'y refuse ! Ma fille, mon unique fille désormais, restera à mes côtés. Quoi qu'il advienne. La présence de cette Céline Alvarez Bàà lui semble être un baume. Dès qu'elle est en proie à une crise, il suffit à cette Négresse d'apparaître, de lui parler, de la serrer entre ses bras pour qu'elle retrouve un peu de calme. Étonnant ! Ne serait-elle pas, cette Céline, un tantinet sorcière ?

Dans son galetas, j'ai découvert deux petits livres étranges : *Le Petit Albert* et *Le Dragon rouge.*

12 mai

Qu'est-ce que la folie ? J'ai beau lire et relire Érasme, j'avoue que je ne comprends pas. Sans doute la folie d'amour est-elle grandement différente de la folie ordinaire. Pourtant, j'ai beaucoup aimé, ma femme d'abord, Juliette ensuite et moult autres créatures de l'espèce féminine, et pourtant je n'ai point perdu la raison pour autant. Il est vrai que ce Pinson fut le premier et le seul amour de Dédé. Elle prétend l'avoir épousé mais cet imbécile de détective d'Henry de Montaigue m'assure n'avoir trouvé aucune preuve de cette fameuse union. Ni à Jersey ni au Canada. Ni même aux Barbades.

Ma nouvelle servante est un délice de femme. Elle devance mes attentes. Dès que la maison se calme, vers le milieu de la matinée, que Dédé repose dans sa chambre, veillée par la Négresse, et que Juliette s'en va courir les magasins — quelle fichue dépensière, celle-là ! —, la jeunotte vient dans mon bureau, entre sans frapper, se love entre mes jambes et se met à m'embrasser. La posture assise est un régal pour les sens. Elle exige moins de mouvements, mais elle procure des sensations inouïes. Elle retarde surtout la sortie de mon foutre.

J'éprouvais une joie débornée à la seule idée de ressentir sur ma peau le sel de la mer des Antilles. Il me semblait qu'elle était plus dense, plus caressante que celle qui borde les côtes de France. J'en avais assez de ces rues pavées et grisâtres, encombrées de gens affairés, emmitouflés jusqu'au cou, parfois en loques pour les plus pauvres. Quand Hugo me demandait d'accompagner sa servante au marché, j'en revenais le cœur serré. Tant de marmailles dépourvues de famille qui erraient dans les environs, mendiant une pomme, une vulgaire pomme, ou deux sous avec lesquels ils s'achèteraient du pain rassis ! Tant de femmes éplorées, jeunes ou décaties, qui attendaient, tristement, qu'un marchand veuille bien les embaucher pour une heure ou deux ! Et la foule qui ne leur accordait pas une miette de regard. Cette foule que le dénantissement indifférait. Je savais que jamais je ne pourrais me faire à cette existence-là. Jamais. Là-bas, chez moi, la misère n'était pas moins grande — ce serait mentir sur la vérité que de le prétendre, oui ! — mais elle était mille fois plus supportable du seul fait que le froid ne vous rongeait pas les os et que vous trouviez toujours une âme charitable pour vous venir en aide. Combien de fois n'avais-je pas moi-même payé un repas à un vieux-corps abandonné ou à une femme en quête d'un petit job qui lui permettrait de ramener dans sa case ne serait-ce qu'un fruit à pain ou une patte de bananes jaunes ?

J'avais aussi hâte de retrouver mes fournisseurs dont je craignais qu'ils m'aient oubliée ou m'aient tout bonnement rayée de leurs listes. J'étais partie en France comme une voleuse, sans un mot d'adieu, sans une missive d'excuses. Sans explication aucune. J'étais le petit doigt qui s'était irrespectueusement détaché de la main que constituait la confrérie des fournisseurs et celle des pacotilleuses. J'avais comme trahi une sorte de pacte. Je me sentais honteuse, indigne pour tout dire. Mais je m'en revenais aussi toute fière d'avoir fait les grands magasins parisiens, d'avoir palpé les tissus les plus soyeux, essayé des chapeaux à l'extravagance achevée sous le regard ahuri des vendeuses dont certaines devaient voir une Négresse pour la première fois. La féerie de ces lieux, en particulier de La Belle Jardinière, fut ma récompense. Ma seule vraie récompense car après un semblant de rémission à notre débarquée en France, la santé mentale d'Adèle se détériora à nouveau. J'avais fait ce rêve étrange qu'elle s'était arrêtée au mitan d'un escalier de pierres qui descendait dans les entrailles de la terre, dans l'attente d'une main secourable autre que la mienne. Une main maternelle ou paternelle. Il est vrai que feu Mme Hugo était une ombre. On aurait juré qu'elle s'amusait à traverser la vaste demeure que le couple s'était achetée au retour d'exil grâce, me révéla le poète, aux sommes considérables que lui avait valu la vente des *Misérables*, puis des *Travailleurs de la mer*. Ce fantôme énervait beaucoup Juliette Drouet. À peine adressait-elle la parole à son amant, sans pour autant laisser transparaître la moindre contrariété ou tristesse. Au petit déjeuner, elle était déjà ailleurs, ne faisant aucun geste pour aider sa belle-fille à prendre une bouchée ou à s'essuyer les lèvres. Entendait-elle Hugo qui discourait ? J'en doute. L'homme parlait, parlait, parlait, telle une crécelle du vendredi saint. Parfois, son fils Charles était des nôtres et tous deux commentaient le dernier numéro du journal *L'Événement* dont celui-ci était l'un des gérants. Le sort du pays semblait les passionner davantage que celui de ma pauvre enfant. Dès que huit heures sonnaient à l'horloge murale, Juliette se précipitait dans sa chambre, s'attifait, se posait une voilette sur le visage et lançait d'un ton négligent, sans s'adresser à personne en particulier :

« Je ne serai pas là de la journée. J'espère que le temps sera clément aujourd'hui... »

Hugo sombrait alors dans une espèce d'abattement. Comme si ses soixante-dix ans passés pesaient de tout leur poids sur ses épaules. Il demeurait assis près de la table jusqu'à tard dans la matinée, immobile, indifférent aux criailleries d'Adèle que je m'efforçais de calmer. Peu avant le déjeuner, des hordes de flatteurs carillonnaient à la porte d'entrée. Poètes et gens de théâtre surtout. Tout ce beau monde sollicitait d'être reçu par le grand homme lequel, à mon grand dam, ne faisait aucun tri. Il écoutait avec la même attention (à moins qu'il ne fît semblant) le jeunot tremblotant qui lui lisait d'interminables vers qui, à mon humble avis, ressemblaient trop aux siens ou le conspirateur vêtu de noir, au regard fuyant, qui déployait devant lui des documents prétendument secrets qui permettraient de confondre ou de renverser quelque tyranneau européen. Ces visiteurs se contentaient des grognements d'Hugo quoiqu'ils fussent ininterprétables. À la vérité, le poète était devenu un peu dur d'oreille et je m'amusais à l'idée que n'entendant qu'à moitié leurs billevesées, il devait souvent comprendre l'inverse de ce dont ils l'entretenaient. De temps à autre, il me faisait un clin d'œil complice, accompagné d'un sourire en coin. Je devinais qu'il était l'heure d'arrêter cette comédie et demandais à Annette, la vieille servante, de renvoyer sur-le-champ les courtisans qui attendaient leur tour dans le vestibule. Aussitôt le calme revenu, Hugo retrouvait son énergie habituelle, énergie étonnante pour un homme au seuil de la vieillesse. Nous montions au galetas, par une sorte d'accord tacite, et il se jetait sur ma personne, me labourant les chairs, les yeux curieusement clos. Je me laissais faire quoique j'éprouvai rarement du plaisir. La sensation d'être happée par une houle déchaînée, d'être soulevée, roulée, triturée comme si je ne pesais pas davantage qu'un fétu de paille, m'était par contre fort agréable. Je devenais une île, une petite île tropicale, que couvrait, de son aile l'immense, la puissante Europe. Hugo n'acceptait aucun geste de tendresse de ma part. Il m'enserrait les poignets jusqu'à me faire mal, m'interdisait de tenter la moindre caresse, le plus petit baiser. Ou bien il m'écartait les cuisses pour s'enfoncer en moi de toutes ses forces sans s'inquiéter de mes cris de douleur, ni des servantes qui devaient se presser au pied du galetas, faisant mine de balayer la chambre d'Adèle et d'en épousseter les meubles. Certaines me jalousaient, d'autres me détestaient à cause de cela. Comme Hugo en changeait fréquemment, aucune ne disposait du temps suffisant pour développer une vraie inimitié à mon endroit. À peine avaient-elles le loisir de maugréer :

« Chienne de Négresse en rut, va ! »

L'après-midi, le poète retrouvait un semblant de bonne humeur. Adèle s'endormait enfin après s'être agitée toute la matinée. Après aussi avoir déversé tout un lot de paroles dénuées de sens, de jurons, de supplications au lieutenant Pinson, le tout entrecoupé de quintes de toux à vous fendre l'âme. Assuré que tout allait bien, Hugo s'habillait avec élégance, s'arrangeait longuement la barbe dont la longueur prenait des proportions dignes de celle d'un patriarche, au garde-à-vous devant le miroir du salon, avant de réclamer sa canne d'une voix de stentor. C'était là un rituel auquel la maisonnée se soumettait bien volontiers. Il cessait d'un seul coup d'être le vieil homme accablé qui tournait et retournait sa cuiller dans son bol de lait matinal. Il retrouvait sa prestance. M. Hugo était de sortie ! Il s'en allait flâner à travers les rues de Paris, en grand amoureux de cette cité qu'il chérissait par-dessus tout.

12

« Vous partirez du Havre, ma bonne amie. »

Il me semble entendre encore la voix d'Hugo. Corps voûté. Jambes flageolantes. Tout ce que le grand homme refuse, lui qui, hormis un anthrax, n'a jamais été atteint de la moindre affection sérieuse. Lui qui s'en est toujours vanté, grimpant les escaliers avec l'allant d'un gamin, mangeant et buvant comme quatre, taquinant toute créature féminine qui passe à ses côtés, dès l'instant où elle a la chair fraîche. « Plus il vieillit, plus monsieur les apprécie », m'avait glissé Juliette Drouet, sa maîtresse de toujours, qui avait fini par s'accommoder de ma présence et avec laquelle — ai-je cru comprendre — Hugo n'avait plus, depuis des lustres, que des rapports platoniques. Elle était bien meilleure femme que je ne l'avais imaginé au départ. Meilleure en tout cas que l'épouse d'Hugo, cette Adèle que je n'ai pas connue et dont le souvenir continue de hanter la demeure du poète. En fait, à compter de l'exil à Guernesey et des fugues répétées à Paris d'Adèle-mère, Juliette est, peu à peu, devenue la vraie, la seule compagne, du proscrit. De la fenêtre de la maison qu'elle avait louée dans l'île, elle pouvait voir Hauteville House où elle était parfois reçue, non pas dans le plus grand secret comme on aurait pu le penser, mais au vu et au su de tous. D'Adèle-fille. De ses frères Charles et François-Victor. Et même de Mme Hugo qui, l'afflux d'invités aidant, faisait mine de ne pas se rendre compte de la présence de sa rivale laquelle, il est vrai, se faisait discrète.

« Elle aurait eu bien du toupet à me morguer, m'avait dit Juliette, car il était de notoriété publique qu'elle se donnait du bon temps avec le parrain de la petite Adèle. Un gnome répugnant du nom de Sainte-Beuve qui a régné un temps sur le petit monde des lettres parisiennes... »

Ce que Juliette avait omis de me dire et que m'avait révélé Annette, la fidèle servante de la maison Hugo depuis des décennies, c'est que la rumeur prétendait aussi qu'Adèle-fille était le fruit de cette relation adultère, chose que j'avais, pour ma part, peine à croire. Ma chère enfant, celle que j'avais sauvée des griffes de la négraille à Barbade, celle que j'avais protégée des assauts lubriques d'une meute de marins aux approchants de l'île de Grenade, celle que j'avais réussi à extraire des griffes des Grands Blancs de la Martinique et de leur sinistre Maison coloniale de Santé, non, cette Adèle-là ne pouvait être le rejeton d'un autre homme qu'Hugo. En dépit de la déraison qui la rongeait jour après jour, elle en avait le caractère, l'orgueil démesuré, tout cela mâtiné d'extrême bonté.

Hugo m'avait réservé une belle surprise : je voyagerais en première classe. C'était là une marque d'attention sans pareille, car l'homme était très près de ses sous. Je m'amusais beaucoup à la vue de Charles ou de François-Victor essayant de lui arracher un supplément sur la sorte de pension qu'il leur accordait le 28 de chaque mois. Le vieil homme, pourtant riche à millions, prenait un air accablé, fourrageait avec nervosité dans sa barbe, un peu trop longue à mon goût, avant d'aligner la liste des dépenses, même les plus menues, qu'exigeait la tenue du ménage. Mais, le plus souvent, Hugo finissait par céder.

Le navire à bord duquel je devais regagner les Antilles occupait la moitié du quai principal des docks havrais. Sa blancheur en imposait à la grisaille du petit matin traversé par un vent frisquet. Les employés du port observaient les manœuvres des hommes de bord d'un air rêveur, de même que des groupes de curieux dont certains étaient venus accompagner des parents. Cela s'embrassait, pleurait, se baillait moult encouragements, se souhaitait bonne chance ou longue vie. Il n'y avait que moi, la Négresse des îles, à n'avoir personne qui pût atténuer le serrement de cœur dont j'étais la proie depuis l'avant-veille, quand Hugo et

Juliette Drouet m'avaient conduite à la gare de l'Ouest. Adèle, qui pourtant allait beaucoup mieux, n'avait pas voulu sortir de sa chambre. Elle s'était contentée d'exiger qu'elle et moi nous y restions seules, une matinée entière, et, sans prononcer un seul mot, elle s'était lentement déshabillée, m'avait, à mon tour, débarrassée de mes vêtements avant de m'attirer dans ses draps. Enlacées, sans bouger le moins du monde, presque soudées l'une à l'autre, nous avions écouté le vacarme qui montait de la rue.

Toutefois, si j'étais la plus esseulée d'entre les voyageurs en partance pour les Amériques, je devais être sans conteste celle qui charroyait le plus de bagages. Quatre grosses valises pleines à craquer de gaines, jarretelles, soutiens-gorge, culottes en soie et jupons. J'avais dévalisé les grands magasins avec l'aide amusée de Juliette Drouet, munie d'une bourse de douze mille francs que m'avait offerte Hugo « en récompense, me fit-il d'un ton très solennel, de tous les efforts que vous avez déployés pour arracher ma fille aux griffes du malheur ». Ma profession, il est vrai, avait d'emblée constitué une énigme pour lui, les colporteurs, en Europe, étant principalement, voire exclusivement, des hommes. Le dimanche après-midi, il me convoquait dans son bureau et me demandait de lui raconter ma vie, de lui décrire les îles surtout dont le climat, presque identique du début à la fin de l'année, le laissait perplexe. En fait, Jeanne

Duval, l'égérie de son ami Baudelaire, lui en avait déjà longuement parlé, ce que trahissait la précision de certaines de ses questions. Immanquablement, il soupirait :

« Ah, si j'avais su tout cela avant d'écrire *Bug-Jargal* ! Une œuvre de gamin prétentieux, ma bonne amie. De la pure forfanterie littéraire... Je ne sais pas si je le conserverai dans l'édition de mes œuvres complètes. C'est à voir... »

Mes encombrantes valises devaient changer le cours de mon destin. Alors que deux portefaix s'efforçaient, non sans peine, de les haler jusqu'à ma cabine, un homme dans la quarantaine, coiffé d'un haut-de-forme, me dévisagea avec une curiosité dans laquelle je crus lire de la bienveillance. Il attendait, sans faire montre d'impatience, que le couloir fût dégagé. Je compris qu'il allait être mon plus proche voisin. Il me sourit et me lança :

« Je suis le marquis de Châteaureynaud pour vous servir, madame. »

Puis, il s'avança vers moi, me prit la main droite qu'il baisa avec une qualité de respect dont aucun Blanc n'avait jamais fait preuve à mon endroit. J'étais si confuse que je demeurai clouée sur le pas de ma porte, incapable d'articuler la moindre phrase de remerciement. L'ébouriffure de mes cheveux semblait le fasciner. Je me souvins que le vent les avait dérangés au moment d'accéder à bord et je m'en voulus de ne les avoir pas attachés avec un fichu. Quelle tête de sorcière noire devais-je avoir !

« Je n'ai pas voulu vous importuner », fit à nouveau l'homme dont le coin des lèvres était marqué par deux plis d'amertume, chose qui ne gâchait en rien son étonnante beauté.

Je m'enfermai pendant les deux heures suivantes dans ma cabine alors même que je m'étais promis de faire un ultime adieu à cette terre d'Europe que je ne reverrais sans doute plus. Au moment où la corne du navire s'était mise à bramer, je m'étais précipitée au hublot mais n'avais aperçu qu'une partie des quais où une foule de gens faisaient de grands gestes d'au revoir, agitant pour certains des mouchoirs. Mon cœur s'était serré à la pensée d'Adèle et de sa santé déclinante. La nuit, dans ses rêves agités, elle évoquait la Birmanie, ce lointain pays d'Asie où son lieutenant Pinson se trouvait en garnison, du moins en était-elle persuadée. Quoique, à mon humble avis, ce scélérat eût déjà dû regagner l'Angleterre où il coulait des jours paisibles auprès de son épouse canadienne, ayant déjà complètement effacé de son esprit l'émoi qu'un jour, à Jersey, il avait suscité dans le cœur d'une jeune exilée au patronyme célèbre.

« Chère dame, nous n'avons pas eu l'honneur de vous voir au dîner », fit une voix derrière ma porte.

Je n'avais pas vu la nuit tomber. J'étais restée assise sur ma couchette, plongée dans d'insondables cogitations. Désemparée à n'en point douter. La France m'avait changée. À mon corps défendant. J'avais le sentiment d'être devenue moins forte, moins dure avec moi-même et je bataillais ferme contre ce que je considérais comme un coupable abandon. Si je voulais reprendre mes pérégrinations à travers l'Archipel, il me faudrait me ressaisir au plus vite, car pacotilleuse équivaut à femme-à-deux-graines-entre-les-jambes, pas poupée de porcelaine, foutre ! Mon voisin de cabine frappa deux coups discrets à ma porte. Son entêtement m'irrita mais je lui ouvris, veillant cette fois-ci à arranger ma coiffure.

« Nous n'allons pas faire de façons entre nous, n'est-ce pas ? Vous serez bien obligée de me supporter durant trois bonnes semaines. Ha-ha-ha !... »

Sa voix était doucereuse, trop doucereuse pour que je ne me méfie pas de lui. J'avais été payée pour savoir que nombre d'entre les invités masculins d'Hugo qui faisaient mine d'être déférents à mon égard n'étaient en fait motivés que par une seule et unique chose : avoir compagnie charnelle avec la Négresse. La plupart, une fois les présentations faites, ne s'en cachaient même pas. Ils me fixaient des rendez-vous dès que le poète avait le dos tourné, ou bien me glissaient des billets doux qui avaient le don d'amuser Adèle. Le plus insistant avait été ce mulâtre agité d'Alexandre Dumas qui vivait entre Bruxelles et Paris pour fuir ses innombrables créanciers, avais-je cru comprendre. Il avait suscité en moi une stupéfaction telle que je mis du temps à me dégager de ses insistantes poignées de main. Je n'avais jamais vu un homme de couleur qui se comportât à l'exact d'un Européen ! Et quand je fis le reproche à Adèle de ne m'avoir jamais dit que le meilleur ami de son père était d'ascendance antillaise, elle s'exclama, comme abasourdie :

« Mais M. Dumas n'est pas un Nègre ! C'est... un romancier célèbre. »

Personne ne faisait, il est vrai, allusion à la couleur de sa peau ni à ses abondants cheveux frisés, du moins en face de lui. Je suscitais chez Dumas une curiosité égale à celle que j'éprouvais pour sa personne, sans doute parce que, lui aussi, n'avait peut-être jamais eu affaire à une authentique Négresse, Jeanne Duval, dont il lui arrivait de vanter l'élégance, étant devenue très vite une parfaite Parisienne. Il se mit à tourner autour de moi, tel un chien reniflant sa proie, partagé entre l'attraction et le dégoût, questionnant Hugo sans vergogne sur ses probables relations intimes avec ma personne comme si je ne comprenais pas le français. Quoique se vantant d'être « frères de naissance » — ils étaient nés la même année — et « jumeaux de plume », Dumas ne manquait jamais une occasion de rappeler, à chaque réception donnée par Hugo, qu'il avait écrit le tout premier drame romantique.

« Mes chers amis, clamait-il. Quand *Henri III et sa Cour* connut un triomphe à la Comédie-Française, notre hôte, alors gamin en culottes courtes, était au premier rang de ceux qui m'applaudirent ! »

C'était là pure vantardise, m'apprit Juliette Drouet, car l'année suivante, en 1830, Hugo gagnait la bataille d'*Hernani*, devenant du même coup le chef de l'école romantique. Ce dernier ne prenait jamais ombrage de celui qu'il appelait, mi-affectueux, mi-ironique, « mon grand basané », mais leur relation alternait brouilles et réconciliations bruyantes. Pour ma part, je ne pus jamais me défaire d'un sentiment de malaise face à cet homme de couleur dont l'accent, les manières, les goûts et les plaisanteries étaient identiques à ceux de n'importe quel Européen de sa classe. Mon voisin de cabine, si entreprenant, m'effrayait bien moins que lui en tout cas. Il poussa ma porte et me tendit un bol recouvert d'une serviette de table.

« J'ai pensé à vous ! Un peu de soupe ne vous fera pas de mal. Mais dorénavant, souvenez-vous que le dîner est à sept heures. C'est un peu tôt, je le concède, mais ainsi va la vie en mer, semble-t-il... »

Le marquis de Châteaureynaud ne quitta ma cabine qu'aux premières heures du jour. Son père avait fui un demi-siècle plus tôt la révolution de Saint-Domingue, y laissant une plantation de sept cents carreaux de caféiers et de cacaoyers dans la plaine de l'Artibonite. Ruinée, sa famille s'était repliée sur les terres d'un vieil oncle en basse Vendée, mais le bruit courait que le nouveau président de l'île, qui portait à présent le nom d'Haïti, était prêt à restituer une partie de leurs biens aux anciens colons pour peu qu'ils acceptassent d'y résider de manière permanente. Je ne voulus pas décourager cet homme, qui respirait la naïveté, mais je savais qu'il allait au-devant de graves déconvenues car, pour fréquenter Port-au-Prince, où je m'approvisionnais en statuettes en bois précieux et en potions aux mille vertus, je doutais fort du succès de son entreprise. N'était-ce pas le seul endroit de tout l'Archipel où l'homme blanc ne pouvait plus se comporter en seigneur et maître ? Mon amant de là-bas, Ti Jacques, n'avait de cesse de s'en vanter, lui qui tenait en profonde commisération les Nègres, « encore sous le joug », disait-il, de Cuba, de Barbade, de la Jamaïque ou de la Martinique. Mais le marquis finit par me convaincre : il possédait une lettre, dûment signée par le nouveau président haïtien, nommément adressée à sa famille, qui autorisait cette dernière à rentrer en possession de son ancienne propriété. Une belle lettre frappée aux armoiries rouge et bleu de la jeune république nègre.

« Je serai, j'imagine, bien seul, une fois sur place, me fit-il, moi qui ne connais rien du pays. Si vous acceptiez de m'y accompagner, je ferais de vous la maîtresse de l'Habitation Grand'Rivière, mais sans doute êtes-vous déjà prise... »

Je ne réagis point à sa proposition, lasse que j'étais des promesses sirop-miel des hommes, de leurs rêves enflammés, qu'ils fussent noirs, blancs, mulâtres ou de quelque autre complexion. J'ignore pourquoi — comme les méandres de la pensée sont indéchiffrables ! —, mais je songeai sur le moment à celle que m'avait faite mon propriétaire, à Trinidad, l'Indien Mounsamy qui portait un point rouge au mitan du front. La petite case qu'il me louait se trouvait à proximité d'un temple, dédié à la déesse Kali, dont il était le prêtre. Longtemps, je m'étais tenue à l'écart des cérémonies qui s'y déroulaient, indifférente à cette débauche de fleurs de bougainvillées rouges et jaunes, de noix de coco cassées en deux, de plats de riz au safran, d'étoffes colorées et de bouteilles de rhum que les fidèles, accourus de partout, déposaient au pied de cette divinité tout en psalmodiant des chants monotones dans un idiome lui aussi dépourvu de mélodie. En réalité, je ne faisais que résister aux séductions du tamoul, moi qui, à l'instar de toutes les pacotilleuses, étais une « championne en langues » comme disait, admiratif, Chrisopompe de Pompinasse, le meilleur écrivain public de la ville de Saint-Pierre. Un jour, me croyant seule, je m'aventurai jusqu'à l'entrée du temple que gardait une curieuse pierre jaune, striée des traces du sang qui giclait lorsque le sacrificateur tranchait d'un geste féroce la tête des cabris qui servaient à apaiser la divinité. Bien que Ti Jacques, mon amant d'Haïti, m'eût maintes fois conduite dans des cérémonies vaudoues, ces dernières se déroulaient toujours au plus noir de la nuit, afin d'échapper à la vindicte de l'Église catholique, et je n'eus jamais vraiment peur, même quand on voyait des hommes montés par des loas soulever des tambours géants que cinq personnes auraient eu toutes les peines du monde à déplacer. Ou quand Legba chevauchait quelque mambo, la transformant en fol coursier qui se ruait sur les fidèles, hennissant et se cabrant des heures durant. Or, là, devant ce temple hindou, aux proportions pourtant plus que modestes, en plein jour, alors que le soleil régnait sans partage dans un ciel d'un bleu indigo, j'eus peur. Oui, une qualité de peur sans-manman me fit frissonner et je m'arrêtai net. L'intérieur du temple, dont la porte était ouverte, était plongé dans une pénombre inquiétante que trouait le scintillement d'une multitude de lampes à huile. À l'instant où je m'apprêtais à rebrousser chemin, une main affectueuse se posa sur ma nuque. Je sursautai, ce qui fit rire Mounsamy. J'étais furieuse contre moi-même de m'être laissé surprendre dans cette position, moi qui affectais la plus grande indifférence face à ce que j'avais du mal à considérer comme une vraie religion. Pour dire la franche vérité, elle m'apparaissait comme un culte barbare importé de la lointaine Asie qui était voué à disparaître puisque bon nombre d'Indiens se convertissaient, de gré ou de force, au christianisme.

« La déesse te ressemble, Céline. Entre, n'aie pas peur ! » me fit Mounsamy, toujours très amical. « Elle ne te fera aucun mal.

— Je n'ai rien à faire là-dedans ! rétorquai-je, croyant à une mauvaise plaisanterie. Je ne faisais juste que passer par ici...

— Tu es une femme de grand courage. Tu ne crains pas les tempêtes, les coups du sort, les maladies, les hommes sans aveu. Hé oui ! Je t'entends parfois quand tu causes avec tes amies... Pourquoi la déesse, qui protège les gens au cœur pur, te fait-elle si peur ? Kali sait reconnaître les siens. Allons, viens ! »

Je me laissai conduire comme une enfant. Une paix sans partage régnait à l'intérieur du temple. Une paix qui me tranquillisa peu à peu. J'écarquillai les yeux mais ne parvins à distinguer que les formes d'une statue qui était pourvue de plusieurs bras, arqués à la manière des danseuses du nadron, ce théâtre chanté qu'à certaines périodes de l'année, Mounsamy et les siens pratiquaient plusieurs nuits d'affilée dans une sorte d'état hypnotique. Il m'était arrivé de les observer, d'assez loin, et cela m'avait vite ennuyée en dépit des costumes chatoyants des acteurs et de leurs cabrioles pleines d'agilité. Je ne voyais point Kali. Dans mon dos, j'entendais Mounsamy rire entre ses dents. Agacée, je lui fis :

« Tu n'aurais pas une torche ? »

Il se contenta de prendre, sur le sol, deux lampes à huile et de les placer à hauteur de la divinité. Je faillis pousser un cri d'effroi : Kali était noire. Du plus beau noir qui soit ! Noir-bleu. Ces hindous étaient à n'en pas douter des démons. Comment pouvaient-ils adorer une déesse qui portât cette couleur chargée de maudition ? Dieu, la Vierge Marie, Jésus, l'archange Gabriel n'étaient-ils pas blancs ? Et quant aux divinités du vaudou, n'étant pas représentées par des statues ou des images, il ne m'était jamais venu à l'idée qu'elles pouvaient être, quoique venues d'Afrique, de la même couleur que ceux qui les vénéraient. Seule Erzulie-Fréda, celle dont ma mère, Carmen Conchita, avait inexplicablement fini par devenir l'humble servante, arborait fièrement sa peau claire, ses longs cheveux-soie et ses yeux verts de mulâtresse. En fait, pour moi, le Grand Maître de l'Univers du vaudou et le Bon Dieu du christianisme n'étaient que les deux faces d'une seule et même entité, le premier s'occupant principalement du destin des Nègres, le second de celui des Blancs.

« Kali la Noire veille sur nous depuis l'Inde, me fit Mounsamy qui avait repris tout son sérieux. Elle a protégé notre traversée des deux océans jusqu'à ce pays de Trinidad et grâce à sa bonté sans pareille, nous sommes encore là. Nous n'avons pas tous péri dans les champs de canne à sucre...

Approche ! Plus près, allons, ne crains rien, Céline ! Tu peux lui caresser le visage... »

Dès que le plat de ma main se posa à l'endroit que l'Indien m'indiqua, je ressentis un bien-être nonpareil. J'étais devenue légère. Comme allégée du poids de mon corps. Mes soucis semblaient eux aussi envolés.

« Tu peux lui demander une grâce...

— Ce que je voudrais le plus, même la Sainte Vierge Marie n'a pas accepté de me le bailler, murmurai-je.

— Kali la Noire est aussi généreuse que les eaux du Gange. De quoi s'agit-il, Céline ? »

J'hésitais à m'ouvrir à Mounsamy, car je le savais fort amoureux de moi et jaloux à en crever de MacAllister, mon beau fonctionnaire nègre de l'administration coloniale britannique. N'ayant qu'une confiance modérée dans l'espèce masculine, je ne voulais pas qu'il utilisât contre moi, par pur dépit, le secret qui me rongeait depuis tant et tellement d'années. Mais peut-être était-ce là l'occasion tant attendue, inespérée, de trouver remède à mon mal.

« Je veux un enfant... Tout le monde me croit bréhaigne, mais moi, je sais que quelqu'un a dû m'attacher les entrailles. Qui ? Je ne sais pas.

— Aucun charme diabolique ne peut résister à la bonté de Kali la Noire. Elle a le pouvoir de chasser la déveine. Il suffit de croire en elle. Malheureusement, tu doutes et ça, elle le sait ! Sortons, je vais voir ce que je peux faire pour toi, Céline... »

Je quittai Trinidad deux jours plus tard sans que Mounsamy ne me reparlât de sa divinité couleur de charbon ni d'une quelconque action de grâce que j'aurais pu entreprendre pour voir germer en moi le petit être dont je ne cessais de rêver depuis l'âge de vingt-deux ans, âge auquel je m'étais séparée de celle qui me donna le jour, pour vivre toute seule ma vie de pacotilleuse. De retour dans l'île le mois d'après, Mounsamy m'accueillit avec une ferveur inhabituelle, lui dont le regard ne cessait de me faire reproche de rejeter ses avances.

« J'ai jeûné pour toi, me déclara-t-il. J'ai aussi beaucoup prié. Kali la Noire accepte de mettre fin à ton calvaire à condition que tu suives ses préceptes à la lettre. Attention, ce sera très dur ! Rien à voir avec vos actes de contrition chrétiens que vous expédiez en six-quatre-deux.

— Qu'est-ce que je devrai faire alors ?

— D'abord jeûner toi aussi, pendant trois semaines. Pas de viande, pas de rhum, pas de fornication, pas de mauvaises pensées, pas de médisances. Puis, rendre grâce à Maliémen, Madouraïviren et Bomi. Pour ça, nous irons au temple de San Fernando. C'est assez loin d'ici, mais cela en vaut la peine. Une fois que tu auras accompli ce pèlerinage, je te préparerai spécialement pour Kali la Noire. Ça te convient, Céline ? »

J'étais partagée entre deux attitudes. Ou bien

rire de toutes ces simagrées hindouistes, d'autant que je n'avais jamais pu me faire à l'idée que la divinité que servait Mounsamy fût noire comme un péché mortel. J'en avais parlé à Lucilla, Ginette et Maria qui ne m'avaient, évidemment, pas crue. Ou bien taire mes appréhensions — ce bougre-là fricotait avec des forces supérieures à n'en pas douter ! — et me soumettre aux épreuves qu'il m'avait préparées. Le jeu en valait-il la chandelle ? Aurais-je le courage, comme ma mère, de traîner une bedondaine tout en continuant à voyager entre les îles, cela jusqu'à la veille de l'accouchement, charroyant mes ballots de marchandises sous l'œil méprisant des marins lesquels semblaient tous avoir oublié d'où ils étaient sortis ? Hon ! Ils méritaient bien le qualificatif de sans-manman que leur appliquaient les terriens. Et puis, si Kali la Noire réussissait à faire un miracle, aurais-je encore la force, comme Ginette, de porter un bébé sur un bras et de traîner deux paniers de marchandises de l'autre sans que personne ne me plaigne ou ne m'offre son aide ? J'en doutais fort. Mais Mounsamy sut se faire convaincant. À l'entendre, les dieux chrétiens étaient morts depuis que l'Europe avait érigé un autel à une nouvelle divinité : l'Argent. Si nous autres, Indiens et Nègres, nous trouvions déportés en ces terres d'Amérique, loin, très loin des continents où nos ancêtres virent le jour, grandiloqua-t-il, c'était parce que les Blancs avaient obéi à sa loi. C'est pourquoi cette race-là se montrait si-tellement implacable. Si avide de tout dominer, de tout conquérir, insoucieuse de piétiner sur son passage langues, religions, musiques, architectures.

« Mais il y a des choses que le dieu Argent ne peut pas faire, sentencia Mounsamy. Réveiller les entrailles d'une femme lui est impossible ! Par contre, Kali la Noire, à condition de suivre fidèlement ses ordres, saura dissoudre le charme maléfique qui t'empêche d'enfanter. »

L'Indien me demanda sept mille livres sterling pour intercéder auprès de sa divinité. C'était là une somme considérable, mais, selon lui, Kali la Noire exigeait d'importants sacrifices d'animaux dans de tels cas. Il avait prévu pas moins d'une douzaine de moutons, autant de coqs, plus trois sacs de riz et deux caisses de rhum. Je lui remis toutes mes économies, ce qui était loin de suffire, et empruntai auprès de mes amies pacotilleuses lesquelles firent assaut de générosité. Mais, après tout, n'avaient-elles pas, toutes, déjà mis des marmailles au monde ? Il était bien naturel qu'on me permît d'éprouver semblable joie, comme me l'expliqua Maria dont pourtant, trois des rejetons étaient nés suite à des viols qu'elle avait subis en haute mer. Ainsi donc, Mounsamy, une fois que je lui eus remis la somme demandée, déclara qu'il allait se retirer durant sept jours dans son temple. C'est qu'il avait fort à faire pour convaincre Kali la Noire d'accéder à ma requête, moi qui n'étais point hindouiste. J'attendis donc patiemment le huitième jour. Le temple ne se trouvait qu'à une cinquantaine de pas de la petite cahute que me louait l'Indien chaque fois que je faisais escale à Trinidad. Tous les matins, j'observais de loin son toit pointu, vaguement inquiète. Pas un bruit n'en sortait. Ses portes, pour une fois, étaient fermées raide-et-dur. Au neuvième jour, je ne tins plus en place. Qu'était-il arrivé au prêtre hindou ? Kali la Noire ne l'aurait-elle pas foudroyé ? J'eus beau cogner aux portes, héler le nom du prêtre, le supplier de me répondre, trépigner de colère, rien n'y fit. L'idée me vint de solliciter MacAllister, mais je me retins. Il se gausserait de ma personne, lui qui était devenu un presbytérien accompli ! Je fis donc appel à Ginette et Maria qui décidèrent d'enfoncer la plus petite des portes. Ce fut un jeu d'enfant. En fait, Kali la Noire n'était protégée que par un assemblage grossier de planches qui ne méritait pas le nom pompeux de temple. À l'intérieur, un grand vide. Tout l'endroit avait été débarrassé et de la statue de la divinité et des lampes à huile et des guirlandes de fleurs séchées et des rubans de tissu rouge que j'avais pu voir le jour où Mounsamy m'y avait introduite. Et bien sûr point de prêtre en train de méditer !

« *Boug-la kouyonnen'w, mafi !* » (Ce type t'a couillonnée, ma fille !) déclara Ginette avec son accent saint-lucien qui d'ordinaire me faisait sourire.

Pourquoi pensais-je à cet épisode rocambolesque de ma vie à l'instant même où le marquis de Châteaureynaud me proposait de le suivre en Haïti ? Je croyais pourtant l'avoir définitivement effacé de ma mémoire. Ce qui n'avait pas été facile, car j'avais mis des années pour finir de rembourser ma dette auprès de mes consœurs qui, Dieu soit loué !, s'étaient montrées compréhensives et surtout peu bavardes. Qu'on apprît l'incident et c'en aurait été fini de mon statut de reine des pacotilleuses de l'Archipel ! Je tentais de résister au marquis qui portait beau malgré sa quarantaine avancée. Et si la plantation Grand'Rivière était aussi une chimère ! Les Nègres d'Haïti avaient brisé leurs chaînes depuis trois quarts de siècle maintenant et il était peu probable, à mon humble avis, qu'ils acceptassent qu'un Blanc, même muni d'un document officiel, pût récupérer les terres sur lesquelles ses ancêtres avaient tenu les leurs en esclavage. Le bateau fit une brusque embardée qui nous obligea à nous agripper au rebord de ma couchette. Ce faisant, nos corps se rapprochèrent.

« On aborde la ligne où les eaux froides de l'Atlantique rencontrent les eaux chaudes, me souffla le marquis. Le chaud et le froid, le noir et le blanc, l'homme et la femme, tout marche par deux dans cette vie, chère amie... »

Il me prit les mains dans les siennes et les baisa longuement. Il n'en fallut pas davantage pour me subjuguer.

« Voilà donc Céline partie ! Une porte sur le monde se referme brutalement pour moi. Les paroles apaisantes de mon père me parviennent comme une sorte de bourdonnement qui, à force, font éclater mes tempes. Je n'entends pas ses mots, je ne perçois même pas l'intonation si particulière de sa voix lorsque l'inquiétude ou la tristesse l'habitent. Je suis désormais seule. La nuit, d'affreux cauchemars viennent troubler mon sommeil et je dors la tête enfouie dans mes oreillers... Albert avance vers moi, le visage altier, dans son bel uniforme rouge sang, et à chacun de ses pas, une force terrible me tire en arrière. Il a beau allonger ses mains dans ma direction, il ne parvient pas à m'atteindre. Un grand vide nous sépare. La terre soudain s'abrunit, comme si le soleil avait couru se cacher au fond des ténèbres. Des ombres, pareilles à des oiseaux du malheur, volettent autour de moi en ricanant. Allant au rebours de mon naturel, je m'agenouille et je prie. Mais le sol se dérobe sous ma personne et je me sens tomber. Ma chute est infinie. Il n'y a rien à quoi je puisse m'agripper. Tout a disparu... Pourquoi ne m'as-tu pas attendue, petite mère ? Pourquoi ? Là-bas, aux Amériques, j'ai survécu grâce à la certitude que jamais tu ne me renierais. Quand bien même je t'avais quittée à l'improviste. Sans te laisser la moindre lettre d'explication. Sans m'être assurée que je ne te briserais pas le cœur. Je t'imagine découvrant ma chambre déserte, mes draps défaits, mes vêtements sens dessus dessous. Je t'imagine courant, cheveux dénoués, pieds nus, dans les ruelles encore endormies de St Peter Port, sur la minuscule plage où déjà s'affairaient ces pêcheurs bourrus avec lesquels nous prenions tant de plaisir à converser l'après-midi. Tu interroges le monde. Les hommes, les arbres, les oiseaux, les flots. Les flots surtout ! Ta voix se perd. Elle demeure sans écho. Oui, j'imagine le désespoir dans lequel ma fuite a dû te plonger. Tu as dû resonger à notre Léopoldine adorée et à la traîtrise de la Seine. À cette femme-enfant qui a perdu la vie à l'instant même où elle atteignait le sommet du bonheur. Ta fille. Ma sœur. La chair de notre chair. Et toi, à ton tour, qui as quitté ce monde sans qu'il t'ait été donné de me revoir une dernière fois. Quelles furent, petite mère, tes ultimes pensées ?... »

Si, au retour de son équipée parisienne, Céline avait, non sans difficultés, réussi à se faire admettre à nouveau dans les rangs des fourmis-à-z'ailes, si elle avait retissé patiemment les liens avec ses principaux fournisseurs à travers l'Archipel et remis un brin de baume au cœur à ses amants (sauf Michel Audibert qui lui gardait une rancune tenace, non pas qu'il s'inquiétât d'éventuelles accointances charnelles entre Hugo et sa chérie-doudou mais parce qu'il la soupçonnait de préférer désormais la poésie de l'auteur des *Contemplations* à la sienne), elle avait oublié tout net à quel point les douanes françaises étaient vétilleuses sur le chapitre de la chose politique. À quel point aussi dans ces îles, on mettait des mois et des mois, voire des années, à prendre acte des changements qui s'étaient produits dans la métropole. Elle s'escrima donc, quand le lot d'ouvrages que lui avait dédicacés Hugo fut saisi, à clamer :

« M. Hugo n'est plus un exilé, tonnerre de Brest ! Il est rentré en France avec tous les honneurs, je vous dis. Il est admiré, fêté, célébré partout. N'importe quel jour, il peut devenir président de la République ! »

Les sbires, qui assuraient le contrôle des marchandises sur le port de Saint-Pierre, lui avaient ri au nez. Ils n'avaient jeté qu'un œil distrait aux sculptures en bois et aux liqueurs aux propriétés miraculeuses qu'elle ramenait de l'Habitation Grand'Rivière, en Haïti, pour ne s'intéresser qu'à *Ruy Blas*, aux *Châtiments* ou encore aux *Orientales*, lisant et relisant, d'un air dubitatif, les phrases, pour le moins ampoulées, que le grand homme avait tracées à son intention. L'une d'elles en particulier attira l'attention d'un subrécargue duquel, dans un lointain passé, Céline avait refusé les avances. L'homme en référa avec jubilation à son chef, un

Blanc-France à l'allure peu avenante. Ce dernier, le front plissé, fit courir son index sous les pleins et déliés de la dédicace qu'il marmonna plusieurs fois comme s'il était désireux de bien s'assurer de ce qu'il découvrait avant d'exploser :

« Eh ben, bravo, chère dame ! On fait dans la sédition, si je ne m'abuse.

— *Man pa... pa ka konpwann sa... sa ou ka di a...* (Je ne... ne comprends pas ce que vous... vous voulez dire...), balbutia Céline, interloquée.

— Sédition, j'ai dit ! Sé-di-tion ! Albert, comment dit-on ça en créole, cette Négresse a l'air d'être dure de la comprenette.

— *Gawoulé*, chef.

— Voilà ! *Garoulé*, c'est clair à présent, hein ?... Écoutez-moi ça, messieurs : "À ma Mauresque au teint d'ébène qui m'a fait connaître les plaisirs les plus ardents et dont la race parviendra un jour, j'en suis persuadé, à briser le joug qui l'opprime depuis tant de siècles." C'est pas beau, hein ?... Alors comme ça, ma bonne dame, votre race serait opprimée ? Votre race vivrait sous le joug ? Et vous me direz que ça, c'est pas une incitation au garoulé !... »

Céline fut halée sans autre forme de procès jusqu'à la geôle de Saint-Pierre. Par bonheur, Samantha, une pacotilleuse qui avait passé les contrôles avec succès, fut autorisée à garder ses quatre paniers lourdement chargés. On n'était pas des voleuses dans la confrérie. On s'entraidait dans le malheur. Céline savait qu'elle retrouverait ses marchandises intactes le moment venu ou, à tout le moins, le produit de leur vente au cas où son amie aurait poussé la gentillesse jusqu'à faire la tournée de ses pratiques. On l'enferma dans une minuscule cellule où on l'oublia durant deux jours, ne lui laissant qu'une gourde remplie d'une eau au goût terreux ainsi qu'une sorte de gamelle dans laquelle des tranches de fruit à pain rôti marinaient au mitan d'une sauce-chien préparée à la va-vite. Au matin du troisième jour, on l'autorisa à sortir pour se décrasser à la fontaine de la geôle. Les prisonniers de sexe masculin venaient d'y terminer leur toilette. Parmi eux, Céline reconnut immédiatement la carcasse longiligne et un peu voûtée du plus célèbre écrivain public de Saint-Pierre, le sieur Chrisopompe de Pompinasse.

« Les nouvelles vont vite, très chère ! lui lança-t-il malgré les gardiens qui le repoussaient à coups de crosse. On dit qu'après ton séjour parisien, tu t'es installée en princesse en Haïti, or que vois-je ? Madame est dans les fers. Ha-ha-ha !... J'espère que ta mère a reçu la lettre avant de... »

L'expert en orthographe-grammaire-rhétorique, comme il aimait parfois à se définir, doté qu'il était d'un grand sens de l'autodérision, n'eut pas le temps de terminer son envolée. Deux coups de matraque bien sentis sur la nuque l'estourbirent, chose qui déclencha l'hilarité des bandits de grand chemin et autres faquins auxquels on avait passé des chaînes aux pieds, la geôle de Saint-Pierre n'étant pas, de notoriété publique, l'endroit inviolable dont se vantait le maire de la ville devant les visiteurs étrangers. En effet, les épouses ou les concubines des prisonniers y déambulaient à leur guise, soudoyant le personnel, soucieuses d'apporter à leurs hommes de quoi améliorer le pitoyable ordinaire de l'établissement sous peine de recevoir une raclée lorsque les bougres en sortiraient. Certains prisonniers achetaient même l'autorisation de sortir quelques heures par jour à condition qu'ils évitassent de se faire remarquer dans les lieux publics. Mieux : tel ou tel, qui avait pourtant dûment purgé sa peine, y revenait de temps à autre pour jouer aux dés ou aux cartes avec les gardiens que rongeait le désœuvrement. À la vérité, la direction n'était pas très regardante sur la durée des peines que les tribunaux infligeaient à cette racaille, sauf quand il s'agissait de prisonniers ayant commis des délits de nature politique. Un mulâtre républicain et anticlérical, qui avait tué en duel un Blanc-pays monarchiste, y croupissait même depuis quinze ans alors qu'il n'avait été condamné qu'à la moitié de ce temps. Céline Alvarez Bàà savait bien tout cela et c'est pourquoi elle se prit à désespérer. Ni Samantha, ni Lucilla, ni aucune autre de ses amies pacotilleuses ne disposaient de relations suffisamment haut placées pour la faire élargir. Quant à Michel Audibert, qui ne pouvait ignorer la mésaventure qu'elle venait de subir, il était peu probable qu'il bougeât le petit doigt en sa faveur. Monsieur lui en voulait de s'en être allée accompagner Adèle Hugo à Paris malgré son désaccord cent fois réitéré, tant en privé qu'à L'Escale du Septentrion où la Bohème avait ses quartiers. Peut-être que Manuel Rosal, s'il était le romantique sincère qu'il affirmait être, ferait un geste, lui qui était avide de connaître le détail de la vie de Victor Hugo. À moins que Saint-Gilles, le continuateur velléitaire de *L'Énéide*, ne condescendît à abandonner un court instant le dialogue soi-disant permanent qu'il entretenait avec les muses. Son père n'était-il pas un franc-maçon influent ?

Céline avait beau passer en revue tous ceux qui, de près ou de loin, pouvaient être en mesure de lui porter secours, elle dut s'avouer qu'en final de compte, elle n'en trouvait aucun qui fût assez courageux pour défier la justice. Elle repensa alors à ces deux années qu'elle venait de passer au service d'une seule et unique cause. D'une cause, après tout, absurde. Celle de guérir Adèle Hugo de sa passion pour un scélérat, cet Albert Pinson, qui, allez savoir !, avait peut-être déjà atteint le grade de capitaine ou de colonel dans cette Birmanie que la pacotilleuse ne pouvait même pas désigner sur une mappemonde et qui avait déjà oublié qu'un jour, il avait, à Jersey, enflammé le cœur d'une jeune fille pleine d'innocence. Absurde aussi était l'attachement qui l'avait liée à cette dernière dès l'instant où elle l'eut arrachée des griffes des deux maquereaux qui, sur les docks de Bridgetown, en l'île de Barbade, se gourmaient pour sa possession. Céline vit apparaître le visage d'Adèle. Elle songea à leurs étreintes et frissonna. La douceur fiévreuse de la peau de la jeune Blanche réveilla en elle des sensations oubliées. Elle aurait été bien en peine de dire si celles-ci relevaient du plaisir de la chair ou de l'affection filiale. Sans doute des deux à la fois. Les jours s'écoulèrent, mornes et sans espoir. Elle avait renoncé à les compter. À quoi bon ? Un beau matin, l'un des gardiens, accompagné d'un homme de loi, ouvrit sa cellule sans crier gare et lui fit :

« Monsieur va s'occuper de vous ! »

L'inconnu, qui se présenta comme avocat, lui tendit une lettre écrite en anglais. Elle était datée du 17 juin 1875. Un certain sir John-Thomas of Bathsheba, éminent personnage de l'île de Saint-Vincent, exigeait des autorités françaises qu'elles libérassent sans délai celle qu'il présentait pompeusement comme étant sa digne épouse, Lady Céline Alvarez Bàà of Bathsheba.

DEUXIÈME PÉRIPLE D'EN-FRANCE

Sé kouvèti ki sav sa ki ni an kannari.
« Seul le couvercle sait ce que contient la marmite. »

(proverbe créole)

13

Nous savons déchiffrer les morsures du temps, les traces obscures sur le dos de la mer et aussi l'allégresse soudaine d'une vague surgie de nulle part, empanachée de son écume aux reflets sauvages. C'est que nos yeux demeurent longtemps posés sur l'au-loin. Adossées à nos paniers, nous taisons notre langue dès que la terre a cessé d'être visible. L'agitation de l'équipage, les malsonnances qu'ils brocantent d'un pont à l'autre nous laissent impavides. La mer, en ses étages de bleu et de noir, emprisonne nos songes et celles d'entre nous qui fument — toujours le cigare, plus rarement quelque pipe en terre — s'enfoncent alors dans de purs délices. Ma mère se met à déparler, mêlant tous les idiomes de l'Archipel, ce qui veut dire que ses mots remontent le passé en zigzag, font des dévirées en arrière avant de fuser droit devant eux comme mus par une force secrète. Nous l'écoutons à moitié. Bientôt sa voix se confondrait avec le roulis, se transformerait en une plainte démesurément étalée, une litanie presque apaisante qui se poursuivrait jusqu'aux confins de la nuit. Ce moment arrivé, elle se réveillerait brusquement et interpellerait les étoiles à-quoi-dire de très vieilles connaissances. Elle leur baille des noms qui ne figurent dans aucun traité de cosmologie, pas plus que dans le savoir des marins, des noms à elle, tantôt altiers, tantôt pleins de dérisoireté. Leurs migrations n'ont aucun secret pour elle car, affirme-t-elle, il ne faut pas se fier à l'immobilité du ciel. Aucune étoile ne demeure à la même place. Comme nous, les pacotilleuses, elles voyagent sans cesse et il suffit d'en adopter une ou deux, pas davantage, pour toujours mesurer avec certitude les mouvements de la Voie lactée. L'étoile que s'est choisie ma mère a été baptisée par elle l'Irrésolue. Elle est située à la droite de Vénus, assez bas sur le ciel. C'est la seule dont on aperçoit le halo même par temps couvert. Carmen Conchita se dénude alors les bras et les jambes et prend un bain d'étoiles, debout, seule à la proue du bateau. Et pour de vrai, la lumière de l'Irrésolue semble nimber ses traits d'une tendresse qui pétrifie l'homme de quart. Le bougre commence d'abord par la moquer avant de brailler : « Carmen, mets-toi toute nue, ma Négresse, comme ça, j'en profiterai moi aussi. Ha-ha-ha ! » Mais, très vite, ses railleries s'effilochent à mesure qu'avance la nuit et que l'Irrésolue se projette tout droit sur le pont avant, à l'endroit exact où ma mère la dévotionne. Ses commères sont moins démonstratives. Mais chacune d'elles a élu également une étoile parmi ces mille millions de points scintillants qui rehaussent la noirceur de la nuit à la façon de diadèmes.

La nuit en mer est considérablement plus belle qu'à terre. Belle est d'ailleurs bien trop faible pour la décrire. Il faudrait dire somptueuse. Les pacotilleuses sont fiancées à la nuit, de tout temps. C'est pourquoi, au grand jour, elles ont cette démarche somnambulique. Michel Audibert, mon mulâtre de la Martinique, homme de lettres émérite qui fabrique des poèmes à ma seule intention, me lançait : « Céline Alvarez, tu marches dans tes rêves, très chère ! » Il ne s'était, le gandin, jamais aventuré en haute mer, sinon à bord de ces grands voiliers à quatre mâts qu'il empruntait une fois l'an pour se rendre à Bénézuèle où vivait une partie de sa famille. Navires si-tellement vastes qu'on pouvait s'enfermer dans sa cabine pendant tout le voyage sans jamais éprouver sur sa figure la rudesse des embruns, chose impossible à bord des goélettes qui faisaient la traversée de l'Archipel. M. Michel ne savait donc pas de quoi il parlait. Il n'y a, en effet, pas plus éveillée, pas plus lucide, qu'une pacotilleuse, car l'alliance de la nuit et de la mer vous renvoie immédiatement à la dérisoireté de l'existence humaine. C'est pourquoi nous observons avec un souverain détachement les gestes maniérés, les parlures pleines de gammes, les colères, les joies débornées ou les tristesses inguérissables, tout cela qu'affectent les terriens. Nous n'y trouvons que vanités, mais nous ne faisons aucune objection pour ne pas les froisser. Ils ne comprendraient pas, emmuraillés qu'ils sont dans leurs certitudes, eux qui n'affrontent la mort qu'à intervalles irréguliers. Car à la nuit et à la mer se lie, insensiblement, inexorablement, le charme de la mort. On la sent là, toute proche, présente, cachée à l'en-bas des flots ou bien voletant dans les airs, invisible mais bien réelle. Et c'est ainsi que nous l'apprivoisons. À chacun de nos déplacements, nous apprenons à mieux la connaître. Nous palpons sa solitude immense, l'envie qui l'habite de se conjuguer à la vie, à nos vies. En mer, la nuit, il n'existe plus de frontières entre la vie et la mort. On jurerait, oui, une seule et même entité, immémoriale, terrifiante d'inconnu et de belleté. Cela nous laisse sans voix. Nos chanters s'étranglent net au fond de nos gorges et nous avons le sentiment que jamais le devant-jour ne viendra. Jamais.

L'Africain Bàà, esclave dans l'enfance à Trinidad, homme devenu libre, façonné-modelé-purgé par la canne à sucre, fils rebelle de cette plante qui faisait la richesse des îles — pour une fois égales en quelque chose — ne sut probablement pas que ma mère comprenait parfaitement ses cris de haine à l'endroit de la mer. Elle n'avait pas fait l'effort, je suppose, de le lui expliquer. Quand il hurlait, les jours où une enrageaison immotivée s'emparait de lui : depuis les côtes de Guinée jusqu'aux Caraïbes, il y a une enfilade de crânes et d'ossements qui attendent une sépulture. Nos pères continuent donc de souffrir ! Vous verrez qu'un beau matin Ogoun-Ferraille, le commandeur des dieux, l'asséchera d'un seul méchant coup de tonnerre et que nous pourrons ainsi marcher d'une traite d'ici à là-bas. Et sur le chemin de notre retour au pays ancestral, c'est ce déroulé de squelettes disloqués qui nous servira de repères ! Cette vision d'apocalypse, qui avait le don de bailler la chair de poule à quiconque l'entendait pour la première fois, n'impressionnait guère Carmen Conchita. Tout au long de l'Archipel, elle savait repérer les traces des corps voltigés par-dessus bord au temps de l'antan. Corps d'esclaves révoltés. Corps de Nègres démangés par le pian et le scorbut. Mutilés. Ou simplement terrassés par la tristesse. « Beaucoup des nôtres sont morts de tristesse, oui », me murmurait-elle. Il n'y a pas eu que la méchanceté des Blancs. Et nous conservons en nous une parcelle de ce sentiment, nous, les pacotilleuses, femmes de vagabondage marin, bien plus en tout cas que ceux qui croupissent dans les îles, rivés à des terres qui ne leur appartiennent pas en propre. Qui ne leur appartiendront jamais. Chaque île, en effet, a conservé son nom caraïbe et c'est pourquoi elle continue d'appartenir au premier peuple qui l'a habitée quand bien même il a été massacré jusqu'au dernier. Nous y demeurons d'éternels locataires, ce qui explique pourquoi nous pouvons nous sentir à l'aise comme Blaise dans n'importe quelle partie du vaste monde. Privés de nos patries d'origine, l'univers est devenu nôtre. Nous ne disposons plus que d'une seule adresse : la drive sans fin. Ainsi soliloquait ma mère. Ses mots, énigmatiques à souhait, exprimaient ce que ressentaient confusément ses consœurs plus frustes ou, tout bonnement, plus discrètes. Elles la traitaient d'ailleurs de femme-bandit ! *« Fout ou bandi ankò'w, Carmen ! »* lui lançaient-elles en créole, s'étonnant qu'elle charroyât avec elle sa fille à peine nubile, moi donc, Céline Alvarez, alors que leurs rejetons à elles, semés d'île en île, demeuraient sous la garde d'une proche parente ou d'une marraine. « Car c'est pas une vie, pacotilleuse, foutre ! » sentenciaient-elles. C'est une épreuve, un fardeau qu'il convient d'épargner aux êtres qui vous sont chers et d'abord au fruit de ses entrailles. Mais si pour ma part, j'avais des frères et des sœurs, je n'ai jamais vu l'ombre de leur figure. Aux escales, ma mère, une fois sa marchandise vendue, me remettait aux bons soins de quelque autre pacotilleuse et faisait une échappe. Ses absences pouvaient durer une petite heure, l'entier d'une journée ou bien un paquet de temps. Je tremblais à l'idée qu'elle ne revînt point. Les oreilles aux aguets, je tentais de deviner, dans les causements bougons qu'elles échangeaient avec Ariane et les autres, l'endroit où elle projetait de se rendre et le pourquoi de son silence à mon égard.

Il y était question d'un amoureux jaloux à consoler, d'anciennes dettes à régler, de marmailles à embrasser vitement-pressé, de pèlerinages secrets à des Vierges installées à l'intérieur des terres. À Saint-Christophe revenait le nom d'un certain James, dit l'Aîné. À Cariacou, celui de Petite Mamzelle Eugenia. Ailleurs, de Françoise, Armando, Hank et tant d'autres, chacun désigné, plus souvent que rarement, par son surnom et j'avais fini par compter que ma mère avait enfanté dix-sept fois. Devenue grande et femelle, je fus persuadée que mes entrailles bréhaignes étaient une vengeance du ciel contre une si abondante lignée.

JOURNAL D'UN POÈTE AU BORD DU GRAND ÂGE

18 juillet 1873

J'ai consenti à cet étrange caprice d'Adèle. C'est bien la dernière fois. Sa Négresse sera une nouvelle fois à ses côtés avant les grandes chaleurs. Du moins si ma lettre l'a convaincue de revenir à Paris. L'aura-t-elle même reçue ? J'imagine mal comment, dans ces îles que l'Europe gouverne de loin, fonctionne l'administration. Si la gendarmerie y traque voleurs et assassins, si les juges y font respecter nos lois, si le courrier y est distribué à qui de droit. Rien qu'avec ce que cette Céline Alvarez

Bàà m'a raconté de ses aventures, il y aurait de quoi écrire dix romans. À la vérité, je ne l'ai jamais crue qu'à moitié. Cette race doit être bigrement douée pour l'affabulation.

22 juillet 1873

Je ne dors plus guère la nuit tandis que le jour, de grandes vagues d'assoupissement m'assaillent. Est-ce cela la vieillesse ? Cet âge que ni Léopoldine, ni Charles, ni François-Victor n'auront connu. Cet âge qu'a approché Adèle, ma chère épouse, qu'avec le temps, je viens à apprécier. À quel moment nos vies se sont-elles séparées ? Quand ce grand et vaste amour qui nous unissait s'est-il irrémédiablement distendu ? Dans l'avenir, de doctes esprits ne manqueront pas de le dater : dans la nuit du 16 au 17 février 1833, écriront ces charognards des lettres, Hugo a connu bibliquement une actrice au talent médiocre, Juliette Drouet, qui jouait un second rôle dans *Lucrèce Borgia*, et ne s'en est plus séparé jusqu'à la fin de ses jours. En fait, comme chez les mahométans et les Nègres, Adèle n'a pas été effacée de mon cœur, elle est, en fait, devenue ma première épouse, celle qui d'amante se mue peu à peu en grande sœur ou en mère pour son homme et qui accepte, sinon adopte, les épouses plus jeunes que celui-ci s'octroie. Je suis un affreux polygame nègre, voilà ! Juliette est ainsi ma seconde épouse, Biard — trop tôt arrachée à la vie — la troisième, Blanche la quatrième. Aucune de mes autres passions, ô combien multiples, n'a compté. Ce ne furent que de brefs épanchements des sens. Mahomet n'accordait-il pas aux hommes bien nés le droit de posséder quatre femmes ?

Seule cette Céline Alvarez et son grand corps couleur de tabac ont réussi à troubler cette peu chrétienne conviction qui m'habitait. Eût-elle été de notre race que j'aurais pu, sans effort aucun, me contenter de sa chair fabuleuse, de ses étreintes si puissantes qu'il en émanait une odeur de commencement du monde. Mais sans doute tout cela n'est-il dû qu'à la nouveauté ou plutôt à la différence de nos complexions et de nos humeurs.

Cette fois-ci, je ne la baiserai point.

29 juillet 1873

Je n'ai jamais négligé Dieu. Il m'est souventes fois arrivé de douter de lui mais j'ai toujours courbé l'échine devant ses décisions les plus incompréhensibles que moi, pauvre mortel, j'avais l'audace de trouver injustes. A-t-il réellement désiré que Léopoldine et Charles se noient dans la Seine en pleine fleur de l'âge ? Et si oui, pourquoi ? Pourquoi aurait-il voulu les priver d'une existence si pleine de promesses ? Quant à ma petite Dédé, était-il inscrit dans le grand livre du destin qu'elle s'amouracherait jusqu'à la folie d'un officier saxon jusqu'à le suivre aux Amériques ? Mais peut-être Dieu n'est-il point en cause. Peut-être que c'est là l'œuvre de Satan. J'avais commencé, autrefois, à consacrer une fresque à cet ange déchu.

4 août 1873

La Négresse est dans nos murs. Pour la seconde fois. Elle n'a point vieilli. Les races primitives gardent longtemps un visage enfantin. Elle m'a grandement amusé l'autre soir. Voulant ranger son galetas, elle a ouvert le coffre où je range mes manuscrits et s'est exclamée : « Mais, monsieur Hugo, vous avez là plus de livres que vous n'en avez jamais publiés ! » Point si sotte. Odes inabouties, ébauches de roman, drames qui ne verront sans doute jamais les planches, pamphlets contre l'humaine sottise et la tyrannie qu'il m'écœure d'achever. La moitié de mon existence au bas mot. Quelle étrange passion que l'écriture ! De moi, quand la mort m'aura pris dans ses bras, il ne restera que ces milliers et milliers de lignes, publiées ou inédites, inutiles témoins de ce miracle chaque jour renouvelé qu'est le souffle vital. La vieillesse vous y rend plus attentif. On sent battre son cœur fatigué. On mesure le moindre craquement de ses os. On s'étonne du fétide de sa chair, de son odieuse mollesse. Paradoxe suprême : être jeune, c'est oublier qu'on possède un corps.

De tout ce fatras de manuscrits, que parfois il me

prend l'envie de brûler, je ne retiens finalement que *La Fin de Satan.* À sa relecture, je ne peux m'empêcher de trouver une étrange parenté entre cette Céline Alvarez Bàà et Isis-Lilith, créature maléfique qui porte à bout de bras les armes dont se servira Caïn pour perpétrer son crime : l'airain, le bois et la pierre. La Négresse n'en serait-elle pas la réincarnation ? Ne m'a-t-elle pas, à moi aussi, jeté un sort, pour que l'obscur de sa peau puisse exercer tant d'attrait sur ma personne ? Oui, moi qui écris :

Ces temps noirs adoraient le spectre Isis-Lilith,
la fille du démon, que l'Homme eut dans son lit
avant qu'Ève apparût sous les astres sans nombre,
monstre et femme que fit Satan avec de l'ombre
afin qu'Adam reçût le fiel avant le miel,
et l'amour de l'enfer avant l'amour du ciel.

Céline Alvarez Bàà, ange ou démon ? Le saurai-je jamais...

L'homme Hugo est un monstre. Sa voix vous laisse sans voix, oui. Il suffit qu'il ouvre la bouche pour qu'on ait l'impression d'entendre rouler des rochers de rivière brusquement charroyés par une pluie d'hivernage. Ses pommettes s'enflamment. De ses prunelles au noir fiévreux naissent des sortes de flèches de lumière qui vous transpercent en pleine poitrine. Tout son corps, malgré sa taille plus que modeste, semble vivre d'une vie plus puissante que celle du commun des mortels. Adèle, qui n'est pourtant pas une petite poupée, disparaît entre ses bras. Il l'étreint si fort que je crains un instant qu'il ne l'étouffe. Quelques larmes, seul signe d'humanité, dérivent au long de ses joues mangées par une barbe en broussaille qu'il lisse d'un geste machinal. Il ne prononce pas un seul mot. Je m'étais, après neuf années d'absence, imaginé des effusions bruyantes, des baisers à n'en plus finir, un flot de paroles mélangées à de tendres caresses filiales. Rien de tout cela. Hugo est un bloc d'homme. Un être de pierre, hiératique, sévère, en qui on sent bouillir un sang indompté. D'abord, il n'a pas une miette de regard pour moi, la Négresse débarquée des Amériques. Il paie le conducteur du fiacre en le remerciant d'une tape sur l'épaule et s'empare de la valise de sa fille qu'il conduit vers le perron de sa demeure. Je reste plantée au mitan de la rue, moi, Céline Alvarez Bàà, frissonnant dans ma robe créole parce que l'automne est en chemin, cette curieuse saison que je ne connaissais que par les livres et les quelques marins européens qui avaient sollicité, vainement, mes faveurs. Je n'étais pourtant point regardante à la couleur mais aux manières. Qu'un homme fût noir, mulâtre, blanc ou rouge, pourvu qu'il se comportât avec ce mélange de chaleur et de désinvolture qui nous caractérisait, nous autres, gens de l'Archipel, j'étais toute disposée à me laisser galantiser, sans qu'au bout de ces billevesées il y eût un consentement assuré, à supporter ses paroles sucre-saucé-dans-miel, voire même ses privautés, mais qu'il arborât le froid dédain de l'Européen et voilà que je lui tournais aussitôt le dos ! Ah ! Que de simagrées ne m'a pas accablée cet Henry de Montaigue et son bataclan de détective privé ! Sa loupe, son pendule, ses cartes du continent américain qu'il déployait devant moi pour tenter de m'en imposer et surtout essayer de me soutirer quelque renseignement sur l'objet de sa quête. À l'entendre, le plus grand poète de l'univers lui avait confié la noble tâche de retrouver sa fille préférée qui s'était enfuie de l'autre côté des mers à la poursuite d'un amour éperdu et vain. Hon ! Oubliait-il, ce bougre efflanqué, qu'Adèle était désormais ma fille ! Ma fille à moi, oui, toute blanche qu'elle fût. Toute déraisonnable qu'elle se montrât. C'est moi qui l'avais recueillie sur les quais de Bridgetown, en l'île de la Barbade, alors qu'elle errait dans sa robe de mariée, déclamant à tous vents des propos incohérents. C'est encore moi qui l'avais protégée des autorités britanniques pour la conduire clandestinement à la Martinique dans l'espoir que, dans ce territoire français, on pût s'occuper de sa personne et lui bailler les soins dont elle avait besoin. Hélas ! Le maire de Saint-Pierre ne trouva rien de mieux à faire que de signer un arrêt d'internement dans un sinistre bâtiment de pierre, plus vaste qu'une cathédrale, dénommé la Maison coloniale de Santé. Savait-il seulement, ce monsieur de Montaigue, quels trésors de patience et de malintrie il m'avait fallu déployer pour arracher ma tendre Adèle aux griffes de ces deux docteurs assassins qu'étaient les sieurs Rufz et De Luppe, praticiens nouvellement arrivés de France qui prétendaient mettre en œuvre des méthodes révolutionnaires pour soigner les maladies mentales ? Ils croyaient dur comme fer que les décharges électriques journalières qu'ils infligeaient à leurs patients avaient le pouvoir, à terme, de leur permettre de retrouver la raison. Fous à lier eux-mêmes, voilà ce qu'ils étaient, ces deux médicastres !

Arrivés sur le perron, Adèle et Hugo se retournèrent d'un même geste. Tous deux s'étaient brusquement souvenus de ma présence. Le poète me fixa dans le coco des yeux, perplexe, avant de me lancer :

« Mais entrez donc, madame, vous êtes la bienvenue ! »

14

« Je veux ma Céline ! J'exige sa présence autour de moi ! Elle est la seule et unique personne à savoir que la déraison ne s'est pas totalement emparée de mon esprit. Mon père a beau déployer des trésors de tendresse, me prendre entre ses bras comme si j'étais toujours la gamine qui lui sautait sur les genoux du temps de son exil à Jersey et me couvrir de baisers en m'appelant "très chère petite Dédé", il demeure étranger à ma souffrance. Hugo est comme immergé dans son œuvre. Il fait mine de vous écouter, de compatir à tout ce qui entrave la bonne marche du monde mais, au fond, il ne vit que pour écrire, écrire et encore écrire. Cela, toujours debout, roide, devant son écritoire. »

J'avais quitté, deux ans plus tôt, un vieil homme encore vert, au verbe haut et à l'appétit charnel irassasiable, je retrouvais un être cassé au regard éteint. Hugo ne s'était à l'évidence pas remis de la mort de Charles et François-Victor quoique les petits-enfants qu'ils lui avaient baillés égayassent ses mornes journées en compagnie d'une Adèle qu'elle non plus, je ne reconnaissais pas. Je m'étais habituée à ce qu'elle alternât périodes de raison, certes courtes, et plongées brusques dans la déraison. Au cours des premières, je parvenais à établir le contact avec elle et je l'écoutais comme si elle était ma propre fille, la petite quinzaine d'années qui séparait nos âges aidant, d'autant qu'aux îles, on enfantait de bonne heure. En fait, j'étais la seule personne à profiter de ces moments, ô combien rares, du fait de ma présence constante à ses côtés. Pour tout un chacun, y compris Hugo, elle avait irrémédiablement sombré dans un univers qui tournait le dos à la réalité. Il disait, se voulant sobre :

« Ma petite Dédé s'est perdue ! »

La perspective de la confier à l'asile de fous de Saint-Mandé ne l'effrayait plus. Il n'avait retardé sa décision que pour l'unique raison qu'il voulait savoir si mon retour à Paris pouvait encore arracher la jeune femme à ses chimères. Non qu'il m'accueillît cette seconde fois de gaieté de cœur. Je ne constituais plus à ses yeux un objet ni de curiosité ni de désir. Il avait goûté à la chair de la Négresse et en avait fait le tour, comme je l'entendis souffler à l'un de ses invités qui s'étonnait de ma présence et le félicitait pour sa « solide santé ».

Mais lorsque, le soir, nous nous retrouvions seuls au salon, il me considérait d'un œil tellement chargé d'admiration que j'en étais gênée.

Il savait ses jours comptés et était prêt à tout pour qu'un semblant de raison revînt sur le visage de Dédé. À la vérité, elle était effrayante lorsque les crises s'emparaient de sa personne. Ses joues se creusaient soudain dans un bruit de succion qui vous glaçait le sang, ses yeux se révulsaient, sa peau virait au grisâtre tandis qu'une tremblade sauvage lui secouait tout l'en-haut du corps. Elle se mettait à baver d'abondance sur la robe de mariée toute neuve que son père lui avait fait coudre dans l'espoir que ce grotesque accoutrement l'apaisât. En réalité, il lui baillait l'apparence d'un fantôme qui traversait les pièces de la maison, de jour comme de nuit, effrayant les servantes, lesquelles finissaient par rendre leur tablier, sauf la fidèle Annette, vieille fille silencieuse, qui semblait accomplir une sorte de sacerdoce. J'étais la seule à pouvoir approcher Adèle, mais mes étreintes, que j'accompagnais de vieilles comptines créoles, ne parvenaient plus à la calmer aussi prestement qu'autrefois. Je devais désormais lutter, moi aussi, avec une femme dans la force de l'âge, force que la folie décuplait. Nous tombions alors sur le parquet, nous y roulions, bousculant chaises et tables, elle cherchant à me bailler des coups de dent, ce qui faisait craquer ses mâchoires, moi, cherchant à la maîtriser en lui retenant la tête en arrière par les cheveux tout en veillant à ne pas lui faire mal. Je recevais des coups de genou dans le bas-ventre, des coups de coude dans la poitrine, mais je me retenais de hurler. Il fallait que je demeure stoïque, sinon à quoi aurait servi ce deuxième voyage en Europe ? Je finissais, heureusement, par avoir raison d'Adèle. Elle s'affaissait soudain, telle une poupée de toile, me livrant son corps trempé de sueur et exsangue. Dans ces moments-là, Hugo désespérait. Il partait s'enfermer dans son cabinet de travail d'où il n'émergeait que plusieurs heures plus tard.

Mais je lisais clair dans son âme : il était hanté par l'idée de sa mort. Terrifié à la pensée qu'il laisserait derrière lui une Adèle seule, sans défense face à des héritiers, neveux pour la plupart, qui n'hésiteraient pas une seconde à la dépouiller de la fortune qu'il lui léguerait. Trois fois déjà, il avait convoqué son notaire pour modifier son testament, mais il n'en était toujours pas satisfait. Il en vint à me promettre de m'y coucher si je lui faisais le serment devant Dieu de demeurer définitivement au chevet de sa fille, ce à quoi je me refusai. Par pure honnêteté. Parce que, aussi, je n'envisageais pas un seul instant de finir mes jours dans ce pays où je grelottais les trois quarts de l'année et où j'avais trop chaud le reste du temps. Pour tenter d'abattre mes préventions, il me fit miroiter la possibilité d'échappées régulières en Andalousie maintenant que le chemin de fer rendait aisé le franchissement des Pyrénées.

S'il y avait un lieu que le rêveur sacré n'aurait pu imaginer, c'était bien la Maison coloniale de Santé, à Saint-Pierre de la Martinique. Aussi me fis-je un devoir d'en décrire l'horreur à Hugo avant que, de guerre lasse, il ne se résolve à laisser interner sa fille à Saint-Mandé. Au petit matin, une ma-sœur grincheuse conduisait Adèle aux trois bassins que les docteurs Rufz et De Luppe y avaient fait construire, bassins qui recevaient l'eau de trois sources. Deux d'entre elles, l'une brûlante, l'autre tiède, tigeaient des flancs de la montagne Pelée, l'autre glaciale émanait d'un bras de la rivière Roxelane. Adèle était forcée de s'y plonger jusqu'au cou de longues minutes et la religieuse, indifférente à ses hurlements de douleur, la frappait à l'aide d'une badine chaque fois qu'elle tentait de s'en échapper. L'eau du premier bassin lui mettait la peau à vif, lui causant même de sérieuses brûlures aux bras et aux jambes, le reste de son corps étant protégé par une tunique en toile de jute. Dans le second, où elle devait rester plus longtemps, la scélérate maintenait la tête d'Adèle sous l'eau, ne la libérant que lorsqu'elle était sur le point d'étouffer. Son corps devenait jaunâtre à cause du soufre qu'on y avait ajouté. Puis, elle était complètement dénudée et jetée dans le troisième bassin où elle redoublait de hurlements terrifiants. Le séjour y était si long que la jeune femme se mettait à claquer des dents, quoiqu'elle ne tombât jamais en syncope comme c'était le cas de maints pensionnaires plus âgés. Ce traitement brutal achevé, on la ramenait dans sa cellule jusqu'au mitan de la matinée, moment où elle était prise en charge par les deux sinistres médicastres dans une salle où avait été installé un curieux appareil auquel on la ligotait. Là, elle y recevait des décharges électriques censées lui remettre le cerveau en ordre. Trop faible pour réagir, Adèle se livrait à ses bourreaux qui, sans émotion aucune, notaient ses réactions sur leurs calepins. De l'extérieur de la salle, on entendait leurs voix mêlées :

« Respiration au ralenti !

— Yeux révulsés, le pouls bat plus vite... Quatre-vingt-dix pulsations-minute...

— Muscles des bras complètement atones !

— Dents qui craquent, déformation des muscles faciaux...

— Retour à la normale ! Le sang revient aux joues. »

Aucun des parents des aliénés n'osait émettre la moindre protestation à l'encontre de ces traitements barbares, intimidés par le seul mot, jusque-là inconnu, de « psychiatrie ». Ils attendaient patiemment, dans les couloirs de l'hôpital, gamelle à la main, qu'on reconduise les patients dans leur cellule où ils les faisaient manger à la petite cuiller, car la plupart avaient grand-peine à desserrer les lèvres.

Ce traitement journalier, fait de bains et de décharges électriques, s'accompagnait, trois fois par semaine, de séances dites d'expression au cours desquelles les fous étaient assemblés à l'ombre d'un énorme manguier-bassignac que la rage des cyclones avait épargné. Le personnel médical au grand complet, les ma-sœurs, les cuisinières et le jardinier de l'établissement, sous l'œil sévère de la Mère supérieure et celui, pour le moins perplexe, des parents, avaient pour consigne de feindre de se trouver sur quelque marché ou place publique. Ils devaient aborder amicalement les malades, plaisanter avec eux, s'enquérir de leurs nouvelles, essayer de leur vendre qui un morceau de tissu, qui une pipe ou encore quelque ouvrage pieux. Ici encore, les docteurs Rufz et De Luppe, très concentrés, griffonnaient des choses sur leurs calepins, n'intervenant jamais eux-mêmes dans cette comédie. Bien qu'ils s'employassent à diversifier les contacts entre les deux groupes, par une espèce d'attraction naturelle, les ma-sœurs, créatures au teint cireux venues de Basse-Normandie ou de Bretagne, finissaient toujours par s'agglutiner autour des malades blancs créoles et les infirmiers, tous de couleur, autour des mulâtres. Quant aux malades nègres, les plus nombreux, ils submergeaient le jardinier et le cocher de Mère Marie-Annette s'engageant dans des discussions à propos de combats de coqs ou de jeu de dés qui tournaient vite au pugilat. Au nom du sacro-saint principe de l'expression, il n'était pas question de les séparer. Yeux amochés et visages en sang étaient donc leur lot quasi hebdomadaire.

Seule Adèle demeurait sans partenaire. Parce qu'elle n'était pas native du pays. Parce que son accent européen intimidait. Parce que, aussi, elle était bien la seule à avoir sombré dans la déraison, non à cause d'une faillite commerciale, d'une dette de jeu, d'abus de rhum, de violences subies dès l'enfance ou de visions mystiques. Sa folie était une vraie folie. Une folie pure. Les rares fois où quelqu'un l'entreprenait, sur cette étrange agora dont le sol était jonché de mangues mûres à l'odeur de térébenthine, elle rétorquait, rageuse :

« Qu'on me laisse en paix ! Je suis l'épouse du lieutenant Albert Pinson. »

Ou alors :

« Mon mari est en route depuis la Birmanie pour venir me chercher. Il sera ici dans deux semaines. »

Je ne voyais pour ma part aucune amélioration dans l'état de ma protégée et, après mûre réflexion, décidai de la faire évader de la Maison coloniale de Santé. Je fis fabriquer de faux papiers, pour elle et moi — grâce au notaire de Lucilla, ce bon monsieur Constantin Danglemont — et nous embarquâmes sans encombre au port de Saint-Pierre à bord d'un navire en partance pour Bordeaux, après que j'ai amblousé ce grand échalas de détective dénommé Henry de Montaigue. Hugo écouta mon récit, mi-incrédule, mi-admiratif, puis, se levant de son fauteuil, le corps accablé par le grand âge, vint à moi et m'embrassa sur les deux joues. Attitude insolite de la part d'un homme qui, lors de ma première venue à Paris, m'avait considérée tout à la fois comme une demi-sorcière et une bête de plaisir.

« Hélas, madame Alvarez, je n'ai pas d'autre choix ! Adèle ira à Saint-Mandé, sinon elle finira, après ma mort, en pauvre fille des rues... »

LE GRAND RETOUR

« À qui donc sommes-nous ? Qui nous a ? Qui nous mène ? Vautour fatalité, tiens-tu la race humaine ? »

Victor Hugo
(Les Contemplations)

15

Jamais Céline Alvarez Bàà, Négresse des îles en perpétuelle pérégrination, oiseau migrateur qui, tout comme ses consœurs pacotilleuses, était hors d'atteinte de la nostalgie — ce sentiment lugubre n'est-il pas propre à ceux qui ont les pieds solidement enchouqués dans leur sol natal et qui, un jour, pour une raison ou une autre, se trouvent contraints d'en partir ? —, jamais elle ne se serait prise de pitié pour cette jeune Blanche, à l'évidence privée de raison, qui tournoyait dans une incongrue robe de mariée immaculée sur les quais de l'île de Barbade, tandis que deux Nègres assoiffés de sang et de sexe se battaient pour sa personne, si le mot « poète » n'avait retenti dans la bouche de celle qu'elle en viendrait désormais à qualifier de « mon Adèle à moi ».

Jamais.

Céline Alvarez Bàà était tout bonnement fascinée par ceux qui possédaient le don d'écrire des choses qui la bouleversaient. Autant les simples paroles l'indifféraient, autant quelques lignes tracées sur la première feuille de papier venue ou imprimées dans un livre acheté au hasard de ses pérégrinations avaient le don de chavirer son cœur. Quoique le cœur de Céline fût inaccessible à la passion amoureuse, Michel Audibert était le seul d'entre ses amants à pouvoir se vanter d'occuper en permanence son esprit. Les poèmes qu'il lui faisait tenir par les capitaines des bateaux qui cabotaient à travers l'Archipel, brèves missives dûment protégées par des enveloppes cachetées à la cire, lui servaient de viatique. Combien de fois, au mitan d'une tristesse ou d'une solitude, dans un bar de La Havane ou sur un banc public de Pointe-à-Pitre, Céline n'avait-elle pas ôté de son sein l'un de ces précieux messages et ne l'avait lu et relu avec délectation, retrouvant sur-le-champ son allégresse de femme-debout ? Ah ! Elles avaient beau s'esclaffer, ses consœurs, se gausser de ces mots qui, à leurs yeux, n'étaient que du dérisoire, Céline savait quel baume ils lui procuraient. Elle avait toujours voulu vivre dans l'intimité d'un poète, l'épier à son insu, lire par-dessus son épaule, dans le but de découvrir le secret de son écriture, expérience qui ne lui fut jamais donné de faire. Quand elle était aux côtés de ses amants, la sachant prête à repartir à la moindre annonce d'un arrivage de marchandise dans une île ou l'autre, ils se consacraient exclusivement à jouir de son corps. Jamais elle n'avait vu un seul d'entre eux tenir la plume et encore moins écrire !

C'était là, pour elle, une douleur, oui...

L'Habitation Grand'Rivière, bien qu'à moitié en ruine, avait encore fière allure avec sa maison de maître à deux étages dont seul le rez-de-chaussée était occupé par une famille de lointains descendants d'esclaves qui s'était approprié le patronyme de l'ancien propriétaire des lieux. Ils s'étaient contentés d'y ôter le « de », sans doute parce que la république toute neuve qu'était Haïti, en ce début du XIXe siècle, n'avait pas encore sombré dans le délire monarchique. Le marquis de Châteaureynaud connaissait l'histoire du pays sur le bout des doigts. Dès que j'eus accepté son offre de le suivre, il se fit un devoir de m'en instruire par le menu, s'arrêtant longuement aux frasques du roi Christophe et de l'empereur Soulouque. Après une courte escale à Saint-Pierre, au cours de laquelle je ne mis pas pied à terre de peur de rencontrer Michel Audibert, lequel avait cessé de m'envoyer ses poèmes énigmatiques tout le temps que j'habitai chez les Hugo, notre navire se dirigea vers l'île d'Antigue, s'arrêta à San Juan de Porto Rico avant de jeter l'ancre à Jacmel, dans le sud d'Haïti. Là, il était prévu qu'il restât deux ou trois semaines pour se faire radouber avant de gagner la capitale, Port-au-Prince. Impatient, le marquis de Châteaureynaud décida de continuer notre trajet à cheval bien que le capitaine du navire l'eût mis en garde contre les bandits de grand chemin et les sectateurs du Vaudou pour qui les Blancs isolés étaient une proie toute désignée. Mon amoureux avait souri. Pendant trois générations, répondit-il, sa famille avait arrosé la terre de ce pays de la sueur de son front, y plantant canne à sucre, tabac, café et cacaoyer, exportant en France chaque année plus de deux mille tonnes de marchandises et n'eût été la stupidité de Napoléon, elle aurait continué à le faire. Saint-Domingue serait restée française.

« Nous l'avons perdue à cause d'un nabot corse ! » grinça-t-il.

Quelques jours après que notre navire eut quitté le port du Havre, quand, enfin, il m'avait interrogée sur ma présence à bord et qu'à mon tour, je m'étais répandue en détails sur mes péripéties barbadiennes, grenadiennes, pierrotines et enfin parisiennes aux côtés d'Adèle, une grande colère l'avait envahi. Il détestait Victor Hugo. Non pas seulement à cause de l'homme lui-même mais parce qu'il désapprouvait l'admiration du poète pour l'exilé de Saint-Hélène. À l'entendre, en déportant Toussaint Louverture, celui-ci avait déclenché une révolte généralisée, privant du même coup la France des bénéfices de la plus riche colonie du monde. Provoquant aussi l'exode et la ruine de dizaines de milliers de planteurs blancs créoles dont son ancêtre à lui, Jérôme de Châteaureynaud. Mon marquis se sentait fils de cette terre qui ne l'avait pourtant point vu naître, à tel point qu'il n'hésita pas à acheter des chevaux et à me faire galoper de Jacmel à Léogane six jours d'affilée. Nous dormions chez l'habitant. Ou plutôt il s'imposait, dès que la nuit approchait, dans la première case venue. Saluant les gens comme de vieux amis qu'il n'avait pas vus depuis fort longtemps, blaguant, discutant sans se rendre compte que son français n'était guère compris. Je découvrais la formidable belleté de ce pays en qui (m'avait assuré Diego) Christophe Colomb avait vu un paradis. Une enfilade de mornes altiers couverts d'une épaisse végétation dont les pentes commençaient à être défrichées par des paysans rétifs à toute forme de commandement. Ils observaient notre passage d'un air farouche et répondaient rarement à nos gestes de sympathie. Je m'inquiétais de savoir comment Maxime pourrait reprendre les rênes de l'Habitation Grand'Rivière. Il courait tout droit à l'échec. Hélas.

Nous atteignîmes Léogane sans encombre, mais la route menant à Port-au-Prince était coupée depuis deux semaines par une jacquerie, ce dont personne ne nous avait informés à notre débarquement en Haïti. Nous distinguions des champs en feu dans le lointain, et des hordes de guenilleux munis de piques et de coutelas défilaient le long des routes en hurlant :

« *Sé Papa Désalin nou vlé !* » (Nous voulons notre père Dessalines !)

Le père de la nation n'était plus de ce monde depuis bien soixante-dix ans, mais son souvenir s'était conservé dans les légendes paysannes comme celle d'un homme qui avait vaincu l'armée de Napoléon et instauré l'État libre et indépendant d'Haïti. Mon marquis semblait fasciné par ce début de révolution et ne voulut pas entendre raison : il se mit à cravacher son cheval, pressé de continuer sa route. Je tremblais aux cris de guerre que poussaient autour de nous mille voix exaltées. Les bandeaux rouges que les insurgés avaient attachés autour de leur tête et leurs faces couvertes de poudre blanche les faisaient ressembler à des membres de quelque secte à qui on venait d'annoncer l'imminence de l'apocalypse. Ils hurlaient des chants dans une langue que je n'avais jamais entendue auparavant, sans doute de l'africain. Lorsque celui qui, coiffé d'un bicorne napoléonien, baillait les ordres agrippa les rênes de la monture de Châteaureynaud et lui fit le geste de mettre pied à terre, le marquis garda tout son calme. Les autres m'insultaient, me couvrant de crachats :

« *Nègres modi ! Sa ou-ap ak youn Blan ?* » (Négresse maudite ! Que fais-tu en compagnie d'un Blanc ?)

Ils agitaient sous mon nez leurs piques et leurs coutelas comme s'ils étaient prêts à me découper en trente-douze mille morceaux. Je récitai en mon for intérieur le « Je vous salue, Marie », en espagnol, et fermai les yeux. Ma dernière heure était sans doute venue et j'eus une pensée pour ma petite Adèle — que je m'entêtais à appeler « petite » quoiqu'elle approchât désormais des trente-cinq ans —, regrettant qu'elle ne m'eût pas dit un seul mot lorsque nous nous séparâmes. Elle savait que je désapprouvais son internement en hôpital psychiatrique et que j'avais maintes fois dissuadé Hugo d'accepter ce que les médecins présentaient comme une décision inéluctable. Apprendrait-elle jamais les circonstances de ma mort ? Hugo m'avait donné congé, s'estimant quitte avec ma personne dès l'instant où il eut déposé sur mon lit une enveloppe contenant quelques milliers de francs. Je n'étais à ses yeux qu'une Négresse sans instruction que le hasard avait placée sur la route de sa fille chérie. Mon rôle était désormais terminé. Et je ne méritais même pas un vers, pas une ode, en guise de merci-beaucoup. Michel Audibert avait vu juste.

« Rassure-toi, Gamba et moi avons trouvé un accord ! Descends de cheval, ma fleur des îles ! »

La voix de Châteaureynaud me réveilla de ma rêverie. Il savait à quel point j'avais horreur qu'il me traitât en faible femme et en doudou. La langueur tropicale ne seyait pas aux pacotilleuses qui devaient lutter pied à pied, chaque jour que le Bondieu faisait, avec les chienneries d'une existence aventureuse. Nous ne connaissions pas la douceur des siestes en hamac, l'après-midi, à l'ombre des vérandas. Ni les gestes câlins d'époux énamourés ou de marmaille affectueuse. C'est que nous ne faisions qu'aller-venir. Le temps passé à terre nous était toujours compté. En mer, par contre, il s'éternisait, nous plongeant dans une hébétude contre laquelle nous devions lutter si nous ne voulions pas être forcées par quelque quartier-maître qui entendait exercer son droit de cuissage. Vendre, acheter, revendre, négocier, marchander, brocanter : tel était notre destin.

Gamba exigea de mon marquis qu'il lui rédigeât en beau grand français la proclamation qu'il ferait au balcon du Palais national, une fois que sa troupe de dépenaillés serait entrée, victorieuse, à Port-au-Prince. Il vocalisait des expressions, à mes yeux ampoulées, telles qu'« anéantissement de la tyrannie », « fin du règne des thuriféraires stipendiés du gouvernement », « instauration du pouvoir plébéien » ou, plus prosaïquement, « nouvel ordre moral », toutes expressions qu'il avait entendues, des années durant, de la bouche d'un élève qui récitait ses leçons d'histoire, le fils du riche commerçant mulâtre de Léogane auquel il avait servi de valet. Faussement sérieux, le marquis de Châteaureynaud notait tout, demandant à Gamba de parler moins vite. Ils étaient tous deux assis sur un banc hâtivement constitué d'une planche posée sur deux roches, entourés par la meute vociférante des révoltés qui continuait à nous menacer de leurs foudres. La nuit tomba et il fallut allumer des flambeaux de bambou. La rédaction de la proclamation me sembla interminable et surtout, je me demandais qui d'entre eux pourrait bien la lire lorsque le jour de gloire serait venu. Malgré la freidure qui commençait à tomber, j'étais couverte de sueur et mes doigts continuaient, à mon corps défendant, d'être agités par une vive tremblade. Une fois la corvée accomplie, mon marquis remit le papier d'un geste cérémonieux au chef des insurgés lequel le tourna et retourna en tous sens avant de s'écrier :

« *Li'l ba mwen, konpè ! M-vlé tandé bel pawol sa-yo, fout !* » (Lis-le-moi, compère ! Je veux entendre ces magnifiques paroles, foutre !)

La meute se calma sur-le-champ. Les tambourinaires continuèrent à frapper leurs instruments mais en sourdine, eux aussi très attentifs alors qu'ils étaient les plus exaltés. Mon marquis s'éclaircit la voix, réclama du rhum, s'épongea le front, relut en silence son texte un interminable de temps, se leva du banc pour se placer au mitan des silhouettes immobiles sur les épaules desquelles la nuit semblait peser de tout son poids. C'était une nuit radieuse, sans lune mais si claire qu'on voyait briller toutes les étoiles au firmament. J'y cherchai l'étoile qu'avait élue ma défunte mère, celle qu'en mer elle assurait la baigner de son éclat, celle pour laquelle elle chantonnait jusqu'à l'approche du devant-jour, mais ne la trouvai point. Gamba se mit sur ses jambes à son tour. Sa nervosité m'inquiéta. Heureusement, Châteaureynaud comprit qu'il aurait été dangereux pour nous de ne pas bailler satisfaction à ce Nègre râblé, à la tête ronde comme une boule de billard et aux pommes-figure couturées de cicatrices. Mon homme se lança :

« Aux valeureux citoyens de la République d'Haïti, première république noire de l'ère moderne,

« Aux noms de nos ancêtres dont la bravoure et la grandipotence n'avaient d'égales que celles de Gengis Khan, Alexandre le Grand et Jules César — sans commune mesure donc avec celles qu'aurait soi-disant démontrées ce petit chien sans graines de La-Peau-d'Oignon ! —, avec la protection d'Ogoun-Ferraille, dieu du tonnerre, de Legba, qui ouvre toutes les barrières et d'Erzulie-Fréda, notre vénérée mère des loas, moi, Gamba Ier, dignitaire de la Loge du Grand Occident, bedeau de l'église Saint-François-d'Assise de Léogane, docteur ès sciences profanes et occultes, décoré de la médaille de l'Aigle Teuton par Sa Majesté l'empereur Guillaume II, j'annonce au peuple rassemblé devant le Palais national que l'heure de l'anéantissement de la tyrannie mulâtre a sonné. J'ordonne aux thuriféraires stipendiés de ce vilissime gouvernement, présentement dissous, de plier armes et bagages et de gagner de leur propre chef les prisons de la République où ils seront traités avec tous les égards dus à leur rang.

« Frères nègres, dont les pères sont nés en Guinée, et qui n'ont cessé de souffrir en silence comme si l'ignoble institution esclavagiste n'avait pas été jetée bas à l'aube de ce siècle, comme si le sang versé ne méritait pas la moindre récompense, moi, Gamba Ier, descendant en ligne directe de notre Grand, de notre Sérénissime Jean-Jacques Dessalines, je vous annonce l'instauration immédiate du pouvoir plébéien. Que tous les gueux, les guenilleux, les dénantis, les orphelins de père et de mère, les femmes abusées, les vieux-corps abandonnés à leur sort, se lèvent en cette heure splendide et crient d'une seule et même voix : Vive l'empereur Gamba Ier ! Vive la Nouvelle République impériale d'Haïti-Thomas ! Vive le Nouvel Ordre moral !

Fait le 12 décembre 1873
en la ville de Port-au-Prince
rebaptisée Fort-Dahomey »

Une salve de hourras accueillit ces vibrants propos et mon marquis, très solennel, remit la proclamation au chef des insurgés qui le remercia d'une accolade. Toute la nuit, on bambocha aller-pour-virer, on se saoula au clairin, on dévora des bananes pesées et du grillot de cochon, on forniqua dans les halliers, car cette petite armée, aux uniformes disparates, comportait un bon tiers de femmes. Ce soir-là, je cédai pour la première fois au marquis de Châteaureynaud, sans doute parce que j'étais encore sous le coup de l'émotion. Je m'étais pourtant promis d'attendre notre installation à l'Habitation Grand'Rivière, là-bas, dans la plaine de l'Artibonite. L'homme se montra très doux, très appliqué, ce qui me fit le plus grand bien. Cela me changea de la brutalité du père Hugo. J'en vins alors aux confidences. Il n'en crut pas ses oreilles. Châteaureynaud ne me posa aucune question. Il écouta, bouche bée, le récit de mes mésaventures en compagnie d'Adèle depuis que j'avais recueilli cette dernière à la Barbade des années plus tôt. Toute la nuit, je lui parlai de ce terrible voyage jusqu'à l'île de Grenade au cours duquel la fille du poète faillit être violée par des marins ivres, de notre long séjour à Saint-Pierre de la Martinique pendant lequel j'avais remué ciel et terre pour que les autorités françaises acceptent de la rapatrier, de l'internement d'Adèle à la Maison coloniale de Santé et des traitements scélérats que lui infligèrent deux médecins blancs nouvellement débarqués dans le pays, de la Bohème et des folles soirées de L'Escale du Septentrion, de la passion non réciproque de la jeune femme pour un certain lieutenant Albert Pinson, officier de Sa Majesté britannique, qu'elle avait voulu rejoindre à Halifax, au Canada, cela sans en avertir ses parents alors exilés dans l'île de Guernesey, de mon arrivée à Paris et de ma confrontation avec le plus grand poète de l'univers, dissimulant, bien sûr, nos accointances charnelles. De l'internement probable d'Adèle à l'asile de fous de Saint-Mandé, chose qui me chiquetaillait le cœur, oui.

« Et voici que je rentrais tranquillement dans mon Archipel, lorsque le destin m'a fait rencontrer Son Excellence le marquis de Châteaureynaud ! Ha-ha-ha ! »

L'homme se mit à me considérer tout autrement. Une profonde déférence envers ma personne émanait désormais de chacun de ses gestes. Il me servit même du Mme Céline Alvarez. Madame ! Autour de nous, les insurgés se réveillaient péniblement de leur nuit de paillardise. Deux-trois tambours se mirent à ronfler, puis prirent leur ballant sous les doigts agiles — on aurait juré les battements d'aile d'un oiseau-mouche — d'un géant nègre qui portait, autour du cou, des amulettes vaudoues. Bientôt tout ce monde-là fut sur pied et, au moment où le soleil pointa le nez au-dessus des mornes, fusèrent des « Vive Gamba Ier ! » et « Vive la Nouvelle République impériale d'Haïti-Thomas ! ». Le chef des insurgés était aux anges. Il s'était drapé dans une dignité toute neuve. Le haut-de-forme et le costume noir élimé dont il s'était paré faisaient un contraste du plus haut comique avec ses pieds nus aux orteils largement écartés. Il manda Châteaureynaud auquel il fit une accolade démonstrative, avant de lui remettre un objet que je n'identifiai pas du premier coup. Je vis mon marquis le remercier avec chaleur et l'instant d'après, on nous rendait nos chevaux. Personne, par contre, ne prit ma hauteur. Je ne représentais rien à leurs yeux. Juste une Négresse servilement attachée aux basques de son maître, sans doute.

Nous galopâmes en silence dans le petit matin bleu. La nature semblait nous sourire. Au flanc des mornes abrupts, l'explosion écarlate des flamboyants ponctuait notre équipée, à-quoi-dire un hymne indéfiniment répété, un hymne à notre gloire, à notre amour naissant. Nous faisions de courtes haltes au bord de ruisseaux à l'eau diaphane, de ceux qu'affectionnent les Manman D'leau, ces créatures mi-femmes mi-poissons qui possédaient le don de charmer les imprudents. Mon marquis avait tout prévu. De temps à autre, il consultait une carte sur laquelle il avait dessiné à l'encre rouge un itinéraire qui nous permettrait de contourner la capitale, Port-au-Prince, probablement à feu et à sang, puisque, aux dires de Gamba, la révolte avait gagné le centre du pays. Nous nous arrêtions le soir à l'ombre de quelque arbre au feuillage imposant et nous dînions d'un bout de cassave et d'une timbale de clairin (les insurgés nous avaient offert deux bouteilles de ce rhum raide comme un coup de roche sur l'écale de la tête). Je n'avais jamais baigné dans une telle heureuseté de toute ma vie. J'en oubliais même ma chère Adèle et la funeste pente sur laquelle elle glissait inexorablement depuis qu'un jour, son regard avait croisé celui d'un officier saxon, dans l'île de Jersey.

Au cinquième ou sixième jour de notre voyage

— j'avais un peu perdu la notion du temps —, un groupe d'insurgés, en plus grand nombre que celui que nous avions rencontré à Léogane, et bien mieux armés (ils disposaient de mousquets et de pistolets) nous barra le chemin, très menaçants. Mon marquis ne perdit pas son calme. Il descendit de cheval, sourd aux vociférations des Nègres qui l'entouraient, et demanda à parler à leur chef. Ils rétorquèrent qu'ils n'en avaient point. Que tout un chacun était son propre chef. Châteaureynaud leur présenta alors l'étrange objet que lui avait remis Gamba et ils reculèrent, comme terrorisés.

« *Ba yo pasé ! Ba yo pasé !* » (Ouvrez-leur le passage ! Ouvrez-leur le passage !) se mirent à hurler certains.

La meute s'écarta à la manière d'une vague et nous poursuivîmes notre route. J'étais tout bonnement stupéfaite. Châteaureynaud évitait mon regard, mais je lisais une lueur d'amusement dans le sien, ce qui m'agaça.

« Gamba m'a baillé un sauf-conduit..., finit-il par lâcher en talonnant son cheval qui ne trottait jamais assez vite à son gré.

— Un sauf quoi ?

— Une pierre de tonnerre... enfin une pierre de foudre, si tu préfères. Seuls les grands initiés du vaudou en possèdent. Parfois, on en voit dans certains temples, sur l'autel dédié à Ogoun-Ferraille...

— Tu... connais le vaudou, toi ? fis-je, abasourdie.

— Mon père m'en parlait souvent. Il lui attribuait un rôle déterminant dans la victoire des Nègres de Saint-Domingue sur les troupes de Napoléon. Celles-ci n'étaient pas des pleutres, Céline, c'était la fine fleur des grognards du Rhin ! Des combattants émérites, dotés d'une bravoure incommensurable, sans une once de pitié pour l'ennemi. Ils avaient défait les Teutons, les Italiens, les Espagnols et les Slaves. Comment auraient-ils pu succomber face à des Nègres dépourvus d'armes sérieuses ? Comment, si ce n'est grâce au vaudou. Tu comprends ? »

Je pensai à ma mère qui, au soir d'une vie consacrée au culte de la Vierge Marie, s'était convertie à cette religion si décriée jusqu'à en devenir l'une des prêtresses les plus réputées de Jacmel. Lors de notre passage dans cette ville, je n'avais pas souhaité voir sa sépulture. Je voulais garder d'elle, intacte, l'image de cette femme débordante d'énergie et de générosité, qui avait lutté pied à pied avec le destin et son lot de chienneries, et m'avait initiée, dès ma plus tendre enfance, au dur métier de pacotilleuse. Carmen Conchita Alvarez vivrait dans mon cœur telle que je l'avais vue pour la dernière fois. Déjà percluse, certes, mais bien vivante. Elle représenterait à jamais pour moi l'Andalousie de ses ancêtres, cette terre qu'il m'arrivait de voir en rêve, terre couleur d'ocre et de feu. Terre de lumière verticale, aux dires de Michel Audibert, mon sibyllin poète et amant.

Le sauf-conduit donné par Gamba fit merveille.

Nous parvînmes ainsi à franchir, sans encombre, pas moins de sept barrages jusqu'à l'Habitation Grand'Rivière. Dès que mon marquis vit que les mornes cédaient la place à la plaine, il eut un regain d'enthousiasme. Il criait à tue-tête, cheveux dans le vent : « C'est le pays de mon arrière-grand-père, de mon grand-père et de mon père ! Le pays qu'ils ont défriché, labouré, planté à la force de leur poignet. » Quand l'allée de sabliers centenaires qui menait à la Grand'Case fut en vue, Château-reynaud arrêta brusquement sa monture, fit volte-face et me dit :

« Céline, tu m'as parlé du destin, n'est-ce pas ? Eh bien, il me revient soudain ces vers d'Hugo que mon père récitait, le soir, à la veillée. Écoute :

Heureux l'homme, occupé de l'éternel destin
qui, tel un voyageur qui part de grand matin,
se réveille, l'esprit rempli de rêverie,
et dès l'aube du jour se met à lire et prie !
À mesure qu'il lit, le jour vient lentement
Et se fait dans son âme ainsi qu'au firmament. »

Je souris. J'étais devenue assez bonne connaisseuse de l'œuvre du plus éminent poète de l'univers pour reconnaître là un passage des *Contemplations*. En plus de ne rien ignorer du vaudou, mon marquis était un fin lettré ! Qui m'aurait dit qu'un jour j'aurais gagné le gros lot à la loterie des sentiments ? Une joie si-tellement débornée m'envahit que je dépassai mon amant pour la première fois depuis qu'à Jacmel, nous avions acheté des chevaux. J'avançai au galop dans l'allée ombragée, apercevant déjà la toiture de la Grand'Case, puis la véranda blanche, en bois sculpté, du premier étage. Châteaureynaud se remit à ma hauteur et chantait de plus belle. Des êtres hagards émergèrent progressivement des buissons d'hibiscus et d'alamandas qui n'avaient pas été taillés depuis des lustres. Des Nègres âgés, vêtus de hardes, des Négresses au visage vérolé, des enfants faméliques au ventre ballonné. Ils nous observèrent stupidement, sans s'étonner de notre arrivée. À mesure que nous approchions de ce qui, jadis, fut l'une des plus somptueuses villas de la plaine de l'Artibonite, nous découvrions le désastre. L'ampleur du désastre. Des cyclones avaient ravagé tout un pan de la Grand'Case qui s'était effondré. Un figuier maudit avait même commencé à pousser dans ce qui avait dû être le salon ou le fumoir, y étalant sans vergogne ses hautes racines échassières. Mon marquis en perdit net-et-propre sa belle gaieté. Son regard s'ennuagea. Il se figea sur sa monture, telle une statue équestre, à la fois dérisoire et grandiose. Sa chemise à jabot, jadis blanche, lui collait au corps à cause de la sueur. Il était presque le mitan du jour. Je ne savais moi-même que faire. À nouveau un rêve qui s'effondrait ! Ma vie ne serait-elle jamais qu'une longue suite de déceptions et de chimères ?

« *Nou sé ki moun?* (Vous êtes qui?) fit un homme d'âge moyen en sortant sur le perron recouvert par du lierre.

— Le marquis de Châteaureynaud! fit mon amant d'un ton sec.

— *Pa gen moun sa yo isit ankò! Nou menm sé Chatoréno y-ap rélé fanmi-nou.* » (Il n'y a plus ce genre de personnes ici! Notre famille à nous porte le nom Châteaureynaud).

Les descendants des esclaves du grand-père de mon marquis s'étaient donc approprié son nom, se contentant d'y ôter le « de ». Effaçant de leur mémoire le souvenir même des premiers Français qui avaient créé cette plantation. S'installant dans leurs meubles et leurs draps. Mais, à l'évidence, se montrant incapables de continuer à en exploiter les terres et à les faire fructifier. Ils nous proposèrent un fade rafraîchissement à base de feuilles d'oranger, à l'ombre d'une espèce de tonnelle où une antique Négresse, aveugle, prédisait l'avenir. Ceux que nous avions vus surgir des halliers, lors de notre traversée de l'allée de sabliers, s'étaient sagement alignés et attendaient que la devineuse posât une main frêle et parcheminée sur leur front tout en marmottant des sentences obscures. Le maître de maison lui parla à l'oreille. Elle tourna vers nous son regard vide et nous fit signe d'approcher. Le marquis de Châteaureynaud, tétanisé, se laissa conduire jusqu'à elle. Se dressant légèrement sur son siège, la femme lui caressa le menton, les joues, le front avant de s'attarder sur son nez. Puis, elle s'écria :

« *Ou sé bien timoun a misié Dè Chatoréno ! Zot ap sanm tankou dé gout dlo. Ha, neg-mwen ! Sa ou vini chèché ? Tout bagay mouri isit ! Pèsonn p-ap planté kann ni kafé ankò, riviè-a li-menm li vin sek ak fo toujou monté pli wo pou koupé bwa-chabon.* » (Tu es bien le fils de M. de Châteaureynaud ! Vous vous ressemblez comme deux gouttes d'eau. Ah, mon ami ! Qu'est-ce que tu es venu chercher ? Tout est mort ici ! Personne ne plante plus ni canne à sucre ni café, quant à la rivière, elle est asséchée et il faut grimper toujours plus haut pour trouver du bois à charbon.)

Une tristesse immense s'empara de mon amant. Le fringant gentilhomme que j'avais rencontré à l'embarquement au Havre, l'aventurier sans peur et sans reproche qui venait de traverser la moitié du pays à cheval, affrontant victorieusement l'ire des insurgés de Léogane, celui qui rêvait — fier de son titre de propriété flambant neuf, dûment estampillé « République d'Haïti » — de redonner vie à la plantation qu'avait créée au siècle dernier son aïeul, s'était transformé en un spectre. À présent, il accusait son âge, sans doute à cause des deux rides d'amertume qui creusaient l'entour de sa bouche. Je ne savais, pour ma part, que faire ni que dire. Cette nuit-là, nous couchâmes dans l'ancienne chambre de ses parents dont les volets avaient été arrachés par le vent et dont la toiture coulait. Nuit d'insomnie pour moi. Nuit au cours de laquelle ces vers d'Hugo, tant de fois récités par Manuel Rosal à L'Escale du Septentrion, ne cessèrent de me cogner l'esprit :

Le pouvoir du Temps se déploie
jusques sur l'ouvrage des dieux,
cité d'Hector, superbe Troie
où sont tes remparts orgueilleux ?

Au matin, je découvris un cadavre à mes côtés. Le marquis de Châteaureynaud s'était enfoncé son poignard à crosse argentée dans le mitan de la gorge...

16

« Il s'est donc résolu à me faire interner, moi sa fille adorée, sa petite Dédé ! Hormis pendant les tout premiers jours de mon retour en France, quand il s'enchantait de me voir bien vivante, là, devant lui, me palpait les joues et les bras, m'étreignait et m'emmenait en promenade sur les quais de la Seine, mon père ne parvint jamais à franchir le mur invisible qui me séparait d'autrui. Que ces stupides médecins de la Maison coloniale de Santé, à Saint-Pierre de la Martinique, puis ceux de Saint-Mandé fussent incapables de comprendre que je n'étais point folle et qu'il y avait une part de moi qui était demeurée intouchée par le mal d'amour, passe encore ! Mais lui, l'élu des Muses, le visionnaire, l'enchanteur des mots, l'amateur d'invisible qui aimait à faire tourner les tables, comment se pouvait-il que jamais, au grand jamais, il ne sut établir un lien, fût-il ténu, entre cette chose terrible, dépourvue de nom, qui s'emparait de lui pour guider sa plume et ma propre transe ?

Je suis attristée à la seule idée de savoir que l'image qu'il gardera de moi sera celle d'une pauvresse, aux talents gâchés, qui passe le plus clair de ses journées à délirer, refusant de s'habiller, de se coiffer, de recevoir le monde et même parfois de s'alimenter. Une loque humaine ! Hugo n'a pas prononcé ces mots mais à son regard, je devine que telle il me voit. J'essaie de lui faire comprendre qu'en moi existent deux âmes, l'une tourmentée qui se meurt d'amour à petit feu, l'autre sereine, aussi sereine qu'une aube qui ne finirait jamais, qui ne deviendrait jamais matinée, puis journée, mais il reste aveugle à mes efforts. Je lui fais honte ! Je lui fais horreur ! Pourtant, tout ce que je lui demande, c'est ce qu'il appelle lui-même "un échange d'âmes", le même qu'il eut le jour où son ami-frère Alexandre Dumas l'accompagna à Anvers où il s'apprêtait à prendre la route de l'exil vers les îles anglo-normandes. Je me remémore ces vers sublimes qui, à force d'avoir été lus et relus, font désormais partie intégrante de moi-même :

Je montai sur le paquebot fumant,
la roue ouvrit la vague, et nous nous appelâmes.
— Adieu ! — Puis, dans les vents, dans les flots, dans les lames,
Toi debout sur le quai, moi debout sur le pont,
Vibrant comme deux luths dont la voix se répond,
Aussi longtemps qu'on put se voir, nous regardâmes
L'un vers l'autre, faisant comme un échange d'âmes...

« Je les imagine s'étreignant, s'embrassant longuement et soudain :

Une brume couvrit l'onde incommensurable ;
tu rentras dans ton œuvre éclatant, innombrable,
multiple, éblouissante, heureuse, où le jour luit ;
et moi dans l'unité sinistre de la nuit.

« Après le départ de Céline Alvarez, il accepte que sa Juliette monte jusqu'à ma chambre pour me faire un peu de lecture, ce qui ne m'est point désagréable, car la maîtresse de mon père possède une voix aux tonalités argentines qui jure avec l'imposance de ses formes. Surtout, elle sait faire montre de patience. Elle attend que je cesse de déblatérer contre l'humanité, que j'arrête le flot d'insanités qui jaillit de ma bouche pour approcher sa chaise du chevet de mon lit, me demandant si elle peut allumer la lampe. Sans doute Juliette doit-elle croire que je la voue aux gémonies parce qu'elle avait pris la place de ma mère dans le cœur d'Hugo. Si elle savait ! Les injures que je profère ne lui sont point destinées en propre : elles s'adressent à toutes les femmes qui ont eu l'insigne chance de trouver le bonheur en amour. Bonheur ! Mot qui m'est étranger, qui résonne étrangement dans ma tête. Mot qui m'arrache des hurlements.

« Hugo avait toutefois mesuré à quel point

Céline Alvarez Bàà avait réussi à m'approcher, à approcher au plus intime de ma souffrance — moi, dans l'unité sinistre de la nuit ! — et je l'entendais maugréer quand elle posait sa lourde main noire sur mon front et qu'aussitôt je me calmais. J'entendais la voix du poète : "maudite sorcière ! Négresse infernale !" Ma protectrice ne s'en offusquait point. Elle faisait, dans ces cas-là, mine de ne pas bien entendre le français. D'ailleurs, elle lançait à mon père en espagnol : *¡ la niña merece un poco de descanso, señor !* (La petite a besoin d'un peu de repos, monsieur !), cela d'un ton qui ne souffrait aucune réplique et il savait qu'ils devaient tous les deux m'extraire du fauteuil où je m'étais recroquevillée, pour me monter à l'étage, dans ma chambre. C'est que Céline ne m'a jamais jugée ! Elle n'a jamais cru ceux qui clamaient que la fille de Victor Hugo n'était qu'une pauvre dérangée mentale. Dès le tout premier jour où elle m'avait recueillie sur les quais de Bridgetown, en l'île de Barbade, elle a cru en moi et surtout s'est dévouée à ma personne sans jamais rien espérer ni réclamer en retour. Elle a accepté de m'accompagner dans la grisaille de l'hiver parisien, d'y séjourner des mois durant, délaissant du même coup son métier de pacotilleuse, ses voyages, ses amants, sa vie faite de pleine et entière liberté. Son grand rêve aussi : celui d'aller se recueillir sur la tombe de sa mère, Conchita Alvarez, dans la ville de Jacmel, au sud d'Haïti. Céline a tout abandonné pour moi et cela m'est encore aujourd'hui un grand mystère. Qu'avait-elle découvert en moi qui eût pu la pousser à larguer les amarres de sa vie à elle, à défier son propre destin et à cheminer dans les dédales du mien ? Oui, quoi ? »

Il y a de la folie dans le culte d'un seul et unique amour. Pour ma part, je n'avais jamais été douée dans la vénération d'un seul homme et l'aurais-je d'ailleurs voulu que mon métier de voyageuse perpétuelle me l'interdirait. Ni ma grand-mère, que je n'ai point connue, décédée de fièvre jaune à l'orée du fleuve Paramaribo, en terre hollandaise, tout au début du siècle, alors que j'étais encore dans les langes, ni ma mère, Carmen Conchita Alvarez — que les dieux de l'Afrique-Guinée protègent son âme ! — ne me l'ont enseigné. D'ailleurs prononçaient-elles seulement ce mot ? Amour, *amor*, *love*, *lanmou*, quel que fût l'idiome dans lequel il traversait leurs lèvres pleines de défi, était toujours teinté d'une sourde raillerie. Il désignait le plus souvent un sentiment provisoire, éphémère, quoique violent parfois. Ainsi j'avais vu de mes yeux vu ma mère se battre pour un homme à diverses reprises et en divers lieux de l'Archipel. Se battre à coups d'injuriées, à coups de bâton ou de couteau, en se servant de charmes maléfiques ou de boissons subtilement empoisonnées. Il y a cette terrible racine de la barbadine que l'on met à tremper dix-sept jours durant dans une bouteille de rhum et qui coupe la caquetoire de la plus effrontée des rivales. Au-delà de ce délai, il devient un breuvage mortel qui sectionne net le fil de votre cœur. On peut tout aussi bien faire fondre dans du gin un clou prélevé sur un cercueil, ce qui prend etcetera de temps, mais qui prive l'adversaire qui en boit de tout jugement. Alors, je me suis forgé une morale, à vrai dire fort commune chez nous autres, pacotilleuses : il faut beaucoup aimer pour ne point s'exposer à souffrir. Dans chaque île, sur chaque empan de terre ferme, j'avais un amant qui espérait ma venue et me rassasiait de tendresse à chacune de nos rencontres. Qui me témoignait de son ardeur charnelle aussi. J'étais pour ainsi dire toujours comblée. Pas de place pour le chagrin d'amour. Ni pour la rêverie nostalgique. Il est vrai que partout la pudibonderie bien antillaise nous traite de péripatéticiennes, de vive-la-joie, de femmes-de-tout-le-monde, de briseuses de ménages, de goules et d'autres qualificatifs peu glorieux. Je n'en ai jamais eu cure. Tout ce que je sais c'est que je portais un amour égal à chacun de mes amants de quelque complexion, religion ou classe sociale qu'ils fussent. Et eux aussi de savoir que toute entreprise de jalousie à mon endroit était une pure perte de temps, car une fois qu'ils m'avaient accompagnée sur le port et que j'avais embarqué, ils n'avaient plus aucune prise sur moi. D'ailleurs, aussitôt que le bateau levait l'ancre, je les oubliais. Sans effort. Comme naturellement. Mon esprit voguait déjà vers ma prochaine destination et donc les bras qui m'accueilleraient bientôt dans deux jours, trois semaines ou parfois quelques mois. C'est que nous autres, pacotilleuses, n'annoncions pas notre venue. Pas à chacune de nos escales en tout cas. Ma mère avait une antienne bien à elle :

« Femme a parfois besoin de repos, foutre ! Un homme est une charge, un poids qu'il ne faut pas toujours charger sur sa tête sinon... »

Pourtant, je l'avoue : j'ai aimé l'homme Victor Hugo. Pas la première fois. Car il m'avait traitée en simple Négresse. En esclave. Comme M. Verdet à Saint-Pierre, il s'était élevé contre le fait qu'Adèle insistât pour dormir tout contre moi avant de s'incliner devant cette implacable vérité : sa fille avait besoin, vitalement besoin, de la noirceur de ma peau, de sa chaleur humide, de son musc. J'étais la seule personne encore capable d'apaiser, pour un court moment certes, ses tourments. La deuxième fois, Hugo me reçut en grande dame. Il est vrai qu'il avait entre-temps changé puisqu'il était redevenu le poète adulé non seulement des gens de bien mais du peuple français lui-même. Des ouvriers, des artisans, des petites gens, des exilés. Il avait cessé de s'adresser à moi à l'aide de phrases qui ne souffraient aucune réplique ou de maugréer entre ses dents, me croyant hors de portée de sa voix : « maudite Négresse des îles ! ». Entre-temps, il est vrai, il avait appris à mieux connaître Jeanne Duval, sombre beauté originaire de l'île Maurice, qui enchantait les nuits de son camarade-poète Baudelaire. Il ne cessa de me vanter la vivacité de son esprit et ses charmes à nuls autres semblables sans qu'une seule fois il ne permît que nous nous rencontrions, chose que j'ai amèrement regretté. À la vérité, il se méfiait de Baudelaire qu'il qualifiait de réincarnation de François Villon, un poète du Moyen Âge dont pourtant il récitait les vers lorsqu'il s'installait dans son baquet pour sa grande toilette du soir et me demandait de lui frotter le dos à l'aide d'une brosse rugueuse qui lui écorchait parfois la peau. Il déclamait « La ballade des pendus » jusqu'à emplir toute la maison de sa grosse voix, ce qui avait le don de terroriser sa valetaille.

« Ah ! La Duval ! faisait-il, songeur, quel monstre de beauté ! »

Au poète, final de compte, j'avoue désormais préférer le dessinateur. Dans le galetas, où je retrouve, inchangée, la paillasse faite de hardes usagées où j'avais passé tant de nuits à écouter les reniflements et les hoquets de ma pauvre petite Adèle, où tant de fois le vieux bonhomme était venu se répandre en moi, est rangé tout ce qu'il a produit depuis vingt ans en matière d'art pictural.

Me surprend grandement une peinture sur bois, au cadre triangulaire, représentant « La Belle, le Chevalier et la Bête ». Sur une sorte de piédestal, la première tend une fleur au deuxième dans un geste de profonde vénération, vénération qui vire à l'idolâtrie chez ce dernier lequel, agenouillé, lui tend la tête de la troisième qu'il vient sans doute de trancher. En arrière-plan, ce qui reste de la Bête : une créature filiforme au cou démesuré et aux pattes crochues qui semble encore prête à attaquer. Curieux dessin ! Je n'arrive pas à m'en détacher. Hugo avait-il peint là le rêve inabouti de sa fille ?

J'ai aimé donc Hugo d'amour. D'amour à l'européenne. La deuxième fois où je suis revenue au chevet d'Adèle. Et cela m'a surprise moi-même. Je n'y étais point préparée. Le poète m'avait habituée à sa voracité : il se jetait sur moi sans crier gare, me dévêtait jusqu'à déchirer mes vêtements, me plaquait contre une table, un buffet ou à même le parquet et me violentait sans jamais que ses yeux croisent les miens. Ces étreintes pouvaient durer quelques minutes ou une bonne heure, cela dépendait de l'humeur d'Hugo et surtout de sa santé qui commençait à décliner. Il se plaignait de la goutte et redoutait l'arrivée de l'hiver.

« Dans ton pays de soleil, là-bas, il paraît que les hommes restent verts jusqu'à cent vingt ans ? me lançait-il, en espagnol, une fois ses pulsions assouvies. Est-ce vrai ou s'agit-il d'une légende de Nègres, ma bonne Alvarez ? Allez ! Pour une fois, dis-moi la vérité ! »

En matière de verdeur, il n'avait pourtant rien à envier aux gens de chez nous. Je l'avais maintes fois surpris à se glisser au petit jour dans la chambrette de Blanche Lanvin, petite servante à peine sortie de l'enfance, et à lui faire l'amour, en silence. Celle-ci ne bougeait ni ne se plaignait. Cela faisait, semble-t-il, partie des devoirs de sa charge. L'après-midi, il arrivait aussi à Hugo de recevoir des duchesses désargentées ou des poétesses en mal de célébrité qui s'offraient également à lui.

Fort-de-France / Case-Pilote
(Juillet 2003-avril 2005)

ÉPILOGUE

À MA FILLE ADÈLE

Tout enfant, tu dormais près de moi, rose et fraîche,
Comme un petit Jésus assoupi dans sa crèche ;
Ton pur sommeil était si calme et si charmant
Que tu n'entendais pas l'oiseau chanter dans l'ombre ;
Moi, pensif, j'aspirais toute la douceur sombre
Du mystérieux firmament.

Et j'écoutais voler sur ta tête les anges ;
Et je te regardais dormir ; et sur tes langes
J'effeuillais des jasmins et des œillets sans bruit ;
Et je priais, veillant sur tes paupières closes ;
Et mes yeux se mouillaient de pleurs, songeant aux choses
Qui nous attendent dans la nuit.

Un jour mon tour viendra de dormir ; et ma couche,
Faite d'ombre, sera si morne et si farouche
Que je n'entendrai pas non plus chanter l'oiseau ;
Et la nuit sera noire ; alors, ô ma colombe,
Larmes, prières et fleurs, tu rendras à ma tombe
Ce que j'ai fait pour ton berceau.

Victor Hugo, « Les quatre vents de l'esprit »

DU MÊME AUTEUR

Aux Éditions Gallimard

ÉLOGE DE LA CRÉOLITÉ, avec Patrick Chamoiseau et Jean Bernabé, 1989, *essai.*

ÉLOGE DE LA CRÉOLITÉ/*IN PRAISE OF CREOLENESS*, 1993. Édition bilingue.

RAVINES DU DEVANT-JOUR, *récit*, 1993. *Prix Casa de las americas, 1993* (Folio, *n° 2706*).

UN VOLEUR DANS LE VILLAGE, *récit. Traduction de l'anglais du texte de James Berry*, Page Blanche, 1993. Prix de l'International Books for Young People 1993.

LES MAÎTRES DE LA PAROLE CRÉOLE, *contes*, 1995. Textes recueillis par Marcel Lebielle. Photographies de David Damoison.

LETTRES CRÉOLES, Tracées antillaises et continentales de la littérature. Haïti, Guadeloupe, Martinique, Guyane 1635-1975, avec Patrick Chamoiseau. Nouvelle édition, 1999 (Folio essais, *n° 352*).

LE CAHIER DE ROMANCES, *mémoire*, 2000 (Folio, *n° 4342*).

Voir aussi Ouvrage collectif : ÉCRIRE « LA PAROLE DE NUIT », La nouvelle littérature antillaise, *nouvelles, poèmes, réflexions poétiques*, 1994. *Édition de Ralph Ludwig.* Première édition (Folio essais, *n° 239*).

Aux Éditions du Mercure de France

LE MEURTRE DU SAMEDI-GLORIA, *roman*, 1997. Prix RFO (Folio, *n° 3269*).

L'ARCHET DU COLONEL, *roman*, 1998 (Folio, *n° 3597*).

BRIN D'AMOUR, *roman*, 2001 (Folio, *n° 3812*).

NUÉE ARDENTE, *roman*, 2002 (Folio, *n° 4065*).

LA PANSE DU CHACAL, *roman*, 2004 (Folio, *n° 4210*).

ADÈLE ET LA PACOTILLEUSE, *roman*, 2005 (Folio, *n° 4492*).

Chez d'autres éditeurs

En langue créole

JIK DÈYÈ BONDYÉ, *nouvelles*, Grif An Tè, 1979.

JOU BARÉ, *poèmes*, Grif An Tè, 1981.

BITAKO-A, *roman*, 1985, GEREC ; traduit en français par J.-P. Arsaye, « Chimères d'En-Ville », Ramsay, 1977.

KÔD YAMM, *roman*, K.D.P., 1986 ; traduit en français par G. L'Étang, « Le Gouverneur des dés » Stock, 1995.

MARISOSÉ, *roman*, Presses Universitaires créoles, 1987 ; traduit en français par l'auteur, « Mamzelle Libellule », Le Serpent à Plumes, 1995

En langue française

LE NÈGRE ET L'AMIRAL, *roman*, Grasset, 1988. Prix Antigone.

EAU DE CAFÉ, *roman*, Grasset, 1991. Prix Novembre.

LETTRES CRÉOLES : TRACÉES ANTILLAISES ET CONTINENTALES DE LA LITTÉRATURE, avec Patrick Chamoiseau, *essai*, Grasset, 1991.

AIMÉ CÉSAIRE, Une traversée paradoxale du siècle, *essai*, Stock, 1993.

L'ALLÉE DES SOUPIRS, *roman*, Grasset, 1994. Prix Carbet de la Caraïbe.

COMMANDEUR DU SUCRE, *récit*, Écriture, 1994.

BASSIN DES OURAGANS, *récit*, Les Mille et Une Nuits, 1994.

LA SAVANE DES PÉTRIFICATIONS, *récit*, Les Mille et Une Nuits, 1994.

CONTE CRÉOLES DES AMÉRIQUES, Stock, 1995.

LA VIERGE DU GRAND RETOUR, *roman*, Grasset, 1996.

LA BAIGNOIRE DE JOSÉPHINE, *récit*, Les Mille et Une Nuits, 1997.

RÉGISSEUR DU RHUM, *récit*, Écriture, 1999.

LA DERNIÈRE JAVA DE MAMA JOSEPHA, *récit*, Les Mille et Une Nuits, 1999.

LA VERSION CRÉOLE, Ibis Rouge, 2001.

MORNE-PICHEVIN, Bibliophane, 2002.

LA DISSIDENCE, Écriture, 2002.

LE BARBARE ENCHANTÉ, Écriture, 2003.

LA LESSIVE DU DIABLE, Le Serpent à Plumes, 2003.

LE GRAND LIVRE DES PROVERBES CRÉOLES : TI PAWOL, Presses du Châtelet, 2004.

Traductions

AVENTURES SUR LA PLANÈTE KNOS d'Evans Jones, *récit traduit de l'anglais*, Éditions Dapper, 1997.

Travaux universitaires

DICTIONNAIRE DES TITIM ET SIRANDANES, Devinettes et jeux de mots du monde créole, *ethnolinguistique*, Ibis Rouge, 1998.

KRÉYÔL PALÉ, KRÉYÔL MATJÉ... Analyse des significations attachées aux aspects littéraires, linguistiques et socio-historiques de l'écrit créolophone de 1750 à 1995 aux Petites Antilles, en Guyane et en Haïti *thèse de doctorat ès-lettres*, Éditions du Septentrion, 1998.

Composition et achevé d'imprimer
par la Société Nouvelle Firmin-Didot
à Mesnil-sur-l'Estrée, le 24 avril 2007.
Dépôt légal : avril 2007.
1er dépôt légal dans la collection : janvier 2007.
Numéro d'imprimeur : 85093.

ISBN 978-2-07-034224-2/Imprimé en France.

152882

LES FILLES D'ALLAH

NEDIM GÜRSEL

LES FILLES D'ALLAH

roman

TRADUIT DU TURC PAR JEAN DESCAT

OUVRAGE TRADUIT AVEC LE CONCOURS
DU CENTRE NATIONAL DU LIVRE

ÉDITIONS DU SEUIL
27, rue Jacob, Paris VIe

Titre original : Allah'ın Kızları
Éditeur original : Doğan Kitap, Istanbul

ISBN original : 978-975-991-651-0

ISBN : 978-2-02-097861-3

www.editionsduseuil.fr

À la mémoire de mon grand-père
Ahmet Nedim Tüzün

« Avez-vous considéré al-Lat et al-Uzza
et Manat, cette troisième autre ? (…)
Ce ne sont que des noms dont vous les
avez nommées, vous et vos pères. »

Coran, sourate de l'Étoile

« Par la Clarté diurne ! Par la nuit quand
elle règne ! Ton Seigneur ne t'a ni
abandonné ni haï. (…) Ne te trouva-t-Il
point orphelin si bien qu'Il te donna
un refuge ? »

Coran, sourate de la Clarté diurne

Écoute ! Écoute les étoiles dans le ciel et le chuchotis des rochers sur la terre ! Les montagnes bruissent dans la nuit, écoute leur murmure ! Le bruit de l'infini. Le frisson du vent dans les branches, le clapotis de l'eau qui, sans jamais couler, s'accumule goutte à goutte au fond du puits, écoute le grondement des vagues blanches d'écume qui grossissent au loin. L'ardeur du soleil purifie le sable. Écoute leur voix !

Non, au commencement n'était pas le Verbe. Au commencement, il y avait cette mer de sable, ces pierres et le soleil brûlant dans le ciel bleu sans nuages. Il y avait le souffle de toutes les créatures sans âme. Le Verbe est venu ensuite, bien après le sol, le sable, le gravier et l'eau, et les vallées creusées par l'eau. Bien après le serpent et la scolopendre, les grands arbres à feuilles en forme de poignard, puis les bestioles servant de pâture, les fourmis et les éperviers. Oui, bien plus tard encore, le Verbe est venu des hommes, quand ils furent créés. Et pourtant, au commencement était le Verbe, car tout a commencé par lui. Par le nom d'Allah. Par ses noms. Plus purs que tous les adjectifs. Par le Dieu miséricordieux qui existe depuis toujours et n'aura pas de fin

Qui crée sans avoir été créé, qui est sans avoir été engendré, qui veut être connu comme un trésor caché, le Seigneur de l'univers, le Juge suprême.

Mais il y eut un temps où Allah avait des filles. Ici, sous ce ciel, sous ce soleil, sous ces brumes ; sur le versant de ce sommet de pierre, au bout de cette route et de ces chemins. Les filles d'Allah, al-Lat, al-Uzza et al-Manat. Écoute-les elles aussi ! Écoute leur voix.

Arabie heureuse et malheureuse

Aujourd'hui, après tout ce temps, après tant d'années, tu peux te mettre à rêver. Bien des jours, des mois, des saisons ont passé. Du sang a coulé et a été versé, il y a eu la paix et des guerres, tu as connu des amours qui, comme une chemise de feu, ont meurtri et brûlé ta peau. De noirs désespoirs. La mort et la séparation, surtout, qui est pire que la mort.

L'homme n'existait pas. Ou plutôt il existait au niveau de Dieu. Suscité par Son être, il avait pris vie en Lui. Il s'était aboli en Lui, il avait cessé d'être. Mais Dieu était las de rester seul et puissant, las de Sa colère et de Son amour. Il voulait être connu. D'abord Il créa les mondes, l'univers, ensuite Il créa l'homme. Les anges et le diable, le bien et le mal étaient aussi auprès de Lui ; en créant la terre et les cieux, Il créa aussi les anges et le diable, les djinns et les fées, mais à l'homme seul Il donna un corps et Il le plaça dans le paradis. Là l'homme jouissait d'un bonheur infini, l'homme et la femme étaient deux créatures distinctes. Innocentes, nues et immortelles. S'ils n'avaient pas écouté le diable et mangé le fruit défendu, ils y seraient encore. Ils ne seraient pas tombés, contre leur gré, fragiles, désemparés, dans cet enfer, ce paradis, dans ce pays vaste comme la mer et agité de vagues de sable rouge.

Déploie la carte et regarde ! Déploie les mers, les continents, les monts et les rivières. Fais défiler les pays. Que l'eau vive, sans s'arrêter, sans se troubler, raconte l'aventure humaine. Fais tourner le globe terrestre sur son orbite, de l'orient vers l'occident.

Tu verras. Sur l'hémisphère nord, entre deux mers étroites, au-dessous d'une troisième mer accrochée comme un linge, toute desséchée, toute durcie par le retrait de l'eau, bordée à l'ouest par des volcans éteints, dressant ses granits et ses rocs, tournée vers l'orient comme un silence, un néant, une absence, déployant ses pierres, ses sables, sa sécheresse et ses vents furieux, étalant ses dunes de sable, vague après vague, tu la verras, cette presqu'île, l'Arabie. Au-dessus du Yémen, au-dessous du Sinaï, à gauche du golfe et à droite de la mer Rouge. Et sur ses franges, séparant la mer des terres, dressant leur rideau de pierre, les monts qui s'abaissent peu à peu vers le nord. Au creux d'une vallée cachée parmi ces monts, une ville. La Mecque.

Oui, c'est ici, c'est ce point noir sur les versants dénudés de ces monts brûlés à longueur de jour par le soleil et étreints la nuit par un froid glacial. Avant de créer la Terre, Dieu créa une poussière verte qui ensuite devint l'eau et se mit à couler. Dans sa crainte de Dieu, elle se mit à gonfler et à déborder et le nom de la première terre qui s'éleva au-dessus de l'eau fut « Ümmül Kura », c'est-à-dire la mère des terres. En son milieu se trouve une poitrine, ou peut-être un bout de sein. Dieu dit « *Kün !* » (Sois !) et dès que le *kaf* et le *nun*[1] se touchèrent la reine des villes apparut, appuyée sur les montagnes qui l'environnent. Près d'un immense cube noir, blotti parmi des maisons de pisé, il y a un puits nommé Zamzam. L'eau de ce puits vient du paradis, mais elle est trouble et âcre, voire acidulée, elle a un goût inimitable. Dans cette région privée de pluie, l'eau est le plus grand bienfait, mais une ou deux fois par an le vent se lève et pousse des masses de nuages sur les montagnes, des éclairs jaillissent et il pleut si fort qu'on ne voit pas le bout de son nez. La pluie ruisselle des toits, les cataractes ne se contentent pas de laver les pierres, elles se frayent un chemin, dévalent les versants rocheux et noient sous la boue rues, bêtes et gens. Et aussi le sanctuaire planté au milieu de la ville depuis des temps très anciens. L'eau envahit la Kaaba, qui pourtant est l'œuvre du patriarche Abraham, construite à la sueur de son front, et les idoles, statues, dieux et déesses qui s'y trouvent. C'est alors que les idoles échangent des propos. Quand la tempête s'apaise et que les eaux tumultueuses se retirent du sanctuaire, quand les rues et les cours des maisons retrouvent leur aspect ordinaire, quand les hommes reprennent leurs tâches et que les animaux retournent auprès de leurs maîtres, dans l'obscurité du grand cube, un météore passe dans le ciel, le sol frémit d'un sourd grondement et soudain le silence de la Kaaba s'emplit de chuchotements. Avant d'écouter la voix de Dieu et de te soumettre à Sa parole, écoute ces chuchotements. Écoute ce que disent Lat, Uzza et Manat.

1. *Kaf* et *nun* : Nom des lettres arabes correspondant au *k* et au *n*, première et dernière lettres du mot *Kün*.

Lat

Ils m'ont emmenée de Taïf et installée ici. De tous les beaux lieux du Hedjaz, Taïf est le plus attirant, le plus prospère et le plus charmant. Certes, Yathrib est une oasis où abondent l'eau et les chameaux, elle est placée, comme La Mecque, sur la route des caravanes, Khaïbar est célèbre pour ses dattes et sa forteresse, mais je n'échangerais Taïf ni pour l'une ni pour l'autre. Cette ville est toute mon enfance et ma jeunesse, on peut considérer que je suis encore jeune, et d'ailleurs les déesses ne vieillissent pas, elles sont toujours en âge d'être honorées, adorées, aimées et louées, mais, je ne sais pas pourquoi, il me semble que là-bas j'étais plus belle, plus sacrée et beaucoup plus heureuse. Il venait beaucoup de monde. J'étais rieuse et enjouée. Avant de déposer à mes pieds des pierres précieuses, de l'ambre, des émeraudes, des rubis, de l'argent et de l'or, avant de me sacrifier un animal et de couvrir de soie mon corps nu, les marchands me racontaient ce qui leur arrivait. Ils me parlaient des lieux lointains qu'ils avaient visités, des villes du nord sentant le cumin et la cannelle et des villes du sud embaumant la rose, des sirènes nageant dans l'eau et des djinns cuisant dans la chaleur du désert, des géants installés au sommet des montagnes et de leurs dociles chameaux. Mais outre mes fidèles adorateurs et mes esclaves qui m'offraient des sacrifices, j'avais à mon service des filles de joie. Elles faisaient l'amour devant moi avec les étrangers venus de pays lointains. Elles oignaient leur corps nu d'huile d'olive et étalaient à ma vue leur intimité impudique.

Une fois, un vieux Bédouin fatigué est arrivé. Il avait un visage étrange et une barbe cuivrée. Ses yeux brillaient de concupiscence. Il tira de son sein une boîte dont il souleva le couvercle après s'être prosterné devant moi, puis s'en alla. Je vis que c'était un pénis, tout recroquevillé, il semblait triste et affligé, dégoûté de la vie. Il se dressa sous mes doigts et je m'installai dessus. Tandis qu'il était en moi, je me sentis un instant comme suspendue entre la vie et la mort. J'aurais voulu que l'ardeur de mon corps ne cessât jamais. De tous les présents que l'on m'a faits, ce fut sans doute le plus précieux, le plus agréable. Je le cachai furtivement. Quand j'étais seule, il ne me quittait pas, il était devenu une partie de mon corps, j'en avais fait le compagnon préféré de mon organe génital. Jusqu'à ce qu'on m'amène ici et qu'on me marie à Hubal, il ne m'a jamais quittée.

Un jour, on m'a retirée de mon temple de Taïf et jetée dans un coin de ce cube obscur et bas de plafond. Là-bas, j'étais heureuse, j'avais sous la main mon cadeau de pierre, je jouissais du respect de mes adorateurs. Ici, près de Hubal, on m'ignore, je sais que ses adorateurs font peu de cas de moi. Et d'ailleurs Hubal a une autre épouse : Uzza. L'été, il me prend dans ses bras, car il trouve sur ma peau la fraîcheur de Taïf et peut voir sur mon visage le clair de lune dont j'ai fait don en des temps très anciens aux femmes de ce lointain pays que l'on nomme la Syrie ; mais en hiver il étreint Uzza, la favorite des Qoraïch et, bien qu'elle ne soit qu'un morceau de bois, elle est brillante et ardente comme le soleil du désert.

Taïf est un paradis de verdure, ici, c'est un enfer brûlant et ténébreux. Pourtant, je mentirais si je disais que, après avoir quitté cette verte vallée que l'on appelle le jardin du Hedjaz, je ne me suis pas habituée à mon nouveau lieu de séjour. Que pouvais-je attendre d'autre de la lignée d'Abraham ! Apparemment ils m'adorent et se prosternent devant moi. Je suis pour eux un passage, une sorte de pont entre ce monde et l'au-delà. Un moyen de rejoindre Allah. Mais ce n'est qu'une apparence. En réalité, je sais qu'Abd-ul Muttalib, qui est chargé d'entretenir la confiance des pèlerins qui viennent ici m'honorer, s'est depuis longtemps détourné de moi, il me dédaigne et même il m'est hostile. J'en ai acquis la certitude. S'il n'était pas gêné par la présence des pèlerins, il aurait déjà suivi les traces d'Abraham, il aurait trouvé un nouveau dieu, un dieu unique, et se serait mis sous sa protection. Un jour il se donnera à Lui. Il se rend compte que s'il est près d'Allah, qui voit et entend tout, il n'a plus besoin de nous. Il se dira qu'Allah n'est pas notre père, que nous ne sommes pas ses filles. Mais le verset n'est pas encore descendu du ciel. « Les djinns – créés par Lui – et les infidèles ont donné à Allah des associés. Dans leur aveuglement, ils Lui ont inventé des fils et des filles » : celui qui dira cela n'est pas encore né. Mais le visage de son grand-père Abd-ul Muttalib porte déjà les premières traces de ce verset. C'est pour cela qu'il ne m'adore pas et qu'il tourne constamment les yeux vers le ciel comme s'il y cherchait quelque chose. Comme faisait jadis Abraham.

Le prophète Abraham

Abraham était déjà vieux. Il n'adorait pas les idoles que façonnait son grand-père Azar et que l'on vendait sur les marchés, il avait trouvé refuge auprès du dieu qu'il sentait en lui et dont il rêvait sans cesse ; il l'invoquait à tout instant et pas seulement dans les moments difficiles, il puisait jour et nuit sa consolation dans son existence. Or l'Être suprême en qui il croyait ne lui donna même pas un fils, Il ne lui accorda pas cette descendance qu'Il dispense à tous, même aux plus infâmes.

Mais il n'était pas si facile d'accéder à Dieu. Un jour il demanda à sa mère : « Qui est mon Dieu ? » Quand elle lui répondit « c'est moi », il fut tout surpris et se dit que même si cette belle femme qui l'étreignait avec tendresse était bel et bien une déesse, elle ne pouvait pas être le Dieu de la terre et du ciel, des créatures vivantes et inanimées et des étoiles qui gravitent au firmament. Et si sa mère était une déesse, il fallait bien qu'elle-même eût un dieu. Car chacun en avait un, certains adoraient un arbre, d'autres les montagnes, d'autres les idoles qu'ils sculptaient dans le bois, pétrissaient dans l'argile ou taillaient dans la pierre. Il y en avait même qui façonnaient un pénis pour l'adorer. Les hommes rendaient un culte à ces objets inutiles, sourds et aveugles, mais lui, il était en quête d'un autre Être, qui était différent de tout cela, de l'éclair qui brille, de la mer en furie, des nuages chassés par le vent et même de la lune, du soleil et des étoiles. Il était en quête d'un dieu différent qui régnait sur tout cela. Tu peux à la rigueur le concevoir, mais ton imagination est trop faible et même si tu ne peux pas Le voir, Lui, Il te voit. Il est plus proche de toi que ta carotide ; tu sais qu'elle est là, tu perçois ses pulsations, mais tu ne sais pas à quoi elle ressemble. Il t'est impossible de le savoir ! L'homme rêvait d'un être supérieur à lui et avait envie de se prosterner devant Lui, de Le glorifier, de s'abriter sous Son aile et de se soumettre à Sa puissance et à Sa colère. Il était en quête d'un Être suprême qui donne un sens à cette vie dont on ignore les origines et le but, et une raison d'être.

Abraham demanda à sa mère : « Bon, qui est ton dieu ? » « Ton père ! » répondit-elle. Son père exerçait son autorité non seulement sur ses frères et sa mère, mais également sur son troupeau, dont il était responsable. Mais n'avait-il pas lui-même un dieu ? Il alla alors poser la même question à son père, qui lui répondit : « Mon dieu est Nemrod. » Il ignorait probablement que les enfants sont plus curieux et plus intrépides que les adultes, et quand Abraham lui demanda : « Bon, mais qui est le dieu de Nemrod ? », pris de court, pour toute réponse, il lui donna une gifle. Ce petit galopin allait vraiment un peu fort. Non, mais, quelle ignorance et quel toupet ! Bien entendu, le dieu de Nemrod, c'était Nemrod lui-même.

En grandissant, Abraham décida qu'il était impossible

que le soleil qui se lève, la lune qui se couche et les étoiles n'eussent pas un dieu, puisqu'ils ne sont pas constants, qu'ils apparaissent et disparaissent dans le ciel. Comprenant qu'il n'en démordrait pas, Nemrod le fit appeler et lui demanda : « Quel est donc ce dieu auquel mes serviteurs ne croient pas, mais auquel tu tiens tellement ? » Abraham répondit : « C'est celui qui donne la vie et qui la retire ! » « Moi aussi, je fais cela », dit Nemrod. Il se fit amener deux esclaves. Il tira son glaive et trancha sur-le-champ la tête de l'un, puis il affranchit l'autre. Abraham dit alors : « Mon dieu fait lever le soleil à l'est, fais-le donc naître à l'ouest. » Nemrod en resta sans paroles. Puis il fit jeter Abraham dans les flammes.

C'est ta grand-mère qui t'a raconté pour la première fois l'histoire du saint Abraham. C'était une forte femme au visage rond, et toi tu avais à peine quatre ans. Ce récit différait des contes qui commencent par « il était une fois ». La voix rauque et profonde de ta grand-mère, qui faisait bourdonner tes oreilles, lui donnait un sens particulier. Cette voix ne s'éclaircissait qu'à la lecture du Coran : elle devenait alors pure et limpide et coulait comme de l'eau ; elle portait en elle toute la magie non seulement de ton enfance, mais de tout un passé, de l'époque où tu commençais à t'interroger. Tu te posais sur l'existence et le néant des questions que tu ne parvenais pas à formuler et auxquelles nul n'aurait pu répondre, pas même ta grand-mère, cette grosse femme au cœur tendre qui t'endormait en te berçant dans ses bras comme un bébé. Oui, c'est elle qui te raconta cette histoire pour la première fois. Il faisait très chaud. Vous étiez dans le jardin à l'ombre du mûrier, assis côte à côte sur un tapis figurant des roses épanouies et des pelouses bleutées. Non, tu n'étais pas sur ses genoux. Son sein accueillant où tu te blottissais en te mettant en boule comme un hérisson en l'absence de ta mère t'était interdit quand il faisait chaud. Même assise sans bouger, la vieille dame transpirait, ses cheveux blancs qui dépassaient de son foulard étaient tout mouillés et des gouttes de sueur coulaient de son front ridé. C'est pour cela que vous étiez assis l'un près de l'autre et qu'elle ne te tenait pas dans ses bras. Même le feuillage du mûrier ne donnait pas de fraîcheur. On étouffait, il était midi et le soleil d'été faisait peser sur la ville une chape de plomb. Ton grand-père était à son cabinet d'avocat, ton papa et ta maman étaient en voyage. Quant à toi, tu mourais d'envie de te blottir, de disparaître dans les bras de ta grand-mère et de t'y consumer. Comme Abraham.

Abraham ne s'était pas contenté de se détourner des idoles que tout le monde adorait, il s'était mis en tête de les détruire. Tu crois encore entendre la voix de ta grand-mère. Pourtant les années ont passé, tu as compris que l'eau étouffe l'homme et que le feu le brûle. Et que, comme l'a dit ce poète solitaire mort au milieu du chemin de la vie : « Arrivé à cet âge, on comprend que chaque jour apporte de nouveaux chagrins. » Cet âge, tu l'as déjà atteint et même dépassé. Tandis que les jours s'égrènent comme un chapelet et augmentent ta peine, écoute encore la voix rassurante de ta grand-mère, prête l'oreille à ses propos. Chaque enfant cherche Allah tout d'abord en lui-même, puis sur le visage de ses proches. Dans tout enfant il y a un dieu, mais c'est la lumière divine qui brillait sur le visage de ta grand-mère. Ton aïeule, qu'elle repose en paix, était de ceux dont Dieu illumine la face. Si tes souvenirs sont exacts, elle te raconta l'histoire d'Abraham pour qu'elle te serve de leçon. C'est à toi, maintenant, de la narrer à tes petits-enfants ; ils ne sont pas encore nés, mais tu espères que tu en auras un jour, ton fils pourra t'en donner. Mais Abraham, quand il fut jeté dans les flammes, n'avait pas de descendance. Du moins pas encore.

Nemrod fit abattre et débiter tous les arbres du pays. On empila le bois et on y mit le feu. Les flammes recouvrirent la terre et le ciel, il faisait plus chaud qu'en enfer. Les fourmis sur le sol et les oiseaux dans le ciel s'embrasaient. Il montait d'épaisses fumées. On tira Abraham de sa cellule et on le mena devant Nemrod, qui lui parla ainsi : « Tu as douté de ma puissance, tu n'as pas craint ma colère, tu as refusé d'adorer les idoles comme mes autres sujets. Tu as même voulu les briser, alors maintenant, voyons un peu. Lequel de nous deux va brûler en enfer ? » On plaça Abraham dans une catapulte et on le lança au milieu des flammes. Voyant cela, les anges, en pleurs, implorèrent l'aide d'Allah, qui fit appeler l'ange de l'eau et lui dit : « Va dire à Abraham : je suis l'ange de l'eau, je commande à toutes les eaux du monde, à la pluie et même à l'océan, si tu le désires, je vais éteindre tout de suite le feu de Nemrod… » Abraham était bien décidé à n'attendre de secours de nul autre qu'Allah, fût-il même un ange. Il ne répondit pas. Là-dessus, l'ange du vent apparut et dit : « Si tu le souhaites, j'éteindrai le feu de Nemrod en soufflant dessus. » Mais Abraham ne broncha pas. Il se tourna vers Dieu et il Le pria ainsi : « Seigneur ! Y a-t-il en ce monde quelqu'un d'autre que moi qui T'adore ? Si c'est le cas, laisse-moi me consumer, sinon viens à mon secours ! » Alors Dieu ne se contenta pas d'éteindre le feu, il ordonna à l'archange Gabriel de faire jaillir de l'eau du sol et de faire apparaître autour d'Abraham un jardin verdoyant. Ainsi fut fait. De nos jours, ce jardin se trouve en Anatolie, au pied des montagnes, dans la ville des princes ottomans.

Ta grand-mère te mena dans le jardin d'Abraham, te montra les poissons qui nageaient dans un bassin et dont le feu qui avait épargné l'aïeul de tous les prophètes avait un peu brûlé le dos, ce qui expliquait pourquoi ils étaient rouges et portaient des taches. Tu savais que l'homme qui s'occupait de ce jardin était cet étranger barbu et chevelu venu de Kirkouk, que l'on appelait le Tarzan de Manisa, qui se promenait à moitié nu dans les montagnes été comme hiver et conversait avec les bêtes sauvages. Tout comme tu savais qu'à la fin du ramadan c'était lui qui gravissait prestement la colline pour aller tirer les coups de canon. Tu n'allais pas tarder à faire la connaissance de ce fameux Tarzan, qui plantait de ses mains, un à un, arrosait et soignait comme il l'eût fait de ses propres enfants tous les arbres du parc, mais tu ne lui poserais pas de question sur le parc, les poissons ni le canon du ramadan, et d'ailleurs, même si tu avais voulu l'interroger, tu n'en aurais jamais eu le courage. Car cet homme étrange qui vivait seul dans sa cabane et à qui les petits galopins de la ville lançaient des pierres était à tes yeux Abraham en personne. Comme le prophète Abraham briseur d'idoles, il vivait en marginal et ne craignait qu'Allah. Sa peau basanée portait des traces de brûlures et il était sombre et effrayant comme s'il était passé à travers les flammes. De plus il était seul au monde et sans descendance. Pour toi, ce « Tarzan de Manisa » était le prophète sauvé de la colère de

Nemrod. Un jour, vous reveniez du parc, ta grand-mère, comme toujours, te tenait par la main, et vous vous rendîtes chez le boulanger Ibrahim efendi.

« Ibrahim efendi, dit ta grand-mère, je te présente notre petit-fils. Comme tu vois, il est déjà grand. Désormais, c'est lui qui t'apportera la *surra*, la sauce de mouton du Bayram. » L'homme était un colosse. La bouche ouverte, il restait planté devant son four dans lequel tu voyais danser les flammes. Son visage, sa barbe noire, ses yeux vert émeraude, ses sourcils noirs et son large front basané étaient éclairés d'une lueur rougeâtre. Ses yeux avaient une expression étrange, que tu n'as jamais retrouvée chez personne. Tenant dans ses mains un pain de luxe qu'il venait de retirer du four : « Bien sûr, qu'il le fera, dit-il, c'est un vrai homme, maintenant ; mais le Bayram n'est plus ce qu'il était, il ressemble à tous les autres jours… » À quoi faisait-il allusion ? Tu te souviens que ta grand-mère, pour éviter toute polémique, t'emmena séance tenante, sans entamer la discussion avec cet homme étrange. Tu gardes encore sur ton palais la chaleur moelleuse du morceau de pain que tu as subrepticement arraché à la miche pour le porter à ta bouche, mais ensuite, pendant des années, tu n'as pas revu Ibrahim efendi, déposé le plateau contenant la *surra*, baisé la main du boulanger, fait une prière et pris les sous percés du Bayram.

C'est à la mort de ton grand-père, quand tu vins à Manisa mettre de l'ordre dans les papiers qu'il avait laissés, que tu vis Ibrahim efendi pour la dernière fois. C'est en lisant ces papiers que tu appris le terrible malheur qui l'avait frappé. Il était enfermé tout seul dans une chambre de l'asile d'aliénés. Bien entendu, il ne te reconnut pas, d'ailleurs il ne reconnaissait personne, pas même son plus proche entourage. Il n'arrêtait pas de répéter le nom d'Ismaïl, ton ami d'enfance aux yeux bleus comme le ciel. Avec un sourire taquin, ton grand-père l'appelait « Ismayıl », en imitant je ne sais qui, et toi tu t'empressais de rectifier : « Non, pas Ismayıl, Ismaïl ! » « D'accord, disait ton grand-père, va pour Ismaïl ! »

En fait, il était loin d'être enchanté de cette amitié, mais il fermait les yeux. Ce n'était pas parce que Ismaïl était un immigrant. Il y avait une autre raison, quelque chose qui t'échappait et qu'on ne te disait pas. Des années plus tard, en voyant Ibrahim efendi non plus devant son four, mais à l'asile, tu compris que tu ne reverrais plus son fils Ismaïl. C'est sans doute pour cela que celui-ci s'insinue encore dans tes rêves, qu'il te regarde de ses yeux bleus, comme un buffle prêt à charger, comme un buffletin. Maintenant, ce n'est plus un *malak*, un buffletin, couché dans la boue sur les bords du Gediz, c'est un *melek*, un ange ; parfois, ces deux mots, qui n'ont en commun que leur ressemblance phonétique, s'entremêlent jusqu'au cauchemar. Une voix dit « Ismaïl est un *melek* », tandis qu'une autre voix, diabolique, reprend avec un grand rire : « Pas du tout ! C'est un *malak* ! *Malak* Ismaïl, *malak* Ismaïl ! *Malak !* » Et le diable prend la forme d'Ibrahim efendi et dit en agitant les mains : « *Kobak ! Kobak ! Kobalak !* Billes ! Figues vertes ! » Tu te réveilles en poussant des cris affreux. Est-on en train d'égorger un buffletin au bord de la rivière, ou ces cris sont-ils les clameurs que tu retiens, que tu étouffes en toi depuis l'enfance ?

Au moment d'écrire ces lignes, tu sais que tu ne pourras plus secourir Ismaïl, qu'il est trop tard, que tu ne fais qu'essayer d'occulter sa mort tragique. Il est encore trop tôt pour raconter l'histoire d'Ismaïl et évoquer la démence d'Ibrahim efendi. On en est encore aux jours de ton enfance où tu apportais sur un plateau la *surra*, la sauce de mouton ; cette époque, tu peux en rappeler les souvenirs, mais il t'est impossible d'y retourner. Quand tu te hâtais vers la boulangerie aussi vite, comme disait ta grand-mère, que « si tu apportais de la merde à la tannerie », ta pensée s'élançait vers le prophète Abraham. Abraham et Ibrahim ne faisaient plus qu'un, ensemble ils riaient et pleuraient, ensemble ils comptaient les étoiles du ciel.

Pour en revenir à l'une de ces étoiles, il te faudra, le moment venu, raconter la mort de ce père dont tu te souviens confusément, que tu as pour ainsi dire oublié et sur la tombe duquel tu n'es pas allé une seule fois. La façon dont Ismaïl, sous prétexte qu'il n'assistait pas à l'office et ne respectait pas le jeûne, le vouait aux souffrances de la tombe. Ses discussions avec ton grand-père à propos du Coran, son examen plein de respect et de curiosité de la traduction française du Coran et les confidences que te fit le vieil homme, des années plus tard, juste avant de mourir.

Ainsi donc, Abraham était le seul être au monde à adorer le dieu unique, à se placer sous sa protection, à espérer son secours. Mais Dieu, qui l'avait comblé de bienfaits, protégé de la colère de Nemrod et sauvé des flammes, ne lui avait pas donné de fils. Certes, il était riche, il possédait des troupeaux de moutons, de chèvres et de bœufs, de l'argent, des serviteurs et des esclaves et avait deux épouses, ou, pour être plus précis, quand sa première épouse Sara fut trop vieille pour avoir des enfants, il avait pris pour femme une esclave du nom de Agar, mais aucune des deux ne lui avait donné d'enfant. Allant d'une vallée à l'autre, d'un pays à l'autre, il se désolait à l'idée de comparaître devant le Seigneur sans avoir eu de descendance, mais il n'osait pas se plaindre. Ce n'était pas un révolté, non content de se résigner, en parcourant d'un bout à l'autre le pays de Canaan, il continuait à offrir des sacrifices au Seigneur et à Lui immoler des victimes.

Le Seigneur dit enfin à Abraham : « Lève la tête, regarde le ciel et dis-moi ce que tu vois. » Le soleil venait de se coucher et, comme toujours, les étoiles emplissaient le firmament. La nuit était lumineuse et sereine, les étoiles innombrables. Abraham déclara qu'il ne voyait rien d'autre que les étoiles, le Seigneur lui promit qu'il lui donnerait une descendance aussi nombreuse que les étoiles du ciel.

Qui sait ce qu'Abraham ressentit alors et ce qui lui passa par la tête ? Il se demandait s'il devait remercier le Dieu qu'il avait adoré toute sa vie ou courir se jeter dans les bras de la plus jeune de ses épouses. Il était partagé entre le désir et l'inquiétude. Toi-même, faute d'avoir ta mère, n'allais-tu pas te blottir dans le giron de ta grand-mère ? Ne cherchais-tu pas de la tendresse sur la peau ridée et toute flétrie de la vieille dame ? Ne te frottais-tu pas contre ses flancs, son ventre, ses seins desséchés comme deux figues ? Tu étais comme les chatons que l'on abandonnait dans votre jardin, connaissant la bonté de ton grand-père et sachant bien qu'il ne pourrait pas s'empêcher de les recueillir. Du divan sur lequel vous étiez couchés, par la fenêtre ouverte, on voyait les étoiles. Et lorsque Azraël était soudain venu l'enlever, dans cet accident d'autobus, ton père, avant de suivre l'ange de la mort et de se perdre parmi les étoiles, ne t'avait-il pas pris ta mère pour l'emmener avec lui comme il faisait toujours quand il partait en voyage ? C'est seulement sur des photographies qu'on pouvait te voir entre eux, toi, âgé de cinq ans, près de ce jeune homme aux yeux bleus qui était ton père et qui, désormais, ne vivrait plus que sur ces images ; il était maintenant une étoile qui brillait dans la nuit d'été. L'étoile filante que tu regardais par la fenêtre ouverte près du divan où tu étais couché avec ta grand-mère.

Abraham eut un fils de chacune de ses femmes. Sara lui donna Isaac et Agar Ismaël. Ismaël signifie « Dieu entend ». Et, en effet, après la naissance d'Ismaël, Dieu entendit les prières d'Abraham qui le suppliait instamment de lui donner un autre fils ; alors, en plus d'Ismaël, il lui donna Isaac. Il expédia Ismaël et sa mère très loin, dans le Hedjaz, à quarante jours de voyage en chameau. Par la suite, Abraham partit dans la même direction pour rejoindre Ismaël, ils construisirent ensemble la Kaaba, près de l'eau de Zamzam, et placèrent dans le coin oriental de l'édifice *hadjer-ul esved*, la pierre noire tombée du ciel qu'un ange avait apportée à Abraham. Cette pierre qui, auprès de Dieu, était parfaitement pure, devint toute noire sur Terre à cause des péchés des hommes. Mais, en dépit de sa noirceur, elle continuait à briller, comme pour prouver que la splendeur divine gardait son éclat jusque dans les lieux les plus ténébreux.

Cette expression, *hadjer-ul esved*, te semblait particulièrement magique et t'emportait au loin, en Arabie, pays des prophètes. Tandis que ta grand-mère, dans les vignes plantées non loin de la ville et traversées par les eaux boueuses ou limpides du Gediz, te lisait le Coran avec application, ton oreille, acquise aux sons de la langue turque, se familiarisait avec les inflexions d'une autre langue qui ne note que les consonnes. Tu t'y habituais d'autant mieux que les versets que la vieille dame lisait tantôt dans un murmure, tantôt en jetant les mots en cascade, produisaient sur toi une forte impression. Le son te parvenait avant le sens, il te faisait violence et s'emparait de toi. Le monde se réduisait à ce flot sonore, à la magie de ces sons familiers, mais presque insaisissables, auxquels tu t'abandonnais. Les sons s'insinuaient en toi, envahissaient ton esprit, mais gardaient leur secret. La voix se faisait murmure, devenait fine et rauque et, comme l'eau limoneuse du Gediz que vous pouviez voir, les jours d'été, quand vous alliez à la maison des vignes, elle demeurait opaque et impénétrable. Tu regardais ta grand-mère comme une eau ténébreuse qui dissimule aux regards son fond pierreux, sans pouvoir déceler la lumière de son visage au front ridé. Tandis qu'elle parlait, les objets qui l'entouraient s'assombrissaient à leur tour, ils palpitaient dans la pénombre, respiraient, se mettaient à se déplacer, à aller du sol au plafond, et, se cognant aux murs, se brisaient comme des morceaux de glace. Mais ces sons avaient une forme, ils étaient aussi réels que ta propre existence et que l'amour divin qui s'épanouissait en eux. Le sens t'échappait, mais la parole d'Allah révélée à son prophète Mahomet, revêtue de ces mots arabes que tu n'apprendrais que plus tard, gardait pour toi tout son mystère. Maintenant, le charme est rompu. Au bout de quelques années, quand les sons ont pris un sens, tu as perdu la foi. Tu sais maintenant qu'en arabe *hadjer* signifie la pierre et qu'*esved* veut dire noir. Tu te rends compte que « pierre noire » ne produit pas l'effet magique de *hadjer-ul esved* et n'a rien de mystérieux. Ce nom de pierre noire ne fait que désigner un objet particulier, comme le nom d'une personne, d'une ville ou d'une région ; *hadjer-ul esved*, c'est tout autre chose : ce n'est pas seulement le mot sacré que tu entendais dans ton enfance, c'est la forme concrète de tes rêves blancs comme le lait, l'incarnation de ton corps innocent.

Tu apprendrais plus tard que lorsqu'il fut question de transporter la pierre de l'endroit où on l'avait trouvée à son emplacement actuel, il y eut un désaccord entre les quatre grandes familles Qoraïch. C'est ton grand-père qui te raconterait comment on tira l'épée pour se disputer l'honneur de porter *hadjer-ul esved* à la Kaaba, comment les Qoraïch en vinrent aux mains, comment on eut enfin recours à l'arbitrage de Mahomet qui, bien qu'il ne fût pas encore entré en prophétie, trouva une solution judicieuse. Il apporta un morceau de tissu, y fit déposer la pierre et dit aux représentants des quatre familles de saisir un coin du tissu et de le soulever. Ainsi la tâche fut partagée de façon équitable. Et le jeune Mahomet, qui s'appelait aussi Ahmed, reçut également le nom de El Emin. Ce qui signifie qu'aux yeux des Qoraïch le futur prophète était une personne « à qui l'on peut se fier ».

Tu savais que ton grand-père, en bon musulman, ne se contentait pas de faire les cinq prières quotidiennes, mais qu'il était aussi un *hadji*, même si tu ne comprenais pas le sens de ce mot. Du moins pas encore. En fait, ton grand-père n'avait pas, comme des millions de musulmans, revêtu l'*ihram* pour faire le pèlerinage à La Mecque, il ne s'était pas mêlé à la foule des pèlerins marchant autour de la Kaaba, à ce flot humain qui fait penser à un champ de foire, à cette bousculade où l'on risque d'écraser ses coreligionnaires, pour aller toucher, baiser et effleurer du front la pierre noire. Devenant un « héros du Yémen », il était allé là-bas pour faire la guerre, non pour lapider le diable à Mina et gravir le mont Arafat. Il n'eut même pas le loisir de boire de l'eau de Zamzam, mais d'une certaine manière, si l'on en croit ta grand-mère, on peut considérer qu'il a fait le pèlerinage et qu'il est un *hadji*. En tout cas, il est rentré de ce Yémen d'où si peu sont revenus et que célèbrent tant de chants épiques. À vrai dire, c'est du Hedjaz qu'il est revenu, mais pour tous ses proches, y compris sa femme, Yémen et Arabie étaient la même chose. C'est le mot *Yémen* qui s'est gravé dans les mémoires. C'est ce terme géographique qu'ont retenu les couplets que l'on chantait en l'honneur des morts de la guerre du désert et les chants funèbres que l'on psalmodiait.

« Ici, c'est le chemin escarpé de Mus / Qui va au Yémen n'en revient pas ! » En effet, qui y allait n'en revenait pas et, sur cette terre sainte au sol brûlé par la sécheresse, on servait de pâture aux bêtes sauvages. Pour tenter de sauver un empire déchu. Les hommes étaient arrachés de force à leur famille et à leur village et envoyés à Gaza, La Mecque, Médine, et il ne restait plus aux veuves, aux fiancées, aux vieilles mamans qu'à dire des chants funèbres pour leurs époux, leurs fiancés, leurs fils fauchés par les balles anglaises ou égorgés par les poignards arabes. « Ne va pas au Yémen, au Yémen / la chaleur y est insupportable / Tu y attraperas la dengue / Tu es un ignorant, tu t'endormiras pour toujours. »

Ton grand-père s'est réveillé, il n'était pas un ignorant. Il a été mobilisé en tant que jeune officier. Il est allé au Yémen, sur le Canal, à Damas, Gaza et Médine, il a combattu les sept États de l'Entente, a été blessé et fait prisonnier, et finalement il est revenu. Et on peut dire qu'il est un *hadji.* À la fois un *hadji* et un soldat d'Allah. Mais, grâce à Dieu, il ne se prenait pas pour un héros et ne tirait aucun orgueil d'avoir fait la guerre. La guerre, cela consiste à prendre une âme donnée par Allah ! En allant combattre les Arabes qui s'étaient alliés aux Anglais, il savait bien qu'ils étaient des fidèles du saint prophète, mais il n'avait pas le choix. Il tuerait pour ne pas être tué, il ôterait la vie pour ne pas la perdre. Parce que la vie est douce. Parce qu'il était jeune et avait encore de longues années devant lui. Il n'était même pas marié. Mais il n'a pas réussi à sauver le tombeau d'Abraham du chérif de La Mecque allié aux Anglais.

Est-il facile d'avoir un fils ? Bien sûr que non. Surtout si vous êtes prophète, si vous êtes tout occupé de la pensée de Dieu, de Son amour, si c'est Son mystère insondable, Son infini savoir, Son éternité qui fait battre votre cœur et coule dans vos veines. Qu'est-ce qu'un enfant, fille ou garçon, un garçon, surtout ! Si Dieu le veut, Il le reprendra comme Il vous l'a donné. Jésus était prophète, mais, ne vous en déplaise, il n'était pas fils de Dieu. Et il n'a pas été crucifié. Dieu l'a appelé à Lui, Il lui a donné la vie éternelle.

En fait votre âme peut vous être prise durant votre sommeil sans que vous mouriez. Mais Dieu, jusqu'à votre mort, vous rend la vie chaque matin, comme Il l'a rendue à Jésus. Quand ton grand-père tuait des Arabes à la guerre, il croyait que Dieu prenait, la nuit, l'âme de tous les musulmans et la leur rendait au matin, et il savait qu'il est vain d'avoir peur de la mort. Mais Dieu peut aussi reprendre l'âme qu'Il a donnée. Pas pour une nuit, mais pour l'éternité. Dieu ne lui a pas donné de fils, Il lui a accordé trois filles. Qui sait, s'il avait vécu au temps de l'ignorance, peut-être en aurait-il supprimé une. En fait, il les a élevées toutes les trois. Elles ont grandi, sont allées à l'école, ont reçu une bonne éducation. C'est peut-être pour cela qu'il lisait souvent le verset « Lorsqu'on demande à la fillette enterrée vivante pour quel crime elle a été tuée », et il pleurait. Et toi, tu ne comprenais pas pourquoi ton grand-père, qui n'avait pas versé une larme à la mort de ton père, ne pleurait qu'à la lecture de ce verset. Et aussi quand l'imam, dans son sermon du vendredi, se mettait à décrire le Jugement dernier. N'ayant pas eu de fils, il t'aimait très fort et voulait faire de son unique petit-fils un bon musulman. S'il avait vécu au temps de l'ignorance, peut-être t'aurait-il sacrifié sur un autel.

Qui saurait dire si Dieu a voulu éprouver Abraham ou l'élever un instant jusqu'à Lui. Car Il peut tout. N'est-ce pas Lui qui nous protège et nous dispense Ses bienfaits ? Quel péché avait donc commis Abraham pour que Dieu veuille en tirer vengeance ? Nous l'ignorons. Mais nous savons qu'Il lui a ordonné de Lui sacrifier son fils Ismaël. C'est Lui qui donne et qui reprend, un point c'est tout.

En réponse, Abraham dit : « Me voici ! J'ai cru en Toi, j'ai cherché refuge en Toi, jour et nuit, au fil des mois, des saisons, des années, pendant plus de cent ans Tu as occupé toutes mes pensées, toutes mes aspirations, tous mes désirs. » Était-ce bien vrai ? Son amour pour son fils, qu'il avait attendu et désiré si fort durant tant d'années, n'était-il pas plus fort que son Amour de Dieu ? Aimait-il vraiment Dieu d'un amour exclusif, ou y avait-il place dans son cœur pour un autre amour ?

Quand Abraham eut parlé à son fils Ismaël, celui-ci répondit : « Tu es mon père, tu m'as donné la vie, créé d'une simple goutte, tu m'as nourri et élevé. Tu es mon père. » « Eh bien ! Prépare-toi, nous partons », dit Abraham. Ils prirent avec eux deux domestiques, bâtèrent un âne et se mirent en route. Ils marchèrent trois jours et trois nuits sans dire un mot. Ils se retournèrent pour évaluer le chemin parcouru et virent qu'ils avaient atteint le lieu choisi par Dieu. Abraham descendit de l'âne, dit aux serviteurs d'attendre et monta sur une éminence en compagnie de son fils. Arrivés là, ils dressèrent un autel. Quand ce fut fini, Ismaël demanda où était l'animal que l'on allait sacrifier. Abraham lui répondit : « On ne demande pas compte à Dieu de ses décisions ! » Ensuite il plaça sa tête sur une pierre et lui dit de fermer les yeux. Quand Ismaël se fut exécuté, il tira son couteau et, juste au moment où il allait égorger son fils, un ange descendit du ciel et retint la main d'Abraham en disant : « Dieu vient de comprendre que tu L'aimes vraiment, car tu n'as pas hésité à Lui sacrifier ton fils unique ! » Et il lui donna un mouton à sacrifier à la place d'Ismaël.

Ton grand-père achetait un mouton peint au henné et l'attachait dans la bergerie vide du jardin. Tu étais fou de joie. La maison, qui ne possédait aucun animal en dehors des chats et des volailles du poulailler, était en liesse. Le mouton embellissait les murs de la bergerie, les mûriers, les peupliers, et le jardin s'animait. Même les fourmis sortaient de leur nid en son honneur. Les chats cherchaient un trou pour s'échapper. Le coq gris taché de blanc du poulailler n'avait pas peur du mouton, mais les poules n'osaient plus aller se promener. Tu allais nourrir le mouton et changer son eau. Son pelage était doux et teint au henné comme les mains de ta grand-mère. Il avait les yeux tendres et fière allure. Il faisait désormais partie de la maison, c'était un membre à part entière de la famille. Vous finissiez par vous habituer à lui. Mais il ne suivait que toi, il te considérait comme son maître et gardait ses distances avec ta grand-mère. Parfois il tenait tête aux autres et les menaçait de ses cornes, mais toi, jamais. Et puis venait la fête du Bayram et, en dépit de tes pleurs, de tes cris et de tes supplications, on l'égorgeait au fond du jardin. Tu étais anéanti ! Son sang se répandait sur le sol et quand le boucher le dépouillait, tu avais l'impression que c'était toi que l'on écorchait et ton sang qui coulait. Tu haïssais la terre entière. Tout le monde était réuni à l'occasion de la fête, ton père, ta mère et tes tantes. Et même un oncle insignifiant qui ne venait qu'une fois par an. Leur présence ne suffisait pas à te consoler. C'est ton grand-père qui faisait le premier pas, il te caressait la tête et, en guise de consolation, il te racontait toujours la même histoire. Il disait que si un mouton n'était pas descendu du ciel, c'était toi que l'on aurait égorgé à sa place. Tu essuyais tes larmes, en proie au désespoir, et puis tu poussais un soupir, donnais raison à ton grand-père et remerciais Allah d'avoir envoyé ce mouton. Sans cela, c'est toi que l'on aurait égorgé, dont on aurait ouvert le crâne et dont les entrailles auraient servi à faire du boudin. Cela recommençait tous les ans, on sacrifiait à ta place le mouton que ton grand-père avait acheté, que tu avais nourri de ta main et caressé, auquel tu t'étais habitué comme à un frère, on faisait une sauce avec ses abats et du boudin avec ses tripes et, quand la famille s'était servie, on distribuait le reste aux pauvres. Pour tout souvenir du mouton, il ne restait que sa peau, qui recouvrait le divan sur lequel tu t'étendais avec ta grand-mère pour regarder les étoiles par la fenêtre.

Le hadji Rahmi Ram de Hadjırahmanlı

Ton grand-père Rahmi bey était originaire du village de Hadjırahmanlı, près de Manisa ; il n'était pas vraiment *hadji*, mais à son retour du front du Hedjaz, il se maria et eut des enfants ; ta grand-mère, trouvant que le terme de *gazi*, soldat d'Allah, ne suffisait pas, se mit à lui donner du *hadji*. Quand fut adoptée la loi imposant de prendre un patronyme, il voulut tout d'abord se doter du nom de « Musulman », mais il se dit que cela ne ferait pas bien dans la République turque laïque et opta pour « Ram ». Ce mot arabe qui signifie « le soumis » avait à peu près le même sens.

Sa femme et lui étaient dévots, mais ta grand-mère, originaire des Balkans, l'était peut-être encore plus. Peut-être parce qu'elle n'avait pas fait d'études ou parce qu'elle appartenait à une famille de derviches de l'ordre de Bektachis, de martyrs et de cheiks. À moins qu'elle ne se soit réfugiée dans la religion parce qu'elle avait donné à ton grand-père trois filles, mais pas un seul fils. Dans le salon, que vous appeliez « salle de la radio », elle déployait un lutrin sur le divan et plaçait devant elle un fascicule du Coran à la couverture de cuir élimée et aux pages jaunies, et elle commençait à lire d'une voix de plus en plus forte. Ton grand-père aussi lisait, en rentrant de son cabinet d'avocat, mais au lieu du Coran il lisait ses livres à lui, qui n'étaient pas écrits avec ces lettres qui partent dans tous les sens comme des fourmis dont on a défoncé la fourmilière. Ils étaient rédigés en lettres bien proportionnées et symétriques dont chacune correspond à un son et que, pour faire plaisir à ton grand-père, tu apprendrais avant même d'aller à l'école. Au lieu d'écrire les noms d'Allah et du prophète, le premier mot que tu traças fut ATA, auquel tu ajoutas ensuite TÜRK, pour former le mot ATATÜRK. En entrant à l'école, tu découvris un monde nouveau. Partagé entre les prières que l'on disait à la maison, les chapelets qu'on y égrenait, les dévotions auxquelles tu te livrais en compagnie de tes grands-parents et les marches de l'indépendance, les serments de fidélité et les poèmes dédiés à Atatürk, tu ne savais plus où tu en étais et, peu à peu, tu te détachas de l'univers de tes aïeux.

Ton grand-père appartenait à une famille de propriétaires fonciers de Hadjırahmanlı qui possédait des oliveraies, des champs de tabac et de coton, des potagers et des vignes. Bien sûr, tu n'as pas connu cette époque, mais on en parlait dans la famille. On évoquait souvent ces temps d'abondance où, après l'avoir ramassé à la lumière de lampes puissantes, on enfilait le tabac sur des broches avant de le dresser sur des piques pour le faire sécher au soleil ; on cueillait le raisin sans pépins et au goût de miel qui pendait des ceps pour le mettre à sécher sur les terrasses, on faisait cuire dans des chaudrons des oies et des moutons. Mais personne ne t'a jamais parlé des ouvriers aux mains crevassées et noircies par le tabac ni de la pauvreté des journaliers qui, de l'aube au crépuscule, ramassaient le coton sous un soleil brûlant. C'est quand tu fus pensionnaire dans un lycée d'Istanbul que tu t'intéressas à ces questions ; le Coran ne figurait pas parmi tes livres de chevet.

Avant de devenir Rahmi bey, Rahmi, ton grand-père, avait grandi au village de Hadjırahmanlı. Outre le tabac et les raisins secs, les familles aisées envoyaient à Izmir leur progéniture. Ton grand-père était un de ces enfants privilégiés, mais, contrairement aux autres, il n'était ni un garnement ni un enfant gâté. Il faisait des études. Après avoir reçu à Izmir une éducation religieuse, il poursuivit sa formation dans une médressé d'Istanbul où il obtint le titre de professeur. Mais il n'en resta pas là, il suivit les cours de droit de l'université, qu'il termina comme juge stagiaire. Il attendait sa nomination à Izmir lorsque la guerre éclata. Le gouvernement hésitait à se lancer dans la Première Guerre mondiale, mais lorsque les cuirassés allemands *Goeben* et *Breslau* vinrent s'abriter à Istanbul après avoir bombardé l'Afrique du Nord française et que, arborant le pavillon turc, sous les noms de *Yavuz* et *Midilli*, ils allèrent attaquer Sébastopol, il entra en guerre aux côtés de l'Allemagne. Bien que l'empire fût engagé dans un processus de désagrégation en Europe et dans le Caucase, le soldat turc affronta l'ennemi sur trois continents. Les expéditions militaires se succédaient dans un climat d'apocalypse. On envoyait sur le front de pleins wagons de soldats qui s'en allaient pour ne plus revenir. Ton grand-père était parmi eux. Il n'était qu'un jeune officier sachant à peine former les faisceaux lorsqu'il fut enrôlé avec une unité de la 4e armée de Djemal Pacha envoyée en renfort à Damas, puis en Palestine. C'est à Gaza qu'il vit pour la première fois que l'homme est capable de couardise aussi bien que d'héroïsme et qu'il apprit ce que sont la faim, la soif et la mort violente. Il attesta tout de suite que, même si la vie n'est pas toujours facile, il faut absolument la conserver. Sa foi religieuse était intacte, mais, tous les matins, en se réveillant dans le désert, il remerciait Dieu de ne pas servir de pâture aux vautours. Il connut le typhus et les poux. En 1916, lorsque l'émir Fayçal, l'un des fils du chérif Hussein, s'allia avec les Anglais et souleva les Bédouins contre les Ottomans, il prit part à la défense de Médine. Il affronta Lawrence et les rebelles qui sabotaient le chemin de fer du Hedjaz. Il fit pour sa patrie tout ce qu'un *hadji* est tenu de faire. Finalement, sans être proclamé ni martyr ni héros, il fut blessé et fait prisonnier, mais il réussit à rentrer vivant. À l'armistice, il épousa ta grand-mère Nurhayat à Istanbul.

Ta grand-mère appartenait à une famille de notables d'Üsküb qui, chassée par la guerre des Balkans, était partie en abandonnant tous ses biens et avait trouvé à İstanbul une nouvelle patrie. Nurhayat était la cousine d'un officier compagnon d'armes de ton grand-père. À la différence de la plupart des filles d'émigrés, elle n'était pas une blonde aux yeux gris bleuté, mais plutôt petite, pas très belle, mais intelligente, sage, pieuse et bien élevée. Ton grand-père, en revanche, était un très bel homme. Tu t'en rends compte maintenant en regardant sa photographie prise à Istanbul dans ses années d'étudiant et où on le voit coiffé d'un fez à gland flambant neuf, chaussé de souliers vernis noirs bien brillants et brandissant une canne d'ébène, et tu peux te faire une idée de la vie de débauche qu'il menait, *hadji* ou pas *hadji*, à son retour de Médine, en compagnie de Grecques ou d'Arméniennes. Mais n'étaient-ce que des jours de débauche ? En fait, on s'attendait à voir rayer de la carte un empire terrorisé, ruiné, qui avait tout perdu et croulait sous les décombres. C'est dans ce climat que l'aînée de tes tantes avait vu le jour. Ton autre tante et ta mère, en revanche, étaient nées et avaient grandi à Manisa. Durant son séjour à Istanbul, ton grand-père s'était tenu à l'écart de la politique, mais cela n'avait pas empêché les habitants de Hadjırahmanlı de l'appeler « Rahmi le Jeune Turc ». Il avait des amis parmi les membres d'Union et Progrès, il se sentait proche d'eux, mais il restait à l'écart. Certes, il se réjouit quand fut proclamée la république, mais il éprouva de l'inquiétude quand, le 31 mars, on piétina la foi de ses compatriotes. Il était croyant, mais il n'était pas le dernier à se joindre à des groupes de buveurs après la prière et à fréquenter les prostituées du quartier de Galata. C'est avant de mourir qu'il devait livrer à son petit-fils, en même temps que d'autres secrets, ces faits ignorés de toute sa famille et qu'il avait dissimulés pendant des années à sa femme et à ses filles. Oui, c'est à toi, et à toi seul, qu'à l'article de la mort il avoua ses péchés. Tu n'étais pas encore en âge de tout comprendre, mais tu étais le seul homme de la famille.

Quand vous habitiez à Balıkesir, vous passiez les vacances à Manisa, dans la maison de ton grand-père. Après la mort de ton père, ta mère te confia pour un temps à la garde de ses parents et partit pour la France. Tu ne sauras jamais si c'était pour apprendre le français ou pour une autre raison. La seule chose dont tu te souviennes, c'est que tu as commencé ta scolarité à Manisa, que tu as grandi sous la protection de tes tantes, institutrices comme ta mère, mais restées célibataires, et, surtout, de tes grands-parents. Que c'est grâce à eux que tu as étudié et es devenu un homme, quoi que l'on entende par là ! À cette époque-là, quand on te demandait ce que tu ferais quand tu serais grand, tu disais, très sûr de toi : « Je serai un homme. » Maintenant, homme ou pas, tu t'estimes heureux quand tu peux jouer les seconds rôles. Et pour retrouver le vert paradis de ton enfance, tu donnerais tout ce que tu as, même ta main droite qui est en train d'écrire ces lignes. Pourvu seulement, comme l'a dit le poète auteur des *Trente-cinq ans*[1], que le soleil se lève tous les jours à ta fenêtre et que reviennent ceux qui sont partis. Les montagnes ne se rencontrent pas, mais les hommes, eux, se rencontrent, et tu voudrais bien revoir ceux qui ont disparu.

Ils sont bien loin les jours où, en compagnie de ta mère, tu sortais du bâtiment de pierre taillée de la gare de Balıkesir, qui avait un air insolite, avec sa salle d'attente et son petit restaurant, pour monter dans un train noir et te rendre à Manisa. Mais tu n'as jamais oublié ces voyages, les sièges de bois de troisième classe, les troupeaux de chèvres que tu voyais, à travers la vitre, escalader les collines grises, les maisons de pisé à toit bas, les gamins qui couraient après les wagons en criant « Journal ! Journal ! » – tu apprendrais plus tard que ce n'était pas pour le lire, mais pour en faire des rideaux – et, avant d'arriver à Savaştepe, les minarets dressés de Kırkağaç. Sans s'arrêter à Hadjırahmanlı, l'express, tout haletant, crachant par sa cheminée de la fumée blanche et des étincelles, arrivait à Manisa et te dépo-

1. Cahit Siki Taranci (1910-1954).

sait, avec ta mère, sur le quai, juste en face de ton grand-père qui vous attendait. Bizarrement, vous commenciez par baiser la main du vieil homme puis, un peu gênés par la présence des autres voyageurs qui descendaient à Manisa, vous le serriez dans vos bras. Vous montiez dans un phaéton, preniez l'avenue qui passe au pied même de la montagne et, par une rue étroite, vous arriviez à l'importante maison blanche entourée d'un vaste jardin, près de la Grande Mosquée. Ta mère repartait quelques jours plus tard et toi, tu restais là.

Du royaume de Saba à la maison d'Allah

Vous avez probablement entendu parler du royaume de Saba. Aujourd'hui il s'appelle le Yémen, il est situé un peu en retrait de l'océan Indien, sur le rebord occidental de la péninsule Arabique. C'est une terre fertile, avec ses montagnes, ses rivières, ses vallées couvertes de pâturages où paissent des troupeaux et de vignobles verdoyants. Les arbres jettent une ombre dense, les potagers et les vergers sont bien arrosés. Si vous allez à la vitesse des chevaux arabes galopant la crinière au vent, il vous faudra plus d'un mois pour le traverser ; les chemins sont larges et ombragés, mais le sol est accidenté. Vous n'éprouverez nul besoin de vous protéger du soleil brûlant, car il y a partout de l'eau et une ombre rafraîchissante. L'air est frais, lui aussi, « vivifiant », comme on dit, il nettoie les poumons et active la circulation du sang. Dans le royaume de Saba, les filles sont précoces, les garçons virils et sensuels. J'ai l'impression de vous voir sourire sous votre moustache d'un air de dire « on a déjà entendu cent fois ce genre de balivernes ». Vous devez vous dire que je vais vous raconter, avec une profusion de détails, l'histoire de la reine de Saba, de cet enfant qui naquit de l'union de la reine régnant sur quarante rois avec un djinn, de son trône de perles aux pieds de rubis et d'émeraude, des colonnes de marbre, des bâtiments à coupoles d'or, des tonnelles d'argent et des cadeaux qu'envoyait Salomon à la reine lorsque, plus tard, elle fut sa maîtresse. Je ne vous dirai pas grossièrement que vous vous trompez, mais mon propos n'est pas de débiter des contes connus de tous. Je ne vais pas vous dire que j'étais là quand la huppe apportait à Salomon des nouvelles de la reine de Saba. En tout cas, avant et après l'époque où Salomon correspondait avec sa reine, le peuple de Saba vécut toujours dans l'abondance et je crois qu'il n'est pas inutile de souligner ce fait. Oui, je dis bien ce fait, au risque de démentir les sources anciennes.

Le royaume de Saba est blotti entre deux chaînes de montagnes, à l'abri d'un mur de pierre et de fer, le mur de l'ouest, qui retient les eaux des rivières grossies par la neige des montagnes et par les pluies. Un jour ce mur s'écroulera et les eaux submergeront le pays, emportant hommes et animaux, mais aussi les maisons, et ne laissant pas pierre sur pierre. La reine Tarifat el Haïr était aussi connue que son mari Amru ben Amir. Mais elle n'était pas comme lui, qui ne portait ses vêtements qu'une seule fois et les faisait ensuite déchirer et jeter afin que nul autre ne s'en affublât. Elle passait son temps en adoration dans le temple.

Une nuit, Tarifat rêva qu'un vent furieux soufflait de la mer, apportant des nuées si noires et si épaisses qu'on se serait cru dans un cachot. Un éclair jaillit soudain, suivi d'une pluie battante. Et la foudre tomba au beau milieu du temple en allumant un incendie qui se propagea, gagna le palais et réduisit en cendres toutes les villes du royaume.

Elle se réveilla toute en sueur et alla conter son rêve à son mari. Amru comprit que cet incendie annonçait une catastrophe imminente. D'autres signes se manifestèrent ensuite. Des taupes sortaient des profondeurs du sol et se voilaient les yeux avec leurs pattes. Une tortue se renversa sur le dos au beau milieu du chemin et, malgré tous ses efforts, ne put se remettre d'aplomb. Une souris souleva une grosse pierre, la fit tourner entre ses pattes arrière comme une toupie et la jeta derrière les montagnes. Les arbres dont les feuilles, dans l'air brûlant, n'avaient pas le moindre frémissement se mirent à s'incliner en arrachant leurs racines. Amru vit alors que les eaux retenues par le mur du *ma'rib* ne s'écoulaient pas comme avant et, sans attendre que l'ouragan anéantisse le pays, il décida de quitter la région.

Suivant la direction indiquée par le devin, les habitants se dispersèrent. Ceux qui avaient des chevaux rapides prirent le chemin d'Oman, les plus lents se dirigèrent vers la tribu de Kurud, dans le pays de Hamadan. Les indécis se joignirent à ceux qui partaient chercher une oasis au cœur du désert. Ceux qui faisaient le commerce de la soie gagnèrent la Syrie et ceux qui voulaient faire fortune prirent le chemin de Bosra. Quant à Amru ben Amir, il opta pour Azal, et se mit en route avec ses enfants et ses fidèles guerriers. Ils s'abattirent sur le Tihama comme un vol de sauterelles et tuèrent tous les habitants dans leur sommeil. Ils avaient tant de chameaux et de bétail qu'ils ne pouvaient pas demeurer longtemps sur le même pâturage et devaient sans cesse chercher de nouveaux espaces, vastes et bien irrigués. Ils finirent par planter leur tente devant La Mecque. Ils livrèrent bataille à la tribu de Djurhum qui gardait la

Maison d'Allah, tuèrent tous les hommes et prirent pour esclaves les femmes, les filles et les jeunes gens vigoureux. C'est après qu'ils se furent installés là que les descendants d'Abraham se mêlèrent à eux ; sous le nom de Kuza, ils entreprirent de régner sur La Mecque et de faire payer une redevance aux caravanes qui venaient visiter la Maison d'Allah. Aussi leur domination fut-elle de courte durée, ils furent éliminés par la tribu des Qoraïch. Et La Mecque, Marwa, Safa, Zamzam et la Maison d'Allah restèrent aux mains des Qoraïch.

Bien entendu les Qoraïch conservaient l'héritage sacré. Il restait le sol, l'eau et la pierre d'Abraham, le premier prophète, l'ancêtre de tous les Arabes. Même si cet héritage n'était pas estimé à sa juste valeur, nous savons que les pèlerins qui venaient à la Maison d'Allah en prenaient soin et le protégeaient. Car Dieu avait dit à Abraham : « Ne mets aucune chose entre toi et moi et garde ma maison propre pour ceux qui viennent prier ici, debout, accroupis ou prosternés. » Certes, c'est l'archange Gabriel qui, d'un coup d'aile, avait fait jaillir du sol l'eau de Zamzam, mais c'est Abraham qui, aidé de son fils Ismaël, avait construit la Kaaba de ses mains, en posant pierre sur pierre ; pourtant il n'avait pas posé de toiture, il l'avait laissée découverte. La Kaaba avait une porte et, par la suite, on recouvrit ses quatre murs d'une étoffe précieuse, mais ses fondations portaient encore l'empreinte du pied d'Abraham et elle était toujours dépourvue de toit. On lui en fit un enfin et elle ressembla à une véritable maison ; pourtant les hommes n'y entraient pas pour s'abriter et les descendants d'Abraham placèrent des idoles dans ce temple qu'on avait maintenu dans un état de grande propreté. Ces idoles étaient au nombre de trois cent soixante, une pour chaque jour de l'année ; lorsqu'elles s'ennuyaient, elles se parlaient à elles-mêmes, puis se mettaient à chuchoter entre elles.

Uzza

Si je dis « Eshuru Hurum », qui comprendra, qui saura le prix de ce temps-là ? Zilkade, Zilhidje, Muharram, Redjep ! On faisait la fête pendant ces quatre mois. Muharram ! J'avais envie de crier son nom, de hurler à perdre haleine, de déchirer en menus morceaux ce châle venu de Chine ou de Perse qui drapait ma nudité, la beauté de mon corps que j'offrais généreusement à tous ceux qui croyaient en moi et venaient m'adorer. Quand arrivait le mois de Muharram, la guerre cessait. Muharram débarquait à l'improviste et se jetait dans mes bras. Il faisait vivre et verdoyer mon corps. Je dois vous dire, en effet, que j'avais longtemps vécu dans un arbre *samura*, ses branches étaient mes bras, son tronc mon corps, ses racines mes cheveux. Oui, je me tordais dans les bras de Muharram, mais ce n'était pas de plaisir, non, c'était de bonheur. Je triomphais. D'orgueil. Ou plutôt non, j'exultais de me sentir vivre quand venait Muharram. Il entrait dans mon rêve, se logeait dans mon sein, libérait ma joie. Il me serrait dans ses bras ; il recouvrait mon corps, mes parties intimes La guerre cessait et la fête commençait. Tout baignait dans un parfum de musc et d'ambre, j'avais le vertige, je me sentais heureuse et en proie à l'ivresse. Ils venaient. Ils arrivaient des quatre coins de ce pays rebelle et accidenté, du plat désert et des dunes de sable qui s'étendent jusqu'à la mer et ils dressaient leurs étals, ils se livraient au commerce. Il fallait voir comme ils sympathisaient. Leur but n'était pas de vendre et acheter, mais de se réconcilier. Et de prendre ensemble du bon temps. Les amants s'étreignaient avec passion, comme s'ils vivaient leurs derniers instants. Ainsi qu'il est dit dans les poèmes.

Ils écrivaient des poèmes sur des toiles de lin d'Égypte et les suspendaient aux murs de la Kaaba, ils tournaient en procession autour de moi. Jeunes et vieux, hommes et femmes. Certaines avaient des bébés à leur sein, mais jamais personne ne me manquait de respect. Je les connais. Ils venaient du rouge désert sur leurs chameaux rouges et quand ils étaient tristes, ils se confiaient à leurs chameaux. Le chameau prenait la place de la femme aimée et ils écrivaient des poèmes en son honneur. Ils chantaient aussi leurs chevaux écumants, agiles comme des gazelles. Mais ils ne chantaient pas leurs lances et leurs épées, car, quand venait le mois de Muharram, il leur était interdit de faire la guerre. Alors ils se mettaient à boire du vin et s'enivraient et, avec des filles vêtues de longues robes noires, en procession, en rangs serrés, ils tournaient autour de moi.

Dans ces poèmes, il n'y avait pas que de jolis mots, il y avait aussi la majesté des monts, l'odeur du vent et des peaux juvéniles, l'agitation des nomades dressant leur campement. J'écoutais tout ce que disaient leurs poèmes. Je pensais au ciel étoilé. Les morts non vengés s'envolaient, tels des oiseaux nocturnes. Ce qui importait, c'était l'amour, non la guerre ou la dette de sang. Ils n'avaient pas honte de raconter qu'ils couchaient avec des femmes qui allaitaient un enfant. Ils comparaient le visage de leur bien-aimée, qui s'offrait à leur dévotion, à la veilleuse d'un tabernacle ou à un miroir brillant. Dans leurs poèmes les cuisses des femmes étaient fermes et dodues comme des pousses de palmier. Et leur cou ressemblait à celui des gazelles. Comment oublier ces jours-là, ces jours d'amour, de paix et d'allégresse ? Les mois de Muharram, de Zilkade, de Zilhidje et de Redjep ? Et les jongleurs de mots qui portaient aux nues les filles de joie ? Ces galants magiciens du verbe qui se jouaient de l'inconstance du destin.

Je me souviens de l'un d'entre eux, je crois qu'il s'appelait Imr-ul Qaïs. Il m'aimait, m'adorait et caressait mes seins de ses mains qui brandissaient tour à tour son glaive et son membre viril. Je savais que ces mains-là avaient touché bien des femmes et fait perdre la tête à de nombreuses vierges. Mais cela ne me rebutait pas et je voulais rejeter mon châle de soie et m'unir à lui, lui appartenir. Un jour qu'il allait se venger des assassins de son père, il rencontra Du'l-Halasa.

Je connais Halasa et même je l'aime. C'est un roc de silex sur la route des caravanes allant au Yémen, mais quel roc ! Il resplendit au soleil, et la nuit, il brille encore à la clarté des étoiles. Il brandit un arc, des flèches sont posées devant lui et il porte une couronne dont nul ne sait d'où elle vient ni qui l'a posée sur sa tête. Qaïs décocha une flèche et la suivit du regard en disant : passe ton chemin. Il en décocha une autre et une autre encore. Il a tiré toutes ses flèches, au mépris de sa dette de sang. Là-dessus, voilà un vol de grues qui passe dans le ciel. Elles ne vont pas vers le pays de son père, mais en sens inverse. Voyant qu'il doit renoncer à la vengeance, furieux, il crie à la déesse : « Ah, sale putain ! Mange le pénis de ton père ! »

Bien sûr, je n'en revenais pas, cela ne lui ressemblait guère. Quoi qu'il en soit, je le tenais pour un poète, et si parfois il brandissait sa virilité, c'était parce qu'il était plein de vigueur. Il s'en servait fort bien quand il fallait. Je m'attendais à ce qu'il fût plus compréhensif et plus tendre. Mais je dois avouer qu'il m'a sincèrement aimée. Nous sommes ainsi faites, nous, les déesses, nous sommes solidaires les unes des autres, nous nous aimons et nous haïssons tout à la fois. C'est un sentiment très différent de la jalousie des femmes, nous voulons être glorifiées. Ainsi donc Qaïs avait déjà commencé à s'intéresser à son sexe. Sinon ces mots ne lui seraient pas venus à la première déception. Il faut savoir mesurer ses paroles. Sinon on te pend par ton sexe. Oui, il faut bien peser ses mots. Car les péchés seront pesés à leur juste poids lors du Jugement. Je ne sais pas ce que signifie ce mot-là. Je ne l'avais jamais entendu jusqu'à ce qu'un certain Mahomet vienne du pays des Qoraïch et se mette à dire et à proclamer qu'Allah est plus grand que nous. Que nous ne pouvons pas nous comparer à Lui et qu'au jour du Jugement Il pèsera les actions commises en ce monde ; il a promis que ceux qui adorent Allah et ne se soumettent qu'à Lui iront au paradis, tandis que ceux qui nous adorent et nous offrent des sacrifices iront en enfer. Comme s'il était possible aux hommes de ressusciter après la mort, lorsque leur dépouille est retournée à la terre. Nous, nous sommes différentes. Ils viennent et passent, mais nous sommes comme ces montagnes, nous restons là et le soleil brille au-dessus de nos têtes. Ils disent que les paroles de Mahomet sont suaves comme le miel et que ceux qui l'écoutent se détournent de nous. C'est faux ! Je connais les Qoraïch. Ils nous resteront fidèles. On dit que Mahomet prononce des mots magiques et inouïs. Pourvu que lui aussi ne soit pas un poète ! À propos de poèmes, il me revient le souvenir d'Imr-ul Qaïs. Il est mort loin d'ici, le pauvre, victime de son obsession. Je lui ai pardonné depuis longtemps et j'espère qu'Allah, Notre père, lui pardonnera aussi ses péchés.

Débauche de Qaïs et histoires de Caesar

Imr-ul Qaïs était le fils de Hudjr, l'un des souverains qui régnait à Kin sur le Hadramut et le Yamama. Il naquit à Nedjit en 520 après Jésus-Christ. Ne parlons pas de sa mère, il est inutile de s'attarder sur elle, car les Arabes n'attachent d'importance qu'à la lignée paternelle, mais je vais tout de même en dire un mot. Elle s'appelait Fatma et était la sœur de Muhalhil, de la tribu des Taglip. Hudjr, le grand-père de son grand-père, en s'emparant des terres de la tribu de Lahm qui appartenaient à Bakr, fils de Vaïl, avait agrandi ses domaines et laissé à sa descendance un riche héritage incluant les pâturages des fils d'Assad qui, à la suite d'un différend, viendraient une nuit l'étrangler dans sa tente.

Imr-ul Qaïs, encouragé par son oncle Muhalhil, ayant commencé à écrire des poèmes, son père le chassa et il partit à l'aventure. C'est pour la même raison qu'une soixantaine d'années plus tard Mahomet, qui proclamait la parole d'Allah, fut chassé lui aussi du sein de sa famille et contraint de quitter La Mecque ; mais à l'époque dont nous parlons, l'envoyé de Dieu n'était pas encore né. Sans nous attarder plus longtemps sur ces histoires de poésie et de poètes, revenons-en à Qaïs, dont il n'est absolument pas question dans la sourate *As-Suara* (les Poètes), et, avant de parler de ses problèmes avec l'empereur, continuons à évoquer ses jours de beuverie.

En compagnie d'amis, il errait d'une oasis à l'autre ; quand il ne chassait pas, il écrivait des poèmes et buvait du vin et, bien entendu, il ne manquait pas une occasion de séduire les jeunes femmes. Un beau jour, il avait posé les yeux sur Unayza, la fille de son oncle, et, voyant qu'elle ne répondait pas à ses avances, il avait décidé de lui tendre un piège.

S'étant enquis de l'endroit où campait le clan de la jeune fille, il s'y rendit et se cacha dans les roseaux qui bordaient le point d'eau. La caravane campait au lieu-dit Dareti Djuld-jul ; Unayza et les jeunes filles qui l'accompagnaient s'étaient dévêtues et plongées dans l'eau. Qaïs sortit alors de sa cachette, s'empara des vêtements des filles et leur dit qu'il ne les leur rendrait que si elles venaient toutes nues le rejoindre. Désemparées, elles y consentirent, à l'exception d'Unayza qui, non contente de ne pas céder à son cousin, l'accabla d'injures. Mais le soleil était sur le point de se coucher, on commençait à allumer des feux dans le campement et à faire rôtir des moutons, et elle capitula. Qaïs fut subjugué par le corps blanc d'Unayza qui brillait comme de la nacre dans le crépuscule et par son pubis encore à moitié imberbe. Il ordonna à ses serviteurs d'égorger sa chamelle préférée. La nuit venue, en compagnie des filles, il mangea la chamelle de grand appétit en buvant du vin. Ensuite, affectant d'être furieux de n'avoir plus sa monture, il réussit à faire l'amour avec Unayza sur le chameau de la belle. Par la suite, il prit le temps de raconter tout cela dans un poème.

Il disait : « Ah ! Quels jours de bonheur j'ai passés à Daret-i Djuldjul en compagnie de ma bien-aimée, parmi les filles qui jouaient et s'amusaient. » Bien entendu, il parlait aussi de sa chamelle, comparant sa graisse fondante à de la soie sauvage blanche et, après avoir évoqué les filles dévorant à belles dents la chair grillée, il racontait avec quelle fougue il avait étreint Unayza ; posément, sans détour, sans éprouver le besoin de se livrer à de profondes réflexions philosophiques, n'étant qu'un simple mortel, un pécheur et non le porteur de la parole de Dieu, il employa ces mots dangereux : « Comment j'ai cueilli ses fruits qui m'ont ravi le cœur. » Comment les cueillait-il donc, ces fruits-là ? La nuit, se glissant dans le lit des jeunes mères, il partageait ces fruits avec les nourrissons, leur laissant ceux du haut et se contentant du bas. « Ah, les nourrices ! soupirait-il, elles donnent à leur bébé en pleurs le haut de leur corps et m'abandonnent le reste. »

Il inscrivait ces vers en lettres d'or sur une toile de lin d'Égypte qu'il suspendait au mur construit par Abraham. Il racontait comment il avait, une nuit, séduit par ses belles paroles et fait sortir de sa tente une femme qu'il avait ensuite, à la faveur des ténèbres, couchée sur le sable. À ce moment précis, la constellation de la Pléiade était apparue dans le ciel et avait fait briller le corps des amants comme des pierres précieuses. Mais il n'arrivait à se rassasier ni de l'amour ni de la femme. Que voulez-vous, le monde n'était pas assez grand pour lui. Mais entendons-nous bien. Les poèmes de Qaïs ne parlaient pas que de ses aventures amoureuses ; ses vers faisaient aussi vivre et respirer les monts, les sables, le lit des oueds desséchés, la chaleur torride et le froid glacial, les rochers, les versants escarpés, tous les paysages de ces contrées. Les lettres arabes se tordaient et ondoyaient comme des chameaux, les *elif* se mêlaient aux *nun*, les *mim* et les *vav* s'arrondissaient, les *dal*, en se rejoignant, chassaient les nuages dans le vent, une averse déchaînée à l'improviste emportait le sol poussiéreux du mont Sabir majestueux « comme un chef de tribu drapé dans son épais burnous en poil de chameau », tandis qu'après l'orage les fleurs s'épanouissaient de toutes parts « comme les tissus multicolores étalés sur le sol, afin d'être vendus, par un colporteur yéménite ». Et je me demande si c'est pour avoir fait s'ouvrir des fleurs dans ce climat aride et sans pitié, ou en raison de son rang et de sa concupiscence qu'Imr-ul Qaïs est mort brûlé par la chemise de feu qu'il avait revêtue. Je l'ai dit au début, l'amour est une chemise de feu. Quand on la revêt, elle vous brûle la peau, et pour finir elle vous empoisonne et vous tue.

Quand on lui annonça la mort de son père, Qaïs était en train de boire, du côté de Damas. Il fut désespéré, comme tous les orphelins, mais il n'en laissa rien paraître. Tout en déclarant : « Aujourd'hui tu bois, demain tu te remets en route ! » il se jura de venger son père. Tant qu'il n'aurait pas égorgé cent fils d'Asad et n'en aurait pas marqué autant au front, l'âme de Hudjr ne connaîtrait pas le repos, elle prendrait la forme d'un hibou et mendierait de l'eau auprès de tous ceux qui passeraient devant sa tombe. Il revêtit donc sa cuirasse, ceignit son glaive, enfourcha son cheval – qu'il louait en ces termes dans une ode suspendue dans la Kaaba : « il est puissant, sa robe est lisse, son dos est dur comme une pierre et peut briser une coloquinte, ses antérieurs semblent nager, il court comme un loup et rue comme un renard » – et partit par monts et par vaux, franchit les montagnes enneigées et la mer de sable et atteignit le territoire des tribus de Bakr et Taglip. Il demanda leur aide. Les fils d'Asad trouvèrent l'endroit où Qaïs avait rassemblé ses guerriers, vinrent le voir sous sa tente et implorèrent son pardon. Cependant, coiffé d'un turban noir, il accueillit les meurtriers de son père et leur dit qu'il fallait payer pour le sang de Hudjr. Et, avec une fureur que l'on n'eût pas attendue d'un poète porté sur la boisson, il fondit sur eux comme un épervier, passa la plupart au fil de l'épée, se saisit des autres et les donna pour esclaves aux chefs de tribu qui lui avaient prêté leur aide. Puis il reprit les errances auxquelles le vouait le destin, d'un puits à l'autre, d'une ville à une autre, chantant ses poèmes en parcourant le grand désert sans but précis. Mais ses ennemis ne restaient pas les bras croisés. Les fils d'Asad se lancèrent sur ses traces pour se venger. Là-dessus Qaïs, allez savoir pourquoi, décida de solliciter l'aide de Justinien, empereur de Byzance, oui, vous avez bien lu, le souverain de Constantinople, le plus grand basileus de tous les temps.

Nous ne savons ni ce qui lui est arrivé ni par où il est passé pour se rendre des déserts d'Arabie à Istanbul. Toujours est-il qu'un beau matin il s'est retrouvé devant les murs de la ville et vous pouvez imaginer sa stupeur et son émerveillement à la vue des vaisseaux amarrés dans le port, des palais, des colonnes de pierre, des monastères, de la mer d'une couleur lilas qu'il n'avait encore jamais vue et dont il n'aurait même pas osé rêver, du phare à l'entrée du Bosphore, des basiliques de brique rouge d'Üsküdar et des coupoles géantes de Sainte-Sophie qui semblaient suspendues dans le ciel. En fait, si nous réfléchissons un peu, nous pouvons imaginer que si Qaïs était venu à Istanbul, ce n'était pas pour fuir ses ennemis et solliciter l'aide de Justinien, mais bien parce que le renom de Théodora était parvenu jusqu'à lui. Après tout, c'était un poète et c'est du sang de Bédouin qui coulait dans ses veines. Il était plus porté sur les plaisirs charnels que sur les pompes impériales.

C'est en traversant le désert d'Arabie qu'il entendit parler de Théodora. Il savait que l'impératrice, dont Justinien ne se séparait jamais, dont il prenait l'avis à tout propos et dont, à l'évidence, il était éperdument amoureux, avait été jadis une des prostituées les plus dépravées de Byzance. Qaïs rêvait d'elle, de sa peau blanche, de l'éclat sensuel qui s'allumait soudain dans ses yeux ardents vert olive. On racontait qu'alors qu'elle était encore trop petite pour avoir des relations avec un homme, elle n'hésitait pas à se livrer avec les jeunes garçons à la sodomie qui était couramment admise à Byzance, que, devenue nubile, elle était prête à toutes les formes de plaisir, que parfois, après avoir fait l'amour avec plusieurs jeunes gens en pleine vigueur, elle s'accouplait avec leurs domestiques ; et toutes ces rumeurs, qui n'avaient peut-être pas d'autre but que de la discréditer, toutes ces calomnies s'étaient propagées jusqu'en Arabie. Bien des chefs de tribu, et Imr-ul Qaïs était de ceux-là, prêtaient certainement foi à ces racontars. On disait que l'impératrice, ne se contentant pas des trois orifices dont la nature l'avait dotée, utilisait aux mêmes fins le bout de ses seins. Qaïs savait cela comme tout le monde, mais il avait envie de le voir de ses yeux et d'en faire l'essai. C'est dans cette intention qu'il s'était mis en route, résolu à rencontrer Théodora à tout prix, dût-il même servir de pâture aux tigres du désert de Syrie ou aux aigles des steppes d'Anatolie. Ou sombrer dans la Méditerranée, affronter les tempêtes de la mer Égée ou les corsaires de la Marmara. Oui, pour cette histoire de petite culotte, il était prêt à tout cela et à bien plus encore.

Quand il arriva aux portes de Constantinople, il imaginait Théodora telle qu'elle était dans sa jeunesse, toute nue, allongée sur le dos, les cuisses ouvertes, avec des esclaves répandant sur ses parties intimes des grains d'orge que des oies affamées venaient picorer. Mais les choses avaient bien changé depuis ce temps-là. Quand le parti des Bleus vint au-devant de Justinien, elle avait trente-cinq ans. C'était une femme expérimentée ; après avoir mené une vie dépravée, elle était devenue la maîtresse d'un haut fonctionnaire et était partie avec lui en Afrique du Nord puis, au lieu de rentrer à Istanbul, elle était restée à Alexandrie où, après avoir couché avec des prêtres, elle s'était entichée de l'archevêque. Qaïs n'était nullement surpris que l'empereur, non content de s'éprendre d'une telle femme et de nouer une relation avec elle, l'eût épousée et en eût fait l'impératrice sans attendre la mort de sa femme Lupicina. Il savait que les basileus appréciaient les femmes fortes, qu'ils subissaient leur influence dans la gestion des affaires de l'État et abandonnaient à leurs épouses non seulement le pouvoir, mais aussi leur corps fragile. Sa cervelle de Bédouin n'arrivait pas à concevoir que Théodora, fille d'un montreur d'ours et d'une acrobate de cirque, ait pu accéder à la plus haute dignité. Les femmes qu'il connaissait, qu'il étreignait et caressait sous les palmiers, avec lesquelles il sortait la nuit de sa tente et qu'il couchait dans le sable auraient, certes, été bien incapables de réaliser un tel exploit. Théodora devait avoir un côté diabolique. Quand elle avait bu et s'abandonnait, le démon qui réchauffait ses ardeurs et lui chuchotait des mots doux se tordait de plaisir en même temps que le corps de l'impératrice ; il faisait exploser sa sensualité et lui ouvrait la porte de voluptés que Qaïs n'avait encore jamais ressenties. Il voulait à tout prix franchir cette porte.

Avant de venir voir Justinien, Qaïs avait essayé de forcer les portes de toutes les passions, mais aucune n'avait cédé. À son départ, c'était un poète rebelle et désœuvré, à son arrivée c'était un voyageur curieux, content de voir chaque jour des choses nouvelles et de découvrir le monde. C'est avec cette curiosité qu'il parcourait Constantinople. La ville lui avait ouvert ses portes, mais il ne parvint pas à percer les secrets qui se cachaient derrière les trois rangs de hautes murailles, les meurtres perpétrés dans les salles couleur pourpre des palais, ce qui se passait sous les coussins de satin, le mystère des femmes de Byzance parées des bijoux les plus précieux. Cependant il parcourait les rues, en proie à une ivresse toute nouvelle, curieux et enthousiaste, comme on découvre le corps d'une inconnue. Il vit les colonnes de porphyre des palais, les alignements de statues somnolant des deux côtés des larges avenues qui s'étendaient du levant au couchant. La foule, vêtue de rouge, de vert et de blanc, affluant vers l'hippodrome. Il vit les courses de chars, le peuple en liesse, les combats au poignard, des hommes en train d'agoniser. La sauvagerie de cette ville différait de la cruauté des gens du désert et semblait plus raffinée, mais ici aussi les êtres se querellaient, avides de sang, ils criaient à tue-tête dans la poussière soulevée par les chars qui tournaient à toute vitesse autour de l'hippodrome.

Qaïs, lui, ne voulait plus voir couler le sang, tout ce qu'il désirait, c'était rencontrer Justinien au plus vite et faire perdre la tête à Théodora, dont on disait qu'elle était petite et entreprenante comme beaucoup de Byzantines, en lui lisant les poèmes qu'il avait écrits pour elle. Une fois, à l'hippodrome, il aperçut de loin l'empereur et voulut l'approcher, mais les gardes l'en empêchèrent. Il retourna donc à sa place et continua de regarder les numéros des acrobates et des acteurs et les chevaux fouettés par les auriges. Ils maniaient le fouet comme s'ils cherchaient à se venger ; en fait, ce qu'ils voulaient, ce n'était pas gagner la course, mais attirer le regard de l'empereur et, peut-être, obtenir un emploi. Cette précipitation, cette fureur étaient pour Qaïs tout à fait insolites. Quand il allait de puits en puits et d'oasis en oasis, suivant les traces des caravanes ou franchissant les dunes de sable pour se blottir au plus vite dans les bras de sa bien-aimée, il ne cravachait jamais son cheval. Bien au contraire, il le flattait et l'encourageait sans cesse. Comment auraient réagi les auriges de l'hippodrome qui fouettaient leurs bêtes jusqu'au sang si on leur avait dit qu'il écrivait des vers en l'honneur de sa monture ? Son cheval était son meilleur ami, comme un prolongement de son corps, une partie de sa personne. Ils étaient comme chair et ongle. Ils clouaient au sol les bêtes sauvages qui s'enfuyaient sur leur passage. Il était beau comme un cerf, agile comme l'eau vive. Non content d'admirer sa robe baie, son dos plat et ferme, sa crinière déployée au vent et même les gargouillis de son ventre qui bouillonnait comme un chaudron, Qaïs en était amoureux. Je dirais que tout ce qui comptait pour lui c'était son cheval et les femmes, et, dans cette énorme ville qui s'appelait Constantinople, il était loin de l'un et des autres.

En attendant d'être reçu par l'empereur, il fréquentait les hammams de la ville et, prenant sa revanche sur les nuits de soif passées dans le désert, sur la chaleur infernale qui collait à sa peau ses vêtements sales, il se baignait et se livrait à ses ablutions dans les vasques pleines d'eau chaude et vidait inlassablement des bassines sur son corps blessé. Sur les mosaïques que la vapeur embuait, rendait floues et faisait presque disparaître, il regardait des scènes de chasse et des satyres s'accouplant avec des nymphes. L'une de ces mosaïques représentait un personnage d'ivrogne qui, comme le lui expliqua un de ses camarades, n'était autre que Dionysos, le dieu du vin. C'est seulement en s'appuyant sur un ami, un satyre, mi-homme mi-bouc, fatigué de poursuivre les nymphes, qu'il parvenait à rester debout. Un bébé léopard léchait le vin qui coulait de la coupe qui se trouvait dans sa main droite. Éros dormait, étendu à l'ombre, de tout son long. Il était nu et, même endormi, avait l'air polisson. Une jeune fille vêtue de bleu s'approchait de lui sans bruit pour lui voler ses flèches. Si elle le frappait d'une flèche, le beau jeune homme aux cheveux bouclés dont elle était éprise se tordrait de plaisir et lui ferait connaître toute la beauté du véritable amour. Qaïs avait la nostalgie de ces moments délicieux où l'on oublie tout en se perdant dans la chaleur d'une femme. Quand son corps se détendait et s'alanguissait dans le hammam, seul son membre viril se dressait et durcissait. Il rêvait de vivre une nuit d'amour avec Théodora et avait hâte de la rencontrer, mais elle ne donnait aucune suite à ses demandes, indifférente à ses titres de noblesse, à son talent de poète ou, que vous dire encore, à la promptitude avec laquelle il avait terrassé les ennemis de son père. Les portes d'un palais, c'est autre chose qu'une tente de Bédouin. Ici, les femmes aussi étaient différentes, il ne suffisait pas de les saisir par le bras pour les coucher sur le sable quand on en avait envie. Toutes les portes se fermaient devant Qaïs ; repoussé par toutes les femmes de Byzance, y compris les prostituées, il ne lui restait plus qu'à oublier qu'il était un prince de haute lignée et à se satisfaire lui-même. Sa main, qui avait brandi le glaive, caressé les seins des jouvencelles et écrit prestement des poèmes, ne tenait plus désormais que son insatiable membre viril. Il semblait que son temps fût passé et que la chance eût tourné. Parmi les colonnes de porphyre, les aqueducs, les citernes, les monastères et les églises aux coupoles géantes de cette ville, il n'était plus le poète Imr-ul Qaïs, coqueluche des filles et des pouliches, il n'était qu'un Arabe rabougri.

Il pensait constamment à une mosaïque qui garnissait le mur d'un bassin peu fréquenté du hammam et à laquelle nul ne prêtait attention. Curieusement, il trouvait une ressemblance entre lui-même et le bossu au long nez, aux yeux d'un noir de jais et au front garni de cheveux bouclés qui y figurait. Lui aussi avait les yeux tristes et songeurs. Comme lui, il semblait être perdu dans ses rêves, songeant avec nostalgie à sa bien-aimée qu'il avait quittée pour se mettre en route après avoir bu le philtre d'amour qu'elle lui avait versé. Le bossu de la mosaïque était un nain, mais doté d'un pénis et de testicules disproportionnés. Il tenait un bâton à bout fourchu et ses pieds, sur le sol blanc, semblaient légers comme ceux d'un oiseau. Il semblait voler au lieu de marcher. Il avait l'air heureux. On aurait dit qu'il éprouvait une infinie allégresse, un enthousiasme débordant. Indifférent à l'énorme bosse qui ornait son épaule droite et ne pouvant pas avoir d'enfant et donner la vie à un être humain, il n'utilisait sa virilité que pour donner du plaisir et voyait en cela sa seule raison de vivre. Un fonctionnaire du palais, dont Qaïs avait fait la connaissance au hammam et avec qui il avait de longues conversations, lui expliqua que si l'artisan qui avait patiemment assemblé les pièces de la mosaïque avait donné cette expression insouciante au bossu, c'était afin de se protéger lui-même du mauvais œil et de retourner les pouvoirs maléfiques contre les jeteurs de sort. Le panneau portait l'inscription KAI CY. Le fonctionnaire expliqua à Qaïs que cela signifiait « à toi aussi ». Celui-ci comprit tout de suite, car, dans son pays, on connaissait aussi ce genre de gris-gris et de talismans. Les femmes en portaient à leur cou, les hommes en plaçaient à l'entrée de leurs tentes, on en avait même accroché au cou des idoles de la Kaaba, Lat, Uzza et Manat. Si tu me souhaites du mal, je te le rends bien ! Si tes intentions sont mauvaises, les miennes le sont aussi. L'attitude du bossu brandissant son membre et l'agitant à droite et à gauche comme s'il allait passer à l'attaque avait une fonction précise. Cela voulait dire à qui pouvait l'entendre : ne fais pas attention à ma bosse, regarde plutôt mon sexe et mes testicules, ils sont énormes et durs comme la pierre. De plus, je les porte comme la bosse que j'ai sur le dos, ils ne me servent qu'à prendre et donner du plaisir. Curieusement, chaque fois qu'il venait au hammam et qu'il portait les yeux sur le bossu, Qaïs avait envie d'être à sa place.

Il ne pouvait plus supporter de traîner sa propre bosse comme un vagabond et d'être traité comme un mendiant dans cette ville entourée d'eau sur trois côtés et amoureuse de sa propre beauté, il en avait assez de tous ces gens épris d'eux-mêmes, généraux, grands prêtres, de cette impératrice dont il rêvait toutes les nuits et de Justinien, son mari complaisant. Finalement, il se mit à lire à haute voix, à droite et à gauche, les couplets obscènes qu'il avait écrits pour Théodora. Une fois, même, monté sur un pilier de marbre, il fit son sermon comme les prêtres de Sainte-Sophie, en annonçant que le jour du Jugement était proche parce que la ville se livrait à la fornication et que l'impératrice elle-même passait tout son temps à forniquer. Même au hammam, il ne perdait pas son temps, il disait à qui voulait l'entendre qu'il avait fait l'amour avec Théodora et racontait, avec force détails, comment elle se tordait de plaisir au pied des trois piliers en forme de serpent de l'hippodrome.

Des sources anciennes assurent que Justinien, qui souffrait d'insomnies et se promenait la nuit dans son palais en songeant à l'immensité de son empire, finit par recevoir Qaïs et le renvoya dans son pays escorté par un garde. Mais je sais qu'il était impossible que le grand empereur portât plus d'intérêt au poète arabe qu'à un quelconque tueur sanguinaire et je suppose que Qaïs ne franchit jamais la porte du palais. Par contre, j'imagine qu'il a fait halte dans un caravansérail sur la route d'Ankara. C'est là que le messager de l'empereur aurait trouvé Qaïs, assis dans la cour et plongé dans de sombres pensées. Il lui aurait remis le cadeau de Justinien. C'était une chemise de soie verte. L'empereur, qui ne lui avait pas accordé d'audience, le priait néanmoins d'accepter cet humble présent. Qaïs l'accepta, mais ne le revêtit pas tout de suite, préférant le garder pour se parer, à son arrivée à la forteresse d'Ankara, et tenter de séduire la fille du gouverneur. Quand il enfila enfin la chemise, le poison agit aussitôt : il se mit à transpirer et sa peau commença à se détacher par lambeaux. Il ne fut pas écorché vif comme Halladj-i Mansur qui avait dit : « Je suis Dieu », il périt victime de son amour excessif pour son membre viril qu'il avait fini par diviniser.

L'année de l'Éléphant

Si vous saviez tout ce qui s'est passé durant l'année de l'Éléphant ! Non, les poissons ne grimpaient pas aux peupliers. Et les rivières ne remontaient pas leur cours. Si je parle de rivière, c'est sans rapport avec mon propos, car il n'y a pas de rivière dans cette péninsule entièrement recouverte par les sables. Avant de se jeter dans la mer, l'eau de fonte des neiges venue des montagnes qui s'élèvent par paliers au-dessus du rivage vers l'intérieur des terres s'écoule dans les vallées sous forme d'oueds que l'on ne saurait qualifier de rivières. Mais il ne s'agit pas de savoir si ce sont des oueds ou des rivières. Je dirai que les montagnes n'ont pas changé de place et que ni les eaux ni le vent ne les ont perturbées. Mais si vous saviez tout ce qui s'est passé durant l'année de l'Éléphant ! J'ai déjà dit, il est vrai, que les poissons ne grimpaient pas aux peupliers. Et d'ailleurs il n'y avait en Arabie ni poissons ni peupliers. Mais cette année-là était tellement extraordinaire que les poissons, à commencer par le requin, qui est l'emblème des Qoraïch, et tous les poissons que vous voudrez, et même les baleines auraient bien pu grimper aux peupliers. Mais arrêtons là ce préambule et venons-en au fait. Ou si vous préférez, venons-en à ce qui s'est produit cette année-là dans le pays que l'on nomme « l'Arabie heureuse ».

Durant l'année de l'Éléphant, la vie a soudain précipité son cours et les événements qui se sont succédé ont vu changer le destin. En temps normal, il ne se passe rien sous ces cieux-là, sous ce soleil brûlant, parmi ces hommes farouches, ces monts et ces sables ne changent pas de place et les tribus n'ont pas d'autre occupation que de se faire la guerre. Mais s'il est vrai que les poissons ne montaient pas aux arbres, une armée venue d'Abyssinie et précédée d'un éléphant gigantesque s'empara soudain du Yémen et partit à la conquête de La Mecque. Le chef de l'armée était un roi intrépide nommé Abraha, l'éléphant marchait en tête, suivi du commandant et des soldats.

Abraha avait un corps chétif, mais résistant, une intelligence vive et une intuition surprenante, et il n'avait plus de nez. Un jour qu'il se battait en combat singulier contre un certain Ariat, beaucoup plus fort que lui, avant qu'il ne tuât par ruse son adversaire, celui-ci, d'un coup de lance, lui avait coupé le nez. Sa laideur était donc légendaire ; pourtant, grâce à son intelligence et à sa foi, il avait pu occuper le trône de Sana. Grâce aussi à sa fidélité au roi Négus. Certes, il n'avait pas de nez, mais il croyait fermement au prophète Jésus, au Saint-Esprit, à la virginité de Marie et aux anges. De ce fait, il voyait la Kaaba d'un mauvais œil et était indigné de constater que les Arabes ne s'étaient pas, comme lui, convertis au christianisme, qu'ils avaient installé des idoles dans le temple et se prosternaient devant elles et qu'ils venaient là tous les ans en pèlerinage et tournaient en rond en processions interminables. Il essaya d'attirer dans son pays des partisans de la tribu des Qoraïch qui s'enrichissaient grâce à la Kaaba et maintenaient les routes des caravanes sous le contrôle de leurs divinités. À cette fin, il décida de faire construire une église. Des ouvriers et des artisans venus des quatre coins de l'Arabie se mirent à l'œuvre avec des milliers d'esclaves. On apporta une à une les pierres du palais en ruine de la reine de Saba et on les posa les unes sur les autres, on revêtit les murs de marbre et de mosaïques envoyés par l'empereur byzantin, on dressa à l'intérieur d'immenses croix, des crucifix et des statues des apôtres, on érigea un magnifique sanctuaire tel qu'on n'en avait jamais vu dans la région et auquel ne se pouvait comparer que celui qui se dresse au bord de la mer bleue dans la ville lointaine et corrompue de Constantinople. Il était difficile de résister au charme de ce sanctuaire, mais les Arabes étaient si attachés à la Kaaba et à leurs idoles qu'ils ne firent pas de cas de l'église d'Abraha. L'un d'eux, même, n'hésita pas à monter sur son chameau et à aller jusqu'à Sana pour s'introduire dans l'église à la faveur de la nuit et déféquer au pied du crucifix.

La guerre était devenue inévitable. Abraha et son armée se mirent en route, précédés de l'éléphant, auquel on avait donné le nom de Mahmud. Ils pensaient que les Arabes, qui n'avaient jamais vu d'éléphant, se disperseraient comme une volée de moineaux en apercevant cet étrange animal, présent du prestigieux Négus. Il faut dire que Mahmud ne le cédait en rien à ses ancêtres de l'époque glaciaire. Avec ses énormes défenses acérées qui se dressaient comme deux cornes, sa trompe qui saisissait et portait à sa bouche tout ce qui se trouvait au sol et son corps gigantesque qui se balançait en marchant, il semait la terreur et semblait régner aussi bien sur le monde des hommes que sur celui des bêtes.

En arrivant aux abords de La Mecque, ils virent, répandus dans les pâturages, les chameaux d'Abd-ul Muttalib, chef des Qoraïch et grand-père de Mahomet, qui venait tout juste d'être conçu. Ils s'emparèrent aussitôt du nombreux troupeau qui semblait abandonné. Quand Abd-ul Muttalib demanda la restitution de son bien, Abraha lui répondit :

– Tu ne te doutais pas que j'allais venir piller ton pays et incendier la Kaaba. Et tu te soucies pour tes chameaux.

– Ils sont à moi, dit Abd-ul Muttalib, rends-moi ce qui m'appartient et ne t'occupe pas du reste. La Kaaba appartient certainement à quelqu'un.

Sur ces mots, Abraha rendit le troupeau à son propriétaire et ordonna à son armée de marcher sur la Kaaba. En apercevant Mahmud, les habitants de La Mecque quittèrent leurs maisons et, accompagnés d'Abd-ul Muttalib et de ses chameaux, gagnèrent les montagnes. L'éléphant, cependant, en dépit des bonnes paroles et des menaces de son cornac, qui alla jusqu'à le piquer avec des pointes de fer chauffées à blanc, ne bougeait pas. Il se contentait d'agiter ses oreilles aussi grandes que la voile d'un bateau. Puis, repliant sa trompe, en faisant trembler le sol, il s'accroupit sur ses pattes arrière et s'endormit. À son réveil, on repartit. Il se releva et se mit à courir, mais refusa de se diriger vers la Kaaba. On eut beau l'exciter, le tourmenter, il fut impossible d'attaquer le sanctuaire.

Là-dessus le ciel s'assombrit et le vent se leva. Et un vol d'oiseaux venus on ne sait d'où apparut au-dessus des montagnes. Les oiseaux, portant dans leur bec des pierres de la grosseur d'un pois chiche, se précipitèrent sur l'armée. Vous croyez que de si petites pierres sont inoffensives ? Eh bien, en un instant, ce fut l'enfer. Aux points d'impact, la peau se détachait en lambeaux et les hommes rendaient l'âme en gémissant. Les oiseaux fondaient sur eux dans un vacarme de cris et ni leurs casques ni leurs boucliers ne les protégeaient des pierres qui pleuvaient. Leurs armures étaient transpercées et leurs corps tombaient en morceaux, leurs bras et leurs jambes se disloquaient, fondaient et se mêlaient au sol. Oiseaux et pierres étaient bien petits, mais ils causaient de terribles dégâts. Abraha rassembla les survivants et ordonna la retraite. Mais aucun d'entre eux n'échappa à la colère d'Allah. Ils périrent tous avant d'atteindre leur pays. Le Coran, dans la sourate de l'Éléphant, relate ce massacre avec parcimonie. Le récit tient en cinq petits versets :

> Eh, Mahomet ! N'as-tu point vu ce que ton Seigneur a fait aux Hommes de l'Éléphant qui sont venus brûler la Kaaba ? N'a-t-il pas fait tourner leur stratégie en confusion ? N'a-t-il point lancé contre eux des oiseaux, par vols, qui leur jetaient des pierres d'argile ? En sorte que ton Seigneur en fit comme feuillage dévoré.

C'est ta grand-mère qui te racontait l'histoire des oiseaux *ababil*. C'était l'été, il faisait très chaud, toutes les fenêtres de la salle de la radio étaient ouvertes. Tu étais seul sur le divan, ta grand-mère était accroupie sur une peau de mouton étendue à même le sol et avait posé devant elle un Coran relié. Le livre était resté fermé sur son petit lutrin. La vieille dame murmurait en se balançant à droite et à gauche, elle était distraite et songeuse et semblait être partie dans un autre monde. À ce moment-là un vol d'hirondelles passa devant la fenêtre, puis s'éloigna à tire-d'aile vers le versant de la montagne. Un autre vol le suivit, les oiseaux étaient de plus en plus nombreux et cachaient le soleil. Ils passaient en piaillant devant la fenêtre, se perchaient sur les branches du mûrier, puis sur les peupliers et, après avoir fait quelques tours, se posaient sur le rebord de la fenêtre. Tu avais peur qu'ils n'entrent et ne mettent la chambre sens dessus dessous ou n'aillent se cacher sous le divan et les chaises ou dans les armoires de ton grand-père. Ta grand-mère semblait ne se rendre compte de rien ; elle s'était retirée dans son monde à elle et murmurait ses prières. Quand tu fermas les fenêtres, elle déclara que ces oiseaux étaient un bon signe et que c'était Allah qui les avait envoyés. Les oiseaux sont toujours porteurs de bonnes nouvelles, au paradis, ils se posent près des houris et des *gilmans* (jeunes garçons du paradis) et gazouillent dans les branches de l'arbre Touba. Et ils ne mentent jamais. Quand tu faisais des bêtises, à part Allah, les oiseaux seuls le savaient. Ils allaient le dire à ta grand-mère. Tandis que celle-ci tenait ces propos rassurants, la tempête aviaire qui s'était déchaînée au-dehors semblait s'apaiser. Maintenant, tu n'avais plus peur des oiseaux, ce que tu craignais, c'était qu'ils n'aillent raconter tes bêtises à ton aïeule. Tu buvais de l'eau froide quand tu étais en sueur et tu tourmentais les fourmis. Alors que c'était défendu, tu jouais à faire claquer des bâtons dans les rues en compagnie des petits immigrés. Désormais, les oiseaux allaient raconter toutes tes frasques à ta grand-mère. Et, le soir venu, elle le dirait à ton grand-père. « Bon, disais-tu, est-ce que les oiseaux agissent toujours bien, est-ce qu'ils ne font rien de mal ? » C'est à ce moment-là que ta grand-mère te raconta l'histoire des oiseaux *ababil* ; ensuite, elle ouvrit son Coran et se mit à lire.

Si seulement elle pouvait être là, maintenant, avec ses mots vifs comme les hirondelles qui passaient devant la fenêtre ouverte, à murmurer à ton oreille, comme si elle priait ou lisait des versets du Coran, de sa voix cassée par les ans, dans la chaleur de midi, la fin tragique d'Abraha et de son armée : « *Elem tere keyfle fesale rabbuke biashabil-fili !* » Bien sûr, tu ignorais alors que les sons étrangers qui sortaient de sa bouche étaient la « sourate de l'Éléphant », mais, parmi les mots arabes, un mot familier transparaissait, celui de *fil*, l'éléphant, qui ressemblait au piaillement d'une hirondelle. Tu étais fou de joie de connaître son sens. À cette époque-là tu écoutais humblement, sans comprendre, et te laissais prendre à la magie des sons. Et quand tu reconnaissais un mot dans la langue de la révélation divine, tu débordais d'allégresse. Il te semblait que Dieu te livrait ses secrets en ne s'adressant qu'à toi. Tu ne savais pas trop à quoi ressemblait un éléphant, mais ce mot était sacré et tu comprenais son sens.

Tu ne te rappelles plus très bien si tu rêvas en premier de l'éléphant ou des *ababil*. Tout ce dont tu te souviens, c'est la couverture brillante du *Monde des animaux* que ton père t'offrit en rentrant d'un voyage. Elle représentait un énorme éléphant dont la trompe descendait jusqu'à terre. À l'intérieur du livre, il y avait des bêtes féroces que tu n'avais jamais vues. En fait de fauves, tu ne connaissais guère que le vieux loup du jardin zoologique de la ville, si l'on compte pour rien l'ours apprivoisé et le putois. À vrai dire, il y avait aussi quelques singes farceurs auxquels tu donnais à manger et des lapins qui somnolaient dans leur cage. Et aussi un renard galeux qui sentait plus mauvais qu'un putois. Mais il n'y avait ni éléphant ni *ababil*. Après avoir fini de lire *Le Monde des animaux*, tu découvris les éléphants en regardant les films de Tarzan au cinéma en plein air, mais les *ababil* étaient voués à rester dans les pages du Coran. Si, maintenant, tu feuilletais ce Coran aux pages jaunies et usées par le frottement des doigts de ta grand-mère et lisais la sourate de l'Éléphant, les *ababil* se presseraient-ils de nouveau devant ta fenêtre ? Iraient-ils raconter tes frasques à ta grand-mère ? Ou est-ce toi qui as donné à ces oiseaux fabuleux qui se cachent dans les lettres sinueuses du livre sacré l'aspect des hirondelles ? Et si jamais, lorsque tu ouvres le Coran, ils en sortaient soudain et envahissaient ta chambre ? Il te semble entendre le battement de leurs ailes. Non, ils n'annoncent pas l'avenir, ils n'emportent pas dans leur vol les prières que ta grand-mère murmurait dans la chaleur de l'été et qui ne reviendront jamais. Ce qu'ils tiennent dans leur bec, ce ne sont pas seulement des pierres d'argile, c'est un secret que tu n'as toujours pas percé.

* * *

Mais les événements de l'année de l'Éléphant ne se limitent évidemment pas au massacre de l'armée éthiopienne conduite par Mahmud. C'est cette même année, après une chaude journée d'août, dans la fraîcheur nocturne, avant les premières lueurs de l'aube, que naquit, dans la tribu Qoraïch des Hachim, des œuvres d'Abdullah, dernier des dix fils d'Abd-ul Muttalib et d'Amina, fille d'Abd Manaf, le dernier prophète, Mahomet Mustafa Ahmed El Mahi, dont les musulmans ne prononcent jamais le nom bien-aimé, ou plutôt les noms innombrables, sans les accompagner de la formule « *Sallallahu Aleyhi ve Selam* » (qu'Allah lui accorde salut et protection). Abdullah ne connut pas son fils. Il s'était rendu en Syrie à la tête d'une caravane alors que sa femme était enceinte et, tombé malade à son retour, il rendit son âme à Dieu à Yathrib. Il faut dire que, dès son enfance, il s'était rallié au Miséricordieux. Son père, comme avait fait Abraham, avait eu l'intention de le sacrifier à Allah : Allah lui ayant donné dix fils, il s'apprêtait à sacrifier le plus jeune au pied de Hubal, l'idole de cornaline de la Kaaba.

Cette fois, Allah n'envoya pas un bélier, mais fit appel à Fatma, la mère de l'enfant. Ce n'est pas moi, ce sont les érudits qui, après avoir étudié minutieusement les sources anciennes, considèrent que, de toutes les femmes d'Abd-ul Muttalib, Fatma était la plus persuasive. Elle avait donné à son mari cinq filles et trois fils, en outre elle était issue de la tribu de Mahzun et était donc une Qoraïch. Pour tenter de sauver son fils, elle proposa de tirer au sort. On disposa dix flèches, dont chacune portait la marque de l'un des dix fils. À chaque fois, le sort désigna Abdullah. Il n'y avait plus rien à faire, le sang de l'enfant allait être versé. De toute évidence, Allah, le Dieu suprême, le voulait auprès de Lui. Il faut dire que, comme dans tous les contes et légendes, le plus jeune des fils était le plus intelligent et le plus beau. Mais sa mère ne renonça pas. Elle proposa de consulter une célèbre voyante de Yathrib. Cédant aux instances de sa femme, Abd-ul Muttalib se rendit à Yathrib et alla trouver la voyante. La nuit suivante, la femme, en rêve, parla avec un esprit ; elle déclara que le prix du sang était de dix chameaux. Si le sort désignait Abdullah, il faudrait en ajouter dix et tirer à nouveau au sort. On arriverait ainsi à cent chameaux. Si, au bout du compte, le sort désignait encore Abdullah, il n'y aurait pas d'autre issue que de l'immoler. On fit comme elle avait dit et ce n'est qu'après le dixième tirage que le sort désigna les chameaux et épargna Abdullah.

Ces histoires de sacrifices étaient celles qui t'effrayaient le plus et la nuit, quand tout le monde dormait, tu ne tenais pas en place. Tu te levais sans bruit et allais à la fenêtre regarder le jardin. Tu croyais entendre, dans la bergerie, le bêlement du mouton. En même temps, la voix de l'affûteur qui passait chez vous une fois par mois emplissait les ténèbres : « Affûteur ! J'aiguise couteaux, couperets et haches ! Affûteur ! » Il aiguisait les couteaux entassés dans un coin de la bergerie de ton grand-père. Il avait une petite voiture à trois roues portant une pierre meulière ronde qu'il faisait tourner avec son pied. Quand elle entrait au contact d'un couteau, des étincelles jaillissaient. Il aiguisait les couteaux soigneusement préparés par ta grand-mère, et qui tranchaient le pain noir qu'avait fait cuire le boulanger Ibrahim efendi et les os des animaux rôtis à la broche et coupaient en deux d'un seul coup des pastèques qui étaient si grosses que même ton grand-père ne pouvait pas les porter sous son bras. C'est le plus acéré de ces couteaux que ton grand-père, à défaut de ton père qui était mort, aurait planté dans ta gorge, s'il n'y avait pas eu le mouton. Tu remerciais Allah. Heureusement qu'il y avait là un mouton passé au henné qui attendait patiemment le jour de son immolation. Heureusement qu'Allah l'avait envoyé sur terre pour que les pères n'égorgent pas leurs enfants.

Abdullah avait échappé à l'immolation, mais il faillit tomber sous le charme d'une femme de La Mecque. Après avoir sacrifié cent chameaux à sa place, son père voulut le marier. Il chercha bien, pesa soigneusement le pour et le contre et finit par jeter son dévolu sur Amina, fille de Wahb, l'un des petits-fils de Zuhra, frère de Kusaïn. Son père étant décédé, Amina avait été confiée à la garde de son oncle Vukhaïb. En demandant Amina pour son fils, Abd-ul Muttalib jugea opportun de prendre lui-même pour femme Hala, la fille de Vukhaïb. Ainsi donc le père et le fils prirent le chemin de leur maison pour gagner, chacun de son côté, la chambre nuptiale. Ils étaient en route lorsqu'une femme les aborda. Elle était grande et élancée, ses cheveux étaient passés au henné et ses yeux fardés, elle portait une robe qui laissait voir ses épaules et son dos. Elle invita Abdullah à partager son lit, promettant, s'il acceptait, de lui donner autant de chameaux qu'exige le prix du sang. Le jeune marié repoussa ses avances. Il passa son chemin et gagna sa maison et la chambre nuptiale. Le lendemain, la même femme lui coupa de nouveau la route et il ne put s'empêcher de lui demander la raison de sa conduite. Elle lui dit que la veille ses yeux étincelaient et son visage était illuminé, mais que ce jour-là toute cette lumière avait disparu et que, même si elle le désirait, elle ne pouvait plus l'inviter à partager son lit. Durant la nuit, la lumière divine était passée d'Abdullah à Mahomet, qui venait d'être conçu ; elle resterait sur lui et brillerait désormais sur son visage.

À la naissance de Mahomet Mustafa, une étoile filante apparut dans le ciel, suivie de plusieurs autres. La nuit du désert fut illuminée par une pluie d'étoiles et les mamelles des chamelles s'emplirent de lait. En apprenant, à la foire d'Ukaz, qu'un prophète était envoyé aux Arabes, Kuss ben Saïd descendit de son chameau rouge et prit le chemin de La Mecque. À Khaïbar, après la pluie d'étoiles, un devin juif fut consterné en comprenant que le nouveau prophète n'était pas issu de son peuple et qu'il était né à La Mecque. Waraka ben Nawfal, Osman ben-ul Huvaïrisn, Ubaïdullah ben Djahch et Zaïd ben Amr, les *hanifs* qoraïch, qui croyaient à un Dieu unique, voyant que la nouvelle foi serait apportée par le nouveau-né, renoncèrent à chercher en Syrie l'Être suprême.

À la naissance de Mahomet Mustafa, des chameaux rétifs et écumants et des chevaux plus rapides que le vent, franchissant le Tigre, se répandirent à travers la Perse. Dans le palais du roi sassanide, quatorze balcons vitrés s'écroulèrent. Le lac Sava disparut dans le sol. Dans la ville d'Istahrabad, le feu qui brûlait depuis mille ans s'éteignit soudain. Ses adorateurs ne savaient plus que faire. Le roi Nuchirevan, perplexe, envoya Abd-ul Mesih, neveu du devin Satih, demander à son oncle ce qui se passait. Abd-ul Mesih, à son arrivée à Damas, y trouva son oncle retiré dans une cellule de monastère où il agonisait. À vrai dire, c'était un homme bizarre. Venu du Yémen à Damas avec une caravane, il n'était jamais retourné dans son pays. Il n'avait plus que la peau sur les os. Il ne se nourrissait que des quelques dattes sèches ou du pain rassis qu'il pouvait trouver et ne buvait même pas d'eau. Quand il devait se rendre quelque part, il se laissait tomber de son lit, se juchait sur un mulet et ne remuait que la langue. Il murmura à son neveu, d'une voix à peine audible : « C'est un prophète qui vient de naître et a renversé les balcons de ton roi ! », puis il rendit son dernier souffle.

Je dois dire aussi que, à la naissance de Mahomet Mustafa, le Juge éternel provoqua également quelques incidents chez les Grecs. Quand le nouveau-né reçut la mission de messager d'Allah, en souvenir d'Imr-ul Qaïs qui, selon l'expression du prophète, « avait planté l'étendard de la poésie au beau milieu de l'enfer », le toit du palais de Justinien s'effondra. Alors qu'il inspectait les citernes, l'empereur, qui avait dédaigné le poète parce qu'il était arabe, resta coincé sous mille et une poutres. Ses gardes eurent beaucoup de mal à l'extraire des décombres sous lesquelles il était enfoui. Les mosaïques qui couvraient les murs de Sainte-Sophie s'effritèrent, emportant avec elles les anges aux ailes immenses. Les croix s'abattirent sur le sol, ainsi que les colonnes servant de socles aux statues de Justinien et Théodora qui ornaient la grande avenue. Les revêtements en relief des murs noircirent. Un gouffre s'ouvrit au milieu de la mer, engloutissant les navires et leurs équipages. Et dans le plus beau hammam de Constantinople le bienheureux bossu qui figurait sur un panneau de mosaïque, avant de s'écrouler, resta suspendu en l'air comme un acrobate, en brandissant son énorme pénis.

À la naissance de Mahomet Mustafa, les devins firent savoir que le dernier prophète avait vu le jour. Mais ils ne savaient pas qu'Allah avait créé le monde pour sa gloire. Et ils ne comprirent pas pourquoi la lumière des cieux et de la terre s'éteignit un instant, cédant la place à une vive clarté qui illumina brièvement les poissons de la mer, les aigles des montagnes, les gazelles du désert et les humains à l'abri de leur tente. Cette clarté frappa tout d'abord la Kaaba et le tombeau d'Abraham, puis pénétra dans la maison d'Amina et posa un voile plus limpide que l'eau de Zamzam sur le bébé qui, pour sa mère, était plus doux que la soie. Amina entendit une voix qui disait · « Protège-le du mauvais œil ! » En même temps, des anges entourèrent le nouveau-né en déployant leurs ailes. Et, avec une profonde vénération, ils se mirent à bercer le bien-aimé de Dieu. Trois étendards flottaient au vent, l'un à l'ouest, l'autre à Machrak, le troisième au-dessus de la Kaaba. Le bébé avait trois clés d'or dans sa main droite et portait sur son dos une marque rougeâtre de la taille d'un œuf de pigeon qui était le stigmate des envoyés de Dieu. Il était circoncis. Et les clés qu'il avait reçues ouvraient les portes du paradis, de l'enfer et du purgatoire.

À la naissance de Mahomet, les idoles de la Kaaba s'écroulèrent l'une après l'autre. La tête de cornaline de Hubal éclata, Lat et Manat se brisèrent, Uzza tomba face contre terre comme pour se prosterner devant un dieu plus puissant qu'elle.

Ceux qui trouvent le chemin et ceux qui s'égarent

Quand tu allais avec ton grand-père à l'office du vendredi, vous passiez devant un mausolée, au bout d'une rue poussiéreuse, et tu te rappelles vaguement ce petit édifice aux murs de pierre surmontés d'une coupole, dans lequel une bougie restait allumée nuit et jour. Tu arrivais en courant et, regardant par la fenêtre garnie d'une grille de fer, tu apercevais tout d'abord le cercueil recouvert d'un drap vert, puis l'image sous verre accrochée au mur. Celle-ci représentait un chameau portant un cercueil et un Bédouin qui marchait devant en tenant la bride. Tu ne savais pas que celui qui reposait dans le cercueil et aussi celui qui conduisait le chameau était Ali, cousin et gendre de Mahomet, le saint Ali, transportant sa propre dépouille. Mais tu avais peur du cercueil, de la flamme vacillante de la bougie, ainsi que des ombres qui couraient au plafond. Heureusement, il y avait sur l'image un soleil tout rond dont l'éclat te rassurait. Il était suspendu juste au-dessus de la tête du Bédouin, mais il semblait éclairer ton monde plein de frayeurs et non le chameau portant ce cercueil sur un chemin désert. D'un simple coup de Zulfiqar, Ali aurait pu trancher ce soleil en deux, comme il avait pourfendu les polythéistes de La Mecque et leurs chevaux. Ce n'est que plus tard, beaucoup plus tard, étant resté des années sans ouvrir le Coran, quand tu fus pris de curiosité après avoir visité les tekkés d'Anatolie et que tu te passionnas pour les exploits des derviches, que tu devais apprendre que Zulfiqar était l'épée d'Ali, qu'après la mort du prophète les musulmans sont entrés en conflit pour le choix du calife et que le sang a coulé à flots, que la trinité Allah-Mahomet-Ali est à la base de la foi des alévis d'Anatolie, qu'il y a non une voie, mais deux voies distinctes, la charia et le *tarikat*, ou règle monastique. Tu étais en quête d'une voie. Ton but n'était pas de trouver la vraie voie, peut-être pas non plus de te mettre en route. Tout simplement tu voulais changer de route, tu ne voulais pas t'égarer dans une épaisse forêt au milieu du chemin de ta vie. Tu ne craignais pas tant d'entrer dans l'enfer de Mahomet que de perdre le chemin de l'enfer de Dante. Il n'y avait pas la moindre escale à l'horizon et tu cherchais un peu d'ombre pour te reposer un instant.

Tu serrais plus fort la main de ton grand-père qui poursuivait sa route sans détourner les yeux. Vous alliez directement à la Grande Mosquée. Ce n'est pas ton grand-père, peu porté sur le mysticisme, mais le barde qui s'installait les jours de marché pour jouer, dans un coin tranquille près du mausolée, de cet instrument à trois cordes qui s'appelle *bağlama* qui te raconta l'histoire de Yolageldi Baba (Baba A-trouvé-la-voie).

Outre quelques nomades venus de leurs villages, c'étaient généralement les enfants qui s'attroupaient autour du barde. Ils faisaient cercle et écoutaient. Au coucher du soleil, quand le marché se dispersait et que les ombres s'allongeaient, le barde arrivait et s'asseyait en tailleur au pied du figuier qui jouxtait le mausolée. Il tirait soigneusement son *bağlama* de sa housse, comme il l'eût fait d'un fascicule du Coran, le plaçait contre lui avec une sollicitude toute paternelle, se penchait et commençait à en jouer et à chanter. Et vous, les enfants, l'écoutiez, fascinés ! Tous les galopins du quartier restaient bouche bée et la voix du barde montait et descendait, accélérait et ralentissait, s'amplifiait brusquement, hoquetait, s'arrêtait un instant avant de repartir.

Il commençait l'histoire du saint qui reposait là. Baba était un homme vertueux de l'ordre des Bektachis. Dans sa jeunesse, il avait beaucoup voyagé, beaucoup bu et beaucoup péché. Et puis une nuit il vit en rêve Hadji Bektach Veli qui, venant de Khorasan, arrivait en Anatolie, dans la steppe, par un froid intense. Un chemin long et étroit s'étirait devant lui. Il y avait un autre chemin, mais Hadji Bektach était le seul à le savoir. « Il y a deux chemins, dit-il à Baba, le premier est ce long sentier que tu peux voir, l'autre mène tout droit au paradis. » Bien sûr, Baba aurait voulu prendre le chemin du paradis, mais il ne le voyait pas. « Pour voir ce chemin, tu dois écarter les voiles qui obscurcissent ta vue, dit Hadji Bektach, tu dois mener durant quarante ans une vie d'ascète dans un couvent. » À son réveil, sa décision était prise. Il se rendit dans le couvent bektachi le plus proche et y séjourna durant quarante ans. Mais il ne voyait toujours pas le chemin que lui avait promis Hadji Bektach. Très affecté, il alla trouver le cheikh et lui dit qu'il avait bien mérité de s'engager sur le chemin du paradis. Le cheikh lui répondit : « Attends encore un peu, nous verrons demain. » La nuit suivante, il rêva à nouveau de Hadji Bektach, au milieu des steppes. Par-delà les épis balancés par le vent, on apercevait un long sentier. Le saint Bektach Veli dit une fois encore : « Il y a deux chemins, le long sentier que tu vois va au paradis, l'autre mène tout droit à Allah. » À son réveil, il raconta son rêve au cheikh, qui lui répondit en citant Yunus Emre :

Ce que l'on nomme paradis,
Quelques kiosques, quelques houris,
Ce que je veux c'est toi, c'est Toi.

Alors il comprit tout et décida de s'engager sur le chemin d'Allah. Le cheikh lui dit : « Tu t'appelleras désormais A-trouvé-la-voie, va dans la région de Saruhan et professes-y la règle de Hadji Bektach. » Il partit alors, par monts et par vaux, s'abritant la nuit dans des arbres creux, échappant aux bêtes sauvages, arriva à Manisa où il fonda sa tekké et rendit son âme à Allah en laissant son message à de nombreux derviches.

C'est surtout l'expression « échappant aux bêtes sauvages » qui t'impressionnait, et tandis que le barde, grattant les cordes de son *bağlama*, contait l'histoire de Baba A-trouvé-la-voie, tu songeais à ceux qui parcourent les sentiers déserts en échappant aux bêtes sauvages. Le barde enchaînait : « Je suis sur un étroit sentier / Où je chemine jour et nuit / Je ne sais pas en quel état / Je chemine ainsi jour et nuit. » Et toi, tu marchais, la route était longue et l'air brûlant. Tu marchais, marchais encore, sans savoir en quel état tu étais. Puis tu te retournais et voyais que tu n'avais avancé que de quelques pas. Avant d'atteindre son chemin, Baba avait dû jeûner pendant quarante ans. Puis il avait pris une autre route et marché, marché encore, sans faire halte, sans prendre un instant de repos dans un jardin, avant de trouver enfin la paix du Seigneur.

Le barde arrivait au moment le plus captivant de son récit. Il baissait la voix, on l'entendait à peine, et continuait sur le ton de la confidence. Un jour où Baba, malgré son grand âge, scrutait l'horizon d'un œil encore vif, un cavalier apparut au loin. Il arrivait à grand galop vers la tekké. A-trouvé-la-voie dit à ses derviches : « Maintenant que nous connaissons la voie, nous n'allons pas tarder à aller vers Dieu », il les pria d'allumer du feu et de faire chauffer de l'eau ; tout de suite après, il rendit son dernier soupir. L'eau bouillait déjà lorsque le cavalier arriva ; il se rendit aussitôt dans la salle des ablutions. Son visage était dissimulé sous un voile vert. Comme A-trouvé-la-voie, il était de haute taille et avait les cheveux blancs. Après avoir aidé les derviches à faire la toilette du corps, il hissa le cercueil en croupe de son cheval et repartit comme il était venu. Ce n'est que plus tard, disait le barde, que les derviches comprirent que le cavalier n'était autre que A-trouvé-la-voie. « C'était le défunt lui-même qui avait mis en bière et emporté sa propre dépouille. »

Tu demeurais pétrifié. Tandis que les nomades s'éloignaient après avoir déposé quelques sous dans la casquette trouée que le barde avait posée devant lui, tu restais là au milieu des gamins. Il régnait un étrange silence. Tu n'osais regarder ni le barde, ni tes camarades de jeu. Avec eux, tu t'approchais à petits pas et appuyais ton visage contre la fenêtre grillagée du mausolée. À l'intérieur la bougie brûlait, des ombres couraient sur le mur et tu croyais voir le saint Ali, habillé en Bédouin, sortir de son cercueil et marcher en tenant son chameau par la bride. Ils cheminaient sans s'arrêter et disparaissaient au loin sous le soleil. Le barde entamait le récit des prouesses d'Ali. Mais cela ne durait guère. Les enfants criaient : « Regagne ton village et ta maison et si tu n'as pas de maison, mets-toi dans un trou de souris ! » et retournaient chez eux, le barde ramassait les pièces de monnaie qu'on avait jetées dans sa vieille casquette, remettait son *bağlama* dans sa housse et disparaissait jusqu'au prochain jour de marché. Mais sa voix sonnait encore à tes oreilles. C'était déjà le soir.

L'imam de la Grande Mosquée parlait lui aussi de ceux qui trouvent le chemin et de ceux qui s'égarent. Mais ils n'avaient ni tekké ni cheikh. Ni un saint homme emportant sa propre dépouille. Car, à en juger par les propos de l'imam, l'islam n'avait pas besoin de miracles. Ton grand-père et toi écoutiez jusqu'à la fin du sermon, mais tu mourais d'ennui. Il n'y avait pas grand-chose de commun entre ce sermon et les légendes du barde ! L'imam parlait de La Mecque, la ville sainte où Baba A-trouvé-la-voie se rendait tous les soirs sur son tapis de prière, mais ses récits étaient insignifiants, même lorsqu'il évoquait le vagabond et les trois *hanifs* de La Mecque.

* * *

Le prophète Abraham n'adorait pas les idoles ; après avoir échappé au bûcher de Nemrod, il adopta une foi nouvelle et finit, grâce à Ismaël, par communiquer avec Dieu. Dieu n'était pas seulement la force qui avait retenu sa main, il était l'Unique et Lui seul devait être adoré. C'est pour Lui qu'Abraham construisit la Kaaba. Et pourtant, maintenant, la Kaaba abritait des idoles, les filles d'Allah, Lat, Uzza et Manat et, au-dessus d'elles, Hubal, l'idole de cornaline au regard cruel. Les descendants d'Abraham, oubliant sa foi, étaient devenus idolâtres. C'était assez naturel, après tout, car Dieu était muet et ne se manifestait plus. Le monde pouvait être plein des signes de Son existence, mais nul ne Le voyait. Quand Moïse monta sur le Sinaï pour Le voir, il tomba évanoui. Le Dieu qui ne se manifesta qu'après la mort du fils de l'homme ne signifiait rien pour les descendants d'Abraham, qui ne croyaient pas qu'il y eût une vie après la mort. Ils étaient satisfaits de leurs idoles et de leur vie. Et profondément attachés à leurs croyances. Certains d'entre eux, cependant, suivaient un autre chemin. C'étaient les monothéistes en quête de la vraie voie, qui ne savaient comment atteindre l'Unique, l'Être suprême. Zaïd, fils d'un émir, était l'un de ceux-là.

Zaïd voulut rompre avec les siens qui, dans la Kaaba, sacrifiaient des victimes aux filles d'Allah. Il monta sur son chameau et quitta La Mecque. Des jours durant, sans mettre pied à terre, il parcourut le désert, échappant aux bêtes sauvages et aux vautours qui planaient dans le ciel sans nuages et se dirigea vers le nord. Il avait l'impression que cela le mènerait à la vérité. Il finit par apercevoir un monastère au loin, à flanc de montagne, à une hauteur inaccessible aux chameaux. Il descendit de sa monture et continua à pied ; épuisé, les pieds en sang, il frappa à la porte du monastère.

Les moines le firent entrer et le conduisirent auprès de leur supérieur qui lui parla ainsi :

– Qui es-tu donc, toi qui as laissé ton chameau au pied de la montagne ?

– Je suis de la tribu des Qoraïch, à qui appartiennent la Kaaba et l'eau de Zamzam, répondit Zaïd. Je suis l'oncle d'Omar ben Khattab, le père de Saïd ben Zayud et le frère aîné de Zaynab Binti Djahch.

– Bien, mais que viens-tu faire ici ?

– Mon problème est grand. Je suis en quête de Dieu. Par monts et par vaux, je Le cherche.

– Tu cherches pour rien, dit le moine, Il est en toi, mais tu ne t'en rends pas compte.

– Que dois-je donc faire ?

– Retourne à La Mecque. L'un des vôtres t'ouvrira la voie qui mène à Lui, va au bout de cette voie et tu atteindras Dieu.

Zaïd retourna dans son pays, mais sa famille lui fit mauvais accueil. Son frère Hattab et son neveu Omar, qui, par la suite, devait adopter la foi musulmane, le chassèrent de sa maison. Non contents de le chasser, ils voulurent le mettre à mort. Il fut contraint de repartir. Il consulta les juifs de Fadak, les chrétiens d'Abyssinie, mais ni les uns ni les autres ne purent le mener au Dieu qui était en lui. Il ne savait vers où se tourner. Et un beau jour, peu avant que Mahomet n'entrât en prophétie, des ennemis lui barrèrent la route. Ils se jetèrent sur lui en brandissant leurs poignards. C'est ainsi que Zaïd rendit son dernier soupir, en cherchant le vrai chemin. On raconte que le Prophète a dit de lui : « J'ai vu Zaïd dans le paradis marcher inlassablement vers Dieu. »

Abdullah ben Djaddan appartenait à l'une des familles les plus en vue de La Mecque, mais c'était un dévoyé, mêlé à toutes sortes d'affaires louches. Son père avait fini par le renier et le chasser de sa maison en le menaçant, s'il y revenait, de lui couper la tête comme on cueille une grappe de raisin. Il rejoignit donc les vagabonds qui traînaient autour de La Mecque, pillant les caravanes, se livrant à une débauche sordide et faisant couler le sang. Pour ne pas se faire prendre, il se mit à courir le désert, passant la nuit dans des grottes. Un jour, il aperçut une couleuvre qui disparut parmi les rochers aigus. Ensuite, une grue apparut dans le ciel et s'éloigna à tire-d'aile vers les montagnes. À ce moment-là, des fourmis sortirent de dessous une pierre. Elles étaient rouges, grosses comme le poing et pourvues d'une tête énorme. Il comprit qu'il y avait là un signe et décida de les suivre. Les fourmis cheminaient d'un air affairé, grimpaient sur une éminence, puis pénétraient dans une grotte. Il y entra lui aussi, trouva le nid des fourmis et se mit à creuser le sol avec son poignard. Et savez-vous ce qu'il trouva ? Le trésor des rois de Djurhum. Il y avait de l'or qui étincelait comme le soleil, des objets en argent brillant comme le jour, des rubis, des diamants et des émeraudes. Et des tissus somptueux. Il était fou de joie. Il creusait, s'extasiait et creusait encore. En un instant, il était devenu immensément riche.

Il n'était plus un vagabond, mais un homme fortuné. Dépensant sans compter, il se rendit en Perse. Quand il arriva à Madain, le ciel était tout noir. Des feux brûlaient de toutes parts et les gens adoraient le feu. Des prêtres bizarres, en toge noire, se prosternaient sur le seuil de temples soutenus par d'immenses colonnes. Il vit de l'eau en flammes. Tout le monde parlait d'une guerre entre le bien et le mal d'où le mal sortait toujours vainqueur.

Il fit dire au shah qu'un homme venu de la « Maison d'Allah » lui demandait une audience. Quand le shah le reçut, sa couronne n'était pas posée sur sa tête, mais suspendue à une chaîne qui pendait du plafond. Il comprit qu'elle était tellement chargée de joyaux qu'on avait dû recourir à cet artifice, car son cou n'aurait pas pu supporter un tel poids. Il savait que personne ne l'avait jamais vu sans sa couronne. Il avait des yeux vert émeraude et son regard était plus tranchant qu'un glaive acéré. Comme tous ceux qui étaient admis en sa présence, il se prosterna devant le souverain de Perse. Quand il leva la tête, le shah lui dit :

– Est-ce que vous vous prosternez ainsi devant votre souverain ?

– Non, Majesté, répondit Djaddan. Nous ne nous prosternons ni devant le feu ni devant un roi. Nous n'avons pas de prêtres en toges noires. J'ai vu ici pour la première fois de l'eau brûler. Et je ne savais pas que le mal est toujours vainqueur. Nous adorons des déesses de pierre et espérons leur secours. Nous n'avons pas de souverain. Notre peuple a le sens de l'honneur et se soumet à l'autorité des maîtres de la « Maison d'Allah », mais nous n'avons pas coutume de nous prosterner devant les dieux des autres.

Le shah trouva à son goût le franc-parler de cet étranger. Il lui fit de riches présents et le renvoya dans son pays. Djaddan se remit donc en route. Il suivit tout d'abord les routes des caravanes, puis s'orienta d'après les étoiles. Or sa véritable voie était celle du profit, de la beuverie et de la débauche. Il n'avait pas honte de faire commerce des esclaves, de fournir des femmes aux pèlerins ou de vendre des enfants au berceau. Mais il était généreux et tenait table ouverte. À son retour à La Mecque, il apprit que son père était mort et devint chef de famille, pourtant il ne changea rien à sa conduite. Il fit placer dans la cour de sa maison une jarre pleine de victuailles. Elle était si grande que les passants pouvaient se servir à discrétion sans descendre de chameau. Mahomet enfant mangeait des dattes qu'il prenait dans cette coupe, puis il allait se coucher à l'ombre et s'endormait profondément. Mais on ignore ce qu'il voyait en rêve.

J'aurais voulu entendre le récit des aventures de Zaïd ben Amr et Djaddan à Fès, il y a cent ans, de la bouche d'un hors-la-loi cherchant refuge dans le tombeau de Moulay Idris. Ou à Marrakech, assis au pied d'un vieux mur, de la bouche d'un mendiant aveugle avalant les voyelles et déformant copieusement les *h* aspirés, après avoir moi-même déambulé sur la place Djemáa el-Fna somptueusement éclairée, parmi les charmeurs de serpents, organisateurs de combats de rats, herboristes, arracheurs de dents, mêlé aux mendiants et aux femmes voilées, passant devant les vitrines où ricanent des têtes de moutons, tandis que le soleil se couche derrière les monts enneigés du Grand Atlas. Oui, j'aurais voulu que la voix et le souffle du narrateur se mêlent au brouhaha des villes du lointain Maghreb. Mais, hélas !, j'ai simplement eu recours aux sources anciennes et je les ai explorées. Ce n'est pas l'imam de la Grande Mosquée qui m'a raconté les aventures de Zaïd ben Amr et Djaddan. Sans mauvaise intention, j'ai puisé dans le patrimoine de l'islam et ajouté le fruit de mon imagination aux écrits de Ben Ishak adaptés par Ben Hisam.

Manat

Longtemps, j'ai présidé à leur destin. J'étais un morceau de pierre des monts de Qudaïd, brûlé à longueur de journée par le soleil et corrodé la nuit par le vent furieux. Ensuite ils m'ont façonnée et polie pour me donner la forme d'une femme. Ils ont placé des ciseaux dans mes mains afin que je tranche, au moment de mon choix, le fil de leur destin. Je ne m'attendais pas à cela, mais j'ai rempli ma tâche, pendant de longues années, comme un vaillant petit tailleur. C'était toujours moi qui tranchais le destin de ceux qui étaient tués dans une vengeance de sang et des fillettes que l'on enterrait vivantes malgré leurs cris.

Ils ne venaient pas me voir sans faire toilette. Mais ils étaient toujours sales. Que voulez-vous, ils vivaient dans le soleil et se lavaient avec le sable. Quand ils faisaient leur ronde autour de moi, ils ôtaient leurs vêtements et se mettaient tout nus. Ils voulaient être propres en ma présence. Mais il n'y avait pas de mal en eux. Avant d'égorger la victime, ils tournaient longuement en rond. Quand ils plongeaient leurs couteaux acérés dans la gorge d'un mouton, ils se sentaient bizarres. Quand le sang giclait, leurs yeux chaviraient, comme ceux des femmes qui tournaient en rond, éclaboussées de sang. Pris d'un violent désir, ils sautaient sur les femmes, les couchaient sur le sol dans le sang des victimes et, sans hésiter, plantaient en elles, comme un poignard, leur sexe turgescent. Mais il n'y avait pas de mal dans leur cœur.

C'est pour cela qu'ils ont voulu me dénigrer. Par la suite, certains d'entre eux ont parlé de « temps de l'ignorance », mais je sais que cette époque était sacrée. Ils ont dit que j'étais une débauchée, que je n'étais qu'un nom, un morceau de pierre insensible et inconscient. Je n'étais peut-être qu'un morceau de pierre, mais j'étais sensible et consciente. Et j'étais seule à régler leur destin.

Certains me laissaient leurs cheveux, d'autres leurs brebis ou leurs agneaux. J'acceptais tout. Je fixais leur destin en fonction de leurs dons. Je les connaissais, marchands, joailliers, riches, pauvres, meurtriers, mendiants, hommes, femmes, tous. Les hors-la-loi trouvaient refuge auprès de moi. En fait, ils n'avaient pas de loi, leur conduite était réglée sur les usages. Ils protégeaient le faible et pratiquaient l'hospitalité. Le prix du sang était de dix chameaux, et tant pis pour les pauvres ! On les tuait sur place. Nul ne les surpassait en éloquence. J'aimais surtout leurs poètes. Ils venaient sur des chameaux rouges et chantaient en vers mes louanges. En les écoutant, j'avais l'impression de parcourir toute l'Arabie. Monts, oasis, puits, sables, tout ce dont la nature a doté ce pays. En fait, ce n'est que peu de chose. Quelques chameaux et quelques dattes, des tentes en poil de chameau et quelques ustensiles.

Les poètes évoquaient des terres généreuses arrosées par

les pluies de mousson, des villes entourées de coteaux verdoyants, des églises coiffées de coupoles d'or. Loin, au sud-ouest de l'Arabie. Des vallées fertiles et de hautes montagnes. Des joyaux somptueux. Les caravanes passaient, emportant vers le nord l'encens et la soie. Ensuite, elles réapparaissaient à l'horizon ; les chameaux, de leur pas ondoyant, ramenaient vers le sud leur charge de sel et d'épices, de musc et d'ambre. À vrai dire, ils me craignaient tous, ils avaient peur de moi, pas un seul jour ils ne me délaissaient.

Et puis ils m'ont placée dans la Kaaba, le temple légué par Abraham, ils ont suspendu à ses murs des panneaux de tissu fabriqués au Yémen. Près du puits de Zamzam. Je n'y étais pas seule. J'étais en compagnie du cruel Hubal, qui n'avait d'yeux que pour Lat et Uzza, et de la météorite qu'ils nomment *hadjer-ul esved.* Cette pierre, tombée du ciel, semble avoir plus de prix que nous, simples pierres terrestres. Mahomet nous a brisées, mais elle, il l'a baisée de ses lèvres il l'a posée sur son front. Mahomet, je l'ai connu au berceau, et j'ai su dès sa naissance qu'il serait la prunelle des Qoraïch. Il est le seul dont je n'ai pas tranché le destin, c'est lui qui a tranché le nôtre. C'est lui qui nous a fait périr et nous a tuées de sa main. Quand son grand-père Abd-ul Muttalib est venu nous le présenter et l'a juché sur ses épaules avant de tourner autour de nous, il fallait voir comme il était heureux et fier !

Il est entré, l'air ravi, il s'est mis, malgré son âge, à sauter et à danser, à jeter l'enfant en l'air et à le rattraper. Je n'avais jamais vu un vieillard manifester autant de joie et d'émotion. « Qu'Allah soit loué ! s'écriait-il. Qu'Il soit remercié et béni pour m'avoir donné un petit-fils ! » Il faisait sauter l'enfant dans ses bras, l'embrassait, respirait son odeur, le serrait contre lui. Et il disait : « Qu'Allah te protège du mauvais œil. Qu'Il te garde des envieux et de tes ennemis ! Qu'Il comble ta mère de Ses bienfaits. »

J'en ai conclu que son père était mort avant sa naissance. Mais Allah n'a pas comblé de Ses bienfaits la mère de Mahomet. J'ai tranché avec mes ciseaux le fil de son destin cinq ans après la naissance de son enfant. En partant, son mari Abdullah l'avait laissée enceinte avec pour tout bien un vieil esclave et cinq chameaux. La seule chose qu'Amina légua à Mahomet, ce fut son joli nom. On lui avait donné ce nom pour qu'il soit toujours loué et qu'on connaisse sa valeur. Mais c'est surtout Allah qui l'appréciait, bien sûr, nous l'aurions aimé, s'Il nous l'avait laissé, mais Il n'a pas voulu le partager avec nous. Il a fait de lui Son messager pour s'adresser aux hommes. Il se fiait à lui et l'aimait. Et Il l'a toujours protégé. Et lui, il n'a jamais vu en nous les égales d'Allah. Une seule fois, dans sa jeunesse, il a offert un sacrifice à Uzza. Il faut dire qu'Uzza était la plus puissante, la plus belle et la plus attirante de nous toutes. Son visage avait l'éclat de l'étoile du matin. Que n'aurais-je donné pour être à sa place ! Il a fait une offrande à Uzza, mais sans se prosterner. À cette époque-là, c'était déjà un jeune homme beau et intrépide. Certes, il était un peu renfermé, morose et solitaire. Il faut dire qu'il était sous la tutelle de son oncle. Mais il tenait bon, il gardait la tête haute, il s'était fait lui-même. C'était avant qu'il n'épouse Khadidja. Dès le premier regard, j'ai été amoureuse de lui.

La fin du monde

Près de ta maison, il y avait un terrain vague, vous vous y retrouviez pour jouer. Vous jouiez sans les filles aux billes, aux barres, à la course, à colin-maillard. Il y avait bien d'autres jeux, comme le cerceau, pile ou face et saute-mouton, qui était à la fois le plus viril et le plus bête, comme son nom le suggère. Vous formiez deux groupes et vous vous hissiez les uns sur les autres jusqu'à ce que tout s'écroule. Mais tu te souviens aussi de jeux bizarres, la main chaude, l'*estepeta*, la clé magique… Il y en avait tant que vous restiez à jouer jusqu'au soir. Les journées étaient longues, chaque jour on jouait à un autre jeu. Sauf le vendredi, qui était jour de dévotion.

Parfois les filles, délaissant la marelle, arrivaient en agitant les mains et en disant : « Je vends de l'huile ! Je vends du miel ! » D'abord, vous n'y faisiez même pas attention, ou même vous les chassiez. Mais vous finissiez par céder et vous joindre à elles.

Vous vous asseyiez en rond. Les filles, elles, s'accroupissaient. Elles retroussaient leurs jupes et laissaient voir leurs culottes rouges, noires, blanches, selon ce que leur avait mis leur mère ce jour-là. Mais on ne voyait pas que leurs culottes. Certaines, par étourderie ou par diablerie, avaient omis d'en mettre et on pouvait voir ce qu'entre vous vous appeliez « le trou ». En fait, ce n'était pas un trou, qu'elles avaient, mais une fente ; la première fois que tu avais dit cela à Ismaïl, il avait ricané, en découvrant ses dents jaunes qui n'avaient jamais vu la brosse, et il t'avait dit : « Tu te fais des idées, c'est bien un trou, et même un gros trou qu'elles ont là. C'est de là que nous venons toi et moi. »

Tu n'en croyais rien ! Tu savais bien que c'était Allah qui vous avait créés, lui et toi, avec du sang caillé. « Comme il est dit dans le premier verset de la sourate *el Alak* (l'Adhérence) », selon l'imam de la Grande Mosquée. Allah est unique, il n'a pas engendré et n'a pas été engendré. N'est-ce pas ce que dit la sourate *el Ihlas* (le Culte), que tu répétais inlassablement tous les vendredis, lors de l'office, faute de savoir d'autres prières ? « *Kul huvellehu ehad. Allahus-samed. Lem yelid ve lem yuled ve lem yekun lehu kuvufen ehad.* » Quand tu demandas à ton grand-père ce que cela voulait dire, il te répondit : « Allah est unique. Il n'a pas engendré et n'a pas été engendré. Nul n'est égal à Lui. » C'est vrai, nul n'a créé Allah, pas même notre prophète, mais Lui, Il a créé tous les êtres animés, y compris toi-même. Et aussi les choses inanimées. Les montagnes, les rochers, les fleuves et la mer, le sol et les étoiles. Et, bien sûr, le soleil et la lune. C'est grâce à Lui qu'ils gardent leur aspect et ne se brisent pas en s'entrechoquant.

De toute évidence Ismaïl voulait jeter le trouble dans ton esprit. Ce n'est pas pour rien qu'on traitait de « bâtard » le fils du boulanger Ibrahim. Il disait que sa mère avait elle aussi le même trou ou la même fente que les fillettes et qu'il était passé par là en venant au monde. Comme tout le monde, toi, moi, filles et garçons, et même ton grand-père et ta grand-mère, nous étions sortis du trou noir de notre mère.

– Arrête, mon vieux ! Ne pèche pas sans raison. C'est Allah qui nous a tous créés !

– Écoute-moi bien ! Si ta mère n'avait pas eu le ventre tendu comme un tambour, tu ne serais pas là. Et je n'existerais pas moi non plus si ma mère n'avait pas enflé. Ce sont nos mères qui nous ont mis au monde.

Tu étais si fasciné par Allah que tu ne comprenais pas cette distinction. « *Lem yelid ve lem yuled* », Il n'a pas engendré et n'a pas été engendré. Oubliant père et mère, tu tournais et retournais ces mots dans ta tête et ne voyais pas plus loin. Tu ne remettais pas tout en question comme ce « bâtard » d'Ismaïl. Mais toi non plus tu ne pouvais pas t'empêcher de regarder les culottes des filles, aussi multicolores qu'un tapis de prière.

Entre vous, il n'y avait aucune pudeur. Et même les filles étaient encore plus libres. Ce n'est qu'à l'âge de la puberté qu'elles commençaient à éprouver de la pudeur, à rougir et pâlir, à pratiquer des ablutions pour conjurer le péché et, quand la peur était trop forte, à prier Allah de leur accorder Sa bienveillante protection. Durant ton enfance, la notion du péché n'existait que dans tes terreurs, elle était absente de tes actes. Tu entendais parfois tes parents, et surtout ton grand-père, parler du péché, mais tu l'oubliais aussitôt. Même si l'imam de la Grande Mosquée, pour te rafraîchir la mémoire, n'arrêtait pas d'en parler.

« Même si vous ne vous en rendez pas compte, vociférait-il du haut de sa chaire, les anges inscrivent toutes vos actions bonnes et mauvaises. Ils notent les bonnes sur votre épaule droite et les mauvaises sur votre épaule gauche. Et, au jour du Jugement, tout sera mis sur la balance. »

Mais ce n'était pas un péché de regarder le trou des filles et même d'en parler entre vous. Tu ne te demandais pas ce que les anges inscrivaient au juste, mais cependant tu avais peur de brûler en enfer. Est-ce que l'ange notait que tu avais bu de l'eau alors que tu transpirais ? Ou qu'Ismaïl et toi maltraitiez les fourmis ? Que vous les enfermiez dans une bouteille pour les faire mourir d'asphyxie, que vous arrachiez les ailes des taons et faisiez griller les sauterelles ? Toi aussi, comme tous les mortels, comme tous les esclaves d'Allah, tu étais un pécheur. Tu mentais, tu désobéissais à ta mère, une fois, même, tu avais volé cinq sous dans le porte-monnaie de ta grand-mère pour t'acheter de la limonade chez l'épicier. Tu étais méchant, menteur, turbulent. Tu grillerais donc en enfer. Le feu y était soixante-dix fois plus brûlant que sur terre, plus ardent et d'un rouge beaucoup plus vif. Tu étais voué au four d'Ibrahim efendi. Les diables de l'enfer te feraient subir mille tourments. Ils répandraient sur toi le goudron qui bout dans de noirs chaudrons et tu te tortillerais comme un ver tandis qu'ils te verseraient du poison dans la bouche à l'aide d'un entonnoir, mais ils ne pourraient pas te tuer. Car on ne meurt pas en enfer et les souffrances y sont éternelles. On ne meurt pas non plus au paradis, mais tu n'étais pas digne de la beauté de ce lieu et n'osais même pas imaginer les houris à la peau blanche étendues au bord de rivières de miel.

Tu n'avais pas encore compris quel diable avait poussé ce poète libertin à lancer à Celui qui, après la mort, pèse les péchés de Ses esclaves : « Non, mais dis donc, tu te prends pour un épicier ? » Tu as oublié qui t'a parlé pour la première fois de ce poète qui compare Allah à un épicier. Tu sais maintenant qu'il n'était nullement athée et qu'en plaisantant ainsi, en se montrant sincère et même, pourquoi pas, désinvolte, tout ce qu'il voulait, c'était se rapprocher d'Allah, forcer les frontières qui nous séparent de Lui. Ses propos avaient pour source l'amour qu'il portait à Allah. Tu sais aussi que c'était un derviche et qu'il avait tout quitté et parcouru le monde pour tâcher de trouver Allah et de se rapprocher de Lui. Maintenant que tu sais, tu ne prends pas trop à la lettre ces poèmes blasphématoires que l'on nomme « *chathiyé* ». Mais à cette époque-là… À cette époque-là même ton grand-père ne se posait pas ce genre de question. Par ignorance, peut-être, ou parce que sa foi était inébranlable. Pourtant, pendant la guerre, il avait bel et bien combattu contre des musulmans et tué des Arabes en défendant la ville de Mahomet contre les habitants du pays. Tu aurais dû lui poser cette question de son vivant, il était le seul à pouvoir répondre. Mais à présent, il est trop tard.

L'imam, descendu de sa chaire, disait qu'au jour du Jugement nous nous repentirions de nos péchés, mais que nos prières et nos supplications seraient inutiles. Allah avait créé un pont ténu comme un cheveu et tranchant comme un sabre. Les justes le franchiraient d'un pas léger, tandis que les pécheurs tomberaient et s'abîmeraient dans les profondeurs de l'enfer. Ce pont s'appelait *Sirat* et ne ressemblait à aucun des ponts que tu avais vus ou dont on t'avait parlé. Il ne ressemblait ni au pont métallique de Manisa qui franchit le Gediz et sur lequel passe un train noir, ni au trop célèbre pont de Mostar. Le pont de Mostar, tu as assisté à sa destruction au cours d'une guerre, mais le pont sur le Gediz, Dieu merci, il est toujours là. Les années se sont succédé, ne laissant derrière elles que ces jours emplis par la foi et la peur et aussi, parfois, le vert paradis de l'enfance. Mais ton enfance aussi est passée, elle est allée d'un pont à l'autre, en traînant avec elle la peur du *Sirat*.

Si tes souvenirs sont exacts, vous jouiez parfois au jeu du mouchoir avec les filles. L'un de vous se plaçait au centre, c'était le meneur de jeu, il tenait en main un mouchoir noué et commençait à tourner sur place. Il accélérait peu à peu sa rotation au point que la tête commençait à lui tourner. Il scandait son mouvement en disant : « Je vends de l'huile / Je vends du miel / Mon patron est mort / Et c'est moi qui vends », et les autres agitaient les mains. En même temps, il essayait de jeter le mouchoir derrière le dos d'un autre. Il fallait être vigilant et tâter constamment derrière son dos. Celui qui avait le mouchoir devait se lever et poursuivre le coureur, qui essayait de prendre sa place.

Un jour que vous jouiez à ce jeu, assis tranquillement, tu suivais des yeux, à en avoir le vertige, le joueur qui poursuivait le coureur, lorsque Ismaïl proféra : « Mon père est mort / Et c'est moi qui vends. » Impétueux comme le prophète David, tu rectifias aussitôt : « Ce n'est pas mon père, qui est mort, c'est mon patron ! » Mais il persista : « Non, c'est ton père mais on ne t'a rien dit ! »

Alors tu t'es levé d'un bond et tu es rentré à la maison à toutes jambes, comme si tu poursuivais le coureur, puis tu t'es mis à pleurer en apprenant de ton grand-père la nouvelle qu'on t'avait cachée jusque-là.

Ta mère s'arrachait les cheveux derrière la porte. Ta grand-mère ne disait rien. Elle était déjà en train de réciter la *fatiha,* la sourate liminaire, pour le repos de l'âme de ton père. La nouvelle, qui s'était répandue dans le quartier comme une traînée de poudre, ne t'était pas parvenue. On te l'avait cachée. Si Ismaïl ne t'avait rien dit, on t'aurait encore tenu longtemps dans l'ignorance. Tu te souviens que ton grand-père te prit dans ses bras et t'embrassa, qu'il te serra pour la première fois contre lui avec autant, peut-être même plus, de tendresse que ta grand-mère. Il sentait la sueur et sa barbe piquait.

Ton père ne fut pas enterré à Manisa et, à part ta mère et ton oncle, aucun proche parent n'assista aux obsèques. Mais, s'il faut en croire ce qu'on t'a souvent répété ensuite, il y avait beaucoup de monde. Et quand on déposa ton petit papa sur la pierre où l'on place les défunts avant l'inhumation, à la question de l'imam : « Que pouvez-vous dire du défunt ? » l'assemblée répondit si fort : « C'était un homme de bien ! » que la terre et le ciel en tremblèrent. C'est ta mère qui te raconta cela, dans ton adolescence, alors que tu n'avais plus le moindre souvenir de ton père. Tu avais beau faire tous tes efforts, te dire que tu te laissais emporter par ton imagination, tu ne pouvais pas t'empêcher de penser que cet homme aux yeux bleus et aux cheveux bouclés que tu avais si peu connu, ton père, allait subir les souffrances de la tombe, puis être précipité en enfer en passant le pont de *Sirat*, et tu vivais avec ce cauchemar, en même temps qu'avec la terreur de ta propre mort.

C'est Ismaïl qui, le premier, t'a parlé des souffrances de la tombe, qui touchent non seulement ton père, mais tous les défunts. Ensuite l'imam s'est chargé de donner tous les détails que ni ton grand-père ni ta grand-mère n'évoquaient, pour ne pas t'effrayer.

Quand tu es mort, on t'enveloppe dans un linceul blanc et on t'enterre, et au bout de quarante jours ton nez se détache. Ensuite, c'est le tour de tes membres. Tandis que tu gis sous le sol les démons s'affairent autour de toi. Ils se mettent à te raconter à qui mieux mieux ce qu'ils vont te faire en enfer. Ils attiseront un feu soixante-dix fois plus brûlant que le feu terrestre, te feront boire du goudron qui bout dans des chaudrons, t'arracheront les yeux, puis t'écorcheront et te dépèceront avec des poignards chauffés au rouge. Ils te pendront au plafond par la langue, te forceront à t'étendre dans un trou obscur et t'envelopperont dans une couverture de feu. Ensuite, toutes sortes de bestioles prendront leur place. Serpents, mille-pattes, scorpions et vers grouilleront dans ta tombe et te dévoreront morceau après morceau. Et puis tes souffrances recommenceront, jusqu'au jour du Jugement. Ce jour-là, tu ressusciteras. Tu sais bien que de même qu'Il t'a créé, donné la vie, de même qu'Il t'a fait mourir, Il te ressuscitera. Allah peut tout. D'ailleurs, dans le petit carnet de papier paille à couverture ornée d'oiseaux portant une lettre dans leur bec que tu as acheté chez l'épicier, tu as écrit :

Âmentu billâhi ve melâiketihi ve kütübihi rüsülihi ve'lyevmi'l-ahiri ve bi'l-kaderi hayrihi ve cherrihi mine'llahi teâla ve'l- ba'sü ba'del-mevti hakkun. (Je crois à Allah, à Ses anges, à Ses livres, à Ses prophètes, au jour du Jugement, au destin, je crois que le bien et le mal ne peuvent venir que du Très-Haut et que la résurrection est un droit.)

Oui, c'est un droit de ressusciter après la mort. Ton corps ressuscité aura à répondre devant le Juge, ses péchés seront pesés et il passera par le pont, il n'y a pas d'autre chemin. Ni de retour en arrière. Et comme ton père n'observait ni le jeûne ni la prière et quittait constamment sa maison pour voyager… Et que, au dire d'Ismaïl le bâtard, « il se livrait à l'adultère et à la boisson »…

« N'écoute pas Ismaïl, mon petit, disait ton grand-père quand tu lui racontais cela, ton père n'était pas pratiquant, mais c'était un homme de bien. Ne t'inquiète pas, il a sa place au paradis. » Et il t'interdisait d'aller jouer avec Ismaïl. Mais tu lui désobéissais. Ce qui t'attirait, en Ismaïl, c'était ses yeux couleur du ciel, ses regards polissons, le fait qu'il adorait Allah moins que toi-même et aussi toutes les bêtises qu'il faisait : maltraiter les fourmis, faire cuire les sauterelles, arracher les ailes des mouches, jeter les chats dans l'eau, etc. Il était passé maître en la matière. Et il t'entraînait à sa suite. Tu n'écoutais pas ceux qui déclaraient : « Ce sont des immigrés, ils sont musulmans à leur manière. » Tu continuais à aller le retrouver sur le terrain vague, à jouer au cerceau, aux bâtonnets et à tous ces jeux merveilleux. Tu le regardais tourmenter les animaux et, quelquefois, tu en faisais autant.

Tous les matins, sitôt levé, tu allais à la fenêtre voir si la montagne était toujours à sa place. Les versants abrupts, les rochers nus, les arbres rares que l'on distinguait à peine au sommet et la cabane de Tarzan étaient toujours là, Dieu merci, c'était donc que la fin du monde n'était pas arrivée. Du moins pas encore. Mais cela n'allait pas tarder. Car le jour annoncé dans le Coran avait commencé à envoyer de nombreux signes avant-coureurs. Tous les vendredis, opiniâtrement, l'imam parlait de ces signes, puis de ce qui allait se produire.

Avant la venue du grand jour, les hommes, non contents de se livrer à l'adultère, accumuleraient les biens et garderaient pour eux l'argent destiné à l'aumône. Chaque homme aurait quarante femmes et les musulmans se détourneraient du droit chemin et se mettraient à adorer des idoles. Dejjal apparaîtrait. Le prophète a parlé de cela à ses compagnons, il leur a dit qu'avant la fin du monde un homme ressemblant à Ben Qutun de la tribu de Khuza, borgne de l'œil gauche comme lui, maigre comme un raisin sec, bigle de l'œil droit, aux cheveux broussailleux comme un balai, ferait son apparition. Dejjal, portant le mot « infidèle » inscrit entre ses sourcils, parcourrait toutes les villes à l'exception de La Mecque et de Médine et affolerait les gens. Ne pouvant entrer dans La Mecque et Médine, où les anges porteurs des clés montent la garde devant les portes, il passerait son chemin et, jetant son dévolu sur un endroit marécageux situé entre deux cours d'eau, il soulèverait le peuple. Il dirait aux gens : « Venez, entrez, voici le fleuve Kawthar » et les persuaderait qu'en prenant l'eau pour le feu et en disant le contraire du vrai ils entreraient au paradis.

L'équipage des nains Yadjudj franchirait le mont Qaf et se répandrait sur la terre. Allah disait bien dans le Coran qu'Alexandre le Grand, le roi biscornu, avait construit un mur afin de retenir cet équipage dans son pays, mais à l'approche de la fin du monde le mur s'écroulerait et le mal franchirait le mont Qaf. À quoi ressemblait cet équipage ? C'étaient des gens de petite taille aux yeux bridés et aux joues rouges. Leurs joues sont larges et plates comme un bouclier martelé. Il est absolument faux de dire comme les Arabes qu'ils appartiennent à des tribus turques, c'est une calomnie et un énorme mensonge. Ce ne sont pas des gens de notre race qui annonceront la fin du monde. Nous faisions partie de la communauté des musulmans ; les Arabes, bien sûr, appartenaient à la communauté de Mahomet, mais… Car il y avait un « mais », que tu ne comprenais pas. Ton grand-père et l'imam hochaient la tête d'un air entendu et soupiraient. Tu ignorais que quand l'imam évoquait les signes avant-coureurs de la fin du monde, ton aïeul se souvenait des jours passés à la guerre et qu'après bien des années la blessure qu'il cachait au fond de lui s'était remise à saigner. Ton grand-père et toi étiez agenouillés au premier rang juste en face des lettres arabes entrelacées qui symbolisent l'unité d'Allah. Cependant on ne parlait pas de la guerre, mais de la fin du monde, qui est la chose la plus terrible, la plus douloureuse, la plus effrayante qui soit.

Quand viendrait le jour annoncé, la terre se mettrait à trembler, les montagnes à s'entrechoquer, les hommes seraient comme des papillons de nuit qui tournent autour d'une flamme et qui se brûlent. L'archange soufflera dans sa trompette et les hommes viendront en foule rendre des comptes, ceux qui reposent dans la tombe diront : « qu'il est difficile d'être mêlé à la terre ! » et voudront se joindre à eux. Quand ce jour viendra, des milliers d'étoiles tomberont sur la terre. Le ciel et la terre changeront, l'un et l'autre s'empourpreront et fondront comme du saindoux. Et l'imam, après avoir lu un verset du Coran en arabe, vociférait du haut de sa chaire : « Tu croiras que les montagnes se sont figées sur place, mais elles s'enfuiront comme des nuages ! »

Chaque matin, en te levant, tu regardais la montagne. Dieu merci, elle restait immobile, comme clouée sur place. Lourde et énorme comme elle était, elle ne pouvait pas s'en aller. Tout au plus aurait-elle pu s'écrouler sur ta maison. Elle aurait écrasé le coq tacheté et les poules du poulailler, la niche qui attendait le mouton peint au henné, le mûrier et les peupliers. Et vous aussi. Toi et ton grand-père, ta grand-mère disant sa prière les yeux fermés, ta mère, dont tu ne savais pas où elle avait bien pu passer depuis la mort de ton père, et peut-être même la ville tout entière. Le four d'Ibrahim efendi disparaîtrait, ainsi que le quartier des échoppes avec ses artisans et ses boutiquiers qui battent le fer, vendent des ustensiles, ferrent les chevaux et les ânes. Oui, tout le monde ! Vous disparaîtriez tous, à l'exception de la Grande Mosquée. Car avec ses coupoles de plomb, ses fins minarets dressés vers le ciel et son imam qui, selon les circonstances, versait du miel ou crachait des flammes, elle était la maison d'Allah. Rien ne pouvait détruire la mosquée, ni ouragan ni tremblement de terre, ni montagne ni incendie, ni même la fin du monde.

Au sommet de la montagne, il y avait parfois un nuage. Au lever du jour, c'était un nuage rose qui venait se poser là et n'en bougeait plus. D'ailleurs tu ne voulais pas qu'il s'en aille. Parmi les choses que tu ne voulais pas voir partir, il y avait aussi ton père, mêlé aux étoiles, ou peut-être étendu dans la tombe en attendant le jour de souffrance, ta mère, si lointaine, qui t'avait laissé seul, dans cette chaleur, avec deux vieillards. Et il fallait que ce nuage restât là, et n'en bougeât plus. Quand il commençait à s'arrondir ou à changer de forme, les portes du monde des rêves s'ouvraient toutes grandes. Il n'y avait pas que l'enfer, il y avait aussi de petits nuages roses qui ressemblaient à des oursons et que tu aimais de tout ton cœur.

La cérémonie de la « naissance »

Ils sont venus. Ils ont poussé la porte du jardin et sont entrés. Ils sont passés à l'ombre du mûrier. Avant de monter, ils se sont reposés un peu dans la cour au sol taché par les mûres noires. Puis ils sont entrés dans le salon de la maison et se sont assis en rang d'oignons sur le divan, qui, pour l'occasion, avait été recouvert d'un long tapis de prière vert émeraude. Ils ont replié leurs pieds sous eux et se sont enfoncés dans les canapés. Il y en avait aussi qui s'étaient assis sur les fauteuils et sur les chaises ou accroupis en tailleur sur le tapis de Gördes. Ce tapis, à dominante bleue, représentait des rossignols en train de chanter au bord de l'eau. Il y avait foule aussi sur le tapis mural. Les gens se pressaient autour de la Kaaba, c'était probablement l'époque du pèlerinage. C'étaient eux, sans doute, les pèlerins, qui étaient les hôtes permanents de ce salon toujours fermé à clé. Les panneaux de tissu revêtant le temple flottaient au vent. Des anges devaient survoler la scène, ils étaient les seuls gardiens de la Kaaba en l'absence des pèlerins. Tu revois parfaitement tous les détails du tapis mural, mais tu ne te souviens d'aucun des visiteurs venus occasionnellement dans votre maison. Tu les as tous oubliés, à l'exception, bien entendu, de ceux qui sont venus à cette cérémonie. Chacun d'eux t'a embrassé sur les joues et serré contre lui. Il faut dire que ce jour-là était très important. C'était le quarantième jour après le décès de ton père. Certes, c'était Dieu qui t'avait créé à partir de rien, mais la semence venait de ton père. Tu savais que tu étais un fragment de lui, même si tu ne comprenais pas très bien cette histoire de semence. Et ce jour-là, ton père avait perdu son nez, il était entré dans les souffrances de la tombe et avait commencé à pourrir. Ses tourments dureraient jusqu'au jour du Jugement, c'est ce que disait Ismaïl. Ce bâtard aux yeux bleus d'Ismaïl !

Les visiteurs avaient mis leur plus beau costume. Les femmes avaient la tête couverte, les hommes étaient rasés de frais. Ils gardaient leurs casquettes, mais ils avaient tourné la visière vers l'arrière. Leur pantalon était bien repassé, ils portaient des chaussettes bariolées. Ils avaient laissé leurs chaussures sur le seuil. Tu n'avais jamais vu autant de chaussures. Tu n'en revenais pas. Des souliers noirs, blancs, marron, rouges, étaient alignés comme des barques, petites et grandes. S'il n'y avait pas d'escarpins à talon haut, il y avait en revanche beaucoup de souliers vernis à boucle. En cachette, tu as essuyé avec un chiffon ceux qui étaient poussiéreux. Tu n'avais rien d'autre à offrir à ces gens. Ces souliers ne ressemblaient en rien aux sabots de ta grand-mère. Tu as entrepris de les compter. Il y en avait exactement quarante paires. Tu as oublié le nom de ceux qui les portaient, mais tu te souviens, aujourd'hui encore, de leurs visages, de leur attitude, de la façon dont ils débitaient tous en chœur la profession de foi.

Il y avait parmi eux des voisins et des gens du village de ton grand-père. Au petit jour, abandonnant leurs vignes et leurs champs de tabac, ils avaient pris le train à Hadjırahmanlı, sans oublier d'emporter un sac, afin de faire des emplettes et de régler leurs affaires en ville avant de se rendre à la cérémonie. Le monde est mortel, mais la foi ne remplit pas le ventre. Ils avaient déposé sur le seuil, à côté de leurs chaussures, leurs sacs emplis de tout un bric-à-brac. Il n'y avait pour ainsi dire aucun parent. Tes tantes étaient en froid avec ta mère et n'étaient pas venues présenter leurs condoléances. Restées vieilles filles, elles étaient jalouses de leur petite sœur. Il faut dire que c'était la plus jolie. Et que, comme dans les contes, c'était la plus intelligente et la plus malchanceuse des trois. La chance lui avait pourtant souri et, non contente de filer le parfait amour pendant de longues années avec son mari, elle avait eu un enfant. Dieu me pardonne, c'était un polisson. Et un rêveur, par-dessus le marché. Mais du moins ce n'était pas un athée, comme son père. Mais alors, pas du tout. Il ne ratait jamais l'office du vendredi, il jeûnait du premier au dernier jour du ramadan et, lorsqu'il ne dormait pas, il disait avec ses grands-parents la prière de la nuit. Ton oncle était absent de Manisa, ainsi que Gazi Hafiz bey, le compagnon d'armes de ton grand-père. Qu'on le voulût ou non, c'était à l'imam de la Grande Mosquée que revenait l'honneur de dire la prière funèbre.

Ainsi donc ton papa était mort depuis quarante jours. Ta mère était complètement égarée. Ton grand-père avait beau lui dire « il faut continuer à vivre », elle semblait être morte en même temps que ton père et l'avoir suivi dans la tombe. Elle ne dormait plus, ce n'était plus qu'une étrangère qui errait la nuit dans la maison comme un spectre, pleurant, pleurant sans cesse. Elle était déjà loin, mais Allah était près de toi, Il ne te quittait pas. Il jugeait ton père digne des souffrances de la tombe, mais Il était plus proche de toi que ta mère, ton grand-père et même ta grand-mère qui, parfois, après la mort de ton père, venait t'endormir, le soir, en te berçant sur son sein.

Ce jour-là ta mère ne tenait pas sur ses jambes. Ton grand-père, lui, était un monument de patience. C'était lui qui s'occupait des visiteurs. S'il existe cette sorte de résignation qui impose à tout bon musulman d'accepter tout ce que lui inflige le destin, ton grand-père, ce jour-là, et durant toute la cérémonie, se comporta aux yeux de tous en musulman exemplaire. Les femmes pleuraient, les hommes gardaient le silence. Après avoir compté les chaussures déposées sur le seuil, tu t'approchas tour à tour de chaque visiteur pour baiser sa main et la poser sur ton front. Ensuite, lentement, tu allas te placer à côté de ta grand-mère. La vieille dame était plongée dans ses prières et semblait ignorer ce qui se passait autour d'elle. Tout en murmurant, elle balançait à droite et à gauche son corps pesant, mais cela ne l'empêchait pas de pleurer. Les larmes qui coulaient sous ses paupières baissées se répandaient sur ses lèvres.

Les femmes commencèrent à chuchoter entre elles. « Puisse Allah lui être miséricordieux ! Puisse Allah l'accueillir au paradis ! Puisse Allah lui pardonner ses fautes ! Puisse Allah donner la vie à son enfant ! Allah, Seigneur, Tu es grand ! Allah… Allah… » Chaque phrase commençait par Allah, chaque mot finissait par Lui. Enfin, chaussé de sandales de maroquin, vêtu d'une robe noire, coiffé d'un turban rouge et blanc comme le drapeau, l'imam fit son entrée, prit place dans le fauteuil qui lui était réservé et prononça : « Allah, mon Seigneur ! » Puis, sans plus attendre, il entama le rituel par ces mots : « Que soit toujours mentionné le nom d'Allah ! »

Tu étais habitué à entendre la voix de l'imam et ses sermons lors de l'office du vendredi. Mais cette fois c'était pour ton père qu'il parlait et qu'il célébrait l'office. Et avec quel brio ! Sa voix retentissait dans le salon et faisait trembler les vitres. Il parlait à la vitesse d'une mitraillette et ses paroles, qui se plantaient dans ton cœur, étaient si fortes que tu aurais pu mourir sur place. C'était tout à la fois un chant émouvant, une longue plainte et une oraison funèbre. Cela s'adressait à ton père, mais c'est de Mahomet qu'il était question. À vrai dire, tu n'y comprenais pas grand-chose et il te faudrait des années pour comprendre que le Mevlid n'est pas seulement une prière, comme tu le pensais, mais qu'il raconte aussi la naissance du prophète.

« Amina Hatun, mère de Mahomet / mit au monde une perle de nacre » : ces vers se sont gravés dans ta mémoire. À la naissance du prophète, les anges sont descendus du ciel et ont tourné en procession autour de sa maison comme on tourne autour de la Kaaba. Ensuite, la terre fut illuminée et les houris présentèrent à la mère du prophète un sorbet « plus blanc et plus glacé que la neige », tandis qu'un oiseau blanc l'éventait de son aile. La voix de l'imam s'amplifia et atteignit son paroxysme lorsqu'il prononça le couplet du salut : « Salut à toi, très haut sultan / Salut à toi, porte-parole de la connaissance / Salut, mystère du Coran / Salut, remède à notre peine, salut ! » Par sa naissance et ses actes Mahomet serait le remède à nos maux, mais, comme tous les serviteurs d'Allah, il serait lui aussi vaincu par la mort. Tu te rappelles encore le passage où il est dit comment Azraël vint prendre l'âme du prophète. « C'est lui qui fait les orphelins / Qui prend les âmes et fait pourrir la chair » : ces vers, répétés par les visiteurs qui, jusque-là, étaient restés silencieux comme une statue de Bouddha, avaient assez de force pour émouvoir même ton grand-père, qui pourtant répugnait à laisser paraître ses sentiments. Ainsi donc, ce monde est mortel dès la naissance. Y compris pour toi et pour Mahomet. Lui aussi est né d'un mortel, et toi, tu étais la semence d'un père mort qui, au bout de quarante jours, commençait à pourrir. Comme tout le monde, à ta naissance, tu portais en toi ta propre mort qui se rapprochait un peu à chaque battement de ton cœur. Certes, chaque enfant portait en lui le Dieu qui lui avait donné une âme, mais il portait aussi la mort. Quant à toi, orphelin comme Mahomet, tu portais en toi, en quelque sorte, non pas une mort, mais deux morts.

Le prophète a rendu son âme dans les bras d'Aïcha, son épouse de dix-neuf ans. Mais quelques jours avant de mourir, se sentant un peu mieux, il était allé au cimetière prier pour les martyrs d'Ohod. Est-ce là qu'il avait senti pour la première fois que sa fin était proche, ou son cœur fatigué savait-il depuis longtemps déjà que le moment était venu de se résigner à la mort, car, comme il est écrit dans le Coran, et comme le répétaient à qui mieux mieux les visiteurs après la cérémonie funèbre en l'honneur de ton père, « tout être vivant connaîtra la mort » ? Certes, il avait été comblé des trésors de ce monde et le Très-Haut l'attendait dans l'autre monde, et, bien entendu, il en était conscient. Mais cela ne l'empêchait pas d'avoir peur de la mort et d'être inquiet au moment de quitter ce monde mortel. Pourtant Aïcha lui disait : « Hé, messager d'Allah, si je meurs avant toi, après m'avoir enterrée, tu feras la fête avec d'autres épouses ! », et les lèvres sensuelles de son époux, en s'entrouvrant dans un sourire, laissaient voir ses belles dents blanches comme la nacre. Une fois encore, il passa sur ses gencives le cure-dents que son épouse avait mâchonné pour le ramollir. Et il se lava dans des eaux froides provenant de sept puits différents de Médine. Gabriel et Azraël l'attendaient tous deux à la porte. Ils avaient demandé la permission d'entrer, mais on la leur avait refusée. Azraël avait pris l'âme de ton père, mais le bien-aimé d'Allah aurait peut-être le privilège de lui échapper. Ou peut-être pas. Allah n'avait-Il pas fait savoir dans le Coran qu'il mourrait lui aussi, comme tous les prophètes ? Qu'il mourrait et ressusciterait ensuite comme tous les serviteurs d'Allah ? Il ne pouvait pas l'avoir oublié. Et sans nul doute il acceptait son destin. Il posa sa tête sur la poitrine de sa jeune épouse et, en murmurant que c'était bien difficile, il rendit enfin son âme à Azraël.

L'imam, à voix forte, annonçait la naissance et la mort du prophète. Et les vers scandés de Süleyman Çelebi se déversaient en cascade comme les eaux du Kawthar, le fleuve du paradis :

Il est temps pour lui de quitter ce monde
Lui dont le visage est un soleil et le front un croissant de lune

Que chacun répande pour ce sultan
Des larmes à éteindre le brasier de l'enfer

Les visiteurs pleuraient. Et toi-même, ne pouvant plus retenir tes larmes, tu te mettais à sangloter. Tu ne savais plus si c'était sur le prophète, sur ton père ou sur toi-même que tu pleurais. Tu le sais maintenant, chacun pleurait sur sa propre mort, mais tout ce tapage ne servait à rien. La voix de l'imam était maintenant flamboyante, elle brûlait tout ce qu'elle touchait et cautérisait les cœurs :

Le glorieux prophète a quitté ce monde
Je vous dis adieu, ô mes compagnons

Il nous fut envoyé par le Très-Haut
Je vous dis adieu, ô mes chers disciples

Ayant dit cela ses yeux s'emplirent de larmes
Le peuple poussa une longue plainte

Ce jour-là chacun a pleuré sur ton père, mais aussi sur le prophète et sur tous les mortels. Ensuite on a servi des bonbons et une collation. Comme si de rien n'était, on s'est mis à parler de la vie courante. Les visiteurs ont enfilé les chaussures qu'ils avaient laissées sur le seuil et sont repartis comme ils étaient venus. Tu es resté seul dans la pièce avec tes grands-parents. Ta mère continuait à pleurer dans son coin. Tu t'es approché d'elle et tu lui as dit : « Ne pleure plus, maintenant il est au paradis avec les houris ! » Tu voulais la consoler, mais elle a continué à pleurer. Alors tu lui as lancé : « Eh bien, continue à chialer, tu as raison, tes larmes lui rendront peut-être plus douces les souffrances de la tombe ! » Tu n'as jamais compris comment tu as pu prononcer ces mots-là, comment tu as pu si allègrement imputer à ton père ta propre peur de l'enfer au lieu d'implorer le pardon du Très-Haut. À présent, tu n'éprouves plus ni crainte de Dieu ni peur des tourments. Seul le doute, oui, le doute qui fait de celui qu'il touche un homme nouveau, te corrode l'esprit. Comme ta mère, comme tous ceux qui souffrent, ce dont tu as peur, désormais, ce n'est pas de mourir, c'est de ne pas pouvoir mourir. Ton père a eu de la chance. Sans même s'en rendre compte, il a quitté ce monde infâme, ce monde mortel dont tu ne t'es pas encore rassasié.

Le voyage céleste

À une certaine distance de votre maison, au milieu d'un terrain vague, dans la rue dite du « pavillon des fées », le tombeau de A-trouvé-la-voie jouxtait le mur délabré d'une maison abandonnée près duquel poussait un figuier. L'arbre avait percé le mur et s'étalait au-dessus du jardin envahi par le chiendent. Avec Ismaïl, vous cueilliez les figues vertes et les enfiliez sur une ficelle pour les faire sécher. Vous les utilisiez comme billes. Les vraies billes, que vous appeliez les « Américaines », ces beaux jouets lumineux à l'intérieur desquels coulaient des rivières jaunes, rouges et bleues étaient si rares et l'épicier du quartier les vendait si cher que, le plus souvent, vous étiez forcés de vous contenter de vos figues vertes. Même quand on les avait débarrassées de leur queue et fait sécher et bien durcir à l'ardeur du soleil, elles ne roulaient pas aussi bien que les Américaines et, quand vous jouiez au capitaine, elles allaient de travers et refusaient d'entrer dans les trous que vous aviez creusés.

L'été, les journées étaient longues. Tout le monde était parti dans les maisons des vignes et il n'y avait plus personne avec qui jouer dans le quartier. D'autant plus qu'il fallait se lever de bonne heure pour changer l'eau des poules et nourrir le mouton. La journée traînait, s'étirait, n'en finissait pas. Ismaïl et toi épuisiez tous les jeux que vous connaissiez, et vous aviez beau vous fâcher et vous réconcilier cent fois, la journée était interminable. Il t'était interdit de t'éloigner du quartier. Tu n'avais le droit d'aller seul ni dans le centre ni au jardin public pour voir Tarzan. Tu l'imaginais en train de donner à manger aux poissons du prophète Abraham ou d'arroser les roses, mais il t'était défendu de t'approcher de lui et même de le regarder de loin. En fait, ce n'était pas vraiment défendu, mais c'était honteux. Parce que tu n'étais pas, comme Ismaïl, le fils d'Ibrahim, le réfugié, mais le petit-fils de l'avocat Hadji Rahmi, notable de Hadjırahmanlı, même si ta grand-mère venait d'une famille de réfugiés des Balkans.

Tu écoutais les récits de tes camarades de quartier. Ismaïl allait avec eux au château du Canon juste à midi, à l'heure du coup de canon, ils parlaient avec Tarzan et ensuite, ils te rapportaient ce qu'il avait dit avec mille rajouts et beaucoup d'exagération : il était né dans le désert, sous la tente d'un Bédouin, avait eu pour amis des lions, des tigres et des éperviers, dans sa jeunesse il était tombé amoureux d'une fille et, contraint d'émigrer, était passé par mille épreuves qui l'avaient mené à son actuel dénuement ; durant la guerre de Libération nationale, il avait été décoré de la médaille de l'Indépendance à ruban rouge et, le jour de la commémoration de la victoire, il l'épinglait sur sa poitrine nue pour prendre part au défilé. Ils parlaient aussi de sa cabane badigeonnée en blanc sur le versant de la montagne. Il vivait là été comme hiver à l'ombre des oliviers et, faute de matelas, il dormait sur un tapis de journaux et se nourrissait des plantes sauvages qu'il cueillait dans la montagne. Ses cheveux et sa barbe étaient en broussaille, mais il était d'une propreté parfaite. Il se lavait tous les matins dans un petit lac coincé entre deux rochers. Il était seul au monde ; s'il fallait en croire Ismaïl, il avait vu des films de Tarzan, et, optant pour ce genre de vie, il s'était un beau jour débarrassé de ses vêtements et, nu comme un ver, s'était perdu dans la nature. Tu savais bien toi-même, pour l'avoir observé de loin, qu'il n'avait qu'un short noir pour tout vêtement et que sa peau était aussi foncée que celle d'un Bédouin qui parcourt le désert. Il avait des yeux noirs très brillants, des sourcils noirs, des cheveux noirs et une longue barbe noire. Il t'intimidait et te faisait peur, mais tu aurais donné ton âme pour aller le voir et l'entendre raconter sa vie. Seulement tu craignais ton grand-père. Ce que tu redoutais, ce n'était pas d'être puni, c'était de lui faire de la peine ou, selon l'expression de ta grand-mère, de « lui faire honte ».

Il ne t'était pas seulement interdit de fréquenter le Tarzan de Manisa, même les films du vrai Tarzan, tu ne les connaissais que grâce aux récits que t'en faisaient tes camarades du quartier. Tandis qu'ils allaient au cinéma de la ville, où l'on présentait les films en trente-six épisodes de Johnny Weissmuller, suivre les aventures de Tarzan et de Jane dans les forêts vierges d'Afrique, tu restais à la maison à écouter la lecture du Coran et rêvais de La Mecque, de Médine, de la vie de Mahomet et de la grandeur d'Allah. Tes amis avaient beaucoup de choses à te raconter, mais, comme ils étaient peu portés sur la lecture, tu pouvais, à ton tour, leur relater ce qu'avait vécu le prophète. Pour ne pas être en reste vis-àvis d'Ismaïl et partager avec ton meilleur ami le produit de ton imagination, tu lui racontais ce que tu avais entendu de la bouche de tes grands-parents et de l'imam. Tu n'avais pas besoin d'en rajouter, il te suffisait de faire appel à ta mémoire. Il faut dire que le père d'Ismaïl, au lieu d'emmener son fils à l'office du vendredi, lui confiait le soin de garder la boulangerie, qui ne devait pas rester fermée en plein jour. Ismaïl connaissait les aventures de Tarzan, Jane et Chita en Afrique ainsi que celles du Tarzan de Manisa, mais toi, tu connaissais la vie de Mahomet. Surtout le moment où il fut renvoyé à La Mecque après s'être élevé la nuit jusqu'au septième étage du ciel, c'est-à-dire après son Ascension. Assis sur le mur délabré à côté du mausolée de A-trouvé-la-voie, tu racontais à Ismaïl le Voyage céleste de Mahomet. Quand vous étiez fatigués de jouer, de vous fâcher et de vous réconcilier à longueur de journée, de dévaster les nids de fourmis, le soir venu, vous vous retiriez à l'écart et, assis sur le mur, les jambes pendantes, vous regardiez les étoiles qui s'allumaient les unes après les autres dans le ciel. Quand tu commençais ton récit, il écarquillait les yeux, se tournait vers toi et, sans cacher son étonnement, te demandait : « Ce n'est pas possible ! Mahomet a réellement gravi sept étages et vu Allah ? » Tu comprenais tout de suite que cette expression « gravir sept étages » était empruntée au poème *Les Cavaliers turcs* que vous appreniez par cœur à l'école, mais tu ne te démontais pas. Tu te rendais bien compte qu'Ismaïl pleurait d'émotion, comme toi, quand, au cours d'une fête, on lisait ce poème à la gloire des ancêtres.

– Bien sûr, répondais-tu, tout comme, un jour d'été, nos ancêtres ont franchi le Danube, le prophète, s'élevant de la terre, a gravi les sept étages du ciel et, de cette hauteur, il a vu le paradis et l'enfer. Il a parlé avec Allah.

– Que dis-tu là ? s'exclamait Ismaïl, c'est un grand péché de dire ça.

Mais tu faisais des manières, tu te faisais prier et il n'en pouvait plus. Alors posément, sans te presser, pour le faire languir, tu commençais ton récit depuis le début, sans l'enjoliver.

– Une nuit, alors que Mahomet dormait à La Mecque, non chez lui, mais chez la fille de son oncle, le toit s'entrouvrit et l'ange Gabriel apparut. Au lieu d'être seul comme d'habitude, il était accompagné d'une étrange créature qui ressemblait à une vache mâtinée d'âne ou de mulet, mais avait une tête humaine. Sa crinière était ornée de perles et ses oreilles d'émeraudes. Ses yeux brillaient comme le feu. Elle avait une queue bariolée comme celle d'un paon et des sabots mous comme du coton. Ainsi que Gabriel, elle avait de grandes ailes et un air doux. Elle s'appelait Al-Buraq. En se hissant sur son dos, le prophète ne remarqua même pas que la cruche d'eau qui était à son chevet s'était renversée.

– Que vient faire ici cette cruche ? demandait Ismaïl, curieux comme toujours.

– La cruche est très importante.

– Mais pas du tout. Qu'est-ce que ça peut faire, si elle s'est renversée !

– Tu comprendras plus tard.

Et tu poursuivais ton récit. Al-Buraq était plus rapide que l'éclair, elle volait littéralement. À chacun de ses pas, ses pattes touchaient l'horizon. Ils arrivèrent à Jérusalem en compagnie de Gabriel. À Mesdjid-ul Aksa, le prophète mit pied à terre et fit une prière. Moïse, Jésus et Abraham se rangèrent en colonne derrière eux et les suivirent. Oui, l'Abraham qui avait failli égorger son fils Ismaël.

Tu faisais une pause et, en prenant l'accent des bords de la mer Égée, tu lançais à Ismaïl :

– Tu sais qui était Abraham ?

Il rétorquait en prenant l'accent de Mostar :

– Bien sûr que je le sais ! C'était un prophète, comme Moïse et Jésus, et il était prophète comme Mahomet.

– Et alors, qu'est-ce qu'il a fait ?

– Comment, qu'est-ce qu'il a fait ? Il a égorgé son propre fils. Enfin, non, il ne l'a pas égorgé, un mouton est descendu du ciel et c'est avec lui qu'il a fait sa soupe. Mais laisse tomber cet Abraham et venons-en à Mahomet.

L'air sentencieux, tu regardais un moment les étoiles sans rien dire. Elles semblaient se multiplier et te faire des clins d'œil. Tu reprenais ton récit là où tu l'avais laissé.

À Jérusalem, Mahomet avait pris appui sur le rocher que l'on appelle rocher de Jacob et il s'était envolé vers le ciel. À vrai dire, il ne lui avait pas poussé des ailes, c'est Allah qui l'avait attiré jusqu'à Lui en lui faisant franchir les sept étages du ciel ; sans qu'il lui pousse des ailes, sans même monter sur Al-Buraq, il s'était envolé en compagnie de Gabriel.

Ismaïl admettait parfaitement que Mahomet soit arrivé en un clin d'œil de La Mecque à Jérusalem. A-trouvé-la-voie n'allait-il pas tous les soirs à la Kaaba sur son tapis volant ? N'exerçait-il pas son autorité sur trois mers et sept rivières, comme Mahomet l'exerçait sur le Kawthar, le fleuve du paradis ? Mais il n'arrivait pas à concevoir que l'on pût s'élever jusqu'au septième ciel. Il devait y avoir une échelle tombée du ciel, l'échelle d'Allah, dont chaque échelon était orné de joyaux et que Mahomet avait gravie pour monter là-haut. Mais tu trouvais plus intéressant de faire voler le prophète. Ismaïl écoutait, incrédule, et finissait par se laisser prendre à ton récit. Pourquoi Mahomet n'aurait-il pas volé, te disais-tu, alors que toi-même tu volais en rêve ? Et quand tu dis voler ! Tu t'élançais du haut du mont Sipil. Tu plongeais dans le vide et tu battais des ailes au-dessus de Manisa, puis tu longeais la vallée du Gediz et, suivant un vol de cigognes, tu te dirigeais vers La Mecque. Les cigognes, que vous appeliez les oiseaux pèlerins, survolaient la ville en direction des déserts d'Arabie. Et toi, tu les regardais passer en soupirant ; toi aussi, comme ton grand-père, comme tous les musulmans, tu avais envie de devenir un *hadji* en faisant le pèlerinage à La Mecque et à Médine. Pour être lavé de tous tes péchés et naître à nouveau comme un bébé. Comme si tu avais beaucoup vécu, vu beaucoup de choses et commis beaucoup de péchés. N'était-ce pas un péché, déjà, de refuser de discuter avec Ismaïl pour savoir s'il y avait ou non une échelle et de présenter comme vrai ce qui te passait par la tête ? Et tout ça parce que Ismaïl insistait :

– Et ensuite, qu'est-ce qui s'est passé ?

La suite était vraiment merveilleuse. Extraordinaire. À cette époque, ce mot-là n'avait pas encore été inventé. Vous utilisiez tous deux des mots arabes difficiles à articuler : « *ha-ri-ku-la-de* » (extraordinaire) et « *fev-ka-la-de* » (invraisemblable), et, ne sachant pas cette langue, vous étiez incapables de prononcer correctement les termes arabes qui abondaient en turc et dans les versets du Coran. Quoi qu'il en soit, Ismaïl ne voulait pas admettre que le prophète soit monté au ciel sans ailes et sans monture, c'était une chose impossible. Le prophète ne l'avait-il pas rêvé ? Bien sûr que non, car tout le monde aurait pu faire ce rêve-là et le prophète aurait été comme tout le monde. Non, Allah avait élevé jusqu'au ciel son messager bien-aimé pour lui révéler ses secrets. Au premier étage du ciel, il avait rencontré Adam, notre ancêtre et premier prophète et, avant de le saluer, il s'était baigné dans le Nil et dans l'Euphrate, avait bu de l'eau du Kawthar et poursuivi sa route.

– Attends un peu, coupait Ismaïl, ne va pas si vite. Que faisait là notre père Adam ?

– Que pouvait-il faire ? Il souriait en regardant à droite et pleurait en regardant à gauche.

– Pourquoi donc ?

– À droite il voyait les élus et à gauche les damnés.

– Ah, dis donc ! Les damnés à gauche…

À cette époque-là, le débat entre la gauche et la droite n'était pas encore à l'ordre du jour, mais le communisme était l'ennemi majeur. La famille d'Ismaïl était venue à Manisa pour fuir le communisme et ne pouvait donc pas être de gauche, les gauchistes devaient partir à Moscou, c'est ce que tout le monde disait, les membres de la famille d'Ismaïl étaient de vrais musulmans, nos frères immigrés, ils avaient tout laissé aux communistes et étaient arrivés avec un baluchon et un cheval de trait. Par conséquent, Dieu merci, ils n'étaient pas des damnés, même si Ismaïl n'allait pas à l'office du vendredi. Et le prophète n'avait-il pas dit un jour, dans un moment de colère : « Si vous saviez ce que je sais, vous ririez peu et pleureriez beaucoup » ?

Quand Mahomet atteignit le premier ciel, tout était recouvert d'argent, il fut enveloppé d'un nuage et franchit en un clin d'œil une distance que, normalement, on n'aurait pas pu franchir en moins de cent ans. Il était environné d'étoiles hautes comme des montagnes et un ange se tenait au sommet de chacune d'elles. Ces anges veillaient pour empêcher les diables et les djinns de dérober les trésors qui se trouvaient là. En fait, l'instituteur vous avait expliqué que les étoiles qui clignotent à des milliers, des centaines de milliers et même des millions d'années-lumière sont des soleils qui tournent sur leur axe dans le vide. C'était donc faux. Les étoiles qui te faisaient des clins d'œil et que tu regardais, assis sur le mur, les jambes pendantes, étaient des montagnes suspendues dans le ciel, de gigantesques flambeaux. Accrochées dans le ciel, elles brûlaient comme la bougie qui se consumait dans le mausolée de A-trouvé-la-voie. C'est Allah, dans Sa puissance, qui les avait créées ainsi, semblables à de hautes montagnes et scintillantes comme une chandelle de cire. Tu sais bien que, en expliquant à Ismaïl les œuvres d'Allah que la science ne peut pas remettre en question, tu éprouvais une émotion que tu n'as plus jamais partagée avec personne. Maintenant que tes années, sans être des années-lumière, ont néanmoins passé à la vitesse de la lumière en te rapprochant de la mort à chaque instant, tu vis ton temps à toi et t'occupes de tes propres affaires. Même au moment où tu écris ces lignes, au fil de l'inspiration, en donnant tous ces détails.

Mahomet atteignit, également en un clin d'œil, le deuxième ciel, situé pourtant à cinq cents ans de distance. Là, tout était bardé de fer. Une armée d'anges brandissant des lances entoura le prophète. Ils étaient aussi nombreux que des fourmis et emplissaient le ciel comme une volée d'oiseaux. On n'aurait pas eu assez d'une vie entière pour les compter. Ils s'entraînaient à défendre l'Islam au jour du Jugement. Ils étaient précédés par saint Jean le Baptiste et suivis par le prophète Jésus. Peut-être étaient-ils partisans de la paix en ce monde, mais, là, ils avaient ceint le glaive. Or Jésus, le saint fils de Marie, n'avait-il pas dit, avant d'être crucifié : « Qui tirera le glaive périra par le glaive », et recommandé, si l'on vous giflait, de tendre l'autre joue ?

Après les avoir salués eux aussi, Mahomet repartit. Il arriva au troisième étage, où tout était couvert de cuivre. Il y avait là les prophètes Salomon et David. Salomon qui, sur terre, commandait à toutes les bêtes sauvages et savait la langue des oiseaux et des fourmis, semblait s'ennuyer. Il paraissait désœuvré. Il n'avait personne à qui commander. Les anges recevaient leurs ordres d'Allah et les élus répétaient le nom d'Allah dont retentissaient la terre et le ciel.

Mahomet vit le paradis et l'enfer, il vit des pécheurs qui tournaient sur place comme les toupies que vous lanciez sur le terrain vague, en rejetant par-derrière le feu qui entrait par leur bouche, de vieilles sorcières qui avalaient leurs propres tripes, des femmes adultères jetées avec leurs amants dans des chaudrons bouillants. Tout baignait dans le sang et dans le pus. Les démons jetaient hommes et femmes dans les flammes en les tenant par les membres qui avaient commis le péché. Surtout des femmes, semble-t-il. Vêtues de feu, elles mangeaient de la charogne. Et leurs souffrances étaient éternelles. Car Allah avait créé sourds et muets les démons qui les tourmentaient, afin qu'ils ne puissent pas entendre leurs supplications et leurs plaintes.

Au paradis, en revanche, l'eau était plus pure que la neige, les fleuves plus transparents que le verre, la nourriture plus douce que le miel et des houris, étendues toutes nues sur des coussins de duvet, attendaient les martyrs et les serviteurs bien-aimés d'Allah. Bien entendu, il y avait aussi des palais de rubis, des fleuves de lait et de miel, et de verts vallons, profonds et immenses. Des dévots se reposaient à l'ombre de l'arbre Touba. Qui sait, après ta mort, peut-être, tu viendrais te prélasser à côté d'eux. À ses esclaves qui ont fait leurs prières, respecté le jeûne, donné l'aumône et fait le pèlerinage, Allah, dans l'autre monde, épargne toutes les incommodités. Mahomet s'entretint avec Malik à la porte de l'enfer et avec Rudvan sur le seuil du paradis. Mais quand il rencontra Azraël, il demanda à Gabriel : « Qui est celui-ci ? »

Certes, il était l'ami de l'ange de la révélation, mais il ne savait pas qui était cet ange effrayant, d'un noir éclatant, qui avait une aile au ciel et l'autre sur terre et un univers immense dans l'espace séparant ses yeux.

« C'est Azraël, répondit l'ange. C'est lui qui prive les gens de leur mère et de leur père et laisse le monde désert. »

En répétant ce qu'avait dit Gabriel de l'ange de la mort, tu avais envie de crier, tu sentais ton gosier se nouer et tu avais du mal à retenir tes larmes. Mais les hommes ne pleurent pas. Et le petit-fils du hadji Rahmi bey ne pouvait pas pleurer en présence d'un immigré. Même la pierre en forme de tête de femme qui se trouve sur le versant du mont Sipil pouvait pleurer, mais à toi, cela était interdit. Et tu poursuivais ton récit en ravalant tes larmes.

Tu passais rapidement sur le quatrième et le cinquième étage, qui étaient de la couleur des perles et de l'or rouge et où tout se recouvrit de perles et d'or à l'arrivée de Mahomet, et en venais à la rencontre avec Moïse au sixième étage. Cette rencontre était très importante. Car c'est Moïse qui avisa Mahomet de ramener à cinq les cinquante prières quotidiennes prescrites aux musulmans, il en avait lui-même discuté avec Allah, disant qu'il n'est pas possible de prier cinquante fois par jour. Sans compter la prière que l'on fait chaque nuit durant le ramadan, tu assistais à l'office une fois par semaine, le vendredi, mais Ismaïl n'y assistait même pas. Oui, tu étais pécheur, mais Ismaïl l'était plus encore. C'est sans doute pour cela qu'il s'intéressait à Allah, qu'il avait envie de Lui parler et d'être admis auprès de Lui comme le prophète, afin d'obtenir le pardon de ses péchés. Il ignorait qu'à part le prophète nul, pas même Moïse, n'avait vu Allah. Car quand Dieu lui était apparu sur le mont Sinaï, Moïse s'était évanoui. Comparées aux tiennes, les connaissances d'Ismaïl en matière de religion étaient nulles. C'est pour cela, sans doute, qu'il écoutait tes récits, même si la vie de Mahomet différait un peu des aventures de Tarzan. Que se passa-t-il lorsque le prophète, après le septième étage, arriva à l'arbre aux lotus et laissa Gabriel derrière lui ? Gabriel avait-il peur que ses ailes ne s'enflamment s'il s'élevait encore un peu plus haut ? Pouvait-il vraiment voir Allah et s'entretenir avec Lui ? Bien sûr, il devait y avoir une réponse à ces questions. Sinon Ismaïl aurait cessé de te prendre au sérieux et de t'écouter religieusement.

En atteignant la limite, Gabriel déclara qu'il était interdit d'aller plus loin, mais Mahomet poursuivit sa route, il put franchir la limite et fut affronté à la Divine Beauté. Quand tous les rideaux sauf deux se furent levés, qu'il n'y eut plus que les ténèbres et la lumière divine, il fut tout d'abord pris d'angoisse, et ensuite, quand les deux derniers rideaux se soulevèrent, ses yeux furent éblouis et il ne put voir Allah qu'avec son cœur, mais il sentit une main froide effleurer le fond de son cœur. Était-ce le froid de la mort ou la peur d'être anéanti en pénétrant hors du temps et de l'espace ? Bon, mais à quoi ressemblait Allah, comment était-Il ? À ce moment précis, tu te mettais à trembler. Les étoiles tremblaient aussi dans le ciel et s'éteignaient l'une après l'autre. La bougie du mausolée de A-trouvé-la-voie s'était elle aussi éteinte depuis longtemps. Ismaïl répétait obstinément la même question :

– Alors il a vu Allah ? Eh bien, à quoi ressemble-t-Il ?

– Ça, je ne peux pas le savoir, coupais-tu. Et personne ne le sait. Ni mon grand-père, ni l'imam, ni même l'instituteur.

– Et Mahomet, alors ? Lui non plus, il ne peut pas le savoir ?

– Il le sait, mais il ne peut pas le dire.

Vous vous taisiez. Tu avais l'impression qu'autour de vous tout était silencieux. La montagne et la ville, les avenues et les petites rues, et même les cigognes qui passaient dans le ciel, le cercueil et la bougie éteinte du mausolée, l'encorbellement menaçant ruine du « pavillon des fées », et aussi le figuier, le mur et les étoiles, oui, tout était silencieux, aucune chose, dans l'univers entier, n'était en mesure de répondre. Au bout d'un moment, Ismaïl demandait .

– Et la cruche ?

– De retour à La Mecque, quand il est allé se coucher, Mahomet a vu que l'eau coulait toujours. Il a saisi la cruche et bu avec avidité.

Khadidja, fille de Khuwaïlid

Khadidja, la fille de Khuwaïlid, était l'une des femmes les plus puissantes parmi les Qoraïch. Il y a eu, bien sûr, d'autres femmes légendaires, comme par exemple Bahiyya, la plus jeune et la plus intelligente des filles de Aws ben Haritha, qui se rendit célèbre pour son entêtement, en exigeant, la nuit de ses noces, la réconciliation avec une tribu ennemie et en refusant de se donner à son époux tant que cette condition ne serait pas remplie, ou Hind, la vengeresse au charme légendaire. Bien entendu, vous savez en quoi elle méritait cette épithète. Je vais tout de même le rappeler, à l'intention des ignorants et des incrédules. Hind, l'épouse d'Abu Sufian, un notable de La Mecque, haïssait à tel point Hamza, le meurtrier de son frère, que lorsque l'oncle du prophète fut tué durant la bataille d'Ohod, elle ne put s'empêcher de descendre de son chameau, de chercher, sur le champ de bataille ensanglanté, le cadavre de Hamza et, quand elle l'eut trouvé, de l'éventrer d'un coup de poignard et de dévorer ses entrailles.

Khadidja, elle, ne tirait son pouvoir ni de son charme ni d'un caractère implacable. Elle n'était pas très belle. En outre elle était veuve, avait un enfant de chacun de ses deux maris et se consacrait aux tâches de sa maison. C'était une femme d'affaires très habile, très efficace et très occupée. Certes elle était riche, possédait des biens et des caravanes. Mais la vraie source de son pouvoir tenait à son sens des affaires et à son caractère résolu. Les Mecquois l'appelaient *tajirah*, « la marchande », et aussi *tahirah*, « l'honnête ». Pour quelle raison décida-t-elle de prendre à son service Mahomet, le neveu d'Abu Talib, qui se rendait à Damas pour le compte de son oncle et dont la principale tâche était de charger, décharger et nourrir les chameaux ? Mais vous comprendrez mieux si je pose ainsi ma question : pourquoi jeta-t-elle les yeux sur lui ?

Khadidja souhaitait peut-être, comme Hind, avoir un mari influent et beau parleur. Ou, comme Bahiyya, devenir, dans le désert, par une nuit sans lune, l'épouse d'un chef de tribu. Pénétrer sous la tente de son mari et s'abandonner, confiante, dans la tendre chaleur de ses bras, tandis qu'au-dehors le vent fait balancer les feuilles des palmiers et que s'éteignent les derniers feux du camp. Mais elle s'éprit d'un homme pauvre, elle s'en enticha, elle le voulut et, si j'ose employer une expression qui est peut-être un peu déplacée, elle s'offrit un garçon qui avait quinze ans de moins qu'elle. Contrairement à l'usage, ce ne fut pas Mahomet qui demanda sa main aux aînés de sa famille ; c'est elle qui, par l'intermédiaire d'un proche, fit sa demande à la famille de Mahomet. Cependant elle fit une concession à la tradition. Non, la noce ne dura pas quarante jours et quarante nuits. Mais nous n'en sommes pas encore au moment où les époux s'esquivent pour gagner la chambre nuptiale. Attendez un peu, ils ne sont pas encore mariés. Khadidja, la riche femme d'affaires, ne proposa pas tout de suite à Mahomet de l'épouser, elle voulut tout d'abord l'éprouver. Comment ? Comme ceci :

Mahomet qui, depuis l'enfance, accompagnait à Damas les caravanes de son oncle Abu Talip, prit le même chemin pour le compte de Khadidja. Les chameaux chargés de marchandises étaient flanqués de gardes qoraïch qui les protégeaient contre les pillards. Mais il y avait, outre des gens à la solde de Khadidja, une esclave nommée Maïsarath. Maïsarath était d'origine abyssinienne. Avant d'être vendue sur le marché d'Ukaz, elle avait appartenu à une riche famille. C'était une belle femme, expérimentée et aguichante. Pendant tout le voyage, elle s'efforça d'attirer l'attention de Mahomet, mais quand les chameaux s'agenouillaient et que l'on faisait halte pour la nuit, le jeune homme n'avait d'yeux que pour les étoiles qui emplissaient le ciel. Il avait l'air distrait et songeur. Il ne semblait pas redouter les maléfices des djinns attirés par le feu de camp. Avant de partir, il n'était pas, comme tous les autres, allé à la Kaaba rendre visite aux filles d'Allah et n'avait pas baisé la statuette de pierre pour s'assurer un bon voyage. Il s'était contenté de faire sept fois le tour du sanctuaire. Mahomet était très différent de son entourage. Tout comme il ne cédait pas aux sortilèges des djinns qui dansaient autour du feu et faisaient perdre la tête aux hommes, il n'alla pas se jeter dans les bras de l'esclave abyssinienne. Ajoutons que c'était un homme sûr, réservé et beau. Oui, il était beau. Nous savons que si les miniatures qui le représentent ont été peintes beaucoup plus tard, elles reproduisent dans les moindres détails aussi bien le caractère que les spécificités physiologiques indiqués par les sources anciennes.

Vous pouvez imaginer Mahomet, allant à Damas avec la caravane, monté sur une chamelle et coiffé d'un turban vert ou blanc. Bien entendu, ses grands yeux noirs étaient éblouis comme ceux des autres. Mais lui seul avait constamment un nuage au-dessus de sa tête, car, même s'il n'était pas encore entré en prophétie, Allah protégeait du soleil son serviteur bien-aimé et futur messager. Quand Mahomet arrêtait son chameau, le nuage s'immobilisait aussi et quand il repartait, le nuage en faisait autant. Mahomet souriait sans cesse de toutes ses belles dents blanches. « Certes, Nous avons créé l'homme de la plus belle apparence » : ce verset, semble se rapporter à lui. Il avait un front large et ample et son turban faisait paraître sa tête plus grande qu'elle n'était. Ses sourcils noirs arqués se rejoignaient à la base de son nez. Il y avait, juste entre eux, une veine qui se gonflait sous l'effet de la colère et s'effaçait lorsqu'il était serein. Son nez était assez long et légèrement recourbé, sa bouche plutôt grande, ses lèvres épaisses. Comme tous les Qoraïch bien nés, il avait les yeux et les sourcils noirs, mais sa peau était très blanche. Joseph avait la peau plus blanche, mais Mahomet était plus beau et plus séduisant. Et le nuage protecteur jetait son ombre sur son joli teint. Sa poitrine large mais imberbe dominait des jambes fines et vigoureuses. Ses longs cheveux, ni plats ni trop frisés, retombaient sur ses épaules. Il portait une longue barbe drue de couleur cuivrée. Il se parfumait. Tous les matins, il s'oignait de musc et d'ambre, et quand le vent du soir faisait ondoyer ses cheveux et sa barbe, il flottait dans l'air un parfum délicat. C'était comme un îlot dans la mer de sable, comme une source embaumée, rassurante, et dont l'odeur vous grise. Est-ce ce parfum ou son air résolu qui fit tant d'effet sur Khadidja ? Ou peut-être, qui sait, les veinules rouges du blanc de ses yeux ? Mais il va de soi qu'elle fut impressionnée par sa franchise, sa droiture et sa fidélité. Moi, je pense que ce qu'elle aimait, c'était ce qu'il y avait en lui de plus secret, de plus improbable, son enfance d'orphelin. Il avait grandi sous la tutelle de son grand-père, puis de son oncle, privé de la tendresse maternelle, et n'avait pas du tout connu son père. Effrayée, sa nourrice l'avait rendu à son grand-père au prétexte que des choses extraordinaires se produisaient autour de l'enfant. Quand il eut grandi, menant aux pâturages, sous sa houlette, les chameaux à la gueule écumante et les moutons à la queue grasse, sa solitude ne fit que s'accentuer. Il se mit à parcourir les vallées des environs de La Mecque, les chemins poudreux, les oueds desséchés, les versants escarpés. Conscient d'être repoussé par sa tribu, c'était lui, désormais, qui recherchait la solitude. Tous les prophètes furent plus ou moins des bergers, familiers des troupeaux, des monts et des pierres, dont ils faisaient partie intégrante. Je suis persuadé que le sentiment d'abandon qu'il éprouvait avec tant de force avait pris le pas sur les valeurs collectives qui régissaient les relations au sein de la tribu. Il me revient à l'esprit un verset de la sourate de la Clarté divine qui commence ainsi : « Par la Clarté diurne, par la Nuit quand elle règne ! » Voici ce verset : « Ton Seigneur ne t'a ni abandonné ni haï (...) Ne te trouva-t-Il point orphelin, si bien qu'Il te donna refuge ? Ne te trouva-t-Il point égaré, si bien qu'Il te guide ? Ne te trouva-t-Il point pauvre, si bien qu'Il t'enrichit ? L'orphelin, ne le brime donc pas ! » Visiblement, Khadidja aurait pu dire ces mots, car, jusqu'à sa mort, elle ne l'abandonna jamais, elle l'entoura d'une tendresse toute maternelle, elle fut toujours auprès de lui. Avant le Seigneur, c'est elle qui le serra sur son cœur. C'est elle, la première, qui crut en lui, en son époux et en l'Unité divine. Mais je disais qu'ils n'étaient pas encore mariés. Nous sommes encore sur le chemin de Damas et non à La Mecque dans la maison de Khadidja.

Quand la caravane arriva en vue de Bosra, un moine chrétien, de sa grotte à flanc de montagne, aperçut un nuage qui flottait au-dessus d'une chamelle. Tous les ans, il voyait ainsi arriver une caravane qui sinuait comme un serpent dans le sable du désert. Les bruits de grelots se mêlaient aux cris des gardes et les chameaux, fiers et las, se hâtaient, tout heureux d'avoir franchi le désert. Mais jamais il n'avait vu ce petit nuage à l'ombre rafraîchissante. Comprenant qu'il se passait quelque chose d'extraordinaire, le moine, préoccupé, descendit dans la vallée et rejoignit la caravane sur le lieu de la halte, à l'ombre d'un grand arbre. Cet arbre était d'une espèce rare dans la région. Son tronc énorme, tout tordu, était très vieux. Plusieurs de ses racines semblaient sortir du sol. Il avait très peu de branches et de feuilles. Le nuage s'approcha, en même temps que le jeune homme qui venait de descendre de son chameau, et s'arrêta juste au-dessus de l'arbre. Une fraîcheur tamisée se posa au pied de l'arbre dénudé. Le moine se trouvait à l'écart, mais le jeune homme était à l'ombre. Ils engagèrent la conversation. Ou plutôt le moine posa quelques questions au jeune homme, puis il le pria de retirer sa chemise. Maïsarath, de loin, observait la scène. Mahomet obtempéra et, quand il ôta sa chemise, on put voir la tache colorée entre les deux épaules qui est le signe des prophètes. Le moine fut le seul à s'étonner. Il se trouvait en face du dernier prophète annoncé dans les livres qu'il avait lus au fil des années et dont les devins juifs assuraient qu'il naîtrait parmi les Arabes, et il était le seul à s'en rendre compte. Quand Maïsarath, à son retour, relata les faits à Khadidja, un éclair lumineux passa dans les yeux de la fille de Khuwaïlid, et elle décida sur-le-champ d'épouser Mahomet.

Le père de Khadidja avait été tué à la guerre de Fidjar. Qui n'était pas mort dans cette guerre sanglante et absurde ! En raison d'une vengeance de sang entre deux tribus de même origine, on avait revêtu les armures, lancé des flèches empoisonnées, tiré le glaive et abattu un grand nombre de vaillants cavaliers. Bien des hommes furent tués avec leur chameau. Les cœurs étaient transpercés en même temps que les cuirasses, têtes, bras et jambes coupés volaient de tous côtés. Le sang coulait à flots, plus abondant que l'eau qui, dans ce pays aride, s'accumule au fond des puits. Des années plus tard, quand les musulmans affronteraient les polythéistes, le sang coulerait de nouveau et les crânes tomberaient dans le tintement des glaives. Mais dans la guerre de Fidjar les morts n'allaient pas au paradis, car celui-ci n'avait pas encore été promis, l'enfer non plus, d'ailleurs, et les hommes ne pensaient pas que leurs corps déchiquetés ressusciteraient, ils ne croyaient pas à la vie éternelle. Pourtant on disait pour eux des chants funèbres, femmes et enfants pleuraient leurs morts. Mais Khadidja n'était pas de celles qui s'arrachent les cheveux, se frappent la poitrine ou se tordent de désespoir sur le sol. Elle fit face à son chagrin avec une résignation peu commune, à cette époque-là, chez les Qoraïch. Orpheline, comme Mahomet, son futur époux, elle avait eu la douleur, tout enfant, de perdre l'être le plus cher. Et elle éprouvait une envie irrésistible d'adoucir sa peine, de le serrer contre elle et de le protéger, de le caresser, de le bercer dans ses bras.

Dès qu'elle se mit en tête de se marier, au risque d'enfreindre les usages, elle fit part de son projet à Abu Talib ; cependant, la noce devait se soumettre à certaines règles. Mahomet n'ayant plus son père, c'est Abu Talib qui devait présenter sa demande à Amr ben Asad, l'oncle de Khadidja. Mais celui-ci n'était pas d'accord, car il jugeait que cet orphelin pauvre n'était pas digne de sa nièce. Khadidja organisa donc une fête dans sa maison ; après tout, elle n'était pas née de la dernière pluie, c'était une femme mûre qui avait déjà été mariée deux fois. Elle invita à la fête les anciens de la famille, ses proches parents et des amis et connaissances. Parmi ses amis, il y avait un poète. Un homme bizarre, à vrai dire, et on ne comprenait pas bien ce qu'il disait. C'était peut-être un djinn qui lui soufflait à l'oreille ces mots incompréhensibles qui n'appartenaient pas au dialecte du Hedjaz, et qu'il débitait comme un oracle. Il faut dire qu'il n'était pas que poète, il était également devin. Sa langue se délia. Il loua le cœur de Mahomet, disant qu'il était plus pur que celui de tous les Mecquois, et même de tous les Arabes détestés des Persans et des Grecs, qu'il resplendissait et qu'il aurait donc à accomplir une œuvre importante. Il n'aurait pas à soulever des montagnes, mais il serait chargé d'une très grande mission. Le ciel inspirerait le fiancé au cœur immaculé, il ferait descendre sur lui des paroles qui changeraient le destin des Qoraïch, celui de tous les Arabes et même des autres peuples de la terre.

Sur le moment, personne n'accorda d'importance aux divagations du poète. Il n'avait pas dit ce qu'on attendait de lui, vanté la bravoure des Qoraïch, évoqué les gardiens de la Kaaba, répandu de l'eau de Zamzam en libations en l'honneur des dieux, ni imploré les filles d'Allah, et les oncles le firent taire. Ensuite Abu Talib prit la parole et déclara que Mahomet était pauvre mais bien né, que la richesse est passagère comme une ombre, mais que la noblesse est durable. Et avant de demander pour son neveu la main de Khadidja, il énuméra ses vertus. Cependant, l'oncle de Khadidja, qui avait fait honneur au vin de palme que lui versait généreusement sa nièce, demeurait prostré. C'est Waraka ben Nawfal, le cousin de Khadidja, qui prit la parole à sa place. Il avait lu beaucoup de livres saints, mais comme, apparemment, il ne souhaitait pas partager son érudition avec son entourage, il parla peu et bien. « Mahomet, dit-il, est comme un chameau racé, il n'est pas besoin de lui taper sur le nez pour qu'il s'agenouille. » Quand il annonça qu'Abu Talib avait offert vingt chameaux à la famille de l'épousée, l'assistance exulta. Sur un signe de Khadidja, des danseuses firent leur entrée et se mirent à se contorsionner en jouant du tambourin autour des convives attablés. Les invités jetèrent des dattes sèches et des sucreries sur la tête des fiancés. Amr ben Asad, réveillé par le vacarme, demanda à sa nièce ce qui se passait. Celle-ci, bien entendu, ne répondit pas : « Par la grâce d'Allah et conformément à la prophétie, j'ai épousé Mahomet », elle se contenta d'annoncer son mariage. Tout d'abord fou de colère, l'oncle finit par se résigner à cet hyménée que l'on avait célébré sans son consentement. Il avait, comme on dit, « raté le coche ». Il resta assis à sa place à boire le vin de palme que lui versait sa nièce et sombra dans une torpeur dont il ne sortit que le lendemain matin.

Mahomet et Khadidja vécurent d'un bonheur qui ne fut assombri que par la mort en bas âge de leur fils Qasim. Ils eurent quatre filles, Zaïnab, Ruqayya, Ummu Kulthun et Fatima. Aucune d'elles ne fut enterrée vivante. Non pas parce qu'ils étaient riches, mais parce qu'ils aimaient leurs filles au moins autant qu'ils eussent aimé des fils. Et jusqu'à ce que l'inspiration divine descendît sur Mahomet, c'est-à-dire durant quinze ans, ils firent du commerce et organisèrent des caravanes. Pour être tout à fait exact, nous ne savons pas ce qu'ils firent, mais nous savons que cette famille heureuse ne connut pas que des joies et dut aussi affronter des difficultés.

La révélation

Il se mettait en route avant le jour, après avoir placé dans son sac quelques dattes et un morceau de pain sec, s'il en restait à la maison. Mais ils étaient riches, leurs caravanes allaient de La Mecque à Damas, parfois même vers le sud, vers l'Arabie heureuse, autrement dit le Yémen. Ils transportaient des tissus, des épices, du sel et des bijoux. Les caravaniers avisés savaient que le sel avait plus de valeur que les bijoux. Ils faisaient halte à côté des puits et se protégeaient contre les dangers. Lui aussi, il aimait ces voyages et parcourait de longues distances. Mais il ne traversait plus le désert comme au temps de sa jeunesse. Il s'était mis à méditer, il semblait chercher à percer un secret. S'il n'emportait que peu de nourriture, ce n'était pas parce qu'il dédaignait les biens de ce monde. Il savait que l'homme affamé est parfaitement maître de lui-même et moins tributaire du monde matériel ; il pensait pouvoir plus facilement s'approcher de l'être suprême qui est si loin, par-delà les sept étages du ciel, et que nul n'a jamais vu. Quand on a le ventre vide, on est prêt à faire entrer l'univers en soi, on se confond avec les monts, les pierres et les étoiles, et cette communion rend l'esprit plus agile et le cœur plus sensible.

Ils étaient fortunés, mais ils n'étaient pas égoïstes comme les autres riches de La Mecque. Leur cœur lui aussi était riche. Une fois, durant la terrible année de disette où enfants et adultes mouraient de faim, Khalima, la nourrice de Mahomet, vint frapper à leur porte pour demander de l'aide. Ils ne la renvoyèrent pas les mains vides, ils donnèrent quarante brebis et un chameau à cette femme qui lui avait prodigué son lait et qui, un soir, effrayée par ces deux hommes vêtus de blanc qui lui avaient demandé où se trouvait l'enfant, avait confié Mahomet à son grand-père. Je le répète, même dans les moments les plus difficiles il y avait place dans leur maison pour la générosité d'Allah. Mais pas seulement celle d'Allah. Même s'ils ne donnaient pas trop d'importance à ces déesses de pierre et de bois, Lat, Uzza et Manat n'étaient pas absentes de leur univers. Un jour, le jeune époux avait sacrifié à Uzza son agneau de lait préféré, auquel il tenait comme à la prunelle de ses yeux. Mais cela s'était passé il y avait longtemps, la première année de son mariage. Ayant atteint la quarantaine, il n'attendait plus rien de ces déesses muettes, aveugles et incapables de penser ; il était en quête d'un autre mystère. De ce mystère insondable que les montagnes, les cieux et des rideaux invisibles lui masquaient et qu'il espérait voir un beau jour se dévoiler. Oui, à cette époque-là ils n'avaient pas que des caravanes, ils possédaient aussi de nombreux troupeaux de brebis et de chameaux. Ils étaient bons et généreux.

Il s'acheminait avant l'aube vers un autre monde. L'être dont il sentait en lui la présence, qu'il était incapable de nommer, mais dont l'existence était pour lui évidente, ne commençait pas, il en était sûr, là où finissait le monde concret. À celui qui savait regarder et voir, surtout s'il était, comme lui, capable de prêter l'oreille au murmure des montagnes et des rochers, au bruit du vent et au souffle de la nature et s'il savait se poser des questions et exercer sa pensée, il était prêt, à tout instant, à se révéler. Mais excepté quelques poètes et une poignée de devins, nul n'interrogeait l'univers ni n'écoutait la nature. Les yeux des hommes étaient accaparés par la soif du profit. Ils ne songeaient qu'au plaisir, au stupre et à la débauche. Ils préféraient les filles d'Allah à leurs propres filles et c'est elles qu'ils adoraient.

L'ordre établi dans le monde y régnait sans faille. Chaque chose avait son temps, naissances et décès, nuit et jour, lumière et ténèbres se succédaient. Le soleil brûlait, la lune brillait. Le ciel, la nuit, était empli d'étoiles et, le jour, de nuages. Les étoiles étaient fixes, les nuages se dispersaient dans le vent. Une étoile tombait, parfois, mais elles étaient aussi nombreuses là-haut que les grains de sable ici-bas. Elles étaient stables, brillantes et lointaines comme les feux allumés pour chasser les djinns. Les eaux, comme les racines des arbres, pénétraient dans le sol. Sur la route de Damas, l'Euphrate coulait vers la mer. Les montagnes étaient scellées au sol, elles n'allaient nulle part et ne rejoignaient pas la mer. Les oiseaux tournoyaient dans le ciel. Ainsi des cigognes au long bec, aux larges ailes et aux fines pattes, qui se posaient l'hiver sur la Kaaba et partaient au loin l'été venu. Quand des nuées noires affluaient et s'amoncelaient, il jaillissait des éclairs et la pluie tombait. Les éclairs étaient comme des poignards damasquinés, la pluie bienfaisante faisait verdoyer le sol et donnait leur pâture aux bêtes et aux hommes. La terre était vaste et plate. Les sommets des monts, les pierres aiguës cachant des lézards s'étendaient à perte de vue. Le plat désert se déployait à l'infini. Ondoyant et mouvant, inerte ou animé, avec ses serpents, ses scorpions et mille autres bestioles. Et ses chameaux. Semblables à des navires glissant sur la mer, toutes voiles dehors. Il n'avait jamais vu de bateaux, mais il en avait entendu parler. Le sol était parfois accidenté, avec des monts, des vallées et des défilés profonds. Il y avait les plantes, les bêtes et les hommes, avec le bien et le mal, le mal surtout. Quelques-uns adoraient le feu, d'autres un phallus géant taillé dans un arbre. Certains, comme les Qoraïch, rendaient un culte à des déesses, d'autres professaient la foi de Jésus et de Moïse. Ils étaient à la fois semblables et différents, comme les eaux, comme les milliers d'espèces d'arbres et d'oiseaux. Mais qui donc les avait créés ? Car l'univers devait avoir un maître. Ou tout était-il le fruit du hasard ? Le monde avait-il surgi de lui-même, les étoiles dans le ciel et les montagnes sur la terre ? Qui avait séparé la terre du ciel, la nuit du jour, la femme de l'homme ? Qui régnait sur l'aube et sur la nuit noire ? Pour trouver la réponse à ces questions, il se mettait en route avant le jour. Il se plongeait dans ses pensées en quête de cette réponse qui pouvait être cachée dans une grotte à flanc de montagne ou peut-être en lui-même, au plus profond de son cœur.

Il se rappelait, si confusément qu'il doutait parfois de la réalité de ce souvenir : une nuit, alors qu'il était chez sa nourrice, deux hommes, ou plutôt deux formes presque immatérielles s'étaient approchées de lui, avaient ouvert sa poitrine et, après avoir lavé son cœur avec de l'eau de neige, l'avaient remis dans son berceau. L'avaient-ils soulagé d'un fardeau trop lourd ou avaient-ils purifié son cœur d'un caillot qui l'encombrait ? Mais où avaient-ils bien pu trouver de l'eau de neige ? L'avaient-ils apportée des monts du Yémen ou de plus loin encore, d'un autre monde couronné de neige ? Peut-être tout cela n'était-il qu'un rêve, mais une nuit il avait eu une envie irrésistible de rejoindre ces deux anges. Alors qu'il était tout petit et qu'il tétait encore. Était-ce pour cela qu'il aimait tant le lait de chamelle et que, se privant de tout, du vin de palme, du miel et même de l'eau, il ne se refusait jamais le lait de chamelle à l'écume blanche comme ces deux hommes qui s'étaient glissés auprès de lui à la faveur de la nuit ?

Avant le jour il laissait derrière lui La Mecque, les maisons de pierre et les chameaux, les ruelles étroites et poussiéreuses et la Kaaba, masse sombre qui se dressait dans la pénombre, avec ses murs drapés de noir et ses idoles muettes. Elles n'étaient pas seules à se taire, les pierres, les arbres, les puits même étaient muets eux aussi. Au point du jour, avant le feu du soleil, il soufflait une brise légère qui faisait frémir la couronne des palmiers. Parfois, même en l'absence de vent, un frémissement parcourait les feuilles acérées. Mahomet était seul à l'entendre, il sentait que les pierres avaient envie de parler, mais que le temps n'était pas venu. Pas encore. Un jour, toutes les choses parleraient, mais pour l'instant elles restaient muettes et il était seul à s'en rendre compte. Une rumeur montait en lui et envahissait son corps. On eût dit que la nature bruissait en lui, il percevait, au loin, très loin, un bruit de cloches. Ce n'étaient peut-être pas des cloches, mais des sonnailles de chameaux qui tintaient ainsi dans sa tête en faisant gum ! gum ! gum ! ou bien tin ! tin ! tin ! Et lui, sans se retourner, sans chercher d'où provenaient ces sons, il marchait, marchait encore. Il faut dire que c'était un fameux marcheur. Son buste était proportionnellement plus long que ses jambes et il semblait toujours sautiller comme s'il descendait une pente. Sur son passage, le monde s'illuminait. Les feuilles des palmiers bruissaient comme des ailes d'oiseaux, et lui, il avançait vers les montagnes. Derrière lui, il y avait La Mecque, et, devant, les arbres clairsemés.

Ces arbres, datant de l'époque de son aïeul Qusaï, ne donnaient plus ni fruits ni ombre. Ils avaient perdu leurs branches et leurs feuilles. Mais leurs troncs excavés étaient très solides. Les hommes de la tribu des Qoraïch, descendus des montagnes pour assurer la gestion de la Kaaba et de Zamzam, avaient planté leurs tentes au pied de ces arbres qui, pour eux, étaient sacrés et auxquels ils ne touchaient pas. Les tentes s'étaient détériorées avec le temps et sous les nattes les arbres avaient commencé à donner des pousses. Là-dessus Qusaï avait ordonné de construire des maisons de pierre et d'abattre les arbres. Mais pas tous. Les arbres que Mahomet trouvait sur son chemin avaient échappé à la hache. C'est pour cela qu'ils étaient si vieux, si chargés de magie. Mahomet voyait en eux son propre destin.

Le chemin était poudreux. Par endroits, la poussière était bleuâtre et les sandales s'y enfonçaient jusqu'aux chevilles, mais sans laisser de traces. Le soleil semblait tout absorber. Mahomet avait le sentiment que ces arbres creux, ces pierres, ces versants et le mont Hira qui se dressait devant lui dans toute sa majesté étaient l'héritage légué par ses aïeux. La grotte se trouvait sur l'autre versant. Des araignées tissaient leur toile entre ses parois jaunâtres.

Quand il commença l'ascension, le soleil était au zénith. Les rochers fumaient, effrayants comme des bêtes sauvages. Les pierres semblaient des rapaces prêts à fondre sur leur proie ou à dévaler la pente au moindre signe. Mais nul signe n'apparaissait à l'horizon et la montagne était muette. Pour atteindre la grotte, il fallait franchir le sommet et redescendre un peu. Le désert s'étendait à perte de vue. Le désert, avec son infinie succession de dunes blanches, il l'avait traversé, dans sa jeunesse, de part en part, mais il gardait son mystère. Le désert, jaloux de ses secrets, jamais soumis, l'inégalable désert.

Désormais Mahomet était prisonnier de ce sentiment. C'est à Waraka, le cousin de sa femme qui s'était usé les yeux à lire de vieux livres écrits en caractères sinueux, qu'il parla pour la première fois de cette dépendance, évoquant les voix qui venaient du monde invisible et les palmiers qui bruissaient en l'absence de vent. Waraka comprit qu'il lui arrivait quelque chose, mais il ne mesura pas l'ampleur de la tempête qui se déchaînait autour de lui. Une nuit, à la clarté des lampes à huile, ils parlèrent jusqu'au matin ; il raconta à Mahomet comment le souffle de l'Esprit Saint avait donné vie à Jésus et parla de la Vierge Marie et de Moïse sur le Sinaï. Bien sûr, ils évoquèrent également leur ancêtre Abraham, Noé et les autres prophètes. Ceux-là redoutaient la colère du Seigneur dont les Qoraïch n'avaient cure. Effrayés par le Déluge, ils avaient également peur qu'il n'arrivât aux

Mecquois la même chose qu'au peuple de Loth. Ils parlèrent aussi de la lune, du soleil, de leur assombrissement et des étoiles tombant sur la terre comme des figues mûres. Puis, d'une voix à peine audible, à mots étouffés, Waraka dit que le Seigneur n'avait jamais parlé ni aux hommes ni aux prophètes qui s'étaient succédé, que, pour ramener dans le droit chemin les peuples égarés, il avait absolument besoin d'un messager, et que ce messager était Gabriel, le plus important des anges. Mahomet écoutait, silencieux et songeur. Ainsi donc Dieu était unique, puissant, il fallait craindre Sa colère et se réfugier dans Sa miséricorde, Il ne s'adressait pas directement aux hommes, mais, pour leur montrer la voie, Il se choisissait des médiateurs et envoyait des messagers. Ainsi, nul homme vivant ne pouvait voir le Seigneur. On ne pouvait même pas concevoir Ses attributs. Mais Il savait tout, Il voyait et entendait tout. Quand, sur le mont Sinaï, Moïse avait cherché à Le voir, il était tombé évanoui sur le sol. Waraka parlait, répétant ce qu'il avait appris en lisant les livres sacrés, à la lueur des lampes à huile, et lui, il se plongeait dans ses rêves et, négligeant ses affaires, ses filles et même Khadidja son épouse, il partait sur les chemins poudreux et allait se cacher dans sa grotte sur le mont Hira. Et là, dans une torpeur vigilante, dans une sorte de chute sans fin, il attendait. Il savait que cette chose de forme et de nature incertaines qu'il cherchait depuis des années, qui avait grandi en lui comme un autre lui-même, qui ne le quittait plus et minait son esprit, se trouvait là. Il savait aussi que ce n'était pas un rêve ou un fantasme, que c'était bien réel. Cela n'avait pas encore montré son visage, n'avait produit aucun son ni donné aucun signe, mais cela ne tarderait pas à paraître.

* * *

Or le temps vint et ce qu'il attendait se produisit. Le messager du Seigneur apparut à Mahomet sous la forme de l'archange Gabriel. Avec ses larges ailes, il était tout proche du ciel. Il cachait tout l'horizon et ses pieds ne touchaient pas terre. D'ailleurs on ne voyait pas vraiment s'il avait des pieds et des ailes. C'était un peu avant le jour. Le ciel blanchoyait. Mahomet était ébloui, mais il était sûr de voir Gabriel. L'archange pénétra dans la grotte. Il s'arrêta à la distance de deux tensions d'arc. Il se dressait là, effrayant. Il empoigna Mahomet et lui cria : « *Ikra !* » (Lis !) Mahomet tituba, ployant sous la charge comme s'il étreignait une montagne. Ce n'était pas le poids de l'ange, qui était léger et transparent, ni celui de la montagne, puisqu'il était à son sommet. Il était écrasé par le poids du mot. Il dit qu'il ne savait pas lire. Gabriel l'empoigna à nouveau et le secoua encore et encore en disant : « Lis, au nom du Seigneur qui t'a créé. Il t'a créé à partir d'un caillot humain. Lis ! La mansuétude du Seigneur est infinie. Il t'a appris à écrire avec un calame. Il a appris à l'homme ce qu'il ignorait ! » Ces mots se gravaient dans le cœur de Mahomet, dans son cœur pur, brillant comme la lune. Il y avait donc un texte à lire et il ne s'en doutait même pas. À l'ange qui détachait les mots comme un maître d'école, il avait voulu dire qu'il était illettré, qu'il était un Qoraïch et qu'en tant que tel il n'était pas familier des livres sacrés. Il tremblait de tous ses membres. Mais ce n'était pas de peur. C'était parce qu'il sentait la parole de Dieu peser sur son cœur. La Révélation divine, en descendant sur terre, l'avait chargé du poids d'une mission qu'il lui faudrait probablement toujours porter. Il tomba à genoux.

Il ne se souvenait pas comment il était sorti de la grotte, monté jusqu'au sommet et redescendu, comment il avait dévalé la pente parmi les pierres qui attendaient un signe et comment il était rentré chez lui. Il ne se rappelait que la proximité de Khadidja. Voyant comme il tremblait, elle l'avait couvert, avec des mots apaisants. Il ne savait plus très bien ce qu'elle lui avait murmuré à l'oreille, mais il sentait encore ses étreintes rassurantes, cette douce chaleur à laquelle il s'était abandonné en sombrant dans un profond sommeil. À son réveil, il n'était plus seulement Mahomet Mustafa, mari de Khadidja fille de Khuwaïlid. Il était devenu le messager d'Allah.

Il était bien Son messager, mais pendant trois longues années le Seigneur ne se manifesta plus. Oublieux de tout, il attendait un signe du monde invisible. Il parcourut vainement les montagnes et, durant des jours, il attendit Gabriel dans la grotte du mont Hira. Mais rien ne venait, nul ne donnait le moindre signe. C'était comme dans son enfance. Il avait tout d'abord ressenti l'absence de son père. C'était un sentiment confus, même pas douloureux, plutôt une sorte d'anxiété. C'est plus tard, bien plus tard, quand, orphelin, on le confia à la garde de son grand-père, qu'il se sentit vraiment seul, privé d'une famille, n'ayant ni père ni mère, ni frère ni sœur. Ce sentiment de vide et d'abandon devait lui coller à la peau jusqu'à ce qu'il épouse Khadidja et fonde sa propre famille. Mais avant cela, bien avant cela, quand sa mère vivait encore, lui avait-elle montré suffisamment de tendresse ? Avait-elle vraiment fait tout ce qu'elle pouvait pour calmer l'angoisse de cet enfant qui avait perdu son père et qui grandissait sans l'avoir connu, sans même garder de lui un souvenir précis, une image ou une odeur ? Si elle l'avait fait, se serait-il jeté aussi goulûment, aussi avidement sur le sein de Khalima ? Admettons qu'il ait fallu l'éloigner de l'air étouffant de La Mecque, qu'il était bon qu'il restât auprès des Saad ben Bakr, qu'il vécût en leur compagnie les prémisses de la vie, qu'il prononçât ses premiers mots dans le plus beau et le plus pur des dialectes, celui du Hedjaz, qu'il mangeât là ses premières bouchées, connût les premières caresses et les premiers émois. C'est vrai, dans le désert son corps se sentait plus libre, il se déplaçait à sa guise dans un espace maîtrisé. La vie y était plus paisible et plus fade. On n'y avait pas la notion du temps, car les traces d'hier s'effaçaient aujourd'hui, comme celles d'aujourd'hui disparaîtraient demain. Les jours passaient, les uns après les autres, et il n'en restait rien. On vivait constamment dans le présent, le corps grandissait et s'épanouissait sans ressentir le poids des ans. Et la séparation d'avec sa mère dura longtemps. Elle se serait sûrement prolongée davantage si ces deux hommes en blanc, ces deux anges, peut-être, n'étaient pas intervenus et n'avaient pas ouvert son cœur pour en ôter ce caillot en le lavant à l'eau de neige. Faute d'être avec sa mère, l'enfant serait probablement resté pendant des années avec sa nourrice, il aurait grandi dans la tribu des Saad ben Bakr, dans les tentes en poil de chameau, en compagnie des troupeaux de brebis et de ses frères de lait.

Après cet événement, on le ramena à La Mecque et on le rendit à sa mère. Bien sûr, Mahomet eut beaucoup de peine quand il apprit qu'il allait être séparé des enfants de Khalima dont il avait partagé les jeux. Il se revoyait confusément dans les bras de sa nourrice juchée sur un âne famélique. Il se serrait contre elle, tandis que Kharis, le mari de Khalima, les précédait, monté sur une chamelle. Soudain l'âne, devenu tout léger, avait pressé l'allure et s'était mis à trotter comme s'il lui était poussé des ailes. Il n'avait nulle envie de quitter sa nouvelle famille pour retourner à La Mecque. Il avait une mère bien réelle, qui n'était pas, comme son père, une ombre insaisissable. Mais elle était lointaine et inaccessible. Peut-être ressentait-il son absence au plus profond de son cœur, mais durant son séjour dans le désert, elle ne lui avait pas du tout manqué. Il ne pouvait pas savoir qu'il allait bientôt la perdre elle aussi et que personne, ni son grand-père ni son oncle, ne pourrait la remplacer. S'il l'avait su, il n'aurait pas nourri un tel ressentiment à l'égard de cette jeune et belle femme qui ne l'avait pas gardé auprès d'elle. Il serait resté dans ses jupes, il l'aurait toujours portée comme un talisman, comme une de ces perles de verre bleu fabriquées au Yémen que l'on accrochait au cou des enfants pour éloigner le mauvais œil. Il se souvenait de leur voyage à Yathrib. Du bonheur d'être avec elle. De la première et dernière fois où elle l'avait serré dans ses bras, de sa chaleur, de son parfum. Il se rappelait l'oasis, ses courses effrénées parmi les palmiers, il avait fait la connaissance de ses proches parents et découvert ce qu'est un bassin plein d'eau. Cette eau purificatrice et rafraîchissante dont, sa vie durant, il ne pourrait pas se passer et qu'il ferait couler, à pleines outres, lors de ses ablutions et même à l'heure de sa mort. Ils se rendirent sur la tombe de son père et, lors du retour à La Mecque, sa mère se sentit mal. Accompagnés par l'esclave Ebuah, ils furent contraints de s'arrêter et de faire appel à l'aide des Bédouins. La pauvre femme délirait, toute brûlante de fièvre, tremblait sous son manteau et crachait du sang. Mahomet, qui avait été allaité par une autre femme, devait la garder ainsi dans ses souvenirs. Il garda l'image d'une femme belle mais affreusement amaigrie, avec de grands yeux noirs à l'éclat éteint, balbutiant des propos sans suite sur son lit de mort.

C'est seulement après avoir épousé Khadidja qu'il fut libéré de ce cauchemar. Son épouse, qui était déjà une femme mûre ayant élevé des enfants, l'aimait avec une tendresse toute maternelle et l'entourait de soins attentifs. Sa mère, cette belle femme lointaine, solitaire et triste, il la revoyait toujours à l'âge qu'elle avait au moment de sa mort. C'était à peine l'âge qu'avaient maintenant ses filles, qui allaient épouser les fils de son oncle Abu Lahab. Mahomet n'avait pas tardé à l'oublier, trouvant sa consolation dans l'affection que lui portaient son grand-père et son oncle. Mais plus tard, quand ses propres filles furent en âge d'enfanter, il commença à penser à sa mère et à la regretter, il eut la nostalgie du premier et dernier voyage qu'il avait fait avec elle, et le sol semblait se dérober sous ses pieds. Il avait envie de l'approcher, de se cacher sous ses jupes, de respirer à satiété son odeur, comme lors des jours passés à Yathrib. Il sentait qu'il s'éloignait peu à peu de sa famille et même de Khadidja. Qasim ne vécut pas longtemps, c'était un grand chagrin de perdre un fils et il n'était pas facile d'assumer la honte d'être à nouveau un *abtar*, un homme sans descendance masculine. Deux de ses filles étaient mariées, Khadidja n'était plus en âge d'avoir des enfants. C'était toujours une femme riche, sûre d'elle et amoureuse. Mais celui qu'elle aimait n'était plus ce beau jeune homme qui avait jadis travaillé à son service, c'était maintenant son mari qui la laissait seule pour s'en aller sur le mont Hira où il passait la plus grande partie de son temps. Parviendrait-il à occuper chez les Qoraïch, sur la terre pierreuse et sacrée de La Mecque, la place qui lui revenait ? Certes, il avait peur de perdre Khadidja, mais il craignait surtout de se retrouver privé de son amour et de sa protection. Dans sa quête de l'aventure, il recherchait la solitude, mais il ne voulait pas retomber dans ce sentiment d'abandon qui avait été le cauchemar de son enfance. La solitude le dotait d'une nouvelle personnalité et lui ouvrait de surcroît les portes de ce grand secret auquel il ne cessait de penser et qui alimentait ses rêves. Par-delà l'absence de son père, qui appartenait désormais au passé, elle lui permettait d'entrer dans le champ d'action d'une autre force protectrice. Ce n'était pas son choix, peut-être n'avait-il même pas souhaité cela, mais il avait été choisi. Or depuis cette confrontation, ce grand bouleversement qui s'était produit dans la grotte, plus aucun signe n'apparaissait.

Un jour, alors qu'il était au bord de la folie et s'apprêtait, dans un mouvement de révolte contre cette effrayante solitude et cet insupportable silence, à se jeter dans un précipice, la révélation divine reprit. Cette fois Gabriel ne descendit pas des hauteurs du ciel et n'apparut pas sous la forme d'un ange. Mahomet entendit seulement une voix disant : « Raconte aux hommes Ses bienfaits ! » Il se souvenait de cette même voix qui lui avait dit : « Lis ! » Dès lors il vécut avec ces mots gravés dans son cœur, et, verset après verset, il fit connaître aux hommes la parole d'Allah.

Une pluie de versets

Ô, toi qui es couvert d'un manteau ! Lève-toi et avertis !

Khadidja l'enveloppa soigneusement dans le burnous que les Bédouins portent dans le désert, elle crut à ce qu'il avait vu sur le mont Hira et partagea sa frayeur, son embarras et son angoisse. Elle s'associait à son extase et à son inquiétude. Elle seule comprenait Mahomet, l'aimait et veillait sur lui. Mais celui-ci n'avait pas encore besoin de la protection d'Abu Talib. Il n'avait pas encore entrepris de convaincre son entourage, de le persuader de croire à l'unité d'Allah. Il n'appelait pas les Qoraïch à s'engager sur la Voie juste, il n'avait pas annoncé la prophétie. Les versets qui, bien qu'ils fussent clairs comme le jour, épuisaient son corps autant que son esprit n'avaient pas commencé à descendre, la parole d'Allah n'avait pas encore pris possession de tout son être. Qui sait ? Peut-être tout cela était-il l'œuvre des djinns. Peut-être qu'un de ces démons s'était emparé de Mahomet et en avait fait son esclave ? Peut-être était-il un illuminé ? Un fou qui, tout seul, battait la campagne et s'obstinait à escalader les versants de la montagne et à côtoyer les précipices ? La Mecque, peut-être, était un lieu sûr, grâce à la Kaaba, mais les djinns rôdaient, vous coupaient la route comme des brigands, choisissaient leurs victimes et les capturaient pour en faire leurs esclaves. Ils se jouaient du temps et de l'espace et pouvaient surgir en tout lieu et à tout moment. Ils montaient parfois des chameaux ou des autruches ou d'autres animaux coureurs et sauteurs, comme des lapins ou des lézards, et ils mystifiaient les gens. Les nouvelles qu'ils apportaient du ciel étaient toujours fausses. Pourtant certains d'entre eux étaient dans le droit chemin, croyaient en Allah, se rendaient à La Mecque et ne tiraient pas vengeance de ceux qui tuaient des serpents ou jetaient des lézards dans les flammes. Heureusement, il y avait de bons djinns et ceux qui possédaient Mahomet et lui soufflaient à l'oreille les versets d'Allah en étaient peut-être. Ils avaient même, jadis, combattu les Qoraïch, mais, ensuite, ils avaient négocié avec eux. Maintenant, à l'opposé des devins, ils soufflaient le bien et le mal à l'oreille droite de Mahomet, tandis que son oreille gauche était sourde à leur voix. Tout comme son cœur dans lequel descendait, verset après verset, la parole d'Allah. Il ne savait pas que les djinns feraient bientôt cercle autour de lui pour écouter le Coran, dans l'étonnement et l'humilité, et qu'il leur dispenserait son enseignement.

Une nuit, Mahomet, pris d'inquiétude, sentit que celui qu'il voyait sur le mont Hira était entré dans sa maison et venait à son chevet. Khadidja ôta alors son foulard et répandit sur ses épaules ses cheveux encore beaux et vigoureux ; la vision s'effaça aussitôt des yeux de son mari. C'était la preuve que le visiteur était bien un ange et non un esprit mauvais à qui la vue d'une femme n'aurait inspiré aucune pudeur. Ainsi

Mahomet n'échappait pas à son destin. Pendant trois interminables années le messager d'Allah resta sur le qui-vive, comme obsédé. Mais le temps de dire ce qu'il avait entendu et de relater ce qu'il avait vu n'était pas encore venu. Et puis…

Et puis ce fut la seconde révélation. Gabriel ordonna à celui qui était couvert d'un manteau de se lever et d'annoncer à ceux qui ne croyaient pas au jour du Jugement, au paradis et à l'enfer qu'ils seraient damnés, qu'ils auraient à rendre compte de leurs actes, de leur envie et de leur avarice, de leur concupiscence, de leur culte des idoles. Il loua le Seigneur et recommanda de n'adorer que Lui. Il dit aussi : « Purifie tes vêtements. Fuis l'abomination. Sois patient envers ton Seigneur. » Puis les versets commencèrent à descendre du ciel et Mahomet prit patience. Ils se moquèrent de lui, le contredirent, lui demandèrent des comptes, ils voulurent même le tuer. Mais il ne dévia pas de son chemin. Pour se protéger des maléfices de la nuit, des sortilèges et de tous les maux, il trouva asile auprès du Seigneur, du maître des anges du ciel, de la nuit et du jour, de la lune et du soleil.

Les versets se détachaient avec force, étaient plaisants à l'oreille, ils mettaient en garde. En un débit rapide, dans le dialecte du Hedjaz, ils emplissaient son cœur et retentissaient au plus profond de lui-même avant même d'être prononcés. Ils étaient tantôt longs, tantôt courts. Certains se limitaient à une phrase, un mot ou une syllabe. Ils étaient parfois mesurés et rimés, mais pas toujours. Et les lettres qui précèdent certains versets ? C'est en elles, peut-être, que résidait le mystère divin.

Bien sûr, il y avait des leçons à tirer de la pluie et du tonnerre, des nuages dispersés par le vent, de la terre et de la mer, des navires faisant force de voiles, de la création des êtres mâles et femelles et de la perte des nations qui s'étaient détournées de la vraie foi. Allah, tout-puissant et omniscient, a créé l'homme à partir d'un caillot de sang, Il pouvait le ressusciter jusqu'au bout des orteils, lui donner le paradis ou le jeter dans les flammes. N'était-ce pas Lui qui nous mettait sur le bon chemin ou nous précipitait dans l'idolâtrie ? N'était-ce pas Lui qui faisait verdir les plantes, germer les graines et qui maintenait à leur place les monts et les rochers ? Qui donnait aux palmiers leur majestueuse prestance ? Et les étoiles, la lune, le soleil et les planètes ? N'était-ce pas Lui qui réglait leur mouvement ? Comme Il commandait aux juments dont les sabots font jaillir des étincelles et aux chameaux au long cou et aux pattes fines ? C'était donc Lui seul qu'il nous fallait adorer. Il n'était pas de plus grand péché que de vouloir se mesurer à Lui. Ceux qui ne redoutaient pas Sa colère et ne cherchaient pas refuge en Sa miséricorde méritaient l'enfer. Tout comme ceux qui traitaient le messager d'Allah d'illuminé, de poète, l'accusaient de sorcellerie, assuraient qu'il colportait les croyances d'autres peuples, ceux qui le traitaient d'*abtar*, l'injuriaient, lui barraient la route ou souillaient sa maison. C'était surtout ce mot d'*abtar* qui blessait Mahomet. Non seulement parce qu'il lui rappelait douloureusement son fils unique Qasim, mort alors qu'il tétait encore, ou parce qu'il était pour les Arabes la plus cruelle injure. Mais surtout parce qu'il dépréciait les enfants de sexe féminin et faisait moins de cas des filles que d'une simple fourmi. Alors que Mahomet tenait à ses filles et les aimait de tout son cœur. Surtout la belle Ruqayya. Il fut très malheureux quand elle dut divorcer, mais Allah lui donna en la personne d'Osman un meilleur mari. La révélation divine répondait comme il convient à ces misérables et Allah mit du baume sur la blessure de son messager bien-aimé en affirmant : « Celui qui te traite d'*abtar* est lui-même un *abtar.* »

Mais Allah ne veillait pas seulement à la vie intérieure de Mahomet, il était également attentif à sa vie quotidienne et accompagnait son messager jour après jour, lui apportait son soutien et ne manquait pas d'intervenir contre ceux qui, en faisant obstacle à Mahomet, s'opposaient à Lui. Bien sûr Il n'intervenait pas directement, mais par l'entremise de Mahomet et de Gabriel. « Ânes sauvages ! leur fait-Il dire, chameaux assoiffés, chiens tirant la langue, vils usurpateurs. » Bien que Son essence soit dépourvue de tout attribut, Allah, par le biais de Son envoyé, jurait, menaçait, voulait toujours avoir le dernier mot. C'est Allah qui dit à Abu Jahl, meneur des infidèles, qu'il va l'empoigner par son toupet et le jeter en enfer, et que s'il appelle ses compagnons à la rescousse, il fera venir Ses propres démons. Il menace ceux qui L'offensent en s'en prenant à Mahomet, il dit d'Abdullah, fils d'Ubay, chef des impies : « Je lui ferai dévaler une pente escarpée. Parce qu'il a bien réfléchi, bien pesé le pour et le contre, puisse-t-il crever, il a bien pesé le pour et le contre. » Et il semblait qu'Il fût descendu parmi Ses esclaves. Mahomet était tout proche d'Allah. Il fusionnait avec Lui, il s'était tellement fondu en Lui qu'il Lui attribuait ses peines et ses joies. Pourtant, dans bien des versets, Allah était inaccessible. C'est Lui qui sait, en toute chose, où est le bien, le vrai et le juste, son messager transmettait son message, mais c'était Lui qui décidait.

En commençant par ses oncles, Mahomet invita tous ses proches à adhérer à l'islam, il les mit en garde, brandit la peur et la menace, mais ne parvint pas à les convaincre. Comme on dit, « nul n'est prophète en son pays ». Il en était si triste, si bouleversé, qu'Allah, dans un verset, lui ordonna de ne pas s'affliger ainsi. Quand son oncle Abu Lahab et les Qoraïch, surtout ceux qui lui étaient hostiles et se moquaient de lui, firent pression sur Abu Talib pour qu'il cessât de le protéger, Allah, non content de lui montrer la voie, entreprit de le consoler. Et il poursuivait sa mission, plus patient, plus endurant que les rocs des montagnes de La Mecque. Mais au lieu d'écouter sa parole et de suivre le bon chemin, ils continuaient à adorer leurs idoles. S'ils trouvaient quatre pierres sur leur route, ils en prenaient trois pour dresser un foyer et se prosternaient devant la quatrième. Or, si l'on en croit Mahomet, les pierres n'attendaient qu'un signe d'Allah pour débouler et anéantir La Mecque. Ce qui était arrivé aux Ad et aux Thamoud aurait pu arriver aux Qoraïch : une pluie de pierres pouvait s'abattre sur eux. En fait, c'est un vent persistant qui avait détruit les Thamoud en les arrachant de terre et en les dispersant comme des arbres morts. Et le déluge que le Seigneur avait envoyé au peuple de Noé, n'était-il pas l'expression de Sa colère ? Tout fut noyé, seule l'arche fut épargnée. Mais il n'y avait pas que des humains sur l'arche, il y avait aussi des animaux, un couple de chaque espèce. Allah n'en avait pas oublié une seule. Et il y avait bien d'autres exemples. Un cataclysme aurait pu se produire et provoquer la fin du monde.

« Quand le soleil sera obscurci. Quand les étoiles seront ternies. Quand les montagnes se seront mises en marche. Quand les chamelles pleines de dix mois seront négligées. Quand les bêtes farouches seront groupées. Quand les mers se seront mises à bouillonner. Quand les âmes seront réparties en groupes. Quand on demandera à la fillette pour quel péché elle fut tuée. Quand les feuillets seront déroulés. Quand le ciel sera écarté. Quand la fournaise sera attisée »... « Quand le ciel s'entrouvrira. Quand les planètes se disperseront. Quand les mers seront projetées. Quand les sépulcres seront bouleversés. », le jour du Jugement viendra. On dressera la balance et il faudra rendre des comptes. Oui, l'archange soufflera dans sa trompette et le ciel fondra comme du métal, et pis encore, et les villes, détruites par une avalanche de pierres brûlantes, seront comme l'enfer. Après tout, Mahomet était le messager d'Allah, qui pouvait tout. Il aurait pu commencer par précipiter sur La Mecque les pierres suspendues aux flancs des montagnes. Ou il aurait pu étaler sous leurs pieds les eaux de l'un des oueds que l'on croisait sur le chemin de Damas, ou bien il aurait pu leur faire pousser des ailes et s'envoler au ciel avec eux. Il était normal d'attendre qu'un prophète fît des miracles. Ne pouvait-il pas, comme Jésus, ressusciter les morts ? Ç'aurait été une bonne idée, par exemple, de rendre à la vie leur ancêtre Qusaï, fondateur de La Mecque ! Ou, comme Moïse, de faire, d'un coup de baguette, s'entrouvrir la mer. Il est vrai que la mer était un peu loin, mais il aurait pu se contenter de couper en deux la lune qui se levait chaque nuit derrière les montagnes. Les incrédules réclamaient avant tout une preuve. Il y en avait même qui demandaient des palais d'or, des dattes d'argent, des jonchées de rubis. Mahomet aurait dû monter au ciel par une échelle, y trouver Gabriel et redescendre avec lui parmi eux. Ils voulaient voir eux-mêmes l'ange d'Allah.

Mais il n'était même pas capable d'en faire autant que

Musaïlam au Yamama. Il ne pouvait même pas, à son instar, faire entrer un œuf dans une aiguière ou faire voler un pigeon sans ailes en le lançant en l'air. Musaïlam avait dit que celui qui voyait un ange devenait aveugle et recommandait aux gens de s'en garder. Il n'était rien arrivé à Mahomet quand il s'était trouvé avec Gabriel à la limite céleste. Il est vrai qu'il n'était pas allé plus avant et qu'il avait su s'arrêter au point extrême. Et pourquoi Gabriel, au lieu de choisir des Qoraïch plus riches, plus importants, tels qu'Abu Sufian ou, pourquoi pas, Abu Lahab, s'était-il manifesté à Mahomet, un orphelin ? Il n'avait réussi à convaincre que quelques esclaves et quelques indigents, et aussi Abu Bakr, d'adorer Allah et de se soumettre à Lui. Bien sûr, il y avait aussi Ali, son cousin, mais ce n'était qu'un enfant. Il avait beau faire et se démener, il n'y avait qu'une poignée de musulmans, alors que les impies étaient aussi nombreux que les fourmis sur le sol ou les oiseaux dans le ciel. Ils étaient cruels, puissants et parfois naïfs comme les enfants.

À ceux qui attendaient de lui un miracle, il disait qu'il n'était qu'un simple mortel comme eux, un fils d'Adam, un descendant d'Abraham, et il soulignait que le Coran était en soi un miracle. Ils n'avaient qu'à réciter eux-mêmes un verset, s'ils s'en sentaient la force. Mais ils en étaient incapables, car c'était lui et nul autre qui avait la mission de proclamer la parole d'Allah.

Il ne se gênait pas pour dire ce qu'il savait, pour transmettre au peuple ce qui lui était révélé. Parfois, ému, dans sa précipitation, il se laissait emporter par la pluie des versets. Pour éviter toute confusion, Allah lui dit un jour par la bouche de Gabriel :

« Ne te presse pas d'agiter ta langue, contente-toi d'écouter. C'est Nous qui choisissons les mots ! Quand nous te les lisons, sois attentif à Notre lecture ! »

Le messager d'Allah leur disait bien qu'il n'était pas un devin, qu'il ne s'était jamais égaré, que tout ce qu'il voyait et savait était la vérité, que son œil ne le trompait pas et que sa langue ne fourchait pas, qu'Allah, pour qu'ils croient en Lui, employait leur langue, mais nul ne l'écoutait. Les Qoraïch restaient attachés à leurs coutumes et ne se détournaient ni de la religion de leurs ancêtres ni de leurs idoles, surtout Lat, Uzza et Manat. C'est pour cela qu'un jour, un jour maudit, le diable s'en mêla. Alors que Mahomet perdait espoir et ne savait plus que faire, il se substitua à Allah et prononça ces versets qui firent la joie non seulement des Qoraïch, mais aussi des filles d'Allah qui se trouvaient à la Kaaba :

« Certes, il a vu l'un des signes les plus grands de son Seigneur. Avez-vous considéré al-Lat et al-Uzza. Et Manat, cette troisième autre ? Ce sont les sublimes déesses et leur intercession est certes souhaitée. »

Mais il se ressaisit aussitôt, c'était le diable qui avait fait son œuvre et avait concilié les musulmans et les impies. Alors que fallait-il faire ? Comment s'était-il laissé prendre au piège du démon ? Comment celui-ci avait-il réussi à lui souffler ces mots ? Certes, les prophètes qui l'avaient précédé avaient eu ce genre d'aventure, mais c'était peut-être la première fois que le diable arrivait si aisément et si vite à ses fins. Alors que tous les anges s'étaient soumis à Adam, seul, il avait désobéi aux ordres d'Allah, il s'était opposé à Lui et depuis lors les prophètes, bien qu'ils ne fussent pas de simples serviteurs d'Allah, avaient toujours été sur le qui-vive. Ils étaient sur terre pour mettre dans le droit chemin l'homme créé avec de la boue ; quant au diable, il était au ciel dans tout son orgueil et sa magnificence. Mais comment avait-il réussi à descendre en terre sainte, à se faufiler jusqu'à La Mecque et à faire fourcher la langue du messager d'Allah ?

Mahomet était tout désemparé. Il cessa de manger, de boire et de dormir. Il ne rentrait même plus chez lui. Il s'enferma dans la Kaaba et chercha une solution. Et comme toujours en pareil cas, la solution lui vint du Seigneur dont il implorait l'aide et le pardon. Le Seigneur lui dit :

« Ces idoles inventées par vos ancêtres ne sont que des noms. Allah ne leur a donné aucun pouvoir. »

Quand les choses furent tirées au clair, Mahomet alla trouver les polythéistes et les fit déchanter en leur disant :

« Ô, négateurs ! Je n'adore pas ce que vous adorez. Et vous, vous n'adorerez pas ce que j'adore. Et je n'adorerai pas ce que vous adorez. Gardez votre religion, je garde la mienne ! »

Mais cet incident le poursuivait. La nouvelle s'en répandit rapidement dans toute l'Arabie. L'histoire des *Gharaniq*, celle des « grands oiseaux », comme on disait, retentissait en tout lieu, les monts et les rochers voulaient en être informés. Elles apparurent soudain dans le ciel, immenses, blanches et pures comme des vierges Elles survolaient La Mecque et se manifestaient de loin avant de plonger vers la Kaaba. Le prophète avait fini par s'entendre avec les Qoraïch, il renonçait à dénigrer les filles d'Allah, Uzza, Lat et Manat. Sur les routes des caravanes, les champs de foire, les flancs des montagnes, le bord des puits et les lointaines oasis, on clamait que désormais les polythéistes et les musulmans les honoraient d'un commun accord. Depuis que La Mecque était La Mecque, même au temps où elle n'avait pas de maisons de pierre à deux portes et n'était faite que de tentes, elle n'avait jamais connu un tel émoi. La nouvelle se répandit jusqu'en Abyssinie et les musulmans qui avaient trouvé refuge dans ce pays prirent le chemin du retour. Ceux d'entre eux qui avaient dû quitter un être cher allaient désormais pouvoir vivre dans leur pays, dans leur nid, en compagnie des leurs. Ils n'auraient plus besoin de manger le pain des Abyssins. Le père allait retrouver son fils, le mari sa femme, les frères allaient s'étreindre, le conflit qui avait dispersé les familles avait pris fin, faisant place à la paix et au calme.

En apprenant la deuxième nouvelle, les émigrés qui étaient sur le chemin du retour se demandaient ce qui leur arrivait. Ainsi donc la réconciliation n'avait pas eu lieu, les filles d'Allah n'étaient que des noms, des morceaux de bois et de pierre et ce n'étaient pas les grues, les *Gharaniq*, qui passaient dans le ciel. Ils avaient donc eu tort de revenir. Rejoints par Omar, les musulmans, qui pratiquaient leur culte en cachette dans leurs maisons, sur les sentiers de chèvres et dans les faubourgs éloignés, pourraient le célébrer dans la Kaaba, aux yeux de tous, mais ils ne pouvaient pas compter sur l'intercession des *Gharaniq*. Allah était l'Unique, nul ne pouvait s'égaler à Lui et le conflit avec les polythéistes était inévitable. Pour détourner Mahomet de son chemin, ils lui proposèrent, s'il voulait le pouvoir, d'en faire le chef de leur tribu, s'il souhaitait la fortune, de lui donner son poids d'or et d'argent, s'il était malade, de faire appel au plus illustre des guérisseurs d'Abyssinie pour qu'il chassât le djinn qui le possédait, mais le prophète ne voulait pour tout bien que sa foi en un Dieu unique. Ne disait-il pas : « Si vous me donniez le soleil d'une main et la lune de l'autre, je ne me détournerais pas de mon chemin » ? Cependant il était miné par ce qui s'était passé et voulait faire pénitence. Après tout, le messager d'Allah, même s'il était illuminé par Son amour, n'était qu'un homme. Devait-il chercher refuge dans sa foi, qu'il croyait inébranlable, ou dans le Seigneur qui ne l'avait jamais abandonné, même aux plus mauvais jours ? À vrai dire, cela revenait au même. Quand il se fondait dans l'unité du Seigneur, il n'existait plus rien d'autre que la foi qu'il défendait avec l'aide de la grâce. Cette fois, il n'eut pas à se morfondre durant plusieurs années et le verset ne se fit pas attendre. Allah dit : « Mon bien-aimé ! ils ont inventé une chose différente de ce que je t'ai révélé, ils ont failli t'amener à me calomnier (...) Si Nous ne t'avions pas donné la persévérance, tu leur aurais probablement cédé. » Bien sûr qu'il leur aurait cédé, mais, heureusement, cela ne s'était pas produit. Ainsi, le conflit avec les Qoraïch était inévitable. Il fut forcé de se réfugier à Médine et on ne savait pas encore qui sortirait vainqueur de cet affrontement.

* * *

Tu étais loin d'imaginer que tu écrirais un jour ces lignes. Comme tu as écrit bien des mots opposés et des phrases convulsives. Mais ces lignes ne prétendent ni annoncer la fin du monde ni appeler à la révolte. Pas plus qu'elles ne relatent les impressions de ton voyage d'enfant dans le monde du prophète. C'est peut-être un voyage que tu as fait jadis, et ce que tu es en train de remuer, c'est une chose qu'il est possible de partager, mais impossible d'expliquer : la foi. C'est sans doute pour cela que tu n'arrives pas à bâtir une critique du Coran. Ce qui est écrit dans Levhi Mahfuz doit y rester. Même si ce n'est pas pour toi, la parole d'Allah doit être préservée, dans tout ce qu'elle a de sacré, pour tous les croyants, pour cet enfant qui, à Manisa, allait à l'office avec son grand-père et se repentait, dans sa peur de l'enfer.

Ton grand-père commençait par *Al-Kawthar*, « l'Abondance », la sourate la plus courte, qui ne compte que trois versets. Tu n'as pas eu de mal à l'apprendre par cœur. Elle disait : « En vérité nous t'avons donné le Kawthar. Prie donc ton Seigneur et sacrifie-lui des victimes. En vérité celui qui te hait restera sans enfant. » À l'office du vendredi, tu lisais cette sourate, et ensuite tu ne savais plus quoi faire, tu trouvais le temps long, tu imitais les autres, tu te prosternais, t'inclinais et te relevais, mais cela n'en finissait pas, ta gorge se nouait comme si tu avais eu un glaçon en travers du gosier. Tu aurais voulu qu'il fonde, pour être soulagé, mais cela ne passait pas. Ta gorge était toujours serrée. Il y avait aussi cette interminable prière du soir. Par les chaudes soirées du ramadan, tu attendais l'*iftar*, le repas de rupture du jeûne, la langue collée au palais. Tu avais beau demander pardon, compter des moutons, repasser dans ta mémoire les événements de la journée, le temps ne passait pas.

Tu sais maintenant que le dernier verset de cette sourate a été introduit dans le Coran pour répondre à l'injure faite à Mahomet qui n'avait pas d'enfant mâle. Mais, chose étrange, ce mot, *abtar*, n'a rien perdu de sa magie. Tu ressens encore l'émoi et la terreur que tu éprouvais dans ton enfance en débitant le verset d'un seul trait. Ce n'est peut-être pas le même plaisir, mais c'est sans aucun doute la même curiosité. Et cet émoi, cette peur, cet abandon ne sont pas liés au sujet traité. Ils ont leur source dans des choses issues du passé, mais qui te poursuivent encore et dont tu ressens toujours l'effet, dans ce que ce poète qui t'est cher a appelé « le vert paradis de l'enfance ». Peu importe d'ailleurs qu'il soit vert, bleu ou blanc, le paradis ne t'intéresse guère. Tu ne penses qu'à l'enfer. Rouge et noir, de feu et de goudron.

La municipalité de Manisa s'étant débrouillée, on ne sait comment, en ces temps difficiles, pour trouver l'argent nécessaire, elle faisait goudronner les voies publiques. Le Parti démocrate était au pouvoir et Manisa était un peu le fief du Premier ministre Mendérès, mais les petites rues étaient encore des chemins de terre et les avenues étaient pavées de larges dalles de pierre. La ville ne s'était pas encore relevée du grand incendie allumé par les Grecs avant leur exode massif. Elle était pleine de terrains vagues, de vestiges d'incendie, de bâtiments abandonnés et de ruines. Elle s'enorgueillissait de son asile d'aliénés, et de ses princes ottomans, mais elle était dans un terrible délabrement. Ceci dit, on vit, un beau jour, débarquer les camions des Transports nationaux, les pelleteuses et les rouleaux compresseurs, qui envahirent la ville, avec ses airs de bourgade provinciale, ses phaétons, ses calèches, ses lourds chevaux de trait amenés de leur pays par les émigrés yougoslaves et ses automobiles – c'est à cette époque-là que s'est répandu ce mot d'« automobile », il « filait à toute allure », comme dans la chanson en vogue. Ces engins monstrueux semblaient venir d'une autre planète. On commença par boucher les trous, puis on étala l'asphalte. Dans une noria de camions, les rouleaux compresseurs aplatissaient le goudron en fusion et les ouvriers dont les visages tannés luisaient dans la canicule s'affairaient à qui mieux mieux. Tu te souviens encore qu'ils n'avaient pas de salopettes. Ni de casques, ni de bottes, ni de gants. D'ailleurs, aucun de ceux qui travaillaient alors à Manisa n'avait rien d'autre que la sueur de son front et la force de ses bras. Chacun s'habillait comme il pouvait. En général, pour ce travail salissant, ils revêtaient des vêtements usés.

Les ouvriers qui versaient le goudron portaient des vestons aux boutons arrachés et aux manches déchirées, leurs pantalons rapiécés cachaient à peine leurs jambes et des gouttes de goudron collaient aux poils de leur torse basané. Quand vous entendiez le bruit du chantier, vous laissiez là vos jeux et veniez contempler le spectacle. Les ouvriers au visage noirci qui, la pelle à la main, semblaient monter la garde près des chaudrons où bouillait le goudron faisaient penser à des démons. Tu ne sais plus très bien, aujourd'hui, si c'est Ismaïl, ou l'imam, dans son prêche du vendredi, qui t'a dit qu'en enfer les pécheurs revêtiraient une chemise de goudron avant d'être mis à cuire dans le puits de *Gayya* et que quand leur peau se serait détachée Allah leur en donnerait une neuve, afin de prolonger indéfiniment leurs tourments. Ce n'était certainement pas ton grand-père qui t'avait raconté cela, car il évitait soigneusement de faire peur à son petit-fils. Or la colère d'Allah était terrible. Revêtus d'une immense cuirasse, les démons empoigneraient les damnés par les oreilles et les jetteraient dans le feu. Des pierres et des humains serviraient de bûches, les étincelles seraient aussi hautes que des maisons et aussi nombreuses que les chameaux jaunes. Et Allah, en jetant en enfer les pécheurs de ton espèce, demanderait aux flammes : « Est-ce que le compte y est ? » Elles répondraient : « Il n'y en a pas d'autres ? », et l'enfer se gaverait d'hommes et les démons de supplices.

Dans le Hedjaz, durant la guerre du Canal, ton grand-père a vécu un véritable enfer, il a connu la souffrance, la faim et la soif, mais tu ne t'en doutais même pas. Comment aurais-tu pu savoir que le paradis et l'enfer n'existent qu'en ce bas monde ? Les propos lénitifs et rassurants, les prières de Rahmi bey, qui était tout à la fois *gazi* et *hadji*, passant sous silence le Dieu vengeur, ont réussi à te faire aimer Allah bienveillant et miséricordieux. Même si tu ne comprenais pas Sa parole, tu te familiarisais avec la voix du Coran et la magie de ses versets. Et tu avais la foi. Cela aurait dû suffire pour que tu ailles au paradis, et pourtant tu avais peur. Les vierges à la poitrine bourgeonnante, les *gilman*, et les fruits du paradis te laissaient de marbre. Tu n'étais impressionné ni par l'eau du paradis, plus douce que le miel, plus blanche que le lait et plus froide que la neige, ni par les coupes de nacre. Les terres fertiles arrosées par le Gediz donnaient bien assez de fruits. Tu mangeais à satiété les pêches fraîchement cueillies, les mûres qui coloraient tes lèvres et te mettaient la bouche en feu et les fameux melons parfumés de Kırkağaç. Vous nagiez dans l'abondance. Melons et pastèques arrivaient à pleines charrettes, les resserres regorgeaient des confitures et des pâtes de fruit que confectionnait ta grand-mère. La famille de ton grand-père envoyait de Hadjırahmanlı du miel, de l'huile et même des sacs de farine. Il y avait dans votre maison tout ce que promet le paradis, à part les houris. Mais, en dehors du fait qu'elles retrouvaient leur virginité après chaque copulation et que leurs yeux étaient inégalables, elles ne t'intéressaient guère. Depuis lors tu es tombé dans leurs filets et, à l'instar de Mahomet, tu ne pouvais plus t'en passer. Tu t'es efforcé de créer autour de toi un paradis féminin. Et tu n'avais besoin pour cela ni des houris ni de la grâce divine. Ainsi donc le paradis promis aux dévots dans l'autre monde était descendu sur terre à Manisa et tu nageais dans ses bienfaits ; quant à l'enfer, il restait dans ta tête quand tu interrompais tes jeux pour aller regarder le goudron qui bouillait en glougloutant dans les chaudrons, il perturbait ton sommeil et s'insinuait dans tes rêves nocturnes. Ce qui te préoccupait sans cesse, c'était l'enfer, pas le paradis. Ni Allah.

Les trois compères et les djinns

Cette nuit-là, la lune brillait sur La Mecque d'un éclat étrange, toute blanche, énorme, plus étincelante et plus ronde qu'un bouclier d'argent, comme s'il allait se passer quelque chose d'extraordinaire, comme si la roue de la fortune était sur le point de se mettre à tourner. On ne distinguait ni les étoiles, ni la voie lactée, ni la grande ni la petite ourse. Seule la clarté de la lune régnait sur le ciel et illuminait la terre. Elle envahissait les ruelles poudreuses de la ville, les maisons de pierre et les tentes en poil de chameau, les bergeries et les arbres clairsemés. Elle jetait ses reflets sur le bâtiment sacré de la Kaaba qui se dressait comme un spectre dans sa robe noire ainsi que les idoles qui l'entouraient. Les filles d'Allah, blotties l'une contre l'autre, étaient plongées dans un profond sommeil. Auréolées par la lune, elles avaient l'air de saintes. Certes, les saintes femmes ne dorment pas, elles prient jusqu'au matin, mais si elles dormaient, c'était justement parce qu'elles n'étaient pas des saintes, mais des déesses. Lat, Manat et Uzza étaient plus belles, plus majestueuses que jamais.

Soudain on entendit le son d'une voix. Sortant par la fenêtre ouverte d'une des grandes maisons de pierre du voisinage, ce son se propageait dans le centre de la ville et résonnait à l'intérieur de la Kaaba. La voix était douce comme du velours, elle s'élevait et s'abaissait, s'accélérait, et les mots, bien détachés, se succédaient rapidement, comme s'ils faisaient la course. Cette voix avait quelque chose de pur, de profond, de magnifique, c'était une voix d'homme, mais sans rudesse. Celui qui l'entendait était captivé, pris sous le charme et comme emporté par les flots d'un fleuve rapide.

Le premier à l'entendre fut Abu Sufian, l'un des notables de La Mecque. Il avait ramené sous bonne garde une caravane accompagnée de centaines de serviteurs et d'esclaves puis, avec la bonne conscience de l'homme qui a accompli sa tâche, il était allé se jeter dans les bras de Hind. Hind n'avait pas sa pareille. Ni les courtisanes de Damas, ni les esclaves à la poitrine généreuse et à la peau plus douce qu'un coussin de duvet qui, pour être plus désirables, s'oignent de parfums et jettent à droite et à gauche des œillades assassines ne lui arrivaient à la cheville. Ses regards noirs et sensuels, sa chaleur, sa haute silhouette, l'ardeur de ses caresses, son intelligence et sa noblesse en faisaient quelqu'un d'unique. Mais son mari, de retour d'un long voyage, pouvait-il se jeter dans ses bras avant d'avoir fait sept fois le tour de la Kaaba et offert un sacrifice à Uzza ? C'est pourtant ce qu'avait fait Abu Sufian ; mais ensuite, il avait été pris de remords. Il était donc, à cette heure tardive, en train de faire ses dévotions et de rafraîchir sa foi, lorsque cette voix se fit entendre. Il la reconnut dès le premier mot. C'était la voix de Mahomet, seule capable d'aligner ainsi ces vocables si purs, tantôt douce comme une caresse, tantôt éclatante comme le tonnerre. En l'écoutant, il avait l'impression d'être dans l'oasis de Taïf où l'on parlait cette langue harmonieuse aux accents spontanés, telle qu'il l'avait entendue dans son enfance. Mahomet, le pauvre orphelin, petit-fils d'Abd-ul Muttalib, neveu d'Abu Talib, était riche depuis qu'il avait épousé Khadidja, fille de Khuwaïlid, mais il n'était pas devenu ce qui s'appelle un homme. Au lieu de gérer ses affaires et, comme lui, d'amasser une fortune en organisant des caravanes, il s'enfermait chez lui la nuit pour prier et lire les versets d'un prétendu livre d'Allah qu'il appelait le Coran. Pouvait-on imaginer que ce Dieu qui trône par-delà les sept étages du ciel écrivît des livres et fît descendre des versets ? N'avait-il rien de mieux à faire ? Et à quoi servaient ses filles ? S'il lui avait pris la fantaisie de se livrer à ce genre d'activité, il ne se serait pas donné tant de peine, il en aurait chargé Lat, Uzza et Manat, en leur laissant le soin de passer le message à ses serviteurs. Il aurait eu recours à ses propres filles, sourdes et insensibles, mais capables de parler à leurs adorateurs. Voilà ce que pensait Abu Sufian, notable de La Mecque ; il n'en démordait pas, et d'ailleurs cela l'arrangeait peut-être de ne pas croire à ce que disait Mahomet.

Il prêta l'oreille à la voix. Elle semblait parler de lui, des Qoraïch et du pays environnant. Elle disait : « Pour l'union des Qoraïch / Qui s'unissent dans les caravanes de l'hiver et de l'été / Qu'ils servent le Seigneur de cette maison qui les nourrit et les sauve de la famine. » Elle parlait à un certain moment de « La Mecque en sécurité », disait que « l'homme a été créé sous la plus belle forme », avant d'annoncer que les polythéistes brûleraient en enfer. Abu Sufian avait interrompu sa ronde et écoutait, telle une idole pétrifiée au clair de lune. On ne pouvait pas s'empêcher d'écouter ces mots. « En vérité l'homme est en perdition » ou « Par les chevaux de la bataille haletants / Qui firent jaillir le feu de leurs sabots / Qui le matin se précipitent sur l'ennemi / En soulevant la poussière. » C'était vrai, il était lui-même riche, mais, autour de lui, cette ville et même l'Arabie heureuse étaient dans la déception. Il y avait de très nombreux pauvres, dont Lat, Uzza et Manat semblaient s'être détournées. Le prophète, avec ces mots suaves et empoisonnés, avait réussi à jeter dans le cœur des gens la peur de l'enfer et à dissuader les pèlerins de faire leur voyage annuel à La Mecque. Il leur troublait l'esprit en disant qu'il était le messager d'Allah, que les associateurs auraient à rendre des comptes et que l'idolâtrie était le plus grand des péchés. Et qui étaient ceux qui se levaient tôt pour semer la perturbation ? Et pourquoi Mahomet disait-il qu'ils étaient ingrats envers Allah ? Qu'avaient-ils fait, que tramaient-ils ? Comme l'eau de Zamzam, tantôt trouble et tantôt pure et limpide, le Coran avait un charme irrésistible. Il exerçait sur Abu Sufian un attrait inexplicable. Interrompant sa ronde, il se dirigea vers la voix et, à pas furtifs, en se dissimulant, il arriva devant la maison de Mahomet. Caché derrière un mur, il continua d'écouter les versets qui, par la fenêtre ouverte, coulaient dans son cœur. Il était si captivé qu'il ne remarqua pas qu'un peu plus loin, sous un palmier dont l'ombre s'étirait au clair de lune, un autre écoutait la voix dans le même recueillement.

Abu Jahl, l'un des fils de Mahzum, voyant que la pleine lune jetait sa clarté sur les monts, les pierres rafraîchies par le vent, les toits et les tentes de La Mecque, s'était levé de son lit et, attiré par la voix, était venu sous le palmier. Il haïssait Mahomet, mais il devait admettre qu'il possédait un pouvoir dont seuls disposent les magiciens et que ses paroles étaient troublantes. En dépit des avertissements et même des menaces, cet ignorant qui se disait messager d'Allah était toujours sous la protection d'Abu Talib et tout ce qu'on avait tenté pour lui régler son compte avait échoué. On avait même essayé de le tuer, et, afin de ne pas encourir la vengeance du sang, on avait décidé de faire partager la responsabilité du meurtre par les différents clans. Mais on y avait renoncé, car, sur le conseil de son oncle, Mahomet changeait de lit chaque nuit. On se contentait donc de l'injurier et de le maltraiter. Il faut dire que cette histoire d'unité d'Allah ne convenait à personne, tous étaient pleinement satisfaits des bienfaits des filles d'Allah qui veillaient sur leur négoce et leurs profits, tout ce qu'ils demandaient, c'était que l'on ne touchât pas à la religion de leurs ancêtres. Ils en avaient assez d'entendre les musulmans évoquer sans cesse l'enfer et ne voulaient plus être ainsi dérangés. Le messager d'Allah ne devait pas aller trop loin et perturber leurs affaires en avertissant et en effrayant les gens comme l'exigeait le Coran.

En fait, c'était lui, Abu Jahl, qui agressait sans cesse Mahomet et cherchait constamment querelle aux musulmans. Un jour, même, au cours d'une dispute avec Abu Bakr, il avait reçu sur la tête un coup d'os de mâchoire qui l'avait ridiculisé. Il était peureux. Les seuls dont il n'avait pas peur étaient Allah et Mahomet. Mais il craignait ses oncles, et surtout Hamza. C'est d'ailleurs pour cette raison qu'il avait reçu le surnom d'Abu Jahl (père de l'ignorance) ; mais tout le monde devait savoir qu'il n'était pas le père d'ignorants et qu'il était l'un des chefs Qoraïch les plus avisés et les plus braves ; il n'était pas seulement avisé, il était également intelligent et rusé.

C'est d'ailleurs cette ruse qui fut la cause de ses ennuis. Ne réussissant pas à chasser Mahomet, il avait essayé de l'exclure du clan et, pour y parvenir, convaincu l'assemblée des clans de boycotter la famille Banu-Hachim. À l'avenir, nul n'achèterait ni ne vendrait rien à Abu Talib et à sa famille ni ne se lierait à eux par un mariage. Cela revenait à condamner les musulmans à une mort lente. Mais le négoce avait repris peu à peu ses droits et le blocus n'avait pas tardé à être contourné. Même par les gens du camp d'Abu Jahl. Pour plus de sûreté, il avait donc fait sans attendre consigner sur un parchemin les règles du boycottage, y avait apposé trois sceaux, l'avait enfermé dans une boîte et était allé lui-même le déposer à la Kaaba. Comment aurait-il pu se douter que les mites dévoreraient le texte de la convention, ne laissant pas subsister un seul article des mesures draconiennes qui frappaient les Banu-Hachim ? Mahomet, lui, avait annoncé ce qui allait se passer. Il avait dit que les mites dévoreraient entièrement le parchemin caché à la Kaaba et n'épargneraient que le mot « Allah ». Et c'est bien ce qui s'était passé. Maintenant il lisait le Coran au clair de lune. Une clarté magique descendait du ciel et sa belle voix faisait retentir les rochers et les monts. Pour ne plus l'entendre, il ne restait plus qu'à se boucher les oreilles. Allah disait bien : « Nous avons scellé leurs cœurs. » Ils n'avaient plus qu'à se boucher les oreilles à deux mains.

La lune était plus belle et plus brillante que jamais. Abu Lahab ne pouvait pas dormir, cette voix l'attirait dans un autre univers. Caché dans un coin comme Abu Sufian et Abu Jahl, il écoutait lui aussi les versets qui se succédaient et se laissait emporter par leur flot avec l'impression de s'être glissé dans un ruisseau frais et limpide au fond plat tapissé de graviers. Il se sentait tout nu, lavé de la crasse du monde, blanc, drapé dans une robe de blancheur. Comme les pèlerins venant prier à la Kaaba. Il sursauta soudain. « Que les mains d'Abu Lahab se dessèchent ! » disait la voix, ajoutant qu'il brûlerait dans les flammes. Se demandant ce qui lui arrivait, il quitta sa cachette et s'enfuit dans la rue. Et que vit-il ? Abu Sufian et Abu Jahl étaient là eux aussi ! Les trois compères se considérèrent d'un air soupçonneux. Puis ils éclatèrent de rire. Et ils jurèrent de ne plus se lever la nuit pour aller écouter le Coran.

Quand Mahomet revint de Taïf, alors que le sang répandu par les pierres qu'on lui avait jetées n'était pas encore sec, cette voix douce qui envoûtait même les ennemis de l'islam produisit son effet sur le peuple des djinns qui s'engagèrent sur la vraie voie avant même les notables de La Mecque. Mahomet, après les ennuis que lui avait causés sa tentative de convertir les habitants de Taïf, n'était pas seul avec Zaïd, son esclave, dans l'arbre creux où ils s'étaient cachés. Il y avait aussi des djinns. Depuis longtemps, ils étaient sans nouvelles du ciel. Depuis l'apparition du messager d'Allah, les portes et les secrets du ciel leur étaient inaccessibles. Ils écoutèrent le Coran et ils se convertirent. À vrai dire, ni la lune ni les étoiles ne brillaient dans le ciel. Les djinns écoutèrent la voix de Mahomet en plein jour et tout changea pour eux. Vrai ou faux ? Je ne sais pas, je le raconte, un point c'est tout.

Uzza

À vrai dire, je n'étais pas du tout étonnée que Mahomet dise du mal de nous. Mais il ne se contentait pas de nous dénigrer, il voulait que tous les Arabes se détournent de nous. Notre père parlait par sa bouche, ordonnant de n'adorer que Lui et disant qu'Il est le Très-Haut. Mais nous n'avons jamais prétendu le contraire ! Pas plus que ne l'ont fait les Mecquois, les Médinois ni même les Taïfois adorateurs de Lat. Seulement Allah est si lointain, si inconnu, qu'ils ne peuvent pas L'imaginer ni même Le concevoir, et ils ont besoin de nous. Nous servons d'intermédiaires entre eux et Allah qui siège au septième ciel ; même si en fin de compte notre père est plus puissant, plus sage que nous et plus inaccessible. Quoi qu'il en soit, Il ne nous reconnaît plus pour Ses enfants. « Quel est donc ce partage inéquitable ? crie-t-il à nos adorateurs, ainsi, vous avez pris les enfants mâles et vous me laissez les filles ? » Mahomet clame partout qu'Allah n'a pas engendré et n'a pas été engendré. Il s'en prend à nous, disant que nul autre que Lui ne peut être adoré. Que ce sont leurs ancêtres qui nous ont inventées et que nous ne sommes que des noms, des morceaux de pierre et de bois insensibles et incapables de penser. Que nous ne connaissons même pas l'existence de ceux qui nous offrent des sacrifices, tournent en rond et se prosternent devant nous, dans l'adoration et la gratitude.

Que répondre à cela ? Nous sommes des déesses, ils ne sont que des hommes. C'est dire que nous leur sommes très supérieures. Nous présidons à leur destin et à leur mort. C'est grâce à nous que, pendant des générations, ils ont mangé et bu et se sont reproduits, c'est à nous qu'ils doivent la lumière des étoiles qui guident les caravanes et le caractère sacré de la Kaaba. Et aussi l'éclat de la pierre noire. C'est moi qui suis allée la prendre parmi les étoiles et qui l'ai apportée ici, c'est eux qui l'ont ternie. « Ne donnez pas d'associés à Allah, dit Mahomet, Il est l'Unique, l'Orient et l'Occident, le Commencement et la Fin, Il est l'Apparent et l'Intérieur, Il est Celui qui sait. » Il se dit le messager d'Allah. Un jour il a écouté le diable et assuré que l'on pouvait nous tenir pour des déesses, mais ensuite il s'est ravisé. C'est donc que dans ce débat le diable est de notre côté. Et aussi les Qoraïch et toute l'Arabie. Il paraît que pour l'instant il n'y a que quatre ou cinq personnes qui ont adopté la foi de Mahomet et ne l'ont pas reniée. Qu'ils ne la renient pas. Ceux qui m'ont prêté serment ne se détourneront pas eux non plus de la voie qu'ils savent être la bonne. Ils sont à la fois plus nombreux, plus puissants et plus riches.

Qu'est-ce que je disais ? Oui, je ne suis pas du tout surprise que Mahomet nous dénigre. Il y a plusieurs années, il m'a sacrifié un joli petit agneau gris. Je me suis gavée de son sang. Mais il n'est jamais revenu. En tout cas, je suis tout de suite tombée amoureuse de ce beau garçon timide aux cheveux longs et à la longue barbe. Il y avait dans ses regards une tendresse que je n'ai jamais vue dans les yeux d'aucun autre. Et il croyait. Pas en nous, mais en Abraham. Depuis lors, il ne m'a plus jamais rendu visite, offert un sacrifice, il ne s'est plus prosterné devant moi. Il n'est même pas venu une seule fois à mon temple de Nahla. Je l'ai attendu en vain. J'espérais toujours qu'il s'arrêterait en allant à Damas et que, s'il ne m'offrait pas de sacrifice, il ferait du moins une halte à l'ombre des acacias. J'ai attendu en vain des jours, des mois, des années. Et puis j'ai appris qu'il était notre ennemi et j'en ai été consternée. Oui, consternée. J'ai beau être de pierre, je n'ai pas un cœur de pierre, et quand j'ai su qu'il m'avait abandonnée, j'ai pleuré toutes les larmes de mon corps.

Même si nous ne sommes pas seulement des noms, nos noms font intimement partie de nous, ils sont la marque et la preuve de notre existence. Ils sont pour les mortels le symbole de notre immortalité. Les noms sont importants, il ne faut pas les sous-estimer. Ils sont pour nous ce que le drapeau est pour les tribus. La source de notre prestige et de notre pouvoir, notre trésor le plus précieux. Et s'il n'y avait pas notre langue, ce beau dialecte du Hedjaz tant goûté par Mahomet et par les poètes ? Je ne veux même pas imaginer cela. Nous serions misérables, désemparées, semblables aux monts et aux pierres. Nous restons dressées près de la Kaaba. Telles que nous sommes, nous semblons faites pour les hommes. Certaines d'entres nous sont à l'intérieur, entre les quatre murs, mais, pour la plupart, nous restons dehors. Et nous sommes aussi nombreuses que les jours de l'année. Voici Lat et Manat, mes sœurs chéries. L'une est maîtresse du destin, l'autre du chagrin. S'il arrive malheur aux hommes, c'est parce qu'ils ne nous ont pas témoigné assez de vénération. Et voici Hubal, notre époux bien-aimé, notre roi. Il n'a plus son bras droit, c'est vrai, mais il n'est pas manchot pour autant. Il a une prothèse en or, il peut aussi bien brandir le glaive que serrer ma taille fine. Sa virilité me suffit. Elle suffit également à Lat, qui a un corps de femme, mais qui est velue et dotée des serres d'un oiseau de proie. Ses flèches sont promptes et ses regards mettent les cœurs en feu. Manat, qui ne l'a pas épousé comme nous, périt de jalousie. C'était un morceau de pierre de Qudaïd avant qu'on l'amène ici, qu'on l'habille et qu'on place les ciseaux dans sa main. Elle ne reçoit pas en hommage le sang des victimes, mais des cheveux. Maintenant elle a son emplacement attitré et elle est heureuse de vivre. Et elle gère le destin des autres. Soit elle leur complique la vie, soit avec ses ciseaux elle tranche le fil de leur destin. Et voici Ashal, Ahcham, Awf, Bal, Datanvat, Fals, Galsad, Marhab, Muntabik, Nasr, Nuhm ! Je continue ? Kuzakh, Riam, Ruda, Sabad, Sad, Taïm, Uqaïsir, Vad, Yaguth et Yauq, la liste est interminable. Dans quel pays, dans quel peuple trouve-t-on autant d'idoles ? Chacune porte un nom et a ses caractéristiques. L'une a les yeux bleus comme le ciel, l'autre les a noirs comme le charbon. L'une a l'air d'un arbre, l'autre d'un rocher. Certaines ressemblent aux humains. Ce sont elles qui font tomber la pluie et allument les feux de l'aurore. Elles sont guerrières. Dures et cruelles. Elles aiment le sang et exigent des sacrifices. Muntabik est ma préférée. À cause de son nom et de son caractère. Elle semble être un cube de cuivre. Son ventre est ouvert et porte un couvercle. C'est surtout la tribu des Sulaf qui lui rend hommage. Et elle parle abondamment. Comment parle-t-elle ? N'ayant pas de langue, elle est ventriloque, bien sûr. Elle a été la première à annoncer la venue de Mahomet, à dire qu'il donnerait l'espoir aux désespérés, l'aumône aux déshérités, le livre aux ignorants et le Dieu unique aux sans-dieu. Maintenant elle est la première à dire que nous périrons par la main de Mahomet, mais je ne veux pas le croire. Car nos protecteurs sont nombreux, et pas seulement dans la tribu de Mahomet, ils viennent de toute l'Arabie heureuse et malheureuse. Il y en a un parmi eux dont je ne désespérerai jamais. Quand tous se seront détournés de nous, il y en aura un qui nous restera fidèle. Je devine que vous avez envie de demander : Qui est-ce donc ? Je vais vous le dire : c'est Abu Lahab. Autrement dit « le Père du Feu ». Depuis que ce verset a été énoncé, les musulmans ont trouvé que ce nom convenait à l'oncle de Mahomet. Son vrai nom est Abd-al Uzza et il indique bien que cet homme m'est acquis.

Le verset dit :

« Les mains d'Abu Lahab ont péri. Il a lui-même péri. Ses troupeaux et sa fortune ne lui ont servi à rien. Il sera exposé à un feu ardent, tandis que sa femme, portant du bois, aura au cou une corde de fibres. »

En entendant cela, Ummu Djamil, sa femme, un mortier à la main, s'est appuyée à la porte. Mahomet et Abu Bakr bavardaient. « Où est ton ami ? » a-t-elle demandé à Abu Bakr. La colère nous rend aveugles. Cette dévergondée ne voyait pas Mahomet qui se trouvait devant elle. Elle ajouta, avant de s'éloigner, qu'elle fracasserait la bouche de Mahomet avec son mortier. Et, pour calmer sa colère, elle n'a pas manqué de dire un poème. Je ne sais que dire d'Ummu Djamil, mais son mari, lui, est bon et bienveillant. Je vous parlerai de lui une autre fois, maintenant le soir tombe et la nuit vient. Mon pouvoir s'exerce le jour, pas la nuit. Même s'il nous a reniées, le maître du jour et de la nuit est Allah, le Très-Haut.

Une pluie d'étoiles

Quand fut lancé l'ordre de mobilisation, Rahmi bey devait avoir quelques idées sur la marche du monde, mais il ne soupçonnait pas que l'Empire ottoman allait être entraîné de façon si soudaine dans une guerre contre sept nations. L'armée était sortie affaiblie des guerres balkaniques et la douleur causée par la perte des territoires européens était encore toute fraîche. Toutes les défaites subies dans les guerres de 93 et de Tripolitaine avaient frappé la population, qu'elle fût ou non musulmane, et aiguisé l'appétit d'indépendance des sujets arabes. Le vaste empire chancelait comme un vieux platane frappé par la foudre, ses branches, qui couvraient trois continents, se détachaient, et ses racines, qui s'étendaient du Danube à l'Euphrate, commençaient à céder ; depuis ses années d'études à l'université, Rahmi bey se rendait compte de ce séisme, mais il ne se doutait pas que cette situation allait pousser Union et Progrès vers une nouvelle aventure. Il vivait au jour le jour à Istanbul. Il assistait parfois à des réunions politiques, mais il n'était membre d'aucun parti.

On était sur un tonneau de poudre. Acculée, la Sublime

Porte déchaînait sa fureur, les homicides politiques se succédaient, les représentants d'Union et Progrès, dans un mouvement de pendule, accédaient au pouvoir ou en étaient exclus. Les télégraphes fonctionnaient sans interruption. Les fils, qui, jadis, servaient de perchoir aux oiseaux, apportaient sur les bureaux des responsables politiques des messages chiffrés venus des quatre coins de l'empire. Les secrétaires qui se rendaient à Üsküdar n'avaient plus l'air somnolent, les ordres se succédaient à un tel rythme qu'ils n'avaient pas le temps de bayer aux corneilles. Chacun s'efforçait de trouver une solution à ces montagnes de problèmes et, comme l'écrivait le grand poète patriote Namık Kemal, l'ennemi, une fois encore, « avait mis son poignard sous la gorge de la nation ». Rahmi bey n'était pas très amateur de poésie, il préférait la lecture du Coran. À vrai dire, le Coran est la parole divine, et même si Mahomet a jeté l'anathème sur les poètes, le style des versets est empreint d'une poésie qui vous emporte au loin, au bord des rivières du paradis coulant lentement sous les feuillages vers l'ombre de l'arbre Tuba. D'ailleurs, en parlant de poésie, Rahmi bey pensait plus à Mehmet Akif qu'à Namık Kemal. Selon le poète, pour sauver l'empire, il fallait absolument revenir à la notion de communauté musulmane et chercher une solution en s'appuyant sur l'islam.

Le vent du nationalisme soufflait de toutes parts. Les peuples asservis aux Ottomans sautaient sur l'occasion d'obtenir leur indépendance. Rahmi bey, qui avait vu, dans son enfance, imposer le joug aux buffles qui se prélassaient sur les berges boueuses du Gediz, n'aurait pas pensé un seul instant qu'il fût juste de faire subir le même traitement à des êtres humains, et à plus forte raison à des musulmans. Mais la guerre lui révéla tout de suite cet état de fait. À son retour, il ne raconta à personne ce qu'il avait vu et il le cacha au plus profond de lui. Dans le passé récent, sa génération était sans aucun doute la plus malchanceuse. Par la suite, la littérature officielle proclamerait qu'ils avaient « écrit une épopée dans le livre d'or de l'histoire » et ils passeraient pour des martyrs ou des soldats de l'islam. Mais, rentré chez lui après avoir participé à la première guerre du Canal et à la défense de Médine, il préférerait le titre de *hadji* à celui de *gazi*. La guerre n'avait pas affecté sa foi, bien au contraire, mais le combat sanglant qu'il avait livré aux fidèles du prophète l'avait amené à se poser un certain nombre de questions.

Bien entendu, il cherchait en lui-même la réponse à ces questions. Mais à l'évidence il n'a raconté à personne, pas même à toi, ce qu'il a vu dans le désert du Tih et ce qu'il a vécu dans les déserts du Hedjaz. Le passé était le passé. Après l'armistice, l'occupant grec fut chassé d'Anatolie et la république fut instaurée à l'intérieur des frontières fixées par l'Entente nationale. Désormais Rahmi bey était un musulman à la foi intacte et un éminent avocat du nouveau régime. C'était la fin du cauchemar. Tu étais un petit enfant et tu avais beau, à l'école, faire l'éloge de ton grand-père qui avait combattu pour la foi, raconter ses exploits enrichis par ton imagination et composer des poèmes en l'honneur des martyrs des Dardanelles, ton aïeul semblait plus attaché au titre de *hadji*. Il restait donc dans son coin sans faire de vagues et se prosternait cinq fois par jour. Il ne se lançait dans aucun procès spectaculaire et ne songeait nullement à aller s'installer à Izmir pour gagner de l'argent. Il était constamment plongé dans ses bouquins. Tu n'as pas lu les livres dont il a fait l'acquisition à son retour du Hedjaz. Ce n'est pas par dédain, mais parce qu'ils étaient imprimés dans l'ancien alphabet, c'est-à-dire en caractères arabes. Il y avait parmi eux des manuscrits en langue arabe. Maintenant ils sont entassés en désordre et se couvrent de poussière dans une ville éloignée, dans la soupente d'une maison lointaine. Qui saurait dire quelles informations, quels mondes, quels mots ils contiennent ? Ton grand-père disait toujours que les mots d'Allah sont innombrables. Si tous les arbres du monde étaient transformés en calames et si les sept mers étaient d'encre, cela ne suffirait pas à les écrire tous. Tu ne connaissais pas ce verset du Coran. Et tu ne savais pas que ton grand-père haïssait la guerre. Tu ignorais aussi que, à part pour punir les séditieux, le Coran interdit de donner la mort et qu'il considère que tuer un homme c'est tuer l'humanité entière. Peut-être ton grand-père lisait-il ce verset pendant l'office, alors que tu te contentais de te joindre à la prière sans même chercher à comprendre son sens. Car, pour toi, c'était avant tout un son, une voix qui parlait une langue inconnue, différente même de l'arabe, et qui évoquait le royaume éternel.

C'est après la mort de ton grand-père que tu as trouvé le carnet sur lequel il avait consigné ses souvenirs de guerre. Il était jauni et fané, et les taches d'encre qui s'étalaient par endroits sur le papier paille rendaient impossible la lecture de certaines pages. Le texte était écrit en anciens caractères et l'on voyait au premier regard qu'il avait été tracé par une main tremblante de fatigue. Pour toi, il était absolument indéchiffrable. En demandant à un ami compétent de le transposer en nouvel alphabet, tu te demandais comment il était possible qu'un petit-fils fût incapable de lire des souvenirs de guerre auxquels son grand-père tenait comme à la prunelle de ses yeux. Que le monde change vite ! Ton grand-père n'était pas hostile aux réformes radicales imposées par la république et souhaitait que tu sois le premier à bénéficier des possibilités offertes par l'adoption de l'alphabet latin. Bien sûr, tu n'éprouvais aucune nostalgie pour les lettres arabes, pour leurs formes aux contours sinueux, mais tu aurais aimé pouvoir lire sans intermédiaire ce document sur sa personne.

Entre les pages du carnet, il y avait quelques photos. Sur l'une d'elles s'alignaient les officiers de l'état-major de Djemal Pacha, les uns assis au premier rang, les autres debout derrière eux. Ton grand-père se trouvait tout à gauche au deuxième rang. On ne voyait que sa tête et sa poitrine. Il portait moustache et bonnet de fourrure. Ceux du premier rang étaient décorés. Les uns avaient des bandes molletières, les autres portaient des bottes de cuir. En regardant la photo, tu te disais qu'ils étaient tous morts, y compris ton grand-père. Une autre photo le montrait juché sur un dromadaire devant la gare de Médine. L'édifice de pierre de la dernière station du chemin de fer du Hedjaz rappelait un peu, par son architecture, la façade ornementée de la gare de Sirkeci. Elle jurait avec son environnement. Rahmi bey, dans son uniforme impeccable d'officier, souriait sur son dromadaire. C'était certainement la première fois qu'il montait sur ce genre d'animal et cela expliquait sans doute le sourire enfantin qui s'étalait sur son visage rond. Tu te souviens d'avoir pensé : Ainsi donc ils ont existé, ils sont montés sur des dromadaires et ils ont fait la guerre pour défendre l'empire. C'était à Manisa. Après le décès de ton grand-père, tu étais en train de mettre de l'ordre dans son cabinet. Depuis ce jour-là, tu n'es jamais revenu dans la ville de ton enfance. Non parce que cela t'aurait déplu, mais parce que ton chemin ne t'a jamais conduit dans le pays de Rahmi bey.

Après sa mobilisation, Rahmi bey avait servi pendant un temps assez bref comme officier de réserve au ministère de la Marine, mais lorsque le calife appela tous les musulmans à prendre part à la guerre sainte contre les nations de l'Entente, il demanda à être envoyé sur le front. Comme il savait très bien l'arabe, il fut mis au service de Djemal Pacha, qui venait d'être nommé commandant en chef de la 4e armée. Le corps expéditionnaire avait pour mission de chasser les Anglais, ou plus exactement de prendre pied en Égypte pour bloquer le canal de Suez, qui était l'artère vitale de l'Empire britannique. Nos petits soldats combattaient sur tous les fronts, sur un immense territoire s'étendant de la Galicie au Caucase et des Dardanelles à l'Iraq et à l'Égypte. Et le village de Hadjırahmanlı était bien loin du désert du Tih.

Ils venaient du nord. Des plateaux brumeux du Kaçkar, au bord de la mer Noire, et des monts d'Isfendiyar aux sommets enneigés. Leurs mains, habituées à cueillir le coton, à jouer du violon et à détacher les anchois des filets, tenaient maintenant un mauser, mettaient baïonnette au canon et faisaient le salut militaire. Ils venaient de l'est, du pays des *dadaş*, d'Erzurum, Van, Bitlis, Siirt et Hakkari. Certains d'entre eux avaient été arrachés à leurs maisons de pisé où brûlait dans l'âtre de la bouse séchée et où ils dormaient auprès de leurs bêtes, quelques-uns étaient chefs de tribu. Ils parlaient entre eux dans leur langue et faisaient leur rapport en turc. D'autres venaient du sud, du Taurus, d'Antalya, d'Adana et d'Osmaniye. Fonctionnaires ou nomades, ouvriers agricoles, fermiers ou même propriétaires terriens. Ils avaient laissé leurs culottes, leurs houppelandes vertes et rouges pour revêtir l'uniforme. Dépouillés de leur fez à glands, chaussés de godillots, la baïonnette à la ceinture, ils avaient l'air inquiet et désemparé. Décidés à combattre l'infidèle non avec leurs armes, mais avec leur foi. Ils contrastaient de façon saisissante avec le bataillon des mevlévis qui avait rejoint à Konya le corps expéditionnaire. Ils étaient suivis par les immigrés de Deliorman, joueurs de *ney* et chanteurs, unis à la vie et à la mort. Ils regardaient avec stupeur les unités de dromadaires et, au son du *kudüm* (petit tambour), des cliquettes et du *ney*, ils entamaient leur ronde de derviches, tournant obstinément sur place. Le ciel et la terre, le soleil et la lune, les dunes de sable et les montagnes tournaient avec eux. Des volontaires arabes portant le keffieh se mêlaient parfois à eux et à la foule des spectateurs coiffés du fez. Ceux qui venaient de l'ouest semblaient chercher leurs vignobles, leurs oliveraies et leurs champs de tabac. Ils paraissaient mal à l'aise dans leurs uniformes couleur de terre, ils pensaient à leurs proches, à leurs fiancées, à leurs enfants restés au pays. Ils détonaient avec leurs chaussures de cuir et leurs bandes molletières. Aucun être cher n'occupait les pensées de Rahmi bey de Hadjırahmanlı, il avait devant lui les dunes de sable qui s'étendaient à perte de vue, modifiées sans cesse par le sirocco, et derrière lui sa jeunesse studieuse. Et entre les deux, au trot de leur cheval, des cavaliers au bonnet orné d'une étoile et d'un croissant de lune.

Un an après le début de la Grande Guerre, le corps expéditionnaire fit mouvement à partir de Birüssebi et, pénétrant dans le désert du Tih, s'avança vers l'ouest en direction d'Ismaïlia. Djemal pacha chevauchait en tête sur le magnifique cheval bai que lui avait offert le sultan. Il était chaussé de hautes bottes de cuir étincelant et arborait la médaille du mérite suprême. L'ombre de sa forte barbe noire se profilait dans le soleil couchant ; jumelles à la ceinture, droit et raide, il ressemblait plus à une statue qu'au commandant d'une armée. À cent pas en avant, deux cavaliers, leur carabine Mauser sur les genoux, assuraient la garde du pacha. Venaient ensuite le chef d'état-major suivi des deux aides de camp et des officiers, et le détachement de cavaliers portant les oriflammes.

On marchait toute la nuit dans le désert : les chameaux portant le ravitaillement, les buffles et les bœufs traînant les canons et les ponts mobiles, les pontonniers, les puisatiers, les unités du génie, les détachements de télégraphistes, l'hôpital de campagne et le matériel sanitaire et les fantassins. Tous semblaient toujours aussi résolus et pleins d'espoir. Hommes et bêtes étaient également soumis au bon vouloir des officiers de l'intendance. Tous en même temps, ils se couchaient et se levaient, se mettaient en marche ou récupéraient de leur fatigue au moment de la halte. Ils mangeaient avec le même appétit et la même résignation, les bêtes l'herbe et les épines, les hommes les dattes et les biscuits qui étaient leur maigre pitance. Les soldats avaient de l'eau à boire et un manteau pour se couvrir dans le froid glacial de la nuit, mais pas de tentes. Ils creusaient de leurs mains un trou pour s'y coucher. Et, avant qu'ils ne sombrent dans le sommeil, il tombait sur eux une pluie d'étoiles.

Rahmi bey songeait que des siècles plus tôt, dans ce désert, sous ces étoiles, parmi les vagues de ces dunes de sable, dans cette infinie solitude, Moïse cheminait comme lui, à la poursuite du même espoir, prêt à donner sa vie pour sauver son peuple de la captivité. Moïse faisait partir d'Égypte les fils d'Israël, le 8e corps d'armée allait chasser les Anglais d'Égypte et brûler le palais de Pharaon. Couché sous les étoiles, il pensait à Moïse et l'imaginait tel que l'évoque le Coran. C'était un jeune homme vigoureux. Un jour, au cours d'une bagarre, il avait tué un Égyptien. Mais Allah lui avait pardonné et l'avait choisi pour Son messager. Un prophète assassin… Rahmi bey avait du mal à admettre cela. Avait-on le droit de prendre une vie donnée par Dieu ? Il faut croire que oui. Sinon pourquoi traversaient-ils ce désert, que venaient-ils faire dans ces contrées où ne passe pas une caravane, où ne vole pas un oiseau ? C'est ici, dans cette immensité, dans ce froid nocturne qui vous pénètre et vous glace les os, qu'Il avait parlé à Moïse. Traversant ce désert avec sa famille, celui-ci avait vu un feu. Il était parti en direction de ce feu, avec l'espoir d'apprendre quelque chose, de trouver un foyer où réchauffer les siens, de toute façon il s'était égaré dans une tempête de sable. Avant de mener son peuple sur la vraie voie, le prophète avait perdu lui-même son chemin. Rahmi bey n'arrivait pas à comprendre cela et pensait que toutes sortes de fables absurdes s'étaient glissées dans l'histoire de Moïse. Il faudrait tirer cela au clair en lisant attentivement le Coran. S'il survivait, il comparerait les divers commentaires pour pouvoir tirer une conclusion.

Ce n'est pas sans raison que Moïse avait vu ce feu au pied du mont Sinaï. Parfois, la nuit, ou peu avant le jour quand tombait la pluie d'étoiles, on pouvait voir des feux de ce genre. Étaient-ce les djinns, qui naissent d'un feu sans fumée, ou les voyageurs perdus dans le désert qui les allumaient ? Qui sait ? C'étaient peut-être des Bédouins transis qui tâchaient de se réchauffer. Avant de sombrer dans le sommeil, Rahmi bey, lui aussi, voyait des feux, mais il ne jugeait pas utile d'envoyer une patrouille de reconnaissance. S'il l'avait fait, Allah aurait-il parlé à la patrouille ? Aurait-il dit : « Vous n'avez rien à faire ici, allez, ouste, retournez chez vous en vitesse ! » pour empêcher l'effusion de sang ? Peut-être le dieu de Jésus l'aurait-Il fait, mais Lui, Il était le dieu de Moïse et de Mahomet.

Avant de s'endormir, Rahmi bey repassait successivement dans sa tête – comme un film à épisodes, pourrait-on dire – les versets du Coran se rapportant à Moïse. En ce temps-là, il n'y avait ni films en couleur ni cinémascope. Il n'y avait pas de « séries complètes de trente-six épisodes » et le cinéma était muet. Les images suffisaient à raconter l'histoire. Et Rahmi bey, avant l'aube, dans le désert du Tih, créait l'histoire de Moïse en noir et blanc, sans paroles. Bien sûr, on n'entendait pas l'appel d'Allah, le camp tout entier dormait dans un profond silence, et d'ailleurs Allah ne parle pas à Ses serviteurs, mais seulement à Ses prophètes, et encore par l'intermédiaire de l'archange Gabriel. Pourtant, Il avait parlé à Moïse et celui-ci, en cherchant à Le voir, avait perdu connaissance. D'où lui était venue cette audace ? Allah ne s'était montré à personne, pas même à Ses prophètes. Seul Mahomet avait eu le privilège de contempler

Sa splendeur quand, lors de Son voyage céleste, il avait franchi la limite de l'arbre aux lotus et dépassé le septième ciel… En fait, c'était un point contesté et il n'y avait qu'à laisser aux savants le soin de le discuter entre eux. Pour l'instant, on était dans le désert, les ordres sortaient de la bouche de Djemal pacha et, si on en avait envie, on pouvait toujours contempler la splendeur du pacha. Pour l'instant, Rahmi bey avait la chance de pouvoir s'offrir ce luxe.

Rahmi bey, dans un demi-sommeil, alors que, les yeux clos, son corps fatigué s'abandonnait à la fraîcheur du sable, fut pris de terreur en voyant un bâton en forme de serpent ramper vers lui dans la pénombre. Moïse se dressait devant lui. Il avait les mains sur la poitrine. Quand il les écarta, elles étaient d'une blancheur diaphane. Allah projeta l'ombre d'une montagne sur les enfants d'Israël tout d'abord frappés de terreur, puis il fit pleuvoir de la manne et des cailles. À l'approche de l'aube, la pluie d'étoiles avait fait place à une pluie de cailles. Et Rahmi bey sombrait dans un délicieux sommeil, souriant comme si ce qui tombait du ciel, ce n'étaient ni des étoiles ni des cailles, mais bien la miséricorde divine.

Le désert était froid la nuit et brûlant le jour. Il n'était pas fait que de dunes de sable et de mirages. Il y avait aussi des rocs de granit, des pierres qui avaient la taille et la forme d'êtres humains. Puis, en allant vers l'ouest, des versants rouges, gris et bleus qui jetaient leur ombre dans des vallées profondes. On n'entendait ni voler un oiseau ni bourdonner une mouche. Pour rompre le silence, Rahmi bey fredonnait une chanson nostalgique qui parlait d'Istanbul, d'un jeune homme attendant sa bien-aimée sur une plage des îles au

Prince. Ensuite, c'étaient des chansons de la mer Égée et de la région d'Izmir qui lui venaient à l'esprit. Mais il n'arrivait pas à chanter. Les officiers, d'une seule voix, attaquaient *Le brouillard a coiffé les monts*. Visiblement, ils étaient effrayés eux aussi par le silence total du désert. Curieusement, ce qui leur faisait peur, ce n'était pas la mort, la fin, mais l'infini. « Le brouillard a coiffé les monts / Le ruisseau argenté s'écoule / Le soleil naît à l'horizon / Marchons, marchons, camarades. » Et ils marchaient. Surgi d'un mirage, un ruisseau argenté coulait, sous leurs yeux, vers un lac d'azur. Et le glouglou de l'eau sonnait à leurs oreilles. Mais le mirage s'estompait et ils ne pouvaient s'empêcher de boire à longs traits l'eau bouillante de leur bidon.

Parfois les chameaux aussi voyaient des mirages. Ils pressaient alors l'allure, leurs longues pattes grêles se mettaient à courir et ils émettaient des grognements sourds. Leurs têtes poilues montaient et descendaient et leurs cous allongés faisaient penser à la proue de navires fendant la mer de sable. Les monts du djebel du Tih se profilaient à l'horizon. Très flous, très lointains, comme un bivouac inaccessible. Ils finissaient cependant par se rapprocher. Ils se perdaient dans des nuages blancs et gris qui devenaient bleus et rouges dans le soleil couchant. Pendant toute la marche, le vent du désert les accumulait au-dessus du corps expéditionnaire, mais il ne tombait pas une goutte de pluie. Les pieds ne rencontraient que de maigres touffes d'herbe. Les chameaux cueillaient au passage les bouquets d'armoise qu'ils avalaient sans les mâcher. À l'aube, une lumière crue s'abattait sur eux. Peu après le soleil s'installait dans le ciel et il faisait chaud comme dans un four.

Rahmi bey regardait les montagnes, et, par-delà les sommets des dunes, le sol plissé comme un tissu de soie et la majesté du granit vert veiné de rose. Au fil des ans, au fil des siècles, la pluie, le vent, le soleil et le gel avaient transformé une mer de granit en cet océan de sable fin. Peut-être était-ce une répétition pour la Fin du monde annoncée par le Coran, les pierres dévalaient des monts, les montagnes s'entrechoquaient et s'éparpillaient comme des nuages. Entremêlées, écroulées les unes sur les autres, avec leurs dos noirs et leurs têtes grises, elles semblaient des êtres terrifiants. Mais la nuit elles s'effaçaient et disparaissaient. Et le vide, le vide infini s'emplissait aussitôt d'étoiles.

Malgré la chaleur, les uniformes ne se salissaient pas. On ne transpirait pas. On avait oublié ce qu'était la transpiration. Et aussi ce qu'étaient la pluie, le vert, la mer, les arbres. Parfois le ciel s'abaissait, mais en général le zénith restait d'un bleu intense et limpide. La nuit, si le manteau ne suffisait pas, on dormait enroulé dans une couverture et on se lovait dans le sable sec qui s'était gorgé de chaleur durant la journée.

Faisant halte quand le soleil commençait à brûler et marchant parfois la nuit, le 8e corps d'armée, et Rahmi bey avec lui, en marches forcées et en ordre parfait, traversa le désert du Tih en dix-sept jours. Le dix-huitième jour, on aperçut le canal de Suez derrière les dunes. Nul n'imaginait alors que quelques années plus tard, après la défaite subie dans la deuxième guerre du Canal, cette armée, qui avait pour l'instant si belle allure, se replierait précipitamment et que le Sinaï serait le cimetière de nos petits soldats.

Rahmi bey n'oublia jamais le spectacle qui s'offrit à lui quand on arriva au bord du canal. Il faisait nuit. Il était mort de fatigue. Au moment où il allait sombrer dans le sommeil, il vit des lumières qui s'entrecroisaient dans le noir. Tout devint lumineux comme en plein jour et l'espace qui s'étendait devant lui fut noyé dans la clarté. En face, la ville d'Ismaïlia et les bourgades de Tosum et Serapium étaient endormies. Quelques rares feux restaient allumés. Au-dessous, parmi les sables, le canal de Suez miroitait comme un fleuve d'argent. Tout illuminé, un transatlantique passait lentement en soulevant de l'écume. De là où il était, Rahmi bey ne pouvait pas voir les voyageurs, mais il pouvait imaginer, à cette heure tardive, les bouchons de champagne qui sautaient, le bonheur des couples dansant, étroitement enlacés, aux sons d'un orchestre jouant des polkas, la roulette qui tournait, sans souci de la guerre, mettant au bord du gouffre plus d'une fortune, et les coupes qui s'entrechoquaient tandis que s'envolaient des ballons rouges, verts et blancs. Il avait souvent vu, à Istanbul, de ces navires aussi grands que des villes qui franchissent les océans et emportent les hommes, leurs rêves et leurs espoirs, d'un continent à l'autre, mais, alors que tant de ses concitoyens, cédant à l'appel du large, s'embarquaient à Izmir vers le nouveau monde, il n'avait jamais quitté son pays. Peut-être parce qu'il n'avait pas le goût de l'aventure, ou parce qu'il n'était pas pauvre, peut-être aussi parce qu'il se serait senti mal à l'aise dans un pays non musulman et qu'il ne pouvait pas envisager non plus de vivre parmi les chrétiens, de manger et boire comme eux et de partager leur mode de vie. Parce qu'il n'avait pas envie de reposer dans leurs cimetières. Certains pensent que la patrie est le lieu où l'on mange à sa faim. Pour d'autres, c'est la terre arrosée par le sang des martyrs et où flotte l'étendard rouge. Pour Rahmi bey, c'était avant tout l'appel à la prière et puis les vignobles verdoyants, les champs de tabac et les oliveraies de la vallée du Gediz.

Des croiseurs avaient jeté l'ancre tout au long du canal. Avec leurs canons longs et fins, les drapeaux britanniques, blanc, bleu et rouge, qui flottaient aux mâts et leurs cheminées alignées comme à la parade, c'étaient des monuments d'acier. Rahmi bey imagina un instant les hommes qui étaient à bord. Ils étaient en ligne de feu. Les voyageurs du transatlantique qui disparaissait à l'horizon étaient probablement le dernier de leurs soucis, mais ils étaient là pour assurer leur sécurité. Leurs commandants savaient certainement, grâce aux renseignements fournis par les avions de reconnaissance, que le corps expéditionnaire ottoman était en marche, mais ils n'avaient pas jugé utile de fermer le canal. Ils ne prenaient pas les Turcs au sérieux. Les Anglais montraient là toute leur morgue, ils n'imaginaient pas que Djemal pacha pût bloquer le canal en coulant un navire avec ses canons. Leurs vaisseaux se dressaient là, raides et fiers, comme les gardes du palais de Buckingham. À l'aube, ils allaient déchanter en prenant la mesure de l'adversaire. À l'évidence, Rahmi bey n'aimait pas les Anglais. Non en tant qu'ennemis, mais parce que c'étaient des mécréants.

Le lendemain matin, avant l'attaque par surprise, il fut interdit aux soldats de fumer et de parler. Les objets métalliques, comme baïonnette et bidon, furent attachés bien serré pour ne pas faire de bruit et, afin d'éviter qu'un coup de feu ne parte par mégarde, on ordonna de ne pas charger les fusils, de tirer les culasses et de mettre la baïonnette au canon. Le mot de passe était « *Sandjak-i chérif* », c'est-à-dire « Étendard du prophète ». N'étant pas dans la première colonne d'assaut, Rahmi bey ne connut le mot de passe qu'après coup, mais il ne se demanda pas, comme certains, pourquoi l'étendard du prophète au lieu de la bannière rouge. Pour lui, il n'y avait rien de plus naturel. Car, s'il était venu là, ce n'était pas pour suivre le commandant en chef Djemal pacha, mais bien pour répondre à l'appel du sultan calife et défendre l'islam en chassant les Anglais d'Égypte.

Mais les choses ne se déroulèrent pas selon les plans. Peu avant l'attaque, une tempête de sable changea la physionomie des lieux et le bataillon du génie attendu se perdit en route. Le commandant, en s'orientant à la boussole, rejoignit avec quelque retard les combattants de Tripolitaine et les éléments des ponts mobiles purent enfin être déchargés et distribués aux unités d'assaut. La tentative de prendre pied sur l'autre rive du canal et d'y établir une tête de pont pour prendre position le long de la voie ferrée fut mise à mal par des tirs de fusils-mitrailleurs. En peu de temps, les bateaux, troués de toutes parts, sombrèrent et les soldats qui étaient à leur bord furent jetés à l'eau. On ne put établir suffisamment de passerelles pour amorcer une avancée efficace. À la tombée du jour, l'ennemi envoya des renforts sur le lieu du passage et aux premiers rayons du soleil l'artillerie ouvrit le feu à partir de Tosum et de Serapium.

Les combats durèrent toute la journée et les croiseurs ne tardèrent pas à ouvrir le feu sur les batteries turques qui avaient pris position à l'abri des dunes. Un seul d'entre eux fut mis hors de combat, les autres continuèrent à faire feu. Une torpille lancée dans le canal anéantit les ponts de bateaux devenus inutilisables et les soldats blessés qui s'y trouvaient. Djemal pacha ne parvint pas à prendre l'avantage avant la fin de la journée. Évaluant la situation avec sang-froid, il décida, sur les instances de von Frankenberg, chef d'état-major de l'Allemagne alliée, de se replier avant d'avoir subi de trop lourdes pertes.

Rahmi bey suivait les événements à partir du poste d'état-major, navré que sa connaissance de l'arabe ne fût d'aucune utilité dans ce combat au corps à corps contre les soldats anglais. Il suivit la bataille de loin, sans franchir la ligne de feu. Les hommes tombés au champ d'honneur et les bêtes tuées étaient décomptés et passés aux pertes. Quelques hommes tombèrent à proximité du poste de commandement et beaucoup d'animaux furent tués. Tout le monde rendit hommage aux héros, mais on ne savait pas grand-chose sur leur identité. À part leurs familles, et leurs enfants, s'ils en avaient, personne ne se souciait d'apprendre comment ils étaient morts. Quand on trouvait leurs matricules on écrivait, en face de leur nom, « mort en héros » ou « mort au champ d'honneur ». On se demande pourquoi ces jeunes hommes arrachés au sein de l'Anatolie ont versé leur sang. Était-ce pour la patrie ou pour le calife ? Ou encore pour les vrais habitants de ce désert qui fut leur cimetière ? On ne se posait guère alors la question et les hommes qui avaient envoyé les soldats au front entassés comme des bœufs dans des wagons à bestiaux, sans se soucier de ceux qui attendaient, privés d'eau et de nourriture, sur les ponts des bateaux et de ceux qui étaient passés par les armes parce qu'ils avaient tenté de fuir, faisaient des plans de campagne penchés sur leurs cartes et trinquaient sous des lustres de cristal. Le torse couvert de médailles, ils contrôlaient les continents au pas de l'oie.

Les soldats les respectaient et même si, par plaisanterie, ils les appelaient « poitrines encombrées », eux-mêmes se figuraient qu'ils faisaient la guerre pour le peuple. Rahmi bey n'était pas un des leurs, mais il était auprès d'eux à l'état-major. L'échec de la première guerre du Canal ne l'affecta donc pas trop, il n'avait pas vu mourir beaucoup d'hommes et il se consola en entendant le pacha citer Namık Kemal : « La mort est le grade suprême du soldat. » Mais il fut profondément affecté en apprenant la mort du lieutenant Halet.

Il avait fait sa connaissance à Istanbul, ils s'étaient liés d'amitié dans le train qui les transportait et étaient sortis ensemble en permission à Damas, pour visiter les hauts lieux et les bas-fonds de la ville. C'était un jeune officier beau, intelligent et disert. Après des études au lycée de Galatasaray, il avait reçu en France une formation de cavalier. Il parlait admirablement le français. Lors de leur excursion à Damas, ils avaient attiré l'attention : Rahmi bey par sa connaissance de l'arabe et Halet par sa maîtrise du français. Ils étaient comme un homme à deux visages. Halet, avec sa culture occidentale, et Rahmi, avec sa profonde connaissance du Coran et sa formation de juriste, ils représentaient toute la culture ottomane. C'est peut-être cette complémentarité qui les avait rapprochés. On n'aurait pu dire que la guerre les satisfaisait. Halet avait éprouvé ses premières désillusions sur le front du Caucase. Quand son commandant avait donné l'ordre d'exécuter un coupable qui n'était pas passé devant la cour martiale, il avait protesté, disant qu'il était « un officier, pas un bourreau ». Il avait raconté cet incident à Rahmi bey à Damas, devant un verre d'eau-de-vie, et dès lors son camarade avait commencé à éprouver pour lui non seulement de l'amitié, mais de l'estime. Ce n'est que plus tard qu'il vit Djemal pacha prendre le même genre de décision. En apprenant la mort de Halet, Rahmi bey fut aussi affecté que s'il avait perdu son propre frère. Il ne savait que dire. Il ne fit pas grand cas de ceux qui, lors de la cérémonie donnée en l'honneur de Halet, disaient qu'il avait écrit une épopée dans le sable du désert. Quand, avant de dire la prière des morts, on cita les vers de Namık Kemal : « Qu'importe d'être sur terre ou sous terre ? / Marchez, héros, au secours de la patrie ! » Il ne cria pas avec les autres : « Le sacrifice de Halet n'a pas été vain ! » Il se contenta de dire une prière pour demander à Allah de lui pardonner ses péchés. Mais quels péchés ce jeune homme de vingt ans pouvait-il bien avoir commis ? N'est-ce pas Allah qui protège et qui pardonne, et Halet, comme tous les martyrs, n'était-il pas déjà au paradis ?

Halet était blond aux yeux bleus comme les officiers allemands de l'état-major, mais il n'était pas, comme eux, entiché de soi-même. Il ne portait pas de moustache. Sa famille venait des Balkans. Son père avait combattu à Plevna. Il avait un visage d'ange et on remarquait tout de suite son regard tranchant comme une baïonnette. Un soir Rahmi bey l'avait surpris en train de pleurer pendu au cou de son chameau. Il avait tout de suite compris qu'il pleurait sa bien-aimée et que son chameau était le seul être à qui il pouvait confier son chagrin. Il était encore amoureux de sa fiancée qui, toute jeune, était morte de la tuberculose, et son souvenir l'obsédait. Il traitait très bien ses hommes, s'enquérait de leurs problèmes et, s'ils avaient une belle voix, leur demandait de chanter des chansons du pays. Comme tous les vrais héros, il n'aimait pas les couplets héroïques. On racontait que tous les soirs, après avoir donné à boire à son chameau, il lui nettoyait les gencives avec une tige de palmier. Que ce soit vrai ou faux, en tout cas il aimait les animaux autant que les humains et rendait grâce à leur Créateur. Bien des chemins mènent à Allah, et Rahmi bey, qui pensait que Halet avait choisi la voie de l'amour et de la compassion, haïssait la balle qui en avait fait un martyr.

Contrairement à Halet, il n'avait pas entrepris ce long voyage pour l'amour de la patrie mais pour la défense de l'islam, et il ne se sentait pas un étranger parmi les Arabes. Comme beaucoup de généraux, il ne voulait pas croire que le chérif Hussein, maître de La Mecque, préparait une insurrection. Et ce n'était pas sous la contrainte, mais de son plein gré, qu'il était venu dans les déserts de l'Arabie. À travers les vitres du train des chemins de fer du Hedjaz qui avançait en crachant de la fumée blanche, il avait vu défiler les paysages familiers d'Anatolie : montagnes enneigées, rivières, charrettes à bœufs, gares envahies par la foule. Le voyage n'en finissait pas. Ensuite, après avoir traversé la steppe et franchi le Taurus, quand, après Iskenderun, on était entré en Syrie, le décor avait changé et les Arabes coiffés du keffieh, le poignard à la ceinture, avaient commencé à prendre la place des paysans turcs chaussés de leurs sandales de cuir brut. Ces gens-là n'étaient pas turcs, mais ils étaient musulmans jusqu'au bout des ongles. Ici aussi, on appelait à la prière du haut des minarets, on écoutait le sermon à l'office du vendredi et, lors des funérailles, on rendait grâce avant la levée du corps. Rahmi bey estimait que c'était pour les Ottomans une raison suffisante de défendre leurs sujets musulmans contre les infidèles. Il ne se doutait pas que, à peine quelques mois plus tard, les Arabes, séduits par l'or des Anglais et emportés par leurs rêves d'indépendance, allaient s'insurger et poignarder dans le dos la Sublime Porte.

Cette insurrection était pourtant bien prévisible. Si Rahmi bey avait compris quelque chose à la politique, il se serait rendu compte, après avoir été nommé conseiller juridique de Djemal pacha, que la plupart des personnes condamnées à mort par la cour martiale ne méritaient pas cette peine, et il aurait pu mesurer les conséquences politiques des exécutions massives de Damas. La saisie des archives du consulat de France à Damas et les enquêtes qui l'avaient suivie avaient révélé que l'association Ella Merkeziye entretenait des relations secrètes avec la France. Sans tenir compte des avertissements du président et des membres du conseil de guerre, Djemal pacha avait condamné à mort des Syriens affiliés à cette association. Parmi les personnes condamnées à la pendaison figuraient des sénateurs, des députés, des bureaucrates, des officiers d'état-major et même des journalistes. Rahmi bey, en tant que juriste, pensait qu'il était injuste d'expédier précipitamment tous ces gens à la potence simplement pour faire peur, mais il ne pouvait rien faire. En temps de guerre le commandant en chef avait les pleins pouvoirs. Or c'était un militaire et non un juriste.

En repensant à cette nuit, Rahmi bey comprendrait pourquoi la guerre était perdue d'avance, car, si les Arabes se soulevaient, ce n'était pas seulement parce qu'ils y étaient incités par les Anglais, c'était surtout parce qu'ils voulaient arracher aux Ottomans leur indépendance. Cette nuit resta gravée dans sa mémoire jusqu'à sa mort. Quand il était arrivé sur la place du Gouvernement où avaient lieu les exécutions, il faisait nuit. Il vit qu'on avait commencé sans même attendre le jour. Il savait bien que, en raison du grand nombre de condamnés, le bourreau n'avait pas de temps à perdre, mais il pensait qu'il ne fallait pas se précipiter ainsi. À son arrivée sur les lieux, il vit, à la lumière des puissantes lampes qu'on avait installées pour éclairer la place, que des pendus se balançaient déjà aux potences qui étaient alignées là. Sur les pancartes accrochées à leur cou et où étaient inscrites les accusations portées contre eux, on avait ajouté un verset du Coran. Rahmi bey était frappé d'horreur. Il lut cette phrase en arabe : « … Condamner ceux qui sèment le trouble sur terre à la peine capitale par pendaison ou à avoir les mains et les pieds tranchés… » Il eut un mouvement de révolte, mais il se maîtrisa. Il avait beau croire au Coran, il ne trouvait pas normal que, des centaines d'années après les révélations faites au prophète, on continuât à se référer systématiquement à la charia et à la parole d'Allah. La préséance du droit ne devait pas être confondue avec celle d'Allah ; les coupables, même en temps de guerre, devaient être jugés selon la loi et, si possible, on devait leur épargner la peine de mort. Rahmi bey pensait que seul Allah peut reprendre la vie qu'Il a donnée. Quoi que l'on ait fait, quelle que soit la faute commise, c'est vers Lui que l'on retourne. C'est Lui qui juge et qui fait mourir ou ressusciter.

C'est le bataillon des mevlévis, constituant la garnison de Damas, qui était chargé d'assurer la sécurité durant les exécutions. Avec leurs bonnets allongés et leurs vieux fusils, les soldats regardaient le bourreau sans ciller et le silence devenait de plus en plus lourd au fur et à mesure des pendaisons.

Le dernier condamné ne mourut pas, comme les autres, dans la résignation. Il commença par saluer ses compagnons qui se balançaient comme des spectres blafards, puis, les mains liées derrière le dos, il s'avança vers la potence entre deux soldats. Quand le bourreau lui passa le nœud coulant autour du cou, il se mit à chanter. Rahmi bey comprit, d'après les paroles, que c'était le chant d'indépendance des peuples arabes et que ni la force des armes ni les menaces ne les détourneraient de leur combat. Mais il était loin d'imaginer qu'une insurrection allait chasser les Ottomans et livrer la Terre sainte à la domination anglaise. Il repensa aux mots prononcés par un Arabe qui avait hissé le drapeau sur sa maison pour accueillir Djemal pacha le lendemain de son arrivée. Il avait dit, en regardant son hôte d'un air inquiet : « Je préfère encore voir flotter le drapeau que d'être pendu. »

À la gare de Damas, ils avaient été accueillis par une foule enthousiaste au son d'harmonicas jouant « Ô, vaillants soldats, mettons-nous en route » et ils étaient arrivés en ville aux cris de « Vive notre guerre sainte ! ». Le drapeau portant le croissant et l'étoile flottait partout. Après les exécutions, Djemal pacha et ses soldats avaient traversé le désert en direction du canal de Suez. Leur objectif était de chasser les mécréants anglais et de planter leur drapeau sur la forteresse du Caire. Mais ils s'étaient trompés dans leurs comptes. Arrivés au canal, ils avaient été forcés de se replier en catastrophe, de retourner vers le mont des Oliviers où Jésus fut crucifié et de chercher refuge dans le palais d'Augusta Victoria, impératrice d'Allemagne. C'est dans ce somptueux édifice que fut installé le quartier général de la 4ᵉ armée, qui commandait sur cinq fronts, y compris celui du Hedjaz. Et à part Rahmi bey, qui n'avait pas tiré la moindre gloire de sa première guerre sainte, personne n'eut le courage de demander au commandant en chef pourquoi on avait si peu de munitions. Une telle question était tout à fait suffisante pour que Rahmi bey fût déféré devant la cour martiale, mais Djemal pacha était dans un bon jour et il se contenta de l'expédier à Médine, à l'état-major de Fahrettin pacha.

Les Lions de Badr

Quand le train des chemins de fer du Hedjaz s'arrêta à la dernière gare de la ligne du désert, Rahmi bey, mort de fatigue, était plongé dans un profond sommeil. Réveillé en sursaut par le grincement des roues, il jeta autour de lui des regards ahuris, puis laissa retomber sa tête sur l'épaule de l'officier qui était assis à côté de lui. Il referma les yeux et retourna dans son rêve. Il était sur la ligne de feu. L'ennemi attaquait. Il y avait dans ses rangs des cavaliers arabes vêtus d'une cape blanche et dont les sabres recourbés brillaient au soleil. Ils avaient la peau foncée, une longue barbe et un regard d'aigle. Rahmi bey ne leur avait jamais vu un regard si dur, une expression si farouche. Leurs pieds étaient nus dans les étriers, leurs yeux avides étaient en quête de butin. Leur fusil pendait à leur cou. Les fantassins anglais en culotte courte et les soldats indiens grands et maigres, coiffés d'un turban, les suivaient, baïonnette au canon. Les fusils-mitrailleurs tiraient en rafales et les obus des canons de campagne cachés derrière les dunes se mirent à pleuvoir. Là-dessus des avions aux ailes d'acier apparurent à l'horizon, se rapprochèrent et descendirent en piqué. Puis, dans un grand ronflement de moteur, ils attaquèrent les retranchements. En un instant ce fut l'enfer. Parfois les obus s'enfouissaient dans le sable sans éclater, sous le regard curieux des chameaux, on était aveuglé par la fumée et la poussière. Étaient-ce les Bédouins ou les soldats turcs qui criaient « Allah ! Allah ! » ? Ou peut-être étaient-ce les cris de « Allah, je suis perdu ! » qui se mêlaient aux grognements des bêtes. Et soudain ce fut le silence. Les mouvements des chevaux, des avions et des hommes ralentirent. Ce n'était plus qu'un film en noir et blanc, un affreux corps à corps. On ne distinguait plus qui faisait feu et qui frappait, les officiers, revolver au poing, se mêlaient aux hommes de troupe brandissant leurs baïonnettes. Un profond silence tomba sur le désert. Tout se taisait, les montagnes dénudées dans le lointain, le soleil dans le ciel, les soldats dans les tranchées et même les fourmis et autres bestioles. A-t-on jamais vu parler des fourmis ? Eh bien, un jour, elles parleront elles aussi. Sur ce sol sacré, tout peut se produire. Moïse, d'un coup de bâton, fit reculer la mer. Mahomet coupa la lune en deux et multiplia la nourriture en crachant dans une casserole. Mais il fit bien plus, il multiplia les troupeaux. Le messager d'Allah fit couler du lait de la mamelle desséchée de brebis affamées. Si Salomon a pu apprendre la langue des oiseaux, les fourmis, un jour, parleront entre elles la langue des hommes.

Le voyage durait depuis longtemps et Rahmi bey s'était habitué aux grincements du train et aux grondements de la locomotive à bois. C'est sans doute pour cela qu'il n'entendait aucun bruit dans son rêve. Avant d'avoir pu décider si les fourmis parleraient, il fut réveillé en sursaut par le tressaillement du wagon qui s'arrêtait brusquement dans la gare.

– Excuse-moi, dit-il à son compagnon, je te fatigue.

L'officier hocha la tête sans rien dire. Après avoir épousseté ses épaulettes et remis de l'ordre dans sa toilette, il dit :

– Tu as vu cette baraque. Ils appellent ça une gare !

Rahmi bey regarda par la fenêtre et vit la gare, qui consistait en effet en un baraquement de bois et une cabine télégraphique. Un sourire enfantin apparut sur son visage. Ainsi, on approchait de Médine. Le voyage en terre sainte touchait à sa fin et Mahomet les attendait dans son tombeau. Les scènes de combat en noir et blanc de son rêve firent place à la réalité et il se sentit très ému. Des gardes armés étaient alignés le long de la voie ferrée. Juste derrière la gare, on apercevait des collines rocheuses. Quand le train partit dans leur direction, il oublia sa fatigue. Il n'avait pas encore pris part aux combats, mais il avait lu les rapports de l'état-major et savait tout dans les moindres détails. Mais sa tête était ailleurs. Il ne pensait plus qu'à Médine. Comment allait le recevoir la ville qui avait accueilli le prophète dans les jours difficiles ? Mal disposée envers les pachas ottomans, ferait-elle bon accueil à un officier turc bon croyant, à un musulman venu au milieu du désert défendre la patrie ? Mais était-ce bien sa patrie ? La patrie de Rahmi bey, c'était son lointain village de la vallée du Gediz, le mont Sipil et ses profonds défilés, et *Dar-ül Halife*, la Ville du Calife, même si les cuirassés de l'allié allemand et des cargos étrangers y avaient jeté l'ancre. Bien sûr Istanbul portait d'autres noms et l'islam n'avait pas tout de suite imprimé son sceau sur la capitale de l'Empire romain d'Orient. Ce n'est pas pour rien que les Arabes musulmans et les infidèles appelaient la ville impériale Constantiniyé ou Constantinople. D'autres disaient Byzance ou Tsarigrad. Mais sans aucun doute le nom qui seyait le mieux à Istanbul était bien *Dar-ül Halife*. Car le cruel sultan Yavuz Selim, padichah intrépide et impitoyable, connu pour ses belles moustaches et ses pendants d'oreilles, avait rapporté de sa campagne d'Égypte le drapeau du prophète qui avait appartenu à Ayyup el Ansar et l'avait planté sur les murs de sa capitale. Depuis ce temps-là le califat était entre les mains des descendants d'Osman qui, avant de monter sur le trône, se rendaient à la mosquée d'Ayyup pour ceindre l'épée du calife Osman ben Affan. Allez donc y comprendre quelque chose ! Ce que les Turcs avaient fait aux Arabes était inconcevable !

Le train roulait depuis trois jours et Rahmi bey, ne trouvant plus rien à dire à l'officier plein de fatuité qui était assis à côté de lui, ressassait les mêmes pensées. Même si Istanbul, entourée de trois mers, ne ressemblait en rien à la ville où gisait Mahomet, Ayyup el Ansar créait un lien entre ces deux villes. Et Rahmi bey songeait au subterfuge grâce auquel le prophète, qu'Allah lui donne Sa bienveillante protection, avait, à son arrivée à Médine, ménagé l'amour-propre des Médinois qui se disputaient l'honneur de l'accueillir sous leur toit. Il avait laissé à Qaswa, son chameau, le soin de résoudre le problème, car ce n'était pas lui mais Allah qui conduisait l'animal. À pas lents, comme s'il savait d'avance où il se rendait, le chameau alla s'accroupir dans un terrain vague appartenant à Malik ben Nadjar, puis il se releva et parcourut les rues étroites de Médine jusqu'au seuil de la maison de Khalid ben Zaïd Abu Ayyup el Ansar, qui hébergea le prophète pendant sept mois. Celui-ci ordonna de construire la première mosquée de l'islam sur le terrain vague et entreprit aussitôt d'apporter des pierres sur le lieu du chantier. Après sa mort, selon un hadith, el Ansar fut le premier à périr en martyr sous les murs de Constantinople assaillie par les armées de l'islam. Les Ottomans inhumèrent le porte-drapeau du prophète sur les bords de la Corne d'or. De sorte qu'Istanbul était en droit de revendiquer le califat au même titre que Médine. Et en prenant le califat aux Arabes, les ottomans n'avaient causé aucun tort à la communauté du prophète, pensait Rahmi bey.

Curieusement, avant de poser le pied sur le sol sacré où le prophète dormait de son dernier sommeil, Rahmi bey songeait à Istanbul. Il revoyait le quartier d'Ayyup. En sortant de l'université, il marchait d'un bon pas jusqu'à Ayyup Sultan, s'arrêtait dans la cour de la mosquée pour faire ses ablutions sans effrayer les pigeons et allait devant le tombeau du saint médinois dire une *fatiha* pour le repos de son âme. Il touchait le reliquaire de verre contenant un poil de la barbe de Mahomet qui sentait encore le musc et l'ambre. Il se promenait ensuite au bord de la Corne d'or où bruissaient les cyprès et où les pierres tombales se penchaient les unes vers les autres pour se faire des confidences. Il poursuivait sa route, passant devant les baraques agglutinées les unes aux autres des marchands de laitages et de viande grillée et devant les petites boutiques où l'on vendait toutes sortes de jouets, pipeaux et tambours, berceaux de bois et autres poussahs. Il avait à sa droite les vieux murs de Byzance, plus ou moins délabrés, d'où jaillissaient des touffes d'herbe, les rues en escalier qui montaient vers le palais de Blaherna, des maisons de bois aux fenêtres garnies de grilles, à sa gauche les eaux pures et limpides de la Corne d'or, et à chaque pas il se disait qu'il était à Istanbul et se rappelait que le sol de cette vieille cité au riche destin cachait bien des secrets et des martyrs. Il apercevait dans l'eau le reflet des minarets et des coupoles, ainsi que des fenêtres et des murs ornementés du bâtiment blanc du ministère de la Marine d'où était venu son ordre de mobilisation. Il s'arrêtait un moment pour regarder les allées et venues des barques qui semblaient voler entre les deux rives et le sillage laissé par les rames. Ensuite, sans prêter attention aux éclats de voix qui commençaient à retentir dans les lieux de débauche, il arrivait au pont de Galata et allait s'asseoir sur une banquette dans le café le plus proche. Il commandait un thé bien fort puis, face à la mer, il allumait un narghilé et, songeur, regardait les mouettes, les roues à aubes des bateaux de la Compagnie municipale et les lumières d'Üsküdar qui, au coucher du soleil, est comme embrasé par un incendie. Les vitres s'empourprent, la coupole de la petite mosquée et son minaret trapu se découpent en silhouette. Les tramways, tirés par des chevaux, passent sur le pont et mêlent leur bruit aux cris aigus des mouettes et aux sirènes des bateaux. Et l'on entend, dominant tous les sons, l'appel à la prière à *Yeni Cami*, la Nouvelle Mosquée.

Tandis que ces images d'Istanbul se succédaient dans l'esprit de Rahmi bey, le train accélérait et la locomotive haletante, en brûlant ses dernières bûches, se hâtait vers Médine. Après El Muazzam, Rahmi bey n'avait pas vu passer le temps. Il pensait à Istanbul et ne prêtait nulle attention au paysage monotone qui défilait devant ses yeux. C'était là-bas, à Istanbul, qu'il avait passé ses meilleurs moments, qu'il avait reçu, avant de s'être rassasié de sa jeunesse, sa première formation militaire, avait été admis à la caserne Selimiye et qu'un jour, au petit matin, il avait gravi l'escalier raide de la gare Haydar Pacha en compagnie des officiers de l'état-major de Djemal pacha, pour se lancer dans ce dangereux voyage à l'issue incertaine que l'on appelle le devoir patriotique. Qui sait ? Un shrapnel, peut-être, mettrait fin à ses jours à Médine, à moins que ce ne soit le poignard d'un Bédouin dans le désert. Reverrait-il jamais Istanbul ? Et son village, les vignes et les champs de tabac, les oliveraies qui ne donnent pas d'ombre sous le soleil d'été ? Il se voyait lui-même comme un tronc d'olivier desséché au soleil, tout tordu, tourmenté, racorni par la nostalgie et la solitude à des milliers de kilomètres de sa patrie. Ses feuilles ne donnaient pas d'ombre, mais ses racines s'enfonçaient profondément dans la terre. Pour trouver de l'eau ou, du moins, se river au sol comme le mont Sipil. Et il se disait : « Si l'homme était semblable à un arbre, il ne bougerait pas de place, il ne se lèverait pas à l'appel du calife pour venir dans ces déserts de la soif. L'homme n'est pas un arbre enraciné, il a des jambes. Il va par monts et par vaux et se retourne pour mesurer le chemin parcouru. » Parfois ce voyage dans le Hedjaz lui semblait un rêve. Il songeait à Mehmet Akif, son poète préféré. Il avait tout le temps de penser, la route était longue et il faisait chaud. Ce wagon de bois tout déglingué, plein d'officiers, chargé de vivres et de munitions, ce wagon terrible lourd de nostalgie, ses camarades de l'état-major qui se rendaient sur un front inconnu, ces futurs héros et martyrs assis auprès de lui, devant lui, en face de lui, derrière lui, voués, pour la plupart, à mourir du scorbut ou de la soif, tout ce chargement, ces munitions, ces fusils, ces équipements, tout ce train de la mort donnait à penser à Rahmi bey. Ce n'était pas le train de marchandises Bandırma-Izmir, qui s'arrête à tout bout de champ, ni l'*Égée-express* pressé d'arriver à Manisa, c'était le chemin de fer du Hedjaz. Rahmi bey aurait voulu tout oublier, mais les pensées l'assaillaient, il décortiquait les événements, il avait envie tout à la fois d'oublier et de comprendre. Et la vie roulait, telle une boule de feu qui brûle tout ce qu'elle touche.

Le poète Akif avait fait le même voyage. Son wagon était peut-être plus confortable, plus frais, et ses compagnons plus loquaces. Il était en mission pour le bureau de renseignements du comité Union et Progrès, mais, comme Rahmi bey, il devait se demander si cette guerre était bien nécessaire et si c'était le califat qu'il fallait défendre, ou sa patrie. Si l'on en croit certains de ses poèmes, ces deux choses, pour lui, étaient indissociables comme chair et ongle. Mais d'autres poèmes révélaient un autre point de vue et suggéraient d'autres solutions politiques. Il était allé voir de près l'allié allemand et avait été très impressionné par la technologie et la propreté de ce pays, mais il n'était pas tout à fait convaincu. Il disait aux Allemands : « Votre population a doublé / À la science en marche vous avez donné des ailes. » La science en marche, c'étaient sans doute les véhicules blindés de Krupp et les ailes étaient celles des avions qui sillonnaient le ciel en jetant leur cri comme un vol d'oiseaux. Et aussi le chemin de fer, les locomotives et les wagons qui couraient sur les rails comme un scarabée géant, comme un cheval de fer.

Le poète était persuadé qu'après la guerre les Ottomans seraient à la tête de la grande union islamique qu'ils allaient fonder. C'est lui qui, plus tard, lors de l'occupation de l'Anatolie, écrirait la *Marche de l'indépendance* en s'écriant : « Le monstre que tu nommes civilisation n'a plus qu'une dent ! » Rahmi bey savait qu'il avait appris en gare d'El-Muazzam la victoire des Dardanelles ; il s'était retiré dans un coin du wagon et avait écrit d'un seul jet, séance tenante, le magnifique poème *Les Martyrs des Dardanelles* au dernier arrêt de cet interminable voyage. Rahmi bey aurait bien voulu partager son wagon avec le maître Mehmet Akif, plutôt qu'avec cet officier prétentieux.

Les rumeurs concernant le voyage d'Akif étaient arrivées jusqu'à Jérusalem et les commentaires allaient bon train à l'état-major de la 4e armée. On disait que le poète avait exprimé le désir de rencontrer le cheikh des Wahhabites, qui se faisait appeler « le Cadi aveugle ». Sitôt arrivé à Médine, il avait tenu à se rendre sur le tombeau du prophète. Ce n'était pas pour solliciter l'intercession du messager d'Allah, mais les Wahhabites, qui n'en savaient rien, l'accueillirent assez froidement ; s'ils en avaient eu le pouvoir, ils auraient interdit au sultan ottoman lui-même, au calife en personne, l'accès du lieu sacré. Sans ménagement, le Cadi aveugle présenta ses doléances au poète. Mais quand le Trésor impérial se joignit à Akif pour proposer d'augmenter les émoluments de Cheikh Salih, le chérif du lieu saint, il se radoucit et déclara : « *Elhamdullilah*, gloire à Dieu, nous sommes tous des musulmans. » C'était vrai, d'une certaine façon, seulement, dans la guerre qui les opposait aux sept États de l'Entente, comme dans toutes les guerres contre les infidèles, les Turcs avaient ceint le glaive de l'islam, mais la foi des Arabes était aussi aveugle que le cadi et ils avaient sombré dans la vénalité. On disait que la communauté du prophète trouvait plus d'attrait à l'or des Anglais qu'à celui des Ottomans et que, séduite par la promesse d'un État indépendant, elle était sur le point de se soulever. Ainsi donc la Perfide Albion allait semer la zizanie parmi les musulmans. C'est pour parer à cette éventualité qu'Akif était venu sans plus tarder, chargé par le comité Union et Progrès de convaincre les Arabes de rester fidèles à l'empire. Il écrivait des couplets naïfs du genre : « Si tu veux séparer les Turcs des Arabes / Nul ne te suivra / Seul reste le nom bien-aimé du calife. » Mais qui l'écoutait ? Le soupçon s'était glissé dans les cœurs, nul n'avait plus confiance en personne et on s'attendait bel et bien à une insurrection. Dans ces conditions, contre qui les Ottomans allaient-ils donc défendre le saint héritage de la terre sainte, les reliques du prophète, La Mecque avec son *hadjer-ul esved*, la sainte ville de La Mecque et les trésors de Médine aux noms évocateurs ? Contre les Arabes ? Ces rocs de granit, ces immenses déserts, ces chameaux patients et fiers, ces monts hantés par trois prophètes, ces grottes inondées par la lumière divine n'étaient-ils pas à eux ? Ce n'étaient pas seulement les Bédouins du désert, mais les sujets arabes des villes qui récusaient la domination ottomane. Les officiers d'Union et Progrès les tenaient tous pour des pillards ; comment ces bergers, ces gueux, auraient-ils pu affronter le puissant État ottoman ? Pourtant celui-ci réchauffait un serpent dans son sein, et les Arabes, épousant la cause des Anglais, s'apprêtaient à le poignarder dans le dos. Rahmi bey savait bien, lui, que, dans ces contrées situées à des milliers de kilomètres de la capitale, à part quelques gendarmes et le chemin de fer, il n'y avait nulle trace de la Turquie. Il y avait bien l'islam, mais même si les versets du Coran sont descendus en langue arabe, la foi de Mahomet appartient à tous ceux qui croient en Allah et en Son prophète.

La véritable mission de Rahmi bey était de s'informer des intentions de Fayçal et Ali, les fils du chérif Hussein, qui attendaient à Médine avec les armées des Bédouins, et de les gagner à la cause ottomane ou, tout au moins, de les dissuader de passer à l'ennemi. Après les pendaisons ordonnées par Djemal pacha, il n'allait pas être facile de rétablir le calme dans la région. Quelques jours avant de se mettre en route, Rahmi bey avait reçu le poème d'Akif intitulé *Des déserts du Nedjad à Médine* que lui avait envoyé un ami chiffreur au ministère de la Marine. Il faut dire que Jérusalem et Istanbul n'échangeaient pas que des ordres et des rapports et que l'on se faisait passer des nouvelles, des blagues et des poèmes. Celui d'Akif disait :

C'est moi… Je suis le frère de chacun des autres.
Peut-on séparer des esprits unis pour l'éternité ?
Si le monde s'écroule, cette union en sera-t-elle affectée ?
Nous avons la même doctrine, la même foi, le même Dieu,
La lumière qui m'attend est son but à lui aussi.

Akif portait aux nues l'amitié arabo-turque. Mais le monde s'écroulait en effet et l'union de ces peuples n'était pas seulement affectée, elle était sur le point de s'écrouler sur l'islam. L'union des Turcs et des Arabes se délitait et leur Dieu semblait vouloir les abandonner. Rahmi bey évoquait les vers d'Akif : « Le beau sein de ce désert, qu'il est devenu effrayant ! / C'est l'enfer qui s'y déploie, il se dessèche et meurt de soif ! » et, passé El Muazzam, le paysage désertique qui défilait devant la fenêtre semblait prêt à se jeter sur lui comme un chien enragé. Mais il n'osait pas s'avouer que ce n'étaient pas des chiens qui l'attendaient en embuscade, mais les Bédouins renégats. Ils pouvaient surgir à tout moment de derrière une colline. Lawrence, l'aventurier, l'espion anglais, ne perdait pas son temps, il s'employait patiemment, méthodiquement, avec délectation, à les gagner à sa cause.

On était entré dans une zone pierreuse, face à des collines dénudées qui cuisaient au soleil. Passé la gare de Muhit, les collines se rapprochèrent et on pénétra dans une vallée où poussaient quelques palmiers. Quand le train arriva à Médine, les pensées que Rahmi bey retournait dans sa tête se dissipèrent en même temps que les vers d'Akif. On apercevait la mosquée du prophète avec sa coupole verte et son haut minaret ornementé. Toutes ses pensées se portèrent sur Mahomet qui gisait sous cette coupole et son corps fatigué se détendit de façon agréable. Il ne remarqua même pas les piliers et les murs de grès de la gare de Médine, ni la fraîcheur répandue par les palmiers. Dès qu'il poserait le pied sur le sol de la ville sainte, son premier soin serait de se rendre sur le tombeau du prophète. Mais, une fois de plus, rien ne se passa comme il l'espérait.

Fahrettin pacha, commandant de la place de Médine, homme corpulent aux moustaches d'un blond grisonnant et à l'aspect imposant, était d'un entêtement légendaire. Rahmi bey savait qu'il vouait au prophète un véritable culte. Sans même prendre le temps de dépoussiérer ses chaussures et de déposer ses bagages à la caserne, il demanda la permission d'aller sur le tombeau sacré. Le pacha se caressa les moustaches, réfléchit un instant, puis dit, en égrenant ses mots comme un chapelet :

– Rien ne presse, Rahmi bey. Racontez-moi plutôt ce qui se passe à Jérusalem. À la première occasion, nous irons ensemble rendre visite à notre saint prophète.

Il tenait un chapelet fait de quatre-vingt-dix-neuf noyaux de dattes, qui ne seyait guère à un pacha. Il connaissait les quatre-vingt-dix-neuf noms d'Allah et, probablement, il les invoquait pour se remonter le moral, à moins qu'il ne voulût se démarquer des trois membres laïques d'Union et Progrès qui dirigeaient l'État ottoman.

La visite à deux proposée par Fahrettin pacha n'eut jamais lieu. La nouvelle de l'insurrection arriva le lendemain, 10 juin. La Mecque tomba le 9 juillet 1916 après moins d'un mois de résistance. Médine, assiégée, ne capitula pas. Sous les ordres du Tigre du Désert, le dévot Fahrettin pacha, les Turcs, et avec eux Rahmi bey, défendirent héroïquement la ville. Ils réussirent même à lancer une contre-offensive. Les Bédouins, commandés par Ali et Fayçal, fils du chérif Hussein, et secondés par les pillards du désert, incendièrent à plusieurs reprises la voie ferrée et mirent le feu aux gares, sans toutefois parvenir à isoler Médine. Dès le début du soulèvement, Rahmi bey prit part à l'attaque du camp des insurgés.

Cette fois-ci, nous allons nous battre à mort, pensait-il. Lors d'un engagement sanglant, au lieu-dit le Puits d'Ali, on réussit à repousser l'ennemi. L'ennemi, désormais, c'étaient les Arabes. Quelques tribus étaient restées fidèles, mais l'insurrection avait gagné toute l'Arabie, et les Ottomans, qui se battaient contre les Anglais, se trouvèrent pris entre deux feux. Il n'était pas facile de vaincre « le monstre qui n'avait plus qu'une dent et qu'on appelait civilisation », pour reprendre les mots d'Akif, mais on pouvait toujours le dénigrer. L'attitude des Arabes était inexplicable. On les traitait de félons, on disait qu'ils avaient poignardé la nation dans le dos, mais Rahmi bey, de moins en moins convaincu, s'efforçait de comprendre les raisons politiques de ce soulèvement. Il avait constamment en tête les exécutions ordonnées par Djemal pacha : « Je préfère encore voir flotter le drapeau que d'être pendu ! » Sur la ligne de feu, il croyait entendre les cavaliers arabes crier d'une seule voix cette phrase et il n'avait plus envie de se battre. Bien entendu, il maudissait cette insurrection, qui avait éclaté avant même qu'il n'eût commencé à remplir sa mission. En quelque sorte, on ne se battait pas contre des musulmans, mais contre une insurrection.

La défense de la ville s'effectuait dans des conditions très pénibles. La chaleur était accablante et, en raison des constants sabotages de la voie ferrée, les vivres venaient à manquer. Il ne restait plus que des dattes, les hommes qui n'étaient pas tués dans les combats commençaient à mourir du scorbut et les réserves d'eau s'épuisaient. On était cernés de toutes parts. Les insurgés n'étaient pas assez forts pour prendre la ville d'assaut, mais le siège se prolongeait et les Turcs, pris dans la souricière, commençaient à se démoraliser. Les Bédouins recevaient des armes et de l'argent, et Lawrence, qui était à leur tête, était un homme avisé et fort rusé. Ce jeune commandant aussi beau que tenace était leur coqueluche. Cet officier des services spéciaux britanniques n'était qu'un espion, mais pour les Arabes, c'était un héros.

C'est hors des murs, en défendant une position sur le mont d'Enfer, à quelques kilomètres de la ville, que Rahmi bey fut blessé. On était en reconnaissance dans le secteur du Puits d'Ali, lorsqu'on fut soumis à un tir croisé venant des versants rocheux. On était à découvert. Sans même viser, les hommes répliquèrent aussitôt, mais l'engagement fut de courte durée. Dans les deux camps, on était fatigués, la soif collait les langues aux palais. Il y avait bien de l'eau dans les bidons, mais elle était bouillante et imbuvable. C'est pour cela qu'il fallait absolument tenir le puits. Son eau était boueuse et grouillait de bestioles, mais elle était fraîche. Pour autant, bien entendu, que l'eau pût être fraîche dans un endroit pareil. En fait, elle était tiède comme l'eau des ablutions d'un imam. S'il lui venait ce genre d'idées, Rahmi bey n'en éprouvait nul remords, c'était la guerre et toutes ses pensées tendaient vers un seul but : rester en vie. C'est pour cela qu'il combattait les insurgés, non pour les repousser et remporter une victoire. D'ailleurs il n'était pas très expert dans l'art de faire la guerre, qui consiste à tuer et à se faire tuer. En revanche, il s'y connaissait en eau. Il savait le nom des nombreuses sources d'Istanbul dont l'eau au goût exquis vous inspire un sentiment de bien-être et de gratitude, mais aussi la Pierre qui Pleure de Manisa, la source de la Gazelle de Hadjırahmanlı ou encore la fontaine de la Pierre trouée à Istanbul. On n'était pas à Istanbul, mais à Médine, la ville du prophète et, faute de mieux, sur ce mont d'Enfer, l'eau du Puits d'Ali, quand on en avait empli son bidon, était parfaitement buvable, même si elle n'avait pas la saveur douceâtre de l'eau du Nil. Mais on avait le ventre vide et il fallait la boire à petites gorgées pour ne pas se rendre malade.

En fait Rahmi bey n'eut même pas l'occasion d'y goûter. Lorsqu'un éclat de shrapnel lui brisa l'épaule gauche, il eut tout d'abord l'impression qu'un quartier de roc lui tombait dans les bras, puis ses yeux chavirèrent et le soleil s'obscurcit. Quand il reprit connaissance, il était sur une civière et demandait à boire, mais l'infirmier ne lui donnait pas une goutte d'eau et se contentait d'humecter ses lèvres crispées avec un linge mouillé. Il se dit encore « nous nous battons à mort », puis il repensa au Puits d'Ali dont il n'avait même pas goûté l'eau. Il était obsédé par la pensée de tous ces soldats qui montaient au front exposer leur vie. Son épaule lui faisait horriblement mal, mais Dieu merci, sa tête était intacte. Ses bras et ses jambes aussi. Et d'ailleurs la tête coupée qui était allée supplier Mahomet à la mosquée de Médine appartenait à un homme privé de son corps. Rahmi bey se rappela soudain qu'il avait acheté le livre racontant cette histoire à une aveugle sur la place Beyazit en sortant de l'université. Cette femme qui vendait du maïs pour les pigeons, histoire de faire une bonne action, avait aussi de vieux bouquins dans une caisse. C'étaient des récits illustrés de lithographies, des contes épiques, quelques *Kerem et Aslı* , *Ferhat et Şirin* et *Les Combats du saint Ali*. Comme des frères siamois, l'amour et la guerre sont inséparables.

Dans la mosquée la tête coupée roule vers Mahomet. Elle se prosterne devant le messager d'Allah. Son front touche le sol et elle murmure une prière. Puis, les yeux pleins de larmes, elle dit : « Messager de Dieu, comme tu peux le voir un monstre m'a dévoré, mais j'ai pu sauver ma tête. Il a jeté dans un puits ma femme et mon enfant. Je veux bien rester dans l'état où je suis, mais eux, sauve-les. »

Mahomet envoie Ali avec la tête coupée afin qu'il sauve la femme et l'enfant. Ils quittent Médine et arrivent au puits, sur le versant du mont d'Enfer. Ali s'attache à une corde longue de cinq cents brasses et ils descendent dans le puits. Mais la corde est trop courte, elle leur échappe et ils tombent.

Rahmi bey se tordait de douleur, il était près de s'évanouir de soif, mais soudain il se rappela les vers qui relataient la chute vertigineuse d'Ali :

Ali tomba pendant sept jours
La tête en bas ou les pieds les premiers
Mais il connaissait l'heure de la prière
Et il priait avec les yeux.

Avant de perdre connaissance, Rahmi bey se dit que peut-être il ne prierait plus jamais. Et il commença à tomber dans le puits avec la tête coupée. Il savait que le cri d'Ali allait réveiller le monstre, qu'il allait le combattre, le frapper avec son épée Zulfiqar et sauver la tête coupée, la femme et l'enfant, et qu'ils se convertiraient à l'islam. Mais il ne savait pas qu'au moment où la tête coupée prononce la phrase « Il n'y a de Dieu qu'Allah et Mahomet est Son messager » des larmes couleraient un jour de ses yeux et mouilleraient sa barbe blanche.

C'est juste à ce moment du récit que ton grand-père commençait à pleurer. Non de chagrin, mais d'émotion. De vieillesse aussi, peut-être. Ou de tristesse, allez savoir ! Ensuite il regardait la manche vide de sa chemise soigneusement repassée par ta grand-mère. Il n'avait plus son bras gauche, il l'avait laissé dans les déserts d'Arabie, cette mutilation était un souvenir du Hedjaz. Tu as déjà dit que ton grand-père était un *hadji* et un héros, mais tu n'as pas encore osé avouer qu'il avait laissé un bras aux Arabes. Dans le carnet où il consignait ses souvenirs de guerre, il avait écrit que, allongé sur sa civière sur le mont d'Enfer, il s'était tâté dans tous les sens et avait constaté avec joie qu'il était entier et que ses bras et ses jambes étaient bien à leur place. Cependant, quand on l'avait conduit à l'hôpital les médecins s'étaient rendu compte que ce n'était pas seulement son épaule qui était brisée, mais également son bras gauche et ils l'avaient tout de suite opéré. Le lendemain il n'avait plus de bras gauche, mais il était vivant et sa tête était indemne ; seulement il ne pourrait plus combattre au péril de sa vie et, quand il se tiendrait debout durant la prière, il lui serait impossible de placer ses deux mains derrière ses oreilles en disant « *Allahu akbar* », il n'aurait plus que sa main droite pour faire ce geste ; toi, tu l'avais toujours vu faire ainsi et cela ne te posait aucun problème, l'invalidité de ton grand-père était une de ses particularités, la preuve qu'il avait fait la guerre dans le Hedjaz. Sa blessure avait-elle saigné ? Bien entendu. La plaie avait disparu, elle s'était cicatrisée, le bras, comme on dit, était parti avec la manche, mais tu n'osais pas demander à ton grand-père de te montrer, de te laisser voir et toucher. De toute façon il aurait refusé, soit par pudeur, soit pour ne pas t'effrayer. Maintenant, quand tu penses à cela, il te vient des idées bizarres, tu te demandes s'il étreignait ta grand-mère avec un seul bras, comment il faisait ses ablutions avant la prière, s'il rédigeait ses plaidoiries en tapant avec un seul doigt sur les touches de la vieille Remington, si, quand il rédigeait ses souvenirs de guerre, il avait envie de poser son bras gauche sur la table, comment il avait fait pour prendre dans ses bras, à leur naissance, tes tantes, puis ta mère, si, quand il répandait derrière elles une écuelle d'eau en les envoyant étudier à Istanbul, il faisait mine de mettre dans sa poche sa main gauche absente. Comment a-t-il pu vivre si longtemps avec un seul bras ? Il paraît que quand on a perdu un bras on continue à en souffrir. Bien sûr qu'il te fait mal si tu l'as laissé au nom de la patrie dans les déserts de Médine, il viendra même un jour, comme la tête coupée, te demander des comptes. « Qu'avais-tu besoin d'aller là-bas ? L'Arabie était-elle ton pays et les Bédouins que tu as tués sous prétexte qu'ils s'étaient insurgés n'étaient-ils pas tes coreligionnaires ? » Et tu répondras seulement : « Je n'ai donné qu'un bras pour la patrie alors que tant d'autres ont donné leur vie ! » Tu ne diras même pas que quand ils faisaient prisonniers tes frères d'armes ils les éventraient dans l'espoir de trouver de l'or. Et tu ne comprendras pas pourquoi vous avez détruit et brûlé leurs tentes, éteint leurs foyers, pourquoi vous les avez pendus aux palmiers. C'est ça, la guerre, toi, tu ne l'as pas vue, mais ton grand-père a été témoin de tout cela et il l'a écrit sans attendre. Et toi, maintenant, pour t'opposer au nationalisme qui est en train de se développer dans ton pays, tu dois raconter ces horreurs.

Le soir tombait sur la « salle de la radio », il descendait lentement, jetant peu à peu ses voiles sur la lumière éclatante de cet été brûlant qui, à la fin du jour, commençait à faiblir. Ton grand-père, assis en tailleur sur la peau de mouton, tendait la main pour allumer la radio. C'était l'heure des nouvelles. Il allumait la radio à cette heure précise et, après avoir écouté les informations, l'éteignait jusqu'au lendemain soir. Tu n'arrivais pas à comprendre comment cet énorme appareil à l'intérieur duquel brillaient des lampes pouvait parler. Quelqu'un devait se cacher derrière, ou c'était la voix d'une personne qui se trouvait dans la pièce voisine, à moins que ce ne fût un des innombrables miracles d'Allah, qui donnait la parole à cette caisse de bois dépourvue de langue. Tu te rappelles vaguement l'époque où le gouvernement de Mendérès envoyait des troupes en Corée. La patrie repartait en guerre. On entendait des tas de mots qui te laissaient indifférent : l'Otan, l'Amérique, le Premier ministre Adnan Mendérès, nos petits soldats, nos martyrs... Seuls ces deux derniers mots t'étaient familiers, parce que ton grand-père les employait souvent, mais tu ne savais même pas où se trouvait la Corée. On y envoyait des soldats et tu ne savais pas que si ton grand-père avait laissé un bras dans les déserts d'Arabie, cette fois, c'étaient les forêts de la mousson qui allaient être la tombe de nos petits soldats. On jouait des marches militaires qui commençaient par « Le Danube ne veut plus couler » et continuaient par « Eh, les héros ». Et on disait que les mères avaient mis leurs fils au monde pour les envoyer à la guerre, comme s'il n'y avait dans la vie rien de mieux à faire. Tu peux encore débiter de mémoire ces inepties, parce que tu les as répétées toi aussi quand tu étais soldat : « Ma mère m'a élevé et envoyé vers ce foyer / Elle a mis dans mes mains le rouge étendard et m'a recommandé à Dieu / Elle m'a dit : ne reste pas à ne rien faire, sers ta patrie / Mon lait ne te sera pas propice si tu ne chasses pas l'ennemi. »

Ton grand-père ne manquait jamais les nouvelles de la guerre. Quand ta grand-mère qui, durant toute son enfance, avait entendu le récit des atrocités commises par les Bulgares et les Serbes, soupirait : « Seigneur, accorde-nous une fin heureuse ! », il se contentait de répondre « Amen ! » et s'absorbait dans ses réflexions. Pensait-il à la guerre du Canal ou à ce qui lui était arrivé sur le mont d'Enfer ? Pensait-il à Halet ? Ou aux moustaches blondes gominées de Fahrettin pacha qui sacrifiait ses hommes en disant « je ne sortirai pas de Médine », comme le grand Osman pacha disait « je ne sortirai pas de Plevna » ? Tu ne le sauras jamais. Car tu ne l'as pas entendu une seule fois se plaindre ou se vanter. Il lui arrivait de soupirer, de murmurer tout bas : « *Lâhavle velâ kuvvete illâh billâh.* » Laisse cette phrase arabe telle qu'il la disait, ne lui cherche pas d'équivalent en turc. Il s'était vite habitué à tout faire avec son seul bras droit. « Si j'ai aimé ton grand-père, ce n'est pas parce qu'il était mutilé, disait ta grand-mère. J'avais d'autres prétendants. Mais c'était un héros. Un *hadji* et un homme instruit, comme l'a ordonné notre prophète. Peu importe s'il n'a pas conquis l'Égypte, il est allé sur les lieux saints. »

Parlait-elle sérieusement ou taquinait-elle ton grand-père, tu n'aurais su le dire : « Et puis je me suis dit que puisque son épaule gauche avait été brisée il n'avait pas d'ange du péché et que je ferais bien de l'épouser. » Là-dessus, vous éclatiez de rire. Quels beaux jours c'étaient, loin de la guerre, de la mort et des soucis. Dans la salle de la radio, loin des bras arrachés, des âmes brûlant dans les flammes et des têtes coupées. La mort rôdait en Corée, en Algérie et même à Suez, mais elle vous laissait tranquilles.

Le soir descendait sans bruit du mont Sipil, les lumières s'allumaient. Ton grand-père commandait : « Allume la lumière ! » Ta grand-mère regardait avec tendresse son mari qui n'avait pas coutume de donner des ordres. Pensait-elle à lui comme à cet officier de réserve manchot qui, de retour du front, avait eu le toupet de la demander en mariage ou comme à ce jeune homme timide, élégant, érudit, dont la main droite avait soulevé son voile le soir de ses noces ? Entre eux il y avait toujours de l'amour, de l'estime et un profond attachement. Leurs trois filles étaient adultes, mais tu étais leur seul petit-fils. C'est pour cela que ton grand-père te gardait toujours auprès de lui, qu'il t'amenait à la mosquée, non pour faire une bonne action, mais pour t'instruire de l'islam ; tu le comprends mieux, maintenant, il mettait en toi tous ses espoirs, il voulait faire de toi un homme, il pensait que tu lirais ses livres, que tu terminerais peut-être son exégèse du Coran ou que, du moins, tu trouverais dans ses papiers son journal de guerre, que tu le mettrais de côté et que, même si tu ne parvenais pas à le lire, tu le confierais à quelqu'un. Ton grand-père croyait à l'immortalité de l'âme, qui prolonge notre bref passage en ce bas monde, et il s'inquiétait pour toi.

* * *

Durant tout le temps qu'il passa à l'hôpital, Rahmi bey ne parvint pas à fermer l'œil. Pourtant les nuits étaient fraîches. Après le coucher du soleil, avant que ne s'abatte un froid glacial, l'atmosphère s'obscurcissait peu à peu et un profond silence tombait sur la caserne. C'est peut-être ce silence qui éloignait le sommeil, car il faisait ressortir les gémissements et les cris des blessés dans le noir. L'un avait perdu une jambe, l'autre un bras. Selon une expression stupide, on les avait « raccourcis ». Certains avaient la tête entourée de bandages sanglants, il y avait des grabataires cloués sur leur lit, des hommes qui avaient perdu d'un seul coup leurs deux yeux, leurs deux mains ou leurs deux jambes, des sourds et des paralysés. Certains n'avaient pas vingt ans. Et leur vie était devant eux. Ils ne savaient pas de quoi ils vivraient, ce qui les attendait, et tout tournait au cauchemar. Rahmi bey n'avait pas peur de l'avenir, de son retour à Istanbul. Mais beaucoup de blessés étaient fiancés ou mariés. Ils avaient laissé au village leur bien-aimée et attendaient patiemment de revenir au pays. Ils se retournaient dans leur lit en proie à l'inquiétude. Chacun se demandait si sa petite amie allait le serrer dans ses bras en le voyant ainsi mutilé. Ou si, oubliant bien vite son héroïsme, elle l'abandonnerait à sa solitude. Et comment trouver du travail pour assurer sa subsistance ? La maigre pension d'invalide de guerre suffirait-elle à les nourrir ? Ou leur faudrait-il mendier en étalant leurs yeux aveugles, leurs mains estropiées, le moignon pendant à leur épaule ? Et même s'ils ne mendiaient pas, pourraient-ils aller au café sur leurs béquilles ? Mais Rahmi bey n'avait pas ce genre de souci, il était à l'abri du besoin, il avait ses terres de Hadjırahmanlı. Et puis il avait étudié le droit. Il pouvait être juge ou avocat et exercer son métier avec un seul bras.

Rahmi bey songeait à autre chose. Il réfléchissait aux événements dont ces contrées avaient jadis été le théâtre. Tandis que son épaule le faisait cruellement souffrir, il songeait à la bataille de Badr, cet affrontement terrible évoqué par le Coran, où frères et parents s'entre-tuaient pour la première fois et où étaient tombés les premiers martyrs de l'islam. L'armée des musulmans, forte d'à peine trois cents hommes, affrontait un millier de polythéistes. Il avait lu cela dans *La Vie des prophètes* d'Ahmet Djevdet qui, à une certaine époque de sa vie, était pour ainsi dire son livre de chevet. En ces temps-là, on ne voyait pas de grandes armées s'affronter à l'arme lourde en faisant des millions de morts. Cependant, répétés de bouche à oreille, tous les détails de cette bataille légendaire sont arrivés jusqu'à nous. On sait que les musulmans, peu nombreux, avaient peu d'animaux de selle, en tout trois chevaux et soixante-dix chameaux. Ils montaient les chevaux à tour de rôle, Mahomet, Ali et Zaïd n'avaient qu'un chameau pour eux trois. C'est Abu Jahl qui commandait les polythéistes, tandis que Mahomet organisait l'attaque de la caravane de La Mecque. La nuit, quand les ténèbres tombaient sur son lit d'hôpital, Rahmi bey imaginait Mahomet auprès du puits. Il priait Allah de lui accorder la victoire, puis il se retirait sous son abri de feuilles de palmier et tombait dans un profond sommeil. Gabriel venait dans son rêve lui annoncer la victoire. Monté sur un cheval, il avait lui aussi ceint le glaive et les autres anges d'Allah s'étaient rangés à ses côtés en ordre de bataille. Si Gabriel donnait l'exemple, le messager d'Allah devait combattre lui aussi. Mais Rahmi bey trouvait qu'il seyait mal au prophète de revêtir l'armure et de ceindre l'épée. Une voix, probablement celle du diable, lui susurrait qu'il devait y avoir une erreur. Comment cet homme exemplaire au dire de Sawbah, comment le beau et tendre Mahomet qui restait accroupi en prière jusqu'à avoir les pieds enflés, qui pleurait en se prosternant et se levait la nuit pour la première prière alors que tout le monde dormait, pouvait-il tuer ses plus proches parents ? Visiblement, il le pouvait. Les premiers musulmans se battaient au nom d'Allah et leurs descendants, de nos jours, continuent à s'entre-tuer. Tout comme Abu Jahl avait dressé les Qoraïch contre Mahomet, l'espion Lawrence ne soulevait-il pas les Arabes contre les Ottomans ?

Rahmi bey imaginait le prophète grisonnant, mais encore bien droit et vigoureux. Comme un fier capitaine, il passait ses troupes en revue, promettant le paradis à qui tomberait en martyr. Et dans ce corps à corps avec les polythéistes, tandis que les têtes volaient et que l'on se coupait bras et jambes, les musulmans n'avaient pas peur et gardaient espoir. Mahomet savait que Gabriel et les anges d'Allah allaient se joindre à eux pour leur donner la victoire. « Je mettrai la peur du côté des infidèles, frappez-les, coupez-leur les doigts ! » avait dit Allah, et l'on avait donc liberté de tuer, de taillader, de verser le sang. Tout en murmurant des versets du Coran, comme « Ce n'est pas vous qui les avez tués, c'est Allah », Rahmi bey se posait des questions et s'en repentait aussitôt. Après tout ni l'homme ni le prophète ne peuvent savoir, seul Allah sait tout. Il voit tout, entend tout, Il sait même ce qui se cache dans les cœurs. S'Il te dit de tuer, tu tueras, s'Il te dit de taillader, tu tailladeras. N'avaient-ils pas agi ainsi quand le calife avait appelé à la guerre sainte, n'étaient-ils pas venus ensevelir leurs bras et leurs jambes dans le désert du Hedjaz ? Rahmi bey essayait de chasser ces pensées, mais elles l'assaillaient de plus belle.

Les scènes les plus horribles, les plus sanglantes de la bataille de Badr, qu'il avait lues jadis avec délices, en feuilletant les vieux textes de l'islam, se succédaient dans son esprit, comme des événements récents et non vieux de plusieurs siècles. Chaïba, Utbah et son fils Valid sortent des rangs des Qoraïch et provoquent les musulmans. Ils affrontent en combat singulier Hamza, Ali et Ubaïdah. Au premier coup de son épée Zulfiqar, Ali fait sauter la tête de Valid et Hamza tranche celle d'Utbah. Quant à Ubaïdah, malgré son âge avancé, il attaque Chaïba, mais un coup d'épée sur la jambe le jette à terre. Après avoir tué leurs adversaires, Ali et Hamza amènent leur compagnon auprès de Mahomet et Ubaïdah meurt dans ses bras en souriant à la promesse du paradis. Mubid, l'un des vaillants combattants de La Mecque, incité par Abu Jahl, attaque le *muhajirun*, l'émigré Abu Dadjam, et le terrasse. Celui-ci, en se protégeant de son bouclier, réussit à se relever et, voyant que son adversaire, en reculant, est tombé dans un trou, il se jette sur lui et lui tranche la gorge ; il reprend haleine un instant dans le trou sanglant, puis il s'élance pour couper d'autres têtes. Quant à Aswad, la langue collée au palais par la soif, pour une gorgée d'eau, il perd sa jambe droite, puis la vie. Il s'avance sabre au clair vers le puits gardé par les musulmans. Hamza lui tranche la jambe droite d'un coup d'épée ; il atteint le puits, mais, lorsqu'il a bu, Hamza arrive, le frappe encore et l'expédie en enfer, où, en guise d'eau, il boira du pus durant l'éternité.

Rahmi bey songeait aux exploits des héros de Badr et son épaule lui faisait encore plus mal, son visage se crispait et ses yeux chaviraient. Tandis que les Qoraïch vaincus battaient en retraite, Mu'adh, le frère d'Awf, renversa Abu Jahl ; Ikrimah, fils d'Abu Jahl, vola au secours de son père et lui coupa le bras. Mais Mu'adh continuait à se battre ; voyant que son bras était sur le point de se détacher, il mit son pied dessus et l'arracha en se redressant, puis il acheva Abu Jahl et se battit jusqu'à la mort. Que voulez-vous, la bravoure n'est peut-être pas une question d'âge ou de volonté, mais bien une affaire de conviction. La guerre n'est peut-être pas une chose plaisante, mais puisqu'elle est parfois une obligation, elle est un devoir pour tout musulman : « Combattez vos ennemis sur la voie d'Allah et tuez-les sur place. »

Bien sûr, après la perte de son bras, Rahmi bey se sentait mutilé dans son corps, mais il espérait s'habituer rapidement. Or il n'en fut rien. Il continuait à se comporter comme s'il avait toujours son bras gauche et il était particulièrement gêné lors de ses ablutions. Il songeait avec nostalgie au temps où, avec ses deux mains, il se lavait le visage et l'intérieur de la bouche et des oreilles. Et il comprenait pourquoi Allah avait donné à l'homme deux jambes, deux bras, deux oreilles et deux yeux. Il se posait des questions saugrenues. Pourquoi n'avons-nous qu'un seul nez pour le sens de l'odorat alors que l'ouïe, la vue et le toucher mobilisent deux organes ? Le nez, d'ailleurs, ne sert pas seulement à percevoir les odeurs, il permet aussi de respirer, de remplir d'air les poumons, de purifier le sang, bref, il est indispensable à la vie. Aurait-il survécu si ce shrapnel, au lieu d'emporter son bras, lui avait coupé le nez ? Il pensa aux souverains qui font crever les yeux des princes et couper les mains des voleurs, il pensa aussi aux rois au nez coupé. Il aurait survécu, bien sûr, comme ces gens-là, mais par où aurait-il respiré, par la bouche ou par le derrière ? N'y avait-il pas sur terre, avant l'apparition de l'homme, des créatures qui respiraient comme ça et qui, avant de disparaître, avaient vécu, au même titre que les hommes et les autres animaux ? Comment et pourquoi avaient-elles disparu ? Allah le sait, se disait-il, Il sait ce qui est le mieux. Mahomet aussi, se posait des questions, mais Allah fit descendre les versets, il lui fit dire : « Si on te questionne, réponds… », et les mystères de l'univers s'éclairèrent l'un après l'autre.

Avant d'être prophète, Moïse a tué un homme. Et Mahomet ? Il a revêtu l'armure, porté l'épée, tiré des flèches, répandu le sang. Il a forcé les païens à croire au Dieu unique. Il a malmené ceux qui l'avaient chassé, attaqué leurs caravanes et pillé leurs biens. Ceux qu'Akif appelle les « Lions de Badr » étaient-ils de fervents croyants ou de vulgaires pillards ? Les deux peut-être. Ils avaient droit au butin. Mais aux yeux d'Abu Jahl, l'ennemi juré de Mahomet, être tué par un musulman était un déshonneur, car ces gens-là étaient simples fermiers ou gardiens de moutons. Avant de rendre l'âme, il a dit à Abdullah, fils de Masud : « Ô, gardien de troupeaux, tu es au bout de ton chemin. Frappe-moi donc, frappe et prends l'âme de ton maître ! » Puis il a ôté son casque et avancé la tête, et Abdullah a abaissé son glaive sur la nuque de l'agonisant. De tous les polythéistes de La Mecque, c'est Abu Jahl qui avait la plus grosse tête ; Abdullah, qui était petit et chétif, brandit cette tête imposante et la tendit au prophète. C'était, certes, un spectacle peu banal, mais il n'y avait pas de quoi se vanter.

Tu es grand, toi qui donnes ton sang pour la Foi,
Seuls les Lions de Badr étaient aussi glorieux.

Tandis qu'Akif écrivait ces vers sur le chemin de Médine, les combats faisaient rage sur tous les fronts, mais le Hedjaz était calme. Les musulmans n'avaient pas commencé à s'étriper. Les soldats que louait le poète, en arrêtant l'ennemi aux Dardanelles, avaient sauvé la capitale et le califat. Mais que dire de ceux qui se battaient à Badr ? Rahmi bey savait, sans oser se l'avouer, qu'ils ne s'étaient pas lancés dans cette entreprise au nom de l'unicité d'Allah, mais pour piller la caravane de La Mecque et s'emparer du butin ; si certains d'entre eux avaient affronté la mort, c'était seulement pour aller au paradis. Umaïr, fils de Humam, de la tribu des Hazretch, par exemple, en entendant dire que ceux qui mourraient à Badr iraient tout droit au paradis, jeta la poignée de dattes qu'il était en train de manger et fondit sur l'ennemi en déclamant des poèmes enflammés ; il fut le premier musulman à accéder, l'arme au poing, à la dignité de martyr. Araf, l'imitant, ôta sa cuirasse avant de s'élancer, et c'est un de ses proches qui lui donna accès à la joie éternelle. On se battit à mort et le rêve qu'avait fait Atika, tante de Mahomet et fille d'Abd-ul Muttalib, se réalisa. Les Mecquois furent vaincus et les musulmans remportèrent la victoire avec pour butin la rançon qu'ils perçurent ensuite en échange des prisonniers.

On a eu bien raison de dire « depuis ce temps-là les Arabes sont prêts à tout pour accéder à un butin », ou « Damas n'a pas plus de sucre que les Arabes n'ont d'honneur », pensait Rahmi bey. Il se consolait ensuite en se disant qu'il avait donné un bras pour la communauté du prophète et éprouvait pour les Arabes une tendresse secrète mêlée de compassion. Ce n'était pas ce qu'on appelle de bons soldats, et c'est peut-être pour cela qu'ils lui faisaient pitié. Il comprenait à quoi pensait Mahomet quand il disait : « Le seul poète que je veuille connaître est Antara. »

Ce poète guerrier surnommé *Agribet-ul arab*, le Corbeau arabe, était noir, il avait, comme dans les contes, « une lèvre tournée vers le sol et l'autre vers le ciel » et était sans pitié aussi bien pour ses ennemis que pour les maris des femmes qu'il voulait séduire. Il n'avait pas son pareil pour décrire le sang qui jaillit des blessures ouvertes par les coups de lance, le bruit de l'épée qui brise l'armure et atteint les os, les têtes tranchées et les corps pourfendus. Les blessures qu'il taillait dans le corps de ses ennemis étaient larges comme « l'ouverture d'un seau », le sang qui séchait sur les cadavres était « rouge comme l'indigo » et les loups affamés qui venaient se repaître de sang étaient tout noirs dans les ténèbres. Le belliqueux poète assurait qu'il n'avait pas peur de la mort, qu'il servait en pâture aux fauves et aux vautours les pères de ceux qui le tueraient, les devançant d'un trait lancé « d'une main ferme et précise ». Tandis que sa bien-aimée dormait sur des coussins moelleux, sa couche à lui était la selle de son cheval « aux cuisses puissantes, aux os massifs et aux flancs généreux ». Comme Imr-ul Qaïs, il était amoureux de son cheval et de son chameau. Et épris de liberté. Rahmi bey savait que si Mahomet admirait ce poète, ce n'était pas à cause de sa combativité, mais parce qu'il avait dit : « Même si mon ventre colle à mes reins, je me coucherai et me lèverai sans manger jusqu'à ce que je trouve une bouchée que je ne devrai à personne. » Quand il pensait au prophète, il s'efforçait de chasser ces images, mais il ne pouvait pas s'ôter de la tête que le combat où il avait perdu son bras avait un rapport avec les événements de Badr. Parfois les gémissements des blessés faisaient place à des cris, à d'horribles clameurs, à des supplications, et sa foi en Dieu chancelait. Personne ne méritait de telles souffrances, ni les désastres qui se succédaient. Ni les cris stridents qui s'élevaient de cette foire aux âmes.

Il songeait encore à Badr, car c'était le premier combat de l'islam, le premier acte pour sauver le monothéisme. Désormais, ceux qui ne s'inclinent pas devant le messager d'Allah et ne prêtent pas serment de fidélité n'auraient plus le droit de vivre. Mais ceux qui réclament la liberté de conscience, ceux qui doutent et qui, sans donner d'associés à Allah, remettent en question Son unicité ou n'en ont cure, quel sera leur sort ? C'est à ces questions-là qu'il faut répondre, plutôt que de s'interroger sur les secrets de l'univers qui, de toute façon, ne seront jamais percés et dont les limites s'éloignent à mesure que le temps passe et que progresse la science. Quand retentissait l'appel à la prière du matin, Rahmi bey était délivré un instant des pensées qui le tourmentaient à longueur de nuit. Avant de sombrer dans le sommeil, il songeait à la solitude de Mahomet, à son immense patience, à sa foi inébranlable et à son obstination durant la période mecquoise. Le prophète lui semblait plus pondéré, plus calme et plus attirant avant l'hégire. Mais Médine ? Tandis que le jour se levait et que, du haut des minarets, on proclamait la grandeur d'Allah, il pensait à cette ville qu'il défendait depuis des mois contre des insurgés issus de la lignée du prophète. À Médine, le prophète était chef de guerre, législateur, politicien, il avait oublié la solitude de l'orphelin repoussé par sa tribu et les jours où il errait comme un fou dans les monts pierreux, il se lançait dans une nouvelle vie, entreprenait de nouvelles tâches et recrutait des disciples.

Une pluie de sauterelles

La convalescence de Rahmi bey ne traîna pas en longueur. Il était jeune, résistant, son corps n'avait pas été trop éprouvé par la guerre et il se rétablit rapidement. Sitôt sorti de l'hôpital, son premier soin fut d'aller visiter le tombeau de Mahomet, sans se donner la peine, cette fois, de demander la permission de Fahrettin pacha. De toute façon, il était bon pour la réforme. Mais tant que durait le siège, il ne pouvait pas rentrer dans son pays.

Comme toujours, il faisait une chaleur étouffante. On suffoquait en parcourant les rues étroites de Médine. Les maisons de pierre semblaient près de s'écrouler avec leurs fenêtres grillagées. Il ne s'était pas encore habitué à l'absence de son bras gauche. En marchant il avait envie de balancer les deux bras et il était consterné en constatant qu'il en manquait un. Les gens considéraient d'un air compatissant cet officier manchot qui n'avait que la peau sur les os et ne se distinguait pas trop des Arabes de Médine somnolant sur le seuil de leurs maisons. Parmi eux aussi il y avait des mutilés, qui marchaient en clopinant ou mendiaient à moitié nus. On croisait bien quelques notables vêtus de soie, mais la plupart des gens étaient dans la misère. Ce n'étaient qu'enfants sans culotte, blêmes vieillards minés par le paludisme et femmes voilées de noir et d'une effrayante maigreur. Il y avait aussi les Turcs, soldats blessés, mutilés comme lui et fatigués. Médine n'était plus qu'un tas de ruines, mais les Ottomans étaient toujours résolus à la défendre contre les Anglais infidèles et les insurgés, oubliant que ces derniers étaient les vrais propriétaires de cette ville. Par son titre et ses attributs, la cité du prophète et des premiers califes de l'islam ne le cédait en rien à Istanbul, capitale du califat. Le drapeau turc, de la couleur du sang des martyrs, flottait sur les bastions de Médine qui, après l'hégire, s'était substituée à Yathrib, et la ville, entourée de murs, se réduisait à quelques maisons en pierre et une poignée de gourbis, de souks et d'étroites ruelles. Mais les noms dont elle se parait justifiaient qu'on la défendît. Ce pour quoi se battaient les Ottomans, ce n'était pas une quelconque ville, c'était *Medinet-un Nabi*, la Ville du Prophète, *Dar-es Salam*, le Lieu de Paix, *Karyat el Ansar*, la Ville de l'Ansar, *El Mubarek*, la Ville sainte, *Dar el Abrar* et *Kubba el Islam*, la Coupole de l'Islam. Dès le début du siège, le premier soin de Fahrettin pacha avait été d'expédier à Istanbul les saintes reliques que l'on conservait sous ladite coupole et notamment le sarcophage du prophète. Fahrettin pacha avait confié à Rahmi bey le soin d'en dresser la liste. Quels étaient donc ces objets que l'on envoyait à Istanbul comme s'il s'agissait de les sauver d'un incendie ? Rahmi bey avait recensé un trésor inestimable : un coran relié en peau de gazelle et écrit de la main d'Osman ben Affan, l'épée du prophète, un éloge de Mahomet encadré d'argent, des chapelets de diamants et de perles, de corail et d'ambre, des corans revêtus d'or et des candélabres ornés de rubis et de diamants.

Il n'y avait pas foule dans la cour de la mosquée du prophète. Des gens venus des quatre coins du monde se prosternaient tour à tour devant le tombeau, rêvant de passer là, au milieu du désert, auprès du prophète bien-aimé, le temps qu'il leur restait à vivre. L'espace entre la chaire et la tombe n'avait rien du coin de paradis dont parle Mahomet. Un gardien du lieu saint dont les vêtements blancs sales et rapiécés ressemblaient à un linceul s'approcha et demanda de l'argent, un autre offrit de vendre un peu d'eau de l'outre qu'il portait sur son dos. Rahmi bey aimait bien faire l'aumône, c'était pour lui le devoir de tout musulman, mais pour une fois il ne donna pas un centime. Il avait hâte d'entrer, de s'incliner sur le cercueil revêtu de vert et de rendre grâces. Il était affamé, mais il était vivant et avait toujours son bras droit, que voulez-vous de plus ?

Un Éthiopien attendait devant la porte, les clés du tombeau suspendues à la ceinture. Lui aussi, il demanda de l'argent. Rahmi bey trouva fort déplaisant que la dépouille du prophète fût l'objet d'un tel négoce, mais il ne souffla mot. Il glissa quelques sous dans la main de l'Éthiopien, la porte s'ouvrit lentement et il se retrouva devant une grille d'argent. Mahomet gisait là, sous un dais qui s'élevait du sol à la coupole, avec auprès de lui les cercueils des saints Osman et Abu Bakr. Rahmi bey fléchit les genoux et rendit grâces. Et il pensa au prophète qui, il y avait bien longtemps, avait été enterré ici après avoir rendu son dernier soupir dans les bras d'Aïcha. Avant l'enterrement, tandis qu'Aïcha pleurait dans un coin, son père Abu Bakr était entré et avait baisé le front de son gendre en disant : « Le messager d'Allah est aussi beau mort que vivant. » Rahmi bey se rappela qu'Aïcha avait déclaré que souvent, la nuit, quand elle raccommodait les vieux vêtements de Mahomet, elle n'avait pas besoin d'allumer une lampe, car le visage du prophète endormi répandait une telle clarté que l'on pouvait enfiler une aiguille. Il avait entendu dire tant de choses sur le prophète, il connaissait si bien le moindre détail de sa vie qu'il avait le sentiment d'être un de ses compagnons. Il avait une impression curieuse, il éprouvait autant de chagrin que s'il eût perdu un frère. Désormais les trois amis mecquois, le prophète et les deux califes, reposaient pour toujours côte à côte. Et il les imagina non dans leur paradis, mais mêlés aux familiers du lieu, conversant avec eux, adossés aux piliers de la cour. Puis il repartit comme il était venu, dans la poussière des chemins inégaux, et regagna l'état-major.

Cette nuit-là, comme d'habitude, Rahmi bey ne put trouver le sommeil. Son bras lui faisait mal. En fait il n'y avait plus de bras, on n'avait suspendu à son épaule nul morceau de bois, nul bâton à crochet. Ce bras ne pouvait pas lui faire mal, puisqu'il était parti sans espoir de retour, resté sur le sol de Médine. On l'avait peut-être mis en terre ou jeté dans un coin de l'hôpital. Qui sait ? Peut-être l'avait-on donné aux chiens. À moins qu'on ne l'ait enterré vivant, comme on faisait des fillettes venant de naître… Rahmi bey n'avait pas d'enfants, du moins pas encore. C'est peut-être pour cela qu'il pleurait son bras comme on pleure un enfant et qu'il lui venait des idées bizarres. « Le prophète lui-même, songeait-il, a été enterré il y a bien longtemps et il ne reste rien de lui dans le cercueil drapé de vert, pas même un bras, alors quelle importance a tout cela ? » Puis il se rappelait le verset de la sourate des Groupes relatif à la mort et, dans ses longues nuits d'insomnie, il se le murmurait à lui-même ; mais, loin de l'apaiser, cela augmentait son angoisse :

« Allah rappelle les âmes au moment de leur mort ainsi que celles qui ne meurent point durant leur sommeil. Il retient celles dont il a décrété la mort et relâche les autres jusqu'à un terme fixé. » Jusqu'à leur décès.

Finalement, Mahomet n'avait pas échappé à la mort, qui est le lot de toute créature. Mais il ne mourrait plus, on ne meurt qu'une fois, on renaît dans l'au-delà et l'on ressuscitera pour rendre des comptes et ne plus mourir. Mais ici, en ce bas monde, le prophète, simple mortel, se sentait seul et abandonné au point de vouloir se jeter dans un ravin lorsque « l'Ami suprême » l'avait abandonné et ne faisait plus descendre sur lui l'inspiration divine.

Certes, on ne meurt qu'une fois, mais Allah ne rend-Il pas, quand Il le veut, une âme qu'Il a prise pendant le sommeil ? Oui, Il le fait, s'il faut en croire le Coran. Et Rahmi bey Le remerciait de lui permettre de retrouver chaque matin, à défaut de son bras, son corps et son âme. Le prophète avait rejoint Allah depuis longtemps, il baignait dans Sa miséricorde ou, comme l'année de sa naissance où les païens avaient attaqué la Kaaba et où les oiseaux *ababil* les avaient bombardés de pierres, il s'était replié sur lui-même et était resté blotti entre les bras d'Aïcha. À moins que la mort ne soit un retour à la mère, au commencement, aux ténèbres initiales. Un retour non vers Allah, mais dans le ventre maternel.

Il songeait à sa mère. Dieu sait pourquoi, depuis qu'il avait perdu son bras, scrutant les ténèbres de la nuit sans étoiles, il pensait souvent à elle. Que restait-il de cette femme douce et menue ? Rien d'autre que lui, Rahmi bey, son enfant manchot. Il n'avait pas sa photographie, mais il revoyait son sourire sur le cliché qui ornait le mur de sa chambre de célibataire à Istanbul. Il y avait dans ce sourire l'empreinte de toutes les femmes qu'il avait connues à cette époque-là dans le quartier de Galata. Peut-être que sa mère était la somme de toutes les femmes qui l'avaient tenu dans leurs bras. Elle revenait constamment dans ses rêves. Elle était rondelette, avec un petit visage, et son sourire découvrait l'éclat de ses dents en or. Elle avait les yeux légèrement bridés, d'un noir de jais. Elle était issue de nomades venus du littoral s'établir à Hadjırahmanlı. Elle avait vécu elle aussi, elle avait à peine quinze ans quand elle avait mis au monde Rahmi bey. Comme beaucoup de femmes d'Anatolie, elle était morte comme si elle n'avait jamais vécu. « Je n'ai même pas une photo d'elle, se disait Rahmi bey, mais je ressens son absence et sa mort. » Et il songeait avec tristesse que sa mère était bien morte et ne reviendrait plus, pas plus que son bras gauche.

Le cercle se refermait peu à peu. Les insurgés avaient fini par s'emparer de la plupart des gares et par rendre inutilisable la voie ferrée, coupant Médine du reste du monde. Renforts et ravitaillement n'arrivaient plus. On apprenait sans cesse de nouvelles défaites, les fronts cédaient l'un après l'autre, les camps anglais de prisonniers étaient pleins à craquer, les troupes se repliaient en désordre et les soldats, perdant tout espoir, battaient en retraite avec les pachas écroulés sur leurs sièges de commandants comme des chameaux fatigués. Seul Fahrettin pacha gardait la tête haute et refusait d'abandonner le tombeau du prophète. L'empire n'en était plus à chanceler, il tombait en ruine. La victoire des Dardanelles avait empêché les pays de l'Entente de prendre Istanbul, mais après le désastre de Sarıkamış et les défaites sur les fronts de Gaza, de Palestine et en Galicie, cette victoire n'avait plus aucun sens. On n'accordait pas le titre de héros à Mustafa Kemal, mais à Djemal pacha pour avoir, à la tête de la 4e armée, retenu les forces britanniques en Égypte et empêché que la flotte de l'Entente ne franchît les Dardanelles et ne bombardât Istanbul. Rahmi bey écoutait ces propos sans grand intérêt et ne se souciait guère du sort de Médine. Il estimait que, alors que le Hedjaz était tombé presque entièrement aux mains des insurgés, défendre Médine sous prétexte que c'était la ville du prophète ne servirait qu'à causer des pertes humaines, et plusieurs de ses amis et des hauts officiers de l'état-major partageaient ce point de vue. Mais Fahrettin pacha n'était pas de cet avis et ne voulait rien entendre. Il se comportait comme si l'issue de la guerre avait dépendu de la défense de Médine. Il ne voulait pas en démordre, refusait d'admettre le désastre, et avait perdu le sens de la réalité. Il était résolu à défendre la ville du prophète jusqu'à la dernière goutte de son sang. Cependant la guerre touchait à sa fin et le bruit courait qu'on allait conclure l'armistice avec les nations de l'Entente. Bientôt la ligne télégraphique fut coupée et il n'y eut plus aucun moyen de communiquer avec Istanbul. Fahrettin pacha attendait, seul dans le désert, tel un commandant qui salue le drapeau alors que sombre son navire. Mais les soldats, ces jeunes hommes amenés des quatre coins de l'Anatolie, fatigués, mourant de faim et de soif, avaient-ils vraiment envie eux aussi de mettre tout leur zèle à défendre Médine ? Bien entendu, on ne leur demandait pas leur avis, ceux qui tentaient de fuir étaient abattus sur place et un oiseau n'aurait pas pu s'envoler des bastions de la ville. On était à court de vivres et de munitions. Lawrence et les fils de Hussein préféraient retarder l'assaut, pensant que la ville, épuisée par deux années de siège, tomberait d'elle-même.

Après l'armistice, en dépit des admonestations du gouvernement d'Istanbul, des ordres du ministère de la Marine câblés par les Anglais et même de la mise en demeure de Haydar Molla, ministre de la Justice, Fahrettin pacha refusa de signer le cessez-le-feu avec les insurgés. Il quitta ses fonctions sans l'avoir signé et, après avoir ôté son uniforme, il se contenta de revêtir le manteau de pèlerin et d'aller se joindre aux gardiens du tombeau du prophète. Après quoi toute la garnison, y compris Rahmi bey, fut expulsée de Médine manu militari. Via le port de Yanbu, elle fut expédiée en Égypte dans un camp de prisonniers « comme un troupeau d'esclaves ».

Ton grand-père avait écrit : « En fait – que Fahrettin pacha, le héros de Médine, repose en paix –, nous ressemblions plus à des souris prises au piège qu'à des esclaves. » Et, à la dernière page de son carnet, il avait dessiné une sauterelle au-dessous de laquelle tu parvins tant bien que mal à lire ces mots en caractères arabes : « À Médine, j'ai goûté aussi à ce don d'Allah. » Ton grand-père ne t'avait pas raconté ses souvenirs de guerre, mais il avait eu soin de conserver ses notes afin de laisser ce précieux témoignage aux futures générations. Et notamment ce souvenir que ta grand-mère racontait à tout venant, au grand dépit de ton grand-père, et qui la faisait à la fois rire et pleurer.

C'était au plus fort du siège. Les soldats n'avaient plus ni la force ni le courage de tenir. Les vivres étaient épuisés. Fahrettin pacha avait donné l'ordre de semer du blé sur les terrains abandonnés. On avait de l'eau et si l'on faisait du pain on aurait raison de l'obstination de l'ennemi. Étant donné que la manne ne descendait pas du ciel comme dans l'Ancien Testament, il fallait faire soi-même son pain, que l'on ferait cuire avant de le manger de bon appétit. Et qui sait si sur ce sol sacré il ne pousserait pas un pain blanc comme les grains de coriandre et semblable à la manne qui pleuvait sur les fils d'Israël ?

Les ordres du pacha avaient immédiatement été exécutés. Tout semblait bien se passer, les grains avaient germé et les tiges de blé commençaient à jaunir quand de gros nuages apparurent à l'horizon. Les soldats étaient ravis. Il allait enfin pleuvoir, la miséricorde divine allait tomber du ciel, c'était la fin des souffrances et de la disette. Le nuage arrivait rapidement et, en fait de miséricorde divine, il se mit à pleuvoir des sauterelles. Les hommes se demandaient ce qui leur arrivait. En un clin d'œil, les insectes s'attaquèrent aux plantations et se répandirent partout, sur les canons et les fusils-mitrailleurs, s'insinuant dans les fusils et recouvrant le sol et les murs. Les soldats arabes, abandonnant leur poste, se munirent de sacs et de balais et entreprirent de les ramasser. Quand Rahmi bey demanda : « Qu'allez-vous en faire ? », on lui répondit : « On va les faire griller et les manger. » Et ce soir-là, à la caserne, en compagnie de ses camarades, en désespoir de cause, il mangea pour la première fois des sauterelles. Les soldats faisaient de même. Au beau milieu du festin, un homme s'approcha et lui demanda : « Montre-moi comment ça se mange. » Et Rahmi bey d'enseigner à ce jeune Anatolien l'art de déguster les sauterelles : « Rien de plus facile, mon gars, tu les attrapes par les ailes, tu te les mets dans la bouche et tu croques. » Tandis qu'il introduisait une sauterelle grillée dans la bouche du soldat, une autre sauterelle sauta hors de sa bouche et tomba sur le sol. « Ah, mon Dieu ! murmura l'autre, elle est peut-être vivante ! »

Manat

Oui, j'aimais secrètement Mahomet et j'espérais qu'il viendrait un jour se prosterner devant moi. Mais il n'est jamais venu me voir ou me faire une offrande. Il n'a jamais évoqué mon nom. Il n'a jamais tourné en rond autour de moi, cela, au moins, il aurait pu le faire. C'est le moins que l'on puisse attendre d'un Qoraïch. Il aurait pu garder jalousement chez lui une statuette de moi, la caresser et l'emporter dans ses voyages. M'adorer et me rendre grâces comme tout le monde. Il n'a rien fait de tout cela. Et ensuite, quand est descendue la révélation divine et qu'il a commencé à fréquenter Allah notre père et à s'entretenir avec Lui, il s'est complètement détourné. Pas seulement de moi, mais de nous toutes. Il s'est mis à dire que nous n'étions pas dignes d'être adorées, c'était n'importe quoi, il s'efforçait de convaincre les Qoraïch de ne pas faire de nous les associées d'Allah. Il n'était plus le même, son maintien, son regard, sa démarche étaient bizarres. Il semblait détenir un secret qui le dépassait, une force qui, le jour venu, allait changer le cours du destin. Il parlait du jour du Jugement, du paradis et de l'enfer. Il évoquait de vieilles histoires, les prophètes qui l'avaient précédé. Entouré par une poignée de disciples, il s'est mis à nous défier. Et pas seulement nous. Il tenait tête aux notables de La Mecque, à Abu Sufian qui nous rendait un culte sans faille, à Abu Jahl qui nous dispensait généreusement le khol dont il se teignait et les parfums dont il s'oignait, et même à ses propres oncles. Il accabla d'injures et de menaces Abu Lahab, qui s'était voué à Uzza.

Il était toujours distrait, renfermé, perdu dans ses rêves. Il ne ressemblait pas du tout aux jeunes de son âge. C'est peut-être pour cela que je l'aimais et que j'avais envie de l'avoir auprès de moi. Je voulais occuper une place dans sa vie, dans ses pensées, dans ses prières. Mais cela ne s'est pas produit. Les caravanes passaient, les chameaux s'arrêtaient près des puits, on vendait et achetait des marchandises dans les foires, les naissances succédaient aux décès et la paix succédait aux guerres. Les pèlerins venaient et repartaient, ainsi que les cigognes et autres oiseaux migrateurs. Que de fois le soleil s'est levé et couché derrière le sommet des collines, que de fois la lune a éclairé le ciel, que de fois l'orage a grondé sur La Mecque et Yathrib, sur Taïf et Tabuk. Mais je revois le beau visage de Mahomet, ses yeux ardents, ses lèvres charnues et ses dents blanches. Ses dents, surtout, brillant comme des perles. Je ne savais pas qu'il en perdrait une à Ohod. Ni qu'après Khadidja il aurait plusieurs autres femmes.

J'ai appris qu'il avait épousé Khadidja, la fille de Khuwaïlid. Je mentirais si je disais que je n'ai pas été jalouse. Ensuite je me suis habituée à son absence, je l'ai vu une fois, cependant. Quand il s'est marié et a eu des enfants, j'ai continué à l'aimer et à me languir de lui. Un amour secret est pire que la mort. De toute façon la mort n'est pas l'affaire d'une déesse, surtout d'une fille d'Allah. Si nous, les déesses, nous éprenons d'un homme, notre vie est brisée. Nous ne pouvons ni nous unir à notre bien-aimé, ni l'épouser. Nous dépérissons sur place, même si notre séjour est la Kaaba. Ni nos pouvoirs ni notre beauté ne peuvent éteindre le feu qui nous dévore, calmer le chagrin qui étreint notre corps de pierre. Nous, les déesses, nous ne devrions jamais être amoureuses d'un mortel.

Je mentirais si je disais que je ne me suis pas réjouie lors de la mort de Khadidja. Car je savais combien il était attaché à son épouse, combien il l'aimait et la respectait, je savais qu'il ne la quittait pas et qu'il avait, dès le début, partagé sa foi avec elle. Il l'aimait avec toute la dévotion de son cœur d'orphelin. Là-dessus, j'ai ouï-dire qu'il avait épousé Saudah, une vieille veuve. Bon… Je savais qu'elle faisait partie des premiers pèlerins musulmans qui avaient émigré en Abyssinie et que son premier mari était un chrétien du pays du Négus. Quand Saudah, fille de Zem, était revenue à La Mecque, elle s'était installée chez lui. Elle n'était pas sa concubine, mais plutôt sa gouvernante, elle ne partageait pas sa couche, elle entretenait sa maison et s'occupait de ses enfants. Pourtant Abd ben Zem, le frère de la vieille épouse, s'était opposé à ce mariage. Oui, j'en fus le témoin. Le jeune homme est venu me voir, après avoir sacrifié une victime, il s'apprêtait à tourner en rond autour de moi lorsqu'il apprit que sa sœur s'était mise avec Mahomet. Il a commencé à s'arracher les cheveux devant moi. Je n'arrivais pas à le consoler. Il a écourté sa visite et est retourné à La Mecque, mais, en dépit de ses exhortations, sa sœur aînée n'a pas renoncé à son mariage.

Saudah lui dit : « Je sais que Mahomet mérite une meilleure épouse. Et je n'attends rien de lui. Il me suffit qu'il soit auprès de moi dans l'autre monde, c'est pour moi une grande bénédiction d'être l'épouse du messager d'Allah. » Puis elle s'inclina et attendit, avec son corps énorme. Je l'ai aperçue une fois de loin. Elle était très grande et très grosse, elle transpirait sans arrêt et avait beaucoup de mal à se hisser sur un chameau. L'animal menaçait de s'écrouler sous son poids. J'avais beau savoir que si elle avait épousé Mahomet c'était pour accéder au titre enviable de « mère des croyants », j'étais folle de jalousie. Et soudain, qu'est-ce que j'apprends ? Mahomet venait de demander Aïcha en mariage. Le père avait tout de suite donné son accord. Ou plutôt non, pas tout de suite. Il n'avoua pas qu'il avait, dès le berceau, promis sa fille à Djubaïr, fils de Mutim, de la tribu des Ben Taïm. Que pouvait faire Abu Bakr, surnommé *Siddik*, le Fiable ? Il commença par demander l'accord du père de Djubaïr, puis il fiança sa fille à Mahomet.

Ah, Aïcha, Aïcha chérie ! Espèce de truie ! Je n'ai entendu dire d'elle que du bien, les grues m'ont raconté qu'après avoir émigré à Médine elle a été mariée à l'âge de neuf ans. À vrai dire, il n'y a pas de grues dans le ciel du Hedjaz, mais un jour Mahomet a parlé de nous, de mes sœurs Uzza et Lat et de moi-même, et nous a comparées à ces grands oiseaux. Je ne sais pas si les grues serviront d'intermédiaires entre Allah et son serviteur, mais je suis sûre qu'en cas de besoin elles pourront apporter les nouvelles. J'étais au désespoir. J'ai ri, au début, des propos qu'Aïcha tenait à son mari, mais ensuite ma jalousie est passée et l'amour que j'éprouvais pour Mahomet a fait place à la haine. Que disait-elle donc à

Mahomet ? Elle lui demandait : « Dis-moi, messager d'Allah ! Si, en arrivant dans un vallon, tu trouves deux pâturages, vers lequel conduiras-tu ton chameau ? Vers celui où d'autres chameaux sont déjà venus paître, ou vers l'autre pré, verdoyant et intact ? » Voyez un peu, non contente d'être intelligente, elle avait la langue bien pendue. Quand Mahomet évoquait avec regret sa première épouse Khadidja, elle périssait de jalousie. « Eh bien, messager d'Allah, disait-elle, il serait temps que tu cesses de penser à cette femme, à cette Qoraïch édentée. Tu vois bien qu'Allah t'en a donné une plus belle. » Mahomet disait en soupirant que Khadidja, la mère de ses enfants, l'avait soutenu dans les jours difficiles et qu'elle avait dépensé tout son bien pour le service d'Allah. Je ne sais si c'est vrai ou faux, mais, même si je mens comme les grues, il y a une chose dont je suis certaine. La petite Aïcha a donné bien du fil à retordre à Mahomet. Dans l'affaire du miel, elle l'a amené à s'éloigner de ses épouses et il fut même sur le point de les répudier. Et puis il y a eu l'affaire de la calomnie. Dans la première affaire, Mahomet a failli répudier toutes ses femmes ; dans la seconde, il a songé à renvoyer Aïcha chez son père. Je ne sais pas par où commencer. C'est une chose de commencer par le miel, c'en est une autre de commencer par la calomnie. Mais il vaut mieux servir en premier les friandises et je commencerai donc par le miel.

Il faut vous dire qu'après l'hégire, quand Mahomet fut à la tête d'un grand nombre de musulmans, il se maria plusieurs fois. J'ai entendu dire qu'il disposait de plusieurs chambres au rez-de-chaussée de la maison d'Ayyup el Ansar et qu'ensuite, quand il eut installé sa propre maison près de sa mosquée, il aménagea plusieurs chambres dans la cour pour loger ses nombreuses épouses. Elles habitaient toutes là, il les traitait toutes de la même manière, mais il avait une préférence pour Aïcha et il arrivait parfois, quand il était auprès d'elle, que descende sur lui la révélation divine. Bien sûr, elle lui venait aussi en d'autres circonstances, mais jamais quand il rendait visite, à leur tour, à ses autres épouses, même si c'était Zaïnab, fille de Djahd, ex-épouse de Zaïd, son esclave affranchi dont il avait fait son fils adoptif. Il aimait Zaïnab à la folie, à l'insu de tous et il a gardé ce secret dans son cœur pendant bien des années, mais moi, je le savais bien, oui, même quand il était auprès d'elle, les versets ne lui venaient pas, alors qu'ils descendaient parfois sur lui quand il était avec Aïcha. Quoi qu'il en soit, je périssais d'ennui à la Kaaba ; quand les détails de l'affaire du miel sont arrivés à mon oreille, et même si, pour ne rien vous cacher, j'étais affreusement jalouse, je m'en suis fort réjouie. Un voisin *ansar* fit irruption chez Omar, l'air affolé, disant qu'il venait d'apprendre une chose terrible. « Que se passe-t-il ? demanda Omar. Les Ghassanides attaquent Médine ? » « Hélas ! Omar, répondit le voisin, c'est pire que cela, le messager d'Allah vient de répudier ses épouses. » En fait, il ne les avait pas répudiées, il avait seulement juré de ne plus les approcher pendant un mois. Il faut dire que, s'il faut en croire Omar, « les femmes Qoraïch qui, à La Mecque, étaient soumises à leurs époux avaient, une fois arrivées à Médine, adopté les mœurs des femmes de cette ville et s'étaient mises à tenir tête à leurs maris ». Mais il y a plus grave, elles sont allées jusqu'à mystifier le messager d'Allah. Voici les faits :

Après la prière de l'après-midi, Mahomet se rendit chez Hafsa, dont c'était le tour ce jour-là. Il y resta assez longtemps et cela rendit Aïcha folle de jalousie. Sans attendre son jour de visite, ayant appris je ne sais comment que Mahomet adorait le sorbet au miel, elle décida de lui tendre un piège puéril. Quand Mahomet vint les voir, successivement, Saudah et Safiya lui demandèrent s'il n'avait pas mangé un *megafir*, un fruit nauséabond, car il avait très mauvaise haleine. Quand ce fut son jour de visite, Aïcha lui posa la même question. Quand il avoua que Hafsa lui avait servi un sorbet au miel, elles s'écrièrent : « C'est donc qu'elle a cueilli le miel sur un *urfut*, un arbre fétide. » Vous pouvez imaginer comment se sentait notre cher Mahomet, le tendre et naïf, la coqueluche des femmes, lui qui se nettoyait soigneusement les dents après chaque repas pour dissiper les odeurs d'ail et d'oignon, et se parfumait tous les jours ! Tout d'abord, il s'est juré de ne plus manger de miel. Mais le serviteur préféré d'Allah n'a pas eu le cœur de se priver pour toujours de sa friandise préférée et le premier verset de la sourate « Déclarer illicite » est descendu à lui : « Ô Prophète ! pourquoi, recherchant la satisfaction de tes épouses, déclares-tu illicite ce qu'Allah déclara licite pour toi ? » Bien entendu, notre père Allah n'en resta pas là. Par le truchement de Gabriel, il lança cette menace : « Ô épouses du Prophète ! S'il vous répudie, peut-être son Seigneur lui donnera-t-il, en échange, des épouses meilleures que vous, des soumises, des croyantes faisant oraison, dévotieuses, glorifiant le Seigneur, ayant été mariées ou vierges. »

Finalement, Mahomet n'a pas répudié ses épouses ; furieux après elles, il est allé s'enfermer dans une cabane à laquelle on accédait par un escalier de troncs de palmiers et y est resté plusieurs jours tout seul, couché sur une natte, sans manger ni boire. Cependant, un jour avant la fin de sa retraite, il a fait irruption dans la chambre d'Aïcha. Celle-ci n'avait pas sa langue dans sa poche. « Alors, dit-elle à son époux, tu n'as pas la patience d'attendre un jour de plus ? »

Venons-en à la calomnie. Comme tout le monde, j'ai eu vent de cet incident dont le bruit s'est répandu non seulement dans tout Médine, mais jusqu'à La Mecque, et qui a affecté tous les musulmans, à commencer, bien entendu, par l'entourage de Mahomet, mais s'est bien terminé. Ne me dites pas que je n'ai pas d'oreilles pour entendre. J'ai dans la ville du prophète des devins et autres espions qui me tiennent informée de tout ce qui s'y passe.

Chaque fois qu'il part en campagne, Mahomet emmène avec lui une de ses femmes. Et lorsque, dans la sixième année de l'hégire, il va combattre les Banu Mustaliq, c'est le tour d'Aïcha de l'accompagner. On fait halte, au retour, non loin de Médine. Les serviteurs responsables de l'épouse du prophète font descendre le palanquin porté par un chameau dans lequel voyage Aïcha. La jeune femme s'éloigne discrètement pour faire ses besoins. S'apercevant, à son retour, qu'elle a perdu son collier, elle retourne sur ses pas. Cependant le palanquin est hissé sur le chameau et la troupe se remet en marche. Comme on le sait, Aïcha, qui est, certes, belle et intelligente, est petite et toute menue. Ni les serviteurs ni le chameau ne se sont aperçus que le palanquin était vide et voilà la malheureuse, qui a bien retrouvé son collier, toute seule en pleine nuit au milieu du désert. C'est alors que survient Safiyan, jeune guerrier resté en arrière de l'armée et chargé de ramasser les objets oubliés par les campeurs. Il fait monter la jeune femme en croupe et la ramène devant la porte de sa maison.

Bien entendu, les semeurs de scandale sautent sur l'occasion. Ils répandent le bruit qu'Aïcha et Safiyan ont commis l'adultère. Aïcha s'enferme dans sa chambre pour pleurer et l'on raconte dans tout Médine que le prophète est un mari trompé. Le messager d'Allah ne sait que faire. Doit-il renvoyer sa femme chérie chez son père, comme le lui conseille son gendre Ali, ou prendre sur lui et étouffer l'affaire ? Mais si Aïcha n'a pas fauté ? Mahomet en perd le sommeil. Il ne se laisse convaincre ni par ceux dont il prend l'avis, ni même par son esclave Barira qui lui dit : « Ton épouse n'a pas commis d'autre péché que de s'endormir sur la pâte qu'elle-même a pétrie. » Il résiste longtemps à la fois à la pression des gens et aux supplications d'Aïcha qui verse des torrents de larmes. Pour finir, comme toujours quand il est dans l'embarras et confronté à un grave problème, Gabriel vient à son secours. Il proclame Aïcha innocente et déclare :

« Ceux qui sont venus avec la calomnie sont un petit groupe d'entre vous (…) À chacun de ceux qui l'ont colportée, ce qu'il a commis de péché, et à celui qui, parmi eux, s'est chargé de l'essentiel, un tourment immense. Lorsqu'ils ont entendu cette calomnie, que les croyants et les croyantes n'ont-ils, en eux-mêmes, conjecturé favorablement ! Que ne se sont-ils écriés : “C'est une calomnie avérée !” Que les accusateurs n'ont-ils, à ce propos, produit quatre témoins ! N'ayant point produit de témoins, ces gens, devant Allah, sont des menteurs (…) Allah sait, alors que vous ne savez pas. »

Ainsi tout s'est bien terminé, mais les deux hommes et la femme qui ont accusé Aïcha d'adultère n'ont pas échappé à la bastonnade. Passe pour les hommes, mais qu'est-ce qui a pris à cette femme, alors que même moi je crois à l'innocence d'Aïcha ? Son nom était Hamma, fille de Djahch ; quant aux hommes, c'étaient Hasan, fils de Sabit, et Mistah, fils d'Usasa. Aïcha a été blanchie, Mahomet a retrouvé la paix, mais eux, ils ont été rossés. Et comme l'ordonne notre père Allah dans la sourate « la Lumière », ils subiront dans l'autre monde un plus grand châtiment. C'est après cet incident qu'il a été prescrit aux musulmanes de se voiler.

La cigogne, oiseau pèlerin

Tu avais l'impression que les cigognes volaient toujours très haut. Tu te rappelles le ciel de Manisa, sans nuages, d'un bleu profond, immense comme tes rêves d'enfant. Lointain, fascinant, grand ouvert. Seule la montagne, dressée au-dessus de la ville, te faisait peur et assombrissait l'univers avec ses rochers bleutés, ses cavernes et les arbres clairsemés accrochés à ses flancs. Les jours de chaleur, on voyait d'autres montagnes au fond de la vallée verdoyante. Elles fermaient l'horizon du côté du couchant, face aux champs de coton et de tabac, aux pommiers, aux grenadiers et aux figuiers. Qui sait ce qu'il y avait derrière ces montagnes ? D'autres villages, d'autres bourgades, d'autres enfants de ton âge et peut-être même la mer, que tu n'avais encore jamais vue. Elle s'agitait là-bas, immense et bleue, d'un bleu intense, ou, au coucher du soleil, de la couleur du vin. Ce n'est que plus tard, beaucoup plus tard, que tu appris qu'un poète, un certain Homère, qui vécut dans ces contrées il y a des milliers d'années, trouvait que cette couleur seyait à la Méditerranée. Les livres que tu lisais à cette époque pouvaient se compter sur les doigts d'une main. Et si tes souvenirs sont exacts ils parlaient tous d'Atatürk. Derrière ces montagnes, il y avait la mer, avec toutes ses îles, dont le *Gazi* disait, à Kocatepe : « Soldats, votre premier objectif doit être la Méditerranée. »

À en croire ta grand-mère, il y avait là-bas de grands bateaux blancs. Avant que tu ne viennes au monde, avant même la naissance de ta mère et de tes tantes, ton grand-père s'était embarqué sur un de ces bateaux pour partir vers le Hedjaz et devenir *hadji*. Mais il n'allait pas en pèlerinage, il allait faire la guerre. Il a laissé un bras en terre sainte. Oui, ton grand-père était à la fois un *hadji* et un héros, mais ton rêve de partir en pèlerinage sur le vieux bateau à hautes cheminées qui l'avait emmené jadis s'est flétri depuis longtemps. Là-bas, derrière les montagnes, les vagues écumantes, les vents et les tempêtes faisaient obstacle à ton voyage. Tout est soumis à la volonté d'Allah, c'est Lui qui contrôle tout. C'est Lui qui précipite les navires au fond de la mer ou les mène au port. Est-ce Lui, aussi, qui a créé les étoiles suspendues la nuit dans le ciel ? Bien sûr, et, comme Il a rivé les montagnes au sol, Il a cloué les étoiles au ciel pour qu'elles guident les navires.

Si tu regardais si souvent le ciel, c'était peut-être pour échapper à la pesante présence du mont Sipil. Là-haut, bien haut, tu voyais passer les taches noires des cigognes qui étaient à la fois oiseaux et pèlerins. Elles battaient des ailes dans le ciel jusqu'à La Mecque. Arrivées là elles se posaient sur les collines Marwa et Safa et faisaient leur nid sur la Kaaba. Tu étais assez grand pour qu'on t'explique que les oiseaux migrateurs s'envolent vers le sud à l'approche de l'hiver, mais ta grand-mère préférait te dire que les cigognes allaient en pèlerinage à la Kaaba. Qui sait, la bonne vieille avait peut-être envie qu'il lui pousse des ailes pour pouvoir les suivre. Mais elle n'aurait pas pu s'envoler, elle aurait en vain battu des ailes comme les volailles paresseuses du poulailler. Avec son corps énorme et ses jambes percluses, elle ne pouvait plus aller nulle part. Elle faisait un tour dans le jardin et se penchait pour arroser les jacinthes et biner le sol. Mais toi, un jour, tu irais voir la Kaaba, tu revêtirais la robe du pèlerin et serais lavé de tous tes péchés. Tu n'irais pas, à l'instar de ton grand-père le *hadji* Rahmi bey, charger à la baïonnette ou brandir notre glorieux drapeau sur les bastions de La Mecque ou de Médine, tu irais dans le Hedjaz pour baiser la pierre noire et lapider Satan. Oui, tu irais, parce que tu étais un pécheur, méchant et turbulent. Tu oubliais de faire ta prière et, au lieu de passer la journée, comme ta grand-mère, à égrener un chapelet en invoquant le nom d'Allah, tu allais jouer dans la rue avec Ismaïl, tu buvais de l'eau froide alors que tu étais en sueur, au risque de prendre froid, et tu causais mille soucis à tes grands-parents. Tu insultais les enfants des émigrés et te moquais d'eux. Bref, on aurait beau te mettre du poivre dans la bouche, tu étais voué à l'enfer. L'ange perché sur ton épaule gauche n'arrêtait pas d'inscrire tes péchés et il n'en pouvait plus ; toutes tes bêtises, si on les avait placées sur la balance, auraient non seulement dépassé ton poids, elles auraient soulevé le mont Sipil. Certes, si tu n'avais pas écouté Ismaïl, ce mille-pattes aux yeux bleus, tu n'aurais peut-être pas détruit les nids des fourmis et fait brûler des sauterelles, mais chaque fois le fils du boulanger Ibrahim réussissait à t'entraîner. La nuit, il prenait la forme du diable et venait hanter tes rêves.

Mais un jour tu suivrais le même chemin que les cigognes et les cohortes d'anges envoyées par Allah, tu ferais le grand pèlerinage, tu irais faire le *tawaf,* la procession autour de la Kaaba et, avant de gravir les collines de Marwa et de Safa, tu irais lapider Satan. Ensuite, lavé de toutes tes fautes, tu serais aussi pur et innocent qu'un nouveau-né. Certes, il y avait le diable, le vil Satan à la langue fourchue et aux yeux flamboyants, mais tu te débarrasserais de lui en le lapidant sept fois, exactement, comme l'ont fait Abraham, sa femme Agar et son fils Ismaël – non, bien sûr, il ne s'agit pas d'Ismaïl, le fils du boulanger Ibrahim, qui n'a de commun avec lui que le nom. Et il ne viendrait plus dans tes rêves, il cesserait de te tenter. Mais en attendant tu faisais de ton mieux pour t'enfoncer dans le péché, tu semblais bien résolu à gober tout ce qu'il te disait. Il répétait que tu avais le droit de jouer, qu'il t'aimait et t'estimait et que, sans pour autant déchoir, il était à tes ordres.

Tu ne devais pas écouter ton grand-père, tu étais trop petit pour devoir jeûner. D'ailleurs est-ce que ton père respectait le jeûne ? Et son père, ton autre grand-père, qui était mort avant ta naissance ? Tu te réveillais en sueur, tu courais, affolé, dans la pièce attenante à la cuisine et qu'on appelait le hammam et, la bouche sous le robinet, tu buvais à longs traits ; tremblant à l'idée que tu ne pourrais même pas manger un morceau de pain de toute la journée, tu avalais précipitamment tout ce qui traînait dans le garde-manger. Les jours du ramadan étaient étouffants et interminables. L'*iftar*, la rupture du jeûne, se faisait attendre, tu comptais les minutes et les heures et la journée n'en finissait pas. Les marchands fermaient leurs boutiques, ton grand-père son cabinet, tes amis, ayant depuis longtemps cessé leurs jeux, étaient rentrés chez eux, mais le jeûne s'éternisait. Tarzan, qui gravissait la montagne pieds nus et tête nue, n'avait toujours pas tiré le coup de canon. Ton ventre gargouillait, les scorpions collés à ton palais réclamaient de l'eau et tu attendais dans ton coin, tout désemparé. « Fais une prière, disait ta grand-mère. Si tu récites la *fatiha* sept fois de suite, tu n'auras plus soif. Si tu la dis sept fois de plus, tu n'auras plus faim. Le jeûne des enfants est plus agréable à Allah que celui des adultes. » Tu commençais à réciter : « *Elhamdulillâhi rabbil' âlemin. Errahmanirrahim. Mâliki yevmiddin. Iyyâke na'budu ve iyyâke nestain. Ihdinas siratel mustakiyme siratellezine en'amte aleyhim gayrilmagdubi aleyhim veleddâllin.* » Tu débitais tout cela d'une seule haleine, mais tu oubliais de dire *bismillah*. Et du coup Allah ne pouvait pas agréer ta prière. Les esprits des défunts s'agitaient, ton père, sous la forme d'un hibou, apparaissait sur sa tombe et demandait de l'eau à tous les passants. Tu avais la langue collée au palais, mais tu voulais que ton père boive et, pour obtenir la miséricorde divine, tu décidais de patienter jusqu'à l'*iftar*. Tu aurais beau la réciter sept fois, la *fatiha* ne compte que sept versets et tu pouvais finir avant le coup de canon. La *fatiha*, la sourate liminaire, est la mère de toutes les prières, elle commence le Coran et le contient tout entier, mais, pour être recevable, elle doit commencer par *bismillah* et se terminer par *amen*. Tout le Coran tient dans la *fatiha*, toute la *fatiha* tient dans le *bismillah* et tout le *bismillah* tient dans la lettre *b*, mais, pour que la prière soit recevable, il faut mettre le point sous la lettre *b* qui s'étire comme un bateau. Car tout réside dans ce point. Si Allah le voulait, il ferait entrer dans ce point l'univers, le ciel et les étoiles, la terre et les hommes, les montagnes, les mers et les rivières, les océans et les vents, avant que tu aies pu t'en apercevoir. Quand ton grand-père te disait, d'un air sévère « Comment lis-tu ceci ? », tu étais tout tremblant et tu confondais toutes les lettres arabes. Pourtant, en te les faisant apprendre, pour t'aider à les retenir, il comparait chacune d'elles à un objet. *Elif* de tout son long s'étirait tandis que *Be* partait sur son beau navire. *Pe* et *Se* lui ressemblaient. *Djim* était tout éventré, *Ha* et *Hi* lui ressemblaient. *Dal* prenait son gros mortier et *Zel* lui ressemblait. *Sat* avait le crâne d'un prévôt. *Dad* lui ressemblait. *Ti* était une tête de lièvre en alerte. *Zi* lui ressemblait. *Ayn* gardait la bouche ouverte et *Gayn* lui ressemblait. *Lam* lançait sa faucille, *Kef* toujours se faufilait, *Mim* se balançait sur sa canne, *Nun* présentait sa coupe et *He* lui ressemblait. Et soudain tout se mélangeait, se mettait à courir en tous sens, comme les fourmis quand tu soulèves la pierre qui recouvre leur nid. Tu peux toujours courir pour les rattraper. En fait, tu te rends compte maintenant que ces lettres étaient pour toi comme des jouets. Tu avais envie de les colorier en rouge, en vert et en orangé, de donner à chacune une couleur différente. Les sept couleurs de l'arc-en-ciel n'y auraient pas suffi, il aurait fallu presser des tubes de peinture et mélanger soigneusement les tons dans un petit godet. Comme quand ta grand-mère faisait brûler du henné. Peut-être qu'ainsi parées les lettres arabes t'auraient semblé moins tarabiscotées et auraient gagné tes faveurs. Réconcilié avec elles, tu les aurais bien traitées.

Mais le diable, en fait, n'était ni dans les cauchemars que tu faisais durant le ramadan, ni dans l'eau que tu buvais en cachette ou dans le pain que tu dérobais, ni dans le sommeil qui terrassait ton petit corps et t'entraînait dans ses profondeurs comme la mer que tu n'avais jamais vue engloutit les navires. Il était à La Mecque, derrière les pierres dressées entourées par la foule qui s'écoule comme un fleuve blanc après avoir tourné sept fois autour de la Kaaba. Tu as même vu sa photo dans le journal que lisait ton grand-père. Tu t'étais saisi dudit journal et tu l'avais examiné attentivement. « Les pèlerins ont lapidé Satan », pouvait-on lire, écrit en gros caractères, à côté d'une photographie de la Kaaba et au-dessus du mot « *Lebbeyk !* » dont tu te souviens encore et que tu murmurais parfois la nuit ou que tu criais, dans ton lit, pour implorer la protection d'Allah. Longtemps, tu as caché en toi ce mot dont tu ignorais le sens. C'est ce même mot que criait le génie sorti de la lampe d'Aladin qui attendait ensuite, debout, les mains croisées sur la poitrine, que le vœu soit formulé. C'était donc bien un mot magique. « *Lebbeyk ! Lâhumme lebbeyk !* » criaient aussi les pèlerins en arrivant à la Kaaba. Finalement, n'y tenant plus, tu demandas son sens à ton grand-père ; une fois encore, le charme fut rompu et « *Lebbeyk !* » n'a plus jamais ouvert pour toi les portes du rêve, de l'Arabie où vont les cigognes, de La Mecque et de Médine. Perdant son mystère, il cessa d'être un talisman et se rangea parmi les mots arabes qui peuplaient ta mémoire. C'était l'époque du pèlerinage et la ville fêtait ses pèlerins qui allaient et venaient, virevoltant comme de blancs papillons, lorsqu'une cigogne, s'écartant d'un vol, descendit, longea le versant du mont Sipil et vint faire son nid sur la cheminée de votre maison. L'antenne de la radio, plantée sur la cheminée, en fut endommagée et pendant quelque temps vous fûtes privés des informations. Bien entendu, c'est ton grand-père qui en fut le plus affecté, il tenait à ses nouvelles autant qu'à l'appel du muezzin. Il ne manquait ni l'un ni l'autre, se levait à l'appel du matin et s'endormait après la prière du soir. Oui, comme les premiers musulmans, il se levait pour la prière à l'heure où le monde se colore et où l'on peut distinguer un fil noir d'un fil blanc.

Ton grand-père était un peu contrarié, mais il se contentait de dire : « C'est Allah qui a fait le nid de cet étrange oiseau », et on n'avait pas le droit d'y toucher. Certaines nuits, entendant l'oiseau craqueter, tu montais au second étage, sortais sur la terrasse et lançais des fruits, abricots et prunes, que ta grand-mère avait mis à sécher dans des bassines en criant : « *Leylek leylek lekirdek ! Hani bana çekirdek !* » (Cigogne, cigogne, laisse-moi les noyaux !) L'oiseau se calait sur ses pattes fines, tournait son bec vers la montagne et continuait à craqueter. Tu avais envie de crier : « Emmène-moi à La Mecque, oiseau pèlerin ! » Les montagnes étaient loin à l'horizon, la mer était loin derrière les montagnes et La Mecque était beaucoup plus loin encore. Qui sait où, en quel lieu, au bout de quel chemin ? Un jour la cigogne a déployé ses ailes et quitté son nid sur la cheminée, mais elle ne t'a pas davantage rendu les noyaux qu'emmené à La Mecque. En vain, tu as attendu son retour. Les jours, les mois, les années ont passé. Tu as grandi, le monde a rétréci, la lune a tourné bien des fois autour de la terre, mais ni la cigogne ni ton enfance ne sont jamais revenues.

L'appel du muezzin

Le point placé sous le « bateau » du *b* ne recelait pas seulement le mot *bismillah*, il cachait aussi un nom, celui de Bilal, le premier muezzin de l'islam. Ton grand-père faisait plus de cas de la voix de l'imam de la Grande Mosquée que de sa science. En entendant son appel à la prière, il disait : « Quelle belle voix, on dirait celle de Bilal ! » Ensuite il faisait ses ablutions, se prosternait et demeurait songeur. Tu ne saurais dire, aujourd'hui, s'il pensait au premier appel des fidèles lancé du haut du minaret de pisé de la première des mosquées ou s'il songeait avec colère aux appels du muezzin en turc que diffusait la radio des années avant ta venue au monde. Ce que tu sais, c'est qu'il n'a jamais admis que l'on puisse prier et lire le Coran en langue turque et qu'on appelle les fidèles en clamant : « Dieu est grand ! Dieu est grand ! Viens le prier ! » Il abordait souvent ce sujet avec Hafız efendi. Tous deux étaient opposés à ce que l'on prie et lise le Coran, descendu du ciel en arabe, dans une autre langue, fût-ce leur langue maternelle. Il faut dire que, selon l'expression de ton grand-père, « le gouvernement avait encore fait une ânerie » : dans toutes les grandes mosquées, à Istanbul et même à Izmir, c'était à qui lirait la traduction des versets du Coran sur les divers modes de la musique traditionnelle turque. Un vrai désastre ! Mais, durant ton enfance, l'appel à la prière se faisait « de nouveau, Dieu merci, dans la langue de Bilal », comme disait ton aïeul. Ce nom de Bilal sonnait joliment à ton oreille, il exerçait une magie plus forte encore que l'appel du muezzin. Et tu avais envie de savoir quel était celui qui portait ce nom.

* * *

Bilal était un esclave abyssin, grand, fort et massif comme tous les Abyssins, mais il n'était pas aussi noir qu'eux. C'était un métis, né d'un père abyssin et d'une mère blanche. Il avait tout de même la peau très foncée et les lèvres épaisses, « une lèvre tournée vers le sol, l'autre vers le ciel », comme on dit dans les contes, et il n'était pas très différent des autres esclaves venus de son pays qui servaient chez les notables de La Mecque. Il avait l'œil aux aguets et l'air craintif. Mais cet air apeuré cachait un cœur pur et tendre, il n'aurait pas fait de mal à une mouche. Les mains et les pieds de ce géant étaient vastes et imberbes comme un champ en friche dont on a brûlé les mauvaises herbes. Mais sa vraie personnalité, ce qui le caractérisait, c'était sa voix.

En attendant d'organiser d'autres caravanes, les notables mecquois, rentrés les poches pleines de Damas ou du Yémen, périssaient d'ennui. Les journées étaient torrides et les nuits interminables. Parfois la lune éclairait les rues, ou les étoiles scintillaient dans le ciel, mais le plus souvent la ville était plongée dans d'opaques ténèbres. Il faisait si noir.

dans la Kaaba et autour d'elle que, comme on dit, « si tu avais tiré une balle, elle n'aurait pas percé la nuit ». Mais en ce temps-là il n'y avait ni balles ni fusils. Le fusil n'avait pas encore été inventé et la « vertu », le courage viril, avait gardé ses droits. Cette vertu se manifestait avant tout dans l'hospitalité, mais il fallait aussi savoir pratiquer la débauche. Pourtant on ne passait pas seulement la nuit vautré sur le sein des belles esclaves et le jour à honorer les idoles. Comme craquètent les cigognes, on adorait les palabres. L'eau était rare, certes, mais on n'était jamais à court de mots, que l'on criait à tue-tête en postillonnant.

L'un disait qu'il avait trouvé un pénis de pierre parmi les bijoux de Lat et qu'il transpercerait le foie du malappris qui était l'auteur de cette incongruité, un autre lui conseillait de lui fourrer plutôt le fameux pénis là où vous pensez et, pour mettre fin au débat, le maître de maison racontait en riant aux éclats que Mahomet se mettait les mains derrière les oreilles et, tel un bateau toutes voiles dehors, répétait éperdument jusqu'au matin : « *Allahu akbar.* » Ça, ce n'est rien, disait un autre, moi, j'ai vu Abu Bakr parler à un oiseau qu'il tenait dans sa main. Ensuite il s'est mis à sangloter. Je lui ai demandé pourquoi il pleurait et il m'a dit qu'il aurait bien voulu être à la place de l'oiseau au jour du Jugement, pour n'avoir pas à rendre de comptes.

On ne parlait pas seulement de La Mecque, on évoquait aussi des faits lointains. Numan, fils du roi de Hira, faisait un tel éloge des Arabes que Husrev, souverain de l'immense Perse, en était resté bouche bée. Il avait couvert Numan de cadeaux et avait voulu se l'attacher. Qu'avait donc dit Numan ? Il avait déclaré qu'à ses yeux les autres peuples ne valaient pas tripette, que les Arabes étaient plus beaux que les Chinois aux yeux bridés et que les affreux Turcs, qu'ils savaient par cœur le nom de tous leurs ancêtres, s'accouplaient à dos de chameau, buvaient le lait des chamelles et ne vivaient ni dans des villes fortifiées comme les Grecs ni dans des palais comme les Perses, mais au grand air comme les animaux sauvages. Qu'ils avaient le désert pour berceau et le ciel pour plafond, que leurs meilleurs amis étaient leur cheval et leur chameau et qu'ils savaient endurer la souffrance. Quant à Umara ben Valid et Amru ben As, sur le bateau qui les emmenait en Abyssinie, ils s'étaient querellés après avoir bu copieusement, et Amru avait fini par jeter par-dessus bord Umara qui n'arrêtait pas de faire les yeux doux à sa femme qui l'accompagnait ; Umara avait échappé à la noyade et était remonté à bord en s'accrochant à des cordages. Ensuite ils s'étaient réconciliés en présence du Négus. Mais Umara, incorrigible, avait trouvé le moyen de séduire une des femmes du harem du Négus ; les magiciens, après l'avoir gonflé en lui soufflant dans le derrière, l'avaient abandonné, tout nu, dans une forêt, parmi les éléphants et les singes. Et on n'avait plus jamais entendu parler de lui. Et puis... on revenait à Mahomet qui, après avoir dit qu'après Khadidja il ne voulait pas d'autre femme, s'était entiché d'Aïcha, fille d'Abu Bakr. Il avait épousé la fillette qui jouait encore à la poupée, mais, comme elle n'avait que six ans, le mariage n'avait pas été consommé et la petite se contentait de jouer avec les pantoufles de son mari.

– Voyez un peu ce Mahomet, disait quelqu'un. Il a épousé Saudah, qui est vieille et obèse, et ensuite il a failli la répudier pour épouser la fille du Siddik, qui n'avait que six ans.

– Tu es un vrai Arabe et tu dois comprendre ça, lui répondait-on. Nous connaissons Mahomet depuis son enfance. Il est sensible et timide. Il a voulu bien faire en protégeant Saudah, et ensuite il a épousé Aïcha, qui est la fille de son fidèle compagnon.

Certains se récriaient, disant qu'il ne fallait pas chercher à le comprendre et qu'il valait mieux se tenir loin de lui, pour ne pas se laisser leurrer par la dangereuse douceur de ses discours. Et puis on revenait aux événements lointains, on avait eu quelques conflits avec les Grecs, un terrible tremblement de terre avait dévasté l'Abyssinie, la nuit précédente une étoile filante était apparue sur la Kaaba. Les devins disaient que cela n'augurait rien de bon, mais en tout cas il y avait beaucoup d'étoiles dans le ciel et si chacune avait été un pain on aurait toujours mangé à sa faim.

C'est ainsi qu'on essayait de tuer le temps. Un mot poussant l'autre, le jour se levait et le soleil commençait à darder ses rayons meurtriers. La nuit, le gel faisait se fendre les rochers et les cris lugubres des corbeaux et des hiboux semaient la terreur dans les cœurs. À l'heure où les morts sortent de leur tombe, les djinns ne perdaient pas de temps, ils se jetaient sur tous ceux qu'ils voyaient. C'est eux qui allumaient des feux dans le désert et jouaient aux quatre coins autour de la Kaaba. On restait donc chez soi jusqu'au matin.

À part les rares musulmans, les notables de La Mecque, y compris les Qoraïch les plus en vue, n'avaient pas le sentiment de l'infini et ne se demandaient pas s'il y avait une vie après la mort. Ils n'avaient cure de la marche immuable de l'univers, du lever et du coucher du soleil, des rares pluies qui faisaient parfois dévaler d'énormes rochers, des éclairs scintillant par-delà les monts dénudés, de l'arc-en-ciel, de la lune et des étoiles qui, par les nuits sans lune, s'approchaient tellement qu'on aurait pu les toucher. Le ciel était le domaine des devins, la terre celui des pasteurs. Il n'y avait pas beaucoup de créatures dans le désert, mais ils ne croyaient pas que c'était Allah qui avait créé les mulets et les chameaux, les serpents et les scolopendres, les oiseaux rapaces et les lions. Pas plus que les moutons que gardaient les bergers. Ils ne se souciaient ni des palmiers dattiers ni des tempêtes de sable. Ils laissaient à Uzza, Lat et Manat et au grand Hubal aux yeux rouges le soin de les protéger. Ils croyaient que l'on vivait pour son plaisir, non pour rendre hommage à Allah. Certes, il y avait un dieu puissant, créateur, maître de toute chose, mais il était très loin, en un lieu inaccessible. Il avait confié à ses filles Uzza, Lat et Manat l'ordre du monde, et c'est elles qui s'occupaient de la roue du destin, de la mort des hommes, de leurs affaires et de leurs beuveries.

On s'assemblait chez l'un ou chez l'autre, on s'attablait pour boire et tuer le temps en regardant les danseuses aux cheveux longs, aux mains et aux visages peints, balancer les hanches en jouant du tambourin ou des cliquettes, au son de flûtes qui piaillaient comme des oies. Parfois, des rixes éclataient, on s'entre-tuait, et c'était le début d'interminables vendettas. C'est Umeyya, fils de Qalifa, qui donnait les plus somptueux festins. On servait des agneaux grillés sur des plateaux d'argent, on emplissait les coupes de vin de palme. Vous vous doutez bien que si Umeyya était le plus prodigue des notables de La Mecque, c'était aussi le plus débauché et le plus intraitable. Quand chacun était repu et avait calmé ses ardeurs dans les bras des belles esclaves, c était de nouveau l'heure des palabres. On évoquait les jours anciens, les caravanes et les prouesses d'antan, et on disait des poèmes. Ceux qui voulaient montrer leur éloquence se présentaient et récitaient leurs vers ; si ceux-ci plaisaient au public, le lendemain on tâchait de s'en souvenir, on les inscrivait sur des toiles d'Égypte et on les suspendait aux murs de la Kaaba. Et quand on était las de dire des poèmes, Bilal chantait pour les convives qui n'avaient pas encore sombré dans l'ivresse.

Sa voix était si pure, si belle, qu'elle vous ensorcelait et qu'on cessait de manger pour l'écouter en silence. Ceux qui s'étaient endormis, sentant leur cœur tressaillir et se réchauffer, prêtaient l'oreille malgré eux. Les paroles de la chanson étaient incompréhensibles, mais la voix belle et envoûtante de Bilal attendrissait les cœurs les plus endurcis. Non, attendrir n'est pas le mot, disons plutôt qu'elle transperçait les cœurs. Car cette voix douce et profonde savait se faire incisive et pénétrante. Mûrie par la nostalgie du pays abyssin, la douleur de l'esclavage, elle semblait limpide et purifiée, lavée de toutes les turpitudes. C'est pour cela, sans doute, qu'Abu Jahl aimait Bilal plus que tout autre. Il avait beau avoir mangé et bu en abondance, il attendait comme les autres, sans broncher, l'œil brillant. Abu Jahl n'était pas seulement, comme le dit son nom, le « père de l'ignorance », il était aussi l'opprobre de La Mecque. Il se parait comme une femme et il aimait les hommes, surtout les jeunes garçons. Il les aimait même beaucoup. Bien sûr, quand je parle d'opprobre, j'épouse le point de vue de ses ennemis, car, parmi les Arabes du temps de l'ignorance, le « père de l'ignorance » ne faisait pas mystère de ses penchants un peu spéciaux. Mais quand Bilal apparaissait, quand il entendait sa voix, il était fasciné, comme assommé, tout d'abord par sa prestance et ensuite par sa voix.

Bilal n'était pas chargé de menues besognes, sa tâche consistait à prendre soin d'Uzza, Lat et Manat et de veiller à leur propreté. En fait, il les haïssait. Il lui semblait que ces femmes de pierre étaient beaucoup plus dangereuses que les images de la Vierge Marie qui ornaient les murs des églises de son pays d'origine. Elles exerçaient un attrait puissant qui vous faisait perdre la tête. Mais aucune d'elles, pas plus d'ailleurs que la Sainte Vierge, ne pouvait vous mener à Dieu. Quant à Jésus, il avait certes souffert de la cruauté des hommes, mais il n'était pas fils de Dieu. Bilal ne pouvait pas croire que l'Être suprême qu'il aimait chaque jour davantage et qui, contrairement aux idoles, n'avait pas de forme matérielle, qui était source d'espérance, de protection et de pardon, qui le maintenait en vie, pût avoir un fils. Par-delà les idoles dont il prenait soin malgré son envie de leur cracher au visage, par-delà Jésus, fils de la Sainte Vierge, il était en quête d'un être plus puissant, invisible et inconcevable, du grand mystère peut-être inaccessible. S'il trouvait ce Dieu-là, il était bien résolu à n'adorer que Lui. Aussi fut-il l'un des premiers à suivre Mahomet. Il croyait de tout son cœur qu'on ne doit pas donner d'associés à Allah, qu'il faudra rendre compte au jour du Jugement et surtout qu'Allah « n'a pas engendré et n'a pas été engendré ». Il s'abandonna totalement à la force de la révélation qui descendait sur Mahomet. Qu'est-ce qui peut sortir de l'unicité ? Encore et toujours l'unicité. Bilal ne cessait de répéter le mot *ehad* (unique). « Il est l'Unique, disait-il, et Mahomet est son messager.

Allah est unique et Lui seul peut être adoré. » Bilal n'était pas le seul à croire cela, tous les autres musulmans, même s'ils étaient encore peu nombreux, le croyaient aussi, mais la foi de Bilal semblait plus profonde, plus évidente, c'était presque une obsession. Pour lui, Mahomet parlait d'or, chacun de ses mots et de ses versets était beau, juste et vivifiant. À l'évidence ni les idoles dont il avait la charge, ces putains méprisables, ni aucune des autres ne pouvaient affronter l'unicité d'Allah. Et si son maître Ummaï décida de châtier son esclave abyssin, ce n'est pas seulement parce qu'il s'était converti à la nouvelle religion que Mahomet essayait de répandre, ni parce qu'il détestait les idoles dont il avait la charge, mais surtout parce qu'il disait à qui voulait l'entendre : « Allah est unique. »

Bilal, dépouillé de ses vêtements, fut couvert de chaînes. On l'allongea sur le sable brûlant et on posa une grosse pierre sur sa poitrine. Il avait du mal à respirer, il avait l'impression que le poids de la pierre allait arrêter les battements de son cœur, mais il ne cessa pas de répéter : « Allah est unique. » On le laissa là, sans nourriture ni boisson, la pierre sur la poitrine. Les serpents venaient lécher son sang répandu sur le sable, mais ne lui faisaient aucun mal. Sa forte constitution avait résisté à ce supplice, mais sa voix s'était brisée. Quand il ouvrait la bouche, il n'en sortait plus qu'un râle effrayant ; pourtant, on ne l'entendit pas une seule fois se plaindre. Finalement, quand il fut sur le point de mourir, Mahomet, son bien-aimé prophète, vint à son secours. Abu Bakr ayant payé le prix du corps de l'esclave, il le délivra et l'affranchit. C'est ainsi que Bilal fut l'un des premiers musulmans, qu'il partit avec les autres pour

Médine et lut le tout premier appel à la prière du haut du minaret de la première mosquée. Et à la bataille de Badr il tua de ses propres mains Ummaï, son ancien maître.

Les combats se succédaient et l'islam se propageait dans toute l'Arabie. L'appel de Bilal retentissait non seulement dans les villes, mais dans les coins les plus reculés du désert. Après avoir pris La Mecque, Mahomet ne demeura pas dans la ville de son enfance, il retourna à Médine, la cité des *muhajirun* (immigrés venus de La Mecque) et des *ansars* (Médinois convertis à l'islam) qui l'avaient accueilli aux temps difficiles. Quand il partit faire son dernier pèlerinage à La Mecque, Bilal et des milliers de musulmans suivis de leurs femmes l'accompagnaient. Ils firent le pèlerinage avec lui et écoutèrent son sermon d'adieu. Le prophète, juché sur sa chamelle Qaswa, interdit les vengeances de sang et le prêt usuraire et déclara que tous les musulmans étaient frères. Il était malade et fatigué. Il fit agenouiller sa chamelle et reçut dans son cœur, pour la dernière fois, l'inspiration divine. Puis il revint à Médine avec le sentiment du devoir accompli. Bilal ne le quittait plus, parfois plus proche du prophète qu'Aïcha elle-même. Il appelait cinq fois par jour à la prière, montait la garde devant la porte du prophète et veillait à ses affaires. Après la mort de Mahomet, ne supportant plus son absence, il partit pour Damas, mais une nuit, ayant vu en rêve le messager d'Allah, il revint à Médine et, à la demande de Hasan et Hussein, les petits-fils de Mahomet, il se remit à appeler les musulmans à la prière. En l'entendant, les Médinois n'en crurent pas leurs oreilles. Certains se mirent en tête que Mahomet allait revenir lui aussi et sortirent dans les rues en s'arrachant les cheveux, suppliant Allah de leur rendre

Mahomet. Mais le prophète n'est pas revenu et Bilal n'est pas resté à Médine. Il est retourné à Damas parmi les combattants de l'islam, puis il a rejoint les morts. Il est allé retrouver son prophète bien-aimé. Au paradis il n'y a pas d'appel à la prière et il ne savait plus que faire. Il n'avait plus à clamer : « Allah est grand ! Allah est grand ! Venez Le prier ! » Maintenant, ici-bas, on n'entend plus crier en turc « Allah est grand ! Allah est grand ! Venez à la prière ! ». Comme sur tous les minarets du monde, on clame « *Allahu akbar !* ».

Menemen

Hafiz efendi avait une très belle voix, c'était un petit homme tout menu, plein de gravité, ton grand-père lui avait enseigné le Coran, il l'avait lu jusqu'au bout et appris par cœur, devenant ainsi un *hafiz*. Tu l'appelais Hafiz abi (grand frère Hafiz) et l'observais avec intérêt. Que ne donnerais-tu pour le voir encore lire le Coran avec ton grand-père, discuter à perte de vue, parler des lointains pays du désert, de Mahomet et de la Kaaba, des actes des prophètes et de leurs miracles, l'entendre demander à ton grand-père de lui commenter un verset et évoquer La Mecque et Médine, Abraham et Moïse. Il était parfois question de Djemal pacha et des martyrs de la guerre du Canal. Hafiz abi lisait alors ce verset : « De ceux qui sont tués sur la voie d'Allah, ne dites pas qu'ils sont morts, car ils sont vivants, mais vous ne vous en rendez pas compte. »

Mais ton grand-père ne voulait rien raconter, il esquivait ce sujet et se gardait d'évoquer l'absence de son bras gauche, la manche vide de sa veste soigneusement repassée et empesée par ta grand-mère. La guerre était passée, avec son cortège de chagrin, de deuil et de larmes. Et l'autre guerre, celle de la libération nationale, avait laissé en souvenir les maisons de Manisa incendiées, les violences, les viols que racontaient tes camarades du quartier et dont les gens parlaient encore. Les habitants persécutés par les Grecs et contraints de se réfugier dans les montagnes et surtout les femmes enceintes tuées à coups de baïonnette avec leur bébé dans le ventre ; on racontait beaucoup de choses, on en rajoutait sûrement, mais hélas, il devait y avoir une part de vérité. Jours d'horreur et de destruction sur ce sol « arrosé par le sang des martyrs… ». Il y avait aussi ceux qui vendaient tout ce qu'ils pouvaient aux mécréants, non seulement pour sauver leur peau, passe encore, mais pour s'enrichir, et ceux qui refusaient de se soumettre, les cavaliers coiffés de bonnets de fourrure à qui le *Gazi*, à Kocatepe, avait montré l'objectif à atteindre et qui descendaient vers Izmir en libérateurs. Et enfin Manisa et Izmir délivrées non seulement de l'occupant, mais des réactionnaires, des « têtes d'araignée ». À cette époque, on ne donnait pas encore ce nom à cette bande de cheikhs et de derviches sortis de leurs tekkés et que ton grand-père vouait aux gémonies. Bien entendu, ils n'avaient pas tissé des toiles dans leurs cerveaux ; enfreignant les interdictions, ils revêtaient en cachette turban, soutane et manteau de derviche, se laissaient pousser la barbe jusqu'au ventre et, le chapelet toujours à la main, ils ne ressemblaient nullement aux paysans serrés dans leurs fringues, aux nomades des montagnes, ni à ton grand-père en costume-cravate. Si l'on songe à tes tantes qui sortaient tête nue, on comprend pourquoi ils étaient la bête noire du nouveau régime. Ton grand-père n'avait rien de commun avec eux, mais il semblait ne guère s'en soucier, il voulait oublier les jours de guerre et voir la fin des conflits et des tueries. Il s'accommodait de la république laïque édifiée sur les ruines de l'empire et du califat, mais il réprouvait l'appel à la prière en turc et détestait entendre cinq fois par jour « Dieu est grand » au lieu d'« *Allahu akbar* ». Peut-être parce que c'était nouveau, ou parce que le Coran était descendu du ciel en langue arabe, à moins que… Mais tu ne sauras jamais, il est trop tard, tu ne pourras plus en parler avec ton grand-père et Hafiz abi ; quand ils étaient là tu étais trop petit, et maintenant, à partir de bribes de souvenirs, d'impressions, de phrases entendues, tu essaies de reconstituer ce passé lointain, d'en consigner quelques lambeaux, mais c'est désormais impossible. Tu ne feras pas revenir ton grand-père et Hafiz abi, tu ne pourras pas ranimer leurs propos. Ta seule ressource est de reconstituer leur environnement historique. Tiens, par exemple, parlons un peu de Menemen. Ce nom ne désigne pas seulement ce plat estival dont tu raffolais, il évoque aussi une tragédie qui reste gravée dans la mémoire de ton pays. Bien sûr, il n'y a rien de plus facile que de préparer un *menemen* en cassant un œuf sur des tomates frites à l'huile d'olive avec de l'oignon et des poivrons, mais le drame de Menemen, lui, a vraiment sa place parmi tes souvenirs de Manisa.

Assis sur le divan, tu écoutais attentivement, puis tu tournais les yeux vers le jardin et ton attention se relâchait, tu comprenais mal ces mots qui revenaient souvent : *Appel à la prière, Menemen, Kubilay, République, Charia*. Tout s'embrouillait et se mettait à tourner dans ta tête, le bien et le mal, les adeptes de la charia et les gardiens de la révolution républicaine, les cheikhs et les derviches. En écoutant ton grand-père, ta sympathie allait au sous-lieutenant Kubilay, mais, d'un autre côté, Mehmet le Derviche qui, au nom de l'Islam, lui avait coupé la tête avec un couteau émoussé, puis l'avait suspendue au drapeau ottoman, ne défendait-il pas la foi et le prophète ? S'il déclarait être le *mahdi*, n'était-ce pas pour proclamer sultan l'un des fils d'Abdulhamid et rétablir le califat ? Certes, c'était un assassin et un illuminé. Mais le soulèvement auquel il prenait part, le meurtre qu'il avait commis, n'étaient-ils pas soutenus par la population de Menemen ? Il devait bien y avoir une raison à cela. Et voilà ! Au lieu de t'en tenir aux faits, tu recommences à te poser des questions. Le lecteur ne demande ni commentaires ni conclusions, il veut seulement savoir ce qui s'est passé.

Ils n'étaient pas sept, comme les dormants du Coran auxquels ils se comparaient, ils n'étaient que quatre Mehmet. Mais ensuite leur nombre a augmenté et quand les insurgés les ont rejoints, ils étaient déjà cent. Au début, Mehmet le Crétois, Mehmet de Damas, Mehmet le Laitier et Mehmet le Fidèle se retrouvaient pour fumer l'opium et invoquer Allah. Leur seule faute était d'appartenir à l'ordre des nakchibandis. Leur guide spirituel était Esat efendi, cheikh Kutb-ul Aktab qui, dans son pavillon d'Erenköy, à Istanbul, évitait de plonger ses mains dans l'eau froide après les avoir mises dans l'eau chaude et dormait sur des coussins de duvet. Comme les sept dormants, ils avaient aussi un chien nommé Kitmir. Il dormait devant le local, dressait l'oreille au bruit des incantations, puis se rendormait. Quant aux quatre Mehmet, ils exultaient en invoquant le nom d'Allah, se levaient la nuit et, entrant en extase, se mettaient en communication avec leur cheikh d'Istanbul et lui juraient fidélité. Le cheikh en question, malgré son âge canonique, voyait plus loin et avait d'autres plans. Il était bien résolu, moyennant la bienveillance d'Allah et la protection du prophète, à s'opposer à ce gouvernement de mécréants qui fermait les tekkés, forçait les hommes à remplacer le fez par un chapeau et se moquait de la charia. C'est à cette fin qu'il avait envoyé parmi les émigrants de Florina venus s'établir à Manisa des novices chargés de lui recruter de nombreux adeptes.

En décembre 1930, les quatre Mehmet, conduits par le Crétois, passèrent aux actes. Après avoir fumé l'opium et fait leurs incantations, ils se mirent en route, suivis par Kitmir, firent halte pour prendre des armes au village de Bozalan, où le Crétois déclara qu'il n'était plus un simple derviche, mais qu'il était le *mahdi*, le rédempteur. Durant l'occupation grecque, sa tekké avait été transformée en auberge où l'on servait à boire aux mécréants, mais après la libération elle était restée en la possession de la congrégation interdite. Les esprits enfumés par l'opium voyaient déjà le drapeau ottoman flotter à nouveau sur les murs d'Istanbul. Ce n'était qu'une poignée de derviches opiomanes, mails ils avaient un trait commun : ils étaient avides de sang. Ils s'apprêtaient à soulever la population de Menemen. Coupant à travers les jardins et les vignes et se réchauffant autour de feux de camp, ils rêvaient d'arracher comme une betterave la tête de ce Gazi pacha qui présidait la République et, suivis par l'armée du calife, d'entrer dans la capitale comme le prophète triomphant.

Quand, à défaut de capitale, ils arrivèrent à Menemen animés de ces belles intentions, le jour se levait. Ils se rendirent directement à la mosquée du Mufti et prirent part à la prière du matin. Lisant sur le drapeau vert du mihrab le premier verset de la sourate « la Victoire », Mehmet le Derviche, prenant ses désirs pour des réalités, fit main basse sur ledit drapeau et commença à rendre grâces ; ensuite, d'une voix qui retentit dans toute la bourgade, il se mit à crier à tue-tête le verset : « En vérité Nous t'avons donné une évidente victoire. » L'imam de la mosquée monta en haut du minaret et, en brandissant des armes, appela le peuple à la guerre sainte. Les responsables civils et militaires en furent bientôt informés. On envoya la troupe, mais les insurgés, encouragés par les applaudissements et les ovations, se rebellèrent. Les soldats qui attendaient, baïonnette au canon, étaient commandés par un jeune officier de réserve. Brun et élancé, bien sanglé dans son uniforme, il semblait tout menu. Il s'appelait Mustafa Fehmi Kubilay. Comme celui qui allait être son meurtrier, il était originaire de l'île de Crête, mais il n'aurait pas fait de mal à une mouche et, à plus forte raison, à un être humain. C'est pourquoi il n'avait pas fait distribuer des balles à ses hommes, se contentant, pour dissuader les insurgés, de faire mettre baïonnette au canon.

Kubilay avait passé son enfance dans diverses villes d'Anatolie, il s'était marié jeune et avait eu des enfants ; ensuite, nommé instituteur, il était venu s'établir à Karşıyaka, en face d'Izmir. Il faisait son service militaire comme officier de réserve à Menemen. Il y fait presque aussi chaud qu'à Izmir, mais l'hiver y est plus rude. Le sol arrosé par le Gediz gèle et les vignobles se couvrent de givre. On dit que la mauvaise herbe résiste à tout, mais Kubilay n'était pas une mauvaise herbe, c'était une jeune pousse fragile. C'est pour cela qu'il commit l'erreur de sa vie : il s'avança vers les novices pour les mettre en garde et les convaincre de se disperser. Mais l'un d'eux fit feu et il tomba, blessé par la balle. La blessure était grave. Il parvint néanmoins à se relever et alla se réfugier dans une cour. C'est là que Mehmet le Derviche le trouva, près d'une pierre d'obsèques. Le jeune officier râlait. La cour était rouge de sang. Mehmet tira de sa soutane un couteau émoussé, s'approcha et, indifférent aux supplications de sa victime, il le tourna face contre terre et, comme on égorge un mouton, en s'arc-boutant, il lui trancha la tête. Il la jeta sur la pierre et lécha le sang en continuant ses incantations. Puis il ramassa le drapeau qu'il avait lâché et, brandissant la tête de Kubilay, se mit à hurler que ceux qui ne le reconnaissaient pas pour le *mahdi* connaîtraient le même sort. Deux gardes, qui essayèrent d'intervenir, furent abattus par les insurgés. Là-dessus une unité commandée par le capitaine Ragıp bey fut envoyée dans la bourgade. Mehmet le Derviche, qui se prenait pour le rédempteur et se croyait à l'abri des balles, tomba le premier, suivi de deux autres Mehmet, et le quatrième fut arrêté. On proclama l'état de siège dans la région et une cour martiale le condamna à mort, ainsi que les autres meneurs.

Mais des innocents payèrent aussi pour les coupables. Gazi pacha, tout d'abord tenté de faire tuer à coups de canon tous les habitants de Menemen qui avaient applaudi, se calma un peu et ordonna leur déportation ; finalement, cédant aux instances de son entourage, il y renonça et se contenta des exécutions et des peines prononcées par le tribunal. Mais Menemen était tombée en disgrâce et quand son train passait par là en allant à Izmir, il tirait les rideaux de son wagon privé et ordonnait de traverser la gare à toute allure. Ceci est peut-être une légende, mais malheureusement l'horreur de Menemen a bel et bien eu lieu.

Après tant d'années, tu frémis encore en écrivant ces lignes, car tu sais que le meurtre de Kubilay n'est ni le premier ni le dernier crime commis au nom de l'islam. Les innocents égorgés au son de prières ferventes troublent ton sommeil. Aux quatre coins du monde, des êtres humains finissent comme Kubilay. Néanmoins tu n'as jamais compris comment la cour martiale de Menemen a décidé de retirer le droit de se défendre aux hommes qu'elle a jugés. Tu te dis que tout le monde a le droit d'avoir un avocat. Ceci dit, si le cas s'était présenté, ton grand-père aurait-il assuré la défense de ces criminels ? Eh bien, oui ! Certainement, car même s'il était bon musulman, le droit, pour lui, primait sur la religion.

On parlait beaucoup de l'affaire de Menemen quand tu étais enfant, mais on s'en souvient aujourd'hui encore. À l'époque les uns maudissaient les meurtriers, les autres prenaient leur parti.

– Ha ! Mehmet le Derviche a coupé la tête de Kubilay avec un couteau émoussé ! disait Ismaïl. Et ensuite il a bu son sang !

Comme tous les enfants, vous étiez curieux et aviez peur du sang.

– Oui, il l'a bu, répliquais-tu. Et c'était le sang d'un martyr !

– Tu crois que Kubilay était un martyr ?

– C'est ce que dit mon grand-père.

– Mon père à moi, il dit que c'est Mehmet le Derviche qui était un martyr…

Ismaïl écarquillait les yeux. Qui sait, ignorant le sort qui l'attendait, il donnait peut-être raison à son père, ou peut-être à ton grand-père. Chaque fois que vous parliez de Kubilay, Ismaïl avait l'air d'un bufflon de lait. Ensuite il baissait la tête et se perdait dans ses pensées.

Lat

Je n'oublierai jamais ce matin où le ciel rougeoyait. L'aurore aux doigts de rose commençait à peine à éclairer la Kaaba quand retentirent des clameurs. Depuis que La Mecque existe, on n'avait jamais vu une chose pareille. Les femmes, revêtues de leurs plus beaux atours, étaient sorties dans la rue en brandissant des tambourins. Hind était à leur tête. Vêtue de soie noire, elle ressemblait à une panthère prête à bondir sur sa proie. Elle s'était coloré le front en rouge et ses cheveux étaient ramenés en chignon derrière sa tête. J'aurais tout donné pour être à sa place. Non parce qu'elle était l'épouse d'Abu Sufian, riche et puissant et beau, par-dessus le marché, mais parce qu'elle avait l'air féroce. Elle était aussi fière, plus fière même, qu'une déesse. Je dois avouer que ses regards passionnés m'ont fait peur. J'ai toujours aimé ce genre de femme. À grands cris, elle appelait les hommes à venger son père et ses deux frères tués à Badr, elle exhortait les Qoraïch à attaquer les partisans de Mahomet. Les autres femmes la suivaient, vêtues de vert et d'écarlate. Elles aussi avaient peint leur visage et portaient des anneaux aux chevilles. Leurs bracelets d'argent et d'or teintaient à qui mieux mieux et leurs pendants d'oreilles jetaient des reflets aveuglants. Elles allaient de maison en maison et appelaient les hommes à partir en guerre. Vers midi, quand le soleil fut au zénith, Abu Azzet-ul Djumahi, ce poète véhément, qui, à Badr, tombé aux mains des musulmans, avait juré, lorsqu'ils lui avaient rendu la liberté, de ne plus rien dire contre eux, se joignit à elles. La chaleur, loin de l'accabler, semblait l'exciter, il criait plus fort que tout le monde et composait des poèmes à la gloire des héros tombés dans la bataille. « Leurs cadavres se sont depuis longtemps décomposés sous le soleil, disait-il, leur sang et leur honneur sont restés là-bas. Qui détournera les Qoraïch de leur destin ? »

Des guerriers venus des tribus voisines s'assemblèrent et les troupes des Qoraïch se montèrent bientôt à un millier d'hommes. On vint nous prendre sur nos socles, Uzza et moi-même fûmes juchées sur des chameaux rouges et Manat sur une jument alezane. Quand nous prîmes le chemin de Médine, le soleil était sur le point de se coucher. Nous fûmes forcés de bivouaquer et cela retarda notre marche, mais quand nous arrivâmes au mont Ohod, nous nous égaillâmes sur les versants du djebel Aïneï. Il n'y avait pas moins de trois mille guerriers, autant de chameaux et deux cents cavaliers. Sans compter les femmes, les drapeaux et les petites idoles. On avait laissé ces dernières au quartier général, mais les femmes talonnaient la troupe. Elles ne portaient ni épées ni armures, mais elles s'avançaient, ivres de haine, sur le sol aride, avec leurs robes vertes et rouges et leurs tambourins, menaçant à grands cris leurs maris de ne plus leur faire l'amour s'ils refusaient le combat…

Mahomet était sorti de Médine et, adossé au mont Ohod, il prenait position en face de nous. J'ai compté sept cents guerriers, pour la plupart sans armure. Il n'y avait que deux cavaliers : Abu Burda et le prophète. C'était peut-être leur prophète, mais ni nous ni les Qoraïch ne reconnaissions son autorité. Et ses mots, doux comme le miel, n'avaient aucun effet sur nous. Nous sommes les filles d'Allah, il est Son messager. Ou du moins, c'est ce qu'il prétend. On peut dire cependant que nos deux cavaliers étaient sûrs de la victoire. Ils se préparaient au combat avec la certitude qu'Allah les soutenait. Soudain on a entendu la voix de Bilal l'Abyssin, rauque et puissante, qui semblait sortir d'une caverne. J'étais sans nouvelles de lui depuis qu'il m'avait craché au visage. Ainsi donc, il était musulman lui aussi et avait fui à Médine. Pourquoi avait-il fallu qu'Abu Bakr l'affranchisse, si seulement le rocher qu'on lui avait mis sur la poitrine l'avait écrasé une bonne fois ! En entendant sa voix, ils se sont prosternés, tandis que les nôtres criaient : « Ô, Uzza ! Ô, Lat ! Ô, Manat ! Donnez-nous la victoire ! »

J'ai vu Uzza qui souriait, fière et majestueuse, sur son chameau rouge. Avant de partir en campagne Abu Sufian était allé la consulter et elle lui avait promis la victoire. Moi aussi j'encourageais le commandant de l'armée. Pas de la main ni avec des mots, bien sûr, mais du regard. Il hochait la tête en caressant sa barbe et semblait comprendre ce que je voulais dire. J'aperçus Mahomet. Après avoir prié lui aussi, il avait placé cinquante archers sur le versant de l'Ohod. À l'évidence, il voulait anticiper le mouvement d'encerclement. Bien entendu, je trouvais cela ridicule. Halid, fils de Valid, n'allait pas se laisser prendre de court, il fallait voir charger ses cavaliers, indifférents aux flèches et aux pièges. Sur leurs chevaux ailés, ils étaient prêts à tailler l'ennemi en pièces. Quand les archers eurent tiré leurs traits, Mahomet donna à Abu Djurdjan l'épée qu'il tenait à la main et puis, comme s'il était non le prophète, mais un simple guerrier, il se saisit d'une autre épée, prit un bouclier dans sa main gauche et mit son arc en bandoulière. J'ai appris plus tard qu'il avait fait graver sur son épée « à l'heure de la mort la peur ne sert à rien ». C'est donc que les musulmans, comme les nôtres, croient au destin. Mais ils ont confié leur sort à Allah, alors que mes adorateurs s'en remettent à Manat. Et aux devins. Ceux-ci connaissent l'avenir et révèlent ses secrets. Abu Djurdjan se tenait à la droite de Mahomet et Ali à sa gauche. Ils marchaient côte à côte vers nos rangs, mais quand le combat s'est engagé je les ai perdus de vue. Je ne distinguais plus que Zulfiqar, l'épée à bout fourchu d'Ali brillant au soleil, et le foulard rouge entourant le casque de Djurdjan qui flottait au vent. J'ignorais que tous deux allaient terrasser beaucoup de nos vaillants cavaliers.

Mais ce n'est pas eux qui ont engagé le combat. Le premier à lancer un trait, puis à nous charger, sabre au clair, fut un *münafik*, un hypocrite, du nom de Quzman. J'ai appris plus tard qu'il avait encouru les insultes des femmes en refusant de se joindre à l'armée et en restant à Médine. Pour ne pas être la risée de tous, il était accouru et s'était rangé parmi les musulmans. Il fut le premier à monter à l'assaut, tuant tout ce qui se trouvait sur son chemin. Mais bien sûr les nôtres ont fini par lui régler son compte. J'ai entendu dire que Qatada, fils de Numan, lui a crié, alors qu'il allait mourir : « Bénie soit ta foi, hé, Quzman ! », et qu'il était venu au combat non pour mourir en martyr et aller au paradis, mais pour sauver ses palmeraies du pillage. Il m'a quand même fait pitié. Pauvre Quzman ! Il n'a été ni un martyr ni un héros de l'islam ! Il a donné son âme à cause des femmes et de quelques palmiers.

Galvanisé par le courage de Quzman, notre porte-drapeau Talha, fils de Talha, s'est avancé pour provoquer un musulman en combat singulier. Ali est arrivé et a fait sauter d'un coup d'épée la tête du malheureux, puis le corps à corps s'est engagé. Notre drapeau passait de main en main, il flottait au vent sans toucher le sol, mais tous ceux qui le portaient tombaient l'un après l'autre. J'ai vu de mes yeux Hamza, l'oncle de Mahomet, tuer sans sourciller sept membres de la famille d'Abu Dar, père, fils, frères, oncles et neveux. En voyant couler le sang, je tressaillais et pensais aux victimes immolées sur mon autel. Qui a dit que nous sommes des morceaux de pierre aveugles, insensibles et muets ? En regardant tous ces gens s'égorger, j'étais saisie d'une voluptueuse exaltation et j'avais du mal à retenir des cris de plaisir. Mais à la mort de Hamza, n'y tenant plus, j'ai glissé ma main entre mes cuisses.

Au moment du départ, j'avais vu Hind parler avec Djubar le Sauvage, le féroce esclave abyssin, lui promettant, s'il tuait Hamza, de lui donner les bijoux qu'elle portait et de l'affranchir. Tandis qu'on se battait à mort, le Sauvage, caché derrière un rocher, observait attentivement ce qui se passait, ou plutôt ce que faisait Hamza, et moi, je ne le perdais pas de vue. Il tenait un javelot qui ne manquait jamais son but. Hamza voulait mériter son surnom de Lion d'Allah, il rugissait, vociférait, jetait à terre tous ceux qui se présentaient, et son épée faisait voler les bras, les jambes, les mains et les têtes. À un certain moment il a attaqué le fils d'Abd-ul Uzza et, après l'avoir tué, il s'est arrêté un instant pour reprendre haleine. C'est à ce moment-là que le Sauvage, n'osant pas l'approcher, a lancé sur lui son javelot. Il a tournoyé en l'air et est allé se planter dans le cœur de l'oncle de Mahomet. Un instant surpris, il regarda autour de lui comme s'il cherchait à comprendre. Bien sûr, il ne souhaitait pas que la mort le frappe ainsi, à l'improviste, et ne se doutait pas qu'on lui avait tendu un piège. Il est tombé en mugissant. Je jouissais du spectacle, lorsque j'ai vu Hind se faufiler soudain parmi les combattants et se jeter sur le cadavre de Hamza. À vrai dire, je ne lui prêtais pas une grande attention. Mais elle a ouvert avec son poignard le ventre de Hamza qui gisait de tout son long, le javelot planté dans le cœur, et elle s'est mise à lui dévorer le foie. En voyant cela, j'étais dans tous mes états. Quand elle lui a coupé le nez et une oreille, j'ai eu soif de sang. Hind, dans un geste majestueux, a retiré ses bracelets et ses boucles d'oreilles, les a donnés au Sauvage et s'est parée des organes génitaux de Hamza. Ainsi elle n'a pas seulement vengé son père, ses deux frères et de nombreux guerriers Qoraïch, elle nous a vengées nous aussi. J'avais vu un jour Hamza, rentrant de la chasse, malmener des gens qui suivaient son neveu et se moquaient de lui. Mais il était allé plus loin, il m'avait maudite et s'était converti à l'islam. J'aurais voulu l'étrangler de mes propres mains, mais je pense que les choses sont mieux ainsi. C'est par la main d'un esclave abyssin que ma sœur Manat a tranché le fil de sa vie.

Malgré la mort de Hamza, le combat semblait tourner à notre désavantage. Les musulmans se battaient désespérément et faisaient pleuvoir la mort sur les Qoraïch. J'aperçus soudain Hanzala, fils d'Abu Amir Fasik, qui, jaloux de Mahomet, l'avait trahi et était venu se joindre à nous avec cinquante Médinois. Son père, malgré ses exhortations, n'avait pas pu le faire changer d'avis. La veille du combat, il avait épousé une belle femme nommée Djamila et, sitôt après la cérémonie, sans même prendre le temps de faire ses ablutions, il avait rejoint l'armée. Il s'est battu en héros sous mes yeux. Je l'ai vu marcher sur Abu Sufian. Saddat, fils d'Ews, s'est interposé et, d'un seul coup, a mis fin à ses jours. Après le combat, Mahomet a dit à ses partisans que les anges avaient lavé le cadavre de Hanzala. Et il n'a pas épousé, une fois n'est pas coutume, la veuve du défunt.

Oui, le combat semblait perdu pour nous. Nos rangs étaient rompus et le moral des combattants était au plus bas. À ce moment-là, j'ai vu les archers que Mahomet avait disposés sur le versant de l'Ohod quitter leur poste de combat. Halid, fils de Valid, qui commandait l'aile droite de notre armée, l'a vu lui aussi. Ils dévalaient la pente pour prendre leur part du butin. Halid en a profité pour lancer nos cavaliers. Contournant l'armée musulmane, ils se sont approchés du poste de commandement de Mahomet. Après un combat sanglant, la situation a commencé à basculer. Le bruit a couru que Mahomet était mort, mais je n'y ai pas cru. Nous avons appris ensuite qu'une pierre l'avait blessé aux lèvres, qu'il avait eu une dent de devant cassée et que des pièces de son casque s'étaient plantées dans sa joue. Quand les musulmans ont commencé à fuir en désordre, ses proches l'ont emmené sur le versant de la montagne, ils ont pansé ses blessures et enfoui sa dent dans le sol. J'étais loin de me douter que ceux qui viendraient honorer cette dent seraient plus nombreux que les fidèles qui viennent m'offrir des sacrifices.

En fait, nous aurions dû conduire ce combat du sommet de l'Ohod. Jadis, il y a bien longtemps, lors de la guerre qu'on a appelée la guerre de Troie, les dieux ont remporté une victoire du haut d'une montagne, infligeant la défaite à ceux qu'ils souhaitaient voir vaincus. Ils étaient plus nombreux que nous et très puissants. Finalement, Allah a gagné et nous avons perdu. Notre père nous a délaissées.

Certes, nous avons gagné cette bataille, mais nous n'avons pas poursuivi les musulmans et occupé Médine. Si nous l'avions fait et si nous les avions tous passés au fil de l'épée, Mahomet n'aurait pas causé notre perte. Je me doutais bien qu'ils allaient vite se ressaisir et s'emparer de La Mecque, et qu'ils nous briseraient toutes, à commencer par Hubal, mais Abu Sufian, après la victoire, s'est contenté de venir nous remercier, au lieu de traquer les musulmans jusque dans leurs maisons. Il lui a fallu bien du temps pour comprendre son erreur. Le nombre et la force des musulmans se sont accrus et ils ont fini par gagner à leur cause toutes les tribus de l'Arabie heureuse et malheureuse. Plus tard, Abu Sufian et son épouse, oui, la belle et féroce Hind et tous les leurs, se sont convertis à l'islam et ont rendu hommage à Mahomet. Quant à nous, les filles d'Allah, on nous a jetées au sol et brisées en mille morceaux, et il n'est resté que notre nom et notre souvenir

Le boulanger Ibrahim

Quand ton grand-père est mort, tu trouvais que ce mot, « mort », ne convenait pas. Tu te disais qu'un homme qui est revenu sain et sauf du Hedjaz devait être immortel et tu avais plutôt envie de dire « il a rendu l'esprit » ; certes, son corps pourrirait dans la tombe, mais son esprit monterait au ciel ; Allah le lui avait donné et c'est Lui qui le reprendrait, c'est à Lui qu'il le rendrait par l'entremise d'Azraël ; ton grand-père, en bon musulman, était convaincu de cela. Et tu ressassais ces mots bizarres, tu te disais qu'il avait « rendu l'âme », oui, c'était bien la meilleure façon de dire, tu as une âme, tu la rends à Allah et tout le monde est content, celui qui donne, et celui qui reçoit. Toi, tu ne savais pas ce qui t'attendait, mais ton grand-père était satisfait, il n'y avait aucun doute. Il a vécu longtemps, il a vu du pays, beaucoup travaillé. Il a fait beaucoup de bien. Et il a sauvé de la potence un condamné. Il a beaucoup prié, observé le jeûne, que voulez-vous de plus ! Il a élevé trois filles, il leur a donné un métier, il a même réussi à en marier une, qui lui a donné un petit-fils ; et celui-ci, à son décès, était à son chevet.

Ta mère et tes tantes allèrent le chercher à l'hôpital d'Istanbul où il avait été admis et le ramenèrent à Manisa où il était né et avait grandi, où il avait joué à la toupie, chassé les oiseaux à la fronde et peut-être même, comme toi, lancé des cerfs-volants, et on l'a enterré au pied du mont Sipil. Tu n'as pas assisté à la cérémonie à la Grande Mosquée, tu n'es pas allé toucher une dernière fois son cercueil déposé sur la pierre des obsèques. Tu lui avais fait tes adieux à Istanbul. C'est là, sur son lit de mort, qu'il t'a dit, à toi et à toi seul, que la meilleure action qu'il ait faite de toute sa vie avait été de sauver de la pendaison un condamné. Tu lui as demandé qui était cet homme, mais il n'a pas répondu, il a seulement dit : « Qu'Allah lui pardonne son péché ! » Quel était ce péché ? Pourquoi avait-il employé le singulier au lieu du pluriel ? C'est seulement plusieurs années plus tard que tu as eu le fin mot et appris tous les détails.

Après la mort de ton grand-père, ce sont tes tantes qui ont pris soin de ta grand-mère, car ta mère s'était établie en France et toi, tu étais avec elle. Pendant longtemps vous n'êtes pas revenus en Turquie. Ni toi ni ta mère n'êtes retournés à Manisa. La maison a été vendue et l'héritage partagé. Ton grand-père t'avait légué les livres précieux qu'il avait rapportés du Hedjaz, ses commentaires du Coran et les archives de son cabinet d'avocat, mais tu n'as pas eu le temps de t'en occuper. Il fallait mettre en lieu sûr ces documents. Tu prias un ami d'enfance qui travaillait à la bibliothèque publique de s'en charger. Il les classa attentivement, les emporta dans sa bibliothèque et les plaça dans les archives en attendant de te les remettre.

Et puis tu as oublié tout cela. Ton grand-père, ta grand-mère qui ne lui a guère survécu, le jour du Jugement et le mont Sipil, Allah et son messager, et même l'imam de la Grande Mosquée qui avait une si belle voix que ton grand-père avait demandé qu'il lise pour lui la prière des morts et célèbre la commémoration des quarante jours. S'il t'arrive de dire une *fatiha*, tout cela est tellement loin que tu oublies le *bismillah*, comme tu as oublié les prières de ton enfance, le jeûne et l'aumône et le Grand Bayram. Oui, même le Grand Bayram. Si tu aimes encore les moutons et ne peux pas leur faire de mal, c'est peut-être parce que tes compatriotes, en France, dans les immeubles de banlieue, égorgeaient leur mouton dans la salle de bains. Comment aurais-tu pu imaginer que le boulanger Ibrahim, lui, allait égorger son fils ?

Le temps a passé et tu as commencé à vieillir. Quand la vie était trop dure, tu évoquais ton enfance, ce paradis perdu, et les jours passés auprès de tes grands-parents. En écrivant, à tout venant, des histoires plaisantes ou tristes. En te faisant un nom en tant qu'écrivain. Et puis un jour, enfin, tu es revenu à Manisa.

Tu aurais pu aller à Izmir en avion et gagner par la route la ville de ton enfance. Mais tu as préféré prendre le bateau d'Istanbul à Bandırma et ensuite le train pour Manisa, comme vous faisiez jadis avec ta mère. Après Balıkesir, tu as vu surgir le ruisseau que tu appelais « notre ruisseau », qui était gonflé d'eau en hiver et à sec en été ; c'était l'hiver et les eaux étaient hautes. Jusqu'à Savaştepe tu as pu le voir à travers la vitre, il t'accompagnait. Puis le train a laissé derrière lui les sommets gris, les champs de maïs étagés sur les versants, il est descendu dans la plaine ; il ne haletait pas, comme autrefois, des nuages de fumée ne sortaient pas de la cheminée de la locomotive. Tu as traversé Kırkağaç bien calé dans un des fauteuils spacieux et confortables du train à moteur. Les minarets et la plaine fertile étaient toujours là, ainsi que ces gares désertes qui ont l'air d'être abandonnées. Il n'y avait plus d'enfants criant « journal ! ». La misère était restée dans les jours passés, le pays s'était développé. Ou peut-être n'était-ce qu'une impression. En fait la région égéenne a toujours été fertile, c'est le paradis de l'olivier, du tabac, du coton et du raisin sec. Mais tu revoyais les ouvriers agricoles des champs de tabac, les grosses matrones anonymes qui venaient chez vous faire le ménage, les enfants en haillons qui demandaient des journaux aux voyageurs pour en faire des rideaux. Et le passé te semblait plus beau, plus lumineux, même si le pays était déjà menacé par ceux qui, sournoisement, lui préparaient un sombre avenir. Les gens étaient patients, confiants, compatissants, ils se témoignaient du respect. La course au profit ne faisait pas la loi comme aujourd'hui, la foule n'était pas si dense, si impudente. Peut-être manquait-on de générosité, mais l'aumône était un précepte et une vertu.

Quand le train s'est arrêté à Akhisar, les colporteurs ont envahi le compartiment. Tu as acheté un croquant. Il avait le même goût qu'autrefois Il était chaud comme s'il venait de sortir du four d'Ibrahim efendi et bien parfumé au sésame. Mais tu ne savais pas encore que le condamné à qui ton grand-père avait épargné la potence était Ibrahim efendi. Ensuite, sans arrêt à Hadjırahmanlı, vous êtes arrivés à Manisa. Ton grand-père était depuis longtemps dans la tombe, la ville avait progressé, s'était agrandie et Dieu merci la fin du monde n'était pas arrivée, pas encore. La montagne était toujours là. Et les documents étaient dans la bibliothèque publique.

C'est en examinant l'un après l'autre, avant de les jeter, les dossiers du procès que tu as appris ce qui s'était passé. Ibrahim efendi adorait Ismaïl, son fils unique, mais il adorait aussi Allah. Il ressortait de la défense présentée par ton grand-père que cet immense amour n'était peut-être pas réciproque. Car Ismaïl était un paresseux, un incapable, un bon à rien. Le jour où le malheur était arrivé, Ibrahim n'avait pas cédé à un accès de folie. Il avait tous ses esprits. Qui sait ? Il avait probablement voulu montrer à Allah à quel point il L'aimait. Tu t'es installé confortablement et tu as lu de bout en bout l'énorme dossier. Ton grand-père s'était efforcé de démontrer que la conduite du boulanger Ibrahim ne différait pas de celle de son saint homonyme Abraham. C'était un émigré de Bosnie, un fervent musulman, il avait fui son pays quand les communistes avaient commencé à transformer les mosquées en écuries. Il avait épousé la fille d'un notable de Manisa. Son épouse, qui avait cédé au charme de ses yeux verts, s'était peu à peu détournée de lui. Elle avait fini par le quitter, en lui laissant Ismaïl, pour aller vivre avec un autre. Ibrahim efendi en fut très affecté, mais que pouvait-il faire ? Il n'avait pour ainsi dire pas d'amis, il se consacra entièrement à son fils et lui donna tout son amour. Il ne possédait rien, pas le moindre lopin, il n'avait que lui au monde et aucune autre raison de vivre. Il faisait de délicieux feuilletés à la bosniaque, des croquants et du pain de luxe qui fondait dans la bouche ; mais il n'avait d'yeux que pour son fils chéri, son unique enfant, son Ismaïl. Et, bien sûr, pour Allah qui lui avait donné ce fils et, comme il est dit dans l'Écriture, « il avait commencé à voir avec les yeux du cœur et à entendre avec les oreilles de l'âme ». Il était prêt à tous les sacrifices pour Lui manifester sa gratitude.

En lisant le Coran et en écoutant les sermons de l'imam de la Grande Mosquée, sa foi avait augmenté et, dans sa solitude, il s'était mis à parler à Allah et à lui confier ses peines. Il ne priait plus Dieu, il Le sentait en lui-même, au fond de son cœur, il s'efforçait de gagner Son amour, de se rapprocher de Lui, de s'unir à Lui, de se fondre dans l'Être suprême. Il ferma sa boulangerie et se consacra entièrement à ses dévotions. Il entra dans une tekké. Il ne manquait pas un rite nocturne, avec son corps massif il tournait, tournait jusqu'au matin. Parfois même il se perçait de broches et marchait sur des braises. Il avait fini par s'imaginer que Dieu voulait l'éprouver, s'assurer de son amour. Et c'est ainsi qu'il égorgea le malheureux Ismaïl. L'enfant était endormi lorsqu'il planta le couteau dans sa gorge et ni ange ni mouton ne descendirent du ciel. Quand il vit qu'Allah n'avait pas retenu sa main, sa raison sombra. Ton grand-père pensait qu'il était sain d'esprit au moment du crime, c'est seulement après son acte qu'il était devenu fou, mais il ne l'avait pas dit au juge. Un sang épais et chaud se répandit sur le lit et rougit les draps blancs. Ismaïl est mort en martyr et Ibrahim efendi, en dépit de sa grande piété, était un meurtrier. Peut-être parce que son sang s'était figé, ou parce que, dans sa stupeur, il ne savait plus que faire, il resta là comme pétrifié. Il ne bougeait plus, respirait à peine et, les yeux au plafond, marmonnait des propos sans suite. De toute évidence il avait perdu la raison. Il avait encore le couteau dans une main et le chapelet dans l'autre.

Dans sa plaidoirie, ton grand-père avait soutenu qu'on n'avait affaire ni à un criminel ni à un bigot, mais à un dément. Et quand on l'avait placé à l'asile d'aliénés de Manisa, il s'était déjà éteint comme les bougies du tombeau de Baba A-trouvé-la-voie.

Il t'a fallu te renseigner pour apprendre que ton ami d'enfance était au cimetière et son père à l'asile. Tu le revoyais égrener son chapelet devant son four, quand tu lui apportais le plateau de sauce de mouton du Grand Bayram. Les flammes lui léchaient le visage. Son front était large, sa barbe dure, ses regards tranchants comme un couteau acéré et ses yeux d'émeraude avaient une profondeur inquiétante. Oui, les yeux d'Ibrahim efendi gardaient les reflets de Mostar, ils étaient verts et profonds comme l'eau de la Neretva qui coule sous l'arche du pont de pierre suspendu au-dessus du vide. Si tes souvenirs sont exacts, ce jour-là, il s'est mis à neiger. Pourtant les hivers ne sont pas bien froids à Manisa, tu racontais avec force détails à tes camarades de classe que tu avais vu tomber la neige pour la première fois à Balıkesir. Ils avaient lu dans les livres qu'elle tombait en flocons moelleux, qu'on pouvait en faire un bonhomme à qui l'on mettait une carotte à la place du nez et des morceaux de charbon en guise d'yeux. Et on lui faisait tenir un balai. Ismaïl n'arrêtait pas de répéter : « S'il neige, on fera un bonhomme. » Mais durant toutes les années que tu passas chez tes grands-parents il ne neigea pas une seule fois sur Manisa. Un hiver, seulement, le bassin du jardin public gela. Tarzan sortit en courant de sa cabane, son corps basané entra dans le bassin comme dans le feu de Nemrod, il brisa la glace et sauva les poissons. Il est vrai que ces poissons-là avaient un peu brûlé, ils avaient le dos tout rouge. Mais si Tarzan n'avait pas brisé la glace ils seraient probablement morts asphyxiés. Les années se sont perdues dans le temps qui fuit, les uns ont perdu leur tête, d'autres ont perdu leur bien-aimée ou leur fils, mais toi, tu n'as pas perdu cette fâcheuse habitude de conter des histoires.

Paris-Istanbul 2007

Table

Du même auteur

ROMANS ET NOUVELLES

Un long été à Istanbul
Gallimard, 1980
et coll. « L'Étrangère », 1992
coll. « L'imaginaire », 2007

Les Lapins du commandant
Messidor/Temps actuels, 1985
Seuil, 1997, et « Points », n° P366

La Première Femme
Seuil, 1986
et « Points Roman », 2008, n° R648

Le Dernier Tramway
Nouvelles de l'exil et de l'amour
Seuil, 1991
et « Points », 1996, n° P243

Le Roman du conquérant
Seuil, 1996
et « Points », 1999, n° P692

La Mort de la mouette
Fata Morgana, 1997

Les Turbans de Venise
Seuil, 2001
et « Points », 2008, n° P1077

Balcon sur la Méditerranée
Seuil, 2003

Au pays des poissons captifs
Une enfance turque
Bleu autour, 2004

RÉCITS DE VOYAGES, ESSAIS

Nazim Hikmet et la littérature populaire turque
L'Harmattan, 1987

Istanbul, un guide intime
Autrement, 1989

Paysage littéraire de la Turquie contemporaine
L'Harmattan, 1993

Paroles dévoilées
Anthologie de la littérature féminine turque
Arcantère-UNESCO, 1993

Journal de Saint-Nazaire
Maison des écrivains étrangers
et des traducteurs de Saint-Nazaire, 1995

Retour dans les Balkans
Quorum, 1997
rééd. Tribord, 2004

Un Turc en Amérique
Publisud, 1997

Le Mouvement perpétuel d'Aragon
L'Harmattan, 1997

Le Derviche et la Ville
Fata Morgana, 2000

Yachar Kemal
Le roman d'une transition
L'Harmattan, 2001

Le Voyage de Candide à Istanbul
Comp'act, 2001

Mirages du Sud
L'Esprit des péninsules, 2001
Seuil, « Points », 2005, n° P1357

Le Chant des hommes
Le Temps des cerises, 2002

De ville en ville
Ombres et traces
Seuil, 2007

Besançon, nature intime du temps
Empreinte temps présent, 2007

La Turquie : une idée neuve en Europe,
Empreinte temps présent, 2009

RÉALISATION : NORD COMPO À VILLENEUVE-D'ASCQ
IMPRESSION : CPI FIRMIN DIDOT À MESNIL-SUR-L'ESTRÉE
DÉPÔT LÉGAL : OCTOBRE 2009. N° 97861 (96463).
IMPRIMÉ EN FRANCE